Für London.
Du warst gut zu mir.
Und nach all der Zeit bist Du es noch.

HÖRE DIE MUSIK
JETZT AUF SPOTIFY!

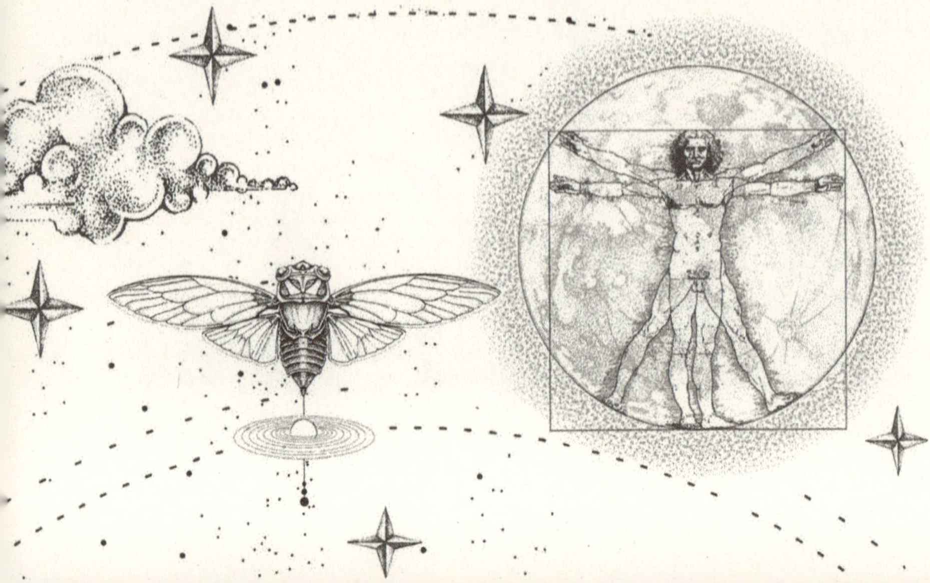

Soundtrack

Whatever (Remastered) – Oasis

Wrecked – Imagine Dragons

Scars To Your Beautiful – Alessia Cara

OK Not To Be OK – Marshmello, Demi Lovato

Prisoner – Miley Cyrus (feat. Dua Lipa)

Girls Like Us – Zoe Wees

Cry About It Later – Katy Perry

Demons – Imagine Dragons

Wonder – Shawn Mendes

Control – Zoe Wees

Wonderwall (Remastered) – Oasis

Angels Like You – Miley Cyrus

Lose Somebody – Kygo, OneRepublic

AUSZUG AUS DEN AKTEN DER ARS OBSCURA

§1 DEFINITION

(1) Die Ars Obscura, auch AO genannt, ist eine Organisation, die einzig dem Zweck dient, die menschliche Welt vor den Schrecken jenseits der Grenze zu schützen. Dahinter liegt das Jenseits (= Anderwelt, Himmel/Hölle, oder aber im Sprachgebrauch der Crae: Asterin).

(2) Die AO versteht sich als Zusammenschluss der sog. *Awares*, jener Sterblichen, die in die Existenz Asterins eingeweiht sind, und setzt sich aus Agenten, Wächtern und Mitgliedern im passiven Dienst zusammen.

(3) Das Motto der AO lautet: Fides, fortitudo et occultum (dt. Zuverlässigkeit, Mut und Verschwiegenheit).

§2 GEHEIMHALTUNG

(1) Gemäß AO erfolgt die Einteilung der Individuen in Awares, die Eingeweihten, und Unawares, jene Sterbliche, die keine Kenntnis von Asterin und dessen Bewohnern haben.

(2) Agenten und Wächter der AO verpflichten sich, Sterbliche vor einem Wissen zu bewahren, das ihre Weltanschauung nachhaltig verändern könnte. Dabei erfolgt die Eliminierung überirdischer Gefahren nach Möglichkeit im Verborgenen.

(3) Jeglicher Zuwiderhandlung folgen strenge Konsequenzen bis hin zum Ausschluss als Mitglied der AO.

§3 SCHUTZMASSNAHMEN

(1) Unawares sind in ihrer Unwissenheit zu belassen.

(2) Die Weltentore dienen einerseits als Schutz vor dem Eindringen widernatürlicher Existenzen ins Menschenreich. Andererseits tragen sie Sorge dafür, dass die andere Welt vor sterblichen Blicken geschützt ist. Berechtigt, sich einem Weltentor zu nähern, sind einzig und allein ausgewählte Mitglieder der AO.

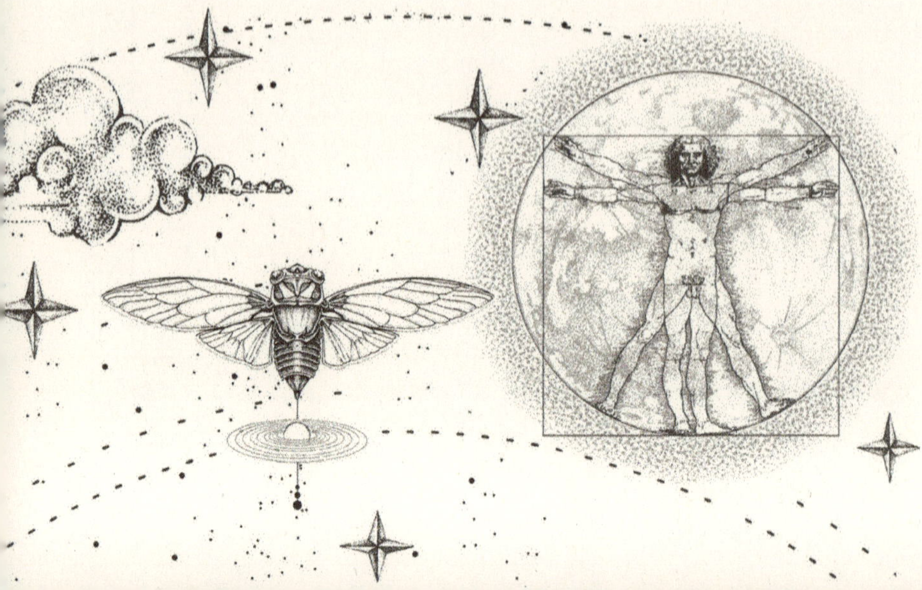

1

Augen, schwarz wie die Nacht, erkunden mein Gesicht. Hände auf meinem Mund. Sie ersticken meinen Schrei. Eine Dunkelheit, die meinen Angreifer wie ein Mantel umhüllt. Sie schließt mich ein, bis die Welt um uns herum in Schatten vergeht. Dann das Messer und ein heiß lodernder Schmerz, als er versucht, mir mein Auge aus dem Kopf zu schneiden.

Und gleich darauf regte sich in meinem Innern dieses schreckliche Gefühl von Verlust, das mich in den letzten Monaten gelähmt hatte. Ich schob es fort, denn in diesem Moment konnte ich das definitiv nicht gebrauchen. Dann ließ ich eine Strähne über das feine Netz vernarbter Linien fallen, die mein rechtes Auge umrahmten. Mein magisches Auge. Das Erbe meiner Familie. Fast hätte ich es verloren. Noch heute, sieben Monate später, spürte ich das Gewicht meines Angreifers auf mir. Die Erinnerungen ließen mich nicht mehr los. Auch nicht jetzt, da ich mich meinem Arbeitgeber gegenübersah.

Niemals.

»Und es handelt sich um eine vergleichsweise ruhige Tätigkeit?« Ich schüttelte den Kopf, um die Gedanken an jene Nacht, in der sich mein Leben für immer verändert hatte, zu verdrängen. Die Dunkelheit verwandelte sich in Dämmerung. Vor mir ragte das Verwaltungsgebäude des Friedhofs auf, vor dem mein Arbeitgeber stehen geblieben war. Darüber spannte sich ein kobaltblauer Himmel, an dem erste Sterne funkelten. Die Luft schmeckte nach Regen, feuchtem Asphalt und städtischem Verkehr. Vollkommen fremd. Was gut war, denn deshalb war ich hier: an einem fremden Ort, nicht an dem, wo mich die Erinnerungen überwältigen würden.

»Ich verspreche Ihnen, Miss Ambrose, dass Sie bereits Ende der Woche bereuen werden, mein Angebot angenommen zu haben.« Schneeweiße Zähne blitzten auf, als Adriel Ember Tenrys breit grinste. Seit meiner Kindheit stand ich im Dienst der Ars Obscura. Um ihren Direktor rankten sich zahlreiche Gerüchte. Lange Jahre hatte ich ihn nur als Verfasser des Vorwortes in den Akten der Agenten gekannt, bis er mich nach dem Zwischenfall in Reykjavík persönlich aufgesucht und mir einen neuen Job angeboten hatte. Zunächst hatte ich abgelehnt, war in den letzten sieben Monaten durch Europa gereist, um mein altes Leben hinter mir zu lassen. Nicht sonderlich erfolgreich, denn es klebte an meinen Fersen wie ein Schatten.

Also hatte ich Tenrys' Angebot letztlich doch angenommen, um ihm vor einer halben Stunde zum zweiten Mal in meinem Leben die Hand zu schütteln. Das war mehr, als andere Mitglieder der Ars Obscura von sich behaupten konnten.

Tenrys war jünger, als ich ihn mir vorgestellt hatte, kaum älter, als ich selbst es war. Aber mit seinem Kurzmantel mit Brokatmuster, dem bestickten Saum seines darunter hervorlugenden Pullovers und den Bundfaltenhosen kleidete er sich wie ein Mann aus einer anderen Zeit und nicht wie ein Mittzwanzigjähriger. Ich durchschaute es als eine Taktik, sich den Respekt der gesamten Organisation zu sichern, der er trotz seines Alters vorstand. Und es funktionierte. Meine Kollegen sprachen voller Ehrfurcht von ihm, während ich mich lediglich daran erinnerte, dass er und die AO mich nicht hatten schützen können, als es darauf angekommen war.

Mich nicht und ihn auch nicht.

»Versprechen Sie nichts, was Sie nicht halten können.« Meine Worte ließen das Grinsen auf seinem Gesicht zerbrechen. Wie Scherben fiel es von seinen Lippen.

Direktor Tenrys räusperte sich. »Ich verstehe Ihren Zynismus, Miss Ambrose. Das tue ich wirklich. Seien Sie versichert, dass ich untröstlich über das bin, was Ihnen in Reykjavík widerfahren ist.« Er kleidete sich nicht nur wie ein Mann aus einer anderen Zeit, er sprach auch so. Seine Fassade weckte einen Widerstand in mir, den ich verloren geglaubt hatte.

Beiläufig schob ich mir die Strähne, die meine rechte Gesichtshälfte bedeckte, zurück hinters Ohr. Normalerweise tat ich alles, um sie vor anderen Leuten zu verbergen. Vertuschte die Linien mit einer Schicht aus Make-up und einem Vorhang aus hellem Haar. Heute verzichtete ich darauf. Denn heute machte ich von den Spuren jener Nacht Gebrauch wie von einer Waffe. Sie sollten Tenrys an sein Versprechen erinnern: einen ruhigen Job ohne besondere Vorkommnisse. Als er mir das Angebot gemacht hatte, hatte ich an die Einöde der Bretagne gedacht oder an eine abgeschottete Insel, nicht aber an den Kensal Green in London. Doch nach anfänglichem Zögern hatte er mir versichert, dass der Job als Wächterin eine einsame Angelegenheit werden würde.

Als Wächterin dieses Friedhofes hatte ich nur einen einzigen Arbeitskollegen – und der war Agent im aktiven Dienst. Das bedeutete, er würde sich die Nächte mit Streifzügen durch das Einzugsgebiet des Kensal um die Ohren schlagen, während ich in der stillen Gegenwart der Toten zurückblieb, um meiner eigenen Aufgabe nachzugehen: die Grenze zu Asterin, zur Anderwelt, in der die dämonischen Wesen lebten, die die Ars Obscura als Crae bezeichnete, zu bewachen. Im Grunde genommen würde ich die Zeit absitzen, netflixen und meine Wunden lecken, während andere den Job machten, der mir damals den Arsch aufgerissen hatte.

Meine schlichte Geste erzielte genau die Wirkung, die ich mir erhofft hatte. Ich spürte den erschütterten Blick des Direktors auf meiner Narbe ruhen. In den letzten Monaten hatte das Starren anderer Leute ein Gefühl von Enge, Scham und Verletzlichkeit in mir ausgelöst, während ich es heute in Kauf nahm, um Tenrys damit an das zu erinnern, was mich der Dienst für die Ars Obscura gekostet hatte.

Ich hatte einen hohen Preis gezahlt. Aber das war nicht diese verdammte Narbe, auch wenn sie es war, die mich immer wieder an die schreckliche Nacht erinnerte. Als könnte ich der Erinnerung ohne sie entkommen.

Während Tenrys mich musterte, tastete ich vergebens in meinem Ausschnitt nach dem Amulett meiner Mutter. Ich ließ die Hand wieder sinken, denn den Talisman trug ich schon seit einer Weile nicht mehr. Trotzdem spürte ich noch immer sein Gewicht um den Hals.

Ich überspielte den kurzen Moment der Schwäche und gab vor, die Architektur zu bewundern. Das Gebäude war einem griechischen Tempel mit Säulen und dreieckigem Giebel nachempfunden. Hochmoderne Glaselemente brachen mit dem antik anmutenden Erscheinungsbild und entlarvten das Gebäude als schlichte Kopie.

»Der Tod ist das Tor zum Leben.« Ich zwang mildes Interesse und einen Hauch von Gleichgültigkeit in meine Stimme, obgleich ich innerlich brodelte. Dieser Ort versprach so viele Möglichkeiten, und etwas, das sich wie närrische Hoffnung anfühlte, rieselte mir als Schauer über den Rücken.

»Wie bitte?« Zwischen den penibel gezupften Brauen des Direktors erschien eine schmale Falte. Fahrig glättete er sich das Haar, das dieser Geste nicht bedurft hätte. Jede einzelne der blonden Strähnen war ordentlich drapiert. Schätzungsweise hatte er – oder vielmehr sein Stylist – seine Frisur mit so viel Haarspray fixiert, dass sie auch einem Orkan standgehalten hätte. Deshalb erkannte ich die Bewegung als schlichte Verlegenheit und unterdrückte ein Lächeln.

Ich deutete zu dem Giebel. »Mors ianua vitae. Der Tod ist das Tor zum Leben. Eigentlich müsste es ›Mors *est* ianua vitae‹ heißen. Das war dem Architekten wohl nicht bewusst.«

Die Mundwinkel des Direktors zuckten. »Man hat zugunsten der Harmonie auf *est* verzichtet. Drei mächtige Wörter. Mors ianua vitae. In einem dreieckigen Giebel.«

»Sie spielen auf die Heilige Dreifaltigkeit an«, bemerkte ich. »Das Thema ist mir mal in der Grundausbildung begegnet.« Damit bewegte ich ihn zu einem neuerlichen Lächeln, das seine Anspannung schwinden ließ. »Allerdings empfinde ich es als reichlich ironisch, sämtlichen Gebäuden eines christlichen Friedhofs die Form heidnischer Tempel zu geben.«

»Tatsächlich? Ist es nicht weitaus ironischer, dass dieser Friedhof ausgerechnet um ein Weltentor herum errichtet wurde?« Direktor Tenrys schritt auf das Gebäude zu. Die Tür hinter den prachtvollen Säulen schwang mit einem Surren automatisch auf und hieß uns im Innern willkommen. Tenrys' Absätze klackerten auf dem schwarzen Marmor, das Geräusch hallte von den Decken wider.

»Eine Tarnung«, sagte ich und legte den Kopf in den Nacken, um die Fresken hoch über uns zu betrachten. Sie zeigten Szenen des Jüngsten Gerichts, des Höllensturzes und der Wilden Jagd. Unweigerlich musste ich mir die Frage stellen, ob diese Bilder der Fantasie des Künstlers entsprungen waren oder ob er der anderen Welt tatsächlich einen Besuch abgestattet hatte. Hier, so nah an der Grenze, war alles möglich. Wenn auch nicht unbedingt erlaubt.

»In der Tat. Eine äußerst wirkungsvolle Tarnung, um die Weltentore vor den Augen der Menschen zu verbergen.« Direktor Tenrys führte mich durch das Halbdunkel der Eingangshalle. »Der Kensal Green Cemetery gehört zu den Magnificant Seven, jenen Friedhöfen, die im 19. Jahrhundert errichtet wurden, um die Grenze zwischen unserer und der anderen Welt zu schützen. Ihre Architekten neigten dazu, einander übertreffen zu wollen. Aber wenn ich ehrlich sein soll, ist mir der Kensal Green mit seinem ehrlichen neoklassischen Baustil der liebste. Und natürlich wegen Freddie Mercury.«

Ich hob die Brauen. »Freddie Mercury?«

»Der Queen-Sänger.« Tenrys nickte. »Das war vor Ihrer Zeit, nicht wahr?« Er setzte ein unverbindliches Lächeln auf, das nicht kaschieren konnte, wie seltsam dieser Satz aus dem Mund eines Mannes klang, der kaum älter war als ich.

Tenrys führte mich durch die Eingangshalle. In regelmäßigen Abständen hingen an den Wänden elektrische Kerzen, deren künstliche Lichtkreise wir durchschritten. Vor einer Tür, die aussah, als führte sie in einen Tresorraum, blieb der Direktor stehen. Die Wände bestanden aus rauen, unbehandelten Sandsteinquadern. Spinnweben hingen in den Ecken und auf dem Boden lag ein dünner Teppich aus Staub, den Tenrys mit seinen Schritten aufwirbelte. Seine

Augen funkelten wie die eines Kindes, das ein Geschenk auspackte, als er einen Zahlencode auf ein unscheinbares Display eintippte.

Der Blick meines magischen Auges huschte durch den Raum. Er unterschied sich nicht sonderlich von dem, was ich mit meinem menschlichen Auge sehen konnte. Sandsteinquader. Spinnweben. Staub. Doch um die Tür herum leuchtete ein goldenes Band. Rückstände von Magie. Aus reiner Gewohnheit klopfte mein Herz schneller. Ich zwang mich zur Ruhe. Das war nichts, was mich aus der Fassung bringen sollte. Nicht heute. Nicht an einem anderen Tag. Niemals wieder.

»1-8-3-2«, sagte Tenrys. »Merken Sie sich den Code.«

»Glauben Sie, dass sich ein Crae von einer Tür aus Stahl aufhalten lässt?«, fragte ich, während diese sich mit einem Zischen entriegelte.

»Nein, nicht, wenn er es darauf anlegt«, gab Tenrys ungerührt zu. »Aber sie hindert neugierige Menschen daran, etwas sehr Dummes zu tun.«

Ich nickte, denn ich dachte an die Pariser Schattenangriffe vor anderthalb Jahren, da durch die Unachtsamkeit eines Wächters aus dem Weltentor unterhalb der Glaspyramide des Louvre mehrere Crae entkommen waren. Sie hatten große Teile der Stadt und die berühmte Kathedrale Notre-Dame in Brand gesteckt. Später hatte sich herausgestellt, dass Sterbliche durch das Tor nach Asterin gereist waren, und bei dieser Erinnerung schlug mein Herz unwillkürlich schneller. Für jede sterbliche Seele, die auf die andere Seite ging, kam ein Crae in diese Welt. Ein natürlicher Vorgang, wenn jemand starb. Doch dasselbe geschah auch, wenn *lebende* Menschen sich Zugang zu Asterin verschafften. Und genau das war damals in Paris geschehen.

Tenrys sah mich über die Schulter hinweg an. In diesem Moment wirkte sein Blick müde und um Jahre gealtert. »Die Geheimhaltung dieser anderen Welt ist nach wie vor oberste Priorität der Ars Obscura. Insbesondere nach dem Zwischenfall in Reykjavík.«

Die Bedeutung seiner Worte lastete schwer auf mir. Meine Kehle fühlte sich auf einmal trocken an und meine Stimme klang kratzig, als ich fragte: »Sie glauben, dass es ein Unaware war?«

Unaware war die Bezeichnung der AO für Menschen, die keine Kenntnis darüber hatten, dass es mehr in diesem Universum gab als diese eine Welt, in der wir lebten.

»Keiner von uns würde Ihnen so etwas Abscheuliches antun«, versicherte Tenrys mir. »Das Unbekannte weckt ungeahnte Ängste in den Menschen. Es macht sie blind für Richtig und Falsch, treibt sie zu schrecklichen Taten an. Es muss ein Unaware gewesen sein, der – wie auch immer – von Ihren Fähigkeiten erfuhr und der Abnormität dessen, was er für die eigene Realität hielt, ein Ende setzen wollte.«

Wie mechanisch nickte ich. In den letzten Wochen hatte ich viel Zeit gehabt, um über den Zwischenfall nachzudenken. Ich hatte ähnliche Schlüsse wie Tenrys gezogen, denn in jener Nacht hatte ich mich nicht sonderlich unauffällig durch die Stadt bewegt. Aber diese Augen gingen mir nicht aus dem Kopf. Nachtschwarz. *Nicht menschlich.*

»Jedenfalls habe ich nicht vor, noch einmal in eine solche Situation zu geraten«, sagte ich. »Ich pflege keine engen Kontakte zu Unawares.« Und es war mir nicht schwergefallen. Das ewige Versteckspiel zehrte seit jeher an meinen Nerven. Nach dem Zwischenfall war ich aus dem Licht getreten und wandelte nun zwischen den Schatten. Menschliche Begegnungen – abgesehen von denen mit meiner Mitbewohnerin oder an der Kasse eines Supermarktes – mied ich. »Das Geheimnis der Ars Obscura ist sicher bei mir.«

»Ich weiß«, sagte Tenrys. »Andernfalls hätte ich Sie nicht für diese große Aufgabe ausgewählt.« Seine Worte schwebten noch in der Luft, da fügte er mit einem Zwinkern hinzu: »Für diese große, wenn auch wahrlich langweilige Aufgabe.« Ich kam nicht umhin, zu schmunzeln. Aber meine Mundwinkel erstarrten, als Tenrys die tresorartige Tür öffnete und offenbarte, was dahinterlag.

Das Atrium.

Bei diesem Anblick galoppierte mein Herz los und hängte mich beinahe ab.

2

Mein menschliches Auge erfasste das Ringen von Licht und Dunkelheit in einem Raum, dessen Gewölbe von Säulen getragen wurde. Er hatte die Größe eines Kirchenschiffes, ließ jedoch die erhabene Aura eines solchen Ortes vermissen. Stattdessen erinnerte er mich an den Schlund eines Monsters, in dem die Säulen nichts anderes waren als Fangzähne. Jene Teile des Raumes, die der Schein künstlicher Kerzen nicht erreichte, waren schwärzer als die dunkelste Nacht über London. Das alles sah ich mit meinem menschlichen Auge. Was ich mit meinem magischen Auge in dem Raum ausmachen konnte, war überwältigend. Londons Nachthimmel schien auf die Erde herabgestürzt zu sein und sich in die Keller des Kensal Green Cemeterys geflüchtet zu haben. Wie Sterne hingen unzählige glänzende Partikel in der Luft und schimmerten im Schein der künstlichen Kerzen. Der Luftzug, der uns voran durch die Tür eindrang, brachte sie zum Tanzen.

»Verraten Sie mir, was Sie sehen, Miss Ambrose.« Tenrys bedachte mich mit einem neugierigen, vielleicht auch neiderfüllten Blick. Das Diesseits war wie ein ungeschliffener Diamant, dessen Facetten das menschliche Auge nicht zu erfassen vermochte. Dessen musste sich der Direktor der Ars Obscura gewiss sein. Andernfalls hätte er niemals das Amt an der Spitze dieser uralten Organisation bekleidet.

»Mehr, als Sie sich vorstellen können.« Ich war eine Kuriosität. Selbst unter Agenten und Wächtern der Ars Obscura. Eine kurzweilige Laune der Natur. Denn ich kannte niemanden sonst, der in der irdischen Welt Magie *sehen* konnte. Crae waren nicht unsichtbar, wenn sie in das Reich der Menschen eindrangen, aber ihre Kräfte waren es. Wenn ein Feuerspinner Flammen beschwor, konnte ich diese sehen, während andere Agenten bloß der Handbewegung des Crae folgen konnten und nicht wussten, welche Teufelei ihr dämonischer Gegner heraufbeschwor. Gut, wer als Agent seine Ausbildung ernst genommen hatte, wusste es dank detailliertem Daemonicum der AO trotzdem. Dennoch genoss ich einen entscheidenden Vorteil und deshalb war ich für eine Organisation wie die AO von unschätzbarem Wert.

Ich trat an Tenrys vorbei durch die Tür. Der Duft, der mich im Atrium empfing, erinnerte an kalten Stein und Unendlichkeit. Ein Schauer jagte über meinen Körper, ehe mein Blick an dem Weltentor hängen blieb.

Es war das erste Mal in meinem Leben, dass ich Asterin so nahe kam. In der Vergangenheit hatte ich mich als Agentin mit jenen Geschöpfen herumgeschlagen, die der anderen Welt entflohen und in unsere Welt eingedrungen waren. Als Kriegerin an vorderster Front hatte ich viel einstecken müssen. Zu viel.

Das Weltentor wirkte unspektakulärer, als ich es mir vorgestellt hatte. Ein runder Rahmen aus schwarzem Stein, der je nach Lichteinfall blutrot oder violett schimmerte, umschloss eine Oberfläche, so glatt wie unberührtes Wasser. Sie barg eine Dunkelheit, wie ich sie nie zuvor gesehen hatte. Nicht schwarz, aber so tief und durchdringend, dass man sich darin hätte verlieren können. »Schwarzer Obsidian von den Liparischen Inseln.« Stolz klang in Tenrys' Stimme, als hätte er das vulkanische Gestein von der Stiefelspitze Italiens nach London geschleppt. Jetzt erkannte ich, dass Symbole in die Obsidianquader geritzt und mit Gold ausgemalt worden waren.

»Was bedeutet das?«, fragte ich.

»Alles und nichts«, antwortete Tenrys vage. Er zupfte sich unsichtbare Fusseln von seinem Mantel, als müsste er seinen Fingern eine Aufgabe geben. »Es ist eine Sprache, die man diesseits des Tores weder spricht noch versteht.«

»Und was liegt dahinter?«

»Verderben.«

Die Bestimmtheit, mit der Tenrys sprach, machte mich misstrauisch. »Sind Sie etwa schon einmal durch das Tor gegangen?«

»Seien Sie nicht albern!«, sagte der Direktor der Ars Obscura schneller, als es glaubwürdig gewesen wäre. Einen Moment lang betrachtete ich ihn, aber der verräterische Ausdruck seiner Augen verschwand, bis ich glaubte, ihn mir eingebildet zu haben.

Ich trat dichter an das Tor heran und erkannte mein Spiegelbild darin. Es war eine düstere Version meiner selbst. Grobe Linien zeichneten die Narbe um mein magisches Auge scharf. Ich schob eine hellblonde Strähne ins Gesicht, um sie zu verbergen. Vor mir selbst. Ich konnte ihren Anblick nicht ertragen, denn sie erinnerte mich an alles, was ich verloren hatte. Es war eine Geste, die mir in den letzten Wochen in Fleisch und Blut übergegangen war. Mein Spiegelbild im Weltentor tat das Gegenteil. Mit einer demonstrativen Geste fasste es das Haar im Nacken zusammen und präsentierte mir das dunkle Netz aus Linien. Ich kämpfte gegen den Drang an, vorzutreten und die Hand nach seiner glatten Oberfläche auszustrecken, um sie zu kräuseln wie die eines Teiches, damit alles, was sich darin spiegelte, vor meinen Augen verschwamm.

»Zweifelsohne übt dieses Tor einen dunklen Reiz auf all diejenigen aus, die ihm gegenübertreten«, seufzte Tenrys. »Ich kann nicht leugnen, dass auch ich ein paarmal gegen seinen Sog ankämpfen musste. Sie werden sich an das Gefühl gewöhnen.«

»Das bezweifele ich«, murmelte ich mehr zu mir selbst als zu ihm.

»Niemand außer dem Wächter – also Ihnen – und den ranghöchsten Mitgliedern der Ars Obscura dürfen diesen Raum betreten«, beschwor Tenrys mich. »Alles, was zwischen diesen Mauern geschieht, wird aufgezeichnet und landet auf einem Server in meinem Anwesen.« Der Direktor der Ars Obscura hob die Hände. Seine Geste wirkte wie eine Geisterbeschwörung, tatsächlich deutete er lediglich auf die Ecken des Raumes, in denen Kameras installiert worden waren. Erst jetzt bemerkte ich ihr regelmäßiges rotes Blinken.

»Sie sichten sämtliches Material?«

»Nur, wenn Sie mich explizit auf etwas Ungewöhnliches hinweisen. Die Videoaufnahmen erinnern an Standbilder und sind schrecklich langweilig. Es ist Ihre Aufgabe, nicht dabei einzuschlafen.« Tenrys zwinkerte mir zu. Klar, denn ich hatte ihn um den eintönigsten Job gebeten, den die AO hergab.

»Sind übernatürliche Aktivitäten denn auf Filmaufzeichnungen sichtbar?«, fragte ich.

»Bedauerlicherweise ist die Technologie noch nicht so weit fortgeschritten.«

Ich drehte mich um meine eigene Achse und ließ sowohl meinen magischen als auch meinen nichtmagischen Blick durch den Raum schweifen. Sternenpartikel und Staub stoben gleichermaßen um mich herum. »Das ist also mein neuer Arbeitsplatz.« Ich seufzte bei dem Gedanken, dass ich die weiten Ländereien Islands gegen ein fensterloses Gewölbe getauscht hatte. »Gibt es hier unten wenigstens WLAN?«

Tenrys stieß ein gepresstes Lachen hervor. »Sie werden die meiste Zeit in Ihrem Büro zwei Stockwerke über dem Tor verbringen. Ich bin sicher, dass Sie die wenigen Male, die Sie hier unten sein werden, keine stabile Internetverbindung benötigen. Kommen Sie, ich zeige Ihnen Ihr Büro.«

Mit der Gewissheit, dass ich meine Arbeitszeit nicht unterirdisch würde fristen müssen, überkam mich ein Gefühl von Erleichterung. Ich kehrte dem Weltentor endgültig den Rücken zu und trat hinter Tenrys zurück ins Treppenhaus.

Der antik anmutende Rundbogen zu meinem Büro führte meine Erwartungen an den dahinterliegenden Raum in die Irre. Statt roher Sandsteinwände und schmalen Rundfenstern sah ich mich schwarzem Marmorboden und zwei Glaswänden gegenüber, die einen atemberaubenden Blick über den Kensal Green und die Stadt dahinter boten. Draußen spickten Hunderte Sterne den nächtlichen Himmel und malten das spärliche Mobiliar meines neuen Büros silbern an.

In der Mitte des Zimmers stand ein aufgeräumter Schreibtisch, der schon bald im Chaos meiner Arbeit versinken würde. Gegenüber ragten vier riesige Bildschirme auf, deren Oberflächen so schwarz wie das Weltentor waren. An der Wand, die an das Gebäude grenzte, lehnten hohe Regale, in denen sich ein paar verlorene Bücher fanden. Ich erkannte die Akten der Ars Obscura in fünf Bänden, eine Pflichtlektüre für meinesgleichen. Daneben hing ein Stadtplan von London. Es gab einen Ledersessel und einen Fußhocker. Auf einem niedrigen Schemel stand eine Kaffeemaschine. Die würde ich brauchen, denn am dünnsten war die Grenze zwischen Asterin und unserer Welt in der Dämmerung. Meine Arbeitszeiten hatten Direktor Tenrys und ich entsprechend vereinbart.

»Das Atrium können Sie über diese Monitore überwachen. Die Bilder, die Sie sehen, sind live, auch wenn sie wie Fotos anmuten. Wenn etwas fehlt, sagen Sie Bescheid. Ansonsten sind Sie frei, den Raum nach Ihren Wünschen einzurichten«, sagte er und wies um sich. Als es klopfte, ließ er die Arme sinken. »Das muss der Agent sein, mit dem Sie künftig zusammenarbeiten werden. Caspian, tritt ein!«

Eine große Gestalt duckte sich unter dem für sie zu niedrigen Türsturz hindurch und baute sich wie einer jener Riesen vor mir auf, mit denen ich in Reykjavík zu tun gehabt hatte. Als sich eine Wolke über den Himmel wälzte und den Mond freigab, sah ich in ein gemeißeltes Gesicht.

Die Schatten der Nacht schmiegten sich an den Agenten und trübten meine Wahrnehmung, aber das silbrige Mondlicht ließ seine markanten Züge sichtbar werden: hohe Wangenknochen, ein kantiges Kinn, dichte Brauen. Ein Blick aus dunkelblauen Augen, der mich an den Winter Islands erinnerte. Kalt und hart.

»Miss Ambrose.« Die Stimme des Direktors der Ars Obscura riss mich aus meinen Gedanken. Ich bemerkte, dass ich den Fremden angestarrt hatte. Blinzelnd wandte ich mich ab, aber sein Gesicht hatte sich unwiderruflich in meine Netzhaut gebrannt. Das und der finstere Blick, mit dem er mich bedacht hatte.

Tenrys kleisterte sich das perfekte Lächeln für Zahnpastawerbung aufs Gesicht und winkte den Fremden näher. »Darf ich Ihnen Caspian vorstellen, meinen treuen Freund und begnadetsten Agenten? Caspian, ich erzählte dir bereits von unserem Neuzugang. Das ist Aurora Eden Ambrose, die neue Wächterin des Weltentores.«

Normalerweise rief die Nennung meines Namens eine Reaktion bei meinem Gegenüber hervor, denn unter den Mitgliedern der Ars Obscura eilte mir mein Ruf voraus. Ich war der gefallene Stern am Himmel der Organisation, die gebrochene Kriegerin, Aurora Scarface. Aber Caspian sah mich an, als hätte er nie zuvor von mir gehört.

Dann verdunkelte sich seine Miene, falls das überhaupt noch möglich war. Anstatt mir die Hand zu reichen, verschränkte er die Arme vor der Brust und maß mich aus zusammengekniffenen Augen. Ich schob das Haar vor meine vernarbte Haut, als könnte ich mich dahinter verstecken. Sein Blick war mir erschreckend vertraut und zugleich vollkommen fremd.

Als keiner von uns beiden reagierte, räusperte sich Tenrys und fuhr sich durchs Haar. Die Geste wirkte seltsam unbeholfen, als erwartete er lange Strähnen. Aber seine Finger griffen ins Leere. Er ließ sie sinken und trommelte auf den Schreibtisch. »Sie haben ja noch genug Zeit, Freundschaft mit meinem besten Mann zu schließen«, scherzte er, verstummte aber unter dem Funkeln, mit dem dieser ihn bedachte. »Nun gut, Miss Ambrose, haben Sie noch Fragen?«

Ja, wer zur Hölle war Caspian? Und warum sah er mich so an, als würde er sich jeden Moment auf mich stürzen wollen? Unwillkürlich umfasste ich mit beiden Armen meinen Oberkörper. Ich brachte keinen Ton hervor und schämte mich für meine eigene Unzulänglichkeit. Früher, vor dem Zwischenfall in Reykjavík, hätte ich Caspian die Stirn geboten. Heute hämmerte mein Herz und drängte mich zur Flucht. Ich widerstand diesem Instinkt und schüttelte an Tenrys gewandt den Kopf. Zu mehr fühlte ich mich nicht imstande.

»Nun denn. Wenn Sie keine Fragen mehr haben, schlage ich vor, dass ich Sie nach unten begleite. Es ist schon spät und ich möchte Sie ungern Ihrer verbliebenen freien Zeit berauben.« Tenrys überließ mir mit einer galanten Geste den Vortritt. Ich zögerte nicht, denn ich sehnte mich danach, der Enge dieses Raumes und Caspians Nähe zu entkommen.

»Wenn Sie in den nächsten Tagen etwas brauchen, scheuen Sie sich nicht, darum zu bitten. Sie finden Caspians Büro gleich nebenan.«

»Er arbeitet *hier*?«, platzte es aus mir heraus.

Caspian, der uns gefolgt war, hob die Brauen, sagte jedoch nichts. Natürlich nicht.

»Gewiss doch«, bestätigte Tenrys. »Auf jedem Friedhof, der ein Weltentor verbirgt, sind zwei Mitglieder der Ars Obscura stationiert. Ein Agent und ein Wächter. Während Sie ein Auge auf das Tor haben …«, er zwinkerte meinem magischen Auge vielsagend zu, »… bekämpft Caspian jene Kreaturen, die es zu überwinden suchen. Wie ich bereits erwähnte, Sie werden nicht viel zu tun haben und sich alsbald wieder nach dem Außendienst sehnen.«

Ich überlegte, was schwerer wog: die Schatten meiner Vergangenheit, die noch immer auf mir lasteten, oder die Zusammenarbeit mit diesem übellaunigen Kerl, der aussah, als würde er lieber Jagd auf mich anstatt auf die Dunkelheit jenseits des Weltentores machen.

»Wer weiß«, antwortete ich mit einiger Verzögerung und zwang mich zu einem Lächeln.

Ein sanfter Ausdruck trat auf Tenrys' Gesicht, als wären wir alte Freunde, nicht aber Vorgesetzter und Untergebene. »Es ist nicht die Zeit, die Wunden heilt. Es ist der Verstand. Sie werden über das, was geschehen ist, hinwegkommen, Miss Ambrose.«

Das Lächeln perlte von meinem Gesicht ab und ich spürte, wie etwas Schweres an meinen Mundwinkeln zog. Während wir die Treppe hinab ins Erdgeschoss stiegen, klammerte ich mich am Handlauf fest. Auf der untersten Stufe widerstrebte es mir loszulassen. Ich fühlte mich, als würde ich den Halt verlieren. Wieder einmal.

»Entschuldigen Sie. Ich wollte Ihnen nicht zu nahe treten.« Tenrys' Worte hallten von den hohen Wänden wider und bohrten sich wie ein Stachel in mein Herz. Fast floh ich an ihm und Caspian vorbei aus dem Verwaltungsgebäude in die kühle Nacht und fragte mich, wer der Mensch war, der seit dem Zwischenfall in Reykjavík meinen Körper bewohnte. Denn ich war das nicht.

Auf dem Hof wurde Tenrys langsamer und zwang mich dazu, mich seinem Tempo anzupassen, obwohl ich am liebsten gerannt wäre. Seine Blicke wanderten über meinen Körper und verweilten länger auf mir, als der Anstand es erlaubt hätte. »Es ist mir eine Ehre,

Sie in London willkommen heißen zu dürfen«, sagte er mit einem charmanten Lächeln, mit dem er mich nicht gewinnen konnte.

Caspian schien das ähnlich zu sehen, denn er schnaubte. Geflissentlich ignorierte Tenrys das Geräusch. Vermutlich war er die Überheblichkeit seines Agenten gewohnt. Ich hingegen erwog kurz, Caspian die Zunge herauszustrecken, besann mich dann aber eines Besseren. Immerhin würde ich mit diesem Kerl hier künftig noch viel Zeit verbringen.

Ich schüttelte Tenrys' Hand und sagte mit so viel Ehrlichkeit, wie ich aufbringen konnte: »Ich freue mich, die Wache für dieses Weltentor zu übernehmen, Direktor Tenrys.«

Er verzog das Gesicht zu einer Grimasse. »Oh, nennen Sie mich doch Adriel. Als Direktor Tenrys komme ich mir unendlich alt vor.« Er lachte über einen Scherz, den ich nicht verstand. Unbeholfen fiel ich mit ein.

»Na schön, Adriel. Ich bin Aurora.«

Mein Vorgesetzter nickte mir wohlwollend zu, ehe wir uns verabschiedeten. Weil Caspian noch immer kein Wort gesagt hatte, tat ich, als wäre er gar nicht da, und drehte mich um.

Während Tenrys mich durch das Verwaltungsgebäude geführt hatte, hatte sich die Dämmerung in Nacht verwandelt. Mit all seinen Lichtern malte London orangefarbene Kreise in die Dunkelheit, die die Sterne am Himmel verblassen ließen. In Island hatten die Nächte anders ausgesehen – wie ein von Sommersprossen gezeichnetes Gesicht. Hier in der Stadt wirkte der Abstand zwischen den einzelnen Sternen riesig, manche schienen vollends erloschen. Trotzdem beruhigte mich ihr vertrauter Anblick. Die Nacht barg nicht nur Schrecken, sie bot auch Schutz. Flankiert von ihrer Finsternis und golden schimmernden Spuren vergangener Magie, die ich mit meinem magischen Auge sah, lief ich auf das Tor zur Harrow Road zu.

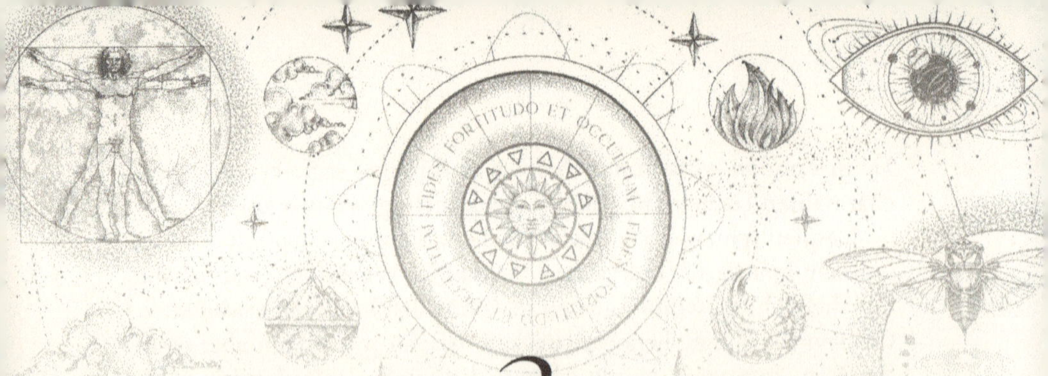

3

Mit einem feuchten Schwamm arbeitete ich das Make-up in meine Haut ein und beobachtete, wie die weit verästelte Narbe um mein magisches Auge allmählich verschwand, als wäre ich eine Gestaltwandlerin und keine gewöhnliche Frau. Gut, fast gewöhnlich, denn der Umstand, dass ich mit meinem rechten Auge Magie sehen konnte, hob mich dann doch von der normalsterblichen Bevölkerung ab.

Vor dem Zwischenfall in Reykjavík hatte ich keinen Wert auf Kosmetik gelegt. Eitelkeit war kein Charakterzug, den man sich als Agent der Ars Obscura im aktiven Dienst leisten konnte. Zumindest nicht, wenn man wie ich damals auf Crae der Stufen drei und vier spezialisiert war. Narben, die vom Kampf gegen jene Wesen erzählten, waren nicht unüblich, vielen der Agenten fehlten sogar ein oder mehrere Finger. Diesbezüglich hatte ich Glück gehabt, doch wenn ich darüber nachdachte, hätte ich gern ein paar Gliedmaßen geopfert, um damit den schrecklichsten Tag meines Lebens ungeschehen machen zu können. Stattdessen trug ich Make-up wie eine Maske, denn jedes Mal, wenn ich mir in einem Spiegel oder in einer Fensterscheibe begegnete, erinnerte mich mein Anblick an das, was ich verloren hatte. Also ließ ich die sichtbaren Spuren unter einer Schicht von Make-up verschwinden, obgleich ich damit die Narben auf meiner Seele nicht schmälern konnte.

Ich tuschte die Wimpern und bemalte meine Lippen, ehe ich einen kurzen Blick auf das Display meines Smartphones warf. Mein

Herz machte einen Satz, als sich mir die Uhrzeit in grellen Ziffern entgegendrängte. Verdammt, ich war viel zu spät dran. Hektisch verschloss ich den Lippenstift, sprang auf und suchte zwischen den wenigen Umzugskisten nach meinen Stiefeln. Nicht viel hatte mich aus Island in meine neue Heimat begleitet, aber einen der Kartons würde ich heute mit ins Büro nehmen. Er beinhaltete Arbeitsunterlagen, Notizbücher und Lexika. Nachdem ich in meine Jacke geschlüpft war, umfasste ich besagten Karton mit beiden Händen und stolperte halb blind durch den Flur.

»Ziehst du schon wieder aus?«, hörte ich die kühle Stimme meiner Mitbewohnerin. Ich reckte das Kinn, um über den Karton hinweg nach ihr zu suchen. Sie lehnte mit verschränkten Armen in der Tür zum Badezimmer. Warum sie mir das leere Zimmer in ihrer Wohnung überlassen hatte, war mir ein Rätsel, denn es war ganz offensichtlich, dass sie mich nicht mochte. Vermutlich brauchte sie das Geld. Seit meinem Einzug hatte sie nur das Gespräch mit mir gesucht, um mir mitzuteilen, dass ich in der ersten Woche unseres Zusammenlebens den Putzdienst übernehmen müsse. Für mich war das okay, denn von Unawares hielt sich unsereins besser fern.

»Da drin sind ein paar Unterlagen und Material für meinen neuen Job«, entgegnete ich und steuerte auf die Tür zu.

Cassandra schnaubte. »Du bist besser vorbereitet, als ich es von einer *Friedhofswärterin* erwarten würde.« Sie machte keinen Hehl daraus, dass sie meine Berufswahl verachtete. Natürlich konnte ich ihr nicht sagen, dass ich das übernatürliche Tor zwischen unserer Welt und Asterin bewachte, und so musste ich ihren Spott über mich ergehen lassen.

»Ich möchte den Toten meinen Respekt zollen«, sagte ich vage. »Könntest du vielleicht …?« Meine Frage ging in einem Schnaufen unter, als mir der Karton beinahe aus den Händen glitt und ich meinen Griff um ihn verstärkte. Eine Kante drückte sich zwischen meine Rippen.

Cassandra strich sich das glänzende schwarze Haar aus der Stirn, dann setzte sie sich in Bewegung, um mir die Tür zu öffnen. »Viel Spaß mit den Toten!«

Der Abend senkte sich überraschend plötzlich auf London und hüllte die Stadt in einen goldenen Schleier. Die Fassaden der Hochhäuser glitzerten in der Ferne, das Licht spiegelte sich in den letzten Spuren eines Regenschauers. Wasser spritzte um mich herum auf, als die Sohle meines Stiefels in einer Pfütze landete.

»Verdammt!«, zischte ich. Kalte Nässe drang durch meine Strumpfhose und ließ mich frösteln. Mein erster Arbeitstag als Wächterin für Ars Obscura schien unter keinem sonderlich guten Stern zu stehen. Ich stellte den Karton auf einer niedrigen Mauer ab und begutachtete den Schaden. Dunkle Flecken sprenkelten meine Beine. Nichts, was ich jetzt würde ändern können. Ich strich darüber, ehe ich den Karton erneut anhob und meinen Weg fortsetzte. Inzwischen brannten die Muskeln in meinen Armen durch die unnatürliche Haltung und das Gewicht meines Arbeitsmaterials. Eine Pause konnte ich mir nicht erlauben. Ich war spät dran. Wenn ich mich nicht beeilte, würde ich den Sonnenuntergang verpassen.

Seit dem Zwischenfall in Reykjavík fiel es mir schwer, mich aus dem Sog des Schlafes zu befreien, denn er erlaubte mir Momente süßen Vergessens. Statt mich in den vergangenen Tagen in meiner neuen Heimat zurechtzufinden, hatte ich mich also in meinem winzigen Apartment verkrochen und die Decke über den Kopf gezogen. Deshalb fühlte sich jeder Schritt von meiner Wohnungstür hinab zur Tube Station und über die Kensal Green Station bis hin zu meinem neuen Arbeitsplatz fremd an.

Meine Lunge brannte, als ich den Friedhof endlich erreichte. Schweiß perlte auf meiner Stirn und mein Shirt klebte zwischen meinen Schulterblättern. Das Tor zum Kensal Green ragte hoch über mir auf. Die Sonne berührte die Wipfel der Bäume, als ich eilig hindurchschritt. Auf der anderen Seite erwartete mich eine dunkle Gestalt, die meinen rasenden Puls zum Stolpern brachte. Abrupt blieb ich stehen und musterte Caspian, der meinen Blick grimmig erwiderte. Ich fragte mich, ob er jemals lachte, und konnte mir beim besten Willen nicht vorstellen, wie ein Lächeln sein Gesicht verändern würde. Es wirkte wie das einer griechischen Skulptur. Ausdruckslos und für alle Ewigkeiten erstarrt.

»Du bist spät.« Es war das erste Mal, dass ich ihn sprechen hörte. Seine Stimme war tief, fast schon sinnlich. Wäre da nicht dieser gefährliche Unterton gewesen. Er verwandelte jedes Wort in eine Klinge, die tief in mein Fleisch schnitt.

Sein Blick glitt von dem Karton in meinen Armen und verweilte auf meinem Gesicht. »Immerhin hattest du genug Zeit, um dir das Gesicht zuzuspachteln.«

Ich presste die Kiefer aufeinander und wich seinen durchdringenden Blicken aus. Mein früheres Ich hätte einem Kerl wie Caspian die Stirn geboten. Doch alles, was ich herausbrachte, war: »Wo ist Adriel?« Meine Frage kam als ein Piepsen über meine Lippen, für das mich jene Aurora, die vor einigen Monaten noch einem ausgewachsenen Riesen gegenübergestanden hatte, ausgelacht hätte.

Caspian schien es ähnlich zu gehen. Er schnaubte und betrachtete den Karton in meinen Armen mit hochgezogenen Brauen, ehe er mir den Rücken zuwandte und den Weg entlangschritt. »Der hat Besseres zu tun, als deine Hand zu halten!«

Scham und Wut brannten in meinem Bauch. Am liebsten wäre ich umgekehrt und hätte Kensal Green, Caspian und dieses verdammte Weltentor hinter mir gelassen. Die andere Aurora, die seit dem Zwischenfall irgendwo tief in mir verborgen war, ließ mich jedoch die Hände zu Fäusten ballen. Wie gern hätte ich sie Caspian spüren lassen. Aber er war bereits zwischen den gestutzten Büschen verschwunden und der Karton sackte ein weiteres Stück nach unten. Also packte ich ihn fester und folgte ihm.

Ich stapfte den Weg zum Verwaltungsgebäude entlang und nickte dem Friedhofswärter Mr Chamberlaine zu, einem wettergegerbten Mann in Gummistiefeln und Latzhose, der mir entgegenkam und eine Schubkarre mit Grünschnitt vor sich herschob. Er riss die Augen weit auf, als mein Blick ihn traf, und floh in den Schutz hoch aufragender Grabskulpturen. Ich fragte mich, wie er wohl reagierte, wenn er dem übellaunigen Caspian begegnete.

Die Wut schwelte auch dann noch in meinen Eingeweiden, als ich mein Büro betrat. Den Karton stellte ich auf der leeren Schreibtischoberfläche ab und schüttelte meine brennenden Arme aus.

Sobald sich mein rascher Atem verlangsamte, wurde ich mir der Stille in dem Raum bewusst. Noch einmal sah ich mich in dem Büro um, in dem ich fortan viel Zeit verbringen würde. Das Gefühl in meinem Bauch konnte ich unmöglich deuten. Es bewegte sich zwischen Unbehagen, freudiger Erwartung und zu schwerem Mittagessen – ich hatte mir vor ein paar Stunden einen Burger in einem Take-away-Restaurant unweit meiner Wohnung geholt und diesen hastig in meinem Zimmer verschlungen.

Als ich den Riemen meiner Tasche über den Kopf zog und sie abstellen wollte, platzte der Reißverschluss auf und meine Habseligkeiten ergossen sich auf den Boden. In dem Moment ließ der Zorn von mir ab. Meine Schultern sackten nach unten und ich fühlte mich müde und ausgelaugt, als hätte ich nicht den ganzen Tag verschlafen. Auf allen vieren kroch ich durch den Raum, sammelte Kugelschreiber, Notizblock, Portemonnaie und Kosmetika auf. Als ich auf dem Hof unterhalb des Fensters eine Bewegung wahrnahm, erstarrte ich.

Mr Chamberlaine kehrte mit seiner Schubkarre zurück. An seiner Seite lief Caspian. Aber der Friedhofswärter schien sich nicht im Geringsten zu fürchten.

Caspian. In Gedanken sagte ich seinen Namen. Er passte zu ihm. Er war ungewöhnlich und klang rauchig, aber zugleich melodisch. Er drückte eine Stärke aus, die sein Träger demonstrativ zur Schau stellte, während er dem Friedhofswärter zur Hand ging und mit hochgerollten Ärmeln einen Grabstein über die Wiese trug, bis die Schatten der Dämmerung ihn verschluckten.

»Caspian.« Bevor ich dem Drang widerstehen konnte, seinen Namen auf meiner Zunge zu schmecken, hatte ich ihn laut ausgesprochen. Er klang in der Stille meines Büros nach, bis es mich lockte, ihn zu wiederholen: »Caspian!«

In dem Moment schob Caspian die Zweige beiseite und trat erneut auf den Hof. Er sah mich an, als hätte er mich gehört. Mir wurde peinlich bewusst, dass ich den Eindruck einer verrückten Stalkerin erweckte, wie ich da auf dem Boden hockte und in den Hof spähte. Ruckartig schnellte ich hoch, aber ein Hindernis hielt mich auf. Mit einem dumpfen Knall krachte ich gegen die Tischplatte über mir. Sterne tanzten vor meinen geschlossenen Lidern. Als ich die Augen das nächste Mal öffnete, war Caspian verschwunden.

Ich zog mich an meinem Schreibtisch hoch, dann nahm ich auf dem Stuhl Platz und tat, als wäre ich in die Unterlagen vertieft, die Adriel mir bereitgelegt hatte. In Wahrheit lauschte ich auf Geräusche außerhalb meines Büros. Und tatsächlich erklangen kurz darauf schwere Schritte, die vor meiner Tür innehielten. Ich wagte nicht zu atmen, starrte auf die Dokumente, bis die schwarzen Druckbuchstaben ineinander verschwammen.

Ein kurzer Moment verstrich, in dem ich mich fragte, was Caspian auf der anderen Seite der Tür trieb. Sein Klopfen fegte allerdings sämtliche Gedanken aus meinem Kopf und peitschte meinen Puls zur Eile an.

Er wartete nicht, bis ich ihm die Erlaubnis zum Eintreten erteilte, sondern stieß die Tür mit Schwung auf, sodass erst die Wand sie wieder stoppte.

Caspians Miene war hart, als sein Blick mich traf und kurz auf der Stelle verweilte, wo ich meine Narbe mit Make-up abgedeckt hatte. Er stieß ein Grummeln aus und funkelte mich an, als wäre ich es, die in sein Büro geplatzt war.

»Äh«, machte ich und runzelte die Stirn. »Kann ich dir helfen?«

Die geblähten Nasenflügel waren eindeutige Zeichen von Caspians Zorn und ich fragte mich ernsthaft, womit ich ihn auf mich gezogen hatte.

»Adriel will, dass ich dich einarbeite.« Die Art und Weise, wie er sprach, machte deutlich, dass Caspian etwas ganz anderes wollte. Zum Beispiel Abstand zwischen uns bringen: die Wand zwischen unseren Büros. Oder gleich einen ganzen Ozean.

»Schön«, sagte ich vorsichtig und nagte an der Innenseite meiner Wange. Eine Eigenschaft, die ich immer dann bereute, sobald ich Blut schmeckte. Abwartend musterte ich ihn, aber alles, was geschah, war, dass unsere Blicke sich kreuzten. Einen Augenblick lang verhakten sie sich, ehe ich mich abwandte und angestrengt die Maserung meines Schreibtisches betrachtete.

»Schön.« Caspian stieß hörbar den Atem aus, ehe er die Tür hinter sich schloss und auf mich zukam. Jede seiner Bewegungen drückte den Widerwillen aus, mit dem er sich Adriels Aufgabe widmete. Dann lehnte er sich gegen meinen Schreibtisch, sodass ich zu ihm aufsehen musste. Am liebsten wäre ich aufgestanden, aber was hätte das genutzt? Er hätte mich immer noch überragt.

»Das isländische Institut ist für seine hierarchische Strukturlosigkeit bekannt«, sagte er.

Ich öffnete den Mund, um zu protestieren. Nur weil wir in Island anders aufgestellt waren als hier, bedeutete das noch lange nicht, dass das Institut nicht strukturiert gewesen wäre. Aber Caspian wischte meinen Einwand mit einer einzigen Geste beiseite.

»Das ist nichts, worüber ich mit dir diskutieren werde. Dabei handelt es sich um eine Tatsache, die dem Hauptsitz durchaus bewusst ist. Und sei versichert, wir suchen bereits nach Lösungen.«

Ich schluckte bei dem Gedanken an Skadi und die anderen. Steckten sie etwa in Schwierigkeiten? Dann räusperte ich mich. »Wollen wir wirklich die Unternehmensstruktur erarbeiten oder sollten wir uns nicht lieber auf meine Einweisung konzentrieren?« Je eher wir damit begannen, umso schneller war Caspian mich wieder los. Und ich ihn.

»Wie du die Monitore anschaltest, weißt du, oder?«

Die Grobheit seiner Worte ließ mich zusammenzucken und ich war drauf und dran, aufzustehen und zu verschwinden. Ich tat nichts dergleichen. Denn ich wusste, dass sich mir eine bessere Chance als die, die Adriel mir gab, nicht bieten würde.

Ich setzte ein süßliches Lächeln auf, ehe ich die Bildschirme anschaltete. Caspian quittierte das mit einem demonstrativen Klatschen, das mich erneut fast in die Flucht schlug. Mein Blut kochte und in mir wuchs der Wunsch, mein langjähriges Kampftraining an diesem Arschloch zu erproben. Aber so deutlich, wie sich die Muskeln unter seinem Hemd abzeichneten, wusste ich, dass ich in ihm einen harten

Gegner finden würde, der die Mühe – und die blauen Flecken, die ich einstecken würde – nicht wert war.

Caspian atmete hörbar aus. »Auch wenn Adriel dir einen langweiligen Job versichert hat, ist das hier nichts, was du auf die leichte Schulter nehmen solltest.« Er betrachtete mich, ehe er den Blick auf einen Punkt jenseits der Fenster richtete. Ich fragte mich, ob es das Make-up war, das ihn zu diesen Worten veranlasste, oder die Narbe, die ich darunter versteckte. Was auch immer es war, diese Bemerkung empfand ich als übergriffig.

»Das ist mir durchaus bewusst«, fauchte ich. Meine scharfe Erwiderung entlockte ihm die Andeutung gehobener Mundwinkel, was in seinem Fall wohl einem Lächeln gleichkam. Vermutlich war dieser Mann zu mehr nicht fähig.

»Gut, also …« Caspian deutete mit dem Ruck seines Kinns auf den Computer. »Die Programme solltest du bereits aus Island kennen. Wir arbeiten mit der Daemonicum-Datenbank, dem Supernatural Scan und dem Obscura-Net.«

Die Daemonicum-Datenbank beherbergte das über Jahrhunderte hinweg gesammelte Wissen über die verschiedenen Crae-Arten, ihre Fähigkeiten und ihre Stärke. Es war wie eine Art Wikipedia – bloß für Monster. Auch der Supernatural Scan war mir noch aus Island vertraut. Er trackte crae'sche Aktivitäten auf der Erde, ähnlich wie es der Flight Radar mit Flugzeugen handhabte. Das Obscura-Net war eine Art Intranet, ein Portal, das ich definitiv meiden würde. Denn hier wurden sämtliche Neuigkeiten aus der Welt der Agenten und Wächter gesammelt. Und definitiv würde ich auf der Startseite auch auf meine eigene Geschichte stoßen. Allein der Gedanke verursachte mir Übelkeit.

»Diesen Teil können wir überspringen«, meinte ich. »Ich arbeite seit vielen Jahren für die AO. Eigentlich reicht es mir, wenn du mir die Tagesabläufe hier schilderst. Mit allem anderen komme ich zurecht.«

»Nach deiner *pünktlichen* Ankunft checkst du das Atrium«, begann Caspian und ich konnte mir ein Augenrollen nicht verkneifen. »Danach treffen wir uns zu einer kurzen Besprechung. Du bist für die Überwachung des Supernatural Scans verantwortlich und hältst mich über ungewöhnliche Aktivitäten im Einzugsgebiet auf dem Laufenden. Falls es zu crae'schen Übergriffen kommt und Unawares verwickelt sind, ist es deine glorreiche Aufgabe, dich mit den Behörden herumzuschlagen. Keine Sorge, das kommt selten vor. Zumindest, wenn du mit mir zusammenarbeitest, denn ich pflege meinen Job sauber zu erledigen. Im Alltagsgeschäft übernimmst du außerdem das Daemonicum, ergänzt es mit Informationen, die wir aus meinen Kämpfen gewinnen, und du dokumentierst sämtliche meiner Begegnungen mit Crae. Du unterstützt mich auch in der Friedhofspflege und drehst nachts ein, zwei Runden, um sicherzugehen, dass das Tor keine Crae anlockt, die in irgendeiner Art und Weise hier feststecken. Falls etwas ist, findest du mich in meinem Büro oder in den Trainingsräumen, die sind gegenüber vom Atrium. Wenn ich auf Streife in der Stadt bin, hab ich ein Handy dabei. Die Nummer findest du im Adressbuch des Mailprogramms.« Caspian klopfte auf einen der Bildschirme, der einen weitestgehend leeren Desktop zeigte.

»Wow, so ein langer Monolog und du hast das Arschloch in dir fast gar nicht durchblitzen lassen.« Die Worte waren mir entschlüpft, ehe ich sie aufhalten konnte. Caspians finsterer Blick ließ mich meine Unverfrorenheit sofort bereuen.

»Mach dich an die Arbeit!«, knurrte er und stieß sich mit einer eleganten Bewegung von meinem Schreibtisch ab.

»Was ist mit der Besprechung? Sollten wir damit nicht anfangen?«, fragte ich mit brüchiger Stimme, die mich als den Feigling entlarvte, der aus mir geworden war.

»Ich für meinen Teil finde, dass wir heute genug miteinander gesprochen haben.« Caspian verließ mein Büro, ohne sich noch einmal umzudrehen. Dann entfernten sich seine Schritte. Auf das Klicken einer Tür folgte Stille, die nur mein unregelmäßiger Atem und mein pochendes Herz brachen.

Möglicherweise war Caspian nicht das einzige Arschloch, das auf dem Kensal Green arbeitete. Und damit meinte ich nicht Mr Chamberlaine. Meine Bemerkung war unangemessen gewesen, dessen war ich mir bewusst. Aber etwas hatte dieser Mann an sich, das mich reizte.

Mit einem Seufzen wandte ich mich den Bildschirmen zu, über die Live-Aufnahmen aus dem Weltenraum flimmerten. Alles war ruhig.

Abgesehen von dem Hämmern in meiner Brust.

4

Als die Sonne vollends verschwunden war, drehte ich eine Runde über den Friedhof. Ich sagte mir, dass ich mich mit meiner neuen Umgebung vertraut machen müsse, aber in Wahrheit wollte ich einen größeren Abstand zwischen Caspian und mir schaffen. Die dünne Wand zwischen unseren Büros war definitiv nicht genug.

Abgesehen von einer zerdrückten Coke-Dose begegnete mir nichts Ungewöhnliches. Ich hob sie auf und entsorgte sie im nächsten Mülleimer. Der Duft von Regen, für den London zweifelhafte Berühmtheit erlangt hatte, hing in der Luft und in das ausgewaschene Grau des Himmels mischte sich Kobaltblau. Die Grabmäler ragten schief aus einer von glänzenden Tropfen benetzten Wiese. Efeu schlang sich um ihre Sockel.

Je tiefer ich in den Friedhof eindrang, umso mehr verstummten die Geräusche der Stadt. Ein Rascheln weckte meine Aufmerksamkeit. Ich reagierte instinktiv, wie ich es Hunderte Male als Folge auf etwas Verdächtiges getan hatte. Meine Hand ahmte die vertraute Bewegung nach. Sie tastete zu meiner Hüfte, auf der früher das Gewicht eines Waffengürtels gelastet hatte. Da war nichts mehr, womit ich mich im Angesicht unmittelbarer Gefahr hätte zur Wehr setzen können. Ich verwünschte mich für meinen Leichtsinn.

Der Vorhang tief hängender Zweige einer Weide teilte sich. Mein magisches Auge rollte in der Höhle, aber es ging zu schnell. Ich konnte gerade noch einen Schrei unterdrücken, als ein Eichhörnchen an mir vorbeischoss und in den nahe gelegenen Büschen verschwand. Aus Island war ich Bestien anderer Größenordnung gewohnt. Mit heftig pochendem Herzen blieb ich zurück und musste über mich selbst lachen. Tenrys hatte mir versichert, dass ich mich in meinem neuen Job langweilen würde, und nun suchte ich zwischen Grabsteinen und gestutzten Büschen Gefahren, wo keine waren. Ich war eine Närrin, die sich vor ihrem vergangenen Leben fürchtete, es zugleich aber nicht loslassen konnte. Island und mich trennten mehrere Monate und der Nordatlantik. Ich war in Sicherheit. Diese Einsicht beruhigte mein wild schlagendes Herz.

Doch dann gellte ein Schrei durch die hereinbrechende Nacht, der mich eines Besseren belehrte. Sämtliche Muskeln meines Körpers spannten sich an. Adrenalin schoss durch meine Adern. Vor mir gerieten die Büsche in Bewegung. Mein magisches Auge suchte nach Auffälligkeiten, wo keine waren. Aber das musste nichts bedeuten. Nicht immer war Magie im Spiel, wo Gefahr lauerte.

Eine in Dunkelheit gehüllte Gestalt schälte sich aus der Lücke zweier Bäume und kam auf mich zu. Der Friedhof verschwamm vor meinen Augen. Auf einmal glaubte ich mich zurück in Reykjavík. Die Bäume verwandelten sich in die Mauern der hoch aufragenden Gebäude, der feuchte Film des letzten Regenschauers wurde zu schmutzigen Schneeresten. Die Gestalt wurde mit jedem Schritt in meine Richtung größer. In jener Nacht, in der ich dem Crae, einem Blutgeist, gegenübergestanden hatte, war ich von der Jägerin zur Gejagten geworden. Ich erinnerte mich an die dunkle Gasse, als hätte ich sie nie verlassen. Damals hatte ich meine Waffe gezogen.

Heute griff ich in meine Jackentasche und suchte mit zitternden Fingern nach meinem Smartphone, bis mir einfiel, dass sämtliche Nummern auf der Telefonliste Menschen gehörten, von denen mich ein Ozean trennte. Sie würden mir nicht helfen können. Niemand davon.

Rückwärts zog ich mich zurück, gab mir Mühe, kein Geräusch zu machen. Sobald ich meinen Abstand zu der Gestalt vergrößert hatte, rannte ich. Das Geräusch von Schritten folgte mir. Meine Angst wuchs und breitete sich wie Gift in meinem Körper aus.

Inzwischen hatte die Nacht ihr dichtes Netz aus Dunkelheit über den Friedhof geworfen. Zweige peitschten mir ins Gesicht und ich stolperte über Grabsteine und aus dem Boden herausragende Wurzeln. Ich drehte mich nicht um, wollte nicht wissen, wie dicht mir mein Verfolger auf den Fersen war. Wie ein Hase schlug ich Haken über den Friedhof und hielt auf das Verwaltungsgebäude zu.

Caspian. Er war der Agent von Kensal Green. Es war seine Aufgabe, jene Kreaturen, die sich vom Tod angezogen fühlten, zu richten.

Wenn er es nicht war, der mich über die Gräber jagte. Der Gedanke kam mir so plötzlich in den Sinn, dass ich ins Straucheln geriet. Caspian war mir mit Verachtung begegnet und vorhin hatte ich nichts unternommen, um seine Sympathie zu gewinnen. Im Gegenteil. Würde er aus einer Laune heraus seinen Job riskieren und mich angreifen? Ich kannte ihn nicht annähernd genug, um mir eine Antwort darauf geben zu können. Aber er war meine einzige Option.

Bündel goldenen Lichts fielen von den Ritzen zwischen den Vorhängen aus Caspians Büro auf den Hof. Sie mischten sich mit meinem Schatten, als ich auf die Tür zustolperte. In der Eingangshalle schlug mir kühle, abgestandene Luft entgegen. Ich eilte die Treppen nach oben in den zweiten Stock und hielt vor Caspians Büro inne. Dahinter war es still, als würde er den Atem anhalten. Oder als wäre er nicht da.

Weil er mich jagte.

Ich schob den Gedanken beiseite, als ich gegen die angelehnte Tür klopfte. Sie öffnete sich durch meine Berührung und der Streifen goldenen Lichts auf dem Marmorboden wurde breiter.

»Caspian?«

Niemand antwortete.

Dann: »Ja?«

Tränen der Erleichterung schossen mir in die Augen, als ich begriff, dass Verwirrung in der Frage lag. Verwirrung und ein Hauch von Ärger, weil ich ihn gestört hatte. Oder weil er noch immer sauer war, dass ich ihn freiheraus als Arschloch bezeichnet hatte.

Bevor ich die Tür vollständig öffnete und eintrat, wischte ich die verräterischen Tränen fort. Caspians Büro war genauso geschnitten wie mein eigenes, nur dass die Glaswände spiegelverkehrt waren. In dem Regal, das in meinem Zimmer nahezu leer war, stapelten sich Bücher, Einmachgläser und Skulpturen von Wesen, die entweder der blühenden Fantasie eines Unawares entsprungen waren oder von einem Geist stammten, der mit der Welt jenseits der Grenze vertraut war.

Caspian saß an einem Schreibtisch aus handgeschnitztem Holz. Figuren wanden sich um die Beine des Tisches und klammerten sich an die von Astlöchern und feinen Rissen durchzogene Platte. Er hatte die Füße darauf abgelegt und sich weit in seinem Stuhl zurückgelehnt.

»Aurora.« Die Art und Weise, wie er meinen Namen aussprach, löste eine Gänsehaut auf meinem Rücken aus. Aber es war keine wohlige Art von Gänsehaut, sondern eher die, die einen unangenehmen Schauder auslöste.

Caspian nahm die Füße vom Tisch, klappte das Buch in seinem Schoß zu und musterte mich abschätzig. Mir wurde peinlich bewusst, was für ein Bild ich abgeben musste: verschwitzte, in der Stirn verklebte Strähnen, rote Schrammen auf Wangen und Oberarmen, Äste, die sich in meinem Haar verloren hatten.

Ich öffnete die Lippen. Dann schloss ich sie wieder. »Ich … Ähm …«

Caspians Brauen wanderten bis zu seinem Haaransatz. Abwartend sah er mich an.

»Du warst hier?«, fragte ich.

Er antwortete nicht. Eine steile Falte zwischen seinen Brauen zeugte von wachsendem Unmut, der seine Züge allmählich erhärten ließ.

»Da draußen …« Meine Stimme brach und ich suchte die Stärke jener Kämpferin in mir, die ich einst gewesen war. »… da draußen ist etwas.«

»Wie pathetisch. Hast du den Satz aus einem Horrorstreifen?« Caspian verdrehte demonstrativ die Augen, bevor er das Buch an der Stelle aufschlug, an der ich ihn unterbrochen hatte.

»Das ist kein Scherz«, sagte ich eindringlich. »Ich habe eine Runde über den Friedhof gedreht, um nach dem Rechten zu sehen, als ich einen Crae gesehen habe.«

»Einen Crae?« Das weckte sein Interesse. Er musterte mich, ehe er sich in einer fließenden Bewegung erhob. »Wo?« Seine Miene war noch immer finster, hatte nun aber einen geschäftsmäßigen Ausdruck angenommen. Im Gehen zog er eine Waffe, wie ich sie einst am Gürtel getragen hatte. Es war eine Obsidianklinge, die einzige Waffe, die etwas gegen ein magisches Wesen ausrichten konnte.

»Nicht weit von hier. Bei der alten Weide hinter dem ersten Gräberfeld«, sagte ich und folgte ihm die Treppe hinab, immer zwei Stufen gleichzeitig nehmend, um mit ihm Schritt zu halten.

Caspian nickte und querte im Laufschritt den Hof. Der Kies knirschte unter seinen Sohlen, sonst machte er kein einziges Geräusch. Sobald er durch die Reihe der ersten Büsche gebrochen war, warf er sich in die ausgestreckten Arme der Nacht und wurde eins mit ihr. Er bewegte sich geschickt zwischen den Grabsteinen, duckte sich unter tief hängenden Ästen weg und wich herausragenden Wurzeln aus, während sie nach mir immer wieder die Hände auszustrecken schienen, um mich zu Fall zu bringen. Der Abstand zwischen uns wuchs, aber ich folgte dem Blitzen seiner Waffe, bis der schemenhafte Umriss der Weide endlich vor mir auftauchte.

Aus einer Gestalt waren fünf, vielleicht auch sechs oder sieben geworden. Mit meinem magischen Auge nahm ich golden glitzernde Magiespuren in der Luft wahr, doch sie verteilten sich über den gesamten Friedhof. Mein Herz hämmerte, während ich unsere Optionen abwog. Sie waren in der Überzahl und ich war unbewaffnet. Caspian könnte es womöglich mit zwei oder drei gleichzeitig aufnehmen, aber niemals mit allen.

Auf dem Boden suchte ich etwas, das ich als Waffe benutzen konnte. In dem Moment verließ Caspian die Deckung der Bäume. Ich unterdrückte einen Warnschrei und wartete darauf, dass die Schatten ihn entdeckten und ihn in einen Kampf verwickelten. Mir war schwindelig vor Angst und ich verwünschte den Kerl, der mir in jener Nacht zwar nicht mein Auge, wohl aber meine Stärke geraubt hatte. Halb ohnmächtig musste ich dabei zuschauen, wie Caspian sich der Gefahr näherte. Aber nichts geschah.

Ein Licht blitzte auf und wanderte in Form eines kegelförmigen Strahls über den Friedhof bis hin zu Caspians Stiefelspitzen. Auf halber Höhe zwischen mir und den Crae blieb er stehen und ich erkannte, dass das Licht einer Taschenlampe entstammte.

Seit wann besaßen Crae Taschenlampen?

Das Geräusch von Flaschen, die gegeneinanderstießen, erklang und die Crae verwandelten sich in ein paar Halbstarke, die auf den Grabsteinen lümmelten. Mein Herz zog sich zusammen, als ich meinen Fehler erkannte.

Caspian räusperte sich laut vernehmlich. Sämtliche Köpfe fuhren herum. Zwei Gestalten sprangen auf und wichen kichernd zurück, ihr Anführer überkreuzte die Beine und musterte Caspian abwartend.

»Auch ein Bier?« Er hielt ihm eine Flasche hin.

Ich war überzeugt, dass Caspian sie ihm aus der Hand schlagen würde. Stattdessen steckte er die Waffe in die Scheide und nahm das Angebot an.

»Ist das ein echtes Schwert?«, fragte der Junge.

»Ihr habt meiner Kollegin einen ganz schönen Schrecken eingejagt. Heute ist ihr erster Arbeitstag und sie dachte, die Toten wären auferstanden. Ich wollte sie angemessen zurück ins Jenseits schicken.« Ich hörte den Hohn in Caspians Stimme und zuckte zusammen, als die Jugendlichen loslachten. Caspian nahm einen großen Schluck von dem Bier. Dann sagte er: »Nun haut schon ab, wenn ich keine Polizei rufen soll. Es gibt angemessenere Orte, um sich zu betrinken. *Macons Arms* zum Beispiel. Weiter unten an der Harrow Road.«

Als die Jugendlichen wenig später ihrer Wege gegangen waren, fand ich mich neben einem Caspian wieder, der die Kiefer aufeinanderpresste und mit langen Schritten über den Friedhof eilte. Der Geruch von Bier umgab ihn.

»Sind das die Schrecken, für die du in Island berühmt geworden bist? Betrunkene Kinder?« Er blieb stehen und musterte mich vom Scheitel bis zur Sohle, bis ich am liebsten davongelaufen wäre. Ich sehnte mich nach Caspians Schweigen zurück. Denn seine Worte bohrten sich tiefer in mein Fleisch als seine herablassenden Blicke. Mit beiden Armen umfasste ich meinen Oberkörper, als könnte mich das vor seiner Verachtung schützen. Doch es schürte sie noch mehr. Er schnaubte, ehe er sich abwandte und in der nächtlichen

Stille, die einzig das entfernte Hupen eines Autos durchbrach, auf das Gebäude zuhielt. Das Echo unserer Schritte hallte mir in der Eingangshalle entgegen. Caspians waren energisch und schnell, meine träge und zögerlich. Sie verklangen vollkommen, als ich stehen blieb, denn ein anderes Geräusch hatte meine Aufmerksamkeit geweckt. Auch Caspian hatte es gehört, denn er erstarrte, bevor er einen Fuß auf die Treppe setzen konnte.

»Diese kleinen Rotzbengel«, knurrte er. Mit zusammengezogenen Brauen wandte er sich um und steuerte auf die Tür zum Kellergeschoss zu, aus der die Geräusche drangen. Ein Kratzen, ein Scharren. Glaubte er etwa, die Teenager wären in das Verwaltungsgebäude eingedrungen?

»Caspian«, brachte ich hervor, aber das Echo seiner Schritte verschlang mein heiseres Krächzen. Er eilte an mir vorbei, als wäre ich unsichtbar – und so fühlte ich mich in seiner Gegenwart auch. Tausende Gedanken rasten durch meinen Kopf, Tausende Möglichkeiten, und keine von ihnen beinhaltete, dass die Teenager Ursache für ein Geräusch waren, das aus dem Keller drang. Was, wenn sich eines der Ungeheuer aus dem Totenreich durch das Weltentor gestohlen hatte, als Adriel das Atrium für mich geöffnet hatte? Heiße und eiskalte Schauer jagten bei dieser Vorstellung über meinen Rücken und ich war wie gelähmt, während Caspian in der Dunkelheit des Gewölbes verschwand. Einen Moment später schalteten sich surrend die Deckenlampen an und erhellten den leeren Gang. Das Letzte, was ich von Caspian sah, ehe sich eine Tür knarrend öffnete, war ein lang gezogener Schatten.

»Hatte ich euch nicht gesagt, ihr solltet …« Er verstummte und ich schob mich ein paar Stufen nach unten, um zu sehen, was ihn sprachlos gemacht hatte. Ein schwarzes Kätzchen strich mit erhobenem Schwanz um seine Beine und miaute ärgerlich, als wäre Caspian es gewesen, der es in dem Atrium eingesperrt hatte. Der gelbgrüne Blick des Tiers traf mich und ich konnte nicht länger an mich halten. Ich lachte das erste Mal seit dem Zwischenfall in Reykjavík.

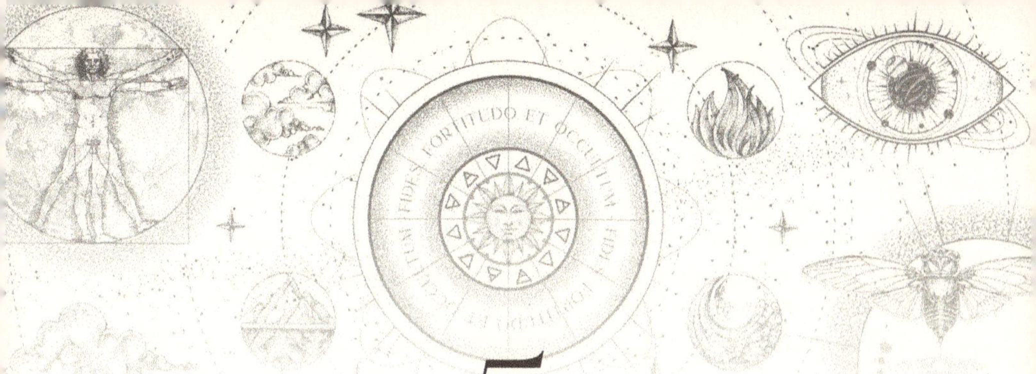

5

Es liegt nicht an dir, Caspian ist ein Mistkerl«, murmelte ich, als die kleine schwarze Katze, die sich als Kater entpuppte, maunzend um meine Füße strich und mich vorwurfsvoll ansah. Vor den Fenstern des Verwaltungsgebäudes lichtete sich die Nacht, ein grauer Streifen spannte sich über den Himmel und warf diffuses Licht in die Eingangshalle.

Nachdem Caspian den Kater aus seinem Gefängnis befreit hatte, war er mit stampfenden Schritten und finsterer Miene im oberen Stockwerk verschwunden. Auf dem Weg dorthin hatte er etwas gemurmelt, das deutlich geklungen hatte wie: »Affenzirkus …«

Ich hatte nie zuvor in meinem Leben ein Haustier besessen und meine Kenntnisse über Katzen beschränkten sich darauf, dass sie Mäuse jagten und Milch tranken. Vorsichtig hob ich das Tier hoch, klemmte es mir unter den Arm und nahm es mit in mein Büro.

Der grauende Tag kündigte meinen Feierabend an, also erlaubte ich es mir, mein Smartphone zu zücken, um in Erfahrung zu bringen, was Katzen aßen. Binnen Sekunden fand ich heraus, dass Mäuse und Milch eine denkbar schlechte Ernährungsgrundlage waren, und zog aus meiner Handtasche eine Flasche Wasser. Ich schraubte den Deckel ab, füllte ihn mit Wasser und reichte ihn dem Tier, das die rosafarbene Zunge hineintunkte.

»Und was soll ich jetzt mit dir machen?«, fragte ich den Kater und beobachtete, wie er gierig trank. Tropfen verfingen sich in dem dichten Fell und in den langen Schnurrhaaren. Wie zur Antwort hob der

Kater den Blick und sah mich aus seinen gelbgrünen Augen abwartend an. Ich seufzte ergeben und strich sanft über den Kopf des Tieres. »Ich nenne dich Mr Mercury.« Den Namen empfand ich als passend. Immerhin war ich dem Tier auf dem Friedhof begegnet, der Freddies letzte Ruhestätte darstellte.

Ich räumte die übrigen Habseligkeiten aus dem Karton, den ich zuvor so mühsam hierhergeschleppt hatte, und steckte kurzerhand den Kater hinein.

In der Tube erntete ich schmale Blicke von den anderen Fahrgästen. Um diese Uhrzeit waren es Berufstätige in eleganten Kostümen und feinen Anzügen, die leicht einen falschen Eindruck vom britischen Arbeitsmarkt vermitteln konnten. Denn auch wenn London als größter Finanzplatz galt, waren der beruflichen Orientierung hier kaum Grenzen gesetzt. Allerdings gab es in den meisten Firmen eine strenge Kleiderordnung, die selbst kundenferne Berufsgruppen dazu zwang, entsprechend chic aufzutreten. Drei Kreuze, dass der offensichtlich modeliebende Adriel diesem Trend nicht folgte und ich im Büro tragen durfte, was ich wollte.

Mr Mercury maunzte kläglich und kratzte am Deckel des Kartons. Eine Frau, die schräg über mir stand und sich an einer der Stangen festhielt, schüttelte den Kopf über mich. Ich umfasste den Karton fester und schloss die Augen, als könnte mich das vor dem Unmut meiner Mitmenschen schützen.

Die Sonne ragte gerade über den Dächern auf, als ich meine neue Wohnung erreichte. Allerdings bezog sich dieses Adjektiv nur auf den Umstand, dass ich erst kürzlich eingezogen war, und nicht auf den Zustand, in dem sie war. Passende Umschreibungen für diesen wären eher *heruntergekommen* oder *schäbig* gewesen. Die Wohnung lag im ersten Stock eines der bunten Reihenhäuser in Camden Town. Das Erdgeschoss beherbergte ein kleines Antiquitätengeschäft. Der Inhaber nickte mir freundlich zu, als ich an den Schaufenstern vorbei zu der unscheinbaren Seitentür lief, hinter der mich eine schmale Treppe hinauf zu der Wohnung führte, die ich mir mit Cassandra teilte. Mr Mercurys Wehklagen wurden mit jeder Stufe, die ich erklomm, lauter. Weil die Treppe unmittelbar vor unserer

Haustür mündete, hatte ich keinen Platz, um den Karton abzustellen. Umständlich suchte ich in meiner Jackentasche nach dem Haustürschlüssel. Schweiß stand auf meiner Stirn, als ich ihn endlich gefunden hatte und in die Wohnung trat.

Obgleich es noch früh am Morgen war, brannte im Flur bereits Licht. Vorsichtig stellte ich den Karton auf den Boden und streifte mir die Stiefel von den Füßen, da schob sich ein Köpfchen durch den Spalt der Papplaschen. Vorwurfsvoll sah Mr Mercury mich an, ehe er sich aus seinem Gefängnis befreite und in geduckter Haltung auf allen vieren landete. Wachsam inspizierte er die fremde Umgebung. Er wagte sich ein paar Schritte vor und stakste an der geöffneten Küchentür vorbei.

Ein Schrei durchbrach die morgendliche Stille und beförderte meinen Puls in die Höhe. Mr Mercury fauchte und floh durch die angelehnte Tür in Cassandras Zimmer.

»Da war eine Ratte! O mein Gott, eine Ratte!« Ein Geräusch erklang, als wäre ein Ellbogen gegen die Tischkante gestoßen. Daraufhin folgte ein Fluch.

»Verdammt, Allie, beruhige dich! Hier gibt es keine Ratten!« Das war die Stimme meiner Mitbewohnerin, in der Schreck und Sorge gleichermaßen mitschwangen. Mir gegenüber hatte sie sich bisher nur reserviert verhalten. Dass sie durchaus auch zu anderen Reaktionen fähig war, schockierte mich irgendwie.

Mit pochendem Herzen trat ich an die Tür, wandte mich aber sofort wieder ab, als mir bewusst wurde, in welcher Situation Mr Mercury und ich meine Mitbewohnerin gestört hatten. Cassandra saß mit dem Rücken zu mir auf einem Stuhl, auf ihrem Schoß eine Frau, deren Nachthemd mehr entblößte, als es verbarg. Cassandras Hände hoben sich dunkel auf ihrer hellen Haut ab, während sie ihre nackten Schultern umfasste. Die Frau erstarrte, als sie mich entdeckte. Ich lief feuerrot an und wollte die Flucht ergreifen, ehe auch Cassandra mich sah. Zu spät.

»Aurora?« Ihre harsche Stimme hielt mich fest und sie drehte mir den Kopf zu.

»Ich wollte euch nicht stören, ich …« Während ich stammelte, erhob sich die Frau vom Schoß meiner Mitbewohnerin und zupfte mit einem entschuldigenden Lächeln ihrer geröteten Lippen das Hemdchen zurecht, bis es ihre Brüste bedeckte.

»So früh hatten wir noch nicht mit dir gerechnet«, sagte sie mit einer melodischen Stimme und strich sich das hellbraune Haar zurück. »Ich bin Allie, Cassies Freundin.« Sie war hochgewachsen, hatte ein spitzes Kinn und durchdringende blaue Augen, deren Blick neugierig über meine Gestalt wanderte. Ich war überzeugt, dass Cassandra ihr bereits von mir erzählt hatte. Und vermutlich war es nicht viel Gutes gewesen.

Unbehaglich räusperte ich mich und suchte nach Worten, um die Situation zu lockern. »Das dachte ich mir«, erwiderte ich schließlich und fixierte die nackten Beine der Frau. Diese kicherte und schlüpfte in einen Bademantel, der auf dem Boden vor dem Stuhl gelegen hatte, auf dem Cassandra und Allie …

Okay, den Gedanken wollte ich nicht weiterspinnen.

»Ich fürchte, wir müssen uns erst noch daran gewöhnen, dass Cassie jetzt eine Mitbewohnerin hat.« Allie zwinkerte mir zu und band den Gürtel des Bademantels zu einer Schleife vor dem Bauch.

In dem Moment bewegte sich die Tür neben mir und ich sah hinunter, wo Mr Mercury zögerlich die Küche betrat. Er reckte die Nase in die Höhe und machte einen zaghaften Schritt nach dem anderen.

»Was ist das?« Cassandra richtete sich auf und funkelte das kleine pelzige Etwas über den Tisch hinweg an.

»Definitiv keine Ratte.« Allie lachte und ging in die Hocke, um dem Kater ihre Hand hinzuhalten, der seine Scheu verlor und neugierig an ihr schnupperte. »Ist das deine Katze?«

Bevor ich antworten konnte, kam Cassandra mir zuvor: »Miete in Vorauszahlung, Abwasch abwechselnd alle zwei Tage und *keine Haustiere*. Das war die Vereinbarung. Also, wo kommt das Vieh her?«

Meine Lippen öffneten sich zu einer Antwort, die ich selbst noch nicht gefunden hatte. Schließlich seufzte ich. »Ich habe ihn heute Nacht aus dem Keller des Friedhofes gerettet.«

»Du bist doch wohl nicht von den Toten auferstanden!«, scherzte Allie, aber ihre Worte ließen mich stutzen. Ich musterte sie verstohlen, suchte nach Hinweisen, Narben, die bezeugten, dass sie Teil meiner

Welt war, aber die Haut, die sich über ihre Arme spannte, war unversehrt, die Nägel perfekt manikürt. Allie wirkte nicht wie jemand, der mit der Ars Obscura zu schaffen hatte. Als sie meinen Blick bemerkte, lächelte sie verunsichert und zupfte an ihrem Bademantel. Sie war eine Unaware, eindeutig.

Um das Schweigen zu brechen, sagte ich: »Ich habe ihn Mr Mercury genannt.«

»Es ist nicht dein Kater, aber du hast ihm bereits einen Namen gegeben?« Cassandra schnalzte unwillig mit der Zunge. Noch immer saß sie auf dem Stuhl, doch sie hatte das bemerkenswerte Talent, mich glauben zu lassen, sie sehe auf mich herab. Eine Fähigkeit, um die ich sie sehr beneidete.

»Mercury also?« Allie kraulte die Ohren des Katers, der genüsslich brummte. »Ja, das passt zu dir. Freddie hatte einen ähnlichen Schnurrbart wie du.« Während sie mit dem Tier sprach, ging ihre Stimme in die Höhe. Mr Mercurys Ohren zuckten, als hörte er ihr aufmerksam zu.

»Warum bringst du dieses flohverseuchte Vieh in meine Wohnung?«, fauchte Cassandra.

Mr Mercury löste sich von Allie, ehe er ein paar Schritte auf deren Freundin zutapste. Cassandra gab einen drohenden Laut von sich und wich mitsamt dem Stuhl vor ihm zurück. »Ich bin allergisch!«

»Gegen Katzen?« Allie hob eine Braue.

»Nein, gegen alles, was mir auf meine Bettdecke pissen oder Fäden aus meinen Klamotten ziehen könnte!«, knurrte Cassandra und funkelte erst das Tier, dann mich an. »Über die Abwaschregel lasse ich mit mir reden, wenn du auswärts essen warst, aber sicher nicht darüber.« Mit ausgestrecktem Finger deutete sie auf den Kater.

»Ach, Cassie«, seufzte Allie. »Sieh nur, wie niedlich er ist!« Als wollte er ihr zustimmen, warf Mr Mercury sich auf den Boden, streckte die Pfötchen nach ihr aus und ließ sich den Bauch kraulen. Erst jetzt bemerkte ich, dass er dort einen winzigen weißen Fleck hatte.

»Keine Haustiere«, wiederholte Cassandra. »Das war die Vereinbarung. Der Kater muss verschwinden!« Sie betrachtete mich mit einem wütenden Blick, unter dem ich zusammenschrumpfte.

Ich seufzte und rieb mir über die geschlossenen Lider, hinter denen sich ein pochender Schmerz ankündigte. Ich war müde, musste die unangenehme Begegnung mit Caspian verdauen, ebenso den Druck, den mein erster Arbeitstag in mir ausgelöst hatte. »Hör zu, ich habe niemals beabsichtigt, mir ein Haustier anzuschaffen. Aber ich wusste einfach nicht, was ich sonst mit ihm machen sollte. Ich konnte ihn ja schlecht allein auf dem Friedhof zurücklassen.«

»Und was, wenn das Vieh irgendjemandem gehört?«, beharrte Cassandra.

»Er trägt kein Halsband, falls du das meinst«, murmelte Allie. »Für mich sieht es nicht so aus, als hätte das kleine Kerlchen eine Familie.« Sie machte große Augen und klimperte mit den Wimpern. »Er könnte jetzt eine bekommen. Und ich muss nie wieder Angst haben, dass mir eine Maus beim Duschen über die Füße rennt, wenn du einen Kater hättest, Cassie.«

»Ich lebe seit vier Jahren in dieser Wohnung und mir ist hier noch nie eine Maus begegnet!«, protestierte Cassandra.

Aber Allie schnaubte. »Eine Wohnung ohne Ungeziefer in London? Das wäre mir neu. Schmilzt dein Herz nicht auch ein kleines bisschen, wenn du in diese Augen siehst?« Sie hob Mr Mercury hoch und hielt ihn vor Cassandras Nase. Diese grummelte etwas Unverständliches und stand auf, um aus der Reichweite des Katers zu fliehen.

»Ich will damit nichts zu tun haben. Du kümmerst dich allein um das Vieh. Und mein Zimmer ist tabu!« Mit zu Schlitzen verengten Augen taxierte Cassandra mich, während Allie hinter ihr siegreich die Faust in die Luft stemmte und mir zuzwinkerte.

»Du wirst nicht merken, dass wir einen weiteren Mitbewohner haben«, versprach ich ihr. Ein Gefühl von Erleichterung durchströmte mich. Ich hatte mir diese alberne Hoffnung nicht erlaubt, nun war ich froh, dass ich nicht mehr allein war. Auch wenn mein neuer Freund vier Pfoten hatte und sein Wortschatz aus nicht mehr als Maunzen und Schnurren bestand.

»Diesem Irrtum bin ich bereits nach deinem Einzug anheimgefallen«, knurrte Cassandra.

»Sei nett zu Aurora!«, maßregelte Allie sie und ließ endlich von Mr Mercury ab. »Sie ist vollkommen fremd in London, da musst du ihr nicht noch zusetzen.« Allie beugte sich über Cassandra und im ersten Moment glaubte ich, dass sie ihr einen Kuss auf die Wange hauchen würde, stattdessen zwickte sie ihr mit den Zähnen ins Ohr. Cassandra gab einen unwilligen Laut von sich und wehrte Allie ab.

Diese lachte und wandte sich zu mir um. »Hast du Lust, mit uns zu frühstücken?«

Ich musste Cassandra nicht anschauen, um zu wissen, welche Gefühle die Einladung ihrer Freundin auf ihr Gesicht malte. »Vielleicht ein anderes Mal. Ich hatte eine lange Nacht. Außerdem muss ich mehr darüber herausfinden, wie man Katzen nicht verhungern lässt. Komm schon, Mr Mercury.« Mit dem Schnalzen meiner Zunge lockte ich das Tier zu mir.

»Bis später«, verabschiedete Cassandra mich schneller, als es höflich war. Trotzdem nickte ich ihr zu und verließ die Küche.

»Sie ist ganz anders, als du erzählt hast«, war das Letzte, was ich hörte, als ich die Zimmertür hinter Mr Mercury und mir schloss.

AUSZUG AUS DEN AKTEN DER ARS OBSCURA

§4 KLASSIFIZIERUNG VON CRAE

(1) Die Artenvielfalt von Crae ist mannigfaltig, ebenso sind es ihre magischen Fähigkeiten. Sie unterliegen der Klassifizierung der AO zur Feststellung der von ihnen ausgehenden Gefahr.

(2) Klassifizierung:
Stufe 1 – verfügt über keine magischen Eigenschaften und bedarf daher keiner Kontrolle durch die AO.
Stufe 2 – magische Eigenschaften sind kaum nennenswert, wenn sie eingesetzt werden, eher harmlos; Crae der Stufe 2 können einfach abgerichtet werden.
Stufe 3 – magische Eigenschaften werden zum Selbsterhalt eingesetzt und können leichte Schäden anrichten; von dieser Stufe geht eine leichte Gefahr aus; Crae der Stufe 3 können gebändigt werden.
Stufe 4 – magische Eigenschaften werden aktiv für Angriffe eingesetzt, Crae dieser Stufe gelten als impulsiv und gefährlich; von einem Agenten zu bändigen.
Stufe 5 – strategisches Denken und äußerst weit entwickelte magische Eigenschaften definieren Crae dieser Stufe als sehr gefährlich; von mindestens zwei Agenten zu bändigen.
Stufe 6 – hohe Intelligenz, mächtige Fähigkeiten; Crae der Stufe 6 können nicht gebändigt werden; absolut tödlich, wenn sie es darauf anlegen.

(3) So mächtig ein Crae auch ist, übertritt er die Grenze durch ein Weltentor oder als Gegengewicht zu einer verstorbenen Seele, büßt er mit der Dauer seines Aufenthaltes seine Macht ein. Je mächtiger ein Crae, umso länger erstreckt sich dieser Prozess.

(4) Crae der Stufe 5 und aufwärts dürfen nur zu zweit gejagt und eliminiert werden. Falls kein anderer Agent erreichbar ist, ist es den Wächtern erlaubt einzugreifen.

6

Obwohl ich vergangene Nacht kein Auge zugetan hatte, ließ die Müdigkeit von mir ab und ich wurde von Tatendrang gepackt, ein Gefühl, dem ich mich nach Monaten der Lethargie gern hingab. In meinem Zimmer richtete ich Mr Mercury eine Ecke aus Kissen und Decken ein, später kaufte ich bei Tesco Katzenfutter und ein paar Snacks für meine nächste Schicht: Chips und Cola für mich, Sardinen für den Kater. Fast schon freute ich mich auf meinen zweiten Arbeitstag, auch wenn ich Caspian wieder begegnen würde. Oder freute ich mich wegen ihm darauf? Diesen Gedanken verwarf ich sofort wieder, hatte er sich mir gegenüber bislang nicht sonderlich galant verhalten. Stattdessen hoffte ich auf einen gemütlichen und vor allem ereignislosen Abend im Büro.

Die erste Woche als Backoffice-Agentin/Wächterin verlief herrlich eintönig – genau so, wie ich es mir nach meinem aktiven Dienst erhofft hatte. Ich füllte das Daemonicum, behielt den Supernatural Scan im Auge, starrte auf die Monitore, über die die Überwachungsbilder des Atriums flimmerten, und kämpfte statt gegen Dämonen gegen die Schwere meiner Augenlider an. Caspian ignorierte mich seit meinem zweiten Arbeitstag, aber das kam mir gelegen.

Während er auszog, um Unruhen in der Stadt auf Dämonenaktivität zu überprüfen, sah ich mir mit auf dem Tisch überkreuzten Füßen eine Folge von *The Crown* nach der anderen auf Netflix an und beobachtete, wie die Königin im Laufe ihrer Amtszeit die Existenz übernatürlicher Wesen vor der Bevölkerung vertuschte. Mr Mercury lag neben mir und zog voller Begeisterung Fäden aus dem teuren Teppich. Manchmal hörte ich, wie Caspian in seinem Büro auf und ab schritt, und am Freitag überwand Mr Chamberlaine sich, mich mit einem knappen Nicken zu begrüßen, ehe er mit einem Rechen zwischen den Büschen verschwand.

Mein erstes Wochenende verbrachte ich mit Tablet, Grafikstift und Mr Mercury in meinem Zimmer. Ich verließ es nur, um den Kater zu füttern oder das Bad aufzusuchen, und suchtete die letzte Staffel von *The Crown*. Jedes Mal, wenn Cassandra mit Allie in ihr Zimmer verschwand, drehte ich die Lautstärke höher. Einerseits, um den beiden Privatsphäre zu gönnen, andererseits, um das Gefühl von Einsamkeit in meiner Brust zu ersticken, ehe es sich in einen lodernden Brand verwandeln konnte. Ein paarmal schielte ich zu meinem Smartphone. In den Wochen nach dem Zwischenfall hatten dort die zunächst besorgten, dann wütenden, dann resignierten Nachrichten meiner besten Freundin Skadi aufgeleuchtet. Ich hatte nicht die Kraft gehabt, mich ihr zu stellen, und inzwischen hatte sie aufgegeben. Trotzdem hatte mich in den vergangenen Tagen immer wieder das Bedürfnis gepackt, sie anzurufen. Aber mein schlechtes Gewissen und das Gefühl, als Freundin versagt zu haben, raubten mir die Kraft, nach dem Telefon zu greifen. Und so beschränkten sich meine sozialen Kontakte auf die Peepshow in meiner eigenen Wohnung und die Missachtung, die Caspian mir im Büro entgegenbrachte.

Am Montag war ich beinahe erleichtert, endlich wieder arbeiten zu können, und erschien überpünktlich, obgleich es niemandem auffiel. Von Mr Chamberlaine fehlte jede Spur und aus Caspians Büro drang laute Musik.

»Bringst du dein Haustier jetzt immer mit zur Arbeit?«

Ich hatte Caspian nicht bemerkt, ehe er das Wort an mich gerichtet hatte. Unmittelbar vor der Tür zu meinem Büro blieb ich stehen und wandte mich zu ihm um. Er lehnte an der gegenüberliegenden Wand und musterte mich. Unwillkürlich stellte ich mir die Frage, ob er auf mich gewartet hatte.

»Meine Mitbewohnerin würde ihn in meiner Abwesenheit rausschmeißen«, meinte ich.

Caspian lachte, als hätte ich einen Witz gemacht. »Dann ist er auf einem Friedhof wohl besser aufgehoben.« Das Lachen machte seine Stimme warm und jagte mir einen Schauer über den Rücken. Ich wich einen Schritt zurück, um den Abstand zwischen uns zu vergrößern. Caspian gab vor, das nicht zu bemerken, und fragte: »Hast du dir den Job hier so vorgestellt?«

Ich zögerte, überrascht über sein plötzliches Bedürfnis, sich mit mir zu unterhalten. »*So*?«

»Langweilig.« Falten kräuselten sich um Caspians Augen und um seine Mundwinkel, als diese verräterisch zuckten. »Bereust du es, den Vertrag unterschrieben zu haben?«

Ich schnaubte. »Keine Sekunde. Ich habe genug vom aktiven Dienst.«

Caspian sah mich an, als würde er mir kein Wort glauben, sagte aber nichts dazu. Das Klingeln seines Smartphones unterbrach die Stille zwischen uns. Er griff in seine Hosentasche, hob es ans Ohr und meldete sich. Augenblicklich glätteten sich die Falten um seine Augen. Sein Mund nahm einen harten Zug an und er furchte die Stirn. »Verstehe. Ich kümmere mich darum.« Mit einer fließenden Bewegung stieß er sich von der Wand ab, durchquerte den Flur und hielt auf sein Büro zu, in das er ohne eine Erklärung verschwand. Kurz blinzelte ich, und bevor ich mich davon abhalten konnte, folgte ich ihm.

»Was ist los?«, fragte ich und blieb auf der Schwelle stehen. Caspian kehrte mir den Rücken zu und beugte sich über eine antik anmutende Truhe mit mehreren Fächern. Als ich mich auf die Zehenspitzen stellte, erkannte ich die polierten Obsidianklingen, die die Agenten im Kampf gegen Crae einsetzten. Caspians routinierte Bewegungen brachten mein Herz zum Klopfen. Meine Fingerspitzen kribbelten, als wäre ich es, die über die Waffen strich, und nicht er.

»Bedauerlicherweise müssen wir unsere heutige Besprechung ausfallen lassen«, meinte Caspian.

Ich blitzte ihn wütend an, denn seit seiner Einweisung hatte diese Besprechung kein einziges Mal stattgefunden. »Warum?«, fragte ich, weil meine Neugier in diesem Moment stärker war als mein Stolz.

»Ein Crae der Stufe vier ist in einer Bar ganz in der Nähe ausgeflippt und hat sie in Schutt und Asche gelegt. Aber das interessiert dich sicher nicht.« Caspian band sich einen Waffengürtel um, an dem er zwei unterschiedlich lange Klingen befestigte, dann zog er sich einen bodenlangen Mantel über, der die Waffen vor den Blicken der unbescholtenen Bevölkerung verbarg. Ich wusste nicht, was ich darauf erwidern sollte, denn es *sollte* mich tatsächlich nicht interessieren. Ich hatte mich aus guten Gründen aus dem aktiven Dienst zurückgezogen, und trotzdem pochte mein verräterisches Herz.

»Welche Art?«, hörte ich mich fragen. Von einem Crae der Stufe vier ging eine leichte Gefahr aus, die durch einen einzigen Agenten gebändigt werden konnte. Doch je nach Art tendierte die Klassifizierung mal mehr nach oben, dann wieder nach unten. Eine Flammenfee beispielsweise hatte ein hitziges Gemüt, ihre Kräfte waren leicht zu bändigen. Sie galt ebenso als Vierer wie ein Nachtmolch, der Albträume spann und seine Gegner darin einsperrte. Gab man ihm die Gelegenheit, seine Macht zu wirken, war er zweifelsohne ein Fünfer, aber ohne sie war er nichts weiter als ein überdimensionaler Frosch.

Die Klassifizierung der Crae orientierte sich einerseits an ihren Fähigkeiten, andererseits aber auch an ihrer Verbreitung. Schattenspinner, ein Gewächs, das die Menschen als Efeu bezeichneten, vollkommen ungefährlich, speicherte und wiederholte lediglich die Geräusche um sich herum, wucherte überall, kam jedoch nicht über Stufe eins hinaus, ebenso die Silberköpfe. Hier waren sie auch als Tauben bekannt, und soweit man den Akten der AO glauben konnte, wurden sie in Asterin dazu gebraucht, Botschaften zu versenden. Crae der Stufe eins lebten unbehelligt in beiden Welten und bedurften keiner Kontrolle durch die Agenten der AO – wenn man einmal von den Scheißeresten auf Gehwegen und Hausdächern absah.

Caspian hielt in der Bewegung inne und musterte mich einen kurzen Augenblick lang. »Das finde ich gleich heraus.«

Ein Echo jener Aufregung strömte durch meinen Körper, das ich stets empfunden hatte, wenn Frey und ich einem neuen Auftrag nachgegangen waren. Ich versuchte, das Gefühl niederzuringen. Ebenso die überwältigende Sehnsucht, die mit den Gedanken an ihn einherging.

Als Caspian an mir vorbeimarschierte, wich ich zurück, brachte nicht einmal einen Abschiedsgruß über die Lippen, bevor er verschwand. Einige Augenblicke verharrte ich reglos und versuchte, meine Gedanken zu ordnen. Etwas in mir drängte mich dazu, Caspian zu begleiten. Diese Erkenntnis versetzte mir einen Stich und mit der Rechten umfasste ich den schweren Silberring, der auf meinem Daumen der anderen Hand steckte. Er war so groß, dass er nicht auf einen anderen Finger passte.

Zurückzubleiben fühlte sich fremd und auf eine erschreckende Weise falsch an. Dennoch zwang ich mich, in mein Büro zu gehen. Mein Blick zuckte zu dem Bilderrahmen, den ich mit der Vorderseite nach unten auf meinem Schreibtisch abgelegt hatte. Meine Hand zitterte, als ich sie ausstreckte, um ihn umzudrehen.

Das Foto hatte jedes Mal dieselbe Wirkung auf mich: Mein Magen zog sich schmerzhaft zusammen und in meinen Augen brannten Tränen. Mit dem Nagel meines Zeigefingers fuhr ich Freys Silhouette nach. Er war ein gutes Stück größer als ich gewesen, hatte sich für dieses Foto aber zu mir heruntergebeugt und einen Arm um meine Schultern gelegt. Sein helles Haar wirkte auf dem Bild beinahe weiß. Ich erinnerte mich noch genau an den Duft seines Shampoos, an die Wärme seiner Nähe und an sein Lächeln, das für mich immer ein bisschen breiter gewesen war als für alle anderen. Das Loch, das sein Tod in mein Leben gerissen hatte, sog alles, was ich an Energie und Freude noch übrig gehabt hatte, mit sich.

Die nächsten Stunden verbrachte ich damit, auf Caspians Rückkehr hinzufiebern. Und je länger er auf sich warten ließ, umso größer wurde meine Unruhe. Caspian wirkte wie ein erfahrener Krieger im Kampf gegen Dämonen, der einer Stufe vier weit überlegen war. Dennoch ließ die Vorstellung seiner möglichen Niederlage nicht von mir ab. Der Ursprung dieser Gedanken lag nicht darin begründet, dass ich mich sorgte, nein, er wurzelte in jener Nacht, in der sich mein Leben verändert hatte. In der *ich* mich verändert hatte.

Im Radio dudelte ein Popsong nach dem anderen, für die verwüstete Bar schien sich niemand zu interessieren. Ich tigerte zwischen Fenster und Schreibtisch auf und ab und überlegte, ob ich Adriel kontaktieren sollte, als ein Geräusch, das aus dem Treppenhaus kam, meine Aufmerksamkeit weckte. Obgleich ich seine Gestalt vor dem Verwaltungsgebäude trotz der hohen Laternen rings um den Weg nicht hatte ausmachen können, war ich überzeugt davon, dass Caspian zurückgekehrt war. Als ich die Hälfte der Treppe hinabgeeilt war, nahm ich ein Flüstern wahr. Es war eine Stimme, so alt wie die Zeit. Weder weiblich noch männlich, sondern ein Echo tief in meinem Innern. Sie rief meinen Namen.

»Aurora!«

In der Stille, die darauf folgte, war mein Puls unerträglich laut.

Dann: »Rory!«

Ich zuckte zusammen, vergaß zu atmen. So hatte mich in meinem ganzen Leben bisher nur ein Mensch gerufen. Und der war tot. Für gewöhnliche Menschen war das mit einer brutalen Endgültigkeit gleichzusetzen. Nicht für mich, die ich das Tor zur Totenwelt bewachte.

Aber als die Stimme erneut ertönte, war ich sicher, dass sie Frey gehörte. Adrenalin schoss durch mich hindurch und heizte meine Bewegungen an. Meine Instinkte übernahmen die Führung, mein Körper lief auf Autopilot. Die Lampen über mir zuckten, als ich auf den Schalter schlug, und tauchten den Keller in helles Licht. Ich war allein. Die Stimme kam von der anderen Seite der Tresortür, vielleicht sogar von jenseits des Tores.

Ja, ich hatte zu Beginn meiner Ausbildung und später beim Antritt des aktiven Dienstes zahlreiche Dokumente unterschrieben und versichert, dass ich niemals einen Fuß über die Grenze setzen würde. Aber damals hatte kein Loch in meiner Brust geklafft.

Asterin war das, was die Menschen als Jenseits bezeichneten. Der Ort, an dem verstorbene Seelen an der Seite der Crae die Ewigkeit fristeten.

Und wenn Crae in die Welt der Menschen eindringen konnten, so musste es doch möglich sein, umgekehrt auch nach Asterin zu gelangen. Ich kannte niemanden, der es je gewagt hatte, immerhin war das strengstens verboten. In diesem Moment, da Freys Stimme mich lockte und mir einen anderen Ausgang einer Geschichte versprach, die niemals hätte erzählt werden dürfen, löste sich die Bedeutung sämtlicher Regeln der Ars Obscura auf. Die Gefahren, die mit meinem Vorhaben einhergingen, waren mir gleich, wenn ich Frey ein letztes Mal sehen und mit ihm sprechen könnte.

Mit zitternden Fingern gab ich den Sicherheitscode ein, den Adriel mir bei unserem ersten Treffen genannt hatte. 1-8-3-2. Ich hatte ihn so oft stumm aufgesagt, dass er sich mir ins Gedächtnis gebrannt hatte. Das Display neben der Tür leuchtete grün auf, ein Zischen ertönte, das von der Entriegelung des Schlosses kündete. Als ich beide Hände auf die Klinke legte, hatte ich nur einen einzigen Gedanken, und der galt Frey. Ich zog an der Tür, da schlug sie mir mit brachialer Gewalt entgegen. Alles geschah so schnell, dass mich meine Instinkte als Agentin vollkommen im Stich ließen. Ein eisiger Wind schleuderte mich zurück. Die Welt wirbelte um mich herum, Farben und Dunkelheit verschmolzen, bis sich vollkommene Schwärze herabsenkte und ich in den Schoß der Stille stürzte.

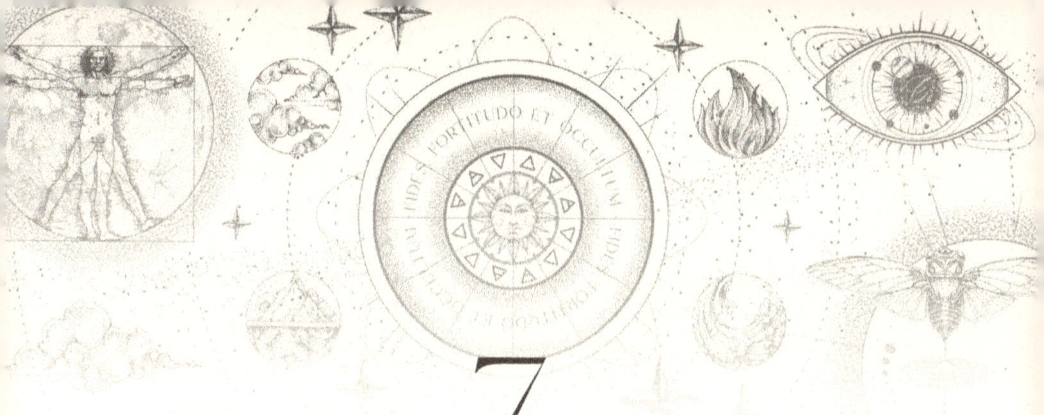

7

Die Dunkelheit hielt mich nur kurz gefangen und die Wirklichkeit zerrte mich mit einem heftigen Stechen in meinem Kopf zurück. Die Lichter der Deckenbeleuchtung verschwammen vor meinen Augen mit den Umrissen des Ganges, der zu der geöffneten Tür zum Atrium führte. Als die Erinnerung an die letzten Momente kurz vor meiner Ohnmacht über mich hereinbrach, legte ich die Hände flach auf den Boden und stemmte mich hoch. Meine Beine zitterten, doch sie trugen mich. Wankend näherte ich mich dem Atrium. Mein Herz zog sich zusammen, als ich die Tür erreichte. Die Sterne dahinter stoben wie Funken umeinander, Windböen fuhren durch sie hindurch. Frey war nirgends zu sehen. Mein Blick zuckte zum Weltentor. Und dann erfasste mein magisches Auge jene goldene Schlieren, die einzig für mich sichtbar waren. Sie führten von dem Weltentor durch den Raum, an mir vorbei und hinaus.

Fuck.

Etwas war aus Asterin entkommen.

Etwas, von dem ich nicht wusste, was es war.

Das war nicht gut.

Gar nicht gut.

Ich lauschte. Sehnte mich danach, Freys Stimme noch einmal zu hören. Aber das Bewusstsein, dass ich Mist gebaut hatte, wuchs, bis es Oberhand über den törichten Wunsch gewann, durch das Tor zu treten und meinem besten Freund in die Arme zu fallen. Mein Puls raste und trieb Angst vor sich her. Was sollte ich jetzt tun?

Meine Ausbildung bei der Ars Obscura hatte mich auf den aktiven Dienst vorbereitet. Als Agentin hätte ich meine Waffen zusammengesammelt und mich auf die Spuren des Crae begeben. Aber als Wächterin? Sollte ich Adriel oder jemand anderes der Ars Obscura benachrichtigen? Und dann beichten, dass ich der Stimme meines toten Freundes gefolgt war? Der Tod stellte nur One-Way-Tickets aus, für ihn gab es kein Zurück.

Meine Gedanken wirbelten umher wie die Sternenpartikel im Atrium. Ich presste beide Hände flach gegen die Schläfen und versuchte, einen davon zu fassen. Und als der Wind eine der Haarsträhnen aus dem Knoten in meinem Nacken riss, löste sich meine Starre. Ich warf mich gegen die Tür und versiegelte sie, ehe noch mehr Grauen aus dem anderen Reich in dieser Welt Fuß fassen konnten. Dass mir die Trauer um Frey ins Herz schnitt wie scharfe Scherben, ignorierte ich und lehnte mich keuchend gegen die Wand.

Der aktive Dienst war alles, was ich konnte, aber nichts, was ich wollte. Es gab kein Zurück für mich, wenn ich verhindern wollte, dass meine Vergangenheit mich verschlang. Die Lösung war naheliegend, aber ebenso erschreckend: Ich musste mich dem stellen, was ich entfesselt hatte – und beten, dass London nichts davon mitbekam. Und dann, ja, dann konnte ich wieder dazu übergehen, meine Wunden zu lecken und es mir auf meinem Bürostuhl gemütlich zu machen, die Füße hochzulegen und Netflix zu schauen, während andere sich um die Monster kümmerten, die unsere Welt heimsuchten.

Nach dem, was ich in Reykjavík erlebt hatte, war mein Unbehagen vor der Jagd nach einem Crae groß. Ein einziges Mal noch, das würde ich schaffen. Oder?

Ich raffte mich hoch und auf dem Weg nach oben suchte ich die Agentin in mir. Doch ihr unbändiger Wille und die Kampfeslust waren längst erloschen. Ich war auf mich allein gestellt, auf mein gegenwärtiges ängstliches Ich, das von der eigenen Vergangenheit verfolgt wurde wie ein tollwütiger Hund.

Mr Mercury maunzte, als ich mein Büro betrat. Ich schenkte ihm keine Beachtung, eilte an ihm vorbei und nahm meine beiden

Obsidianklingen, die letzten Erinnerungen an meine Zeit als angesehene Agentin der AO. Dann eilte ich nach unten und folgte den magischen Spuren des Dämons hinaus in die Nacht.

Schwärze lag auf dem Friedhof, denn die Lichtkegel der Laternen vor dem Verwaltungsgebäude reichten kaum bis zur ersten Baumreihe, die den Schotterweg von der dahinter liegenden Gräberlandschaft trennte. Doch die goldenen Partikel, die jenes Wesen nach sich zog, das aus Asterin in unsere Welt eingedrungen war, leuchteten mir den Weg. Sie schwirrten in der Luft, hingen im feuchten Gras und bedeckten die aufragenden Grabsteine.

Dass Magie vor meinem magischen Auge sichtbar wurde, hatte mir im Kampf gegen die Crae stets einen Vorteil verschafft. Andere Agenten waren auf ihre Sinne angewiesen und kämpften blind, während ich mit dieser Anomalie der Natur gesegnet worden war. Als Kind hatte mir das Erbe meiner mir unbekannten Familie oftmals Schwierigkeiten bereitet. Nach dem frühen Tod meiner Eltern war ich von einer Pflegefamilie zur nächsten gereicht worden, ehe ich im Waisenhaus gelandet war. Mit elf Jahren hatte mich die Ars Obscura rekrutiert, erst da hatte ich begriffen, dass das, was ich mit meinem rechten Auge sah, außergewöhnlich war. Es war, als könnte ich durch einen dünnen Schleier sehen, der unsere Wirklichkeit mit dem verband, was dahinter lag.

Die Spur des Crae brachte mich ans andere Ende des Friedhofs, bis ich erkannte, dass er mich in die Irre geführt hatte. An mehreren Bäumen hingen goldene Partikel und tauchten die kleine Lichtung, in deren Mitte ich mich befand, in einen diffusen Schein. Sie führten in mehrere Richtungen und verloren sich in der Finsternis. Ich schloss die Augen und die Dunkelheit veränderte sich, wurde kaum merklich schwärzer. Blut rauschte in meinen Ohren und ich suchte in meinem Innern nach der Antwort auf eine Frage, die ich nicht laut auszusprechen vermochte.

Als ich die Lider erneut hob, verglommen die goldenen Partikel allmählich. Angst überkam mich, je dunkler es um mich herum wurde. Denn hinter dem Licht lag der Schreck vor dem, was ich aus der anderen Welt in diese entlassen hatte. Und dieses Wesen streifte nun durch London.

Jene Ohnmacht, die ich in dem Moment empfunden hatte, als ich dem Blutgeist in Reykjavík gegenübergestanden hatte, überkam mich auch jetzt. Ich wusste, dass ich rennen sollte. Jede Sekunde, in der der Crae sich frei in der Stadt bewegte, konnte Menschenleben kosten. Aber meine Beine fühlten sich schwer an, meine Arme baumelten nutzlos am Körper. Erinnerungen an damals wurden in mir wach, schienen mich schier zu überwältigen. Ich hatte all dem abgesagt, einen Neustart gewagt. Und nun stand ich hier, das Heft einer Obsidianklinge umklammert, und wusste, dass ich, wollte ich mein neues Leben behalten, in mein altes zurückkehren musste. Zumindest für diese Nacht. Verdammt, diesem Dämon würde ich den Arsch aufreißen!

Endlich löste sich die Starre, die mich gepackt hatte, und ich setzte einen Fuß vor den anderen. Mit jedem Schritt wurde ich schneller, bis ich Haken um Grabsteine schlug und rannte. Ich wusste, was ich zu tun hatte, denn ich hatte es bereits unzählige Male in meinem Leben getan.

Bevor ich mit der Tube nach Hause zurückkehrte, holte ich Mr Mercury aus dem Büro und versicherte mich zweimal, dass das Verwaltungsgebäude abgeschlossen war. Es war bereits nach Mitternacht, aber in Cassandras Zimmer brannte noch immer Licht, als ich auf Zehenspitzen durch den Flur schlich. Ich füllte Mr Mercurys Napf und machte mich dann über jene Truhe her, die ich nie wieder hatte öffnen wollen. Sie verbarg Waffen, die mich vor nicht allzu langer Zeit jeden Tag begleitet hatten. Ich wählte mehrere kleinere Messer, deren Klingen in flüssigem Obsidian gestärkt worden waren. Dann tauschte ich meine legere Kleidung gegen den aus Hightechfasern bestehenden Anzug, den jeder Agent der AO im Einsatz trug.

Mein Spiegelbild kam mir auf sonderbare Weise vertraut und zugleich fremd vor. Es sah aus wie ich, aber ich fühlte mich, als stünde ich wie eine Zuschauerin daneben, während mein Körper jene routinierten Bewegungen von früher abspulte.

Nachdem ich mein Haar in einem festen Knoten am Hinterkopf befestigt hatte, verabschiedete ich mich von Mr Mercury und verließ auf leisen Sohlen mein Zimmer. Ich hatte die Wohnungstür noch nicht erreicht, da ertönte Cassandras harsche Stimme und ich zuckte zusammen.

»Scheiße, du siehst ja aus, als würdest du zu einer Halloween-Party gehen«, bemerkte sie und musterte mich mit zusammengezogenen Brauen. Ich spürte, wie ihr Blick von meinem Scheitel über den hautengen Anzug bis hin zu den Waffen um meine Hüften glitt. »Wen sollst du darstellen? Buffy im Bann der Dämonen?«

»Wer ist das?«, entgegnete ich und rang mir einen möglichst beiläufigen Ausdruck ab.

»Du kennst Buffy nicht? In welcher Welt lebst du eigentlich?« Es war nicht Cassandras Entrüstung, die mich zum Lachen brachte, sondern die Bedeutung der Antwort ihrer Frage, die ihr selbst unbekannt war. Cassandra war ein *Unaware* und hatte keine Ahnung, wie viel mehr es jenseits unserer Welt gab.

»In einer, in der ich gerade wirklich spät dran bin«, antwortete ich also und drückte bereits die Klinke nach unten. Aber Cassandra war nicht bereit, mich so schnell vom Haken zu lassen.

»Wohin gehst du um diese Uhrzeit?«, wollte sie wissen. »Musst du nicht arbeiten?« Ein Ton schwang in ihrer Stimme mit, den ich nicht zu deuten wusste. »Ist noch ein bisschen hin, bis die Sonne aufgeht.«

»Es gab heute nicht viel für mich zu tun«, meinte ich vage.

Cassandra schnaubte. »Hast du nicht erzählt, sie würden dich fürs Netflixen bezahlen? Sind dir die Serien etwa schon ausgegangen? Dann wird es wohl langsam Zeit für Buffy.«

Allmählich brach mir der Schweiß aus. Ich widerstand dem Bedürfnis, ihn von meiner Stirn zu wischen, denn ich fürchtete, dass Cassandra diese Geste nicht verborgen bleiben würde. Sie starrte mich weiterhin an, als erwartete sie eine Erklärung für mein sonderbares Verhalten. Doch die schuldete ich ihr nicht.

»Lass uns morgen reden. Jetzt habe ich wirklich keine Zeit«, wimmelte ich sie ab und schob mich rückwärts ins schmale Treppenhaus. »Gute Nacht!«, rief ich ihr noch zu. Das Letzte, was ich sah, ehe ich die Tür hinter mir schloss, war, wie Cassandra das Handy zückte und sich von mir abwandte, als hätte sie das Interesse an ihrer sonderbaren Mitbewohnerin verloren. Erleichtert atmete ich aus. Dann stürmte ich die Treppen hinab und stürzte mich in die Nacht.

Das gleichmäßige Rattern der Tube hatte eine beruhigende Wirkung auf mich. Zu so später Stunde waren die Waggons nahezu ausgestorben. Ein angenehmer Umstand, wenn man bedachte, wie verstopft sie bei Tag waren. Neben einigen wenigen Nachteulen war ich die Einzige, die unterwegs war – und definitiv die Sonderbarste. Ich spürte die Blicke der anderen Fahrgäste auf mir und meinen Waffen ruhen. Als ich in der Camden Station zugestiegen war und mir einen Platz gesucht hatte, war ein junger Kerl, der zwei Sitze weiter gesessen hatte, sogar aufgestanden und vor mir geflohen. Ich heftete meinen Blick stur geradeaus und zählte meine Herzschläge bis zu der Haltestelle, an der ich den Zug verlassen musste.

Ich hatte beschlossen, nach Kensal Green zurückzukehren – auch wenn der Crae längst weitergezogen war. Womöglich hatte ich Glück und konnte seine Spur im Umkreis des Friedhofs aufnehmen. Während ich eilig dem Gehweg um das Gelände des Kensal Green folgte, setzte ich mir Kopfhörer auf und suchte mit einer App einen Londoner Radiosender, um herauszufinden, ob irgendjemand in der Stadt über etwas Widernatürliches berichtete. Die *Imagine Dragons* sangen ironischerweise über innere Dämonen, während ich meinen eigenen nachjagte. Nach dem Song meldete sich die müde Stimme eines Sprechers.

»Ihr hört *heart* auf der 106.2 – direkt aus dem Herzen Londons. More music variety. Diese Nacht schlägt sich Zach the Paddywhack für euch um die Ohren. Ich grüße alle, die mit mir die Nacht zum Tag machen. Viel Spaß mit *Prisoner* von Miley Cyrus feat. Dua Lipa.«

Ich war sicher, dass Zach the Paddywhack das Musikprogramm für eine Eilmeldung unterbrochen hätte, also reduzierte ich die Lautstärke und eilte die wie ausgestorbene Harrow Road entlang. Typisch englische Backsteinbauten mit flachen Fassaden und eingerahmten Fenstern säumten die Straße. Schon von Weitem fiel mir das beleuchtete Schild der Bar auf, die Caspian den Teenagern empfohlen hatte, die wir vom Friedhofsgelände gejagt hatten – die *er* vom Friedhofsgelände gejagt hatte. Das O von *Macons Arms* flimmerte, durch die Fenster fiel spärliches Licht nach draußen. Musik und Stimmen drangen durch die verschlossene Tür. Draußen lümmelten zwei Männer, einer von beiden hielt eine Bierflasche umklammert, der andere lehnte halb sitzend, halb stehend gegen die Hauswand. Sein Kopf lag auf der Schulter, die Lider halb geschlossen.

»Na, Süße, komm doch mal her!«, begrüßte mich derjenige von beiden, der sich immerhin noch auf beiden Beinen halten konnte. Ich biss die Zähne zusammen und beschleunigte meine Schritte. Dafür hatte ich keine Zeit, während irgendwo in London ein Crae herumstreunte, den ich freigelassen hatte.

»Wieso bist du so unhöflich? Hey, ich rede mit dir!« Die Stimme des Betrunkenen gewann an Aggressivität, und mit einer erstaunlichen Schnelligkeit, mit der ich nicht gerechnet hätte, näherte er sich mir.

»Aber ich möchte nicht mit dir reden«, antwortete ich bestimmt. Der Gedanke an einen Dämon ließ mich straucheln, aber mit einem Kerl wie diesem würde ich zurechtkommen. Ich hob das Kinn und blitzte ihn an, doch er verstand die unausgesprochene Warnung nicht, *wollte* sie nicht verstehen. Er streckte die Hand nach mir aus – ich war schneller und schlug sie zurück. »Finger weg!«

»Scheiße, wie siehst du überhaupt aus?« Sein glasiger Blick blieb an meiner Narbe hängen und bohrte sich heiß in meine Haut. »Quasimodos Schwester!«

»Sag das noch mal, *Unaware*«, zischte ich.

»Was? Wie hast du mich genannt, du kleine Bitch?«, knurrte er, obwohl er die Bedeutung dieses Wortes wohl kaum verstanden haben konnte. Ich hingegen verstand sehr wohl, was *Bitch* bedeutete.

Die Anspannung der letzten Stunden brach sich in mir Bahn und die Wut, die sich in meinem Innern aufbäumte, konnte ich nicht zähmen. Mit der Faust verpasste ich dem Kerl einen Schlag, ehe ich ihn gegen die Wand drängte und meinen Ellbogen gegen seine Kehle presste, bis er gurgelte und mit beiden Händen meinen Unterarm umfasste.

»Hat dir niemand beigebracht, deine Mitmenschen mit Respekt zu behandeln?«, fauchte ich und verstärkte den Druck.

Seine rot geränderten Augen rollten hektisch umher, als suchten sie nach einem Ausweg aus dieser Situation. »D-das war doch nur Spaß!«, keuchte er schließlich. Übelkeit stieg in mir auf, als mich sein alkoholgeschwängerter Atem traf.

»Das ist kein Spaß, du Blödmann. Das nennt man Catcalling.«

»W-was?«

»Das ist sexuelle Belästigung!«, schleuderte ich ihm entgegen, ehe ich mich schwer atmend von ihm abstieß. Der Kerl war betrunken, und zu was für einem Menschen machte es mich, wenn ich meine Wut an ihm ausließ?

»Aber … ich … ich wollte nicht …«

»Mach das nie wieder!«, unterbrach ich ihn und streichelte demonstrativ das Heft eines meiner Messer am Gürtel. Ich würde es nicht gegen einen Menschen einsetzen, aber allein diese Geste zeigte Wirkung. Der Mann taumelte zurück, brachte Abstand zwischen uns, als fürchtete er, ich könnte es mir anders überlegen und ihn erneut angreifen. Das tat ich nicht. Stattdessen deutete ich auf den halb ohnmächtigen Mann und sagte: »Kümmere dich um deinen Freund.« Dann wandte ich mich um und setzte meinen Weg fort.

Die Agenten der AO beschützten die Menschen vor dämonischen Übergriffen. Dass sie diesen Schutz bisweilen überhaupt nicht wert waren, hatte ich früh gelernt. Und trotzdem hatte ich mich als Agentin ebenjener Aufgabe gewidmet. Heute trieb mich die Sehnsucht nach einem Leben an, das mir allein gehörte und nicht den Fremden dieser Stadt, die mein Opfer nicht einmal zu schätzen wussten. War ich deshalb egoistisch?

Goldene Magierückstände zogen sich durch die gesamte Harrow Road. Mal waren sie stärker, dann schwächer. Und im nächsten Moment verschwunden, ehe weitere auftauchten. Sie lenkten meine Schritte, lockten mich immer weiter vom Kensal Green fort. Aber auf sonderbare Weise beruhigten sie mich, wusste ich doch, dass ich auf dem richtigen Weg war.

Auf der Höhe eines Imbisses, dessen Namen in neonfarbener arabischer Schrift über dem Eingang leuchtete, nahm ich eine Veränderung wahr. Durch das Schaufenster beobachtete ich, wie der Inhaber die Falafel, die er gerade im Begriff war, für einen wartenden Kunden zuzubereiten, sinken ließ und zu dem Fernseher starrte, der über der Theke hing. Auch der Blick seines Kunden war wie gebannt. Im gleichen Moment setzte der Popsong, den *heart* gerade gespielt hatte, aus. Die raue Stimme des Moderators erklang.

»Ich unterbreche unser Programm für eine wichtige Meldung.« Er räusperte sich und in dem kurzen Augenblick, in dem er zögerte, begann mein Herz heftig zu schlagen. »Vor wenigen Minuten gab es in Wembley einen schweren Unfall, in den mehrere Fahrzeuge involviert waren. Nach unserem Kenntnisstand ist sogar ein Waggon der Tube entgleist. Augenzeugen berichten von …« Zach the Paddywhack lachte rau, als könnte er der Meldung selbst keinen Glauben schenken. »Sie berichten von einem schwarzen Nebel, der wie aus dem Nichts aufgekommen sein und ihnen die Sicht genommen haben soll. In einem Zeitalter der Fake News sollten wir wohl nicht jedes Wort auf die Goldwaage legen. Ich glaube vielmehr, dass das Sandmännchen es in dieser Nacht zu gut mit uns gemeint hat und eine Extraportion Sand verteilt hat. Dass in diesen Minuten mehrere Rettungswagen auf dem Weg zur Unfallstelle sind, sind keine Fake News. Anscheinend gibt es mehrere Verletzte. Wir halten euch auf dem Laufenden – und Leute, gebt auf euch acht!«

Der Fernsehbildschirm des arabischen Imbisses zeigte erste Bilder von den Autowracks. Es sah aus, als wäre über ihnen eine Welle aus Magie hereingebrochen. Das goldene Funkeln, das den zum Teil noch immer brennenden Teilen anhaftete, blendete mein magisches Auge. Mehr musste ich nicht sehen. Ich zückte mein

Smartphone, um mir den kürzesten Weg zur nächsten Tube Station anzeigen zu lassen, die mich von hier aus nach Wembley brachte. Doch bevor ich loslaufen konnte, stellte sich mir eine dunkle Gestalt in den Weg. Die Waffe, die sie auf mich richtete, bestand aus Obsidian, die Klinge glänzte golden von letzten magischen Spuren.

Caspian.

Verdammte Scheiße, wie hatte er mich gefunden?

8

»Hast du vollkommen den Verstand verloren? Was glaubst du eigentlich, was du hier tust?« Caspians Wut loderte so sehr, dass ich das Gefühl hatte, mich zu verbrennen, wenn ich ihm näher kam.

»Seit wann interessiert es dich, was ich tue?«, fragte ich bei der Erinnerung an die letzten Tage, in denen sich mein Arbeitskollege darin geübt hatte, mich wie Luft zu behandeln.

Caspian schnaubte. »Glaub mir, lieber würde ich einer anderen Beschäftigung nachgehen, als auf dich aufzupassen.«

Nun schwappte seine Wut auf mich über und erfasste mich wie eine eiskalte Welle. Ich straffte die Schultern und funkelte ihn an. »Auf mich *aufpassen*?«

Caspian wischte meine Frage mit einer Geste beiseite und machte einen Schritt auf mich zu, als wollte er mich packen. Geschickt wich ich ihm aus. »Dafür habe ich keine Zeit. Geh mir aus dem Weg, bevor jemand stirbt!«

Der Ausdruck auf seinem Gesicht wurde ungehalten. »Drohst du mir etwa?«

Ich öffnete die Lippen und antwortete mit einem Stirnrunzeln. Die Worte brachte ich nicht heraus. Natürlich hatte ich ihm nicht drohen wollen. Aber ich erkannte, dass ich genau so geklungen hatte. Mit Erklärungen vermochte ich die Falte zwischen Caspians Brauen nicht zu glätten, also zog ich die Kopfhörer von den Ohren und reichte sie ihm. Verständnislos starrte er sie an, ohne sie zu berühren.

»Ich habe nicht vor, dich damit umzubringen«, knurrte ich und wedelte nachdrücklich mit den Kopfhörern vor seinem Gesicht. Grollend packte Caspian sie und setzte sie auf, während ich mit meinem Handy die Lautstärke erhöhte. Zuerst las ich Verwirrung in Caspians Augen, dann Erkenntnis. Und zuletzt bröckelte die Wut von seinen Zügen wie alter Putz von einer Wand. Er begegnete meinem Blick und war ebenso ernst wie vor einigen Stunden, als er aufgebrochen war, um einen Crae zu jagen.

»Warum hast du mich nicht benachrichtigt?«, fragte Caspian und zückte sein Smartphone, als wollte er überprüfen, ob er nicht doch eine Nachricht von mir verpasst hatte. »Das ist nicht deine Aufgabe. Bist du deines neuen Jobs schon jetzt überdrüssig?«

»Nein …« Ich verbiss mir eine Antwort und musterte Caspian unter gesenkten Lidern. Konnte ich ihm trauen? Oder würde er, sobald ich ihm die Wahrheit gesagt hatte, zu Tenrys laufen und mich verpfeifen? Caspian war ein Arsch, aber ich wusste nicht, ob er auch ein Verräter war.

»Was ist los?«, wollte er wissen. »Worum geht es hier?«

Ich kniff die Augen zusammen. Je länger ich zögerte, umso bedrohlicher wurde die Situation für die Stadt. Ich sandte einen stummen Fluch gen Himmel, ehe ich sagte: »Es ist meine Schuld.«

Ich war mir nicht sicher, was ich als Reaktion von Caspian erwartet hatte. Jedenfalls nicht, dass er mich verständnislos ansah, als glaubte er, ich hätte ihm wichtige Informationen unterschlagen. »Deine Schuld?«, wiederholte er langsam. Sein Blick schien mich förmlich zu durchbohren. Mein Herz klopfte, und am liebsten wäre ich mit der Dunkelheit der Nacht verschmolzen, um ihm zu entkommen.

»Ursache für den Unfall in Wembley ist möglicherweise ein Crae der Stufe vier, vielleicht sogar fünf.« Ich war mir unsicher, ob mich das trübe Licht der Straßenlaterne täuschte, aber ich glaubte, dass Caspian erbleichte. Regungslos verharrte er vor mir, eine Hand an den Kopfhörern, den Blick auf mir ruhend.

»Und nachdem dir das der Supernatural Scan verraten hat, wolltest du dich der Sache selbst annehmen?«, fragte er nach einem

Moment des Schweigens, in dem ich versucht hatte, meine Gedanken zu sortieren.

»Ich war es, die ihn freigelassen hat.« Kurz und schmerzlos. Zumindest dachte ich das im ersten Moment, bis Caspian sich zu seiner vollen Größe aufrichtete und mich eisig anstarrte.

»Was hast du getan?« Seine Stimme war leise, aber die Schärfe in ihr entging mir nicht. Ich schluckte hart und erzählte stockend, was geschehen war, nachdem er auf Dämonenjagd gegangen war. Mit jedem meiner Worte wurde Caspians Miene härter, bis er wieder jene Maske trug, hinter der er seine Gedanken und Gefühle bereits bei unserem ersten Aufeinandertreffen verborgen hatte.

»Verdammt, Aurora!«, schleuderte er mir entgegen. »Was bringen die den Rekruten in der isländischen Basis heutzutage eigentlich noch bei?« Sein Zorn traf mich nicht unvorbereitet und so folgte ich ihm, als er sich in Bewegung setzte.

»Was hast du jetzt vor?«, fragte ich.

Die Gebäude rings um die Harrow Road wichen zugunsten kleiner, ummauerter Vorgärten zurück, in denen manch ein Bewohner sich an einem grünen Daumen übte, andere hingegen nutzten den Platz, um ihre Mülltonnen abzustellen. Die orangefarbene Straßenbeleuchtung spiegelte sich in den Fensterscheiben, hinter denen Dunkelheit lauerte. Es war kurz vor drei, abgesehen von Zach the Paddywhack, seinen Zuhörern, Caspian und mir schienen alle anderen zu schlafen. Das hinderte Caspian nicht daran, abrupt stehen zu bleiben und laut vernehmlich zu poltern: »Ich suche einen Dämon!« Hoffentlich blieben die Bürger in ihren Betten. Ein Mann, der in der Öffentlichkeit lautstark bekundete, sich auf die Jagd nach übernatürlichen Wesen zu machen, lud förmlich dazu ein, die Polizei zu benachrichtigen, um ihn als Geisteskranken in einer geschlossenen Anstalt wegsperren zu lassen. Grundsätzlich hatte ich nichts dagegen, wenn mich jemand um meinen übellaunigen Arbeitskollegen erleichterte, aber vermutlich könnte er sich in dieser Nacht noch als nützlich erweisen.

»Abschnitt 4 von Paragraf 4 über die Dämonenjagd besagt, dass Crae der Stufe fünf niemals von einem einzelnen Agenten gejagt werden dürfen«, erinnerte ich Caspian, aber er entkräftete meine Worte mit einem Schnauben.

»Und warum hast du dich dann allein auf den Weg gemacht, wenn du die Regeln so gut beherrschst?«, fuhr er mich an.

Weil ich den Tod nicht fürchte, dachte ich, wagte es aber nicht, das laut auszusprechen. Der Blick, den Caspian mir zuwarf, war so finster, als wüsste er genau, was in mir vorging.

Auf der Kreuzung von High Street und Manor Park Road leuchteten die Scheinwerfer eines Autos auf und malten lange Lichtkegel auf den feuchten Asphalt. Caspian hob die Hand und winkte den Wagen heran, noch bevor ich erkannte, dass es sich dabei um ein Black Cap, eines der berühmten Londoner Taxis, handelte. Summend fuhr die Scheibe der Beifahrertür hinunter.

»Guten Abend«, sagte Caspian.

Der Fahrer unterbrach ihn. »Es tut mir leid, ich mache gerade Feierabend.«

Caspian legte die Hand auf das Dach und beugte sich zu dem Mann. »Haben Sie von dem Unfall in Wembley gehört?«

Der Fahrer wies auf das Radio, dessen Knöpfe im Dunkeln leuchteten wie Glühwürmchen. »Sie berichten über nichts anderes.«

»Meine Schwester war zum Zeitpunkt des Unfalls dort unterwegs. Seitdem erreiche ich sie nicht mehr.« Die Lüge kam ihm so glatt über die Lippen, dass ich selbst versucht war, ihm zu glauben.

»Das tut mir leid, Junge, aber …«

»Bitte.« Caspian verlieh seiner Stimme die richtige Note an Verzweiflung und entlockte dem Taxifahrer damit einen tiefen Seufzer.

»Und ich war nur zwei Straßen von meinem Bett entfernt.« Mit einem Wink bedeutete er uns einzusteigen.

Caspian öffnete mir die Tür und ich glitt auf den Rücksitz, bevor er neben mir Platz nahm. Sein Duft hüllte mich ein und ich brachte so viel Abstand zwischen uns, wie es mir möglich war. Der Fahrer schaltete das Taxameter ein und fuhr los. In Schatten huschte London an uns vorbei. Nur im Schein einer Straßenlaterne erhaschte ich einen Blick auf meine Umgebung, dazwischen beherrschte Schwärze die Stadt.

»Seid ihr vom Theater?«, durchbrach der Taxifahrer die Stille, als uns eine Ampel vor einer ausgestorbenen Kreuzung aufhielt. Er stoppte dennoch, betrachtete den rot leuchtenden Punkt über uns.

»Wie bitte?«, fragte Caspian. Als er sich nach vorn beugte, streifte er mein Knie mit seinem. Ein Prickeln schoss durch meinen Körper und ich zog mich noch weiter zurück. Er schien es nicht bemerkt zu haben, denn er lehnte sich gegen die Rückseite des Beifahrersitzes, um sich mit dem Fahrer zu unterhalten, als wäre ich gar nicht hier.

»Na, eure Kostüme!« Der Mann wedelte erklärend mit der Hand. Im Rückspiegel begegnete mir sein kurzer Blick, ehe er anfuhr und das Auto über die Kreuzung lenkte.

Caspian sah an sich herab, als bemerkte er erst jetzt, was er da eigentlich trug. Er winkte ab. »Nicht ganz. Unterhaltungsbranche. Deshalb war meine Schwester heute Nacht auch im Wembley Stadion. Es gab dort eine Veranstaltung, bei der sie kurzfristig ausgeholfen hat.«

»Ihr wird schon nichts passiert sein«, beruhigte der Taxifahrer ihn und konzentrierte sich erneut auf die Strecke.

Ich sank tief in meinen Sitz zurück und sah aus dem Fenster. Über London stieg ein Nebel auf, der nichts mit dem allmorgendlichen Dampf über der Themse zu tun hatte. Er funkelte golden, als wären die Sterne vom Himmel gefallen.

»Was siehst du?«, raunte Caspian mir zu, und da erst bemerkte ich, dass er mich beobachtet hatte. Sein Blick klebte an meinem magischen Auge und ich zupfte an meinem Haar, um mich hinter einer Strähne zu verbergen, bis ich mich erinnerte, dass es fest in meinem Nacken zusammengebunden war. Unverrichteter Dinge ließ ich meine Hand sinken und knetete sie im Schoß.

»Womöglich ist der Crae geflogen«, sagte ich leise, sodass der Taxifahrer nichts von meinen Worten mitbekam. »Auf den Baumkronen und an den Dächern haften Partikel von Magie. Es ist wie ein Netz, das sich über die gesamte Stadt gelegt hat.«

»Und er hat keinen Bann über London geworfen?«, fragte Caspian ebenso leise und starrte konzentriert an mir vorbei aus dem Fenster, als könnte er die Spuren der Magie ebenfalls sehen.

»Unwahrscheinlich. Dafür ist die Magiekonzentration zu gering.«

»Wie … muss ich mir das vorstellen?« Es war das erste Mal, dass ich echtes Interesse aus einer Frage heraushörte, die Caspian stellte. Ich konnte nicht verhindern, dass mir ein kleines Lächeln über die Lippen huschte, als ich antwortete: »Ich unterscheide zwischen aktiver und passiver Magie. Aktive Magie, wie zum Beispiel durch Beschwörungen oder Materialisierungen, hinterlässt sehr viel deutlichere Spuren als passive Magie wie die Anwendung crae'scher Fähigkeiten in der Menschenwelt. Der Dämon muss über diesen Teil der Stadt in Richtung Wembley geflogen sein und hat dabei eine Spur feinen Goldstaub nach sich gezogen. Sie verglimmt bereits.«

»Es muss sonderbar sein, zwischen den Welten zu stehen – mit einem Fuß in der sterblichen Welt, mit dem anderen in jener der Crae«, meinte Caspian.

»Glaub mir, ich stehe mit beiden Füßen fest in dieser Welt«, versicherte ich ihm. »Es ist nur mein rechtes Auge, das mehr sieht, als es sollte.«

»Bist du dir sicher? Du hast das Atrium geöffnet. Vielleicht übt Asterin auch auf dich einen Sog aus, dem du nicht widerstehen konntest.« Eine Sehnsucht schwang in seiner Stimme mit, die mich überraschte.

»Warst du je auf der anderen Seite?«

Aber Caspian antwortete nicht. Stattdessen stieß er ein kurzes, freudloses Lachen aus, das alles und nichts bedeuten konnte, und wandte sich ab. Immerhin hatten wir uns ein paar Minuten miteinander unterhalten, ohne dass ich das Bedürfnis empfunden hätte, ihm einen Backstein an den Kopf zu schleudern. Vielleicht würden wir eines Tages sogar so etwas wie Freunde werden. In Reykjavík hatte ich zu allen Kollegen ein freundschaftliches Verhältnis gepflegt. Den schmerzhaften Stich, den dieser Gedanke in meinem Innern auslöste, ignorierte ich.

»Warum hilfst du mir?« Die Frage war mir entschlüpft, ehe ich mir bewusst gewesen war, dass ich sie hatte stellen wollen.

Erneut zog ich Caspians Blick auf mich. Diesmal erwiderte ich ihn, ohne zu blinzeln. »Uns beiden wäre nicht geholfen, wenn Adriel die Wahrheit erführe. Sag ihm kein Wort über das, was geschehen ist.«

In der darauffolgenden Stille hämmerte mein Herz laut gegen meinen Brustkorb und ich fürchtete fast, dass Caspian es hören könnte. »Warum?«

»Du willst doch deinen Job nicht verlieren, oder?«

»Was interessiert dich mein Job? Was ist der wahre Grund, warum Adriel nichts von dem Vorfall wissen soll?«

Caspian presste die Lippen aufeinander und drehte den Kopf zum Fenster. War das seine Art, ein Gespräch zu beenden? Ich verschränkte die Arme vor der Brust, aber der Zorn in meinem Innern hatte keine Zeit, um zu schwelen. Das Taxi fuhr über die Kuppe eines Hügels, über den eine breite, von schlichten Gebäuden gesäumte Straße führte. Auf der rechten Seite lag die Tube Station von Wembley, geradeaus leuchtete die Architektur des Stadions über den Dächern. Und direkt vor uns tauchte eine Absperrung auf. Blaulicht zuckte durch die Nacht, in der sich geschäftige Schatten bewegten. Mehrere Polizeiautos blockierten die Straße, Beamte patrouillierten am rot-weißen Absperrband vorbei und beruhigten die Bürger, die sich dort versammelt hatten.

»Endstation«, murmelte unser Fahrer und hielt am Straßenrand. Er beugte sich vor und pfiff durch die Zähne, als er die Szene musterte, die sich vor uns abspielte. In weiße Schutzanzüge gehüllte Angestellte der Spurensicherung eilten geschäftig umher. »Was ist hier passiert?«, murmelte er und schüttelte gedankenverloren den Kopf.

»Das frage ich mich auch«, brummte Caspian und zog sein Portemonnaie aus der Tasche.

»Schon gut«, beschwichtigte der Fahrer ihn, als er ihm einen Zwanzigpfundschein reichte. »Finde deine Schwester. Die Fahrt geht auf mich.«

»Danke«, sagte Caspian, ließ den Schein aber auf der Rückbank zurück. Nacheinander kletterten wir aus dem Wagen. Ich rief dem Taxifahrer einen Abschiedsgruß zu, ehe ich mich der Unfallstelle zuwandte, in deren Mitte die Skelette dreier komplett ausgebrannter Autos aufragten.

»Was siehst du?«, wollte Caspian wissen. Der Blick meines magischen Auges glitt über die Straße, suchte nach Spuren von Magie. Wie schon auf unserem Weg hierher, lag ein dünner Schleier golden schimmernder Partikel auf den Dächern. Aber es gab keine Anzeichen dafür, dass dieser Unfall durch den Eingriff eines Dämons verursacht worden war.

Bevor ich zu einer Antwort ansetzen konnte, näherte sich uns ein Polizeibeamter. Schweiß glänzte auf seiner Stirn, obwohl es eine kühle Nacht war. Er schob sich seine Mütze zurecht und musterte die Waffen, die wir offenkundig mit uns trugen. »Kann ich Ihnen helfen?«

Caspian zückte einen Ausweis, den er ihm unter die Nase hielt. »Entschuldigen Sie unseren Aufzug. Mein Name ist Crimson, MI5. Wir waren heute Nacht privat unterwegs, als wir von dem Vorfall hörten.«

Der Beamte beäugte den Ausweis, dann musterte er uns erneut eindringlich.

Caspians Lippen verzogen sich. »Kostümparty. Ich weiß, es ist albern. Aber ich konnte meiner Freundin diesen Wunsch nicht abschlagen.« Freundin? Meinte er etwa mich damit? Wütend blitzte ich ihn an, aber Caspian ignorierte mich. »Was ist passiert?« Mit einer Bewegung seines Kinns wies er auf die Unfallstelle.

Der Beamte entspannte sich sichtlich und stieß ein Seufzen aus. »Wenn wir das wüssten. Gegen zwei Uhr siebenunddreißig gingen mehrere Notrufe ein, die von einem sonderbaren Nebel berichteten. Die SpuSi ist noch nicht durch, aber bisher haben wir keine Beweise für das, was die Anrufer geschildert haben. Der einzige Beweis sind mehrere ausgebrannte Autos. Zwei der Insassen sind tot, der Rest hat zum Teil schwer verletzt überlebt.«

»Das ist tragisch«, sagte Caspian und der Beamte nickte erschöpft. »Sieht so aus, als hättet ihr alles im Griff.«

»Das ist wohl kein Fall für den MI5.«

Caspian schüttelte den Kopf, ehe der Beamte sich mit einer knappen Geste verabschiedete.

»MI5?«, murmelte ich. »So einen Ausweis hätte ich auch gern.«

»Wie schade, dass du eine Schreibtisch-Hockerin bist. Den bekommst du nämlich nur im aktiven Dienst.«

Wir folgten dem Absperrband und beobachteten, wie zwei Sanitäter einen Leichensack schlossen. Obwohl mir die Unawares fremd waren, zog sich mir bei diesem Anblick der Magen schmerzhaft zusammen. Wer waren die Toten gewesen? Hinterließen sie eine Familie? Freunde? Wer trauerte um sie?

Ich drängte diese Gedanken zurück, ehe sie mich an einen Punkt führen konnten, von dem es keine Rückkehr mehr gab. Das, was heute hier geschehen war, war vollkommen anders als der Zwischenfall in Reykjavík. Und doch, flüsterte eine leise, unnachgiebige Stimme in meinem Innern, hatten sie eines gemein: Jemand war tot – und das war meine Schuld.

»Aurora?« Wie aus weiter Ferne drang Caspians Stimme zu mir. »Aurora?«

Ich blinzelte und starrte in seine Augen, in denen sich das Licht der Strahler spiegelte. Sie waren dunkel, aber von endloser Tiefe.

»Aurora?« Besorgnis lag in Caspians Blick. Er hob die Hände und legte sie auf meine Schultern. Diese überraschende Berührung löste etwas in mir aus, das ich nicht deuten konnte. Ich wich zurück, als hätte er mich geschlagen, und Caspians Miene verfinsterte sich. Er hob das Kinn und ballte die Hände zu Fäusten, ehe er sie in den Taschen seines Mantels versteckte.

Unbehaglich räusperte ich mich. »Ich kann keinen Hinweis auf akute dämonische Aktivität entdecken.«

»Das heißt, der Crae, den du freigelassen hast, hatte nichts mit dem Unfall zu tun?«

»Möglicherweise«, sagte ich vorsichtig, weil ich die Verantwortung für das, was geschehen war, nicht von mir schieben wollte. »Aber das wäre ein großer Zufall, oder? Ein Dämon streift durch die Stadt und kurz darauf geschieht ein tödlicher Unfall?«

Caspian nickte. »Na schön. Ich werde mich darum kümmern.«

»Und was ist mit mir?«, wollte ich wissen.

»Du kehrst zurück an deinen Schreibtisch und tust das, wofür du bezahlt wirst. Die Dämonenjagd obliegt mir, vergiss das nicht. Und jetzt verschwinde, ehe du noch mehr Scheiße baust!«

Es hatte einen Moment im Taxi gegeben, da hatte ich geglaubt, wir könnten Freunde werden. Jetzt wusste ich, dass ich mich geirrt hatte. Caspian war ein Arsch.

9

Müdigkeit machte meine Glieder schwer und meine Gedanken zäh wie Kleber. Doch obwohl ich mir die letzte Nacht um die Ohren geschlagen hatte, fand ich keine Ruhe, um mich ein paar Stunden hinzulegen. Inzwischen ging der Tag beinahe wieder in den Abend über und ich wartete mit pochendem Herzen auf Neuigkeiten von Caspian. Immer wieder zuckte mein Blick zu meinem Handy und ich fragte mich, ob er überhaupt meine Nummer hatte, um mir Bescheid zu geben, falls sich etwas Neues ergab. Ich hatte verdammt fahrlässig gehandelt, hatte das Leben von Millionen Menschen riskiert. Und in den Momenten, da ich mich nicht mit meinem schlechten Gewissen plagte, vermisste ich Frey und fragte mich, ob er mich auf der anderen Seite des Tores erwartet hätte, wenn ich hindurchgegangen wäre.

Mr Mercury ließ sich von meiner Nervosität nicht anstecken. Er lag eingerollt auf meinem Bett, sein Brustkorb hob und senkte sich und das schwindende Tageslicht ließ sein Fell glänzen. Ab und an brummte er, schüttelte das Köpfchen oder streckte sich, wenn *heart* einen Song wechselte oder der Radiomoderator eine Anekdote zum Besten gab. Jedes Mal horchte ich auf, wartete darauf, dass eine weitere Katastrophe gemeldet wurde. Nichts dergleichen geschah. Es war ein Tag wie jeder andere in London. Die schlimmsten News berichteten von einem Bankautomaten, der in Stratford ausgeraubt worden war, und einer Frau, die man tot im Prescott Kanal in der Bisson Road aufgefunden hatte. Letzteres war zwar ein grauenhaftes

Verbrechen, aber eines, das eine menschliche Handschrift trug, keine dämonische.

Vor einer Weile hatte ich Cassandra in der Küche werkeln gehört. Der intensive Duft nach Fertigpizza war inzwischen wieder verflogen. Kurzzeitig hatte er mich aus dem Zimmer gelockt, aber mein Fach im Vorratsraum gab nicht mehr her als Müsli. Also hatte ich mit dem Käsegeruch in der Nase ein paar Flakes gelöffelt, ehe ich mich wieder in mein Zimmer verzogen hatte – nur um erneut mein Handy auf Nachrichten zu checken. Caspian meldete sich nicht.

Gegen zehn Uhr drang Cassandras aufgebrachte Stimme durch die Wand, die aus nicht viel mehr als Papier zu bestehen schien, denn ich hörte jedes Wort. Weil ich ihre Privatsphäre nicht stören wollte, drehte ich die Lautstärke des Radios auf. Aber kurz darauf stürzte meine Mitbewohnerin, ohne anzuklopfen, in mein Zimmer.

»Wow«, machte ich, als ich ihr Outfit bemerkte. Ein Lederrock, der kaum das Nötigste bedeckte, inszenierte ihre langen Beine. Dazu trug sie ein tief ausgeschnittenes Top mit Spitzenbesatz. »Du siehst toll aus!«

»Danke.« Sie wischte das Kompliment mit einer wegwerfenden Bewegung beiseite und musterte mich aus verengten Augen. »Wir haben deinen Einzug noch gar nicht gefeiert.«

Erstaunen ließ mich unüberlegt antworten. »Ich wusste nicht, dass da Bedarf besteht.«

Ein katzenhaftes Lächeln breitete sich auf Cassandras Gesicht aus. »Tut es. Jetzt.«

»Jetzt?« Ich sah an mir herunter und stellte fest, dass ich mich definitiv nicht in der Verfassung befand, die Wohnung zu verlassen. Ich trug einen ausgebeulten Hoodie und Jeans, die ihre beste Zeit hinter sich hatten, nachdem ich in Reykjavík von diversen Crae gejagt worden war.

»Das lässt sich schnell beheben.« Cassandra strich sich eine schwarze Locke aus dem Gesicht und steuerte auf meinen Kleiderschrank zu.

»Hat dein Wunsch, mit mir den Abend zu verbringen, etwas damit zu tun, dass deine Freundin dich versetzt hat?«

Sie warf mir einen düsteren Blick über die Schulter zu und ließ die Hände sinken, die sie nach den Griffen ausgestreckt hatte. »Hast du mich etwa belauscht?«

»Jedenfalls nicht absichtlich.« Ich deutete auf die Wand, die zwischen unseren Zimmern lag. »Der Architekt dieser Bude hat eindeutig versagt.«

Cassandra schnaubte. »Ich denke nicht, dass hier ein Architekt am Werk war. Hast du gesehen, wie schräg die Außenwand des Badezimmers ist? Und die Fenster in der Küche sind definitiv zu klein, mal ganz abgesehen von der falsch positionierten Kloschüssel. Glaub mir, wenn ich mehr verdienen würde, würde ich nicht in diesem Loch leben. Leider fressen die Londoner Mietpreise meinen ganzen Lohn auf, und solange mein Chef nicht erkennt, dass ich mindestens einen Tausender mehr im Monat verdient hätte, sitze ich hier fest. Also – ziehst du dir jetzt etwas an?« Sie wippte ungeduldig auf den Ballen, und als ich nicht antwortete, riss sie den Kleiderschrank auf. Dann stutzte sie und drehte sich wieder zu mir um. »Ist das dein Ernst? Wo sind deine Klamotten? Du bist vor zwei Wochen hier eingezogen und hast es noch nicht geschafft, dein Zeug hier einzuräumen?«

Mein Blick zuckte zu der Reisetasche, die am Ende meines Bettes auf dem Boden lag. Der Ärmel einer Bluse hing aus der Öffnung und die rote Spitze meines Lieblings-BHs blitzte daneben hervor. Ich hatte es nicht über mich gebracht, meine wenigen Kleidungsstücke, die ich aus Island mitgebracht hatte, einzuräumen. Denn dann wäre alles real geworden. Dann hätte ich mich der Wahrheit stellen müssen, dass ich in naher Zukunft vermutlich nicht nach Reykjavík zurückkehren würde.

Dass Frey wirklich fort war.

»Ich wollte erst mal abwarten, ob es mir in London überhaupt gefällt«, gab ich schließlich zu.

Cassandras Miene wurde weicher. »Und? Gefällt es dir hier?« Ich zuckte die Achseln, was sie mit einem Schnauben quittierte. »Kein Wunder, denn du siehst nichts anderes als den creepy Friedhof und dieses Loch, das sich Wohnung schimpft. Wird Zeit, dass du mal ein wenig unter die Leute kommst.«

»Vielleicht ein anderes Mal«, sagte ich und warf einen Blick auf mein Handydisplay.

»Nun komm schon, Aurora, hab dich nicht so! Der Kater scheint hier alles im Griff zu haben!«

Tatsächlich schien der Kater nichts außer seinen Schönheitsschlaf im Griff zu haben, denn er gähnte, wechselte die Position und schlief weiter.

»Ich muss noch arbeiten.«

»Du gehst heute Nacht auf den Friedhof?« Eine schmale Falte erschien zwischen Cassandras Brauen und zeugte von ihrem Argwohn.

»Nein, das nicht.«

»Ich wusste nicht, dass man als Friedhofswärterin Homeoffice machen kann.« Jedes ihrer Worte war eine Herausforderung, eine Einladung, mich auf ihre Sticheleien einzulassen. Sie wusste ebenso gut wie ich, dass ich an diesem Abend nicht mehr arbeiten würde, und sie ließ mir die Ausrede nicht durchgehen. »Wenn du glaubst, du könntest dich an meiner Seite nicht sehen lassen, kann ich dich beruhigen. Ich leihe dir etwas und dann ziehen wir um die Häuser.«

»Das ist es eigentlich nicht.« Ich zupfte am Saum meines Hoodies.

»Den willst du doch nicht anlassen!«

»Eigentlich will ich überhaupt nicht mitkommen.«

Cassandra zog eine Schnute. »Allie hat mich versetzt. Ich hab mir künstliche Wimpern aufgeklebt und meine Beine rasiert. Lass es nicht umsonst gewesen sein.«

Ich wollte keinen Kontakt zu Unawares. Ich war nach London gekommen, um mich von den Schrecken in Island zu erholen. Arbeit war das Pflaster, das ich mir auf meine seelischen Wunden geklebt hatte. Und mit einer Mitbewohnerin, die mich wie Luft behandelt hatte, hatte das hervorragend harmoniert. Dass sie auf einmal meine Nähe suchen würde, hatte ich nicht vorhergesehen.

Und dass mir nach stundenlanger Warterei und schlechtem Gewissen die Decke auf den Kopf fallen würde, auch nicht.

»Zwei Bedingungen habe ich.« Warnend hob ich den Zeigefinger, Cassandras Miene erhellte sich trotzdem umgehend.

»Welche?«

»Du leihst mir etwas, das ein bisschen weniger freizügig ist.«

»Kein Problem, ich habe schon eine Idee.«

»Und du machst nie wieder Pizza, ohne mir ein Stück anzubieten.«

Cassandra grinste. »Auf dem Weg in den Club lade ich dich in einen Pizza Hut ein.«

»Deal!«

In meinem Leben war ich durchaus schon beschissenere Deals eingegangen. Aber leider auch wesentlich bessere. Denn das Pizzadreieck war schnell verdrückt, der Abend in einem Club mit dröhnenden Beats würde sich hingegen in die Länge ziehen. Schon in der Schlange konnte ich kaum ein Wort von dem verstehen, was Cassandra sagte, so laut war die Musik. Immer wieder hielt ich Ausschau nach lebendigen Schatten, Crae, die aus dem Atrium entflohen waren. Caspian hatte sich nicht bei mir gemeldet und ich gab die Hoffnung auf, dass er es tun würde. Wut auf ihn und Unbehagen wegen meiner Abendgestaltung lagen mir schwer im Magen. Außerdem war mir eiskalt. Auch wenn mein Outfit wesentlich mehr bedeckte als das meiner Mitbewohnerin, kroch mir die Kälte in jeden Schlitz meiner Lederjacke und erinnerte mich daran, dass ich zwar weiter südlich gezogen war, aber eben nicht an einen mediterranen Ort, sondern in das raue britische Klima. Und als wollte es mich verhöhnen, schickte das Universum in diesem Moment einen Regenschauer auf die Stadt.

Als der Türsteher uns endlich in den Club winkte, klebte Cassandras Bluse an meinem Körper. Darunter zeichnete sich deutlich die schwarze Spitze meiner Unterwäsche ab. Cassandra schenkte mir ein anzügliches Grinsen. »Heiß«, neckte sie mich, ehe sie mir die Jacke abnahm und sie bei der Garderobiere gegen einen Pfandchip eintauschte. Aber ich fühlte mich alles andere als heiß. Der Regen hatte nicht nur meine Bluse durchweicht, sondern auch das Make-up aus meinem Gesicht gespült. Überdeutlich nahm ich die hässliche Narbe um mein Auge herum wahr und war froh, dass wir nun in die Dunkelheit des Clubs tauchten.

Mit den anderen Agenten hatte ich in Reykjavík hin und wieder die Nächte durchgefeiert. Wummernde Bässe und schwitzende Körper waren mir also durchaus nicht fremd, doch waren sie auf der Life-Bucket-List meines gegenwärtigen Ichs ziemlich weit nach unten gerutscht. Denn es war ein Abend wie dieser gewesen, an dem sich mein Leben in die Hölle auf Erden verwandelt hatte. Ein mulmiges Gefühl nagte an meinen Eingeweiden, während ich mich hinter Cassandra durch die Menge schob. Dichte Schwaden künstlichen Nebels senkten sich auf die Tanzfläche in der Mitte der alten Industriehalle herab. Spotlights malten goldene Punkte an die silbern schimmernde Decke und darüber hinweg zuckte buntes Stroboskoplicht, das die feierwütige Menge in Geister verwandelte, die den Crae nicht unähnlich waren.

Verdammt, worauf hatte ich mich da nur eingelassen?

»Willst du etwas trinken?« Cassandra beugte sich zu mir, aber ich musste die Frage von ihren Lippen ablesen, um sie durch den pulsierenden Beat der Musik zu verstehen.

Es war lange her, dass ich das letzte Mal einen Schluck Alkohol getrunken hatte. Agenten war es grundsätzlich verboten, bewusstseinsverändernde Substanzen zu sich zu nehmen. Und auch wenn ich kein Agent mehr war und Alkohol die schwächste Wirkung jener Substanzen zeigte, zögerte ich.

Cassandra zog mich in den Schutz eines der Pfeiler, die die Decke hoch über uns trugen. Der minzige Duft ihres Atems streifte meine Wange, als sie rief: »Vergiss die Aurora, die du warst, als wir draußen in der Schlange gestanden haben. Hier an diesem Ort kannst du eine neue Version von dir erschaffen.«

Das ließ sich leicht sagen, aber die Vergangenheit haftete an mir wie Schatten. Unmöglich abzuschütteln. Ich sehnte mich nach der Aurora, die ich vor dem Zwischenfall gewesen war. Unbeschwert, manchmal ein wenig albern, aber vor allem stark. Doch es war, als hätte sich eine Mauer in mir errichtet, die mein damaliges Ich von dem der Gegenwart abschottete.

»Ich kann nicht!«

Vermutlich war das nicht die Antwort gewesen, die Cassandra zu bekommen gehofft hatte. Sie verdrehte die Augen, legte einen

Finger an mein Kinn und zwang mich, sie anzusehen. »Vertrau mir, du kannst!«

Zehn Minuten später fragte ich mich, wie um alles in der Welt ich mich in diese Situation hatte manövrieren können. Nach einer halben Stunde hatten jegliche Zweifel einem warmen Gefühl in meinem Bauch Platz gemacht. Cassandra und ich standen in einer Nische, ein Tablett mit Shotgläsern auf dem Stehtisch zwischen uns. Die Hälfte davon war bereits leer, ein Großteil in meinem Magen, der Rest bei unserem kläglichen Versuch verschüttet, auf Freundschaft zu trinken.

»Ich sollte mich öfter mal von Allie versetzen lassen!« Der dunkle Blick, der diese Worte zuvor begleitet hatte, war verschwunden. Cassandra riss passend zum Takt der Musik die Arme in die Höhe und jubelte.

Auf meinen Lippen hatte sich ein Grinsen breitgemacht, das vermutlich ebenso viel Strahlkraft besaß wie die Deckenleuchter. Ich konnte einfach nicht damit aufhören, denn nach dem zweiten Shot hatten sich die dunklen Schatten, die die Tanzfläche füllten, in andere Nachtschwärmer verwandelt. Schräg neben uns versanken zwei Männer in leidenschaftlichen Küssen, am Rand der Tanzfläche hüpfte eine Frau klatschend auf und ab, gegen die Cassandras Look ziemlich züchtig wirkte. Dann war da ein Kerl mit grünen Strähnchen im Haar und einem Piercing in der Unterlippe. Er hatte die Augen geschlossen und bewegte den Kopf im Rhythmus der Musik. Alle hier wirkten glücklich, und auf einmal war ich es auch. Der Alkohol überlagerte die Dunkelheit in mir, verschaffte mir die Möglichkeit, frei zu atmen. Vergessen waren die Schrecken jener Nacht. Vergessen, dass sie mir bis nach London gefolgt waren.

10

Ich liebe dieses Lied!«, kreischte Cassandra. Sie kippte den letzten Shot in einem Zug hinunter, dann packte sie meine Hand. »Los, tanzen!«

Unter anderen Umständen hätte ich mich womöglich gegen ihren Klammergriff gestemmt, aber in diesem Moment gab es nichts auf der Welt, was ich lieber tun würde. Wir tauchten in die Wellen der Tanzenden ein, die Musik rollte über uns hinweg. Ich bewegte mich mit ihr, ließ mich treiben. Lebte nur in diesem Augenblick. Das Stroboskoplicht streichelte meine helle Haut, floss über mein Haar, tropfte auf die Menge. Cassandra warf den Kopf in den Nacken, breitete die Arme aus, bis das Licht ihr Dekolleté sprenkelte. Nie zuvor hatte ich etwas Schöneres gesehen und ich fragte mich, warum mir das wahre Wesen meiner Mitbewohnerin bislang verborgen geblieben war.

Der Beat putschte uns auf, brachte die Menge auf Touren. Schweiß perlte in meinem Nacken, rann über den schmalen Pfad zwischen meinen Brüsten. Ein Song jagte den nächsten, während bunte Lichter über die frei liegenden Rohre an der Decke glitten.

Irgendwann ließ die Kraft, die mir der Alkohol verliehen hatte, nach. Meine Bewegungen wurden langsamer.

»Ich brauch mal kurz eine Pause!«, rief ich Cassandra zwischen zwei Liedern zu.

Sie nickte, wischte sich mit dem Handrücken über die glänzende Stirn. »Gute Idee. Ich muss dringend was trinken.« Erneut bestellte sie an der Bar für uns. Diesmal war es Wasser. Ich trank in gierigen Schlucken.

»Wo hast du bitte diese Moves gelernt?« Kopfschüttelnd betrachtete Cassandra mich. »Wenn ich gewusst hätte, dass in dir eine kleine Tanzmaus steckt, hätte *ich* Allie versetzt. Und zwar wegen dir!«

Ich zuckte die Achseln. Die ehrliche Antwort konnte ich einem Unaware nicht verraten, denn sie basierte auf jahrelangem Kampftraining gegen Dämonenangriffe. Stattdessen speiste ich sie mit einer ziemlich lahmen Floskel ab: »Stille Wasser sind tief.«

»Dann bin ich gespannt, was noch so in dir steckt.« Cassandra zwinkerte mir zu, ehe sie vom Hocker hüpfte. »Ich muss mal kurz für kleine Tanzmäuse.«

»Gute Idee!«

Die Schlange vor der Damentoilette war länger als die draußen vor dem Club. Ungeduld oder eine volle Blase verwischten die Grenzen von Anstand und Cassandra zog mich hinter sich her in die Sanitärräume der Herren. Ich kicherte, als wir uns an den Blicken zweier Männer vorbei in eine Kabine zwängten.

»Ihr habt euch in der Tür geirrt!«, rief einer von beiden uns nach. Aber das Lachen in seiner Stimme verriet ihn.

»Ich lasse mich lieber mit einer geleerten Blase aus einem Club werfen, als vollgepisst weiterzutanzen!«, entgegnete Cassandra durch die geschlossene Tür.

»Euer Geheimnis ist bei uns sicher!«, kam die prompte Antwort von der anderen Seite. Wieder ein Lachen. »Dürfen wir euch auf einen Drink einladen? Es muss Schicksal sein, dass wir uns hier treffen.«

»Ja, klar!« Cassandra schnaubte. »Es ist Schicksal, dass in einer Nacht wie dieser zwei besoffene Männer auf zwei besoffene Frauen treffen.« Sie untermalte ihre Worte mit einem Augenrollen, das nur für mich bestimmt war. Dann betätigte sie die Spülung und zupfte sich die Kleider zurecht. »Sorry, Boys, aber auch wenn ich nicht auf Frauen stehen würde, glaube ich nicht ans Schicksal.« Cassandra öffnete die Tür, nachdem auch ich fertig war, und wir schlüpften nach draußen.

Der Wortführer der beiden erwartete uns direkt im Gang vor der Kabine. Groß gewachsen, Allerweltsgesicht, das ich in dem Moment vergessen würde, wenn wir die Herrentoilette verließen.

»Ihr seid …?« Mit dem Finger deutete er auf Cassandra, dann auf mich. An meiner Narbe blieb sein Blick ein wenig länger haften. Inzwischen war ich das gewohnt. Dann machte er einen unanständigen Laut und fasste sich demonstrativ in den Schritt. »Seid ihr zwei echt … Krass!«

Keine Ahnung, was wir in seinen Augen waren, aber meine Mitbewohnerin schien sofort zu wissen, worauf er hinauswollte. »Herzlich willkommen im 21. Jahrhundert, du Sexist!« Ihre Haltung spannte sich an, ihre Miene wurde hart. »Nein, wir küssen uns jetzt nicht, um es dir zu beweisen. Nein, wir machen es uns nicht mit einem Dildo, weil uns die Männlichkeit zwischen den Beinen fehlt. Und nein, der Anblick deines Schwanzes kann uns nicht bekehren. Alle Fragen beantwortet?«

Der Kerl stieß einen Fluch aus, dann winkte er seinem Freund zu, der sich die ganze Zeit über im Hintergrund gehalten hatte. Als dessen Blick mich streifte, verkrampfte ich mich. Seine Augen waren pechschwarz und eine Kälte ging von ihm aus, die ich nur von Crae kannte. Aber als er blinzelte, verwandelte sich das Schwarz in ein dunkles Braun. Die trübe Beleuchtung der Toiletten hatte mir einen Streich gespielt. Oder der Alkohol.

»Komm schon, Mann!«, sagte sein Begleiter. Er zögerte, sah mich einen Moment länger an, als es anständig war. Dann traten sie durch die Tür und wurden von einer durch Stroboskobreflexe durchdrungenen Dunkelheit verschluckt.

»Passiert dir das öfter?«, fragte ich, während ich mir die Hände wusch. Ich beobachtete, dass Cassandra sich deutlich energischer die Haut schrubbte als nötig. Einem Impuls folgend nahm ich ihre Hand und verflocht unsere Finger miteinander. Die Geste entlockte ihr ein müdes Lächeln.

»Seit meinem Outing meinen die Leute ständig, mir Fragen aus ihrer Klischeeschublade stellen zu müssen. Ich habe es so satt.«

Meine Gedanken kreisten ständig um Dämonen und die Schrecken, die sie auslösten. Das echte Leben hatte ich schon lange hinter mir gelassen, und auf einmal sah ich in den angelaufenen Spiegel vor mir und stellte fest, wie weltfremd ich geworden war. Es lag nicht an der abscheulichen Narbe, die mein Gesicht verunzierte, sondern daran, dass ich meine Augen vor der Wirklichkeit verschloss, wann immer sich eine Gelegenheit bot. Ich seufzte tief und drückte Cassandras Hand fester. »Das tut mir leid.« In Wahrheit war ich nicht besser als diese beiden Blödmänner. Ich glaubte mich den Unawares überlegen. Doch in diesem Moment begriff ich, dass Andersartigkeit niemanden besser oder schlechter machte. Einfach anders. Und die Welt ein bisschen bunter.

Aber Cassandra wischte die Kleingeistigkeit ihrer Mitmenschen mit einem Achselzucken beiseite und zupfte ihr Top zurecht, ehe sie mir eine Strähne aus dem Gesicht strich. »Ich weiß nicht, wie es dir geht, aber der Alkohol hat meinen gesamten Mageninhalt für sich beansprucht. Lust auf Runde zwei bei Pizza Hut?«

»Unbedingt!«

Wir tauchten noch einmal in die pulsierende Menge des Clubs ein, um durch sie hindurchzuwaten wie durch die Strömung eines Flusses. Die Menschen schienen uns mit sich reißen zu wollen, während wir in Richtung Ausgang drängten. Als wir es endlich geschafft hatten, löste die eisige Nachtluft ein Gefühl Tausender Messerstiche in meiner Brust aus. Der Regen hatte nachgelassen, der Wind pfiff immer noch durch die Schlucht der um uns aufragenden Gebäude. Die Vibration des Basses folgte uns und meine Ohren rauschten in Erinnerung an die dröhnende Musik.

Müdigkeit überkam mich, als wir das Gelände des Clubs verließen. Sie trübte meine Sinne. Oder war das die Macht des Alkohols?

»Ich habe dich falsch eingeschätzt«, meinte Cassandra so laut, als spielte sich der Beat auch in ihrem Kopf in Endlosschleife ab.

»Ach ja?« Ich hakte mich bei meiner Mitbewohnerin unter. Einerseits weil ich nach Wärme suchte, andererseits weil der Boden unter jedem meiner Schritte schwankte.

»Du wirkst nicht wie jemand, mit dem man sonderlich viel Spaß haben kann«, gab sie rundheraus zu.

»Und warum wolltest du dann unbedingt mit mir den Abend verbringen?«

»Weil ich Herausforderungen liebe!«

Wir kratzten unser letztes Kleingeld zusammen und kauften uns an dem Schnellrestaurant unseres Vertrauens das einzig wirksame Mittel gegen Alkohol: vor Fett triefende Pizza. Der heiße Käse verbrannte mir den Gaumen. Trotzdem bissen wir gierig nacheinander ab. Inzwischen hatte es wieder zu regnen begonnen und wir suchten Schutz unter dem Vordach des nächsten Gebäudes. Unsere Pizza dampfte in der Kälte, ihr Geruch füllte die Luft zwischen uns.

Dieser Moment hier mit Cassandra fühlte sich an wie ein Stück Normalität, das ich zurückerobert hatte. Beinahe schämte ich mich dafür, denn ich wusste, dass ich das nicht verdient hatte. Ich hatte es nicht verdient, zu lachen und mich frei zu fühlen. Nicht nach dem, was ich in Reykjavík angerichtet hatte.

Nie wieder.

Und das Universum gab mir recht. Denn dieser kleine Moment voller Zufriedenheit zersprang in tausend Scherben, als sich uns wie aus dem Nichts eine Gestalt näherte.

Es war der Kerl, dem wir in der Toilette des Clubs begegnet waren, der mit den schwarzen Augen. Ich hatte mich nicht getäuscht. Er war ein Crae.

Verfluchte Scheiße. Der beißende Gestank von Gefahr überlagerte den Duft geschmolzenen Käses. Wie hatte ich ihn nicht kommen sehen können? War der Kerl uns gefolgt? Genau das war der Grund, warum Agenten keinen Alkohol tranken. Damit sie nicht in Situationen wie diese gerieten. Und nun stand ich hier. Eine Wächterin, keine Agentin. Zusammen mit einer Unaware. Und noch dazu betrunken.

Definitiv keine gute Mischung.

»Cassandra«, sagte ich langsam, aber auch sie hatte ihn bereits bemerkt.

»Scheiße, was willst du hier?«, fauchte sie ihn an.

Mein Blick zuckte zu dem Pizza Hut am Ende der Straße. Gerade löschte der Inhaber die Lichter und ließ die Rollläden nach unten. Das quittierte der Kerl mit einem breiten Grinsen. Im nächsten Moment explodierten Schatten aus seiner Brust, die wie Arme nach uns griffen. Mit meinem magischen Auge konnte ich sie sehen. Der Kerl war ein Dunkelwanderer, eine Kreatur, die die Finsternis der Nacht befehligte. Selbst wenn ich eine Waffe gehabt hätte, hätte ich gegen diese Art der Magie nichts ausrichten können. Dunkelwanderer zählten zu den gefährlichsten Crae, die Ars Obscura klassifizierte sie als eine Sechs. In der Akademie, in der ich meine Ausbildung absolviert hatte, hatte man mich nur eines gelehrt; sollte ich einmal einem von ihnen gegenüberstehen: *Lauf weg.* Denn diese Kreaturen waren imstande, eine ganze Armee aus Agenten niederzustrecken.

Verfluchte Scheiße. Hatte ich *ihn* etwa aus dem Atrium befreit? Wenn dem so war, wäre ich meinen Job definitiv los – sollte ich die Begegnung mit ihm überleben.

Steine knirschten unter den Sohlen des Dunkelwanderers, als er sich uns näherte. Mit meinem magischen Auge entdeckte ich die um ihn wabernden Schatten aus, während mein menschliches Auge nur die maskuline Gestalt in der Dunkelheit erkennen konnte. Die Flucht der Häuser machte ein Entkommen unmöglich. Das Wissen darum zeichnete sich deutlich auf dem Gesicht des Kerls ab.

Mir lief die Zeit davon. Ich sah zu meiner Mitbewohnerin, Anspannung straffte ihren Körper, lenkte ihre Bewegungen. Obgleich sie nicht ahnen konnte, welchem Wesen wir da gegenüberstanden, schien sie die Gefahr wahrzunehmen.

»Ich zähle bis drei«, raunte ich ihr zu, »und dann läufst du los!«

Frey hatte ich nicht retten können, aber vielleicht gelang mir das mit Cassandra.

»Eins.«

Das Licht einer Straßenlaterne ließ die Augen des Crae kurz aufblitzen.

»Zwei.«

Ich ballte meine Hände zu Fäusten, die einzigen Waffen, die mir zur Verfügung standen.

»Drei!«

Cassandra rannte los.

Doch sie lief nicht vor der Bedrohung davon, stattdessen stürzte sie sich auf sie. Sie holte mit ihrer Handtasche aus und pfefferte sie dem Kerl ins Gesicht.

»Nein!«, schrie ich. Aber es war zu spät. Einer der Schatten des Dunkelwanderers holte aus und traf Cassandra in ihrer Mitte. Durch die Wucht wurde sie zurückgeschleudert, flog ein paar Meter durch die Luft, ehe sie mit einem grauenerregenden Geräusch auf dem Boden landete. Angst durchfuhr mich wie ein Blitz. Angst, dass sich jener schreckliche Tag wiederholen würde.

»Cassandra!«, schrie ich und machte einen Satz auf sie zu. Ich kam nicht weit, als der Dunkelwanderer mich mit seinen Schatten umklammerte, sie wie Hände um meine Kehle legte. Er hob mich hoch und drückte zu. Ich röchelte, strampelte in seinem Griff. Wie ein Raubtier näherte sich mir die Kreatur, die im Schein der Straßenlaternen so erschreckend menschlich aussah. Der Geruch von Schwefel ging von ihr aus, ließ meine Augen tränen. Ich legte beide Hände um die Schatten, als ob ich sie auf diese Weise daran hindern könnte, mich zu erwürgen. Sie fühlten sich kühl unter meiner Haut an und ich spürte, wie die Dunkelheit in ihnen pulsierte.

Der Kerl kam immer näher. So menschlich er sich auch geben mochte, so dämonisch wirkten seine tintenschwarzen Augen, die kein einziges Mal blinzelten, während sie mich fixierten. Er blieb erst stehen, als sich unsere Nasenspitzen fast berührten. Sein Gestank war überwältigend und ich schnappte rasselnd nach Luft. Der Blick schwarzer Augen wanderte von meiner gesunden Gesichtshälfte über meine Narbe. Dann hob er einen seiner echten Arme und strich mir beinahe sanft über die Wange. Die Berührung hinterließ ein eiskaltes Gefühl auf meiner Haut.

»Was bist du?«, fragte er und kam noch näher. Dann schnüffelte er, roch an meinem Haar, als wäre ihm menschlicher Geruch fremd.

»Dasselbe könnte ich dich fragen!«, presste ich hervor und ignorierte das schreckliche Brennen meiner Lunge.

Der Dunkelwanderer sah mich an. Neugierde schien ihn davon abzuhalten, mich direkt umzubringen. Mit dem Daumen erkundete er mein Gesicht, folgte dem Schwung meiner Brauen, malte die wulstigen Linien meiner Narbe nach und fuhr über mein Kinn. Ich konnte mich ihm nicht entziehen, seine Schatten hielten mich fest.

Wut drängte meine Angst zurück, aber mit ihr kamen auch heiße Tränen. Ich presste die Zähne aufeinander, trat nach ihm, wurde jedoch von einem weiteren Schatten gestoppt.

Er beugte sich vor und presste seine Lippen auf die Stelle zwischen meinen Brauen. Es fühlte sich an wie ein Todeshauch, der über meine Haut strich.

Und dann zogen sich seine Schatten zurück. Ich fiel zu Boden, federte meinen Sturz mit der ausgestreckten Hand ab und schürfte mir den Ballen auf. Schmerz und Schock vermischten sich miteinander und erst einen Moment später begriff ich, dass der Dunkelwanderer von mir abgelassen hatte. Seine Schatten lösten sich auf, ebenso wie er. Einzig mein hämmerndes Herz, der brennende Schnitt und Cassandras lebloser Körper zeugten von unserer Begegnung.

Verfluchte Scheiße!!!

Ich rappelte mich auf, schob die Frage beiseite, warum er mich verschont hatte, und eilte zu Cassandra. Ihre Brust hob und senkte sich. Aber sie war ohnmächtig. Blut klebte in ihrem Haar und färbte die Pfütze rot, in der sie lag.

Mit zitternden Händen tastete ich nach meinem Handy und tätigte zwei Anrufe, von denen mir keiner behagte.

11

Zunächst rief ich den Notruf an, beantwortete knapp die Fragen der Dame am anderen Ende der Leitung. Und während in der Ferne Sirenen laut wurden, rief ich Caspian an. Zum Glück hatte ich seine Nummer nach dem peinlichen Intermezzo auf dem Friedhof aus dem Mailprogramm in meiner Telefonliste gespeichert. Für echte Schwierigkeiten. Seine Fragen waren weitaus weniger wohlwollend als die der Dame vom Notruf. Er tobte, das konnte ich dem Beben seiner Stimme entnehmen. Aber als der Krankenwagen die Straße in sein blaues Licht tauchte, drückte ich ihn weg.

Die Rettungssanitäter gingen routiniert vor, spulten dieselben Fragen ab, die ich nun schon zum dritten Mal beantwortete. Den Angriff eines Crae erwähnte ich nicht, stattdessen beschrieb ich einen übergriffigen Betrunkenen. Vermutlich war das die traurige Wahrheit der Londoner Nachtszene, denn sie gaben sich damit zufrieden und fixierten Cassandra auf einer Trage im Krankenwagen. Ich durfte sie begleiten und so endete unser Abend mit Blaulicht und Sirene im University College Hospital.

Schon auf der Fahrt dorthin gelangte Cassandra wieder zu Bewusstsein. Sie stöhnte und plapperte wirres Zeug, dessen Ursache hoffentlich der Alkohol war und nicht der Aufprall auf dem Asphalt.

In der Notaufnahme begleitete mich eine freundliche Schwester in den Wartebereich und versicherte mir, dass sie sich melden würde, sobald die Ärzte meine Freundin untersucht hätten. Ich korrigierte sie nicht, denn vermutlich schmiedete ein Dämonenangriff Freundschaften. Und so blieb mir nichts anderes übrig, als zu warten.

Auch zu dieser Stunde herrschte im University College Hospital rege Betriebsamkeit. Die Nacht spuckte einige Betrunkene aus, darunter waren auch einige Opfer von Schlägereien. Über der automatischen Schwingtür, die zu den Behandlungsräumen führte, hing eine große Uhr, deren Zeiger auf die Vier vorrückten. In der Luft hing der Geruch von Desinfektionsmitteln, der Erinnerungen in mir weckte, denen ich an diesem Ort nicht nachgeben wollte.

In dem Moment öffnete sich die Tür und zwei imposante Gestalten betraten den Wartebereich. Die Köpfe der anderen Angehörigen wandten sich ihnen neugierig zu. Sie wirkten vollkommen fehl am Platz. Groß gewachsen, makellos mit der Aura des Geheimnisvollen, die den meisten Mitgliedern der Ars Obscura anhaftete.

Caspian und Adriel.

Ihr Anblick traf mich härter als der des Dunkelwanderers und mein Magen zog sich krampfhaft zusammen, als ich erkannte, dass mein Kollege mich bei unserem Vorgesetzten verpetzt hatte. Ich öffnete den Mund, ohne zu wissen, was ich sagen sollte, und schloss ihn wieder. Es gab ohnehin nichts, was mich aus dieser Situation hätte retten können.

Adriel nahm meine Hand und zog mich auf die Beine. Durch den Schwung prallte ich gegen seine harte Brust. Er umfasste mich. Seine Berührung war sanft und warm und so anders wie die der dämonischen Kreatur, die ebenso wie er mein Kinn angehoben hatte. »Aurora, geht es dir gut?« Nicht Wut ließ seine Stimme vibrieren, es war Sorge.

Verwirrt blinzelte ich zu ihm hoch. Aber er machte keine Anstalten, Abstand zwischen uns zu bringen. Stattdessen hielt er mich fester und ich erlaubte mir, mich seiner schützenden Umarmung hinzugeben.

Nur für einen Moment.

»Es ist alles in Ordnung«, murmelte ich. »Meine Mitbewohnerin wird noch untersucht, aber sie hat schon auf dem Weg hierher das Bewusstsein erlangt.«

Adriel nickte und die Sorgenfalte auf seiner Stirn glättete sich. Dann bugsierte er mich zu einem der Plastikstühle und nahm neben mir Platz, ohne mich loszulassen. Die Fürsorge meines Vorgesetzten war auf unangenehme Art tröstlich und ich fragte mich, wie verwerflich es war, sie zuzulassen.

»Du siehst blass aus«, bemerkte er.

Ich winkte ab. »Ich habe wohl zu viel getrunken.«

Hinter Adriel ertönte ein Schnauben und ich hob den Blick. Ich war mir nicht sicher, ob das mit den Nachwirkungen des Alkohols zu tun hatte, aber ich musste unweigerlich feststellen, wie attraktiv Caspian war. Die Wut verdunkelte seine Augen, meißelte die Kontur seines Kiefers. Er trug einen Mantel, darunter Jeans und einen eng anliegenden Rollkragenpullover, der die Form seiner Brustmuskeln betonte. Durchaus anziehend.

Doch seine Wirkung auf mich verlor sich, sobald er den Mund öffnete. »Da draußen ist ein Crae der Stufe sechs unterwegs und du hast nichts Besseres zu tun, als dich zu betrinken?«

»Es ist dein Job, dich darum zu kümmern, nicht meiner. Das waren deine Worte!«, fauchte ich.

Caspian setzte zu einer Erwiderung an, aber Adriel unterbrach ihn. »Was ist geschehen, Aurora?«

Ich rieb mir über die Stirn, berührte die Stelle, auf die der Dämon seine Lippen gepresst hatte, und zuckte zurück. Adriels Augen verengten sich zu schmalen Schlitzen. Sein Griff um meine Hände verstärkte sich. Nun fühlte es sich an, als suchte er Halt bei mir, anstatt ihn mir zu geben. »Was ist geschehen?« Die Eindringlichkeit dieser wiederholten Frage prickelte in meinen Gedanken.

Ich versuchte mich zu sortieren und berichtete stockend, was sich in dieser Nacht zugetragen hatte. Während meiner Erzählung wurde Adriel immer blasser.

»Und er hat von dir abgelassen?«, beendete Caspian die Stille, die auf meine Worte folgte. Er klang ungläubig, obgleich meine bloße Anwesenheit die Wahrheit meiner Worte bezeugte.

»Offensichtlich«, entgegnete ich. »Andernfalls wäre ich wohl nicht in der Lage, mich jetzt mit euch zu unterhalten.«

»Wie sah er aus?« Adriels Stimme war tonlos, und als ich antwortete, weitete sich sein Blick kaum merklich, als hätte er das bereits gewusst.

»Es war ein Dunkelwanderer. Schatten hüllten ihn ein und er formte sie zu seinem Zweck. Schwarze Augen, aber ein gewöhnliches Gesicht.«

Adriel nickte schwach. »Seine menschliche Tarnung.« Er erhob sich in einer fließenden Bewegung und die Neonröhren über uns ließen das Brokatmuster seines Mantels schimmern. Gedanken verschleierten seinen Blick und er fuhr sich mit dem Daumen über die Lippen. »Ich werde die Londoner Agenten auf Black Armour versammeln. Wir müssen handeln, ehe der Dunkelwanderer der Stadt Schaden zufügen kann.«

Bildete ich es mir ein oder klang da Angst aus seinen Worten?

»Als Wächterin steht es dir natürlich frei, mit dazuzukommen. Und es ist mir durchaus bewusst, dass du mit der Absicht nach London gezogen bist, dich von derlei Dingen fernzuhalten. Dennoch möchte ich dich darum bitten, an der Versammlung teilzunehmen, Aurora, denn du bist schließlich mit dem Dämon in Berührung gekommen.«

Ich nickte mechanisch, obwohl ich seine Bitte am liebsten ausgeschlagen hätte. Aber ich war diejenige, die den Dunkelwanderer auf London losgelassen hatte. Also würde ich tun, was Adriel von mir verlangte.

»In der Zwischenzeit wird Caspian für deinen Schutz sorgen«, sprach Adriel weiter.

Ich riss den Kopf hoch. Aus dem Augenwinkel bemerkte ich, dass auch durch Caspians Körper ein Ruck fuhr. »Das wird nicht nötig sein«, beeilte ich mich zu sagen.

»Es ist das Mindeste, was wir für dich tun können«, widersprach Adriel und legte eine Hand auf meine Schulter. »Ich bin froh, dass du wohlauf bist. Und dabei sollte es bleiben.« Dann ließ er mich los und trat einen Schritt zurück. Das Brokatmuster seines Mantels schimmerte, als er sich bewegte. »Ich muss mich um einige dringende Angelegenheiten kümmern. Wir sehen uns auf Black

Armour. Pass auf dich auf, Aurora.« Und mit Blick zu Caspian fügte er hinzu: »Sorg dafür, dass ihr nichts geschieht.«

»Ich brauche keinen Babysitter«, zischte ich Caspian wenige Minuten später zu, nachdem Adriel sich verabschiedet hatte. Er saß auf einem der Plastikstühle, wohl darauf bedacht, den größtmöglichen Abstand zwischen uns zu wahren.

»Offensichtlich ist Adriel da anderer Meinung«, brummte er. »Und nach dem, was du alles angerichtet hast, muss ich ihm leider zustimmen. Auch wenn es mir lieber wäre, wenn dieser Job an jemand anderem hängen bleiben würde.« Er seufzte tief, als hätte Adriel ihn soeben degradiert.

Wut pulsierte in meinen Adern und ich krampfte die Hände um die Kante meines Sitzes. »Warum wurden wir überhaupt von diesem Dunkelwanderer angegriffen?«

»Weil du ihm die Tür geöffnet hast?«, erinnerte Caspian mich.

Arschloch.

»Du sagtest doch, du würdest dich darum kümmern! Was hast du den ganzen Tag gemacht?« Die Vorwürfe in meiner Stimme konnte ich nicht zurückhalten. Wollte ich auch gar nicht. Denn mich mit Caspian zu streiten, lenkte mich wunderbar von meiner Sorge um Cassandra und den dunklen Gedanken ab, die dieses Déjà-vu heraufbeschwor.

»Kümmere dich um deine Angelegenheiten. Oder nein, kümmere dich lieber um gar keine Angelegenheiten, dann kann auch nichts schiefgehen!«, grollte Caspian und warf mir einen Blick der Kategorie *finster as fuck* zu. Der Punkt ging an ihn.

Ich zwang mich, meine Finger zu lösen, und verschränkte die Arme vor der Brust. Eine Weile verfielen wir in Schweigen. Die damit einhergehende Stille verführte mich, meine Gedanken kreisen zu lassen. Doch sobald sie in Regionen vorstießen, aus denen es kein Zurück mehr gab, spannte ich mich erneut an.

Caspian schien die Veränderung in meiner Haltung bemerkt zu haben, denn er wandte sich mir zu. Sein Blick blieb an der Stelle hängen, wo mich die Schatten gewürgt hatten. Automatisch hob ich die Hand und berührte die wunde Haut.

»Hast du das untersuchen lassen?«, fragte er. Auf einmal schwang eine Sanftmut in seinen Worten mit, die ich ihm nicht zugetraut hätte.

»Nein«, krächzte ich.

Caspian murmelte etwas Unverständliches, dann rückte er die leeren Plätze zwischen uns auf, bis er direkt neben mir saß. »Lass mich mal sehen.« Auch er berührte mein Kinn. Und wieder war es ein vollkommen anderes Gefühl, das mich durchzuckte. Die Berührung des Dunkelwanderers, so sanft sie auch gewesen sein mochte, war gefährlich gewesen, Adriels hingegen fürsorglich. Aber Caspians Hände auf meiner Haut lösten ein elektrisierendes Prickeln in mir aus, das mir den Atem verschlug. Ich gab einen leisen, überraschten Laut von mir und Caspian hielt inne. »Tut es sehr weh?«

Ganz langsam schüttelte ich den Kopf, unfähig, mich von seinen dunkelblauen Augen abzuwenden. Aber dann senkte er die Lider und betrachtete die Erinnerung an meine Begegnung mit dem Dunkelwanderer auf meiner Haut. Mit den Fingerkuppen fuhr er die Rötungen nach, als würde er mich streicheln. Mein Puls beschleunigte sich und pochte verräterisch an meinem Hals.

»Vermutlich wird das blau werden«, meinte Caspian schließlich und ließ mich los.

Ich schluckte hart, suchte in seinem Gesicht nach einem Hinweis darauf, dass ihn meine Nähe ebenso wenig kaltgelassen hatte. Doch sein Ausdruck war wie gemeißelt, seine Gedanken verbarg er hinter einer Maske aus Gleichgültigkeit.

»Zum Glück kennst du dich mit Make-up aus.«

Fast, nur fast hätte mich sein Verhalten gerührt. Zum Glück beherrschte er die Fähigkeit, sämtliche Zuneigung, die ich für ihn hegte, binnen weniger Worte auszuradieren. Aber bevor ich mich der Bitterkeit hingeben konnte, schwangen die automatischen Türen zurück. Mehrere Köpfe hoben sich in Richtung des Arztes, der hereinkam. Er war in Begleitung einer jungen Polizistin, die ernst wirkte.

»Für Miss Giles.« Der Arzt sah sich suchend nach den Angehörigen um.

Niemand regte sich. Und erst als Caspian sich erhob und mir einen vielsagenden Blick zuwarf, begriff ich, dass es sich dabei um meine Mitbewohnerin handelte. Ich musste den Kopf über meine eigene Ignoranz schütteln, da ich nicht einmal ihren Nachnamen kannte.

»Mein Name ist Aurora Ambrose, ich bin Cassandras Mitbewohnerin«, stellte ich mich dem Arzt vor, der meine Begrüßung mit einem Handschlag erwiderte. Mein Blick zuckte zu der Polizistin, die sich zu einem Nicken herabließ. »Wie geht es Cassandra? Stimmt etwas nicht?«

»Miss Giles ist wohlauf. Sie hat eine leichte Gehirnerschütterung und bleibt den Rest der Nacht zur Beobachtung hier. Aber ich bin guter Dinge.«

Erleichterung überkam mich und ich fasste mir an die Stelle meiner Brust, unter der mein Herz schlug. »Das ist gut.«

Der Arzt führte uns in das nächstgelegene Besprechungszimmer, in dem eine schmale, mit Papier ausgelegte Pritsche stand. Es gab einen deckenhohen Schrank und einen Computer, über dessen Monitor ein Bildschirmschoner mit bunten Wirbeln zuckte. Für vier Personen, von denen eine der riesige Caspian war, war dieser Raum viel zu klein.

Meine Erleichterung wich einem anderen, beklemmenderen Gefühl. »Was machen wir hier?«, fragte ich und musterte den Arzt, dann die Polizistin.

Sie trat nun vor und sagte: »Mein Name ist Officer Jones und ich möchte Ihnen ein paar Fragen zu den Vorkommnissen dieser Nacht stellen.«

Ich blinzelte. Bei ähnlichen Fällen in der Vergangenheit hatte ich der Bürokratie der Unawares entkommen können, heute war ich ihr ausgeliefert, weil einer von ihnen involviert war. Auch das war ein Grund, warum ich mich üblicherweise von Menschen fernhielt. Sobald die Welt der Crae jene der Normalsterblichen tangierte, kam es zu Problemen.

»Wie kann ich Ihnen helfen?« Die Unsicherheit in meiner Stimme entlarvte mich und der Blick der Polizistin zuckte kurz zu Caspian, ehe sie sich wieder an mich wandte.

»Wo waren Sie, als sich der Überfall zugetragen hat? Und zu welcher Uhrzeit war das ungefähr?«

Die Fragen wirkten harmlos, also antwortete ich und erzählte ihr von dem Ablauf des Abends. Hin und wieder nickte sie und machte sich auf einem Klemmbrett Notizen.

»Kannten Sie den Mann?«, wollte sie schließlich wissen.

»Nein.« Es war Caspian, der für mich antwortete. Seine scharfe Stimme schnitt durch die Stille des Besprechungszimmers. Der Arzt und die Polizistin hoben gleichzeitig den Blick. In dem von Officer Jones lag ein Funkeln, das ich nur schwer deuten konnte.

»Ich würde mich gern allein mit Miss Ambrose unterhalten«, verkündete sie und deutete auf die Tür.

Caspian schnaubte und trat auf mich zu. Es war eine Geste, die beschützend gedacht war, aber sie mutete eher besitzergreifend an. »Ich gehe nirgendwohin!«

»Das werden Sie, oder ich rufe den Sicherheitsdienst.« Der Arzt klang freundlich, aber in jedem seiner Worte schwang eine eisige Warnung mit, als er sich neben der Polizistin aufbaute.

»Warum?«, fragte ich und sah zwischen ihnen hin und her.

Und dann dämmerte es mir.

Caspian, der hochgewachsene, breitschultrige Mann mit hartem Kiefer und noch härterer Miene, der nach wenigen Minuten einen Streit mit mir im Wartebereich der Notaufnahme angezettelt hatte.

Ich fing an zu lachen. »Sie glauben, dass *er* das war?« Mit dem Daumen wies ich auf meinen Arbeitskollegen und schüttelte den Kopf. »Auch wenn ich nichts dagegen einzuwenden hätte, wenn er eine Nacht in Polizeigewahrsam verbringen würde, muss ich Ihnen versichern, dass er uns nicht überfallen hat.« Mit meiner Belustigung entlud sich die Anspannung in der Luft.

Der Arzt ließ die Schultern sinken und setzte ein unverbindliches Lächeln auf. »Wir tun hier unser Möglichstes, unsere Patienten zu schützen.«

»Na schön«, räumte die Polizistin ein, nicht ohne Caspian noch einmal anzufunkeln. »Beschreiben Sie mir den Mann, der Sie überfallen hat.«

Ich gab mein Bestes, den Dunkelwanderer als Unaware zu beschreiben. Erschreckend menschlich und mit einem harten linken Haken. Ein Allerweltsgesicht, damit sie nicht irgendeinen armen Kerl verhaftete, der zur falschen Zeit am falschen Ort gewesen war. Nachdem Officer Jones unsere Personalien aufgenommen hatte, verabschiedete sie sich.

»Darf ich Cassandra sehen?«, wandte ich mich an den Arzt.

»Die Besuchszeiten sind offiziell vorbei, aber gegen ein paar Minuten ist nichts einzuwenden«, sagte er.

Auf dem Weg zur Station hielt Caspian sorgsam Abstand zwischen uns. Ich wusste nicht, ob das an dem Verdacht der Polizistin lag oder an der Tatsache, dass er meiner längst überdrüssig war. Als wir einander in einem engen Fahrstuhl gegenüberstanden, seufzte ich. »Du musst mich nicht begleiten, Caspian.«

»Wäre es dir lieber, ich würde die Nacht in einer Zelle auf dem Polizeirevier verbringen?«, knurrte er. Schatten tänzelten in dem Blau seiner Augen und seine Wut rollte in Wellen über mich hinweg.

»Das sollte ein Scherz sein«, meinte ich in dem schwachen Versuch, ihn versöhnlich zu stimmen. Der Fahrstuhl gab ein leises *Pling* von sich und kündigte die Station an. Dann fuhren seine Türen zur Seite.

»Du solltest Stand-up-Comedian werden!« Caspian trat an mir vorbei auf den spärlich beleuchteten Korridor, nicht ohne meine Schulter zu rammen. Es tat nicht weh, aber die Botschaft war eindeutig.

»Dir wäre es lieber, wenn der Dunkelwanderer heute Nacht beendet hätte, was er begonnen hatte, nicht wahr?«, fauchte ich ihn an.

Caspian blieb abrupt stehen und musterte mich. »Worauf willst du hinaus?«

»Dass dir mein vorzeitiges Ableben sehr gelegen käme.«

Dunkelheit, die ihn stets zu umgeben schien, wuchs und ein Blick in seine Augen verriet mir, dass ich zu weit gegangen war. Caspian presste die Zähne zusammen. Jede seiner Poren verströmte blanken Zorn, der mich hätte zurückschrecken lassen müssen. Aber ich blieb standhaft. Sah ihn an.

Caspians Kehlkopf hüpfte, als er hart schluckte. Langsam und lauernd kam er auf mich zu. Er schnaubte, denn meine Unerschütterlichkeit erhielt Risse, je näher er kam. Und so wich ich zurück, bis die Wand mich stoppte. Mit den Händen links und rechts neben mir nahm Caspian mich gefangen. Aber ich hätte ohnehin nicht flüchten können, denn sein Blick fesselte mich.

»Du hast keine Ahnung, wovon du da sprichst«, presste er hervor. Seine Stimme brach und für einen kurzen Augenblick fiel seine Maske. Dahinter blitzte etwas auf, was mich an Angst oder vielleicht Sorge erinnerte. Aber bevor ich es zu deuten vermochte, verschloss er sich wieder und sah mich noch wütender an als zuvor.

Ein Räuspern beendete unser Blickduell. Caspian stieß sich mit einer fließenden Bewegung von der Wand ab und drehte sich zu einer Krankenschwester um, die einen nicht minder harten Gesichtsausdruck zur Schau trug.

»Meine Station ist ein Ort der Heilung und sicher kein Rückzugsort für liebeshungrige Pärchen«, zischte sie.

Röte schoss mir in die Wangen und ich schüttelte automatisch den Kopf. »Nein, das missverstehen Sie!« Glaubte sie wirklich, dass Caspian und ich … dass wir …

Ich drängte den Gedanken zurück.

»Doc Miller gab uns die Erlaubnis, nach unserer Freundin Cassandra Giles zu sehen«, sagte Caspian. Nichts an seinem Tonfall erinnerte an seine Wut.

»Zimmer 27a. Sie haben zwei Minuten.« Widerwillig schnalzte die Schwester mit der Zunge. »Wo kommen wir denn dahin, wenn hier jeder mitten in der Nacht hereinspaziert. Meine Patienten brauchen Erholung …« Ihre gemurmelten Worte verklangen, als sie kopfschüttelnd davonging.

Ich räusperte mich und sah zu Caspian, nur um festzustellen, dass er mich auf eine befremdliche Weise musterte. Als wäre ihm etwas aufgefallen, was er zuvor nicht bemerkt hatte.

»Lass uns gehen. Sonst sind die zwei Minuten abgelaufen, ehe wir Cassandras Zimmer gefunden haben«, sagte er und wandte sich der Nummerierung der Türen zu.

27a lag am Ende des Korridors. Es war ein Doppelzimmer, allerdings war das zweite Bett in Folie gepackt. Cassandra war wach, als wir eintraten. Sie trug noch immer ihr freizügiges Outfit, aber ihre Locken waren zerzaust und standen unterhalb des Verbandes vom Kopf ab.

»Wie geht es dir?«, fragte ich und trat an ihr Bett.

»Sie wollen mich nicht gehen lassen!« Cassandra rümpfte die Nase. »Ich wünschte, diese Nacht hätte im Ritz geendet und nicht im University College Hospital.« Sie sprach den Namen des Krankenhauses aus, als würde ihr davon übel werden.

»Das denke ich mir«, meinte Caspian, der sich bislang im Hintergrund gehalten hatte. »Das Frühstück ist im Ritz wesentlich besser als hier.«

»Und das weißt du woher?«, fragte ich ihn mit einem neckischen Ton, auf den er sich nicht einließ.

»Berufserfahrung«, lautete die nichtssagende Antwort. Natürlich. Als ob Mr Top Secret auch nur die kleinste Information mit mir über sein Leben geteilt hätte.

»Und was machst du hier?« Cassandra betrachtete Caspian ungeniert, der ihren Blick gelassen erwiderte.

»Oh«, machte ich und wies mit dem Daumen über die Schulter, »das ist Caspian. Mein Arbeitskollege. Er ... hat sich Sorgen gemacht.«

Fast hätte ich damit gerechnet, von Caspian korrigiert zu werden, aber er schwieg, nickte Cassandra lediglich zu.

»Wie fürsorglich dein *Arbeitskollege* doch ist«, stellte meine Mitbewohnerin fest. Die Zweideutigkeit ihrer Worte schwebte im Raum wie die Unterstellung der Krankenschwester.

Ich beendete den unangenehmen Moment mit einem Räuspern. »Ruf mich an, sobald sie die Entlassungspapiere ausgestellt haben, dann hole ich dich ab. In Ordnung?«

»Könnt ihr mich hier nicht einfach rausschmuggeln?« Cassandra zog eine Schnute.

»Nicht, wenn ich den Rest der Nacht nicht doch noch in Polizeigewahrsam verbringen will«, brummte Caspian und öffnete die Tür einen Spaltbreit. »Wir sollten langsam gehen. Die zwei Minuten sind abgelaufen und ich will mich nicht auch noch mit der Schwester anlegen müssen.«

Und so endete diese Nacht tatsächlich damit, dass ich mich erneut neben Caspian in einem Auto wiederfand. Diesmal war er der Fahrer und ich saß auf dem Beifahrersitz. Handbremse und Schaltknüppel zwischen uns. Die Schatten von London flogen an uns vorbei, während er deutlich schneller fuhr, als die Beschilderung es erlaubt hätte. Aber zu dieser Zeit waren die Straßen leer und so verzichtete ich darauf, seinen Fahrstil zu bemängeln. Vermutlich hätte er mich dann ohnehin rausgeworfen, und ich hatte keine Lust, den Rest des Weges zu Fuß zurückzulegen.

Am Horizont zeichnete sich ein grauer Streifen ab und kündigte den neuen Tag an. Vor dem heller werdenden Himmel verblasste das Meer künstlichen Lichts, das die Stadt auch in der Dunkelheit strahlen ließ. Caspian reduzierte die Geschwindigkeit des Autos. Schließlich hielt er am Seitenstreifen vor unserer Wohnung. Er schaltete den Motor ab, dann sah er mich an.

»Alles in Ordnung?«

Die Frage überraschte mich, nachdem wir uns seit dem Verlassen des Krankenhauses in Schweigen gehüllt hatten. Ich hatte damit gerechnet, dass er mich schnellstmöglich loswerden wollte, aber nun rutschte er auf seinem Sitz in eine bequemere Position, legte einen Arm auf dem Rand des Fensters ab, den anderen auf seinem Oberschenkel. Es machte nicht den Eindruck, als wollte er mich rausschmeißen.

»Ja, natürlich«, murmelte ich. »Es geht mir gut.«

»Wie lange hast du gebraucht, um diese Antwort so perfekt aufsagen zu können?« Caspians Blick durchdrang sämtliche meiner Mauern.

Ich war nicht stark genug, um ihm standzuhalten. Der Schmerz der vergangenen Monate ließ mich zusammenzucken.

»Du musst nicht mit mir reden, wenn du das nicht willst«, erklärte er und die Schatten in seinen Augen wurden zu einer Dunkelheit, die mich mit Leib und Seele zu verschlingen drohte. »Aber du musst dir auch nicht die Mühe machen, mich anzulügen. Ich sehe dir an, dass es dir nicht gut geht.«

Ich ballte die Hände in meinem Schoß zu Fäusten. Nicht weil ich das Bedürfnis hatte, ihn zu schlagen. Na gut, vielleicht. Aber vor allem, weil ich Halt suchte. Und das schon seit Monaten. Ich fand ihn einfach nicht.

»Was heute Nacht passiert ist, hat mich an etwas erinnert, das ich vergessen will«, sagte ich, obwohl ich nicht vorgehabt hatte, mich ihm zu öffnen.

Caspian nickte und sein Blick brannte auf meiner Narbe. Er kannte die Geschichte. Das taten alle Mitglieder der Ars Obscura. Denn ich war Aurora Scarface, die gefallene Agentin.

»Manchmal hilft es nicht, Dinge zu vergessen. Sie sind wie Schatten, lauern uns ständig auf. Du musst dich deinen Schrecken stellen.« Caspian sagte das, als wäre es das Einfachste auf der ganzen Welt. Er hatte keine Ahnung, wie sehr ich genau das in den letzten Monaten versucht hatte und immer wieder gescheitert war.

»Danke, dass du mich nach Hause gebracht hast«, sagte ich und zog meine Mauern wieder hoch.

Caspians Augen verengten sich, aber er nickte nur. Dann drehte er den Schlüssel und startete den Motor. »Ich hole dich später wieder ab für die Versammlung.«

Einen Abschiedsgruß brachte ich nicht zustande. Ich nestelte an meinem Gurt herum, bis Caspian sich vorbeugte, um mich aus dessen Umklammerung zu befreien. Dann floh ich aus dem Auto und vor Caspians Worten, die mehr Wahrheit bargen, als ich ertragen konnte.

AUSZUG AUS DEN AKTEN DER ARS OBSCURA

§5 STRUKTUR

(1) Der Ars Obscura steht ein durch den Vorstand benannter Direktor vor. Aktuell ist die Position besetzt durch: Adriel Ember Tenrys.

(2) Der Vorstand besteht aus acht aus dem aktiven und passiven Dienst ausgeschiedenen Mitgliedern und trifft sich vierteljährlich zu Vorstandssitzungen.

(3) Wächter befinden sich im passiven Dienst, d.h. sie gehen nicht der Jagd auf Crae nach. Ihre Aufgabe ist es, verhaltensauffällige Crae aufzuspüren, die Dokumentationen über diese zu ergänzen und die Agenten zu unterstützen.

(4) Agenten üben den aktiven Dienst aus, indem sie verhaltensauffällige Crae jagen und ausschalten. Sie sind verpflichtet, sämtliche Informationen an den ihnen zugeteilten Wächter weiterzuleiten.

(5) In kleineren Instituten besteht die Möglichkeit, dass sich die Aufgaben von (3) und (4) überschneiden.

12

Schwarze Wolken hingen an diesem Tag über London. Es regnete nicht, aber über den Himmel zuckten goldene Blitze, die mit ihren Verästelungen die Dunkelheit aufbrachen. Am Morgen war Cassandra aus dem Krankenhaus entlassen worden. Aber nicht ich hatte sie abgeholt, sondern Allie. Seit ihrer Rückkehr hatte die Freundin meiner Mitbewohnerin mit verquollenen Augen die Wohnung geputzt, Suppe gekocht und mich mit Fragen bombardiert, die ich nicht beantworten konnte, während Cassandra die meiste Zeit über geschlafen hatte.

Als die Dunkelheit allmählich wieder aufzog, klingelte mein Handy. Und sobald ich abnahm, war auch die Frage beantwortet, ob Caspian meine Nummer hatte.

»Ich bin gleich da«, war alles, was er sagte.

Anhand dieser vier Worte versuchte ich seine Stimmung zu deuten. Ich scheiterte. Denn egal ob er sich wie ein Arsch oder als Retter in der Not aufführte, nichts davon schien zu seinem wahren Ich zu passen. Und so fiel es mir schwer, diesen Mann zu durchschauen.

Als ich das Haus verließ, parkte der schwarze Sportwagen, mit dem er mich gestern nach Hause gebracht hatte, bereits am Seitenstreifen. Caspian trommelte mit den Fingern auf dem Lenkrad herum und startete den Motor, kaum dass ich die Beifahrertür geöffnet hatte.

»Ich sagte doch, ich würde gleich da sein«, lautete die vorwurfsvolle Begrüßung. Dann reihte er sich in die Schnur wartender Autos ein, die vor einer Ampel standen.

»Das war vor fünf Minuten. Entschuldige, dass ich nicht gleich in Jogginghosen und auf Socken aus dem Fenster gestürzt bin.« Ich verdrehte die Augen und schnallte mich an. »Gibt es Neuigkeiten von dem Dunkelwanderer?«

»Nein«, knurrte Caspian.

So viel zur Frage nach seiner heutigen Laune: so finster wie die immer dichter werdende Wolkendecke.

Aber so leicht ließ ich mich nicht abwimmeln. »Ihr wisst nicht, wo er sich aufhält?«

»Nein.«

Ich wurde in den Sitz gepresst, als die Ampel auf Grün sprang und Caspian mit aufheulendem Motor beschleunigte. Er drängelte sich an ein paar Autos vorbei, deren Fahrer empört hupten. Doch er ließ sich nicht beirren. Binnen einer halben Stunde hatten wir den Regent's Park hinter uns gelassen. Den Namen wusste ich nicht etwa von Caspian, der sich plötzlich in einen Cityguide verwandelt hatte, sondern von dem großen Schild vor einem der Tore, die wir passierten. Caspian schwieg sich neben mir aus und tat, als wäre ich gar nicht da. Die Straßen waren verstopft, die Autofahrer angespannt. Ständiges Hupen begleitete unseren Weg.

»Wo genau liegt Adriels Haus?«, wagte ich den neuerlichen Versuch einer Unterhaltung.

Doch er prallte an dem Schild, den Caspian um sich herum errichtet hatte, ab. »Belgravia.«

Ich sehe dir an, dass es dir nicht gut geht. Die Einfühlsamkeit dieser Worte stand in krassem Widerspruch zu der Gleichgültigkeit, mit der er mich jetzt behandelte. Ich schluckte meinen Unmut hinunter und beschied mich darauf, aus dem Fenster zu sehen. Die Sonne sank unter die Wolkendecke und tauchte die Dächer in ein goldenes Licht. Bei diesem Anblick zog sich mein Herz schmerzhaft zusammen, denn ich vermisste die endlosen Weiten Islands. Reykjavík war nicht meine Heimat gewesen, aber das, was einer solchen wohl am nächsten kam.

Nach ein paar Minuten wurden die Gebäude herrschaftlicher und die Straßen breiter. Wir folgten ein paar der berühmten roten Busse, die in Richtung Buckingham Palace fuhren, während Caspian endlich die Geschwindigkeit drosselte und abbog. Die Häuser standen weiter von der Straße zurück, machten breiten und gepflegten Vorgärten Platz. Vor uns tauchte ein mehrstöckiges Herrenhaus aus schwarzem Klinker auf. Zahlreiche Fenster durchbrachen die dunkle Fassade und wurden von vorspringenden Giebeln und Erkern bekrönt. Aus den Schornsteinen quoll dichter Rauch, der sich gen Himmel kringelte und sich dort den Wolken anschloss. Caspian fuhr die von Büschen gesäumte Einfahrt hoch.

»Das ist Adriels *Haus*?« Ich schnaubte. »Das ist ein verdammtes Schloss!«

Vor dem Portal befand sich ein runder, mit Kies aufgeschütteter Hof. Caspian fuhr vor und parkte hinter einem anderen Wagen. Als ich ausstieg, stellte ich fest, dass die städtische Geräuschkulisse an diesem Ort ein wenig abgenommen hatte. Ich vermisste die Stille Islands, die einzig durch das Rauschen gigantischer Wasserfälle durchbrochen wurde. Dennoch erlaubte ich es mir, diesen Moment zu genießen, als über mir der Schrei einer Möwe erklang, die nicht von dem Hupen eines Busses oder dem Rattern der Tube übertönt wurde. Eine Weile stand ich mit geschlossenen Augen und in den Nacken gelegtem Kopf da und tat, als wäre ich an einem gänzlich anderen Ort. Erst als die Erinnerung an Freys Gesicht in meinen Gedanken aufblitzte, mit dessen Anblick stets quälender Schmerz einherging, öffnete ich die Augen wieder und stellte fest, dass Caspian gegen die Motorhaube seines Wagens lehnte und mich beobachtete.

»Was beschäftigt dich?«, fragte er.

»Nichts.« Eine offenkundige Lüge. Das sah auch Caspian so, denn er stieß einen frustrierten Laut aus. Einen Moment lang maßen wir uns mit Blicken, ehe er seufzte und mit dem Kinn in Richtung Herrenhaus deutete.

»Ich könnte dieses Spiel ewig fortführen, doch ich fürchte, dass Adriel unsere Abwesenheit eher früher als später auffallen würde.« Er stieß sich von seinem Auto ab und bedeutete mir, ihm zu folgen.

Aus den Fenstern im zweiten Stock drangen Stimmen und Musik. Viele Stimmen. Und laute Musik. Wie viele Leute hatte

Adriel zu dieser Besprechung eingeladen? Bevor ich mir überlegen konnte, ob ich mit meiner Jeans und der schlichten Bluse passend gekleidet war, und wie ich reagieren sollte, sobald die anderen Mitglieder der Ars Obscura erkannten, dass sich Aurora Scarface unter ihnen befand, öffneten sich die Flügel des Portals und hießen uns willkommen.

Zwei in schlichte Livreen gekleidete Diener flankierten den Eingang und nahmen uns die Jacken ab.

»Guten Abend, Mortimer«, begrüßte Caspian den kleineren, stämmigeren Mann. Seine Uniform war makellos, aber sie kontrastierte mit den Tattoos, die förmlich aus dem Kragen über seinen Nacken krochen und sich auf dem rasierten Kopf verloren.

Er zwinkerte mir zu, als er mein Starren bemerkte.

»Wie oft habe ich dich schon darum gebeten, mich Mo zu nennen?«, seufzte der Diener und begrüßte mich mit der Andeutung einer Verbeugung.

Ich erwiderte sie, was ihm ein Lachen und Caspian ein Schnauben entlockte.

»Gemessen an seinem Kleidungsstil ahnte ich bereits, dass Adriel es gern extravagant hat, aber das hier …« Meine Worte verloren sich in der Weite der Halle, an deren Ende eine breite Treppe aus schwarzem Marmor in die oberen Stockwerke führte. Auch die Wände waren dunkel, aber mit goldenen Ornamenten verziert. Es gab ein paar Gemälde in protzigen Barockrahmen und auf mehreren Halbsäulen standen frische Blumen, deren süßlicher Duft die Eingangshalle füllte.

Ich fühlte mich, als wäre ich direkt durch das Atrium in eine fremde Welt getreten.

Caspian steuerte zielsicher auf die Treppe zu. Mir fiel auf, dass er den ganzen Prunk mit keinem Blick würdigte, als wäre er schon Dutzende Male diese Stufen hochgestiegen. Und vermutlich war er das auch, immerhin zählte er zu Adriels engsten Vertrauten.

Ich winkte den Dienern am Eingang zu, ehe ich meinem übellaunigen Kollegen nacheilte. Mehrmals schnalzte Caspian mit der Zunge, wenn ich vor einem Bild oder einer Skulptur stehen blieb.

Aber ich konnte mich an der außergewöhnlichen Schönheit dieses Ortes einfach nicht sattsehen. Dass die Ars Obscura ein Unternehmen mit großem Budget war, hatte ich bereits in Island geahnt, wo wir in der Hallgrímskirkja, dem zweithöchsten Gebäude des Landes, residiert hatten. Aber gegen Black Armour war die ehemalige Kirche nicht mehr als ein nettes Airbnb.

Als wir den Korridor des zweiten Stocks erreichten, wehte uns von dessen Ende bereits das Gemurmel der anderen Gäste entgegen. Während Caspian zielstrebig darauf zulief, pochte mein Herz immer schneller. Allerdings wollte ich den Raum auch nicht allein betreten, also bemühte ich mich, mit Caspian Schritt zu halten.

Die Bezeichnung *Raum* wurde dem Saal, der hinter der verzierten Eichentür lag, nicht gerecht. Er erinnerte mich an die Bilder, die ich im Fernsehen vom Spiegelsaal in Versailles gesehen hatte. Allerdings waren die Spiegel, die die Wände hier bekleideten, schwarz getönt, sodass sich nur die Schatten der Gäste darauf bewegten. Sie erinnerten mich an die des Dunkelwanderers und jagten mir einen Schauer der Angst über den Rücken.

Musik drang aus großen Boxen. Von den hohen Decken hingen mehrere Kronleuchter, die den Saal in ein goldenes Licht tauchten. Doch durch den schwarzen Marmorfußboden und die dunklen Spiegel sammelte sich in den Ecken die Dunkelheit. Aus diesem Grund blieb unsere Ankunft auch zunächst unbemerkt und ich konnte mir einen Überblick über die Gäste verschaffen. Es waren dreißig, vielleicht fünfunddreißig an der Zahl und alle waren mit Abstand besser gekleidet als ich. Erst jetzt fiel mir auf, dass Caspian die dunkle Hose seiner Agentenmontur gegen eine Chino getauscht hatte. Die Frauen trugen maßgeschneiderte Kostüme oder elegante Etuikleider, die Männer Anzüge.

»Warum hast du mich nicht vorgewarnt, dass es einen Dresscode gibt?«, zischte ich Caspian zu.

»Gibt es nicht«, erwiderte dieser. »Diese Speichellecker erhoffen sich doch nur Adriels Aufmerksamkeit. Das hast *du* garantiert nicht nötig!« Keine Ahnung, wie er das meinte, aber dasselbe schien für ihn zu gelten. Denn auch wenn er eine elegantere Hose als sonst trug, war sein Hemd nur nachlässig geknöpft und hing über dem Bund. Die Ärmel hatte er hochgeschlagen, sodass darunter seine muskulösen Arme hervorschauten. Ich kämpfte gegen den Impuls an, die Hand nach ihm auszustrecken und über den dunklen Flaum seiner Arme zu streichen, unter dem seine Muskeln zuckten.

»Caspian!« Die Stimme war melodisch und samten und die Frau, zu der sie gehörte, hatte ich nicht bemerkt, weil ich so sehr in den Anblick meines Arbeitskollegen versunken gewesen war. Diese Erkenntnis, und dass es Caspian nicht unbemerkt geblieben war, trieb mir Schamesröte ins Gesicht. Er bedachte mich mit gehobener Braue, ehe er sich der Frau zuwandte.

»Livia.«

Bildete ich es mir nur ein, oder schwang Resignation in der Art mit, wie er ihren Namen aussprach? Aber im nächsten Moment hakte diese sich bei ihm unter und er ließ es geschehen.

»Darf ich dir Aurora vorstellen?« Mit dem Kinn deutete er in meine Richtung. »Sie ist die neue Wächterin des Kensal Green.«

»Alle reden darüber«, bemerkte die Frau und musterte mich abschätzend. »Sehr erfreut, dich kennenzulernen, Aurora.« Es klang nicht danach, als meinte sie ihre Worte ehrlich. »Mein Name ist Livia. Ich unterstütze Jasper als Agentin auf dem Highgate.« Ein überlegenes Lächeln kräuselte ihre Lippen, als sie den Namen des Friedhofs nannte, dem sie diente. Unter den Magnificent Seven war dieser der bekannteste.

Ich nickte Livia zu, die sich eine ihrer kunstvollen Locken aus dem Gesicht strich und sich an Caspian wandte. Sie senkte die Stimme, als wollte sie ein Geheimnis mit ihm teilen, das nicht für meine Ohren bestimmt war. Ich kannte Frauen wie Livia. Es gab sie überall. Aber das bedeutete nicht, dass ich mich auf sie einlassen musste.

Du kannst ihn gern haben, dachte ich. Dann lächelte ich den beiden knapp zu und überließ sie sich selbst. Es wunderte mich, dass sich ausgerechnet Caspian auf diese Masche einließ. Aber was wusste ich schon. Ich kannte ihn nicht. Und er war schon genervt genug von meiner bloßen Existenz, da wollte ich ihm die Tour bei

Livia definitiv nicht vermasseln. Trotzdem nagte die Tatsache an mir, dass wir zusammen hergekommen waren, er aber die erstbeste Gelegenheit ergriff, um mich wieder loszuwerden.

Also bahnte ich mir einen Weg zwischen Adriels Gästen hindurch. Die Londoner Agenten und Wächter waren wesentlich internationaler aufgestellt als in Island, wo ich als Britin unter den Einheimischen schon als exotisch gegolten hatte. Mir wehten verschiedene Sprachen entgegen, manche davon hatte ich noch nie gehört. Aber alle wurden sie leiser, als ich mich näherte. Und einige verstummten vollkommen.

Inzwischen hatte ich mich an die zweifelhafte Aufmerksamkeit gewöhnt. Wenn man so aussah wie ich, dann drehten sich die Leute ständig um. Aber hier im Kreise der Ars Obscura vermutete ich, dass es nicht nur an der schrecklichen Narbe lag, die mein Gesicht entstellte, sondern vor allem an meinem Ruf.

Aurora Scarface, einst ein aufstrebender Stern, dann tief gefallene Agentin.

Doch in ihren Mienen fand ich keine Häme. Neugier und vielleicht einen Hauch von Mitleid. Letzteres war nicht viel besser als Häme und ich wandte mich von ihnen ab, tat, als würde ich mir die getönten Spiegel ansehen, in denen ich selbst wie ein Dunkelwanderer aussah. Schatten fransten meine Konturen aus, Schwärze lag in meinen Augen.

Mein Unbehagen hier im Kreis dieser Fremden wuchs. Caspian war am anderen Ende des Saales und schien vergessen zu haben, dass es mich gab.

»Wenn du als die Neue nicht auffallen willst, solltest du dich nicht abseits halten, sondern ins Haifischbecken springen.«

Ich wandte mich um und sah mich dem strahlenden Lächeln eines attraktiven Mannes gegenüber. Auch er trug einen Anzug, hatte aber die obersten Knöpfe seines Hemdes so weit aufgeknöpft, dass seine definierte Brust dazwischen hervorblitzte. Weil ich mich mit diesem Streifen nackter Haut auf Augenhöhe befand, war es mir unmöglich, nicht hinzuschauen. Dann schob sich eine große Hand in mein Sichtfeld und ergriff meine.

»Ich bin Ezra«, stellte er sich vor und überging mein unfreundliches Verhalten. »Ich gehöre zu den Agenten und bin mit Taylor – dort drüben –«, er wies auf eine rothaarige zierliche Frau in beigem Jumpsuit, der sich kaum von ihrer hellen Haut abhob, »im Tower Hamlets stationiert.« Dass er als Agent tätig war, hätte er nicht erwähnen müssen. Seine Haltung, die ausgeprägten Muskeln und die rauen Schwielen seiner Handinnenflächen zeugten von dem Dienst, den er leistete.

»Aurora«, sagte ich und erwiderte das Lächeln, wenn auch verhaltener. »Ich muss vermutlich nicht erwähnen, wer ich bin.«

Ezra blickte demonstrativ durch den Saal, dann schüttelte er den Kopf. »An diesem Ort wirst du dich niemandem vorstellen müssen. Alle kennen deine Geschichte.« Ich wappnete mich für die Fragen, die Beileidsbekundungen und das Unverständnis, das mir an meinen letzten Tagen in Island begegnet war. Aber Ezra überraschte mich. »Hast du dich gut in London eingelebt?«

Ich blinzelte und entlockte ihm mit meiner Reaktion ein volles, dröhnendes Lachen. Ein paar Köpfe wandten sich zu uns um und ich spürte Caspians Blick auf mir, der sich von Livia gelöst hatte.

»London verschlingt jeden am Anfang, aber irgendwann spuckt es dich wieder aus. Du wirst schon sehen.«

»Die Stadt ist okay.« Ich sah zu Caspian, der sich inzwischen wieder Livia zugewandt hatte. Ihre Oberarme streiften sich, das konnte ich selbst von meinem Standort aus deutlich erkennen. Während Caspian alles dafür tat, so viel Abstand wie irgend möglich zwischen uns zu bringen, schien er an Livia gar nicht nah genug herankommen zu können. Es sollte mich nicht stören, aber das tat es. Ich empfand diese grundsätzliche Ablehnung als ungerecht und wusste nicht, womit ich sie verdient hatte. Caspian sollte nicht mit mir flirten wie mit Livia. Nein, er sollte mich einfach nicht so behandeln, als wäre ich ein Dunkelwanderer.

»Er ist kein einfacher Typ, hm?« Ezra war meinem Blick gefolgt und fuhr sich über die kurzen schwarzen Stoppeln auf seinem Kopf. »Aber es hat einen Grund, warum Adriel euch gemeinsam in Kensal stationiert hat. Es gibt keinen Besseren als ihn, und wie man hört, trifft dasselbe auch auf dich zu.«

Ich lächelte schwach. »Vielleicht früher.«

Ezra zuckte die Achseln. »Komm, ich stell dich ein paar Leuten vor, damit du dich nicht länger wie die Neue fühlst.«

Die anderen schienen nur darauf gewartet zu haben, mich endlich kennenzulernen. Maxwell und Lion, Wächter und Agent des West Norwood Cemetery, verwickelten mich in ein Gespräch über die Zweckmäßigkeit der London Underground. Der stämmige Maxwell mit seinem Bürstenschnitt hatte sich eine Wohnung in unmittelbarer Nähe des Friedhofes gesucht, damit er keinen Fuß in *den stinkenden Moloch der städtischen Eingeweide* setzen musste, wie er die Underground nannte. Daraufhin bezeichnete der athletische Lion, der jeden Tag von der City of London aus zur Arbeit pendelte, ihn als engstirnig. Ich enthielt mich.

Nathan, der Wächter über Abney Park, erzählte mir, dass er aus Deutschland stamme, aber den Großteil seines Lebens in London verbracht habe, nachdem Adriel ihn mit dreizehn Jahren rekrutiert hatte. Er trug eine dicke Hornbrille, die er ständig abnahm und mit dem Saum seines Hemdes putzte. Aber vermutlich lag es nicht am Dreck auf den Gläsern, dass er kaum etwas sah, sondern daran, dass seine Sehstärke abgenommen hatte. Willow, die ihm zugeteilte Agentin, neckte ihn ständig. Doch aus jeder Stichelei hörte ich heraus, wie sehr Nathan ihr am Herzen lag.

Dann gab es da noch Finley und Amanda vom Nunhead und Rosalie und Mason vom Brompton Cemetery. Letzterer war Agent und interessierte sich brennend für die Unternehmensstrukturen im isländischen Hauptsitz.

»Es gibt in Reykjavík nur ein Weltentor, und das wird im Wechselbetrieb überwacht«, erzählte ich ihm. »Deshalb arbeiten Agenten und Wächter nicht paarweise zusammen. Ehrlich gesagt habe ich früher kaum mit Wächtern zu tun gehabt. Die Agenten bleiben meist unter sich.«

»So war es auch in Rom. Dort habe ich bis vor Kurzem ausgeholfen, ehe Adriel mich zurückgeholt hat.« Noch immer haftete Mason die italienische Bräune an. Sommersprossen zierten seine Nase und gingen auf den Wangen in einen ausgeblichenen Bart über.

»Wie lange warst du in Rom?«, wollte ich wissen und nippte an dem Drink, den Ezra mir zuvor in die Hand gedrückt hatte.

»Ein halbes Jahr. Leider hat es nicht ausgereicht, um mein Italienisch aufzubessern. Mein Vokabular beschränkt sich noch immer auf die Worte *Pizza Margherita.*«

Ich lachte. »Die sollte man aber unbedingt kennen!«

Die Gruppendynamik in London war ähnlich wie in Reykjavík. Die anderen machten es mir leicht, mich zugehörig zu fühlen. Mit der Zeit verblasste mein Unbehagen. Denn niemand hier fragte mich nach dem aus, was in Island vorgefallen war. Die Frage, die sich diesem Thema am ehesten annäherte, stellte Taylor, Ezras Partnerin. Sie wollte wissen, ob ich in Island Polarlichter gesehen hätte. Die Antwort darauf konnte ich ihr ohne Bedenken geben.

Einzig Jasper, der Wächter von Highgate Cemetery, hielt Abstand zu mir. Er hatte sich zu Caspian und seiner Partnerin Livia gesellt.

»Wie schlimm ist es?«, ertönte neben mir Ezras tiefer Bass.

Taylor hatte sich bei ihm untergehakt und knuffte ihn nun spielerisch in die Seite. »Jetzt tu nicht so, als wären wir wie ein Rudel hungriger Wölfe.«

»Aber wir sind wie ein Rudel hungriger Wölfe!«, meinte Ezra.

Allmählich entspannte ich mich und konnte ihre Gesellschaft sogar genießen. Ich beneidete Taylor um ihren Partner.

Caspian hielt sich im Hintergrund, aber ich spürte seinen Blick auf mir ruhen. Er nahm diesen Babysitter-Job ein wenig zu ernst, wenn er nicht einmal im Kreise unserer Kollegen davon ablassen konnte. Ich hoffte auf eine Gelegenheit, Adriel unter vier Augen zu sprechen, damit ich ihn bitten konnte, Caspian von dieser Aufgabe zu entbinden. Doch er hatte sich noch immer nicht unter seine Gäste gemischt.

Auch Taylor schien die Abwesenheit unseres Vorgesetzten aufzufallen. Sie zupfte den Ausschnitt ihres Jumpsuits zurecht und seufzte. »Adriel macht es aber auch wieder spannend. Wo steckt er nur?«

»Er ist ein viel beschäftigter Mann«, meinte Ezra achselzuckend.

»Haben die anderen einen Verdacht geäußert, warum er uns heute hergebeten hat?«, fragte Taylor.

»Vermutlich, um uns Aurora vorzustellen«, sagte Ezra.

»Nein«, sagte ich und zog die Brauen zusammen. »Ihr wisst nichts davon?«

Ezra und Taylor tauschten einen Blick. »Wovon?«, fragten sie.

»Ein Dunkelwanderer treibt in der Stadt sein Unwesen. Er …« Es gab keinen Grund, die Ereignisse der letzten Nacht zu verschweigen. Sie würden es ohnehin erfahren. »… hat meine Mitbewohnerin und mich angegriffen.«

»Wie bitte?« Taylor ließ die Hand sinken, in der sie ein halb volles Glas hielt. Wasser tropfte zu Boden, aber sie schien das nicht zu bemerken. »Ein Dunkelwanderer? Bist du sicher?«

Ich hob das Kinn und erlaubte ihnen, sich die Abdrücke der Schatten an meinem Hals anzusehen, die der Schicht aus Make-up trotzten. »Ganz sicher.«

»Verdammt«, murmelte Ezra. »Wie konnte es einer von denen durch die Tore schaffen?«

»Und vor allem durch welches?« Taylor senkte die Stimme und sah sich unter den Anwesenden um.

Ich hielt die freundschaftlichen Bande unserer jungen Bekanntschaft nicht für stabil genug, um ihnen die Wahrheit zu sagen. Und obwohl ich mich für meine Feigheit schämte, schwieg ich.

Schließlich erlöste Adriel mich aus dieser Situation, als eine der verzierten Türen aufschwang und er mit schnellen Schritten eintrat. Er trug einen senffarbenen Anzug, den ich mit dem Adjektiv *abscheulich* kategorisiert hätte, wenn ich ihn an einer Stange bemerkt hätte. Allerdings musste ich zugeben, dass Adriel diese Farbe durchaus tragen konnte.

Die Musik verstummte, die Gespräche ebenso. Alle wandten sich dem Mann zu, der die Ars Obscura leitete.

»Entschuldigt meine Verspätung«, sagte Adriel mit einem Lächeln, das seinen müden Blick nicht verschleiern konnte. »Aber dringliche Angelegenheiten erforderten meine Aufmerksamkeit. Wie ich sehe, habt ihr euch die Zwischenzeit gut vertreiben können.« Er steuerte auf einen der Tische zu, auf denen Getränke und Snacks bereitstanden. Dann nahm er eines der unangetasteten Champagnergläser – immerhin war es den Mitgliedern der AO weitestgehend untersagt zu trinken, was für unser Oberhaupt scheinbar nicht galt – und leerte es, als handelte es sich dabei um Schnaps. Murmeln brach unter Agenten und Wächtern aus, das Adriel mit einer Geste beendete. »Ungewöhnliche Situationen erfordern ungewöhnliche Maßnahmen. Leider sind die Umstände unseres heutigen Treffens keine erfreulichen. Gern hätte ich mit euch Auroras Ankunft in London gefeiert, aber dieses freudige Ereignis wird von einem Dunkelwanderer überschattet, der in unsere Welt eingedrungen ist.«

»Ein Dunkelwanderer?«, wiederholte Mason. »Hier in London?«

»Ich fürchte, ja.« Adriel seufzte und wirkte auf einmal um Jahre gealtert. »Bedauerlicherweise ist er nicht hier, um sein Dasein zwischen Sterblichen zu fristen. Er sorgt für Unruhe und ist gefährlich. Ihn ausfindig zu machen hat oberste Priorität.«

Neben mir tauschten Ezra und Taylor einen nachdenklichen Blick. »Wie konnte er in unsere Welt eindringen?«, wollte Ezra wissen.

»Das ist noch nicht bekannt«, sagte Adriel. Als er das Gewicht verlagerte, offenbarte das Licht der Kronleuchter die tiefen Schatten unter seinen Augen. Seit gestern schien er nicht mehr geschlafen zu haben. »Der Dunkelwanderer ist ein Crae der Stufe sechs. Ich muss euch nicht sagen, was das bedeutet, denn ihr seid die Besten eures Fachs. Wir müssen ihn finden und unschädlich machen, ehe noch Schlimmeres geschieht.«

»Noch schlimmer?«, horchte Amanda auf und schob sich das kinnlange Haar hinter die Ohren. »Was ist denn geschehen?«

Adriels Blick zuckte zu mir. Ich nickte ihm kaum merklich zu, erteilte ihm die stumme Erlaubnis, seinem Team davon zu erzählen. »Letzte Nacht hat der Dunkelwanderer Aurora angegriffen.« Seine Worte lösten ein angespanntes Flüstern aus.

»Aurora?«

»Sie ist eine Wächterin!«, warf Livia mit scharfer Stimme ein. »Warum sie?«

»Der Dunkelwanderer hat mich nicht nach meinem Beruf gefragt, ehe er angriff.« Die Worte rutschten mir heraus, bevor ich sie aufhalten konnte. Ein Aufblitzen der alten Aurora, die noch immer irgendwo in mir verborgen war.

»Wie konntest du das überhaupt überleben?« Bildete ich mir das nur ein oder lag ein Vorwurf in Livias Frage?

Doch bevor ich ihr antworten konnte, ergriff Ezra das Wort. »Wie lautet der Plan, Chef?«

»Wir kennen die Motive dieser Kreatur nicht, daher ist größte Vorsicht geboten. Um den Dunkelwanderer unschädlich zu machen, bilden wir eine Task Force, die rund um die Uhr an dessen Eliminierung arbeitet. Gibt es Freiwillige?«

Mehrere Hände schossen in die Höhe. Es waren die der Agenten. Ezra, Mason, Livia, Caspian, Lion und Finley.

»Ich halte mich an das Tagesgeschäft und übernehme die wichtigsten Aufgaben der anderen«, sagte Willow, die Agentin von Abney Park.

»Gute Idee.«

Bevor Zweifel Macht über mich erlangen konnten, meldete ich mich. »Ich glaube, dass ich der Task Force nützlich sein könnte«, sagte ich. Meine Stimme war leiser als beabsichtigt, aber in der Stille des Saals dennoch zu hören. Das magische Auge könnte mir bei der Suche nach dem Crae von Nutzen sein, dessen war ich mir sicher. Obgleich sich alles in mir dagegen sträubte, wusste ich, dass ich an der Front von größerem Nutzen war als hinter dem Schreibtisch in meinem Büro.

Und außerdem war all das meine Schuld.

In dem Moment traf mich Caspians Blick wie ein Dolch ins Herz. Dunkelheit haftete ihm an und erneut lag Zorn auf seinen Zügen. »Nein.« Ein Wort, das meine Demütigung besiegelte. Wütend funkelte ich ihn an, aber er blieb gelassen. »Du bist eine Wächterin. Du würdest den Agenten nur im Weg stehen.«

Was bildete sich dieser Mistkerl überhaupt ein? Noch vor wenigen Monaten war ich als Agentin gefeiert worden. Ich wollte widersprechen, da hob Adriel seine Hand. »Caspian hat recht. Es ist zu gefährlich, Aurora.«

Empört öffnete ich meine Lippen zu einer Erwiderung. »Das kann ich sehr gut selbst entscheiden.«

»Nein«, sagte Adriel schlicht. »Das kannst du nicht. Denn ich bin dein Vorgesetzter. Auf ein Wort in mein Büro.«

13

Mein Herz pochte so laut, dass es das Geräusch meiner Absätze auf dem Boden übertönte. In Reykjavík hätte ich meinem Vorgesetzten meine Meinung gesagt, aber Adriel war nicht nur mein Vorgesetzter. Er war auch der Vorsitzende der gesamten Organisation. Und ich hatte mein Selbstbewusstsein zwischen einer folgenschweren Nacht und den darauffolgenden Monaten, die ich in trunkenem Zustand verbracht hatte, verloren.

Auf dem Weg zu seinem Büro führte er mich durch einen schmalen, wenn auch nicht weniger prachtvoll eingerichteten Gang. In gleichmäßigen Abständen hingen Gemälde von ernst dreinblickenden Agenten vor der schwarzen Brokatwand. Kristallleuchter spendeten diffuses Licht, das kaum gegen die Schatten ankam.

Am Ende öffnete sich der Gang in einen großen Raum, dessen Wände von Bücherregalen eingefasst wurden. In der Mitte standen ein riesiger Schreibtisch und eine Polstergruppe. Und in einer Ecke prasselte ein Kaminfeuer, das den Raum in einen rötlichen Schein hüllte. Wenn die Wut in meinem Bauch nicht so gebrodelt hätte, hätte ich mich sicher umgesehen. Aber so blieb ich mit verschränkten Armen vor Adriel stehen und suchte nach Worten, die meinen Unmut angemessen ausdrückten.

Doch dann überraschte mich mein Vorgesetzter mit einem sanften Lächeln. »Ich freue mich, dass du die Ereignisse in Island so weit überwunden hast, dass du dir den Dienst an der Front wieder zutraust. Es tut mir leid, dass ich dich dort draußen vorgeführt habe. Leider hast du mir keine andere Wahl gelassen. Entweder das oder dem ganzen Saal die Wahrheit verraten, die ich seit Ewigkeiten unter Verschluss zu halten suche. Und dann könnten wir uns auch gleich eine Zielscheibe auf den Rücken malen.«

Ich öffnete den Mund, schloss ihn wieder. Starrte ihn an. Meine Wut verpuffte, zurück blieb Verwirrung, die mir eine tiefe Falte zwischen die Brauen zeichnete.

Adriel beugte sich über einen kleinen Barwagen, entkorkte einen Whisky und schenkte uns ein. Dann reichte er mir eines der Gläser.

Zögernd nahm ich es entgegen, suchte in seinem Ausdruck nach einem Hinweis auf die Prüfung, der er mich gerade unterzog. »Ich sollte während meiner Arbeitszeit nicht trinken«, sagte ich langsam.

»Ich auch nicht«, gab er zurück und nahm einen großen Schluck. »Aber in diesem Fall mache ich eine Ausnahme.« Er bedeutete mir, auf einem der Sessel Platz zu nehmen.

»Wovon redest du?«, fragte ich und sank in die weiche Umarmung des Polsters. »Traust du es mir nach Reykjavík nicht zu?« Oder hatte er sich die Aufzeichnungen des Atriums angesehen und herausgefunden, dass ich es war, die den Dunkelwanderer entfesselt hatte? Nein, das konnte nicht sein. Sonst hätte er mich doch vor den Augen der anderen rausgeworfen.

»Hör zu, Adriel, ich weiß, ich hatte hier nicht den besten Start. Aber um den Dunkelwanderer rechtzeitig zu finden, bin ich deine einzige Option. Deine Leute mögen noch so gut sein. Aber ich bin besser.« Ich tippte mir gegen die Schläfe meines magischen Auges.

»Daran hege ich nicht den geringsten Zweifel«, sagte Adriel und schlug die Beine übereinander. Unter dem Saum seiner Hose lugten Socken hervor, deren Muster an das seines Anzuges angepasst war. In einem anderen Moment hätte ich darüber gelacht.

Ein Holzscheit knackte im Kamin und durchbrach den kurzen Moment angespannten Schweigens. Ich klammerte mich an meinem Glas fest, ohne einen Schluck zu trinken. »Woran liegt es dann?«

Adriels Brust hob sich unter einem tiefen Atemzug, bis die Knöpfe seines maßgeschneiderten Hemds spannten. Die Selbstsicherheit, die ihn stets umgab wie die Wolke eines herben Parfums, war verschwunden. Stattdessen saß mir ein Mann der Mittzwanziger gegenüber, den das Gewicht der Verantwortung niederdrückte. Er fuhr sich über das makellos rasierte Kinn.

»Es geht dabei nicht um dich, Aurora«, sagte Adriel langsam. Die Schatten in seinem Gesicht nahmen zu und vergingen auch nicht, als er sich an einem schmallippigen Lächeln versuchte. »Es geht vielmehr um mich. Dieser Dämon, der Dunkelwanderer, er sucht nach mir.«

»Dann ist es umso wichtiger, dass wir ihn finden«, beharrte ich.

»Das ist es, aber aus anderen Gründen als denen, die dir womöglich in den Sinn kommen. Du schwebst in Gefahr, wenn du dich an die Fersen dieser Kreatur heftest, denn dein Geruch führt sie in die Irre.«

»Mein Geruch?« Eine Erinnerung blitzte vor meinen Augen auf. Dunkelheit, die Schatten des Dämons und eine einzige Frage: *Was bist du*? Ich konnte es mir nicht erklären, aber in dem Moment packte mich das Gefühl von Grauen, das durch Adriels Ernsthaftigkeit nur verstärkt wurde. Die Geschwindigkeit meines Herzschlags beschleunigte sich.

Bitterkeit mischte sich in Adriels Miene. »Seit dreiundzwanzig Jahren überlege ich nun schon, wie ich dieses Gespräch mit dir führen soll.«

Ich ließ das Glas sinken, und bevor es mir aus der Hand kippen konnte, nahm Adriel es mir ab und stellte es auf den Beistelltisch. »Du machst mir Angst«, gab ich zu, als ich das Gefühl in meinem Innern endlich als solches erkannte. »Als ich geboren wurde, warst du selbst noch ein Kind.« In den Unaware-Filmen käme nun die Stelle, an der jemand Adriels geistigen Zustand anzweifelte. Doch die Art, wie er mich ansah, ließ mich das nicht einmal in Erwägung ziehen. Alles, was Adriel sagte, war auf eine unverständliche Weise wahr, das spürte ich. Und ich ahnte, dass das, was er mir erzählen wollte, mein Leben verändern würde.

Am liebsten wäre ich aufgesprungen und geflohen. Die letzten Wochen und Monate waren hart gewesen, hatten mein Innerstes tief erschüttert. Ich wusste nicht, ob ich Adriels Wahrheit gewachsen war.

»Hast du dich nie gefragt, was es mit deinem magischen Auge auf sich hat?«

Diese Frage überraschte mich dann doch. Ich hob den Blick, sah Adriel aus dem menschlichen und dem magischen Auge an. »Hauptsächlich im Alter von sechs Jahren, als die anderen Kinder nicht mit mir spielen wollten, weil sie mich für Frankensteins Monster hielten.«

Adriel verzog das Gesicht. »Kinder sind grausam.«

»Erwachsene auch«, meinte ich.

»Dessen bin ich mir bewusst.« Adriel seufzte. »Ich hätte dich dem nicht aussetzen dürfen.«

»Adriel?«

Sein Name auf meinen Lippen ließ ihn blinzeln und dann sagte er es, als wäre die Wahrheit ein Pflaster, das man mit einem Ruck abziehen musste. »Ich bin ein Crae und du bist meine Ururur … ach, lassen wir das. Du bist meine letzte lebende Nachfahrin.«

Die Stille, die auf sein Geständnis folgte, war wie die nach einem Donnerschlag. Satt und schier unendlich. Selbst das Feuer schien innezuhalten. Das leise Knistern seiner Flammen war verstummt. Ich sah Adriel an, wartete darauf, dass er loslachen und sich zu seinem herrlichen Scherz beglückwünschen würde. Darauf hoffte ich, aber er enttäuschte mich. Denn Adriels Miene blieb ernst.

Er ein Crae und ich seine Nachfahrin? Diese Geschichte klang so abenteuerlich, dass sie dem Whisky in seinem Glas hätte entspringen können. Doch in meinem Leben war schon zu viel Ungewöhnliches geschehen, als dass ich nicht daran hätte glauben können. Ich diente einer Organisation, die sich dem Kampf gegen Dämonen verschrieben hatte, wie konnte ich Adriels Geständnis da keinen Glauben schenken?

»Aurora?« Adriels Stimme war sanft, ebenso sein Blick. »Hast du verstanden, was ich gesagt habe?«

Ja und nein. Ich hatte es gehört, klar und deutlich. Aber nicht verstanden. Rauschen senkte sich auf meine Ohren und löschte alles andere aus. Ich war nicht in der Lage, auch nur einen einzigen Gedanken zu fassen.

Adriel ein Crae und zugleich der Vorsitzende jener Organisation, die seinesgleichen jagte und tötete? Vor Verwirrung schwirrte mir der Kopf.

Dann beugte ich mich vor, schnappte mir das Whiskyglas und leerte es in einem Zug, ehe Adriel mich davon abhalten konnte. Mit dem Handrücken wischte ich mir über die Lippen und sah meinen Vorgesetzten an. »Ich habe tausend Fragen und zugleich keine einzige. Also schlage ich vor, dass du mir die Wahrheit erzählst. Was soll das alles?«

Adriel stand auf, nahm auf dem Sessel neben mir Platz und legte eine Hand auf mein Bein. Ich erinnerte mich an viele beiläufige Berührungen, seit wir uns das erste Mal begegnet waren. Sie hatten sich auf eine befremdliche Art vertraut angefühlt. Und nun wusste ich warum.

»Ich bin ein Crae«, wiederholte er. »Vor vielen Hundert Jahren diente ich dem Schattenkönig von Asterin. Er stationierte mich an jener Grenze, die meine Heimat mit dem Menschenreich verband. Dort sollte ich die Sterblichen daran hindern, in unsere Welt einzudringen.« Seine Stimme brach, als sähe er Dinge vor sich, die mir verborgen blieben. »Ich war ein junger Kerl, der sich unbedingt beweisen wollte. Immer wieder näherte ich mich den Weltentoren, bis ich eines Tages auf der anderen Seite eine Frau entdeckte. Maelle. Sie war das schönste Geschöpf, das ich je gesehen hatte. Vom ersten Moment an war ich ihr verfallen. Wir trafen uns heimlich, bis mein Verrat irgendwann bemerkt wurde. Ich floh in Maelles Welt, *in diese Welt*, und ließ mein altes Leben hinter mir. Maelle und ich bekamen einen Sohn und mein Glück schien perfekt, bis ich bemerkte, dass sie alterten, während mir die Zeit nichts anhaben konnte.« Adriels Kehlkopf hüpfte schwerfällig. »Du kannst dir denken, was geschah. Ich verlor meine Familie. Wieder und wieder. Generation um Generation. Ich war verflucht, denn ich lebte in einer Welt, in die ich nicht gehörte.«

Ich blinzelte, und erst als mir Tränen die Haut versengten, bemerkte ich, dass ich weinte. »Und ich bin … ich …«

»Meine Nachfahrin.« Adriel nickte. »Irgendwann war der Schmerz zu groß, um meine Familie leben und sterben zu sehen. Ich zog mich zurück, entschied, dass es besser sei, das Geheimnis um meine Herkunft für mich zu bewahren. Die AO war meine Familie und ich tröstete mich damit, deine Vorfahren wohlauf zu wissen. Bevor wir einander begegneten, hatte ich schon ein paar Jahrzehnte niemanden mehr aus meiner Familie gesehen. Und auch unsere Wege hätten sich niemals gekreuzt, wenn deine Eltern damals nicht gestorben wären. Du warst neun Jahre alt und hattest niemanden mehr. Ich konnte dich nicht im Stich lassen.«

»Neun?«, wiederholte ich. »Ich war elf, als ich der Ars Obscura beitrat. In den Jahren zwischen dem Tod meiner Eltern und diesem Ereignis wurde ich durch mehrere Pflegefamilien gereicht.« Ich wollte diese traurige Zeit meines Lebens nicht als Vorwurf an Adriel formulieren, dennoch klang es danach und er verzog das Gesicht.

»Du warst ein Kind und ich wollte dich in einem stabilen Umfeld wissen.«

Ich sagte nicht, dass die Pflegefamilien mir alles geboten hatten, aber sicher kein stabiles Umfeld. Das wusste Adriel vermutlich selbst.

»Das heißt, du hast mich gar nicht aufgrund meiner Fähigkeiten rekrutiert?«, fragte ich.

Adriel zuckte die Achseln. »Es ging mir nie um deine Fähigkeiten. Auch wenn sie dich zu einer sehr fähigen Agentin gemacht haben.«

Ich sah ihn an. Mit beiden Augen. Beide zeigten mir dieselbe Version von Adriel. Ein junger Mann, in dessen Miene Bitterkeit und Hoffnung miteinander rangen. Magie haftete nicht an ihm. »Warum bist du so *gewöhnlich*?«

Adriel stieß ein freudloses Lachen aus. »Du hältst mich für gewöhnlich?«

Gut, passend war diese Umschreibung nicht für einen Mann, der in einem senfgelben gemusterten Anzug mit darauf abgestimmten Socken vor mir saß.

»Du weißt, was ich meine. An dir ist nichts Magisches. Nichts, was zu sehen mein Auge imstande wäre.«

»Ich habe meinen Sohn gezeugt, kurz nachdem ich Asterin verlassen hatte. Meine eigene Magie war damals noch stark in mir, aber je mehr Zeit in der Welt der Sterblichen verstrich, umso schwächer wurde sie, bis sie schließlich vollends verschwand. Doch in meinem Sohn, halb Mensch, halb Crae, überlebte das Erbe meines Volkes. Es wurde von Generation zu Generation weitergegeben. Bis zu dir.« Adriel legte den Finger an meine Wange und sah in mein magisches Auge, als könnte er dadurch direkt in meine Seele blicken.

»Adriel«, flüsterte ich, »was hat die AO mit alldem zu tun? Warum töten wir Crae, wenn ihr Vorsitzender einer von ihnen ist?« Ich dachte an das schwarze Blut, das an meinen Händen klebte. Und das zum Teil durch meine Adern floss. Bei diesem Gedanken musste ich schlucken.

»Ich bin nicht nur der Vorsitzende, ich habe die Ars Obscura gegründet.«

»Zu welchem Zweck?«

»In Asterin war ich ein Wächter. Und auch wenn es nicht den Anschein erweckt, habe ich für diese Aufgabe gelebt. Ich war dafür verantwortlich, das Gleichgewicht zwischen den Welten zu erhalten. Was von Asterin aus funktionierte, funktionierte auch von dieser Seite aus. Und so gründete ich die Ars Obscura, um beide Welten voreinander zu schützen.«

Ich ahnte, dass noch mehr dahintersteckte, aber Adriels Miene war so verschlossen, dass ich nicht wagte nachzuhaken.

»Crae und Menschen sind grundverschieden, das Verständnis füreinander gering. Manche Crae sind bestens in der menschlichen Gesellschaft sozialisiert, andere verbreiten Angst und Schrecken. Die einen jagen wir, mit den anderen leben wir.«

»Du meinst, es gibt noch mehr *menschliche* Crae? Hier in London?«

»Überall. Ende des 19. Jahrhunderts gab es einige Probleme mit den Weltentoren. Damals siedelten zahlreiche Crae in die Welt der Sterblichen über.« Adriel nahm einen Schluck Whisky. »Diejenigen, die gekommen waren, um den Menschen Schaden zuzufügen, starben. Die anderen blieben. Wer weiß, vielleicht ist die Barista von nebenan eine Crae, oder dein Vermieter.«

»Und dieser Dunkelwanderer?«

Adriel zuckte die Achseln. »Ich habe mein Volk für einen Menschen verraten. Sie wollen mich zur Rechenschaft ziehen.«

»Selbst nach all der Zeit?«

»Verrat verjährt nicht. Der Schattenkönig verlangt nach mir.«

»Er hat den Dunkelwanderer geschickt?«

Adriel lehnte sich zurück. »Wer weiß. Ich wünschte, ich könnte dir erlauben, dich der Task Force anzuschließen. Aber die Gefahr ist zu groß, dass der Dunkelwanderer deine Spur mit meiner verwechselt.

Du bist die letzte lebende Nachfahrin meiner Familie. Ich kann dir nicht erlauben, dein Leben zu riskieren.«

»Das hast du all die Jahre getan. Ich war in vielen brenzligen Situationen.« Die letzte hatte ein Leben gekostet, wenn auch nicht mein eigenes.

»Kalkuliertes Risiko. Die AO hat dich auf Begegnungen dieser Art vorbereitet. Aber einem Dämon gegenüberzustehen, der seine Rache plant, ist etwas anderes, Aurora. Ich bitte dich, meine Worte ernst zu nehmen. Wenn nicht um meinetwillen, dann für dich selbst.«

Ich nickte, obgleich ich damit kein Zugeständnis gab. Ich nahm seine Bedenken zur Kenntnis und würde darüber nachdenken. Nicht mehr und nicht weniger.

»Danke, dass du mir die Wahrheit gesagt hast.« Ich stellte mein leeres Glas ab und erhob mich.

Falten furchten Adriels Stirn, als er meiner Bewegung mit einem Blick folgte. »Was hast du vor?«

»Ich werde gehen.«

»Gehen? Aurora, hast du verstanden, was ich dir gerade gesagt habe?«

»Klar und deutlich. Aber du wirst es mir nachsehen müssen, dass ich erst mal über alles nachdenken muss.« Ich war nicht der Typ, der nach einer solchen Nachricht ausrastete, aber ich würde diese Geschichte auch nicht einfach so schlucken. Ich brauchte Zeit. Zeit, um zu verstehen, was das für mich und meine Zukunft bedeutete.

Nun erhob sich auch Adriel. Dort, wo er die Beine überschlagen hatte, knitterte der Stoff seines Anzugs. Er strich ihn glatt und sah mich unschlüssig an. »Du hast ihre Augen. Ich meine, dein menschliches Auge sieht so aus wie ihre.«

Es war ein seltsames Gefühl, einem Mann gegenüberzustehen, der in mir die Liebe sah, die er vor Jahrhunderten verloren hatte. Ich zwang mich zu einem Lächeln. »Gute Nacht, Adriel.«

Und als ich sein Büro verließ, wusste ich, dass ich nicht mehr dieselbe Aurora war, die es vor einer Stunde betreten hatte. Denn in meinen Adern floss schwarzes Blut.

14

Die Tür von Adriels Büro schloss sich mit einem Klicken hinter mir. Sobald ich ins Halbdunkel des dahinter liegenden Korridors tauchte, gaben meine Beine unter dem Gewicht der Wahrheit nach. Ich taumelte und stützte mich an der Wand ab. Die Lichter der Kristallleuchter verschwammen vor meinen Augen, Tränen verschleierten meine Sicht. Ich blinzelte sie weg. Und die, die doch einen Weg über meine Wangen fanden, trocknete ich mit dem Ärmelsaum.

Ich war eine Crae. Zumindest teilweise.

Und Adriel und ich waren verwandt.

Unzählige Erinnerungen strömten über mich herein, Momente, in denen ich mich selbst im Kreis meiner engsten Freunde fremd gefühlt hatte. Darin hatte mein Ehrgeiz, die beste Agentin aller Zeiten zu werden, seinen Ursprung gefunden. Automatisch umschloss ich den kühlen Silberring um meinen Daumen und fragte mich, was Frey zu dieser Entwicklung gesagt hätte. Hätte er mich mit anderen Augen gesehen? Tat ich das?

Ich war wie gelähmt. Unfähig zu denken und zu fühlen. Dann und wann zuckten lose Gefühle durch mich hindurch. Zu schnell, um sie fassen zu können.

Ich war eine Halb-Crae. Eines jener Geschöpfe, die ich zu töten gelernt hatte. Und ich hatte es nicht einmal geahnt. Dabei hatte mir mein Spiegelbild die Wahrheit jeden Morgen in den vergangenen dreiundzwanzig Jahren entgegengebrüllt. Aber ich hatte es nicht wahrhaben wollen.

Mein Leben bestand aus einer Vielzahl kleiner Lügen. Konstrukte einer Scheinwahrheit, an die ich bereitwillig geglaubt hatte.

Halb-Crae.

Das Wort echote durch meinen Geist, ließ selbst dann nicht von mir ab, als ich mir die Hände auf die Ohren presste. Ich stieß ein Stöhnen aus, taumelte ein paar Schritte vorwärts. Aber der Boden schien unter mir aufzubrechen wie die Oberfläche eines zugefrorenen Sees. Ich kippte, fing mich an der Wand ab und riss dabei ein Bild mit mir. Der Rahmen brach, Splitter flogen durch den Korridor. Einer davon bohrte sich mir in den Handballen. Warmes Blut lief mir über die Finger.

Blut. Es war rot. Mein Blut war rot.

Menschlich. Obwohl ich nicht menschlich war. Zumindest nicht vollständig.

Das Blut der Crae war schwarz.

Meines war rot. Vielleicht ein bisschen dunkler als bei gewöhnlichen Menschen, aber eindeutig rot.

»Aurora.«

Die Stimme war sanft und erschreckend vertraut. Ich blinzelte und der Schleier aus Tränen lichtete sich vor mir. Caspian kam in großen Schritten durch den Gang auf mich zu, stieß das Bild beiseite, dessen Rahmen die gespannte Leinwand durchstoßen hatte, und hockte sich zu mir.

»Was ist passiert?« Sein Blick zuckte zu der Tür am anderen Ende, hinter der Adriels Büro lag.

Meine Lippen öffneten sich, schlossen sich wieder. Es gab nichts, was ich hätte sagen können. Wie sollte ich Caspian erklären, dass ich eines jener Geschöpfe war, die er bekämpfte? Ich zog die Knie an meine Brust, schlang die Arme um meine Beine. Caspian zog die Brauen zusammen, als er das Blut an meiner Hand entdeckte. Er löste sie aus meiner Umklammerung und drehte den Handballen nach oben. Dann stieß er ein tiefes Seufzen aus, das einem Fluch nicht unähnlich war. Und im nächsten Moment schob er die Arme unter meinen Körper und hob mich hoch. Ich quietschte, krallte mich erschrocken am Kragen seines Hemdes fest und hinterließ dort eine Spur aus Blut.

Rotes Blut.

Mein Kopf prallte gegen seine Brust, während Caspian mit mir den Gang entlangmarschierte. Aber bevor wir in den Spiegelsaal zurückkehrten, bog er ab und brachte mich in ein abseits gelegenes Badezimmer. Dort setzte er mich auf den Rand des Waschtisches und musterte mich.

»Bist du ausgerastet, weil er dich von der Task Force ausschließt?«, fragte er, während er meine Hand unter Wasser hielt und das Blut wegspülte. Rote Wirbel verloren sich im Abfluss.

»Ich bin nicht ausgerastet«, gab ich tonlos zurück. »Ich bin gestolpert.«

Caspian schnaubte, schien das jedoch vorerst als Antwort zu akzeptieren. Er hob meine Hand unters Licht. »Der Splitter ragt noch ein Stück heraus«, bemerkte er, ehe er seinen Mund auf meinen Handballen senkte.

Und ich vergaß, wie man atmete. Das Gefühl seiner Lippen auf meiner Haut ließ das Echo der Wahrheit verstummen, radierte alles aus. Mein Puls beschleunigte sich und ich war sicher, dass Caspian das wahrnehmen konnte, so nah war er mir. Er stand zwischen meinen Beinen, eine Hand an meiner Taille, mit der anderen hielt er meinen Arm fest. Als er die Zunge über den Splitter gleiten ließ, tanzten Sterne vor meinen Augen. Ich konnte den sehnsüchtigen Laut nicht aufhalten, der sich aus meiner Kehle brach. Kurz hielt er inne, hob den Blick unter dem dunklen Wimpernkranz und sah mich an, die Lippen noch immer fest auf meiner Haut. Dann bekam er den Splitter mit den Zähnen zu packen und zog ihn mit einem Ruck heraus. Erneut begann die Verletzung zu bluten und Caspian hielt meine Hand unter den Wasserstrahl, obgleich ich seine Berührung, die einem Kuss sehr nahe kam, nicht abwaschen wollte.

Schließlich nahm er eines der Handtücher aus dem Korb neben dem Waschbecken und drückte es auf die Wunde. Prüfend sah er mich an. »Geht es wieder?«

»Klar«, sagte ich und presste meine Hand gegen die Brust. »Geh zurück zu den anderen. Livia vermisst dich sicher längst.«

Caspian hob eine Braue und bedachte mich mit einem Blick, den ich nicht zu deuten vermochte. »Das habe ich nicht gefragt, um einen Abgang zu rechtfertigen.« Er trat einen Schritt zurück und lehnte sich an die gegenüberliegende Wand. Damit gab er mir die Möglichkeit, mich umzuschauen. Schwarz-weiße Fliesen bedeckten den Boden und wurden von einem goldenen Band eingefasst. Stuck zog sich über die dunklen Wände und rahmte den Waschtisch ein. Selbst die Toilette sah protzig aus. Doch irgendwie hatte dieser Ort für mich seinen Zauber verloren. Im Gegensatz zu Caspian. Er fing meinen Blick auf, hielt ihn gefangen und löste ein Gefühl von Wärme in mir aus, das Angst und Enttäuschung ein wenig linderte.

Meine Hand pochte, ebenso wie mein Herz.

»Soll ich dir verraten, welchen Vorteil es hat, als Adriels engster Vertrauter zu dienen?« Caspians Stimme war leise, dennoch hörte ich jedes Wort und antwortete mit einem Nicken. »Ich kenne jeden Winkel von Black Armour. Wir könnten durch einen der Geheimgänge verschwinden.«

Ich schnaubte. »Dieses Haus verfügt über Geheimgänge?«

Caspian zuckte die Achseln. »Eigentlich sind das die Dienstbotengänge, aber die nutzt heutzutage niemand mehr.«

»Dann klingt das nach einem perfekten Fluchtweg.«

Caspian stieß sich von der Wand ab und blieb dicht vor mir stehen. Er legte die Hände an meine Hüfte und hob mich vom Waschtisch. Der Druck seiner Berührung sandte prickelnde Impulse durch meinen Körper. In mir wuchs ein Verlangen, dem ich nicht nachgeben durfte. Denn Caspian war immer noch mein Arbeitskollege. Aber seine bloße Nähe war in diesem Moment so wohltuend, dass ich mir erlaubte, die Stirn gegen seine Brust fallen zu lassen.

»Kannst du allein laufen?« Er war mir so nah, dass seine Stimme in mir vibrierte.

»Wirst du mich noch einmal in die Arme nehmen, wenn ich verneine?« Die Frage war mir herausgerutscht, ehe ich über ihre Konsequenzen nachdenken konnte.

Aber Caspian lachte nur leise, ehe er sich von mir löste. »Komm schon, Aurora, lass uns von hier verschwinden.« Er öffnete mir die Tür und ich tauchte unter seinem Arm hindurch auf den Flur. Von fern wehten die Stimmen der anderen durch den Gang. Aber wir schlugen die entgegengesetzte Richtung ein. Der Teil des Anwesens, durch den Caspian mich nun führte, lag im Dunkeln. Es waren schmale, schlichte Gänge, die meisten hatten keine Fenster und die anderen boten Ausblick auf die Nacht, die inzwischen hereingebrochen war. Durch das Labyrinth aus Schatten und verästelten Korridoren bewegte Caspian sich, als hätte er das schon Dutzende Male gemacht.

»Wenn man Ruhe einer Gesellschaft vorzieht, lernt man auf Black Armour schnell zu verschwinden«, erklärte er, als wir das Ende einer schmalen Wendeltreppe erreicht hatten. Dann stieß er eine schlichte Tür auf und wir traten in die klare Nacht. Sterne hingen am Himmel und über dem Anwesen ging der Mond auf. Mein Atem gefror vor meinem Gesicht. Es war so kalt, dass ich für einen Moment das Pochen in meiner Hand vergaß.

»Leider habe ich meine einzige Jacke, die ich dir jetzt anbieten könnte, im Haus zurückgelassen«, meinte Caspian, während wir im Laufschritt den Hof querten.

»Ich hätte nicht gedacht, dass du der Typ bist, der einer frierenden Frau die Jacke überlässt.« Nein, das entsprach nicht der Wahrheit. Eigentlich hätte ich nicht gedacht, dass ich eine Frau war, der Caspian seine Jacke anbieten würde.

Er schnaubte. »Ich bin sogar der Typ, der einer Frau die Tür aufmacht.« Demonstrativ öffnete er die Beifahrertür seines Autos und entlockte mir damit ein Lachen, das mein Herz ein wenig leichter werden ließ. Ich kauerte mich auf dem Sitz zusammen, und sobald Caspian den Motor gestartet hatte, drehte er die Heizung hoch. Das Geräusch des Gebläses glich einem eintönigen Summen. Ich lehnte den Kopf gegen das Fenster, beobachtete im Rückspiegel das kleiner werdende Anwesen. Und trotz allem, was ich an diesem Abend erfahren hatte, ergriff mich in Caspians Gegenwart eine Ruhe, die es mir erlaubte, für einen Moment die Augen zu schließen.

Als ich die Lider das nächste Mal hob, hatten wir die protzigen Bauten Belgravias hinter uns gelassen. Caspian fuhr schnell, Straßenlaternen und Fensterbeleuchtungen verwandelten sich in verwackelte Streifen in meinen Augenwinkeln.

Ich streckte mich, um mich aus den Klauen der Müdigkeit zu befreien. Doch sie war im Innern des warmen Autos besonders hartnäckig. Dann wandte ich mich Caspian zu, auf dessen Lippen ein kleines Lächeln lag.

»Wer bist du und was hast du mit meinem arschigen Arbeitskollegen angestellt?«, neckte ich ihn und war froh, dass er mir mit seinem widersprüchlichen Verhalten die Gelegenheit bot, über etwas anderes nachzudenken als über Adriels Offenbarungen.

Caspian hob in gespielter Empörung eine Braue. »Was soll das denn heißen?« An einer roten Ampel hielt er und sah mich abwartend an. Das künstliche Licht erhellte einen Teil seines Gesichts, der andere lag im Schatten. Aber das Blitzen seiner Augen konnte ich deutlich sehen.

Auf einmal klopfte mein Herz wieder schneller. »Du hast nicht den Eindruck erweckt, als könntest du mich sonderlich gut leiden. Warum bist du auf einmal so nett?«

Die Ampel schaltete auf Grün und Caspian fuhr los. »Ich mache meinen Job.«

Obwohl das Gebläse heiße Luft durch das Auto jagte, fröstelte ich. »Deinen Job?« Die Antwort erwischte mich eiskalt. Etwas zog sich in mir unangenehm zusammen. Und auf einmal erschien mir das Innere des Wagens viel zu klein. Natürlich, Adriels Auftrag, der Caspian zu meinem Babysitter degradiert hatte.

Ich klammerte mich an dem Handgriff der Tür fest, bis meine Knöchel weiß hervortraten. Caspian schien das bemerkt zu haben, denn er drehte mir den Kopf zu und hob eine Braue. »Wolltest du etwas anderes von mir hören?«

»Nein«, gab ich zurück. »Von dir hatte ich nichts anderes erwartet.«

Caspian schnaubte. »Vermutlich habe ich das nicht anders verdient. Aber Aurora …«

Es sollte sich nicht so aufregend anfühlen, wenn er meinen Namen aussprach. Aber ich konnte nichts gegen die Hitze tun, die in mir aufstieg.

»… Ich mache meinen Job *gern.*« Caspian griff über die Mittelkonsole und legte eine Hand auf meinen Oberschenkel. Seine

Berührung ließ mich erstarren. Wärme ging von ihr aus, die sich in ein Prickeln verwandelte. Und je weiter er mit seinen Fingern nach oben wanderte, umso heißer wurde mir. An der nächsten Kreuzung zog er sich zurück, schaltete und umfasste dann das Lenkrad statt mein Bein. Das warme Gefühl in mir wich Bedauern. Bedauern und Scham. Denn ich sollte seine Hand auf mir nicht derart genießen. Er war mein Arbeitskollege. Und ich wusste aus eigener Erfahrung, wie schlecht die Idee war, etwas mit einem Kollegen anzufangen. Geschweige denn auch nur daran zu denken.

Den Rest der Fahrt verbrachten wir schweigend. Ich betrachtete die bunten Lichter von Camden Town und die ausgelassenen Gesichter der Nachtschwärmer, die uns entgegenkamen. Selbst zu dieser Uhrzeit waren die Geschäfte noch geöffnet, aber der Verkehr hatte merklich nachgelassen. Und so erreichten wir meine Wohnung viel zu schnell.

Das Summen des Motors erstarb und Caspian stieg aus. Er lief um das Auto herum und öffnete mir die Tür. Ich wusste nicht, ob die Geste höflich gemeint war oder ob er mich nur schnellstmöglich loswerden wollte. Aber ich fragte ihn nicht danach. Wortlos kletterte ich aus dem Wagen. Die hohen Gebäude der Stadt bremsten den Wind, dennoch war es eiskalt. Caspians Blick fiel auf die Gänsehaut, die meinen Hals und Nacken überzog.

»Komm, ich begleite dich noch nach oben.« Er machte einen Schritt in Richtung des Hauses, in dem meine Wohnung lag.

Ich blieb, wo ich war. »Nein, das ist nicht nötig.«

»Nein? Aurora, ich weiß nicht, was auf Black Armour vorgefallen ist, aber du siehst nicht so aus, als sollte man dich in diesem Zustand allein lassen.« Zuerst hatte er es vermieden, meinen Namen auszusprechen. Und nun schien er ihn wie eine Waffe gegen mich zu gebrauchen. Ganz sicher wusste er, dass meine Knie jedes Mal weich wurden, sobald er ihn aussprach.

Finster funkelte ich ihn an. »Wie schon gesagt, ich brauche keinen Babysitter.«

Caspians Augen wurden schmal. Dann deutete er auf mein Zimmerfenster. »Ich bleibe hier stehen. Und ich gehe erst, wenn du dort oben Licht anmachst. Sollte das in zwei Minuten nicht der Fall sein, komme ich dir hinterher.«

»Gute Nacht, Caspian«, sagte ich.

Er nickte. »Zwei Minuten.«

Während ich die schmale Treppe zu unserer Wohnung hinauflief, spielte ich mit dem Gedanken, die Zeit bis zur letzten Sekunde auszureizen. Würde er mir wirklich nachkommen?

Das Klicken des Schlosses lockte Cassandra aus ihrem Zimmer. Sie trug einen Jogginganzug, das Haar hatte sie in einem unordentlichen Knoten auf dem Kopf zusammengesteckt, der das Pflaster verbarg.

»Scheiße«, keuchte sie und kam näher. »Wurdest du noch mal überfallen?«

»Wie bitte?« Ich sah an mir herab und bemerkte das getrocknete Blut auf meinem Oberteil. »Das ist nichts«, beruhigte ich sie und hob zum Beweis meine Hand. »Eine Verkettung ungünstiger Ereignisse, an deren Ende ich in einen Splitter gegriffen habe.«

Cassandra nickte, schien mir aber nicht wirklich zu glauben. Ich schob mich an ihr vorbei, denn ich fürchtete, dass Caspian gleich vor unserer Tür stehen würde, wenn ich nicht langsam das Lichtsignal nach unten schickte. Ich schlug mit der unverletzten Hand auf den Schalter und die Lampe in meinem Zimmer flackerte auf. Vom Fenster aus sah ich Caspian, der gegen die Motorhaube seines Wagens lehnte und zu mir hochschaute. Kurz verhakten sich unsere Blicke und erneut erwachte das Kribbeln, das seine Berührung zuvor in mir ausgelöst hatte.

»Fährt dieser Kerl im Ernst einen Aston Martin?«

Ich hatte nicht bemerkt, dass Cassandra an meine Seite getreten war, und zuckte zusammen. Sie beugte sich vor und beobachtete, wie die Rücklichter des Wagens kleiner wurden und schließlich an der nächsten Kreuzung verschwanden.

»Keine Ahnung«, meinte ich.

»Na, hoffentlich hast du die Sitze nicht vollgeblutet.« Cassandra wies auf meine Hand. »Tut es sehr weh?«

»Eigentlich nicht.« Ich ließ den Vorhang zurückfallen und sperrte den bunten Anblick des nächtlichen Camden Towns aus. »Wie geht es dir?«

Cassandra blies die Backen auf und pustete sich eine Haarsträhne aus dem Gesicht. »Ich bin krankgeschrieben. Und mir ist schrecklich langweilig.«

»Wo ist Allie?«

»Sie war den ganzen Tag hier, aber heute Abend hat sie eine Schicht im Minton. Normalerweise begleite ich sie dorthin und staube Gratisdrinks ab.« Cassandra ließ sich auf mein Bett fallen und begann, Mr Mercury hinter den Ohren zu kraulen. Der Kater gähnte, dann streckte er sich und vergrub die Krallen in meiner Decke. »Leider wollte sie mich heute nicht mitnehmen. Hattest du ein Date mit Aston Martin?«

»Mit wem?«

»Na, mit dem Fahrer dieses Schlittens.« Cassandra klang ungeduldig. »Wenn der Kerl so ein Auto fährt, kann er nur umwerfend sein.« Vielsagend wackelte sie mit den Brauen.

»Wir hatten kein Date«, sagte ich und öffnete mit der gesunden Hand die Schnürsenkel meiner Stiefel. »Und die meiste Zeit über ist er ein Arsch.«

»Wenigstens ist er ein Arsch, der dich in einem Aston nach Hause bringt.« Cassandra seufzte theatralisch. »Allie hat nicht einmal ein Fahrrad.«

Ich lachte und mir fiel auf, wie unecht das klang. Es war lange her, dass ich unbeschwert gewesen war. Vermutlich war das letzte Mal in Reykjavík gewesen. Mit Frey. Meine Mundwinkel gefroren und meine Schultern sackten nach unten. Ich war glücklich gewesen. Glücklich und erfolgreich. Und dann hatte sich alles geändert. Das Schicksal hatte mich aus meiner gewohnten Umgebung gerissen und an diesen Ort geführt, in diese Stadt. Durch meine Vorhänge hindurch sah ich einen grünen Blitz. Eine Leuchtreklame, keine Polarlichter.

Das Gefühl überwältigender Trauer traf mich unvorbereitet. Wie die scharfe Klinge eines Messers traf sie mich mitten ins Herz. Ich taumelte. Meine Knie gaben unter mir nach und ich sank auf mein Bett. Mr Mercury konnte im letzten Moment ausweichen. Fauchend sprang er auf den Boden und machte einen Buckel.

»Ich meinte eben übrigens nicht das Blut auf deinem Shirt.« Cassandras Stimme drang wie aus weiter Ferne zu mir. »Du siehst aus wie jemand, dessen Herz gebrochen ist.«

»Das fällt dir erst jetzt auf?« Ich wusste, dass meine Worte unfair waren, aber ich hatte keine Kraft, die Wut, die in mir wie eine Flamme aufloderte, zu zähmen.

»Als wir uns kennengelernt haben, war dein Blick stumpf. Und in unserer legendären Partynacht habe ich einen Funken darin gesehen. Aber jetzt ist er einfach nur leer. Willst du mir sagen, was geschehen ist?«

Ich hatte geglaubt, Cassandra und ich hätten seit meinem Einzug aneinander vorbeigelebt. Dass sie mich so genau beobachtete, erschreckte mich. Sie war ein Unaware, und eine der obersten Regeln der Ars Obscura war es, ebendiese aus den Angelegenheiten der Organisation herauszuhalten. Es gab einige Theorien, was geschehen würde, wenn die Menschheit von der Existenz der Dämonen erfuhr, und keine von ihnen nahm ein gutes Ende. Ich wollte nicht diejenige sein, die die Crae enttarnte.

Die *uns* enttarnte.

Zischend holte ich Luft, mir Cassandras Blick nur allzu deutlich bewusst. Sie studierte mich, als könnte sie meine Gefühle an meinem Gesicht ablesen. Ich wandte mich ab. »Es ist spät und ich hatte einen langen Tag.«

Cassandra verstand, ohne dass ich deutlicher werden musste. Sie stand auf, blieb jedoch in der Tür stehen und drehte sich noch einmal zu mir um. »Ich bin in Paris aufgewachsen«, sagte sie. Ein Lächeln hing an ihren Worten, und als ich sie ansah, begegnete es mir auch auf ihren Lippen. »Mein Dad wurde nach London versetzt, als ich fünfzehn war. Paris war meine Heimat und ich wollte nicht gehen. Aber ich hatte keine Wahl.«

Ich ahnte, was sie mir sagen wollte, und schluckte mein Unbehagen hinunter.

»Ein fremder Ort kann überwältigend sein. Vor allem London. Und vor allem, wenn man mit der Vergangenheit noch nicht abgeschlossen hat. Gib der Stadt eine Chance und ich verspreche dir, dass du dich verlieben wirst. So wie ich.« Cassandra klopfte sanft gegen den Türrahmen. »Du weißt, wo du mich findest, falls du etwas brauchst.«

»Dabei bist du diejenige mit der Gehirnerschütterung.«

»In ein paar Tagen geht es mir wieder gut. Aber ein gebrochenes Herz braucht mehr Zeit zum Heilen.« Sie schloss die Tür und ließ mich mit dem Kopf voll dunkler Gedanken zurück.

15

Mr Mercurys Schnurren war so gleichmäßig wie ein Motorengeräusch. Es verstummte nur, wenn der Kater das Maul aufriss, um zu gähnen. Der fischige Geruch seines Atems streifte mich, aber ich konnte ohnehin nicht einschlafen. Seit Stunden lag ich in meinem Bett und starrte zur Decke.

Ich fühlte mich ausgelaugt, erschöpft. Und doch erbarmte sich der erlösende Schlaf meiner nicht. Er überließ mich Erinnerungen und Gedanken, die im Wechsel Bilder vor meinem inneren Auge beschworen. Reykjavík. Frey. Blut. Tod.

London. Hoffnung. Adriel. Crae.

Eine Sirene heulte irgendwo draußen in der Nacht. Unwillkürlich krampfte ich zusammen und betete, dass die Belange der Unawares sie erforderten – und nicht der Angriff auf einen Menschen durch den Dunkelwanderer, den ich in diese Welt eingelassen hatte. Ich entspannte mich erst wieder, als das Geräusch im prasselnden Regen verklang.

Irgendwann tastete ich auf dem Nachttisch nach meinem Handy. Ich hatte mir angewöhnt, es nur noch zum Telefonieren zu gebrauchen. Denn über dem Messenger schwebte eine rote Zahl, die mir die Menge an ungeöffneten Nachrichten durchgab. Man musste kein Gedankenspieler – ein menschenähnlicher Crae mit toten Augen, der Gedanken lesen konnte – sein, um zu wissen, dass sie von Freunden und Kollegen aus Island stammten.

»Wie geht es dir, Aurora?«

»Es tut mir unendlich leid, was geschehen ist.«

Dass ich keine dieser lieb gemeinten Nachrichten geöffnet hatte, lag nicht daran, dass ich mich davor fürchtete, von Trauer überrannt zu werden. Nein, ich verdiente die Anteilnahme dieser Menschen einfach nicht.

Die rote Zahl ignorierend, öffnete ich die Suchmaschinen-App. Ich jagte verschiedene Keywords durch den Äther, ohne wirklich fündig zu werden.

Moderne Mythen.

Menschen mit besonderen Fähigkeiten.

Magie im echten Leben.

Nichts. Dann schwebten meine Finger einen Augenblick über den vertrauten Buchstaben und schließlich gab ich nach.

Crae. Das Wort hatte lateinischen Ursprung und wurde von der Vokabel *creare* für *erschaffen* abgeleitet. Natürlich war das nichts Neues für mich, die Ars Obscura bot ihren Angestellten eine umfassende Ausbildung und meine Lateinkenntnisse überstiegen die mancher Professoren. Doch hatte es nie zuvor so widersprüchliche Gefühle in mir geweckt. Angst mit einem Hauch von Hoffnung.

Dass der Stamm dieses Wortes derart positiv konnotiert war, musste doch eine Bedeutung haben. Und schließlich war Adriel auch nicht eines jener Monster, die zu töten ich gelernt hatte. Inzwischen bereute ich, Black Armour so vorschnell verlassen zu haben. Ich hatte so viele Fragen, die sich immer drängender in mein Bewusstsein schoben.

Nachdem der Begriff *Crae* mich nur in ein Forum für Lateiner geführt hatte, kombinierte ich ihn mit anderen Keywords, nur um am Ende bei verschiedenen Fantasyromanen und Netflixempfehlungen zu landen. Ich gab auf und entschied mich dazu, den morgigen Tag mit Recherchen zu verbringen. Wenn Adriel ein so uraltes Geschöpf war, wie er behauptete, musste er doch im Laufe der Jahrhunderte Spuren hinterlassen haben.

Spuren, die mich zu den Crae führten. Und möglicherweise auch zu solchen, die wie ich waren und Fragen beantworteten, die Adriel zu stellen ich im Augenblick nicht wagte.

Mein Spiegelbild demonstrierte mir das Ergebnis von Adriels Enthüllungen. Dunkle Flecken lagen unter meinen Augen und meine Stirn zierten kleine Stresspickel. Beides versteckte ich zusammen mit meiner Narbe unter einer dicken Schicht Make-up und malte mir mit ein wenig Rouge einen Hauch von Leben auf die Wangen. Aber Cassandra hatte recht: Mein Blick blieb leer. Und keine Kosmetik dieser Welt konnte darüber hinwegtäuschen.

Ich schlüpfte in einen XXL-Pullover und in bequeme Leggings, dazu schnürte ich mir meine Boots. Bevor ich die Wohnung verließ, fütterte ich Mr Mercury und versprach ihm, auf dem Rückweg aus dem Tesco etwas für ihn mitzubringen.

Der Regen der Nacht hatte sich in einen leichten Niesel verwandelt. Dennoch entschied ich mich für den fünfundzwanzigminütigen Fußweg, in der Hoffnung, meinen Kopf frei zu bekommen. Typisch englische Reihenhäuser säumten meinen Weg zur British Library. Je weiter ich lief, umso höher und moderner wurden die Gebäude. Dazwischen ragten ein paar Bäume auf, deren Blätter allmählich an Farbe verloren und vom Regen glänzten. Zweimal musste ich die Straßenseite wechseln, als die Müllabfuhr die bereitgelegten Säcke auf dem Gehweg einsammelte. Schon von Weitem sah ich das rot verklinkerte Gebäude der Bibliothek, dahinter ragten die neugotische Fassade und der Uhrenturm von St Pancras in die Höhe.

Als ich die British Library betrat, quälten noch immer Sorgen und Unbehagen meinen Kopf und mein Pullover war durch den Nieselregen ganz klamm. Doch der Anblick der Eingangshalle der von außen zwar riesigen, wenn auch unspektakulären Anlage fegte all meine Gedanken fort. Dem mehrteiligen Gebäudekomplex folgten im Innern klare Linien. Auch hier fanden sich Elemente der Klinkerfassade, wurden jedoch von weißen Balkonen, Galerien und Säulen ergänzt, die sich meterhoch in die Lüfte erhoben. Ein großzügiges grau-weißes Kassettenmuster, das sich auch schon im Hof fand, erstreckte sich in mehreren Etappen über die gesamte Halle. Vom Eingang aus gelangte ich in eine Sicherheitskontrolle. Routinierte Securitys untersuchten den Inhalt meiner Tasche, dann lotsten sie mich weiter. In der Mitte der Halle ragte ein riesiger Bücherturm auf. Schwarzer Stahl und poliertes Glas verbargen den Schatz in seinem Innern, die Sammlung irgendeines König Georges. Strahler tauchten die Buchrücken in ein goldenes Licht. Die Atmosphäre zwischen den aufstrebenden Säulen war magisch. Die Gespräche etlicher Bibliotheksbesucher, die sich hier trafen, verwandelte sich in ein melodisches Summen, das von den hohen Decken widerhallte. Es gab einen kleinen Souvenirshop für Touristen, die sich hierher-verirrt hatten, und eine große Informationstheke. Dort ließ ich mir einen Bibliotheksausweis erstellen, ohne den mir der Zugang in die Lesesäle verweigert werden würde.

Das geschäftige Treiben verwandelte sich in eine konzentrierte Stimmung, sobald ich die Halle hinter mir ließ. Durch die großzügigen Glaselemente konnte ich überall arbeitende und lernende Menschen sehen, die an Schreibtischen saßen und sich über aufgeschlagene Bücher beugten. Der Gang führte mich in einen gigantischen Lesesaal, dessen Bau mich an ineinandergesteckte Würfel erinnerte. Hinter weißen Wandverschalungen befanden sich die labyrinthartigen Gänge der Bücherregale. In der Mitte war der Lesesaal nach oben hin offen, sodass über große Dachfenster trübes Tageslicht hineinfiel, das den Boden jedoch kaum erreichte. Die meisten der Bibliotheksbesucher hatten sich die Lampen am Kopf ihres Arbeitstisches angeschaltet und von dem Labyrinth der Bücher strahlte ebenfalls goldenes Licht aus. Ich suchte mir einen Platz im Schutz eines riesigen Pfeilers und hängte meine Tasche über den Stuhl. Dann durchforstete ich mit meinem Smartphone den Bibliotheksbestand und notierte mir einige Werke.

Es dauerte eine Weile, bis ich mich auf den verschiedenen Ebenen und Gängen zurechtfand. Und als ich endlich alle Bücher beisammen hatte, fand ich den Weg nicht zurück zu meinem Arbeitsplatz und irrte zwischen den Regalen umher. Erst eine Bibliothekarin, die verschiedene Titel einsortierte, erlöste mich.

Wie alle Rekruten der Ars Obscura hatte auch ich eine spezielle schulische Ausbildung abgeschlossen. Auf dem Stundenplan hatten Fächer wie Kampf oder Geschicklichkeit, Sprachen und Craekunde gestanden. Auch Geschichte war ein Teil des Programms gewesen, allerdings hatte Middleton, der zuständige Professor, eine derart einschläfernde Wirkung gehabt, dass ich kaum noch etwas über die Unterrichtsinhalte wusste.

Der einfachste Weg wäre wohl gewesen, mir ein Taxi nach Black Armour zu bestellen, um Adriel selbst zu fragen. Aber einerseits wollte ich ihn noch nicht wiedersehen, andererseits wusste ich nicht, wie viel Wahrheit seine Geschichte barg. Ich hatte die ganze Zeit das Gefühl gehabt, dass da noch etwas war, was er verschwieg. Und solange ich nicht wusste, ob das etwas war, was mir gefährlich werden könnte, wollte ich ihm nicht als wiedergefundenes Familienmitglied begegnen. Was wir brauchten, war Abstand. Und was ich brauchte, war ein klarer Kopf, den ich eher zwischen den Seiten von Büchern finden würde als in Adriels Arbeitszimmer.

Doch mit zunehmender Zeit stieg nicht unbedingt mein Wissensstand, sondern vielmehr meine Frustration. Ein ums andere Buch schlug ich zu, ohne überhaupt etwas Brauchbares darin gefunden zu haben. Neben mir wuchs der Stapel wie ein Stalagmit in die Höhe. Die Forschungsliteratur schenkte den Crae keine Beachtung. Lediglich in eher zweifelhaften Magazinen fand ich ein paar Hinweise auf Dämonensichtungen, die allerdings mehr an *Buffy – Im Bann der Dämonen* anlehnten als an die Realität. Inzwischen hatte ich mir auf Cassandras Empfehlung hin die ersten beiden Staffeln angesehen und fand tatsächlich ein paar Parallelen zwischen der Dämonenjägerin und mir.

Es war Nachmittag und mein Bauch rebellierte gegen meine Geschäftigkeit, durch die ich die letzten beiden Mahlzeiten ausgelassen hatte. Ich irrte durch die Bücherregale, um zwei Titel an ihren Platz zurückzubringen. Erfolglos. Ich hegte den Verdacht, dass jemand die Beschilderungen der Regale vertauscht hatte, um mich zu ärgern, denn in diesem Teil der Bibliothek war ich zuvor nicht gewesen.

»Aurora?«

Ich erschrak, als das erste Mal, seit ich die British Library betreten hatte, eine Stimme in Normallautstärke zu mir sprach. Im selben Moment, da ich mich umdrehte, zischte aus einem der Gänge jemand: »Pscht!« Eines der Bücher rutschte mir aus der Hand und landete mit einem dumpfen Geräusch auf dem Boden.

Vor mir stand eine zierliche junge Frau mit kinnlangem schwarzen Bob und dunklen Augen. Ein paar Sommersprossen hoben sich von ihrer hellen Haut ab, die sich über ihre Wangen und Hals bis hinab zum Dekolleté erstreckten, wo sie in dem Ausschnitt ihrer Bluse verschwanden.

»Amanda«, sagte sie mit einem freundlichen Lächeln und hob das Buch auf. »Wir haben uns gestern Abend auf Black Armour getroffen, hatten aber keine Gelegenheit mehr, uns zu unterhalten.«

»Ja, richtig«, sagte ich und nahm das Buch entgegen. »Entschuldige, das waren gestern viele Eindrücke auf einmal.«

»Das verstehe ich gut.« Amanda deutete mit einem Nicken auf meinen Arm voller Bücher. »Was machst du hier? Konntest du Adriel überzeugen, der Wild Hunt beizutreten?«

»Wild Hunt?« Ich furchte die Stirn. »Nie davon gehört.«

Amanda stieß ein trockenes Lachen aus. »Es war Nathans Idee, die Task Force so zu nennen. Der Begriff stammt von einem uralten Volksglauben, nach dem in den Raunächten ein Dämonenzug über den Himmel zieht – auch bekannt als Wilde Jagd. Albern, ich weiß.« Sie zuckte die Achseln und sah mich dabei aufmerksam an.

»Ich fürchte, ihr müsst ohne mich über den Himmel ziehen«, sagte ich. Meine Wut auf unseren Vorgesetzten, der mir verboten hatte, mich der Task Force anzuschließen, hatte ich vollkommen vergessen. »Adriel hält es für keine gute Idee, dass ich den aktiven Dienst zu diesem Zeitpunkt wieder aufnehme.« Nicht die Wahrheit, aber immerhin auch keine Lüge.

Amanda nickte und das Lächeln auf ihren Lippen bekam einen angespannten Zug. »Dann liest du einfach gern?«

»Nein, eigentlich nicht«, gab ich zu. »Dafür hatte ich nie die nötige Ruhe. Ich suche nach Antworten und hatte gehofft, sie hier zu finden.«

»Und wie lauten die Fragen?« Amanda beugte sich vor, eine Falte bildete sich zwischen ihren akkurat gezupften Brauen, als sie die Titel überflog. »Die Märchen der Brüder Grimm. Europäische Mythologie.«

Ich umfasste die Bücher in meinem Arm fester, als könnten sie mir Halt geben. Damit hätte ich rechnen müssen. »Der

Dunkelwanderer hat meine Mitbewohnerin bei dem Überfall verletzt«, sagte ich nach einem kurzen Moment des Schweigens, in dem ich meine Gedanken sortiert hatte. »Ich will herausfinden, ob ähnliche Begegnungen zwischen Dämonen und Unawares historisch belegt sind.« Stumm beglückwünschte ich mich zu meiner spontanen Ausrede.

»Da wird dir die menschliche Märchenstunde nicht viel nutzen«, meinte Amanda. Sie nahm mir die Bücher aus dem Arm und legte sie auf einen freien Platz des Regals. »Ich zeige dir, wo die interessanten Abhandlungen aufbewahrt werden.«

»Die gibt es?«, fragte ich, während ich mich beeilte, zu ihr aufzuschließen. Trotz ihrer Stilettos bewegte Amanda sich zielsicher und zügig durch die Regalreihen.

»Diese Bibliothek birgt einige Schätze.«

»Bist du deshalb hier?«

Amanda wich einem Bibliothekar aus, der einen Wagen voller Bücher vor sich herschob. »Ich suche nach Informationen über Dunkelwanderer. Das Verhalten des Dämons, der dich angegriffen hat, unterscheidet sich von anderen seiner Art. Ich glaube, dass da mehr dahintersteckt. Nur kann ich mir nicht erklären was.« Sie warf mir einen Blick über die Schulter zu, kniff die Augen zusammen, als erwartete sie, dass ich sie auslachte. Das tat ich nicht. Denn ihre Überlegungen ergaben Sinn. Ich hatte nie zuvor einem leibhaftigen Dunkelwanderer gegenübergestanden, aber in der Ausbildung hatte ich viele Geschichten über diese gefährliche Gattung gehört. Sie waren absolut tödlich – und doch waren Cassandra und ich noch hier. Außerdem glaubte Adriel, dass dieser Dämon hinter ihm her war. Dieses strategische Vorgehen passte nicht zu dem, was ich über Dunkelwanderer gelernt hatte. Vielleicht waren sie mehr als das Bild jener Monster, das Professor Middleton im Unterricht von ihnen gezeichnet hatte.

Und vielleicht war meine Herkunft gar nicht so ungeheuerlich, wie ich im ersten Moment geglaubt hatte. Ein Funken Hoffnung blitzte in meiner Brust auf, obgleich meine Suche im Bibliotheksbestand bislang nicht von Erfolg gekrönt gewesen war.

An meinem Arbeitsplatz sammelte ich meine Sachen ein, dann führte Amanda mich zurück in die Eingangshalle und deutete auf den schwarzen Turm, der sich in der Mitte erhob.

»Die King's Library?«

Inzwischen regnete es draußen, dicke Tropfen trommelten auf die gläsernen Elemente des Dachs und das Licht im Innern war trüb, sodass der Buchturm von innen heraus zu leuchten schien.

»Aber die Bücher da drin sind unter Verschluss«, meinte ich zögernd.

»Ja, für Normalsterbliche!« Gespräche, auf den Fliesen klackernde Absätze und das Piepen der Sicherheitsschranken schwollen in der Eingangshalle zu einem lauten Geräuschkonzert an, über das Amanda sich mit erhobener Stimme hinwegzusetzen versuchte. Zwei Studenten drehten sich mit zusammengezogenen Brauen zu uns um. Amanda trat näher zu mir und sprach die nächsten Worte dicht an meinem Ohr. »Der Bestand der King's Library wird von Spendengeldern getragen. Rate, von wem diese stammen.«

Meine Mundwinkel zuckten. »Der Ars Obscura?«

»Die King's Library umfasst die Sammlung von König George III., der eine geheime Leidenschaft für das Okkulte dieser Welt hegte. Als die British Library in den Neunzigern nach Pancras umgesiedelt ist, hat die Ars Obscura die Patenschaft für die Sammlung übernommen. Denn der gute alte George war unter anderem auch sehr an den Weltentoren interessiert.« Amanda zückte eine Plastikkarte, auf der ihr Foto, das Logo der AO und ein Zugangscode abgebildet waren. »Das ist der Schlüssel zu sämtlichen Geheimnissen um die Verbindung unserer Welt zu jener der Schattenwesen. Wenn du unten an der Information deinen Mitgliedsausweis der AO vorzeigst und eine Schweigeklausel unterzeichnest, erhältst du uneingeschränkten Zugang.«

»Wie lange dauert es, die Karte auszustellen?«, fragte ich und sah mich schon mehrere Wochen täglich zum Briefkasten marschieren, nur um dann enttäuscht zu werden.

Aber Amanda winkte ab. »In meiner Begleitung und mit deiner AO-ID sollte das kein Problem sein.«

Und tatsächlich. Der Eingang der King's Library wurde von zwei Sicherheitsleuten bewacht, die mich lediglich ermahnten, umgehend einen Ausweis zu beantragen. Dann traten sie beiseite, um auf Amandas Bitte hin eine Ausnahme zu machen.

Sobald sich die Glastüren des Towers hinter uns schlossen, verstummte das Summen der Eingangshalle und mein eigener Atem kam mir plötzlich ungewöhnlich laut vor. Der Geruch vergilbter Seiten und alter Ledereinbände hing in der Luft. Während wir durch die Regale stöberten, spürte ich die neidvollen Blicke von Studenten und Touristen, die sich im Café gegenüber aufhielten und uns beobachteten.

Amanda führte mich auf eine der höheren Ebenen, wo wir weitestgehend ungestört waren. Im inneren Teil des Turms befanden sich jene Werke, von denen die Wächterin gesprochen hatte.

»Sieh mal«, sagte sie und führte mich zu einem halbhohen Arbeitstisch, auf dem ein aufgeschlagenes Buch lag. »Ich bin auf diesen Absatz gestoßen und habe mich gefragt, was das bedeuten könnte.« Sie tippte auf die Bildunterschrift unter der Abbildung eines Kupferstichs von einer Kreatur, die dem Dunkelwanderer nicht unähnlich war. Ein Schauer überkam mich, als ich in die schwarzen Augen des Wesens blickte und mich an den Moment erinnerte, in dem er mir so nah gewesen war. Ich berührte die Stelle, an der er meinen Hals gepackt hatte.

»Ego bellum sum«, las ich mit rauer Stimme vor. »Ich bin der Krieg.«

»Du weißt, was das heißt?« Amanda schnaubte. »Latein war nie meine Stärke. Deshalb war ich auch in dem Lesesaal nebenan. Ich habe ein Lexikon gesucht.« Mit dem Finger strich sie über das Bild. »Soweit wir wissen, sind Dunkelwanderer nicht per se Krieger. Also warum steht das dann dort?«

Amandas Worte erreichten mich wie aus weiter Ferne. Denn das Bild auf der entgegengesetzten Seite hatte meine Aufmerksamkeit gefangen. Die Kreatur, die dort abgebildet war, konnte ich nicht kategorisieren und das lag nicht an der verblichenen Abbildung. Es war kein Dunkelwanderer, kein Totentänzer, kein Feuerspinner. Vielleicht ein Gedankenspieler? Dunkelheit klammerte sich an ihn und auf seinem Kopf saß eine Krone aus Knochen. Schwarzes Blut färbte seine Stirn und lief ihm um die Augen.

Ego sum princeps mortis.

Ich bin der Herrscher über den Tod.

Ein Schauer rann mir über den Rücken. War das der Mann, der sich an Adriel für dessen Verrat rächen wollte? Bis dieser mir von Asterin und seinem König erzählt hatte, hatte ich nicht einmal gewusst, dass es in der anderen Welt so etwas wie gesellschaftliche Strukturen gab. Ich hatte sie mir als grauenvollen und gefährlichen Ort vorgestellt, an dem Blut und Tod regierten.

Ich ließ von dem Buch ab und stöberte in den Regalen nach weiteren Titeln. Keines der Bücher handelte von Crae, aber in vielen fand ich Hinweise auf übernatürliche Phänomene. Geistersichtungen. Blutleere Leichen. Eine Gänsehaut überzog meine Arme, als mir bewusst wurde, dass die Menschen die wahre Gestalt von Dämonen zwar nicht sehen konnten, sie aber durchaus spürten. Dann entdeckte ich die Abhandlung *Magie unter uns – über Menschen mit magischen Fähigkeiten.*

Halb-Crae. Auch in diesem Buch fiel der Begriff nicht, aber ich las über eine Frau, die behauptete, Magie zu hören. Ein anderes Essay beschrieb einen Mann, dessen Geisteszustand angezweifelt worden war, weil er ständig Selbstgespräche geführt hatte. Ich dachte an die verurteilenden Blicke, die mir im Kindesalter immer dann zugeworfen worden waren, wenn ich die Spuren der Magie beschrieb, die in Form von Sternenregen in der Luft hingen. Man hatte mich belächelt, die Kindesfantasie hatte mich vor Schlimmerem bewahrt.

Das Licht in der Bibliothek veränderte sich, wurde dunkler.

»Deinem Gesichtsausdruck nach zu urteilen, warst du ebenso erfolgreich wie ich«, meinte Amanda und klappte ein Buch zu, das ihr eine Staubwolke ins Gesicht spie. Sie hustete und wedelte mit der Hand durch die Luft. Dann zog sie die Brauen zusammen und betrachtete das Buch vor mir. »Hat der Dunkelwanderer deine Mitbewohnerin gebissen?«

»Wie kommst du darauf?«

»Du sagtest, du würdest nach Begegnungen zwischen Dämonen und Unawares suchen. Und das ist Ophelio Prestons Werk über Menschen mit magischen Fähigkeiten.«

Mein Herz pochte schneller, weil ich mich ertappt fühlte. Aber bevor ich eine Ausrede erfinden konnte, fuhr Amanda fort: »Mach dir keine Sorgen, Werwölfe und andere Halbwesen sind das Produkt der Filmindustrie. Deine Mitbewohnerin wird sich erholen.«

Ich gab einen unbestimmten Laut von mir. Bis gestern hätte ich dieselbe Meinung vertreten, aber nach Adriels Offenbarungen war ich mir nicht mehr sicher. Trotzdem nickte ich, denn ich wollte Amanda nicht die Gelegenheit geben, meine Recherche zu hinterfragen. »Es ist albern, ich weiß«, sagte ich deshalb.

Amanda schüttelte den Kopf. »Wenn es um eine meiner Freundinnen ginge, würde ich auch lieber auf Nummer sicher gehen.« Sie warf einen Blick auf die Uhr und seufzte. »Die Bibliothek schließt gleich. Leider beinhaltet unsere Sondergenehmigung nicht, uns auch außerhalb der Öffnungszeiten hier aufzuhalten. Meld dich bei mir, wenn du in den nächsten Tagen noch einmal herkommen möchtest. Dann leihe ich dir meine Schlüsselkarte, bis du eine eigene hast.«

»Das ist nett, danke!« Und vielleicht würde ich darauf zurückkommen. Die King's Library war so umfassend, dass sich zwischen den ganzen Büchern sicher noch die eine oder andere Informationsquelle verbarg.

Amanda gab mir ihre Handynummer, dann begleitete sie mich nach draußen. Am Himmel verflüchtigten sich gerade die letzten Spuren des Tages und London verwandelte sich in eine fluoreszierende Lichterwelt. Ich verabschiedete mich von der Wächterin des Nunhead Cemetery, ehe ich den Weg in Richtung St Pancras einschlug. Meine Recherche mochte nicht von Erfolg gekrönt gewesen sein, trotzdem wollte ich mich nach diesem Tag belohnen. Mich, aber vor allem meinen rebellierenden Magen, der mich in regelmäßigen Abständen knurrend daran erinnerte, dass ich immer noch halb menschlich war und demnach etwas zu essen brauchte. Und das konnte nur eines bedeuten: *Fish and Chips*.

16

Der Duft von Fisch und Frittierfett empfing mich bereits, als ich die Leigh Street betrat. Daraufhin krampfte sich mein Magen zusammen und trieb mich an, meine Schritte zu beschleunigen. Ich folgte einer Reihe schmuckloser Häuser, in deren Untergeschossen Bars oder Restaurants betrieben wurden. Vor einem Gebäude mit dunklem Klinker und blauer Verkleidung blieb ich stehen. Auf der Vorderseite prangte in goldenen Lettern der Name des Restaurants, *North Sea Fish*. An der Tür zur Take-away-Ausgabe bildete sich bereits eine Schlange und durch die Fenster konnte ich sehen, dass sämtliche Tische belegt waren. Ich war niemand, der sich allein in ein Restaurant setzte. Damals nicht, weil ich die Gesellschaft anderer Menschen genoss, heute, weil ich ihrer überdrüssig war. Also stellte ich mich am Ende der Schlange an und versuchte, meinen rumorenden Magen zur Geduld zu ermahnen. Es ging zügig voran, und obwohl noch vier Personen vor mir dran waren, konnte ich nach ein paar Minuten meine Bestellung aufgeben. Ich trat beiseite, um dem Nächsten in der Reihe Platz zu machen. Noch in der Bewegung erstarrte ich und stieß dabei unsanft gegen den schmiedeeisernen Zaun, der die wenigen Quadratmeter vor dem Gebäude einrahmte.

»Caspian!« Ich sah in das gemeißelte Gesicht des riesigen Mannes, der sich zu dem Servicemitarbeiter beugte. Er hielt inne und musterte mich.

»Aurora«, erwiderte er dann mit einer Falte des Erstaunens zwischen den Brauen, von dem ich nicht wusste, ob es echt war. »Wir reden gleich, in Ordnung?« Er kehrte mir den Rücken zu und bestellte *Fish and Chips*.

Das konnte doch kein Zufall sein! Aber warum sollte er mich verfolgen? Weil Adriel ihn zu meinem Babysitter degradiert hatte, erinnerte mich eine ungnädige Stimme in meinem Hinterkopf.

»Was machst du hier?«, fragte Caspian und kam auf mich zu. Ich streckte die Hand nach den Spitzen des Zauns aus und hielt mich daran fest, denn der Blick, den er mir zuwarf, ließ meine Knie weich werden. Der Wind zauste sein schwarzes Haar und wehte ihm ein paar Strähnen ins Gesicht. Es juckte mich in den Fingern, sie zurückzustreichen. Aber solange ich nicht ausschließen konnte, dass er mich beschattete, hielt ich an mich.

»Dasselbe könnte ich dich fragen«, entgegnete ich vorsichtig und betont kühl.

Caspian lachte und seine Schultern bebten. »Ich könnte jetzt sagen: Es ist nicht das, wonach es aussieht. Vermutlich würdest du mir das nicht glauben.« Er nickte in Richtung des Restaurants. »Hier gibt es die besten *Fish and Chips* in der Stadt. Ein Insider. Wer hat ihn dir verraten?«

»Meine Mitbewohnerin«, antwortete ich. Wenn er mich den ganzen Tag über beschattet hätte, würde er womöglich nach dem Grund für meinen Aufenthalt in der Bibliothek fragen. Doch das tat er nicht.

»Die Schlange wird jedes Mal länger, wenn ich hier vorbeikomme«, meinte er. »Also bitte ich dich, das Geheimnis nicht weiterzuerzählen. Und am besten richtest du das auch deiner Mitbewohnerin aus. Wie geht es ihr?«

»Sie langweilt sich, weil sie krankgeschrieben ist.«

Caspian nickte, als hätte er vollstes Verständnis dafür. »Und wie geht es dir?« Jetzt war seine Stimme leiser, sanfter. Ebenso sein Blick. Die Dunkelheit seiner Augen barg Aufblitzen von Licht.

Ich schluckte und wich ihm aus. »Man könnte meinen, du machst dir Sorgen um mich. Wann ist das passiert, Caspian, dass du dich von einem übellaunigen Arbeitskollegen zum Helden gemausert hast?« Ich konnte förmlich dabei zusehen, wie die Dunkelheit in seinen

Augen die Oberhand gewann und das Licht darin erlosch. Finster starrte Caspian mich an.

»Du kennst mich nicht.«

»Stimmt. Und du tust alles dafür, dass sich das auch nicht ändert.«

Der Servicemitarbeiter erhob die Stimme über die Wartenden und winkte mir zu. »Miss, Ihre Bestellung ist fertig!«

Ich reichte ihm einen Schein und nahm die dampfende Pappschachtel entgegen, aus der es herrlich duftete. Auf halbem Weg zurück zu Caspian blieb ich unschlüssig stehen, wusste nicht, ob ich mich verabschieden oder auf ihn warten sollte. Aber ehe ich eine Entscheidung fällen konnte, wurde auch er aufgerufen. Während er nach vorn eilte, schob ich mich an der Schlange der Wartenden vorbei zurück auf die Straße. Ich war noch nicht weit gekommen, da holte Caspian mich ein, die gleiche schwarz-weiße Pappschachtel in der Hand. Noch im Gehen öffnete er den Deckel und ließ eine Fritte im Mund verschwinden.

»Du wolltest dich einfach davonstehlen?«, fragte er und kaute dabei ungeniert.

Ich zuckte die Achseln und wartete, bis er zu mir aufgeschlossen hatte. »Es gab nichts mehr zu sagen.«

Caspian lachte und auf seinen Wangen vertieften sich Grübchen. Ich konnte nicht anders, musste sie anstarren. Daraufhin hob er die Hand und wischte sich Sauce aus dem Gesicht, die dort gar nicht war. »Du solltest anfangen, ehe dein Essen kalt wird.« Er schob sich ein Stück frittierten Fisch in den Mund, schloss die Augen und seufzte. »Die beste Erfindung des 21. Jahrhunderts«, meinte er. »Essen zu frittieren. Na los.« Er deutete mit dem Kinn die Straße entlang. »Lass uns ein Stück zusammen laufen.«

Ich versuchte mich an den Moment zu erinnern, der zwischen uns etwas verändert hatte, der Caspians Mauern eingerissen hatte. Seit wann war er nett zu mir? Und dann sah ich mich selbst auf dem Waschtisch sitzend, Caspian zwischen meinen Beinen und die Lippen auf meiner Hand. War das alles gewesen, um seine Einstellung mir gegenüber zu ändern? Ein Splitter im Handballen und ein paar sexuelle Vibes?

Wir liefen schweigend auf das Ende der Straße zu, Laternen beleuchteten unseren Weg. Ich nestelte an der Pappschachtel herum und beruhigte meinen wütenden Magen, indem ich mir gleich zwei der dicken Fritten auf einmal in den Mund schob. Und obwohl ich das niemals laut ausgesprochen hätte, musste ich Caspian im Stillen recht geben. Frittiertes Essen war besser als Flugmeilen, Internet oder Netflix.

»Warum bist du nicht in Kensal Green?«, fragte ich, um die Stille zwischen uns zu beenden.

Caspian, der seine eigene Sauce bereits geleert hatte, versenkte eine Fritte in meiner Schachtel, ehe ich ihm ausweichen und mein Essen verteidigen konnte. »Auch ich habe mal einen freien Tag verdient, findest du nicht?«

»Ach wirklich? Wann immer wir uns begegnen, arbeitest du.«

»Liegt vermutlich daran, dass wir Arbeitskollegen sind.« Er zwinkerte mir zu und ich verdrehte die Augen.

»Wer vertritt uns?«

»Rosalie und Mason, du hast die beiden auf der Versammlung kennengelernt. Rosalie ist die Rothaarige mit dem Nasenpiercing und Mason …«

»Der scharfe Kerl, der ein halbes Jahr in Italien stationiert war, ich weiß.«

Caspian hob eine Braue und betrachtete mich abschätzend. »Ich hätte nicht gedacht, dass Mason dein Typ ist. Er ist so ein *Freigeist*.«

»Du sagst das, als wäre es etwas Schlechtes«, meinte ich.

»Ist es nicht, aber das passt nicht zu dir.«

»Oder vielleicht gerade deshalb.«

»Nein«, sagte Caspian entschieden, »auch wenn du nicht sonderlich erfolgreich darin bist, versuchst du ständig, die Kontrolle zu behalten. Jemand wie Mason würde dich garantiert in den Wahnsinn treiben.« *Oder nicht*? Die Worte schwebten unausgesprochen zwischen uns.

»Lieber ein Freigeist als ein Stalker.« Das war mir herausgerutscht, ehe ich darüber nachdenken konnte. Röte schoss mir in die Wangen und ich ließ mein Haar wie einen schützenden Vorhang zwischen uns fallen, während ich mich mit meinem Fisch beschäftigt gab.

»Komm schon«, grinste Caspian, »du kannst nichts anteasern, was du dann für dich behältst.«

Ich spürte seinen Blick so deutlich auf mir, als wäre es seine Hand, die ein Prickeln auf meiner Haut hinterließ. Mir entfuhr ein Seufzen, als mir der frittierte Fisch aus den Fingern glitt und vollends in die Sauce eintauchte. Dann sah ich ihn an, begegnete der lauernden Dunkelheit in seinen Augen, die mich auf eine Weise fesselte, die mir Angst machte.

»In London leben knapp neun Millionen Menschen«, sagte ich schließlich. »Und du willst mir tatsächlich weismachen, dass wir uns rein zufällig begegnet sind?«

»Ich glaube nicht an Zufälle.« Ungerührt schob Caspian sich die letzten Fritten in den Mund, dann warf er die Schachtel in den Mülleimer vor einem Hauseingang.

»Ach nein?«

»Unser Leben ist durchwebt von Schicksalsfäden. Manche sind mit denen anderer verknüpft.«

Ich tippte mir gegen das Jochbein. »Ich möchte dir deinen Glauben an Schicksal und unsichtbare Knoten nicht zerstören, aber es gibt keine Fäden. Die würde ich mit meinem magischen Auge sehen!«

Caspian hielt inne. Eine undurchschaubare Maske verbarg, was in ihm vor sich ging. »Und was siehst du dann?«

Ich schluckte, öffnete meine Lippen. Sein Blick fing die Bewegung auf und die Dunkelheit in seinen Augen wurde dichter.

»Dich«, murmelte ich. »Ich sehe dich.«

Er sagte nichts, starrte mich nur weiter an, als würde er darauf warten, dass ich fortfuhr. Und ich tat ihm den Gefallen. »Ich sehe einen Mann, der seine Mitmenschen möglichst weit auf Abstand hält, der sich zugleich aber auch nach Nähe sehnt.« Nur das Zucken seiner Schultern, die eine Last trugen, die ich selbst mit meinem magischen Auge nicht ausmachen konnte, verriet, dass er meine Worte gehört hatte. »Du bist ein guter Mensch, Caspian. Auch wenn du dir große Mühe gibst, das zu verstecken.«

Er verzog das Gesicht und seine Maske erhielt Risse, unter denen ein tief sitzender Schmerz hervorblitzte, den ich nicht einzuordnen vermochte.

»Caspian, ich …« Ich verstummte, als sich von der Seite eine Gestalt aus den nächtlichen Schatten schälte. Mein magisches Auge fixierte sie und ich erkannte zu spät, dass es ein Dämon war.

Nicht irgendein Dämon. Der Dunkelwanderer.

Einer seiner Schatten schoss vor und traf mich gegen die Brust. Ich wurde rücklings von den Beinen gerissen, Fritten und Fisch regneten um mich herum auf den Boden. Dann landete ich auf dem Asphalt und ein scharfer Schmerz durchfuhr mich.

»Verdammte Scheiße!«, stieß ich hervor und richtete mich auf. »Die wollte ich noch essen! Jetzt schuldest du mir eine Portion *Fish and Chips*!«

»Aurora!« Caspians Ruf hallte durch die Nacht. »Pass auf!«

Ich sah noch, wie er sich in Bewegung setzte. Dann wurde alles schwarz um mich herum. Der Crae tauchte mich in die von ihm erschaffene Dunkelheit. Einzig das Gefühl des rauen, feuchten Asphalts unter meinen Händen erinnerte mich daran, wo ich war.

»Was bist du?« Die Frage des Dunkelwanderers hallte in meinem Kopf.

»Dein Ende!«, fauchte ich und stemmte mich in die Höhe. Adrenalin hielt meine Angst in Schach, als die Finsternis um mich herumwirbelte. Ich spürte sie auf meiner Haut, als wäre sie ein Nebel in der Luft. Ihre Schwingen berührten mich, hüllten mich ein und schieden mich von der wirklichen Welt ab. Ich war allein. Zumindest wollte der Dämon mir das vorgaukeln. Denn noch immer stand ich mit beiden Füßen fest auf der Straße, in der er uns überfallen hatte.

In meinem Kopf erklang ein leises Lachen. Gefährlich und sanft. »Das bezweifle ich.« Dunkelheit strich mir über die Wange und hinterließ dort ein eisiges Gefühl. »Du bist ein Hybrid«, fuhr die Stimme fort. Diesmal war sie mir sehr viel näher, als stünde der Dämon direkt neben mir. Ich widerstand dem Drang zu fliehen, denn die Gefahr war groß, mich in der Dunkelheit zu verlieren.

»Halb Mensch, halb Crae. Dein Gestank verpestet die ganze Stadt.« Ich hörte, wie das Geschöpf Luft holte, und spürte seinen Atem auf meiner Haut. Kälte breitete sich in meinem Herzen aus.

»Was willst du von mir?« Ich wusste nicht, ob ich tatsächlich gesprochen oder diese Frage in meinem Kopf formuliert hatte. Die Dunkelheit versuchte, mich meiner Realität zu entreißen. Und sosehr ich mich auch darauf konzentrierte, noch immer mit beiden Füßen auf dem Asphalt zu stehen, sosehr verlor ich das Gefühl für den Rest meines Körpers.

»Von dir? Gar nichts. Ich will *ihn*.«

Das Echo seiner Worte vibrierte in meinem Innern, jede Silbe klang in meinen Gliedern nach. Es war, als wäre ich mit diesem Dämon auf widernatürliche Weise verbunden.

»Adriel?« Kalter Wind, umsponnen von Finsternis. Er traf mich ins Herz, lockte mich, dem Dunkelwanderer nachzugeben.

Ich wackelte mit den Zehen, versicherte mich, dass ich mich nicht bewegt hatte. Aber die Kälte wurde immer mächtiger. Mein Atem gefror, obwohl es eine milde Nacht im September war. Und meine Haut, die ihr ausgesetzt war, prickelte. Die Dunkelheit drang durch die Fasern meiner Kleider, strich über meinen Körper, begierig darauf, in mich einzudringen. Mit den Fingern umschloss ich das kühle Silber des Rings um meinen Daumen, gebrauchte ihn als Anker, der mich in dieser Welt hielt.

Ich war in London. Irgendwo am Ende der Leigh Street. Meine Fritten lagen um mich herum verstreut und Caspian war in der Nähe.

Aber warum unternahm er nichts, um mich von dem Dunkelwanderer zu befreien? Die Kälte des Dämons wurde stärker, als mit dem Gedanken an Caspian auch leise Zweifel laut wurden. Ich erinnerte mich, dass er zurückgeschleudert worden war. Was war geschehen? War er wohlauf?

»Wo finde ich *ihn*?« Die Stimme war wie ein Flüstern, liebkoste meinen Geist.

Statt einer Antwort krümmte ich die Zehen noch stärker. Schweiß perlte auf meiner Stirn von der Anstrengung, die Verbindung zu meiner Welt aufrechtzuerhalten.

»Wo ist *er*?«, fragte der Dämon erneut. Jedes Wort ein Sog, der meinen Widerstand schwinden ließ.

Die Dunkelheit rief nach mir, breitete die Arme aus und schmeichelte mir. Sie tänzelte um meinen Körper, flüsterte mir Versprechungen zu. Meine Knie gaben nach, und für einen Moment verlor ich meine Verbindung zur Leigh Street, stürzte in die Finsternis, ehe ich mich mit ausgestreckten Händen auf dem kalten Asphalt abfing. Steinchen bohrten sich in meine Ballen, rissen die Wunde durch den Splitter wieder auf. Das Blut war heiß, drängte die Kälte zurück.

Und als ich den Kopf hob, tauchten Sterne in der Dunkelheit auf. Weit entfernt, dennoch da. Kleine weiße Punkte in schier undurchdringlicher Schwärze. Sie wurden größer. Die Kälte wich.

Das Licht der Sterne streifte den Crae, der über mir aufragte. Ein gesichtsloser Schemen, aus dessen Brust dunkle Schatten wuchsen. Er trug einen Mantel aus Dunkelheit, aber seine Augen blitzten daraus hervor wie zwei Opale. Kalt und hart. Als er seinen Kopf zur Seite drehte und sich den Lichtpunkten zuwandte, konnte ich mit meinem magischen Auge die scharfe Linie seines Profils erkennen, ein fast menschliches Aussehen mit einer langen, schnabelartigen Nase und einem spitz zulaufenden Kinn. Aber da war keine Haut, nur weißer Knochen. Ich konzentrierte mich auf die Sicht durch mein menschliches Auge, vor dem sich der Knochen in gerötete Wangen verwandelte.

Der Moment verging, die Dunkelheit schirmte ihn wieder von meinem Blick ab. Doch im nächsten Moment fiel sie wie der Vorhang auf einer Bühne. Ich hatte das Gefühl zu fallen, doch ich hockte noch immer auf dem Straßenboden. Vor mir stand Caspian. Er hatte zwei Waffen gezogen, deren Klingen erglühten. Sobald er sie durch die Nacht wirbelte, zogen sie Spuren aus Licht hinter sich her. Sie durchschnitten die Dunkelheit des Dämons, die in tintenschwarzen Tropfen auf die Straße regnete.

Caspians Bewegungen waren geschmeidig, als folgten sie einem einstudierten Tanz. Ich hatte schon viele Agenten im Kampf beobachtet, aber seine Technik war einzigartig. Er wirbelte herum, machte von seiner Umgebung Gebrauch, um seine Kräfte zu kanalisieren. Er stieß sich von einem parkenden Auto ab, schwebte mit ausgestreckten Waffen durch die Luft und erhellte die Finsternis mit den Schneiden seiner Klingen.

Ein Ruck ging durch den Körper des Dunkelwanderers und er ließ die Schwärze durch die Straße peitschen. Caspian schleuderte ein Schwert nach ihm und streckte die leere Hand aus, als wollte er eine unsichtbare Macht zurückdrängen. Da erstarrte der Dämon, blitzte ihn an. Und in seinem Blick lag etwas, das mich frösteln ließ: Erkennen.

»Du?« Diesmal war die Stimme nicht in meinem Kopf. Es war der Dämon, der tatsächlich gesprochen hatte.

Ein paar Sekunden verstrichen, in denen Caspian schwer atmete und seinen Gegner taxierte. Dann implodierte die Dunkelheit und riss die Kreatur mit sich.

Das Einzige, was blieb, waren die zertretenen Fritten auf dem Asphalt. Und jede Menge Fragen, die mir in den Sinn schossen, als Caspians Blick meinem begegnete.

17

Aurora.« Das war alles, was Caspian hervorbrachte. Aber die Art, wie er meinen Namen aussprach, sagte mehr als tausend Worte. Angst, Sorge und Wut schwangen darin mit und brannten sich in mein Gedächtnis.

Ich tastete über den Boden, dann stemmte ich mich hoch. Meine Knie waren zittrig. Noch immer konnte ich die Spuren der Dunkelheit auf meiner Haut und in meiner Seele wahrnehmen. »Es geht mir gut«, murmelte ich und fand an einem Zaun Halt.

Caspian schob das Schwert zurück in die Scheide, hob das andere auf. Es warf einen trüben Lichtschein auf die Straße und zog meinen Blick an.

»Was ist da gerade geschehen?«, wollte ich wissen. »Woher kannte der Dämon dich?«

»Er kannte mich nicht«, widersprach Caspian. Die Lüge glitt ihm zu schnell über die Lippen, als dass ich sie nicht als solche entlarvt hätte.

Zorn vertrieb den letzten Rest der Dunkelheit in mir. Ich stieß mich von dem Zaun ab und wankte auf Caspian zu. »Woher kannte er dich?«, wiederholte ich. Meine Stimme hallte von den hoch aufragenden Gebäuden um uns herum wider. Caspian hob den Blick, als suchte er die dunklen Fenster nach Zuschauern ab. Dann streckte er die Hand nach mir aus, aber ich wich vor ihm zurück.

»Caspian!«

»Sei leise«, knurrte er und ließ auch die zweite Waffe verschwinden. »Das ist nicht der richtige Ort für dieses Gespräch.«

»Ach ja? Das lasse ich als Ausrede nicht gelten. Ich will Antworten!«

Caspian presste die Zähne zusammen, dann nickte er. »Und du bekommst sie. Aber können wir dafür irgendwohin gehen, wo wir allein sind?« Die Art und Weise, wie er mich ansah, hätte mich beunruhigen müssen. Doch nach dem, was ich gerade erlebt hatte, konnte mich seine Wut nicht erschüttern. Immerhin hatte ich ihm meine entgegenzusetzen. Und die war in diesem Augenblick grenzenlos.

»Ich wohne in der Nähe«, sagte ich schließlich.

»Dann lass uns aufbrechen, ehe dieser Mistkerl zurückkommt.« Caspian ließ den Blick durch die Straße schweifen, als suchte er in der nächtlichen Dunkelheit dämonische Spuren. Doch mit meinem magischen Auge sah ich nichts als den letzten Rest goldener Funken, die am Boden zu meinen Füßen verglommen. Wir waren allein.

Schweigen begleitete uns auf dem Weg zu meiner Wohnung. Immer wieder betrachtete ich Caspian, der mit grimmiger Miene neben mir schritt. Seine Hände ruhten auffallend auf Höhe seiner Waffen. Er rechnete jederzeit damit, dass der Crae zurückkehrte.

Mein Kopf schwirrte vor Fragen, allen voran, woher der Dämon Caspian kannte. Ich biss mir auf die Zunge und hielt sie zurück, auch wenn ich fürchtete, dass Caspian mich bis zur Haustür begleiten und dann verschwinden könnte, weil er seine Geheimnisse lieber für sich behielt.

Camden Town war wie jeden Abend bunt und überfüllt. Ausgelassene Unawares strömten durch die Straßen, besuchten den Markt oder eine der zahlreichen Bars. Leuchtreklamen und Laternen tupften bunte Lichter in eine Dunkelheit, die nicht einmal ansatzweise so finster wirkte wie die des Dunkelwanderers. Sobald wir in die Straße bogen, in der meine Wohnung lag, kramte ich in der Tasche nach dem Schlüssel. Caspian lief dicht neben mir und machte keine Anstalten, die Flucht zu ergreifen. Tatsächlich schirmte er mich mit seinem Körper von den Passanten ab, als ich in dem rostigen Haustürschloss herumstocherte, bis die Arretierstifte endlich griffen und ein Klicken ertönte. Abgestandene Luft erwartete uns im Hausflur. Caspian schob mich hinein und sperrte den Lärm der Stadt aus, indem er die Tür zuwarf. Der Flur war eng und auf einmal wurde mir bewusst, wie nah ich Caspian war. Durch das schmale Fenster der Tür fiel ein Streifen Licht, das sein Profil erhellte. Ich ließ meinen Blick über sein Gesicht wandern und verlor mich beinahe in seinen Augen. Caspian schluckte schwer, dann blinzelte er und dieser Moment zwischen uns barst in tausend kleine Scherben. Mit klopfendem Herzen und brennenden Ohren wich ich zurück und stieß gegen eines der Fahrräder unserer Nachbarn aus dem obersten Stock. Es kippte. Das Geräusch des Aufpralls auf dem Boden dröhnte in der Stille. Wie erstarrt beobachtete ich Caspian, der das Fahrrad wieder aufstellte.

»Willst du mich nicht hineinbitten?«, fragte er und nickte mit dem Kinn in Richtung der Treppe.

»Ja«, brachte ich hervor. »Ja, natürlich. Komm.«

Das Knarzen der Stufen war mir inzwischen vertraut, aber der Kanon, den Caspians schwere Schritte erzeugten, war befremdlich. Er wirkte deplatziert in diesem schäbigen Flur mit Tapeten, die sich von den Wänden lösten. Außerdem war er so groß, dass seine Silhouette beinahe den gesamten Schacht des Treppenhauses ausfüllte. Er hielt sich gebeugt und wartete auf dem Absatz, ehe ich die Wohnungstür aufgeschlossen hatte. Dann duckte er sich unter dem niedrigen Türsturz hinweg und trat ein.

Bis zu diesem Zeitpunkt hatte ich mir keine Gedanken um meine Unterkunft gemacht. Cassandra hatte sich auf meine Annonce gemeldet, sie hatte mir Bilder von dem freien Zimmer geschickt und ich hatte zugesagt. Nun schämte ich mich für die heruntergekommene Optik meines neuen Zuhauses, das man auch nicht als antiken Charme beschönigen konnte. Über den Boden führten dunkle Spurrillen und auf den Wänden zeichneten sich die Abdrücke von Bildern ab, die dort einst gehangen hatten. Die meisten Bohrlöcher waren unverspachtelt. Bisher waren sie mir gar nicht aufgefallen, aber in Caspians Gegenwart sprang mich jedes einzelne davon an.

Er schien sich nicht daran zu stören und streifte sich die Schuhe von den Füßen. Es war seltsam, ihn schuhlos zu sehen. Irgendwie machten ihn seine dunklen Socken so gewöhnlich. Mein unbehagliches Räuspern verlor sich in der Musik, die aus Cassandras Zimmer drang. Erwartungsvoll sah Caspian mich an.

»Wollen wir hierbleiben? Oder bittest du mich ins Wohnzimmer?« Seine dunkle Stimme übertönte die leise Melodie.

»Es gibt kein Wohnzimmer.« Und die Küche war keine Option, denn so wie es aussah, hatte Cassandra den Abwasch noch nicht erledigt. Ich winkte Caspian hinter mir her und steuerte auf meine Zimmertür zu, als sich Cassandras öffnete. Sie streckte den Kopf heraus, das Haar zerzaust und das Shirt zerknittert, als hätte sie den ganzen Tag im Bett verbracht.

»Wo warst du?«, fragte sie, ehe ihr Blick auf Caspian fiel. Ihre Augen wurden rund. »Oh. Du.«

Ich erwartete nicht, dass er auf diese Begrüßung einging, denn ich hatte am eigenen Leib erfahren, wie verschlossen er Fremden gegenüber war, aber er überraschte mich, indem er die Andeutung eines Lächelns auf sein Gesicht bemühte und fragte: »Wie geht es dir?«

Cassandra sah kurz zu mir, dann zuckte sie die Achseln. »Gut. Wenn man von der Langeweile absieht. Ich bin krankgeschrieben.«

Das Lächeln auf Caspians Lippen vertiefte sich. »Davon hörte ich bereits.«

»Habt ihr schon gegessen?«

»Ja.« Caspian und ich antworteten gleichzeitig. Während er die Brauen hob, schoss mir die Röte ins Gesicht.

Cassandra starrte uns einen Moment lang an, dann seufzte sie. »Na schön, um euch die Peinlichkeiten zu ersparen, verschwinde ich jetzt in mein Zimmer, drehe die Musik voll auf und tue so, als hätten wir uns nicht gesehen.« Sie winkte halbherzig. »Viel Spaß!« Dann knallte sie die Tür zu.

In der darauffolgenden Stille hämmerte mein Herz unüberhörbar gegen meinen Brustkorb. Ich wagte nicht, Caspians Blick zu suchen, solange meine Wangen glühten. Mit gesenktem Kopf schob ich mich an ihm vorbei durch den Gang und trat in mein Zimmer. Als Caspian mir folgte, ertönte ein Fauchen aus Richtung meines Bettes. Mr Mercury machte einen Buckel und zeigte Caspian die spitzen Zähne.

»Schon gut«, beruhigte ich den Kater, »er ist ein Arsch, aber nicht gefährlich.« Doch meine Worte beschwichtigten ihn nicht. Er sprang vom Bett und schoss durch Caspians Beine hindurch in den Flur.

»Er glaubt dir nicht«, stellte Caspian fest. Belustigung und etwas Dunkleres schwangen in seiner Stimme. »Zu Recht.«

Ich schluckte. Auf einmal kam mir mein Zimmer viel zu klein vor. Caspian hierher mitzunehmen erschien mir nun sehr intim. Verlegenheit machte meine Bewegungen unsicher. Ich stieß gegen das Regal und ein paar der Bücher meines Vormieters kippten um. Caspian fing sie mit einer geschickten Geste auf und stellte sie zurück.

»Setz dich«, sagte ich, ehe ich überhaupt wusste, wohin er sich setzen sollte. Auf dem einzigen Stuhl häufte sich ein Kleiderberg und das Bett war ungemacht. Caspian zog die Jacke aus, dann ließ er sich auf der Kante der Matratze nieder. Na schön.

»Möchtest du etwas trinken?«

»Was hast du im Haus?«

»Wasser. Aus dem Hahn.«

Caspian lachte. »Klingt perfekt.«

Mit fahrigen Händen füllte ich in der Küche zwei Gläser mit Wasser, ehe ich in mein Zimmer zurückkehrte. Caspian trank einen Schluck und sah mich abschätzend an.

»Du hast Fragen? Frag.«

Ich hatte viele davon. Nach gestern, nach heute türmten sie sich wie der Wäscheberg auf meinem Stuhl. Ich schob ihn beiseite und setzte mich, die Ellbogen auf die Knie abgestützt. Jetzt, da ich die Gelegenheit auf Antworten bekam, hatte ich keine Ahnung, wo ich anfangen sollte. Deshalb entschied ich mich für die offensichtlichste: »Wer bist du?«

Caspians Gesicht verdunkelte sich kaum merklich, der Zug um seinen Mund wurde hart. Seine Miene erinnerte mich an die, die er in unseren ersten Tagen zur Schau getragen hatte. Ablehnend. Distanziert. Und ich erkannte, dass hinter dieser Fassade mehr Geheimnisse als Abneigung mir gegenüber lagen. Denn er war hier. Hatte mich verarztet. Nach Hause begleitet. Seine Fritten in meine Sauce getunkt. Wenn das kein Zeichen von Zuneigung war.

»Ich bin …« Caspian zerriss unseren Blickkontakt, indem er sich wegdrehte und die Hände im Schoß verkrampfte. Er hatte lange, sehnige Finger, deren Knöchel von Narben übersät waren. Sie erzählten die Geschichte vieler Kämpfe. Wir waren uns gar nicht so unähnlich. Dessen war ich mir sicher, als er sich durch das Haar fuhr und die ordentliche Frisur ruinierte.

»Du bist ein Crae.«

Stille. Mein hämmerndes Herz. Sein scharfer Atemzug.

Caspian schluckte und nickte. »Adriel hat es dir gesagt.«

»Nein«, entgegnete ich. »Das musste er nicht.«

»Natürlich nicht. Adriel ist nicht der Typ Mann, der sich herausnimmt, die Geschichte eines anderen zu erzählen.«

Das Gespräch mit Adriel hatte mich aufgeregt, aber Caspians Geständnis traf mich nicht annähernd so hart wie das unseres Vorgesetzten, meines *Verwandten*. Vielleicht weil ich seit gestern Zeit gehabt hatte, um mich mit dem Gedanken, dass die Crae unter uns lebten und uns gar nicht so unähnlich waren, vertraut zu machen.

Oder weil ich noch immer unter Schock stand. Vermutlich Letzteres, denn mein Leben lang hatte ich diese Wesen als Monster betrachtet. Monster, die unschuldige Menschen angriffen. Monster, die das Leben zahlreicher Agenten forderten. Monster, die mir Frey genommen hatten. Das, was von meinem Herzen übrig war, zog sich zusammen.

»Wirst du sie mir erzählen?« Meine Worte waren kaum mehr als ein Flüstern, denn die Last meiner Erinnerungen ruhte schwer auf mir.

Caspians Blick flackerte und auf einmal wirkte er viel jünger. Unsicherer. Er knetete seine Hände und nagte an seiner Unterlippe, während er darüber nachzudenken schien, ob er mich ins Vertrauen ziehen sollte. Schließlich atmete er zischend aus. Seine Schultern sackten nach unten und er sah mich wieder an. Eine Strähne fiel in sein Gesicht und in mir kam das Bedürfnis auf, sie beiseitezustreichen. In diesem Moment wirkte er so *verletzlich*.

Ich stand auf und ehe ich wusste, was ich tat, setzte ich mich neben ihn auf das Bett. Nah genug, um seine Wärme spüren zu können, weit genug weg, um die nötige Distanz zwischen Arbeitskollegen zu wahren.

»Nachdem Adriel unserer Heimat den Rücken gekehrt hatte, brachen Unruhen in Asterin aus.« Den Namen der anderen Welt sprach er so liebevoll aus, dass mir der Atem stockte. Und dann spürte ich seinen Schmerz, der in Wellen von Caspian auszugehen schien. Ich begriff, dass das, was ihn bewegte, *Heimweh* war. Die Dunkelheit, die an ihm haftete, war nichts weiter als der Verlust seines Zuhauses. »Adriels Entscheidung hat das Gleichgewicht zwischen den beiden Welten nachhaltig gestört. Asterin ... veränderte sich. Viele Crae folgten ihm auf die andere Seite. Manche, um ihn zu töten. Andere, um sich ihm anzuschließen. Wieder andere, um ein neues Leben zu beginnen.«

»Und aus welchem Grund bist du durch das Weltentor getreten?«, fragte ich.

Caspian drehte den Kopf, sah mich schräg von der Seite an. Seine Augen blitzten. »Natürlich, um ihn zu töten.«

»Das dachte ich mir.« Trotz der Schwere seiner Offenbarung entfuhr mir ein Kichern. »Weiß Adriel das?«

Caspian schüttelte den Kopf, seine Miene gewann an Ernsthaftigkeit. »Und es wäre schön, wenn er niemals davon erfahren würde. Ich weiß nicht, wie gut er das aufnehmen würde, nach alldem, was damals geschehen ist.« Seine Worte verloren sich und ich nickte.

»Hegst du noch immer die Absicht, ihn zu töten?«

»Nur wenn er anfängt zu singen.«

Mein Kichern verwandelte sich in ein Lachen. »Dann ist dein Geheimnis bei mir sicher«, versprach ich ihm, sobald ich mich beruhigt hatte.

Caspian musterte mich. Eine hauchdünne Falte zeichnete sich zwischen seinen Brauen ab. »Es ist das erste Mal, dass ich dich auf diese Weise lachen höre.«

Die Bedeutung seiner Worte traf mich hart und überraschend. Meine Mundwinkel senkten sich. Denn ich hatte nicht das Recht, mich so zu fühlen. Ausgelassen. Ich betrachtete meine Knie und murmelte: »Du bist auch nicht unbedingt der Typ, der Frauen ständig zum Lachen bringt, oder?« Nachdem Caspian sich mir anvertraute, empfand ich diese offensichtliche Ablenkung als feige. Aber ich konnte mir nicht helfen.

»Das ist tatsächlich nicht meine Stärke.«

Es gab verschiedene Arten der Stille. Einvernehmliches Schweigen oder das Ende eines Gesprächs. Zwischen uns entstand eine Stille der Wortlosigkeit. Sie lastete schwer auf mir. Also versuchte ich, sie zu beenden.

»Offensichtlich hast du die Absicht, mit der du ins Menschenreich gekommen bist, nicht wahr gemacht«, bemerkte ich, um Caspians Aufmerksamkeit von mir abzulenken.

Er tat mir den Gefallen und ging darauf ein. »Ich suchte Adriel, um ihn zu töten. Und ich fand ihn. Doch ich konnte es nicht tun. Die Crae, die ihm in blindem Hass gefolgt waren, töteten auf ihrem Weg wahllos Menschen. Menschen, die mit diesem Kampf nichts zu tun hatten. Adriel war der Einzige, der sie beschützte. Ich wollte nicht das Monster sein, für das die Menschen meinesgleichen hielten. Also schloss ich mich ihm an und tötete statt des Verräters jene, die ihn richten wollten.« Er hob die Hand, rieb sich über die Lider. Eine Geste, der grenzenlose Müdigkeit anhaftete. »Und so wurde auch ich zum Verräter. Ich half Adriel dabei, die Weltentore zu sichern, bis die Crae die Grenze nicht mehr willkürlich überschreiten konnten.«

Ich widerstand dem Impuls, Caspians Hand zu nehmen, auch wenn der Schwermut seiner Stimme mich dazu verlockte. »Warum bist du hiergeblieben?«

»Als Mörder meiner eigenen Leute wollte ich nicht nach Asterin zurückkehren.« Trauer wob sich um jedes seiner Worte und traf mich tief. Meine Vernunft verlor gegen mein Herz und ich nahm seine Hand. Caspian erstarrte unter meiner Berührung, aber ich wich nicht zurück. Sanft fuhr ich mit dem Daumen über seine rauen Knöchel, zeichnete die feinen Narben nach, ehe ich meine Finger mit seinen verschränkte.

»Du bist kein Mörder«, stellte ich leise fest und entlockte Caspian damit ein Lachen. Seine Hand zuckte in meiner und er erwiderte meinen Griff.

»Ich weiß nicht, ob das sämtliche Beteiligte in dieser Geschichte so sehen würden.«

»Das spielt keine Rolle. Du bist für die eingestanden, die sich selbst nicht verteidigen konnten. Ich nenne das mutig.« Und menschlich. Aber ich wusste nicht, ob er dieses Adjektiv als Kompliment empfinden würde. Also behielt ich den Gedanken für mich. Wieder verloren wir uns in Stille. Und als mein Blick auf unsere ineinander verschränkten Hände fiel, klopfte mein Herz schneller. Ein warmes Gefühl breitete sich in meinem Innern aus und ich wagte nicht, mich zu bewegen. Ich wollte diesen Moment auf keinen Fall vorschnell beenden. Denn auch wenn ich Caspian mit dieser Geste hatte Trost spenden wollen, fand ich ihn ebenso darin. Nach so vielen Monaten war ausgerechnet er es, der die Leere in mir mit etwas füllte, was ich nicht zu benennen vermochte.

»Das heißt, dass der Dunkelwanderer dich von damals wiedererkannt hat? Nach so vielen Jahrhunderten?« Meine eigenen Worte riefen mir ins Gedächtnis, wie *alt* Caspian war. Ich erschauderte bei dieser Vorstellung.

»Die Zeit vergeht in Asterin anders. Ich glaube nicht, dass man uns dort inzwischen vergessen hat.« Gedankenverloren malte Caspian Muster mit dem Daumen auf meinen Handrücken. Wo er mich berührte, antwortete meine Haut mit einem Prickeln. Dieses Gefühl machte es mir schwer, ihm zuzuhören. »Außerdem haftet jedem Crae ein eigener Duft an. Das ist seine Identität, mit der er überall erkannt wird.«

»Und weil Adriel und ich verwandt sind, führt mein Geruch diesen Dunkelwanderer in die Irre?«, wollte ich wissen.

Caspian nickte. »Zweimal konnte er dich bereits finden. Versprich mir, dass du es kein drittes Mal darauf anlegst.«

»Das habe ich von Anfang an nicht«, murmelte ich. »Adriel sagte mir, dass es noch andere Crae unter den Menschen gibt.«

»Einige sind damals geblieben.«

»Gibt es auch unter den Agenten noch andere Crae? Ezra, Livia, Mason oder einer der anderen?«

Caspians Miene wurde ernst und er ließ davon ab, meinen Handrücken zu streicheln. »Es gibt keine anderen Crae unter ihnen. Und sie wissen auch nicht, dass Adriel und ich aus Asterin stammen. Auch du solltest dieses Geheimnis wahren. Die AO hat sie ausgebildet, um gegen die Crae zu kämpfen. Sie halten uns für ihre Feinde. Du wärst in großer Gefahr, wenn du dich einem von ihnen anvertrauen würdest.«

»Ich hatte nicht vor, damit hausieren zu gehen.« Ohnehin wusste ich noch nicht, was dieser Umstand überhaupt für mich bedeutete. Halb-Mensch. Halb-Crae. Keines ganz und nichts von beidem wirklich. »Was …« Ich hielt inne und korrigierte mich. »Wer seid ihr? Du und Adriel. Also … welche *Art* Crae?«

Caspian zögerte, aber ich konnte seiner Miene nicht entnehmen, ob ihn die Frage beleidigt hatte. »Adriel ist ein Magieflüsterer.«

Dass ich den Atem angehalten hatte, merkte ich erst, als ich zischend Luft holte. Magieflüsterer waren von allen Crae die am wenigsten abscheulichen. Doch sie waren mächtig, denn jeder von ihnen wusste Magie auf andere Art für sich zu kontrollieren. Darin fand also meine eigene Fähigkeit, Dinge zu sehen, die nicht da waren, ihren Ursprung.

»Aber ich … ich bin anders als die anderen. Einfach ein Crae.«

Die Antwort war vage und ich wusste nichts mit ihr anzufangen. »Mir war nicht klar, dass es auch Crae gibt, die sich keiner der Klassifizierungen zuordnen lassen. Hat Adriel die erfunden? Oder gibt es sie auch in Asterin?«

»Diese Begriffe stammen tatsächlich von dort. Auch wenn sie damals schon veraltet waren. Die Grenzen zwischen den einzelnen Gruppen verwischen mehr und mehr, denn viele von ihnen gehen untereinander Verbindungen ein. Die Kinder, die daraus entstehen, sind Hybride.«

»So wie ich.«

»Ja«, sagte Caspian. »Wie geht es dir mit dem Wissen, anders zu sein?«

»Es ist mir egal, dass ich anders bin als andere. Mich beschäftigt vielmehr, dass ich anders bin, als ich dachte.« Ich wagte nicht, ihn anzusehen, spürte aber, dass sein Blick auf mir ruhte. Sanft und voller Verständnis. So anders als die Ablehnung, die er mir zuvor entgegengebracht hatte.

»Nur weil du die Wahrheit über deine Herkunft kennst, bedeutet das nicht, dass du eine andere bist, Aurora.« Nun nahm Caspian wieder die kreisenden Bewegungen auf meinem Handrücken auf. »Jetzt weißt du einfach ein bisschen mehr über deine Vorfahren. Aber das ändert nichts an dem Menschen, der du bist.«

»Halb-Mensch«, korrigierte ich ihn.

»Halb-Mensch. Halb-Crae. Hybrid. Lebewesen. Alles Worte für ein und dasselbe. Wichtig ist, dass du *du* bist.«

Endlich erlaubte ich mir, ihn wieder anzusehen. Die Zärtlichkeit in seiner Miene verschlug mir den Atem. Fast musste ich Adriel für seine Offenbarungen danken. Ohne sie wären die Mauern zwischen Caspian und mir vermutlich nie gefallen.

18

Ich hatte das Zimmer in Cassandras Wohnung möbliert gemietet und nichts an dem Interieur verändert, als ich es bezogen hatte. Es gab nur ein Bett, das mehr oder weniger bequem war, einen schmalen Schrank, einen Schreibtisch und ein paar Regale. Die einzige Lichtquelle stammte von grellen Spots an der Decke, denn die Lampe auf meinem Schreibtisch war defekt. Das hatte mich zuvor nicht sonderlich gestört. Doch jetzt, da Caspian neben mir saß, fühlte ich mich wie im Scheinwerferlicht. Die Dunkelheit war ein hervorragender Schutz, wenn man seine Gedanken unbeobachtet sammeln wollte.

Caspians Blick ruhte schwer auf mir und es gab keine Möglichkeit, ihm zu entkommen. »Das muss unheimlich viel für dich gewesen sein«, sagte er sanft. »Kommst du klar?«

Ich stieß ein freudloses Lachen aus. »Das war viel? Mein ganzes Leben ist viel.« So viele Ereignisse, die Stück für Stück alles verändert hatten. Die mich veränderten. Es war, als würde ich inmitten eines Sturms stehen, der nach und nach weitere Schichten von mir abtrug, bis das, was übrig blieb, keine Ähnlichkeit mehr mit der Aurora hatte, die ich einst gewesen war.

»Es lag mir fern, dich zu überfordern.« Ich hörte die Sorge in Caspians Stimme und blickte auf. Noch immer beobachtete er mich, als fürchtete er, ich könnte jeden Moment durchdrehen. Und vielleicht hatte er recht, vielleicht würde ich das.

»Das hast du nicht, Caspian.« Ich seufzte und schob eine Hand unter den Oberschenkel, klammerte mich an der Matratze fest, um mich in der Gegenwart zu verankern. Mit der anderen griff ich nach einer hellen Strähne, die mir ins Gesicht fiel. »Die Haare meiner Mum hatten dieselbe Farbe und sie reichten ihr bis zum Po. Als kleines Mädchen wollte ich das auch. Überhaupt wollte ich wie sie sein.« Ich schluckte. »Seit dem Tod meiner Eltern bin ich überfordert. Manchmal sieht es so aus, als hätte ich alles im Griff. Aber niemand hört, dass ich schreie. Niemand sieht, dass ich zerbreche. Am Anfang habe ich noch versucht, die Scherben zusammenzufügen, wieder ganz zu werden. Jedes Mal, wenn ich es fast geschafft habe, geschieht etwas, das meine Welt erneut zerstört.«

»Das Leben stellt uns vor harte Prüfungen.« Caspian beugte sich vor, legte ganz sacht eine Hand an meinen Hinterkopf. Es war eine sonderbare, aber durchaus tröstliche Geste, die Wärme in meinem Herzen beschwor. »Es geht nicht darum, sie zu bestehen, es geht einfach darum, sich ihnen zu stellen. Und sofern ich das beurteilen kann, kriegst du das ziemlich gut hin. Besser als die meisten. Besser als ich.«

»Besser als du? Wann hast du zuletzt einen Dunkelwanderer auf die Menschheit losgelassen?«

Caspians Augen verdunkelten sich und er senkte die Lider. Doch als er aufsah, waren die Schatten verschwunden, als hätte ich mir das nur eingebildet. »Ich habe schon weitaus schlimmere Dinge getan, Aurora.« Unter dem Blick, den er mir zuwarf, wurde mein Mund trocken. Er ließ mir nicht die Gelegenheit, nachzuhaken. »Das ist keine Geschichte, die man so kurz vor dem Schlafengehen erzählt. Du würdest Albträume bekommen.«

»Wer sagt, dass ich die nicht schon längst habe?«

Caspian verzog gequält das Gesicht. »Ich will nicht dafür verantwortlich sein, dass sie schlimmer werden.«

»Warum erzählst du mir dann nichts Schönes?« Ich lockerte meinen Klammergriff um die Matratze und zog meine Beine an, um mich im Schneidersitz niederzulassen. Dabei streifte ich mit dem Knie seinen Oberschenkel. Ein elektrischer Impuls schoss von dieser Stelle durch meinen Körper und versetzte ihn in eine Spannung, die nichts mit den dunkelsten Stationen meines Lebens zu tun hatte.

»Etwas Schönes?«, wiederholte Caspian.

»Na gut, erzähl mir irgendetwas. Und die Ausrede, du hättest nichts zu erzählen, lasse ich von vornherein nicht gelten, denn ich gehe davon aus, dass deine Lebensspanne mehrere aufregende Jahrhunderte umfasst.« Ich stockte, weil dieser Gedanke eine andere Frage in mir beschwor. »Wie lange lebst du nun schon als Mensch? Oder anders: Hast du mehr Zeit in Asterin oder in dieser Welt verbracht?«

Caspian drehte den Kopf, als könnte er die Maske, die er ständig trug, in diesem Moment nicht aufrechterhalten und müsste auf andere Weise verhindern, dass ich ihn durchschaute. In einer fahrigen Geste strich er über die Falten der Bettdecke. »Ich kann mein Leben in Asterin nicht in Zeit bemessen, aber es fühlt sich an, als wäre ich schon ewig hier.«

»Du vermisst deine Heimat.« Das musste ich ihn nicht fragen, es war ihm anzusehen. Die Distanziertheit, die Dunkelheit. All das hatte einen Grund und ich glaubte, ihn gefunden zu haben. »Wenn du zurückgehen würdest, würde dir auch etwas aus dieser Welt fehlen?« Keine Ahnung, warum meine Stimme bei den letzten Worten zu einem Flüstern zusammenschrumpfte.

Caspian sah mich viel zu intensiv an. »Mehr, als ich vorgehabt hatte«, murmelte er und rieb sich die Schläfen. Der Moment zwischen uns schien zu etwas Bedeutsamem zu werden, ich nahm ein Knistern wahr, das nichts mit der flackernden Lampe über uns zu tun hatte. Ein Sturm tobte in Caspians Augen und als sein Blick sich auf meine Lippen senkte, peitschte ein Feuer durch meinen Körper, das alles in mir in Brand steckte. Ich öffnete den Mund, während Caspian seinen zusammenkniff. Er wandte sich ab und löschte das Feuer in mir, indem er sich erneut in Distanz übte.

»Ich mag Schallplatten«, sagte er und ließ mich blinzeln, als wäre ich aus einem Traum erwacht. Oder hatte ich mir diesen Moment zwischen uns nur eingebildet?

Mit einem Räuspern versuchte ich Zeit zu schinden und meine verräterischen Gedanken zu bezwingen. Caspian war ein Kollege. Die Enttäuschung, die seine triviale Antwort in mir hervorrief, war unangebracht, denn unser Verhältnis sollte einzig und allein eines sein: professionell.

Ich beugte mich vor, nahm mein Glas und trank so gierig, dass ich mich verschluckte. Etwas in mir zog sich zusammen und ich kämpfte gegen das Bedürfnis an, das Wasser wieder auszuspucken. Caspian klopfte sanft auf meinen Rücken, einen amüsierten Ausdruck auf dem Gesicht.

»Alles in Ordnung?«, fragte er und ich ignorierte das Kribbeln, das seine Berührung in mir auslöste. Nicht professionell.

»W-was hörst du für Musik?« So viel Mühe ich mir auch gab, mein Missgeschick zu überspielen, Caspians Grinsen wurde breiter.

»Hauptsächlich Klassik. Ich verehre Chopin, höre aber auch gern Mahler und Mozart«, sagte er schließlich.

»Klar«, brummte ich. »Das hätte ich mir denken können.« Musik war also kein Thema, das ich vertiefen sollte. Ich hatte Caspian für den Drum-and-Bass-Typen gehalten, harte Beats für einen ebenso harten Mann, aber da hatte ich ihn falsch eingeschätzt. Wieder einmal.

»Ein paar Jahre vor seinem Tod habe ich Mozart in Wien getroffen.« Ein Ausdruck huschte über Caspians Gesicht, den ich beinahe mit dem Adjektiv *träumerisch* beschrieben hätte. »Es war eines der prägendsten Ereignisse in meinem Leben.«

»Ja«, murmelte ich. »So hab ich mich auch gefühlt, als Oasis live in Reykjavík gespielt hat.«

Jetzt lachte Caspian und stieß mich sanft mit dem Knie an. Der Berührung folgte prickelnde Hitze, die sich bis hinauf in meine Wangen erstreckte und sie rot färbte.

»Du vergleichst Mozart nicht ernsthaft mit Oasis?« Caspians Stimme klang anders, wenn er lachte. Warm und unbefangen.

»Tja, ich bin ein Kind der Neuzeit«, gab ich zurück. »Was erwartest du von mir?«

»Na schön. Ich gebe zu, dass auch ich den einen oder anderen Oasis-Song mitsingen könnte. Vielleicht zeige ich dir irgendwann mal meine Plattensammlung.«

Die Hitze verwandelte sich in loderndes Feuer. Wusste er, dass das in meiner Generation ein Synonym war, hinter dem sich weitaus mehr verbarg, als es auf den ersten Blick den Anschein hatte? Dem dunklen Blick nach zu urteilen, ja. Ich knuffte ihn mit der Faust gegen die Schulter, aber er lachte nur und fing den Versuch, die Situation zu entschärfen, mit einer schnellen Bewegung ab. Seine Finger schloss er um meine verkrampfte Hand, strich sanft über meine Knöchel.

Das war definitiv nicht professionell. Und ich mochte es.

»Mach dich nicht über mich lustig«, flüsterte ich, weil meine Stimme mich im Stich ließ.

»Das liegt mir fern«, entgegnete Caspian ebenso leise. Er öffnete meine Faust und verflocht seine Finger mit meinen, bis unsere Hände miteinander verschränkt waren. Mein Herz schlug so schnell, dass er es einfach hören musste. Aber an dem Flackern in seinen Augen erkannte ich, dass es ihm ähnlich ging.

»Ich will mehr über dich wissen«, gab ich zu. »Alles.«

Der Schatten zuckte so schnell über Caspians Gesicht, dass ich glaubte, ihn mir eingebildet zu haben. »Stell mir eine Frage und ich beantworte sie dir«, sagte er in rauem Ton, der den Aufruhr in mir versinnbildlichte.

»Wie alt bist du?« Ich betrachtete seine scharfkantigen Züge, die gerade Nase und seinen Mund. Wenn er die Augen schloss, wirkte er kaum älter als ich. Aber sobald er sie öffnete, blitzte in seinem Blick etwas auf, was ich nur von alten Menschen kannte. Erhabenheit. Weisheit.

Jetzt kniff er sie zusammen, verbarg die Tiefe vor mir, die darin lag und sein wahres Alter entlarvte.

»Du willst es mir nicht verraten?« Ich zwang Empörung in meine Stimme, aber sie prallte von Caspian ab.

»Dir würde der Kopf schwirren von einer Zahl, die mir nichts bedeutet.« Während er mich mit der einen Hand noch immer festhielt, griff Caspian mit der anderen in mein Haar und ließ seine Finger durch sie hindurchgleiten, ehe er eine Strähne aufzwirbelte und sie betrachtete.

»Mehrere Jahrhunderte?«, riet ich und versuchte, mich nicht von der Intensität seiner Nähe beeindrucken zu lassen. Ich scheiterte.

»Ja. Aber das ist eine menschliche Zeitspanne.«

»In Asterin wärst du jünger?«

Caspian hob eine Braue.

Mir wurde kalt. »Etwa noch älter?« Ich fuhr mir über die Stirn und bemühte mich, das, was er mir sagte, zu verarbeiten. »Weißt du überhaupt, wie alt du bist?«

»Nein.«

»Also verdammt alt. Wann hast du Geburtstag?«

»Du vergisst, dass wir in Asterin keine Zeitrechnung haben«, sagte er sanft und ließ meine Strähne los. Sie rollte sich zusammen und kitzelte mein Kinn.

»Bei so vielen Informationen passiert das schnell mal.« Hinter meiner Schläfe pochte es unnachgiebig. »Und was hast du mit all der Zeit angestellt?«

»Ich habe gelebt. Ein Leben ums andere. An Adriels Seite und im Kampf gegen die Crae.«

»Sie sind nicht alle böse«, stellte ich langsam und mit gesenkter Stimme fest. Denn nach all dem, was ich erfahren hatte, war mir diese neue Art der Erkenntnis kaum bewusst gewesen. Mein Blick flackerte zu Caspian, der ihn dunkel erwiderte. »Wo ist der Unterschied zwischen den Crae, die wir bekämpfen, und … *uns*? Es sind nicht alle Monster. Zumindest fühle ich mich nicht wie eins. Wenn man einmal von dieser einen bestimmten Zeit im Monat absieht, zu der ich am liebsten alles und jeden umbringen würde …«

Caspian lachte leise. »Auch Menschen können Monster sein.«

Ich nickte. Natürlich hatte er recht. Die Gefängnisse waren voll von Kinderschändern, Vergewaltigern und Mördern. All die Jahre, die ich gegen die Crae gekämpft hatte, war mir nicht ein einziges Mal der Gedanke gekommen, dass sie möglicherweise gar nicht so bösartig waren, wie ich angenommen hatte.

»Die eigentliche Gefahr geht von den Kräften der Crae aus, nicht von ihrem Wesen. Von ihren Kräften und der Tatsache, dass diese Welt vollkommen unmagisch ist. Ich schätze, das ist auch der Grund, weshalb wir unsere Magie verlieren, je länger wir uns hier aufhalten.«

»Welche Kraft musstest du aufgeben?«

Caspian schluckte. Er sah mich an, aber irgendwie sah er auch durch mich hindurch. Dann schüttelte er den Kopf, um meine Frage abzuwehren wie eine lästige Fliege. »Das ist lange her.«

Na schön, das würde ich ihm durchgehen lassen. Vorerst. Dafür stürzte ich mich auf eine andere Andeutung seiner Ausrede. »Und du warst jahrhundertelang Agent der AO? Mir scheint, diese Zeit hast du nicht sonderlich sinnvoll genutzt.«

Belustigung huschte über Caspians Miene, als er den wiederholten Versuch, mehr über sein Alter herauszufinden, als solchen entlarvte. Er ging nicht weiter darauf ein, stattdessen antwortete er: »Ich war nicht nur Agent. Es gab auch Jahre, in denen ich nur für mich gelebt und die Welt bereist habe. Ich musste untertauchen, sobald es meinem Umfeld auffiel, dass ich nicht alterte. Also hatte ich regelmäßig Adriel-frei.«

All die Fragen, die ich gestern unterdrückt hatte, drängten sich nun an die Oberfläche. »Was hat er in der Zwischenzeit getan?«

»Adriel war ebenfalls auf Reisen. Soweit ich weiß, hat er auch mehrere Male Medizin studiert.«

Ich stutzte. »Mehrere Male? Und immer dasselbe?«

»Na ja, die Medizin hat sich innerhalb der letzten Jahrhunderte sehr verändert. Wenn ich mich recht erinnere, war er es, der gemeinsam mit Leonardo da Vinci Leichen ausgegraben hat, um den menschlichen Körper zu untersuchen.«

Ich öffnete den Mund, schloss ihn wieder. »Leonardo da Vinci?« Ich malte gern, aber das bedeutete nicht, dass ich mich je sonderlich intensiv mit den alten Meistern beschäftigt hatte. Doch dieser Name war mir definitiv ein Begriff.

»Er war ein Crae.«

»Natürlich war er das.« Ich stieß ein rasselndes Lachen aus. »Wer noch?«

Caspian zählte ein paar Namen auf. Immer wieder schüttelte ich den Kopf. Meine Welt hatte sich innerhalb kürzester Zeit vollkommen verändert. Aus der Agentin/Wächterin war eine Crae geworden. Und der Übergang vom aktiven zum passiven Dienst war mir schon nicht leichtgefallen, wenn man bedachte, dass ich einen Dunkelwanderer auf London losgelassen hatte. Ich verfiel in Schweigen, gab mich eine Weile meinen umherwirbelnden Gedanken hin, ohne zu begreifen, wohin sie mich führten.

»Sonst noch Fragen?«

Ich schluckte. Mein Kopf war wie leer gefegt und meine Neugier war Verwirrung gewichen. »Magst du Schokolade?« In ihrer Relevanz stand diese Frage zwar nicht sonderlich weit oben, aber in diesem Moment fiel mir einfach nichts anderes ein.

Abgesehen von Fragen nach Caspians Alter und seinen Kräften. Doch ich war klug genug, um zu wissen, dass ich heute keine Antwort mehr darauf bekommen würde. Vielleicht eines Tages.

Caspian unterdrückte ein Lachen. »Nur dunkle.«

»Warum überrascht mich das nicht?«, erwiderte ich.

Er hob eine Braue und einer seiner Mundwinkel zuckte. »Das musst du erläutern.«

Ich spürte, wie sich die Stimmung zwischen uns veränderte, entspannte. Langsam lehnte ich mich auf dem Bett zurück und zog ihn mit mir, bis wir uns gegenüberlagen. Abgesehen von unseren Händen berührten wir uns nicht. Dennoch war dieser Augenblick intimer als alles, was ich je zuvor mit einem Mann erlebt hatte.

»Die Dunkelheit ist dein ständiger Begleiter«, sagte ich und ließ meinen Blick von Caspians tiefblauen Augen über das schwarze Haar und wieder zurück wandern. »Sie definiert nicht nur dein Aussehen, sondern vor allem deinen Charakter.« Caspians Griff um meine Hand versteifte sich und ich fuhr schnell fort: »Das ist nichts Schlechtes, falls du das denkst. Es macht dich interessant.«

»Interessant?« Caspian schnaubte.

»Du bist undurchsichtig. Ein Rätsel, das ich lösen möchte.«

»Und was, wenn dir nicht gefällt, was du herausfindest?«

»Das glaube ich nicht.«

»Weil du nicht weißt, was in mir steckt, Aurora.« Caspians Worte waren sanft, aber wehmütig. Er löste seine Finger von meinen, um mir eine Strähne aus dem Gesicht zu streichen, die es gar nicht gab. Dann verharrte er mit der Hand an meiner Wange und beschrieb mit dem Daumen zarte Berührungen.

»Unterschätze mich nicht, Caspian.« Verdammt, ich genoss es viel zu sehr, seinen Namen auszusprechen. Er glitt mir leicht über die Lippen und bescherte mir ein angenehmes Kribbeln, das in seiner Gegenwart nicht mehr von mir ablassen sollte. Ich wusste nicht, wohin mich dieses Gefühl führte, aber ich war mir absolut sicher: Entkommen konnte ich ihm nicht. Caspian hatte eine Wirkung auf mich, der ich vollkommen ausgeliefert war. Und als er blinzelte und der Fächer seiner schwarzen Wimpern die blasse Wange berührte, sich kurz darauf wieder hob, nur damit sich unsere Blicke erneut begegneten, wusste ich, dass ich mit diesem Gefühl nicht allein war.

19

Der Gedanke an den heutigen Arbeitstag ließ mein Herz auf eine beunruhigende Art flattern. Oder eigentlich war es nicht der Gedanke an die Arbeit, sondern vielmehr an das Wiedersehen mit meinem Arbeitskollegen. Caspian war bis kurz vor Mitternacht bei mir geblieben und hatte mir viel über seine Heimat erzählt.

Das Reich der Toten hatte die Menschen seit jeher fasziniert. Bücher und Filme beschrieben es als dunklen, grausamen Ort, an dem Träume starben und Seelen auf ewig geknechtet wurden. Und nachdem ich jahrelang gegen Crae gekämpft hatte, die Monstern nicht unähnlich waren, hatte ich mir Asterin genauso vorgestellt. Allerdings hatten Caspians Worte in mir Bilder von lichtgetränkten Wäldern und malerischen Ebenen heraufbeschworen.

Es hatte eine Weile nach Caspians Abschied gedauert, ehe Mr Mercury in mein Zimmer zurückgekehrt war. Er hatte an der Decke geschnuppert und sich dort zusammengerollt, wo er am weitesten von dem Punkt entfernt lag, an dem Caspian gesessen hatte. Mich hatte sein Duft hingegen weniger gestört und mit ihm in der Nase war ich eingeschlafen und wieder aufgewacht.

»Caspian war ziemlich lange hier«, stellte Cassandra fest, die in der Küche Lager bezogen hatte, wo ich ihrer Neugier nicht entkommen konnte.

Ich schenkte mir eine Tasse Kaffee ein und bemühte mich, beiläufig zu klingen. »Wir mussten ein paar Dinge besprechen.« Ich wunderte mich flüchtig, dass sie mehr Interesse an Caspian und mir hegte als daran, herauszufinden, was wirklich in jener Nacht geschehen war, als ein Dämon uns angegriffen hatte. Vermutlich fürchtete sie sich vor dem, was die Erinnerungen in ihr weckten. Also tat ich es ihr gleich und schwieg das Thema tot.

»Besprechen?« Cassandra schnaubte. »Ich nehme an, eure Zungen waren involviert. Aber ob man das *besprechen* nennen kann.« Mit einer passenden Geste untermalte sie nicht nur ihre Worte, sondern trieb mir eine Röte ins Gesicht, deren Ursprung Scham war. Dabei war nicht sie der Auslöser, sondern vielmehr ich selbst. Mein Körper reagierte auf eine Weise auf Caspian, die mir unangemessen erschien. Und auch wenn ich mich innerlich dagegen sträubte, etwas in mir sehnte sich nach genau dem, was Cassandra auf obszöne Art beschrieben hatte.

»So war das nicht«, nuschelte ich und sprach mehr zu meiner Kaffeetasse als zu meiner Mitbewohnerin. Meine Gegenwehr war wie ein Blatt im Wind und Cassandra beachtete sie gar nicht.

»Dafür verurteile ich dich doch nicht!«, meinte sie. »Wenn ich auf Männer stehen würde, wäre Caspian definitiv einer, den ich mit nach Hause nehmen würde.«

»Es ging um die Arbeit, mehr nicht«, wehrte ich ab und umklammerte meine Tasse nun so fest, dass sie zu zerspringen drohte. »Da ist nichts zwischen uns.«

»Ich habe Augen im Kopf«, konterte Cassandra und wackelte mit den Brauen.

Ja, dachte ich, *zwei Augen, die definitiv mehr sehen als mein magisches.*

»Gib es zu, dass du ihn scharf findest.« Cassandras Lippen verzogen sich zu einem anzüglichen Grinsen und ich erwog, die Wohnung fluchtartig zu verlassen.

»Caspian ist scharf. Genauso wie Liam Hemsworth. Das heißt aber noch lange nicht, dass ich mit dem auch ins Bett hüpfe!« Mit jedem Wort wurde mein Tonfall aggressiver. Woher die Wut in meinem Bauch kam, wusste ich nicht. Oder ich wollte es nicht wahrhaben, denn eigentlich ärgerte es mich, dass man mir ansah, dass ich mich auf diese verbotene Weise zu Caspian hingezogen fühlte.

Er ist dein Arbeitskollege, verbat ich mir jegliche weitere Gedanken in diese Richtung. Und trotzdem hatte ich an meiner Bettdecke geschnuppert, in der sein Duft hängen geblieben war.

Ich hatte definitiv ein größeres Problem als einen entlaufenen Dunkelwanderer, der London unsicher machte.

»Wenn du dich heute einsam fühlst, leistet dir Mr Mercury sicher gern Gesellschaft.« Der Versuch, vom Thema abzulenken, war offensichtlich. Und natürlich ging Cassandra nicht darauf ein, sondern blitzte mich herausfordernd an.

»Der Unterschied zwischen Caspian und Liam Hemsworth ist, dass einer von beiden scharf auf dich ist. Spoiler-Alarm: Es ist nicht Liam.«

Ich hatte die Wohnung noch nicht verlassen, als ich den Vorsatz gefasst hatte, Caspian keinen Raum mehr in meinem Kopf – und schon gar nicht in meinem Herzen – zu geben. Und tatsächlich hielt ich mich wacker, bis ich den Kensal Green erreichte. Ich ließ meinen Blick aufmerksam über das Gelände des Friedhofes schweifen und redete mir ein, *nicht* Ausschau nach ihm zu halten. In der Ferne entdeckte ich Mr Chamberlaines über ein Beet gekrümmte Gestalt. Caspian war nicht in seiner Nähe. Im Flur vor unseren Büros hielt ich inne und lauschte. Seine Tür war verschlossen, dahinter regte sich nichts. Also ging ich erst mal in mein eigenes Büro, legte Jacke und Tasche ab und schaltete die Monitore an, die das Atrium bewachten. Alles war ruhig. Das Tor ragte im Halbdunkel auf, seine Oberfläche so spiegelglatt wie ein unberührter See.

Dann sank ich auf meinen Stuhl und wartete. Die Stille in meinem Büro dröhnte mir in den Ohren. Mit den Fingern trommelte ich auf meinem Schreibtisch, um sie zu übertönen. Der Rhythmus beschleunigte sich, bis ich abbrach und mit den flachen Händen auf die Kante schlug. Sosehr ich mich auch bemühte, nicht an Caspian zu denken, so waren doch all meine Sinne auf den Raum neben meinem Büro gerichtet. Stöhnend stand ich auf und schlüpfte durch die Tür hinaus auf den Gang, ehe mein Verstand die Macht über mich zurückerlangen konnte.

Vor Caspians Büro blieb ich stehen und klopfte. Keine Antwort. Trotzdem trat ich ein. Die Gewissheit, dass er nicht hier war, schlug in Enttäuschung um, als mich die abgestandene Luft des Raumes willkommen hieß. Der Drehstuhl stand ordentlich unter dem Schreibtisch, sämtliche Papiere waren abgeheftet. Caspian war durch seinen freien Tag und den Außendienst schon länger nicht mehr hier gewesen.

Leise schloss ich die Tür hinter mir und schlich zurück in mein eigenes Büro. Eigentlich hätte er heute hier sein sollen. Gab es etwa einen Zwischenfall mit dem Dunkelwanderer? Oder traf sich Wild Hunt, um mögliche Strategien zu besprechen? Ich ließ mich auf meinen Stuhl plumpsen und blies die Backen auf.

Es war die richtige Entscheidung gewesen, den aktiven Dienst zu quittieren, sagte ich mir. Ich hatte Langeweile der Lebensgefahr vorgezogen. Und trotzdem schienen sich die Zeiger der Uhr über der Tür heute gegen mich verschworen zu haben. Sie bewegten sich kaum.

Um mich zu beschäftigen, checkte ich die Datenbank der AO nach jüngsten Dämonensichtungen. Eine Flammenfee hatte in einer abseits gelegenen Lagerhalle einen Brand ausgelöst. Aber Lion hatte ihn bereits gelöscht.

Meine Gedanken wanderten zurück zu Caspian und der Art, wie er meine Hand gehalten hatte. Seitdem er sich auf Black Armour um mich gekümmert hatte, hatte sich etwas zwischen uns verändert. Er hatte mir eine Seite von sich offenbart, die etwas tief in mir bewegte. Und ich wusste nicht, ob ich dem nachgeben sollte oder nicht. Als ich die Augen schloss, hatte ich Caspians Stimme im Ohr, wie er sein Zuhause beschrieb. So zärtlich, als liebkoste er jeden einzelnen Buchstaben mit der Zunge.

Mein Leben lang war ich mir heimatlos vorgekommen. Wie Treibgut, das von den harschen Wellen des Atlantiks hin und her gespült wurde. In Island hatte ich mich wohlgefühlt. Mehr als in London, obwohl ich hier geboren worden war. Aber keinen dieser Orte hätte ich als Heimat bezeichnet. Ob Asterin in mir ähnliche Gefühle wecken konnte wie in Caspian? Oder war meine Verbindung zu der anderen Welt über all die Jahrhunderte, die mich von Adriel trennten, zu schwach?

Die Monitore zeigten dasselbe Bild des Weltentores wie bereits Stunden zuvor. Aber auf einmal glaubte ich ein Flüstern zu hören. Eines, das mich tief erschütterte, denn ich hatte es schon einmal gehört.

»*Rory.*«

Das war Frey. Und wie beim ersten Mal erfasste mich blinde Panik. Diesmal zwang ich mich, dagegen anzukämpfen. Ich durfte nicht unbesonnen handeln. Etwas auf dem Screen vor mir flimmerte. Ich beugte mich vor, suchte nach der vertrauten Gestalt meines Freundes. Doch als ich erneut hinsah, war die Oberfläche des Weltentors wieder glatt. Ich fixierte die Bildschirme. Nichts regte sich, obgleich ich mir sicher war, dass sich im Atrium etwas bewegt hatte. Mit meinem magischen Auge sah ich goldene Partikel, die um das Tor herum niedergingen.

Unschlüssig starrte ich auf den Monitor, der mir nun ein Standbild zu präsentieren schien. Keine Bewegung. Nichts. Ich wagte nicht zu blinzeln, aus Angst, ich könnte in dem Moment etwas verpassen, da ich die Lider senkte. Aber was auch immer dort unten geschehen war, jetzt war es vorbei.

Ich beugte mich vor und wühlte in der Handtasche nach meinem Handy. Dann scrollte ich durch die überschaubare Kontaktliste zu Caspian und rief ihn kurzerhand an.

Es klingelte. Einmal. Zweimal. Beim dritten Mal beschleunigte sich mein Puls. Was, wenn er es inzwischen bereute, dass er seine Geschichte mit mir geteilt hatte? Wenn er sich daran erinnerte, warum er mich zu Beginn nicht hatte ausstehen können? Unsicherheit wuchs in mir, sodass ich das Gespräch beim vierten Klingeln wegdrückte und das Handy mit dem Display nach unten auf den Schreibtisch legte. Und mit der Unsicherheit ging die Reue einher. Ich hätte ihn nicht anrufen sollen. Mir hatte meine Fantasie einen Streich gespielt. Langeweile war zu einer Sinnestäuschung geworden. Das konnte nicht noch einmal geschehen. Nicht, wenn ich mir einreden wollte, dass es nicht Frey war, der mich rief. Und wenn er es doch war?

Mein Atem stockte, als ich die Wolke aus goldenen Partikeln entdeckte, die sich im Atrium ausbreitete. Wellen schwappten über die Oberfläche des Weltentors und es sah aus, als würde sich das Wasser aufwärts bewegen. Ich schluckte. Unschlüssig, was ich tun sollte. Beim letzten Mal, da ich das Atrium betreten hatte, hatte ich einen Dämon auf London losgelassen, der nun Jagd auf meinen Vorgesetzten machte. Oder vielmehr auf mich, wenn ich mir seine Trefferquote genauer ansah.

Doch die Stimme, die ich gehört hatte, war nicht dämonischen Ursprungs. Dessen war ich mir sicher. Es gab kein Zeichen widernatürlicher Aktivitäten. Wenn man von der körperlosen Stimme einmal absah. Was, wenn es wirklich Frey war, der Kontakt zu mir suchte? Was, wenn er auf der anderen Seite in Schwierigkeiten steckte? Bei diesem Gedanken breitete sich eine Gänsehaut auf meinem Körper aus und alles in mir drängte danach, dem Ruf zu folgen.

Ich zögerte. Checkte mein Handy. Keine Antwort von Caspian. Dafür Angst, die meine Eingeweide lähmte. Angst um Frey. Um mögliche Konsequenzen, wenn ich den Plan, der sich langsam in mir festigte, in die Tat umsetzte. Aber verdammt, es ging hier um Frey, der immer alles für mich getan hatte.

»Rory!«

Das war Frey. Ich war mir zu neunundneunzig Komma neun Prozent sicher. Und es klang gepresst, als würde er meinen Namen unter Schmerzen hervorstoßen. Scheiß drauf, ich musste zu ihm. Meine Füße bewegten sich wie von allein und meine Schritte hallten in der Eingangshalle wider. Die letzten Stufen hinab in den Keller rannte ich fast. Mit vor Aufregung zitternden Händen entriegelte ich die schwere Tür und betrat das Atrium. Der Geruch, der hier in der Luft hing, löste ein Kribbeln in mir aus. Er war mir fremd und zugleich so vertraut, dass mein Herz schneller klopfte. Hinter mir verschloss ich die Tür, um die Dämonen aufzuhalten, die möglicherweise in diese Welt eindringen würden.

Durch mein magisches Auge sah ich die winzigen Goldpartikel, die in der Luft hingen. Wie Nebel waberten sie im ganzen Raum und legten sich auf mein Haar, meine Wangen, meine Schultern. Sie tanzten um mich herum, als ich hineintauchte.

Sanfte Wellen bewegten sich über die Oberfläche des Weltentores und ich fragte mich, wie es sich anfühlen würde, wenn ich einen Schritt hindurch machte. Wäre es wie Wasser, das meine Kleider tränkte? Oder war das Tor aus reiner Magie geschmiedet worden? Ich näherte mich dem Übergang und das Ziehen in meiner Brust wurde größer.

Frey, halte durch! Ich komme. Und mit diesem Gedanken trat ich durch das Tor.

Es war kein Wasser. Das war das Erste, was ich feststellte. Dann sah ich mit meinem magischen Auge einen Wirbel aus Farben, der sich über einen schier unendlichen Himmel zog. Ich stand auf einer goldenen Brücke. Sterne über mir. Sterne unter mir. Wenn ich mich umdrehte, konnte ich noch durch das Weltentor ins Atrium blicken, dessen sterile Beleuchtung im Vergleich zu den bunten Lichtern hier karg wirkte. Ich wandte mich von der Welt der Menschen ab, folgte dem Schwung der filigranen Brücke und lief auf ein Tor auf der anderen Seite zu, das dem zur Menschenwelt nicht unähnlich war. Ein Marmorbogen spannte sich darüber, in den geometrische Muster geritzt worden waren. Mit dem Finger zeichnete ich sie nach und fragte mich, wer sie erschaffen hatte. Oder waren sie schon immer hier gewesen?

Durch die schimmernde Oberfläche des Weltentors konnte ich Asterin sehen. Mein Herz schlug wild und meine Gedanken beschworen Erinnerungen an Filme und Serien herauf, die in der Hölle spielten. Caspians Erzählung hatte gegensätzliche Bilder in meinem Kopf gezeichnet, aber das, was ich durch die Rundung des Tors hindurch ausmachen konnte, schien eine Mischung aus beidem zu sein.

Ich sah mich einer Hügellandschaft gegenüber, durch die sich ein sprudelnder Bach wand. Blumen blühten im hohen Gras und wogten sacht im Wind. Doch dann zog sich eine unsichtbare Linie durch die Szenerie, teilte die Landschaft in lebendig und tot. Denn auf der anderen Seite war das Gras vertrocknet, der Bachlauf leer.

Jedes Mal, wenn ich blinzelte, schien sich die Trostlosigkeit weiter auszubreiten.

Neugier lockte mich, den letzten Schritt zu wagen.

Und ich gehorchte. Ließ die menschliche Welt hinter mir. Erinnerungen. Schmerz.

Vor mir lag die Hoffnung, Frey wiederzusehen.

Unter dem Torbogen schloss ich die Augen, dann ging ich weiter. Der raue Stein zweier Treppenstufen verwandelte sich unter meinen Füßen in weiches Gras, das in mir das Bedürfnis weckte, die Schuhe auszuziehen und die Zehen darin zu versenken. Der Wind hieß mich willkommen, zupfte sanft an meinen Haaren. Ich hob die Lider und wurde geblendet von der rauen Schönheit des Landes, das sich vor mir ausbreitete. Blumen tupften ihre Farben in das Grün sanft ansteigender Hügel, ehe sie die unsichtbare Linie überschritten und in sich zusammenfielen. Ich lief darauf zu und der Geruch nach beißendem Schwefel schlug mir entgegen, als ich wenige Meter vor der unsichtbaren Grenze stehen blieb und auf ein sterbendes Land blickte. Was hatte das zu bedeuten?

Eine Weile starrte ich auf die Ödnis und fühlte der Beklemmung nach, die sich in mir ausbreitete. Irgendwann wurde sie übermächtig und ich musste mich abwenden, drang tiefer in jenen Teil Asterins ein, der in voller Blüte stand.

Von Frey gab es keine Spur. Trotzdem flüsterte ich seinen Namen. Immerhin bestand die Möglichkeit, dass er mich hörte – so wie ich ihn. Die Bäume streckten ihre Äste gen Himmel. Sie trugen schwere Früchte, deren herbsüßer Duft sich mit dem der Kräuter mischte. Vögel zwitscherten, erfüllten die Luft mit ihren Gesängen.

Ich atmete und es fühlte sich an, als täte ich dies zum ersten Mal in meinem Leben. Wie hatten Adriel und Caspian diese Welt für das Reich der Menschen hinter sich lassen können? Nicht Asterin war das Höllenloch, nein, es war London. Mit den stinkenden Abgasen, den in den Himmel ragenden Gebäuden, die immer enger aneinander heranrückten und klaustrophobische Gefühle auslösten. Die Menschen betonierten ihre Welt ein, während sich diese hier vor meinen Augen entfaltete. Kaum ein paar Minuten hier und schon hatte ich mein Herz an sie verloren.

Dies war also die Welt, in der die Dämonen geboren wurden. Bis ich Adriel und Caspian kennengelernt hatte, waren mir die Crae als Monster vorgekommen. Blutrünstig und rücksichtslos. Aber von diesem Ort schien keinerlei Gefahr auszugehen. Denn es war nicht nur die Heimat der Crae. Hier irgendwo wartete Frey auf mich.

Rory. Der Wind schien meinen Namen zu flüstern, hieß mich willkommen wie eine alte Freundin, und die Bäume stimmten mit ein. Ich lief auf ein lichtes Wäldchen zu, das sich am Fuße eines Berges fand. Mächtige Stämme ragten hoch hinauf. Ihre Rinde war grau und schillerte im Augenwinkel mal grün, dann blau. In der Ferne über mir verschmolz das Geäst zu einem natürlichen Dach. Getrocknetes Laub am Boden dämpfte meine Schritte.

Ich blieb erst stehen, als sich vor mir zwischen den Stämmen ein riesiges Spinnennetz ausbreitete. Die Fäden glänzten in dem schräg einfallenden Licht der Sonne silbern. In der Mitte des Netzes flimmerte die Luft. Dunkelheit ging von dieser Stelle aus. Doch sie ängstigte mich nicht. Sie schien einen natürlichen Ursprung zu haben, denn sie war Teil dieser Welt.

Rory.

Die Stimme in meinem Kopf. Dann wurde sie real.

»Rory.« Sie war sanft, Neugierde schwang in ihr mit. Und sie gehörte ganz bestimmt nicht Frey. Ich hob den Blick und begegnete dem von vier Augenpaaren, die auf mich gerichtet waren. Wo eben noch die Dunkelheit pulsiert hatte, saß nun eine riesige Spinne mit feingliedrigen Beinen und schillerndem Körper. Der Ekel, der mich bei ihrem Anblick in der Welt der Menschen überfallen hätte, blieb aus. Stattdessen trat ich näher.

»Woher kennst du diesen Spitznamen?«, fragte ich und sah mich suchend nach meinem besten Freund um.

»Asterin hat ihn mir verraten«, erwiderte die Spinne und klackerte mit ihren Greifern. »Er liegt in der Luft, wird vom Wind über das Land getragen.« War es das gewesen, was ich auf der anderen Seite gehört hatte?

»Wer bist du?«

Die Stimme der Spinne klang sanft, fast weiblich. Wie eine leise Melodie. »Du darfst nicht zwei Fragen hintereinander stellen«, entgegnete sie, dabei nahm ihr Ton einen Hauch von Schärfe an. »Das ist gegen die Regeln.«

»Welche Regeln?«

»Eine Frage gegen eine Frage. Eine Antwort gegen eine Antwort.« Die Spinne glitt über ihr Netz hinweg und näherte sich mir. Schuppen bedeckten ihren Körper und ihre Augen schienen zu leuchten.

»Dann stelle mir eine Frage«, forderte ich sie auf.

»Was ist es, das die Menschen am meisten fürchten?«

Ich stutzte, starrte das Wesen mit einer Falte zwischen den Brauen an. »Die Menschen fürchten sich vor vielen Dingen«, sagte ich leise und spürte, dass die Wahrheit wie Angst an meinen Eingeweiden nagte. »Vor der Einsamkeit, vor dem Tod. Aber am meisten fürchten sie sich wohl vor dem Unbekannten.« Das war es gewesen, was die Agenten der AO stets angetrieben hatte. Niemand wollte sich fürchten. Und deshalb mussten die Crae sterben. Wie hatte Adriel das zulassen können?

Die Spinne nahm einen silbernen Faden und wickelte diesen mit geschickten Bewegungen auf. Dunkelheit troff aus einem ihrer Greifer wie Speichel. Sie fing sie und mischte sie dem Faden bei. »Du bist dran«, entgegnete sie.

»Wer bist du?«

»Mein Name ist Sinistra. Ich spinne Dunkelheit und Licht zu Schatten und bin eines der vielen Gesichter Asterins.«

Eine Schattenseele. In der Vergangenheit war ich zwei von ihnen in Island begegnet. Sie hatten die kurzen Tage in einem der langen Winter in ewige Nacht verwandelt und der Welt das Licht entzogen. Frey und ich hatten die Schattenseelen mithilfe ein paar unserer Kollegen ausgeschaltet und die isländischen Medien hatten von einer Sonnenfinsternis berichtet. Keine Ahnung, ob das irgendjemand geglaubt hatte.

»Was ist des Menschen größtes Glück?«, wollte Sinistra wissen. Die Dunkelheit, die sich um ihre langen Beine wand, verdichtete sich.

Ich zögerte, denn mir kamen Dinge wie Geld und Macht in den Sinn. Doch ich besann mich eines Besseren. Nicht die Menschen waren Dämonen. Die Crae waren es. Sie und ich. »Liebe.« Meine eigene Antwort ließ mein Herz flattern. So lange war es her, dass ich meine Gefühle fein säuberlich in den hintersten Winkel meines Bewusstseins verbannt hatte. Und nun drängten sie sich mir entgegen.

Sinistra nickte, als gefiele ihr die Antwort. In dem Moment brach sich ein Lichtstrahl aus dem anderen Greifer und sie mischte ihn dem Faden bei. Licht und Dunkelheit prallten aufeinander.

»Was ist das?« Ich flüsterte in Ehrfurcht vor dem, was sich vor meinen Augen abspielte.

»Ist das deine Frage?«

»Eine Frage gegen eine Frage. Eine Antwort gegen eine Antwort«, wiederholte ich ihre Worte.

Sinistra klackerte mit den Greifern, als würde sie lachen. »Du lernst schnell.« Dann spann sie den Faden weiter. »Licht und Dunkelheit beherrschen unsere Welt. Sie regieren über den Himmel und leben in unseren Herzen. Sie sind wie zwei Pole, die sich voneinander abstoßen. Dazwischen existiert nichts. Nichts, das ich mit Schatten fülle.« Eine Gänsehaut überlief meinen Körper, als die Spinne weitersprach. »Schatten können ohne Licht und Dunkelheit nicht existieren. Kein Teil dieser Welt, keiner der anderen. Sie verbinden alles, schmieden die Grenze zwischen Asterin und dem Reich der Sterblichen.«

»Du meinst, Schatten sind der Klebstoff beider Welten? Sie halten alles zusammen?«

»Eine Frage gegen eine Frage. Eine Antwort gegen eine Antwort.«

»Das war keine Frage. Mehr eine Feststellung«, seufzte ich. »Du bist dran.«

»Was ist des Menschen größtes Laster?«

Erst als ich antwortete und die Dunkelheit erneut wuchs, begriff ich, dass Sinistra den Faden aus meinen Worten formte. Sie entnahm meinen Antworten Licht oder Dunkelheit und spann sie zu Schatten zusammen.

»Ich suche jemanden, sein Name ist Frey. Er hat mich in diese Welt geführt.«

»Das ist keine Frage.«

Während ich eine Weile über meine nächste Frage nachdachte, beobachtete ich Sinistra bei ihrer Arbeit. Sie ließ den Schattenfaden über die Klauen wandern, die sich am Ende ihrer langen Beine befanden. Ab und an hob sie den Blick eines ihrer Augenpaare und streifte mich, als wollte sie sich vergewissern, dass ich noch da war.

»Warum hat mich die Stimme zu dir geführt?«, wollte ich schließlich wissen. Es nützte nichts, mich nach Freys Aufenthaltsort zu erkundigen, wenn ich diesen ohnehin schon kannte. Er war hier. Irgendwo.

In dem Moment, da die letzte Frage meine Lippen verließ, richtete die Spinne sämtliche Augen auf mich. Ein Ausdruck darin, der mein Unbehagen weckte. »Du bist ein Schatten. Und ich spinne mit Schatten.« Sinistra streckte die Klauen nach der dunklen Silhouette meines Körpers aus, die sich deutlich auf dem Waldboden abzeichnete. Zuerst glaubte ich, sie wolle ihre Worte mit dieser Geste bekräftigen. Aber dann packte sie meinen Schatten. Ein eisiges Gefühl ging von dem Punkt aus, an dem er mit mir verbunden war. Ich wich zurück, stolperte über eine Wurzel und entriss dem Monster meinen Schatten. Obgleich Sinistra riesig war, war sie auf ihren acht Beinen sehr flink. Sie huschte über das Netz und landete mit einem Rascheln auf dem Boden. Rücklings kroch ich vor ihr zurück. Angst löste Unbehagen ab und ich schalt mich innerlich dafür, keine Waffe mitgenommen zu haben.

Ich hatte die Ausbildung der AO durchlaufen. Und auch wenn ich nun zu den Kreaturen gehörte, die die Agenten jagten, bedeutete das nicht, dass diese mich als ihresgleichen aufnahmen. Diese Erkenntnis traf mich hart, als ich die Gier nach Fleisch in Sinistras Blicken ausmachte.

»Was hast du vor?«, fragte ich, wohl wissend, dass meine Stimme vor Anspannung bebte.

»Eine Frage gegen eine Frage. Eine Antwort gegen eine Antwort.« Das war alles, was Sinistra sagte, bevor sie sich auf mich stürzte. Licht und Dunkelheit flammten um mich herum auf und verschmolzen zu Schatten.

20

Nicht Frey hatte mich zu sich gerufen. Die Kälte der Schatten und die bittere Erkenntnis drangen durch meine Kleider und versuchten, mich zu lähmen. Ich stemmte mich dagegen, wand mich unter ihnen. Mit den Händen tastete ich blindlings über den Waldboden auf der Suche nach etwas, an dem ich mich festhalten konnte. Oder etwas, das sich als Waffe gebrauchen ließ.

Über mir klackerten Sinistras Greifer. Ihr Geruch nach Laub und Schwärze war schier überwältigend, aber ich gab nicht auf. Auch wenn die Dämonen mich gebrochen hatten, würde ich nicht kampflos untergehen. Und in dem Moment bekam ich das Ende eines Astes zu fassen. Ich schloss meine Finger darum, dann holte ich aus und schlug auf die Kreatur über mir ein. Ein Schrei ertönte, die Schatten um mich herum lösten sich auf. Mehr brauchte ich nicht.

Mein Körper, der sich in den letzten Monaten einem neuen Rhythmus hatte fügen müssen, übernahm die Kontrolle. Ich rannte los, schlug die Richtung ein, in der das Tor lag. Der Weg hier heraus.

Weit kam ich nicht. Mit dem Fuß blieb ich in einer herausragenden Wurzel hängen und fiel. Der Aufprall beschwor Sternchen vor meinen Augen, denn ich war mit dem Kopf hart aufgeschlagen. Als ich die Lider hob, war meine Umgebung verschwommen. Furcht trieb mich an. Ich krabbelte vorwärts. Weiches Gras unter den Fingern, den Himmel über mir und ein Monster im Rücken. Ich wusste nicht mehr, wo das Tor war. Aber das spielte für den Moment keine Rolle. Schritt für Schritt ließ ich die Distanz zwischen Sinistra und mir wachsen.

Um mich herum schienen die Bäume enger zusammenzurücken, als wollten sie mir den Weg abschneiden. Ein Ruck ging durch die Welt und vor mir brach der Boden auf. Ich geriet ins Straucheln, ruderte mit den Armen und verlor den Halt. Schmerz durchfuhr meinen Körper, als ich eine Böschung hinabrutschte. Steine bohrten sich mir in die Seiten, ihre scharfen Kanten zerschnitten meine Kleidung, während mir Wurzeln ins Gesicht schlugen. Es fühlte sich an, als würde sich Asterin auf die Seite der Spinne stellen. Gegen mich, die Halb-Crae, die nicht an diesen Ort gehörte. Denn sobald ich am Fuße des Hügels liegen blieb und die Augen öffnete, beobachtete ich, wie sich alles um mich herum veränderte. Die bunten Farben dieser Welt verblassten, wurden grau, bis eine Dunkelheit aufzog, die anders war als alles, was ich zuvor gesehen hatte.

Ein Donnern schwoll hinter mir an. Seine Vibration spürte ich im Boden. Ich riss den Kopf herum und sah gerade noch, wie die Wurzeln eines riesigen Baumes aus der Erde brachen. Dann die eines weiteren. Sie erwachten zum Leben. Angst lähmte meinen Geist, aber die Agentin in mir funktionierte. Ich stemmte mich ungeachtet meiner Verletzungen hoch und taumelte auf die Ebene zu. Die Blumen, die dort zuvor zahllose Farbtupfer im Grün gestreut hatten, waren vertrocknet.

Ich sah das Weltentor nicht, eilte dennoch in die Richtung, in der ich es vermutete. Erschütterungen brachten meine Schritte aus dem Takt. Mehrere Baumriesen folgten mir. Lose Zweige prasselten um mich herum nieder und verwandelten sich in Schlangen, die sich mit schillernden Leibern durch das trockene Gras wanden. Asterin erwachte zum Leben und forderte meinen Tod, dessen war ich mir sicher.

Ich mochte eine Halb-Crae sein, aber willkommen war ich hier nicht.

Mein Herz pumpte, Blut rauschte in meinen Ohren. Doch ich erlaubte mir nicht stehen zu bleiben. Die Ebene stieg sanft an und da, wo das Tor hätte sein sollen, war nichts. Ich blinzelte, konnte es aber auch nicht mit meinem magischen Auge ausmachen. Angst schlug in Panik um. Meine Bewegungen wurden hektischer. Ich stolperte mehrmals, konnte nur mit Mühe das Gleichgewicht halten. Bergauf wurde ich immer langsamer. Da das Tor ohnehin fort war, beschrieb ich einen Bogen über den Hügel und nutzte seine abfallende Seite, um Geschwindigkeit aufzunehmen. Die Baumriesen waren zwar groß und legten mit nur einem Schritt eine beachtliche Entfernung zurück, aber sie waren unbeholfen, als hätte Asterin sie einzig zu dem Zweck ins Leben gerufen, mich zu jagen.

Gerade als ich glaubte, die Dämonen abhängen zu können, zog ein Wind auf, der mir entgegenpreschte und mich langsamer werden ließ. Mein Vorsprung schwand und ich begriff, dass ich ihnen niemals würde entkommen können. Ich würde sterben. An einem Ort, der meine Heimat hätte sein können. Und vielleicht war er das auch, verlangte aber trotzdem nach meinem Tod.

Vor mir ging die Ebene in eine zerklüftete Felsenlandschaft über. Ich mochte mir nicht vorstellen, was geschehen würde, wenn Asterin die Gesteinsbrocken ebenfalls erweckte. Aber meine Lunge brannte, und auch wenn ich atmete, fühlte es sich nicht danach an, als würde sie mit ausreichend Sauerstoff versorgt werden. Ich brauchte einen Moment der Erholung. In der Senke zweier Felsen suchte ich Schutz. Mit hämmerndem Herzen und tränenden Augen kauerte ich mich gegen die raue Wand und lauschte den donnernden Schritten der Baumriesen. Doch sobald sie die Grenze zwischen der Ebene und den ersten Klippen erreicht hatten, verwandelten sie sich in einen Regen aus Laub, der auf mich niederprasselte.

Schwarzes Laub. Jene Blätter, die zuvor noch bunt geschimmert hatten, hatten alle Farbe verloren. Eines davon landete auf meiner Schulter. Als ich es wegschnippen wollte, spürte ich ein Pulsieren, das durch die Blattadern ging. Ich ließ es fallen, als hätte ich mich daran verbrannt. Und mit dem nächsten Windzug vergingen die letzten Reste der Baumriesen. Einzig der Schweiß, der meinen Körper bedeckte, und die Angst, die mir kalt im Nacken saß, zeugten von dem, was gerade geschehen war.

Wumm. Wumm. Wumm. Mein Herz traute der trügerischen Sicherheit nicht. Wachsam ließ ich den Blick über die Felsen gleiten. Dichtes Moos zog sich über ihre scharfkantigen Oberflächen. Moos. Oder Fell? Es glänzte schwarz und auf einmal blickten mich gelbe Augen an. Ein Knurren ertönte. Ich richtete mich langsam auf, sah mich suchend um. Und da entdeckte ich ihn. Einen riesigen Wolf mit gebleckten Zähnen. Er schlich in geduckter Haltung auf mich zu. Sprungbereit.

In meiner Ausbildung hatte ich gelernt, in einem Moment wie diesem nicht wegzulaufen. Und trotzdem hätte ich am liebsten genau das getan, als sich das Knurren vertiefte. Mehrere Gesteinsbrocken in meiner unmittelbaren Umgebung verwandelten sich in Wölfe. Die Blicke kalter Augen durchdrangen mich, bohrten sich in mein Fleisch und nagelten mich an den Felsen hinter mir. Ich konnte nicht fliehen, sie kesselten mich ein.

Eisige Kälte ging von meinem hämmernden Herzen aus und überwältigte mich. In meinem Kopf breitete sich eine Leere aus, wie ich sie schon einmal empfunden hatte. Ich war zurück in jener Gasse, in der mein Leben ein jähes Ende gefunden hatte. Obwohl ich diejenige war, die überlebt hatte. Und er gestorben war. Ein Teil von mir war mit ihm gegangen.

Meine Erinnerung verwandelte die Wölfe in Blutgeister. Ich roch den metallischen Gestank, der von diesen Kreaturen ausging, sah das Zucken der Polarlichter hoch über der Stadt.

Ich hatte keine Waffe. Heute nicht. Und damals auch nicht. Damals hatte ich sie im Kampf zuvor verloren. Heute war ich nicht mit der Absicht losgezogen, zu kämpfen.

Einer der Wölfe sprang auf mich zu.

Der Blutgeist warf sich auf Frey.

Zähne blitzten auf.

Die Krallen des Monsters schlugen in Freys Brust.

Über die Felsenlandschaft glitt ein Schatten, eine Kreatur mit weit ausgebreiteten Schwingen. Ein weiterer Crae, der meinen Tod forderte. Ich hatte dem nichts mehr entgegenzusetzen und schloss die Augen.

Dann prallte etwas gegen meinen Oberkörper.

Der Blutgeist schlug ein weiteres Mal nach Frey.

Ich verlor den Boden unter den Füßen. Frey kippte vornüber, landete auf den Knien.

Der Schatten des Todes strich über mich hinweg.

Das Leben verblasste in Freys Augen.

Ich wünschte, ich hätte ihn noch einmal gesehen, ehe Asterin meinen Tod forderte. Ich wünschte, wir wären uns hier begegnet.

»Aurora!« Es war nicht Frey, der meinen Namen in den Wind hinausschrie. Aber auch diese Stimme war mir vertraut. Wut färbte sie dunkel, doch auch Sorge schwang in ihr mit. Ich hob den Blick und sah Augen, die mir fremd waren. Sie waren golden, obwohl sie blau hätten sein müssen. Ich fand mich in Caspians Armen, an seiner Brust wieder. Atmete seinen vertrauten Duft. Er war es. Und irgendwie nicht.

Meine Finger krallte ich in sein Hemd. Unter uns schrumpfte Asterin immer weiter in sich zusammen, wir flogen.

Wir flogen.

Verdammte Scheiße. Große golden glänzende Flügel mit weißen Federn an den Spitzen brachen sich aus Caspians Rücken. Der Wind blähte sie auf, trug uns fort von den Monstern, die nach meinem Blut verlangt hatten. Und fort von dem letzten bisschen Verstand, das mir geblieben war. Denn in dem Moment war ich überzeugt, dass all das, was seit Freys Tod geschehen war, ein Produkt meiner Fantasie gewesen war.

Das konnte nicht echt sein.

Aber neben dem beißenden Wind spürte ich Caspians warmen Atem an meiner Wange und seine Arme, die sich fest um meinen Rücken schlangen.

Fassungslosigkeit und Unverständnis überkamen mich. Mein Verstand arbeitete, konnte das, was sich hier abspielte, jedoch nicht greifen. Ich schnappte nach Luft und hatte weiterhin das Gefühl zu ersticken.

»Hör auf zu zappeln, wenn du nicht willst, dass ich dich fallen lasse«, grollte Caspian dicht an mein Ohr. Er war es. Kein Zweifel.

Oder hatten die Wölfe mich erwischt und das hier war das, was nach dem Tod kam? Aber was machte dann ausgerechnet Caspian hier?

Die Panik lähmte mich, zugleich machte sie mich ruhelos. Ich fühlte mich zerrissen und schaffte es nicht, die losen Teile meiner selbst aufzulesen und zusammenzusetzen. Alles entglitt mir. Die Realität. Ich.

Ein gebrochener Laut presste sich aus meiner Brust. Er wandelte sich in ein hysterisches Lachen, das der Wind mit sich trug. Und irgendwann wurde es zu haltlosen Schluchzern. Ich fühlte alles und nichts und war mir nicht einmal mehr sicher, ob ich überhaupt noch am Leben war.

»Aurora«, flüsterte Caspian meinen Namen und band mich an eine Wirklichkeit, von der ich nicht wusste, wie sie aussah. Doch es spielte keine Rolle, solange er Teil davon war. Auch wenn das Unbehagen der Leere unter mir blieb, legte sich meine Panik.

»Was machst du hier?« Diese Frage fasste nicht einmal ansatzweise meine Verwirrung zusammen, war aber das Einzige, was ich in Anbetracht der luftigen Höhe über die Lippen brachte.

Caspian knurrte und es klang dem der Wölfe nicht unähnlich. »Wonach sieht es denn aus?« Sein Zorn schwappte in Wellen über mich hinweg. Ich war mir bewusst, dass er nicht minder gefährlich war als jene Dämonen, die mich gejagt hatten. Doch in seinen Armen war ich nicht länger imstande, mich zu fürchten. Ich erlaubte mir, meine Wange an seine Brust zu schmiegen, lauschte dem Geräusch seines schnellen Herzschlags. Er war hier. Bei mir. Und auch wenn er nur ein Trugbild war, war es mir gleich, solange ich diesen Moment auskosten konnte.

Dann drehte ich den Kopf. Das Wesen, das mich gerettet hatte, war definitiv Caspian. Aber anders. Seine Konturen verschwammen in Dunkelheit, die Augen waren nicht mehr blau, sondern golden wie seine Flügel und wie mein magisches. Sein Haar floss wie Tinte um die scharfen Züge seines Gesichts. Und dann waren da diese Flügel, mehrere Meter Spannweite und glänzend wie der Sonnenaufgang.

Dunkelheit und Licht zu Perfektion in einem einzigen Geschöpf vereint. Er war beides.

Es war das erste Mal, dass ich Caspian wirklich sah, dass ich die Dunkelheit um ihn herum durchdrang.

»Trägst du hier auch denselben Namen wie in der Menschenwelt?« Woher die Frage gekommen war, wusste ich nicht. Auf einmal war sie durch meine Gedanken gegeistert, dann hatte ich sie ausgesprochen.

Caspian schnaubte und spannte den Kiefer an. »Nein.« Aber trotz seiner Wut hielt er mich fest und sicher. Ich wagte trotzdem nicht, ihn nach seinem crae'schen Namen zu fragen. Denn etwas sagte mir, dass er mir diese Antwort nicht geben würde. Zumindest nicht jetzt.

»Woher wusstest du, wo du mich finden würdest?«

Das Pfeifen des Windes übertönte meine Worte, doch Caspian hatte mich gehört. Ein weiteres Knurren ließ seine Brust vibrieren. »Du hast mich angerufen. Und nachdem du nicht auf meine Rückrufe reagiert hast, dachte ich, dass du in Schwierigkeiten steckst. Allerdings dachte ich eher an ein wiederholtes Treffen mit dem Dunkelwanderer. Dass du nach Asterin marschieren würdest, hätte ich nicht erwartet.«

»Rückblickend betrachtet war das womöglich nicht das Klügste, was ich je getan habe«, brummte ich und entlockte Caspian damit ein Lachen.

»Da muss ich dir recht geben.« Sein Daumen beschrieb ein Muster auf meinem Rücken. Die Gänsehaut, die mich daraufhin überlief, hatte nichts mit der Kälte zu tun, die der Wind uns um die Ohren pfiff.

Asterin flog unter uns vorbei. Die Dunkelheit zog sich zurück und die vertrockneten Blumen auf der Ebene hoben die Köpfe der Sonne entgegen. Ganz langsam färbten sie sich wieder bunt. Die Welt gewann an Schönheit zurück, die sie kurz zuvor eingebüßt hatte. Doch am Horizont blieb eine Wolke hängen, die den blauen Himmel trübte.

Ich schluckte, als ich erkannte, dass sich diese Wolke auf uns zubewegte. Viel zu schnell, um natürlichen Ursprungs zu sein.

»Caspian«, murmelte ich.

Er wandte sich um und stieß einen leisen Fluch aus. Dann lehnte er sich vor, stürzte sich in die Tiefe und riss mich mit sich. Mein Schrei blieb mir in der Kehle stecken. Ich klammerte mich an Caspian fest, während wir auf die Erde zurasten. Die Schemen am Horizont folgten uns. Wie Caspian hatten sie Flügel, aber sie waren nicht golden wie seine.

»Wer ist das?«

»Willst du nicht wissen«, entgegnete Caspian.

»Sonst hätte ich wohl kaum gefragt«, sagte ich trotzig.

Caspian knurrte etwas. »Die Wölfe. Sie sind Gestaltwandler.«

Vor uns tauchte das Weltentor auf. Die Sonne badete es in Licht, ließ die Muster und Schriftzeichen im Stein leuchten. In der glatten Oberfläche spiegelte sich die Wiese. Wir rasten darauf zu, aber mit seinen weiten Schwingen würde Caspian das Tor eher sprengen. Ich zappelte in seiner Umklammerung. Er packte fester zu, wurde noch schneller. Ich kniff die Augen zusammen, wollte nicht sehen, wie wir gegen den Stein prallten.

Und dann ließ er los.

Ich flog. Diesmal ohne Schwingen. Ohne Caspian.

Sekunden der Schwerelosigkeit, ehe ich auf hartem Boden aufprallte und mich mehrmals überschlug. Keuchend blieb ich liegen, blinzelte in Sterne, die vor meinen Augen tanzten, bis ich erkannte, dass es echte Sterne waren. Ich war auf der Brücke gelandet, die die beiden Welten miteinander verband. Aber Caspian war nicht bei mir. Ich sprang auf, fing mich an dem Geländer ab und sah in die Tiefe, das Nichts. Sterne, Lichtwirbel, Magie. Von Caspian war keine Spur zu sehen.

Scheiße.

Ich stieß mich von dem Geländer ab und wankte zurück auf das Tor zu, das nach Asterin führte. Durch die Wellen, die dessen Oberfläche noch immer durch meinen Aufprall schlug, konnte ich nur verschwommene Schatten erkennen. Farben und Dunkelheit, die sich miteinander mischten.

Bevor ich in die andere Welt zurückkehren konnte, schob sich ein Schemen vor das Tor. An den Rändern franste er aus, aber seine Statur war unverkennbar. Caspian sprang hindurch und die glatte Oberfläche spritzte wie Wasser. Dann rannte er auf mich zu, die goldenen Flügel dicht am Rücken gefaltet. Als er mich entdeckte, rief er: »Lauf!« Seine Stimme klang gepresst, sie verlor sich in dem endlosen Raum um uns. Auf meiner Höhe packte er meine Hand und riss mich mit sich. Sein Griff war fest und unnachgiebig, ich konnte nicht anders, als mich seinem Tempo anzupassen. Unsere Schritte trommelten ein wildes Stakkato auf den Boden, während die Silhouetten hinter uns größer wurden. Schon bald würden auch sie durch das Tor treten.

Ich rannte. Vor uns zeichnete sich das Atrium ab. Das Licht der Sterne, die in dem Raum schwebten, verschwamm um die hellen Punkte herum, verwandelte sich in einen verwaschenen Schein, der sich klärte, je näher wir kamen. Und in dem Moment, da die Brücke unter dem Gewicht unserer Verfolger zu vibrieren begann, stürzten wir durch das Tor zurück in unsere Welt.

In meine Welt.

Caspian ließ mir keine Zeit, mich zu orientieren. Erbarmungslos schleifte er mich weiter und stieß mich durch die Tür.

»Was, wenn sie uns folgen?«, keuchte ich, denn das bisschen Stahl, das nun zwischen den Gestaltwandlern und uns lag, trug nicht sonderlich zu meiner Beruhigung bei.

»Werden sie nicht. In dieser Welt verlieren die Crae ihre Kräfte. Ein bisschen Menschenfleisch ist es nicht wert, das zu riskieren.«

»Ist das der Grund, warum niemand die Grenze in Asterin bewacht?«, wollte ich wissen. Adriels Geschichte hatte so geklungen, als wären zahlreiche Crae auf der anderen Seite der Tore stationiert.

Caspian presste die Kiefer aufeinander. »Das mag sein. Oder vielleicht gibt es niemanden mehr, der es ihnen befiehlt.« Mit routinierten Gesten verschloss er die Tür, und ich begriff, dass die Gefahr vorerst gebannt war.

Wie ich mich irrte. In dem Halbdunkel des Kellers knackte es. Ich blinzelte, ehe ich im nächsten Moment mit meinem magischen Auge die Situation erfasste. Eine kopflose, menschenähnliche Gestalt wand sich aus einer Wolke goldener Partikel. Aus ihren Armen brachen sich scharfe Rasierklingen, die im trüben Licht glänzten. Keine Ahnung, um welche Art es sich handelte, aber die Kreatur griff mit einem sirenenartigen Heulen an.

»Caspian, Achtung!«, schrie ich und duckte mich, als der Crae nach mir ausholte.

Caspian stieß einen Fluch aus und zückte die Waffen. Seine Bewegungen waren schnell und präzise. Die der Kreatur orientierungslos, als hätte der Grenzübertritt Nebenwirkungen. Oder als wäre sie durch das Fehlen des Kopfes im Nachteil. Vielleicht auch beides.

Es dauerte keine zwei Minuten, bis Caspian den Crae überwältigt hatte und ihn mit dem Stoß einer Obsidianklinge zurück nach Asterin beförderte.

»O Mann«, murmelte ich. Meine Erleichterung währte nur bis zu dem Moment, da ich in das Gesicht meines Retters sah. Wut formte seine Lippen zu einer schmalen Linie, färbte seine Augen, die inzwischen das mir vertraute Blau wieder angenommen hatten, dunkel. So dunkel wie das endlose Nichts, das sich um die Brücke zwischen den Welten spannte. Vollkommen schwarz, lichtlos und gefährlich. Eine Erinnerung blitzte in mir auf, aber bevor ich sie greifen konnte, schloss Caspian die Lider und schüttelte mit aufeinandergepressten Kiefern den Kopf.

»Du kannst von Glück reden, dass der Crae, den Asterin für dich hergeschickt hat, noch hier war.« Seine Worte waren wie Pistolenschüsse. Präzise und durchdringend. Sie trafen mich mitten ins Herz. Ich taumelte, fing mich an der Wand ab. Blut rauschte in meinen Ohren, aber nicht so laut, als dass ich ihn nicht gehört hätte. Die Wärme, die ich noch gestern zwischen uns gespürt hatte, war verflogen. Das Prickeln, das ich in seiner Nähe empfunden hatte, legte sich unter dem harten Blick, den er mir zuwarf.

Caspian rieb sich mit einer Hand über das Gesicht, dann fuhr er sich durch das Haar und zerzauste seine durch die Flucht ohnehin schon unordentliche Frisur. »Hat sich dein Ausflug gelohnt?«

Ich schrumpfte in mich zusammen und fixierte den gefliesten Boden. »Nein.« Erinnerungen blitzten vor meinen Augen auf. Frey, der nicht dort gewesen war. Die Spinne. Die Bäume. Die Wölfe. Wenn ich nicht die Spuren meiner Verfolgung durch Kratzer auf der

Haut mit mir getragen hätte, hätte ich all das für das Produkt meiner Fantasie gehalten. Aber das getrocknete Blut auf meiner Haut war echt. Mit dem Daumen zeichnete ich eine rote Linie auf meinem Arm nach. Schmerz schoss impulsartig durch meinen Körper. Mir entfuhr ein Stöhnen. Und dann gaben meine Knie nach, ich sackte zu Boden. Caspian hob den Blick. Wut war Sorge gewichen, die seine Züge zeichnete. Im nächsten Moment war er über mir. Warme Hände, die sich um meine Arme schlossen und mich hochhoben. Der halbdunkle Flur verschwamm vor mir. Ich versuchte, mich auf meine Umgebung zu konzentrieren. Erfolglos.

»Asterin steckt dir in den Knochen.«

Ich wollte Caspian sagen, dass ich die Sanftheit in seiner Stimme nicht verdiente, dass er recht hatte, wütend auf mich zu sein. Ich hatte mich egoistisch verhalten. Schon wieder.

Doch dafür hatte ich keine Kraft mehr. Ich ergab mich dem Schicksal, das mich seinen Armen überließ.

21

Caspians Wut hatte sich gelegt. Aber vielleicht war es auch Pflichtgefühl, das sein Handeln bestimmte. Er sprach kaum mit mir, als er mich in sein Auto setzte. Und ich hatte keine Kraft dazu. Müdigkeit drückte schwer auf meine Lider und ich kämpfte dagegen an, sie zu schließen. Ich verlor. Wieder und wieder. An mehreren Kreuzungen schreckte ich hoch, bis ich begriff, dass Caspian mich nicht in meine Wohnung brachte.

»Wohin fahren wir?«, wollte ich wissen und richtete mich auf.

»Asterin kann überwältigend sein. Überwältigend und unerbittlich. Ich will sichergehen, dass du wohlauf bist. Aber ich habe keine Lust, die Tratschsucht deiner Mitbewohnerin zu bedienen. Also kommst du mit zu mir.«

»Oh«, war alles, was ich hervorbrachte. Die Aussicht, bei Caspian die Nacht zu verbringen, war wie Eiswasser, das meine Sinne belebte. Mein Puls steigerte die Frequenz, ich wurde kurzatmiger und versuchte unauffällig Luft zu holen. Die Reaktion meines Körpers auf Caspians Ankündigung schien ihm nicht unbemerkt zu bleiben. Aus dem Augenwinkel musterte er mich und etwas, das mich an ein Lächeln erinnerte, zupfte an seinen Mundwinkeln. Demonstrativ wandte ich mich ab und beobachtete, wie London an uns vorbeirauschte. Ich hielt nach Spuren von Magie Ausschau, aber alles, was in der Luft hing, war ein feiner Nieselregen, dessen Film auf dem Asphalt die Lichter der Stadt reflektierte.

In einer Straße, die wie so viele andere in London von viktorianischen Reihenhäusern gesäumt wurde, drosselte Caspian das

Tempo. Ich hätte ihn mir sehr gut in einem der markanten Hochhäuser in der City vorstellen können, deshalb war ich überrascht, als er das Auto in die Reihe am Straßenrand geparkter Fahrzeuge manövrierte. Stille senkte sich über uns, sobald der Motor erstarb.

»Hier wohnst du?« Die Frage war mir entschlüpft, ehe ich sie aufhalten konnte. Die Gegend hier schrie förmlich nach Familien mit Kindern. Gepflegte Vorgärten, Schaukeln und Rutschen, große Familienwagen. Caspians Aston Martin fiel auf.

Er wies auf ein schmales Gebäude mit Erkerfenster und Vordach. Anders als die anderen Klinkerbauten war es weiß gestrichen. Das Licht der Laterne spiegelte sich auf den regennassen Dachschindeln, die ziemlich neu aussahen. Ein niedriger Zaun trennte den winzigen Vorgarten von der Straße. Es sah idyllisch aus. Heimelig.

»Du wohnst wirklich hier? Und hast nicht einfach beliebig irgendein Haus ausgewählt? Ich will keine ältere Dame aus dem Schlaf schrecken, indem ich bei ihr einbreche.« Ich hob eine Braue, was Caspian ein Lachen entlockte, das seine schlechte Laune wegzuwischen schien. Er stieg aus, kam um das Auto herum und öffnete mir die Tür.

»Keine Sorge, ich lebe allein.«

Ein Kribbeln breitete sich in meinem Innern aus und ich wusste nicht, ob es an der Bedeutung seiner Worte lag oder daran, dass er meine Hand nahm und mich nach draußen zog. Meine Knie hatten sich noch immer nicht von Asterin erholt und so prallte ich gegen Caspians Brust.

»Schön langsam, ja?«, murmelte er in mein Haar, eine Hand an meiner Taille. Diese Berührung jagte mir Stromschläge durch den Körper und machte es mir noch schwerer, einen Schritt vor den anderen zu setzen.

Das kleine Gartentörchen hieß uns quietschend willkommen. Wir folgten einem kurzen, aber aufwendig gefliesten Weg zur Tür. Caspian ließ mich eintreten und schaltete mit einem seitlichen Griff die Deckenlampen an. Flutartig breitete sich ihr goldenes Licht um uns herum aus. Es gab keinen Flur und so fand ich mich in einem überraschend geräumigen und geschmackvoll eingerichteten Wohnzimmer wieder. Vor den Erkerfenstern stand eine große Couch, der für meinen Geschmack ein paar Kissen gutgetan hätten. Aber es gab einen jener typisch britischen Kamine mit einer verzierten Konsole und einen Teppich in der Mitte des Raumes. Gegenüber der Couch befanden sich zwei Sessel im Stil der Achtziger, obgleich der Rest sehr modern eingerichtet worden war. Weiße Wände, dekorative Stuckleisten, die nichts mit barocker Üppigkeit zu tun hatten, sondern geradlinig verliefen und sich dem Stil des Hauses fügten.

Der Boden knarzte unter meinen Füßen, als ich einen Schritt nach vorn machte. Die Luft war unverbraucht, mischte sich mit dem Geruch der Holzdielen, als würde Caspian nur selten Zeit hier verbringen. Und das tat er vermutlich auch.

»Und du bist sicher, dass du dich nicht in der Tür geirrt hast?«

»Wo hast du geglaubt, dass ich lebe? In einer Gruft?«

Ich schnaubte. »Vielleicht nicht unbedingt in einer Gruft. Aber in meiner Vorstellung waren die Wände deines Zuhauses definitiv schwarz und nicht weiß.«

Caspian lachte leise und das Geräusch weckte ein warmes Gefühl in mir, das sich wie Sirup langsam und süß in meinem Körper ausbreitete. Ich gab mich ihm hin, erlaubte mir für einen Moment, die Augen zu schließen. Als ich sie wieder öffnete, musterte Caspian mich unschlüssig. »Wie fühlst du dich?«

Meine Lippen teilten sich. Aber eine Antwort fand ich nicht. In dem Moment knickten meine Knie unter der Last meines Körpers ein und ich fand mich in Caspians Armen wieder.

»Nicht so gut«, antwortete er für mich und seine Worte strichen mir mit seinem warmen Atem über die Ohrmuschel.

Ich wollte protestieren, mich von ihm losmachen. Aber meine Gegenwehr brach in sich zusammen, als er mich mühelos hochhob und quer durch den Raum trug. Nachdem er mich auf der Couch abgelegt hatte, nahm er aus einer Kommode eine Decke, die er über mich ausbreitete. Da erstarb der Widerspruch endgültig in mir, denn die Art und Weise, wie er sich um mich kümmerte, berührte etwas in mir.

»Asterin ist hartnäckig, es wird dich nur ungern gehen lassen«, sagte er leise, ehe er sich erhob, um im Kamin ein kleines Feuer zu entzünden. Kurz darauf füllten Flammen den Raum mit Wärme und orangefarbenem Licht. »Ich setze Tee auf. Danach reden wir.«

War das ein Versprechen? Eine Drohung? Oder schlicht und ergreifend ein Fluchtversuch, weil sich das Gespräch in eine Richtung entwickelt hatte, die ihm nicht behagte? Ganz gleich, was es gewesen war, während leise klappernde Geräusche aus der Küche drangen, dämmerte ich immer wieder weg. Das Feuer knisterte und die Müdigkeit war hartnäckig. Sie zog mich mit sich, bis sich Caspians Wohnzimmer um mich herum auflöste.

Als ich das nächste Mal wach wurde, saß Caspian in einem der Sessel, den er näher an die Couch gezogen hatte. Das schwarze Haar war zerzaust, als wäre er unablässig mit den Fingern hindurchgefahren, aber seine Haltung war starr. Sein Blick ruhte auf mir und ich fragte mich, ob es das war, was mich dem Schlaf entrissen hatte.

»Ich fürchte, der ist kalt geworden«, sagte Caspian und deutete mit dem Kinn auf die Tasse, die auf einem niedrigen Beistelltisch nahe meinem Kopf stand.

»Wie lange war ich weg?«, wollte ich wissen und richtete mich auf. Draußen hatte die Nacht London noch immer in ihren Fängen.

Caspian zuckte die Achseln. »Vielleicht eine Stunde. Geht es dir besser?«

»Ich denke schon.« Das Unbehagen hatte von mir abgelassen, aber noch immer spürte ich den Sog der Müdigkeit und tief in mir konnte ich Asterins Flüstern wahrnehmen. Ich griff nach der Tasse Tee, der auch kalt noch schmeckte, und leerte sie zur Hälfte. Über den Rand hinweg musterte ich Caspian. Er hatte sich umgezogen, trug eine dunkle Jogginghose und ein offenes Flanellhemd, dessen Ärmel er hochgekrempelt hatte, darunter ein weißes Shirt.

»Irgendwie habe ich mir Asterin anders vorgestellt, nachdem du davon erzählt hattest«, murmelte ich, um das peinliche Schweigen zu durchbrechen, und erinnerte mich an die unsichtbare Grenze, hinter der das Land grau und tot gewirkt hatte. Wie die Hölle, wie ich sie mir dank Hollywood und Co. ausgemalt hätte.

»Es hat sich verändert.« Etwas in Caspians Augen wurde dunkler und er seufzte. »Asterin war ein Ort voller Leben, aber jetzt haftet ihm der Tod an. Ein Ungleichgewicht zwischen den Welten schwächt das Land. Die Verzweiflung der Crae hing förmlich in der Luft. Es wundert mich nicht, dass sie versuchen, die Grenze zu überwinden. Sie wollen ihre Heimat retten. Und ich wünschte, es gäbe Hoffnung.« Seine Worte waren gefasst, aber er konnte weder Sehnsucht noch die Trauer in seinem Blick vor mir verbergen.

Mir schnürte sich die Kehle zu und die nächsten Worte brachte ich nur mühsam hervor. »Und die gibt es nicht?« Ich ließ die Tasse sinken.

Caspian schwieg und ich glaubte schon, er würde nicht mehr antworten, bis er schließlich einen gequälten, kaum hörbaren Laut ausstieß und sagte: »Die gibt es immer. Die Frage ist nur, ob man auch bereit ist, den Preis zu zahlen.«

»Kein Preis könnte zu hoch sein, um deine Heimat zu retten«, sagte ich und stellte die Tasse auf den Beistelltisch. Dann beugte ich mich vor und legte die Hand auf sein Knie. Er zuckte, aber der Hauch eines Lächelns auf seinen Lippen ermutigte mich, sie dort zu lassen. In mir regte sich ein sanftes Kribbeln und mein Puls beschleunigte sich, während ich seine Wärme in mir aufnahm.

»Das kommt auf den Preis an«, meinte Caspian in einem Ton, den ich unmöglich deuten konnte. Bevor ich ihn fragen konnte, wie er das meinte, lenkte er mich ab. Er streckte die Hand nach mir aus und schob mir die Haare zurück hinters Ohr. Dort, wo er mich streifte, breitete sich Hitze unter meiner Haut aus. Sein Blick strich wie eine Berührung über die verästelte Narbe um mein Auge. Ich erlaubte ihm, mich anzusehen, obgleich ich mich jedem anderen entzogen hätte. Doch die Art, wie er mich ansah, weckte mein Vertrauen. Beschützend. Sorgenvoll.

Ein Kribbeln fuhr durch mich hindurch und ich gab mich diesem sonderbaren Gefühl hin, genoss, was Caspian in mir auslöste. Erst als er von mir abließ, merkte ich, dass ich die Luft angehalten hatte. Ich räusperte mich und zog die Beine dicht an meinen Körper.

»Seit ich weiß, wer ich bin, frage ich mich, ob hinter dem Angriff damals mehr steckt.« Ich musste mich nicht erklären, es war offensichtlich, wovon ich sprach. Denn Caspians düsterer Blick zuckte erneut zu den Spuren, die jene Nacht auf meinem Gesicht hinterlassen hatte.

»Wie meinst du das?«

»Na ja ...« Ich zögerte. »Was, wenn es kein Unaware war, sondern jemand, der wusste, wer ich bin?«

»Du wusstest selbst nicht, wer du bist. Adriel hat dieses Geheimnis gut verborgen.« Prüfend betrachtete Caspian mich, seine Gedanken hinter einer unleserlichen Miene versteckt. »Was ist damals geschehen?« Verständnis lag in seinen Augen, in seiner Frage. Aber das änderte nichts an dem plötzlichen Unbehagen, das mich überkam. Fäden von Stille woben sich zwischen uns, verdichteten sich zu einem unsichtbaren Netz, das mich an das von Sinistra erinnerte.

»Das war taktlos.« Ein Holzscheit knackte im Kamin und ein paar Funken stoben auf. Ihrem gold-orangefarbenen Licht folgten lange Schatten, die Caspian einhüllten. »Fühl dich nicht dazu verpflichtet, mir zu antworten.«

»Ich habe noch nie darüber gesprochen«, murmelte ich leise und krampfte auf der Couch zusammen, »aber ich würde es gern versuchen.«

Unsere Blicke begegneten sich, verweilten einen Moment auf dem Gesicht des anderen. Ein Schauer überlief meinen Körper. Angefangen im Nacken, rieselte er hinab über meine Wirbelsäule. Nie zuvor hatte ich meine Geschichte jemandem anvertraut. Nach dem Zwischenfall hatte Adriel persönlich mich im isländischen Hauptsitz befragt. Damals war ich zu betäubt gewesen, um diesen Umstand zu hinterfragen, dann hatte mich Freys Tod zu sehr verfolgt, als dass ich noch einmal daran zurückgedacht hätte. Aber inzwischen wusste ich, warum Adriel damals aufgetaucht war.

Weil ich es gewesen war, die man angegriffen hatte.

Ich, seine Erbin.

Aufregung prickelte in mir, als ich erst stockend zu sprechen begann. Doch dann entflohen mir die Worte immer schneller und ich begriff, dass es Zeit war, diese Geschichte zu erzählen.

Loszulassen.

22

Ich war die erfolgreichste Agentin aller Zeiten. Es gab keinen Kampf, den ich nicht für mich entscheiden konnte, keinen Gegner, der mir ebenbürtig gewesen wäre. Und dann kam jene Nacht, in der ich alles verlor. Meinen Ruf. Mein Leben. Meinen besten Freund.

Die Luft roch nach Schnee. Polarlichter zuckten über den Himmel. Hellblaue, grüne und türkisfarbene Schlieren erhellten die Dunkelheit. Ich hatte oft mit meinem Partner Frey auf einem der Dächer der Basis gesessen und sie beobachtet. Er hatte behauptet, dass die Polarlichter nichts anderes als Rückstände jener Magie seien, die die Crae in unserer Welt hinterließen. Da die Polarlichter durch mein magisches Auge nicht anders aussahen als mit meinem menschlichen Auge, widersprach ich seiner These jedes Mal.

Aber in dieser Nacht schenkte ich ihnen keine Beachtung. Ihnen nicht. Und Frey auch nicht. Es war mein freier Abend und ich verbrachte ihn mit ein paar Kollegen in einem Club. Stunden zuvor hatten Frey und ich uns wieder einmal gestritten, und obwohl es uns verboten war, kippte ich einen Shot nach dem anderen, bis der Alkohol meine Empfindungen in Nebel hüllte. Wir tanzten. Hatten Spaß. Dann bebte der Boden. Die Musik erstarb, die Deckenstrahler tauchten die Tanzfläche in gleißendes Licht und zerstörten die Magie dieser Nacht.

»Was war das?«

»Vielleicht der Fagradalsfjall. Er ist seit ein paar Tagen aktiv.«

Natürlich hielten die Unawares das Beben für einen Vulkanausbruch, doch es hatte keinen natürlichen Ursprung. Diese Erkenntnis lichtete den Nebel des Alkohols. Ich zerrte mein Handy hervor und registrierte mehrere Anrufe in Abwesenheit.

Frey.

Mein Herz zog sich zusammen. Der Grund für unseren Streit war vergessen und Sorge nagte an mir, während ich mich durch die vollgestopften Gänge in Richtung Ausgang schob und den Rückruf tätigte.

»Rory«, meldete mein Partner sich. Ich kannte ihn lange genug, um zu wissen, dass etwas nicht stimmte. Seine Stimme vibrierte.

»Frey, was ist los?« Ungeduldig drängelte ich mich vor zur Garderobe und ließ mir meine Lederjacke aushändigen.

»Unsere Geräte messen einen Crae der Stufe fünf.«

Das, was sich Freys Stimme bemächtigt hatte, ergriff nun auch mich. Mein Puls beschleunigte sich. Aufregung trieb mich zur Eile an. »Wo steckst du?«, fragte ich, während ich durch die Tür in die kalte Nachtluft trat. Wie hauchfeine Nadelstiche fühlte sie sich in meiner Lunge an, aber ich atmete sie begierig ein, um auch den letzten Fängen des Alkohols zu entkommen.

Frey war der Sohn eines der Vorstandsmitglieder der isländischen AO. Der hohe Rang seines Vaters hatte stets seinen Ehrgeiz geschürt und ein Crae der Stufe fünf war ein Gegner, der einem Agenten in unserer Abteilung zu weitaus mehr Ruhm verhelfen konnte als sämtliche Mondschatten, Totentänzer und Magieflüsterer zusammen. Frey und ich galten schon jetzt als unbesiegbares Duo. Wenn wir einen Fünfer erledigten, würde uns das in der Ars Obscura unsterblich machen.

»Ich laufe am Ufer des Tjörnin entlang in Richtung Hólavallagarður. Dort wurden die stärksten seismografischen Schwingungen aufgezeichnet.«

»Verstehe. Bin unterwegs!« Zehn Minuten lag der Friedhof von hier entfernt, weniger, wenn ich mich beeilte.

»Rory …« Freys vertrautes Seufzen drang durch das Telefon an mein Ohr. Kurz herrschte Stille, in der ich nichts anderes hörte als unsere Schritte, die uns aus unterschiedlichen Richtungen zu ein und demselben Ziel führten. »Du bist dir sicher, dass du dem gewachsen bist?«

Ich schnaubte. »Hast du vergessen, wie ich den Riesen plattgemacht habe?«

»Du warst mit den anderen feiern«, sagte Frey vorsichtig. »Bist du sicher, dass du das schaffst? Ich will nicht, dass dir etwas geschieht.«

»Es geht mir gut«, erwiderte ich mit mehr Schärfe als beabsichtigt. Die Aussicht, die Nacht nicht mit einem meiner Kollegen, sondern mit einem Fünfer ausklingen zu lassen, war mehr als ernüchternd. Der Alkohol hatte inzwischen vollständig von mir abgelassen. Ich räusperte mich, um ihn von meiner Reaktion abzulenken, und fragte: »Was für ein Crae ist es?«

»Ein Blutgeist.«

Verdammt. Frey und ich würden definitiv in die Geschichte eingehen. Blutgeister waren äußerst selten und unheimlich gefährlich. Sie waren nicht mehr als Spuren verstorbener Seelen, die von der Welt der Menschen nach Asterin übergegangen waren. Wenn sie in dieser Form zurückkehrten und Blut tranken, wandelten sie für wenige Stunden wieder unter den Lebenden. Blutgeister galten als Vorlage für den Vampir-Mythos der Unawares, auch wenn sie weniger romantisch waren, als Film und Literatur sie darstellten. Im 17. Jahrhundert waren mehrere Blutgeister durch ein Weltentor in ein Dorf namens Kringa im Nordwesten Kroatiens eingedrungen und hatten dessen Bürger terrorisiert. Von dort aus hatten sich die Legenden um blutsaugende Edelmänner verbreitet, die in Dracula *und* Vampire Diaries *ihren perversen Höhepunkt gefunden hatten. Leider sah die Realität anders aus.*

»Hat er schon getrunken?«, wollte ich wissen und beschleunigte meine Schritte. Ich hegte keine tiefgründigen Sympathien für Unawares. Sie waren eindimensional und unglaublich profan, dabei aber sehr narzisstisch veranlagt. Trotzdem erweckte die Vorstellung, dass ein Blutgeist einen von ihnen überfallen könnte, ein unangenehmes Ziehen in meinem Magen. Ich war für den Schutz der Menschen verantwortlich.

Das Schweigen am anderen Ende der Leitung währte einen Moment zu lang. Das Ziehen verwandelte sich in ein kaltes Gefühl, das mich betäubte. »Scheiße«, war alles, was ich sagte. Ich dachte daran, was uns nun bevorstand. Blutgeister waren mächtig. Aber wenn sie erst einmal getrunken hatten, waren sie fast unbesiegbar.

Fast.

Frey und ich würden diesen Scheißkerl erledigen.

Der Schein der Straßenlaternen und die entfernten Polarlichter spiegelten sich in der glatten Oberfläche des Tjörnin. Häuser säumten den

See und in den wenigen Stunden Tageslicht konnte man auf der anderen Seite die Esja sehen. Im Moment verlor sich das Gebirge in der Schwärze der langen Nacht.

Noch immer lauschte ich Freys Atemzügen am anderen Ende der Leitung. Sie stockten. Etwas raschelte.

»Frey?«, fragte ich alarmiert und kniff die Augen zusammen, als ob ich so die Dunkelheit vor mir durchdringen könnte. Sie gab nicht nach.

»Skítkast!«, fluchte er, dann knackte es und ein gleichmäßiges Piepen bezeugte das Ende unseres Telefonats. Ich wählte erneut seine Nummer, diesmal zitterten meine Finger dabei. Frey nahm nicht ab.

Ich verlangsamte meine Schritte und lauschte auf meine Umgebung. Stille hatte die Nacht fest im Griff. Stille, die von einem Schrei durchdrungen wurde. Ich wusste, dass es Frey war. Seine Stimme hätte ich unter Tausenden wiedererkannt. Sie drang aus einer Gasse zwischen dem Ufer und dem Friedhof, also war der Blutgeist bereits weitergezogen. Ich zog eine gebogene Obsidianklinge aus dem Schaft meines Stiefels, die ich selbst an freien Abenden mit mir trug. Dann stopfte ich das Handy in die Hosentasche und rannte los.

Glas stob um mich herum, als ich dem Tjönin den Rücken zukehrte und den Geräuschen des Kampfes folgte. Ich drehte mich zur Seite weg, schützte mein Gesicht mit beiden Armen, als die Scherben auf mich einprasselten. Und als ich den Blick hob, ragte über mir in den Bruchstücken eines Fensters die Gestalt des Blutgeistes auf.

»Frey?« Panik ließ meine Stimme schrill klingen, doch sie ebbte ab, als gleich darauf die Antwort folgte.

»Hervorragendes Timing«, lobte mein Partner mich und sprang aus der Nische eines Hauses. Er war unversehrt, aber seine für gewöhnlich ordentliche Frisur war zerzaust und zeugte davon, dass ich den Beginn des Kampfes verpasst hatte. In seinen Händen hielt er zwei Schwerter, deren magisch behandelte Klingen in der Dunkelheit der Gasse aufleuchteten. »Der Kerl spielt unfair. Hat einfach das Fenster ausgehebelt und nach mir geworfen.«

Ich schnaubte. »Wann war ein Crae jemals fair?« Dann fixierte ich unseren Gegner. Während Frey als ausgebildeter Agent nicht mehr als die menschliche Hülle sehen konnte, die sich der Blutgeist zu eigen gemacht hatte, kam ich dank meines magischen Auges in den Genuss seiner ganzen Pracht. Doch sein Anblick enttäuschte mich. Denn viel mehr als Frey konnte auch ich nicht sehen. Es gab viele eindrucksvolle Dämonen, dieser hier gehörte nicht dazu. Er war nackt, von breiterer Statur, als Frey es war, aber mindestens einen halben Kopf kleiner als er. Das Blut, das er von einem Unaware getrunken hatte und ihm noch in den Mundwinkeln klebte, machte ihn so gewöhnlich. *Menschlich. Ich wusste, dass es ein Trugschluss war. Nur weil der Blutgeist ungefährlich aussah, war er es nicht. Im Gegenteil.*

Als könnte der Crae meine Gedanken lesen und wollte diesen Vergleich nicht auf sich sitzen lassen, brachen sich in diesem Moment Tentakeln aus seinem Rumpf. Sie endeten in einer scharfen Doppelklaue, die auf der Haut eines Menschen den Eindruck eines Zahnabdrucks erwecken konnten. Es war beeindruckend, wie nah der Vampir-Mythos der Wahrheit kam und wie weit entfernt er gleichzeitig davon war.

»O Scheiße«, murmelte ich, als mein Blick der Spur goldener Magiepartikel folgte, die die Bewegungen des Dämons hinter sich herzogen.

»Was ist?«, fragte Frey, vor dem noch immer die unbeeindruckende Gestalt des Mannes stand. Seine Stimme klang ungeduldig. Wie immer, wenn ihm bewusst wurde, dass ihm ein Teil der Realität verborgen blieb.

Frey und ich waren bewaffnet und erfahren. Aber unsere Chancen gegen diesen Fünfer standen schlecht. Als seine Tentakel vorschnellten und Frey mühelos von den Füßen rissen und dabei auch gleichzeitig mich attackierten, wusste ich, dass unsere Hybris uns in echte Schwierigkeiten geführt hatte. Wir mochten uns mit ein paar außergewöhnlichen Siegen über Dreier und Vierer die Anerkennung unserer Kollegen erarbeitet haben. Aber was nutzte das, wenn wir nicht genug Erfahrung mitbrachten, um gegen die Tücken eines Fünfers zu bestehen?

Mit einem Schnaufen prallte Frey gegen eine Hauswand. Der Vorteil, den Angriff zu sehen, verhalf mir dazu, mich rechtzeitig seitlich wegzudrehen. Doch ich war zu langsam. Zwei Klauen durchtrennten den Ärmel meiner Lederjacke. Dass sie noch größeren Schaden angerichtet hatten, als mein liebstes Kleidungsstück bereit für die Mülltonne zu machen, erkannte ich, als mir heißes Blut über die Haut floss. Unter meinen Füßen schwankte der Boden und ich tat zwei Schritte, um mein Gleichgewicht zurückzufinden. Der leere Blick des Blutgeists traf mich. Und obgleich er sich in die Gestalt eines Menschen hüllte, war die Art, wie er sich fortbewegte, vollkommen unnatürlich. Er schwebte über dem Asphalt und rückte mit jedem meiner Wimpernschläge ein Stück weiter vor.

Aus dem Augenwinkel beobachtete ich, wie Frey sich aufrappelte. Prickelnde Erleichterung lenkte mich von meinem Gegner ab, der den Moment meiner Unachtsamkeit nutzte.

Ich fand mich mit dem Rücken zur Hauswand wieder, die Waffen verloren. Ein scharfes Brennen ging von mehreren Stellen in meinem Körper aus und mein Bewusstsein franste an den Ecken aus, als hätte ich einen weiteren Shot gekippt. Der faulige Atem des Todes traf mich und ich sah dem Blutgeist direkt in die Augen. Seine menschenähnlichen Finger lagen um meinen Hals. Drückten zu. Und mehrere seiner Tentakel bohrten sich tief in mein Fleisch, beraubten mich meines Blutes. Die anderen wehrten Freys Angriffe ab. Verzweifelte Rufe hallten durch die Gasse. Ich keuchte. Umfasste die Finger des Crae mit meinen eigenen. Doch mit meinem Blut raubte er mir jegliche Kraft. Ich hatte ihm nichts mehr entgegenzusetzen.

Wie aus weiter Ferne beobachtete ich, dass Frey mit gezückten Waffen auf den Blutgeist zusprang. Dieser drehte sich nicht einmal um, ließ einfach seine für meinen Partner unsichtbaren Tentakel schnalzen und riss ihm die Schwerter aus den Händen.

Die Ausbildung der Ars Obscura lehrte die angehenden Agenten, den Tod nicht zu fürchten. Er war fester Bestandteil unseres Jobs, saß uns ständig im Nacken. Oft hatte ich mir ausgemalt, wie mein Leben einmal endete. Aber in meinen Vorstellungen hatte meinem Tod etwas Heroisches angehaftet. In diesem Moment fühlte ich mich hilflos, der Ars Obscura unwürdig. Ich hatte geglaubt, es mit einer Kreatur wie dieser aufnehmen zu können. Doch ich war nichts weiter als ein schwächlicher Mensch, der sich etwas auf das Wissen um eine andere Welt einbildete, das anderen vorenthalten blieb.

Aber mit einem hatten Frey und ich recht behalten: In dieser Nacht würden wir Geschichte schreiben. Eine gänzlich andere, als wir es erwartet hätten.

Frey schrie meinen Namen. Angst und Verzweiflung ließen seine Stimme fremd klingen. So hatte ich ihn noch nie gehört. Blut spritzte. Mein Blut. Freys Blut. Das Blut des Menschen, das dem Crae seine Gestalt gegeben hatte. Der Dämon ließ von mir ab, die Straße kippte und ich schlug hart auf dem Boden auf. Sterne tanzten in einem roten Meer und vergingen in Blut.

Stille senkte sich über die Gasse. Und sie ängstigte mich mehr als Freys Schrei. Ich blinzelte, kämpfte gegen den Sog der Ohnmacht an. Der Crae war in sich zusammengesackt. In seinem Rücken steckten Freys Schwerter. Sein Körper war bereits dabei zu verblassen.

»Frey!« Mit letzter Kraft stemmte ich mich hoch. Doch sie verließ mich in dem Moment, da ich meinen Partner entdeckte. Er lag am Boden in einigen Metern Entfernung, die Gliedmaßen unnatürlich verdreht, den Blick gen Himmel gerichtet. Die weit entfernten Polarlichter spiegelten sich in seinen Augen, die dieses Naturschauspiel nie wieder sehen würden.

Diese Erkenntnis traf mich mit unvermittelter Härte. Eine Lawine eiskalten Schmerzes begrub mich unter sich. Schmerz, der nichts mit den Bisswunden zu tun hatte. Ich riss den Mund auf, aber mein gequälter Laut blieb ungehört. Dunkelheit tränkte meinen Geist, bis sie wie schwarze Tinte um mich herumfloss. An den Rändern verwischte sie und zur Mitte hin wurde sie undurchdringbar. Hart wie Obsidian und so kalt wie die Nacht. Ich blinzelte, versuchte sie zu verscheuchen und mehr zu sehen, als sich die Finsternis zu einem Paar seelenloser Augen formte, das mich in meiner Erinnerung selbst Monate später und an einem gänzlich anderen Ort zu durchbohren schien.

23

Caspian rieb sich über die Lider. Seine Schultern waren nach unten gesackt, als hätte er einen Teil meiner Last übernommen. Ich fühlte mich leichter. Jetzt, da ich meiner Geschichte zum ersten Mal Worte verliehen hatte.

»Weißt du, was dann geschehen ist?« Er sprach leise, sah mich nicht dabei an.

Ich schluckte, dann schüttelte ich langsam den Kopf. »Das Aufblitzen einer Klinge durchbrach die Dunkelheit für einen Moment. Und dann war da ein glühend heißer Schmerz.« Wie von selbst hob sich meine Hand, meine Finger strichen über das wulstige Narbengewebe. Als ich sie senkte, fing Caspian sie auf und umfasste sie mit sanftem Druck. »Jemand hat versucht, mir mein magisches Auge aus dem Kopf zu schneiden. Das erzählte Adriel mir, als ich Tage später auf der Krankenstation der Basis wieder zu mir gekommen bin. Und Frey ...« Trauer schnürte mir die Kehle zu. »Frey war tot.«

Der Schatten meiner Erinnerungen senkte sich auf Caspians Wohnzimmer, füllte die Ecken des Raumes mit Dunkelheit. Aber er hielt mich fest und malte mit dem Daumen Kreise auf meinen Handrücken.

»Es tut mir leid.« Er hob den Blick und sah mich an. Dabei schien er direkt bis zu meiner Seele vorzudringen. Mein Herz machte einen Satz und beschleunigte sein Tempo.

»Danke«, sagte ich. Das Lächeln auf meinen Lippen fühlte sich nicht so falsch an, wie ich im ersten Moment geglaubt hatte. Aber irgendwann perlte es von meinem Gesicht ab und hinterließ ein sonderbares Gefühl. »Was in Island geschehen ist, war zu viel für mich. Ich habe die Kontrolle verloren. Über mich. Mein Leben. Der Job hier sollte mir helfen. Langeweile für die nötige Routine.«

»Adriel hat zu viel versprochen.«

Ich räusperte mich. »Es war nicht das erste Mal, dass ich Frey gehört habe.«

Erkenntnis blitzte in Caspians Augen auf. »Der Dunkelwanderer?« Aber er gab sich die Antwort selbst. »Natürlich.« Mit Daumen und Zeigefinger massierte er sich die Nasenwurzel. »Du genießt den Ruf einer herausragenden Agentin. Natürlich spazierst du nicht einfach so nach Asterin. Ich frage mich, warum ich das nicht sofort durchschaut habe.« Bedauern huschte über Caspians Miene, als er mich betrachtete. »Es war nicht Frey, der dich gerufen hat. Das ist technisch unmöglich. Verstorbene Seelen können keinen Kontakt in die irdische Welt aufnehmen.«

»Ich weiß, es war Sinistra.«

»Nicht Sinistra. Es war Asterin. Es ruft nach jedem Crae, der sich auf der anderen Seite befindet.«

»Wie meinst du das?«

»Asterin ist mehr als ein Land, Aurora. Es ist Teil deiner Identität, Teil von uns allen. Jetzt, da du seinem Ruf gefolgt bist, wird es nie wieder verstummen.«

»Du hörst es auch?«

»Jeden Tag.«

»Wie bringst du die Kraft auf, dich dagegen zu wehren?«

Caspians Mundwinkel zuckten unter einem Zug von Bitterkeit. »Wer sagt, dass ich die habe? Ich stand oft genug vor der Tür zum Atrium, weil die Sehnsucht überwältigend war.«

»Und du hast ihr nie nachgegeben?«

»Bis heute nicht.«

Ich schwieg, dachte über die Bedeutung dieser Antwort nach. »Warum?«

»Ich habe eine Aufgabe«, sagte er vage und gab mir das Gefühl, dieses Thema nicht weiter vertiefen zu wollen, indem er sich abwandte.

Die letzten Flammen erstarben und ließen glühende Kohlen zurück, durch die sich ein rotes Muster zog. Ich beobachtete, wie sie allmählich erloschen, und ließ mich von der Melancholie des Moments mitnehmen.

»Aurora?«

Ich knetete meine Finger im Schoß und Caspian malte die Adern auf meinem Handrücken nach. »Vielleicht war nicht er es, der mich gerufen hat«, sprach ich einen Gedanken aus, an dem eine Angst haftete, die mein Herz schwer machte. »Aber er ist doch dort, oder?«

Caspians Blick wurde eindringlicher. »Asterin besteht aus neun Kreisen, Aurora. Die Wahrscheinlichkeit, Frey im ersten Kreis zu treffen, ist verschwindend gering. Aber ich verspreche dir, dass er dort ist.«

Jetzt, da ich die andere Welt besucht hatte, kam mir die Vorstellung, dass Frey auf der anderen Seite lebte, tröstlich vor. Ich hoffte nur, dass er sich von den Monstern fernhielt und die Ewigkeit in Frieden verbrachte.

»Neun Kreise?«, fragte ich schließlich. Ich erinnerte mich an *Dantes Inferno*, das Frey an einem unserer seltenen freien Abenden gezockt hatte, dann an die *Göttliche Komödie*, an die das Spiel angelehnt war. Dante Alighieri beschrieb darin die neun Kreise der Hölle.

»Die irdischen Überlieferungen weichen ein wenig vom Original ab.« Caspian zwinkerte mir zu. »Ich fürchte, die Autorenseele hat Dante dazu verführt, die Kreise blutrünstiger zu gestalten, als sie tatsächlich sind. In Wahrheit sind es einfach verschiedene Ebenen, in denen unterschiedliche Crae leben. Stell es dir wie die Kontinente vor, nur als Kegel, der sich nach unten hin verjüngt. Asterin hat keinen Anfang und kein Ende. Frey könnte überall sein, aber die meisten verstorbenen Seelen fristen die Ewigkeit in den ersten Kreisen Asterins.«

Ich zog die Nase kraus. »Eines Tages werde ich ihn wiedersehen.« Geduld trennte mich von diesem Moment. Geduld und ein erfülltes Leben.

»Wart ihr … zusammen?« Caspian fuhr mit seinen sanften Berührungen fort, aber als er diese Frage stellte, senkte er den Blick.

Ich zögerte, denn die Antwort war kompliziert, obwohl es das nie zwischen Frey und mir gewesen war. Tatsächlich hatte sich an seiner Seite alles leicht angefühlt. »Wir waren kein klassisches Paar, falls du das meinst. Aber es gab da mal diesen einen Moment zwischen Frey und mir. Wir waren jeden Tag mehr als zwölf Stunden zusammen. Ich schätze, dass wir es versuchen mussten. Ich liebte ihn, aber nicht auf diese lebensverändernde Weise. Er war mein bester Freund.«

Spannung schien kaum merklich aus Caspian zu weichen. Erneut sah er mich an und es war, als wollte er etwas sagen. Dann schüttelte er den Kopf. »Du hast viel durchgemacht.«

Das war eine nicht zu leugnende Tatsache. Aber ich war mir bewusst, dass ich diejenige in dieser Geschichte war, die am besten davongekommen war. »Frey hat es schlimmer getroffen.« Sein Name schmeckte nach all der Zeit sonderbar auf meiner Zunge, so lange hatte ich ihn nicht laut ausgesprochen. Der glühende Schmerz, der mich unmittelbar nach unserem Kampf mit dem Blutgeist ergriffen hatte, blieb jedoch aus. Einzig das dumpfe Gefühl von Schuld nagte an meinen Eingeweiden. »Ich hätte Frey nicht dazu ermutigen dürfen, nach dem Blutgeist zu suchen. Ich hatte getrunken, war nicht im Vollbesitz meiner Kräfte.« Heiße Tränen brannten in meinen Augen und Caspian verstärkte den Druck seiner Berührung.

»Vermutlich nicht. Aber Frey war nüchtern. Er hätte das Risiko besser einschätzen müssen.«

»Das konnte er nicht. Sein Vater war Eldar Einerson. Er stand unter immensem Leistungsdruck, wollte seinen Vater beeindrucken und in dessen Fußstapfen treten.« Jetzt liefen die Tränen ungehalten über meine Wangen und versengten mir die Haut.

»Für mich klingt es danach, als wäre Frey auch ohne dich losgezogen.«

Ich zog meine Unterlippe zwischen die Zähne und kaute darauf herum. Vermutlich wäre mein Partner das. Doch dann wäre es meine Aufgabe gewesen, ihn von dieser Dummheit abzuhalten. So oder so. Ich hatte versagt und er war tot.

Caspian räusperte sich, dann flocht er seine Finger in meine. Seine Wärme strömte auf mich ein, verdrängte die Dunkelheit, die meine Erinnerungen heraufbeschworen hatten. »Freys Tod war in dieser Nacht vorherbestimmt, Aurora.« Seine Stimme klang sanft und doch ließ sie eine Gänsehaut über meinen Körper rieseln. »Der Blutgeist war kein klassischer Fünfer. Er war stärker.«

Die Erinnerung an meine Angst in jener Nacht lähmte mich. Ich starrte auf unsere ineinander verschränkten Hände, ohne sie wirklich zu sehen. »Warst du auch dort?«, fragte ich schließlich mit brüchiger Stimme.

Caspians Blick schmälerte sich. »Was meinst du?«

»Adriel ist noch am gleichen Morgen nach Reykjavík gereist. Hast du ihn begleitet?« Die Tage nach dem Zwischenfall verschwammen in einem diffusen Nebel. Mehrere Mitglieder der AO waren um mein Bett geschlichen. Ein paar von ihnen hatten mir Fragen gestellt, die ich nie beantwortet hatte, andere hatten mich untersucht. War Caspian auch unter ihnen gewesen?

Der Zug um seine Mundwinkel wurde weicher. »Adriel beorderte mich, für deine Sicherheit zu sorgen.«

Natürlich hatte er das. Ganz der fürsorgliche Ururur… was auch immer. Dann kräuselte ich die Nase und musterte Caspian, der fragend eine Braue hob. »Ich bin ein paar Nächte später abgehauen.« Die Erinnerung daran war deutlicher als alle anderen seit Freys Tod. Von meinem Krankenbett aus hatte ich einen Blick durch das Fenster auf die entfernten Polarlichter gehabt. Da war mir bewusst geworden, dass ich sie nie wieder würde ansehen können, ohne diesen schrecklichen Schmerz zu spüren. Noch in dieser Nacht hatte ich meine wenigen Besitztümer in einen Rucksack gestopft, war durch ein Fenster geklettert und vor der AO und der Schuld, die ich mir aufgeladen hatte, geflohen. Sieben Monate lang war ich durch Europa gereist, hatte Paris, Rom und Prag besucht, in Berlin gefeiert und dann hatte ich mit einem Skateboard die kurvigen Straßen in den Hügeln um Madrid erobert. Ich hatte alles dafür getan, um mich frei zu fühlen. Ich gab vor, frei zu sein, obwohl ich meine Fesseln mit mir schleppte. Zwar konnte ich sie nicht sehen, doch sie waren da. Das wollte ich mir nur nicht eingestehen. Und als mich im Morgengrauen ein Wirt aus seiner Kneipe in Brüssel vor die Tür setzen wollte und ich kaum imstande war, einen Fuß vor den anderen zu setzen, erkannte ich, dass mir mein Leben vollends entglitten war.

Vor meiner Flucht aus Island hatte Adriel mir einen Zettel zugesteckt, auf dem eine Nummer mit vielen Zweien und Fünfen gestanden hatte. Männeken Piss war mein Zeuge, wie ich die Zahlen in mein Smartphone tippte und es beinahe fallen ließ, als Adriel persönlich sich halb verschlafen, halb verärgert meldete. Wenige Stunden später war ich in ein Flugzeug gestiegen, das mich in die Heimat meiner Eltern gebracht hatte: London.

Etwas in Caspians Augen verdunkelte sich. Er näherte sich mir kaum merklich und senkte die Stimme, als er sagte: »Ich war da. In Paris. Rom und in Prag. In Berlin, dann in Madrid und Brüssel.« Sein Atem streifte meine Wange und mein Herz hämmerte hörbar in meiner Brust. Ob das nun an diesem Geständnis lag oder an seiner überwältigenden Nähe, vermochte ich nicht zu sagen. »Ich gebe zu, dass ich so manches Mal kurz davorstand, dich mir einfach über meine Schulter zu werfen und dorthin zu bringen, wo Adriel dich haben wollte. Nach London. In Sicherheit.«

»Das erklärt, warum du am Anfang versucht hast, mich mit Blicken zu töten.«

Caspian entschlüpfte ein leises Lachen. »Du hast mich wahnsinnig gemacht. Aber ich wusste, dass du erneut fliehen würdest, wenn ich dir nicht die Zeit lasse, um zu heilen. Und so wurde ich Zeuge, wie eine gebrochene Frau die Scherben ihres Lebens aufsammelt und neu zusammensetzt.« Sein Kehlkopf zuckte, als er schwer schluckte und der Abstand zwischen uns schwand.

»Du irrst dich«, flüsterte ich. Mein Körper war sich seiner Nähe so bewusst, dass meine Haut prickelte. Caspian hob die Hand. Die leichte Berührung seiner Finger tanzte über mein Schlüsselbein und hinterließ eine Spur aus Hitze. »Island hat mich zerstört. Und die Scherben meiner Seele haben sich in Staub verwandelt. Der Wind hat ihn fortgetragen. Jetzt bin ich leer.«

»Nein«, widersprach Caspian mir, seine Worte dicht an meinen Lippen. »Du bist die stärkste Frau, der ich je begegnet bin. Die

Scherben deines Herzens hast du neu zusammengesetzt und in etwas Stärkeres verwandelt. Etwas, das mich von Anfang an berührt hat.«

Mir entwich ein leiser, gebrochener Laut, den Caspian erstickte, indem er seinen Mund auf meinen presste. Eine Hand an meinem Hinterkopf, die andere noch immer an meinem Schlüsselbein, drängte er mich in die Kissen der Couch und öffnete meine Lippen mit seiner Zunge. Gierig, als hätte er das längst tun wollen. Ich hieß ihn in mir willkommen. Sein Kuss betäubte all den Schmerz, der wie ein Stachel in meiner Brust steckte. Ich gab mich dieser neuen Art von Gefühl hin, verlor mich darin, während unsere Zungen einander umspielten und mich sein heißer Atem ausfüllte.

»Caspian!« Sein Name glitt mir als sehnsüchtiges Stöhnen über die Lippen.

Er erstarrte. Zog seine Zunge zurück. Brachte Abstand zwischen uns. Seine Schultern bebten und seine Augen waren beinahe schwarz vor Verlangen. Unter seinen heftigen Atemzügen weiteten sich seine Nasenflügel, das Shirt spannte über seinem Brustkorb. Mit dem Handrücken wischte er sich über den Mund, wischte sich unseren Kuss fort. Dann sah er mich an. Und ein Ausdruck trat auf sein Gesicht, den ich nicht zu deuten vermochte.

»Entschuldigung«, war alles, was er sagte. Das brennende Gefühl von Scham überkam mich. Er bereute es. Er bereute es, mich geküsst zu haben, während der klägliche Rest meines Herzens eben zu flattern angefangen hatte. Jetzt zog es sich schmerzhaft zusammen.

»Ich mache dir einen Tee.« Caspian stand in einer fließenden Bewegung auf, nahm meine Tasse und floh förmlich aus dem Raum.

Das Feuer im Kamin war niedergebrannt, aber die Kälte, die sich jetzt in mir ausbreitete, hatte nichts damit zu tun. Ich wollte keinen Tee. Ich wollte ihn. Seine Lippen an meinem Mund. Und ich wollte das Gefühl des Vergessens zurück, das dieser Kuss in mir ausgelöst hatte.

24

Es war still. Zu still. Vorhin, als Caspian mir einen Tee gemacht hatte, waren Geräusche aus der Küche gedrungen. Jetzt hörte ich nichts weiter als eine entfernte Sirene im Herzen der Stadt. Ich schlug die Decke zurück und tappte durch den schmalen Flur, der parallel zu der Treppe ins Obergeschoss verlief und in die Küche führte. Eine Fensterfront brach sich an der Hausrückwand in einen in Finsternis gehüllten Garten. Darüber spannte sich der Himmel, der durch die Lichtverschmutzung der Stadt sternlos schien.

Caspian hatte sich mit beiden Händen auf die mittige Kücheninsel gestützt und atmete schwer. Er hatte mich noch nicht bemerkt, denn er senkte den Kopf und starrte auf einen Punkt vor sich. In einer Geste, die erschreckend verletzlich wirkte, fuhr er sich durch das Haar. Wie schwarze Tinte floss es um seine Finger. Ich ging an der hochwertigen Küchentheke und den eingebauten Schränken vorbei, bevor mich der Mut verließ. Neben ihm blieb ich stehen und legte ihm die Hand zwischen die Schulterblätter. Caspian erstarrte unter meiner Berührung. Wärme strahlte von seinem Körper aus und verband uns miteinander. Ein paar Sekunden verstrichen und ich fragte mich, ob ich zu weit gegangen war. Dann richtete er sich vor mir zu seiner vollen Größe auf und zwang mich, zu ihm hochzusehen. Die Hand ließ ich sinken.

»Aurora.«

Mein Name auf seinen Lippen löste ein überwältigendes Gefühl von Wärme in mir aus. Zumindest, wenn er ihn auf diese Weise sagte.

Ich wusste, dass ich es bereuen würde, wenn ich das, was zwischen uns geschehen war, unausgesprochen ließ. Es würde mich heimsuchen wie ein Gespenst. Und davon hatte ich inzwischen genug. Tief in mir suchte ich die alte, unverfrorene Aurora, hob das Kinn und fragte: »Warum hast du den Kuss unterbrochen?«

Caspian sagte nichts, aber sein Blick, der auf meine Lippen fixiert war, war mir Antwort genug. Ich trat näher, ließ den Abstand zwischen uns schmelzen, bis nichts mehr davon übrig war und ich gegen seine harte Brust stieß. Automatisch legte er eine Hand an meine Taille, zog mich näher zu sich. Mein Atem stockte und ich verlor mich in der Unendlichkeit seiner Augen. Sie schimmerten in der Farbe der Nacht. Nicht der über London. Sondern der über Reykjavík.

»Ich sollte dich nicht begehren.« Caspians Stimme war rau. Er verstärkte seinen Griff in meinem Rücken und lehnte die Stirn gegen meine. »Aus so vielen Gründen.«

Ich hob die Hand an seine Brust, spürte sein hämmerndes Herz und klammerte mich an dem Stoff seines Shirts fest. »Sollte einer davon Adriel heißen, schlage ich vor, dass wir ihn vergessen.«

Ein rauchiges Lachen drang aus Caspians Kehle. »Vertrau mir, wenn ich sage, dass *er* der Letzte ist, an den ich in diesem Moment denke.« Und dann presste er seine Lippen auf meinen Mund, als hätte er nie damit aufgehört. Sein Kuss steckte meinen Körper in Brand. Flammen loderten in meiner Brust, versengten mich, doch es war mir gleich. Ich hieß die Hitze willkommen und würde verglühen, nur um diesem Mann, *diesem Crae*, nah zu sein.

Caspian schob mich rückwärts, bis ich mit dem Rücken gegen die Küchenfront stieß. Er nahm mich zwischen seinen Händen gefangen, die er gegen den Schrank stemmte, aber seinen Lippen wäre ich ohnehin nicht entflohen. Geschmeidig und weich, zugleich auch eindringlich glitten sie über meine, lockten mich, meinen Mund für ihn zu öffnen. Und ich kam dieser stummen Aufforderung nur allzu gern nach. Eine Sehnsucht barg sich hinter Caspians Zärtlichkeiten, die mich vermuten ließ, dass es Jahre her war, dass er ihr nachgegeben hatte. Jahre oder Jahrhunderte. Diese Erkenntnis schürte das Feuer in mir. Zu wissen, dass ich die Frau war, die er nach so langer Zeit begehrte, löschte alles andere um mich herum aus.

Ich wollte Caspian daran hindern von meinen Lippen abzulassen, aber als er eine Spur aus Küssen über meinen Nacken zog, ging mein Protest in einem Stöhnen unter. Erneut folgte er der Kontur meines Schlüsselbeins, die ihm so eindeutig die Richtung wies. Seine Bartstoppeln kratzten über die empfindliche Haut meines Dekolletés. Diese raue und gleichzeitig hauchzarte Berührung ließ meine Knie weich werden. Ich knickte ein, aber Caspian fing mich auf. Doch als er mich ansah, war die Lust in seinem Blick etwas anderem gewichen. Sorge.

Behutsam stellte er mich zurück auf die Füße. »Du bist geschwächt, Aurora. Asterin steckt dir in den Knochen. Vermutlich auch in deinem Geist. Und ich will verdammt sein, wenn ich das ausnutze.«

»Ich weiß, was ich …«

Caspian legte mir einen Finger auf die Lippen und schüttelte den Kopf. »Es ist spät, Aurora. Du solltest schlafen.«

Müdigkeit machte meine Lider schwer, als hätte Caspian sie mit seinen Worten heraufbeschworen. Mit einer geschmeidigen Bewegung hob er mich hoch. Mir entfuhr ein Quietschen, aber er hielt mich mühelos und sicher in seinen Armen. Dann verließen wir die Küche, durchquerten das Wohnzimmer in Richtung Obergeschoss.

»Vielleicht habe ich mich geirrt«, nuschelte ich. Mit jedem seiner Schritte schlug mein Kopf sanft gegen seine Brust. Die Stufen der Treppe knarzten unter unserem gemeinsamen Gewicht.

»Ach ja?«

»Vielleicht bist du kein Arsch.«

Ich spürte die Vibration von Caspians Lachen, ehe ich es hörte. »Wenn du dich da mal nicht irrst.«

Caspians Schlafzimmer lag im ausgebauten Dachgeschoss. Das Bett stand unter großen Fenstern, sodass man im Liegen in den Himmel sehen konnte. Dazwischen ragten mehrere Holzbalken auf, die die spitz zulaufende Decke trugen. Caspian legte mich auf die Matratze und verharrte einen Moment über mir, sodass sein Gesicht vor den wenigen Sternen schwebte, deren Licht den diffusen Schein über der Stadt überwand.

»Nur weil ich meine Lust bezwungen habe, heißt das nicht, dass sie nicht weiterhin in mir tobt.« Seine Worte bargen eine süße Gefahr und vielleicht ein Versprechen.

Ich hob den Kopf, wollte seine Lippen für einen Kuss einfangen, doch er entzog sich mir. Dann öffnete er die Türen des weißen Kleiderschrankes gegenüber dem Bett und zog ein T-Shirt heraus, das er mir zuwarf.

»Zieh das an.« Er drehte sich demonstrativ von mir weg und ich ahnte, dass er jeglicher Annäherung standhalten würde, dieser sture Crae. Also schälte ich mich aus meiner Kleidung, schlüpfte in das Shirt, dem Caspians überwältigender Duft anhaftete, und kroch unter die Decke.

Hier lag ich nun. Im Bett meines Arbeitskollegen, trug seine Kleidung und seinen Geschmack auf meinen Lippen. Die Matratze fühlte sich fremd unter meinem Körper an, ebenso wie das Gewicht der Decke über mir. Aber gleichzeitig gab es keinen Ort, an dem ich in diesem Moment lieber gewesen wäre.

Ich schluckte hart, als ich Zeuge wurde, wie Caspian sich auszog. Kleidungsstück um Kleidungsstück entblößte mehr von seiner wie gemeißelten Statur, bis er nur noch in engen Shorts vor mir stand. Meine Müdigkeit war vergessen und das Blut rauschte in meinen Ohren. Es war mir unmöglich, den Blick von der Wölbung seiner Rückseite abzuwenden oder von den breiten Schultern und den definierten Oberschenkeln.

Mein Herz stolperte über ein paar Schläge, als Caspian auf der anderen Seite des Bettes einstieg. Und ich vergaß, wie man atmete, denn er rückte zu mir auf, drehte sich auf die Seite und sah mich an. Es war dunkel, aber ein Strahl des Mondes tauchte das Zimmer in silbriges Licht, das in Caspians Augen glitzerte.

»Du bist wunderschön, Aurora«, sagte er.

Und obwohl er leise sprach und ich seine Meinung nicht teilte, glaubte ich ihm.

Caspian schob einen Arm unter meinen Kopf und zog mich an sich. Seine Nähe war überwältigend, ebenso wie seine Wärme, die mich einhüllte. Das gleichmäßige Pochen seines Herzens hypnotisierte mich, trug mich hinfort, bis ich mit einem Lächeln auf den Lippen aus Caspians Umarmung in den Schlaf glitt.

Als ich erwachte, herrschte noch immer Dunkelheit. Hitze rollte über mich hinweg und ich begriff erst jetzt, nachdem mich die Erinnerungen überkamen, dass ich in Caspians Bett lag.

Dass ich auf seiner Brust lag.

Seiner nackten Brust.

Haare kitzelten meine Wange und auch mit den Fingerspitzen ertastete ich einen weichen Flaum. Caspian schien tief zu schlafen, denn er reagierte nicht auf die Erkundungstour, der ich mich hingab. Selbst dann nicht, als meine Berührungen größer werdende Kreise auf seine Haut malten. Sein Brustkorb hob und senkte sich und sein gleichmäßiger Atem streifte meinen Scheitel. Augenblicklich reagierte mein Körper darauf und ein angenehmer Schauer rieselte mir über den Nacken.

Ich hob den Kopf, um Caspian anzusehen. Da stellte ich fest, dass er mich bereits beobachtete. Sein Lächeln bereitete mir ein warmes Gefühl im Bauch.

»Du bist wach«, stellte ich fest.

»Wie könnte ich schlafen, wenn du mich auf diese Weise streichelst.« Caspian drehte sich, bis ich unter ihm lag. Anspannung knisterte zwischen uns und entlud sich in einem gierigen Kuss, zu dem wir gleichzeitig ansetzten. Unsere Zähne stießen gegeneinander, doch es war mir egal. Ich wollte Caspian nah sein. So nah wie nur irgend möglich. Jede seiner Berührungen löste eine Explosion in mir aus. Unter seinen Lippen zersprang ich und mit seinen Lippen fügte er mich zusammen. Wieder und wieder und wieder.

Caspian fuhr mit seinen Händen über meine Haut, zog eine Spur aus Gänsehaut nach sich. Vor allem, als er sie unter das Shirt schob, mit dem Daumen Kreise um meinen Bauchnabel zeichnete und schließlich meine Brüste umfasste. Ich sog scharf die Luft ein, nahm seinen Atem in mir auf.

»O Caspian«, entfuhr es mir. Die Kontrolle über meinen Körper entglitt mir und meine Finger grub ich in seinen Rücken, bestärkte Caspian in seinen Liebkosungen und verlangte nach mehr. Und auch wenn ich die Wölbung seiner Lust deutlich an meinem Schenkel spüren konnte, ließ er sich quälend viel Zeit und beschied sich auf mal zärtliche, mal neckende Küsse, die mich mehr und mehr herausforderten. Mit der Zunge fuhr er die Linie jeder einzelnen Narbe nach, die meine Arme, die Schultern und den Rumpf zeichneten, bis er wieder über mir war und das Geflecht um mein magisches Auge küsste. Ich konnte die Tränen nicht aufhalten, aber auch die küsste er weg, streichelte mich und linderte die Wunden meiner Erinnerungen mit jeder einzelnen Berührung seiner Lippen.

Lust war nicht alles, was dieser Crae in mir auslöste, obgleich ich mir das gern vorgemacht hätte. Caspian bedeutete Gefahr, und mich in ihn zu verlieben war eine denkbar schlechte Idee. Doch er riss all meine Mauern nieder. Und ich konnte nichts dagegen tun. Mit jedem Kuss schenkte ich ihm ein weiteres Stück meines zersplitterten Herzens und erlaubte ihm, es wieder zusammenzusetzen.

Caspian schob mir das Haar aus dem Gesicht. Ich spürte seinen Blick auf mir, als wären es seine Finger, die mich liebkosten. Die Dunkelheit, die so oft darin lag, hatte sich gelichtet und ich glaubte, Sterne in ihr zu sehen. Ehrfurcht zeichnete seine Miene und er widmete sich erneut meinem Mund. Sein Kuss wurde tiefer und löschte alles um mich herum aus. Ich verlor mich in der endlosen Zärtlichkeit dieses Moments und gab mich ihm vollkommen hin. Ließ los und genoss das Gefühl von Freiheit, das ich einst empfunden und dann verloren hatte. Er gab es mir zurück. Und ich war so verdammt versucht, mich unwiderruflich in ihn zu verlieben.

Die Sinnlichkeit unserer Berührungen nahm ein jähes Ende, als Caspians Handy klingelte. Er stöhnte. Nicht vor Lust, sondern aus Frustration. Dann beendete er unseren Kuss und tastete nach dem Nachttisch. Ein Blick auf das Display entlockte ihm einen Fluch.

»Scheiße, Adriel. Es ist mitten in der Nacht!« Caspian schaltete das Gespräch laut, dann warf er das Smartphone neben uns aufs Kissen und fuhr damit fort, mich zu küssen. Ich zappelte unter der rauen Berührung seiner Bartstoppeln an meinem Hals und im Bewusstsein, dass unser Vorgesetzter uns zwar nicht sehen, wohl aber hören könnte, wenn mir ein Laut entwich. Ich hielt die Luft an und drückte gegen Caspians Brust, um Abstand zwischen uns zu bringen.

»Hast du mal auf die Uhr gesehen? Es ist kurz vor Mittag.« Adriels Stimme hatte eine ähnliche Wirkung wie der Sprung in eiskaltes Wasser beim traditionellen Winterbaden in Island. Caspian und ich erstarrten beide und die Hitze, die eben noch Macht über meinen Körper gehabt hatte, erlosch augenblicklich.

»In welcher Zeitzone steckst du gerade? Draußen ist es dunkel!«

Ich hob den Blick gen Himmel, dessen Farbe sich kaum merklich verändert hatte, seit wir zu Bett gegangen waren. Etwas stimmte nicht. Die Dunkelheit, die sich über London wölbte, war anders als jene der Nacht. Magie durchzuckte sie, deren goldene Partikel ich deutlich mit meinem magischen Auge sehen konnte. Sie zog sich durch die Wolkenberge, ließ sie aufblitzen wie bei einem Gewitter. Etwas, das Caspian verborgen blieb. Mir aber nicht.

»Etwas greift die Stadt an.«

»Verdammt.« Caspian schlug die Decke zurück und stand auf. Hatte sein halb nackter Körper in der Nacht noch meine Aufmerksamkeit auf sich gezogen, konnte ich mich nun nicht von dem Anblick des magiegeladenen Himmels abwenden. Die Dielen knarrten unter Caspians energischen Schritten, während er umhertigerte.

»Das ist noch nicht alles.« Adriels Stimme nahm einen sonderbaren Klang an. Unbehagen wuchs in mir und ich riss mich doch von der fremden Dunkelheit los. Auch ich erhob mich, starrte mit vor der Brust verschränkten Armen auf das Telefon, das auf der Matratze lag.

»Adriel?«, fragte Caspian in die Stille hinein.

»In Black Armour wurde eingebrochen.«

Adriels Worte hatten die Wirkung eines Donnerschlags. Ich zuckte zusammen und Caspian blieb abrupt stehen. »Und das sagst du erst jetzt?«, knurrte er. »Bist du wohlauf?«

»Ich bin ungehalten«, stellte Adriel sachlich fest. »Aber unversehrt.«

»Crae?«

Ein Wort, das mir eine Gänsehaut über den Rücken jagte, die der, die Caspian in mir ausgelöst hatte, vollkommen fern war.

»Du solltest kommen.« Damit legte Adriel auf. Entgeistert starrte Caspian das Smartphone an. Das gleichmäßige Tuten nach dem Ende eines Gesprächs drang uns entgegen.

»Was …« Ich brach ab, als im gleichen Moment mein eigenes Handy klingelte. »Das ist Adriel«, stellte ich fest. Caspian deutete mit einem Kopfnicken an, dass ich rangehen sollte, und beobachtete jede meiner Bewegungen. Zwischen seinen Brauen zeichnete sich eine Falte ab, die von der Sorge zeugte, die er empfand. Anspannung tobte in mir und meine Hände zitterten, als ich mehrmals vergeblich versuchte, das Symbol des grünen Telefonhörers beiseitezuwischen, um den Anruf anzunehmen.

Als es mir endlich gelang, bebte meine Stimme. »H-hallo.«

»Aurora, es tut mir leid, dass ich dich störe. Nach unserer letzten Unterhaltung wollte ich dir Zeit geben, um alles zu verarbeiten, aber …«

»Schon gut«, unterbrach ich ihn. »Sag mir, wie ich helfen kann!«

»Jemand ist in mein Haus eingebrochen. Die Polizei ist bereits hier, kann jedoch nichts Außergewöhnliches feststellen.« Adriel klang beherrscht, aber zwischen jeder Silbe schwang Beunruhigung mit.

»Ich verstehe«, sagte ich. »Du glaubst, ich sehe mehr als sie.«

»In der Tat.«

Einen Moment lang schwieg ich und wechselte einen Blick mit Caspian, der mir zunickte. »Ich bin unterwegs.«

25

Die Stadt, durch die wir fuhren, war nicht die, die ich in den letzten Wochen kennengelernt hatte. Schwarze Wolken türmten sich über den silbern schimmernden Gebäuden auf. Dazwischen zuckten Blitze, deren Anblick nur mir allein vorbehalten war. Ich klammerte mich am Griff in der Beifahrertür fest, während Caspian den Aston Martin über die Straßen jagte. Als wir in Flussnähe kamen, entdeckte ich einen riesigen Schatten im Wasser. Die Themse schlug hohe Wellen, die an den zahlreichen Brücken leckten.

»Was geht da vor?«, fragte Caspian, der trotz des Tempos, mit dem wir uns durch London bewegten, durch die Lücken zwischen den Häusern spähte.

Da erhob sich ein riesiges Geschöpf aus den Fluten, die die Ufer überschwemmten. Etwas Vergleichbares hatte ich nie zuvor gesehen, obgleich es Crae gab, die mich daran erinnerten. Wellenspalter. Es gab nur sehr wenige von ihnen, aber Anfang des 20. Jahrhunderts war eines von ihnen in die Welt der Sterblichen gelangt und hatte in den schottischen Highlands als Nessie für Aufsehen gesorgt. Die Agenten der Ars Obscura hatten die Kreatur zurückgeschickt, ehe die Menschheit stichhaltige Beweise für die Existenz einer anderen Welt hatte erbringen können. Doch der Mythos existierte bis heute.

Dann gab es eine Reihe verschiedener Nixenarten, aber keine davon bestand aus reiner Dunkelheit.

»Ich habe keine Ahnung, was das für ein Geschöpf ist«, presste ich hervor, denn die Angst schnürte mir die Kehle zu.

»Bei den verfluchten Crae, das darf nicht wahr sein«, zischte Caspian und trat das Gaspedal durch. Die harte Beschleunigung drückte mich tiefer in den Sitz, aber ich wagte nicht, das zu kommentieren. Es spielte ohnehin keine Rolle, ob ich durch einen Autounfall oder durch einen der Crae sterben würde, die in Heerscharen über den Himmel zogen, die Themse aufwühlten oder die schillernden Hochhäuser der City angriffen. Im Radio berichteten sämtliche Sender, die ich auf der Fahrt nach Black Armour durchprobierte, von ungewöhnlichen seismografischen Aktivitäten, die tsunamiartige Wellen verursachten, oder von maroden Gebäudesubstanzen, die den Erdbewegungen nicht standhalten konnten.

»Es ist nur eine Frage der Zeit, bis sie darauf kommen, dass diese seismografischen Aktivitäten einen ganz anderen Ursprung haben.« Caspian beugte sich vor und schaltete das Radio aus. In der darauffolgenden Stille erklangen nur meine raschen Atemzüge und das gleichmäßige Schnurren des Motors.

»Wie lange war ich in Asterin?«, fragte ich tonlos. Mit dem Blick folgte ich einem geflügelten Schatten, der dicht über die Dächer der Reihenhäuser schwebte. Ich hatte das getan. Diese Monster entfesselt, die nun die Stadt eroberten. Ich allein. Weil ich eine Närrin war.

»Lange genug, um denen einen netten Kurztrip zu ermöglichen.« Caspians Finger um das Lenkrad waren verkrampft vor Anspannung, seine Kiefer hart aufeinandergepresst. Der Aston heulte auf, als er an mehreren Autos vorbeiraste und nur knapp vor einem Zusammenstoß mit einem entgegenkommenden Fahrzeug wieder einscherte. Das empörte Hupen mehrerer Wagen schrillte mir in den Ohren, aber schon bald verloren sich diese Geräusche im gleichmäßigen Summen der sich steigernden Geschwindigkeit. Mein Puls passte sich der Anzeige auf dem Tacho problemlos an.

»Hör zu, Aurora«, sagte Caspian ruhig. »In den letzten Jahren ist die Grenze zwischen den Reichen dünner geworden. Es ist möglich, dass der Dunkelwanderer einen Weg gefunden hat, sie ohne das Weltentor zu öffnen.«

»Es ist vollkommen egal, ob die Dämonen in der Zeit, in der ich in Asterin war, in die Menschenwelt eingedrungen sind, oder ob der Dunkelwanderer sie hergerufen hat. Denn dass er hier ist, ist ebenfalls meine Schuld, Caspian.« Ich schluckte und wandte den Blick von ihm ab, heftete ihn auf die uns förmlich entgegenfliegende Straße. »Wenn jemand stirbt, klebt dessen Blut an meinen Händen.«

Caspian stieß hart die Luft aus, dann ließ er mit einer Hand das Lenkrad los und packte meine Hand. »Alles wird gut.«

Ich klammerte mich an diesem Versprechen fest, das er mir unmöglich wirklich geben konnte, spulte es den Rest der Fahrt wie ein Mantra herunter, um mich zu beruhigen.

Blaue und rote Lichter blitzten über die Fassade von Black Armour, als wir endlich auf dem Hof vorfuhren. Mehrere Polizeiwagen standen vor dem Herrenhaus, dessen Fenster hell erleuchtet waren.

Eine lähmende Angst breitete sich in meinen Eingeweiden aus und sorgte dafür, dass ich mich am liebsten in die gestutzten Büsche rund um den Hof übergeben hätte. Uniformierte Polizeibeamte traten aus dem Haus, ein paar von ihnen schwer bewaffnet. Sie nickten uns zu, ehe sie in ihre Autos stiegen und das Gelände von Black Armour verließen.

Ich wartete nicht, bis Caspian den Aston umrundet hatte, sondern kletterte umständlich auf zitternden Beinen nach draußen. Trotzdem war er einen Moment später an meiner Seite und bot mir seinen Arm an. Gemeinsam gingen wir auf den herrschaftlichen Eingang zu. Die Türen standen noch immer offen, goldenes Licht flutete den Weg zu den Stufen hinauf.

Adriel stand dort und war in ein Gespräch mit einem der Polizisten vertieft. Er trug ein Seidenhemd zu einer gemusterten Jacquardhose. Das blonde Haar hatte er mit einem Haarreif zurückgeschoben. Er sah aus wie das exzentrische Produkt einer Sitcom, aber gleichzeitig kannte ich auch niemanden sonst, der solche Kleidung tragen konnte. »Hören Sie«, knurrte Adriel. Seine Stimme bebte, und um seine Worte zu betonen, wippte er auf den Sohlen auf und ab. »Ich kann nichts dafür, dass Ihre Leute ihren Job nicht richtig erledigen.«

»Mr Tenrys«, sagte der Polizist und straffte die Schultern. »Ich habe mich selbst davon überzeugt. Es gibt keine Einbruchspuren. Nichts wurde gestohlen. Niemand wurde im Haus gesehen.«

»Sie irren sich!«

»Ein Anwesen wie dieses kann bisweilen erschreckend wirken. Leere Korridore, zugige Dachgewölbe. Alles weist darauf hin, dass dieser Einbruch eine Sinnestäuschung war.«

»Das ist eine Unverschämtheit. Ich kann sehr wohl zwischen dem Pfeifen des Windes und einem streunenden Einbrecher unterscheiden. Stellen Sie wenigstens ein paar Beamte hier ab.«

Caspian und ich wechselten einen Blick und ich fragte leise: »Warum besteht Adriel auf die Unterstützung der Polizei?«

»Was auch immer er damit bezweckt, ich habe kein gutes Gefühl«, murmelte Caspian und biss die Zähne zusammen.

Der Officer straffte die Schultern. »Ich habe keine Zeit für eingebildete Verbrechen, *Sir*. In London wurden mehrere Notfälle gemeldet. Ich muss mich um die echten Probleme kümmern.«

Ein Muskel zuckte an Adriels Kinn. Doch er nickte. Einzig die zusammengekniffenen Augen verrieten seinen Unmut. »Sie machen einen Fehler.«

»Drohen Sie mir?«

»Würde ich Ihnen drohen, müssten Sie diesbezüglich nicht noch einmal nachfragen. Nein, eigentlich handelte es sich bei dieser Aussage schlichtweg um traurige Resignation.« Adriel kleisterte sich ein Lächeln auf das Gesicht, das selbst jemand zu entlarven imstande war, der ihn nicht kannte.

Doch der Polizist erwiderte es schmallippig. »Dann bleibt mir wohl nichts weiter übrig, als Ihnen alles Gute zu wünschen, Mr Tenrys.« Er reichte Adriel die Hand, die dieser mit hochgezogener Braue musterte.

»Entschuldigen Sie, aber ich leide unter Aphephosmophobie.«

Der Officer zog die Hand zurück. »Ist das ansteckend?«

Adriel stieß ein kurzes, freudloses Lachen aus. »Es ist tragisch, dass die Zulassungsanforderungen Ihres Berufs nicht ein gewisses Maß an Intelligenz voraussetzen, *Sir*.«

Neben mir tarnte Caspian seine Belustigung hinter einem Husten, aber seine blitzenden Augen verrieten ihn.

»Könnten sie ihn nicht wegen Beamtenbeleidigung festnehmen?«, raunte ich ihm zu.

»Nicht, wenn die Polizei mehrmals im Jahr großzügige Spendengelder von ihm empfängt.« Caspian grinste.

»Verstehe«, gab ich zurück.

»Melden Sie sich, wenn es einen echten Notfall gibt«, sagte der Polizist und tippte sich gegen die Schläfe. Mit diesen Worten drehte er sich um. Wir warteten am Fuß der Treppe, bis er an uns vorbeigelaufen war.

»Sie konnten nichts finden«, sagte Adriel lauter als nötig. Vermutlich galten seine Worte dem Polizisten, dessen knirschende Schritte auf dem Hof kurz innehielten. »Und solange es keine Spuren gibt, gibt es auch keinen Einbruch. Diese verdammten Amateure!« Seine Wangen leuchteten rot vor Zorn, aber sein Blick wurde weicher, als er mich traf. »Wenigstens eine hier, die etwas von ihrem Job versteht. Ich bin froh, dass du da bist, Aurora!«

Seit ich aus seinem Arbeitszimmer geflohen war, waren ein paar Tage vergangen. Viel war geschehen und ich hatte keine Zeit gehabt, mir Gedanken um unser nächstes Treffen zu machen. Adriel schien mir meinen Abgang nicht übel zu nehmen. Tatsächlich wirkte er erleichtert, mich zu sehen. Ob das nun an meiner Hilfsbereitschaft lag oder daran, dass ich die Wahrheit über meine Vergangenheit nicht zwischen uns stehen ließ, vermochte ich nicht zu sagen.

Caspian räusperte sich. Das Geräusch wischte das Lächeln von Adriels Lippen. Er schnalzte unwillig mit der Zunge. »Seit wann verlangt es dich nach warmen Worten?« Seine Augen wurden schmaler, als er bemerkte, wie Caspian und ich uns berührten. Ich rückte ein Stück von seinem engsten Vertrauten ab, der einen protestierenden Laut von sich gab.

Adriel seufzte theatralisch und ließ mein Unbehagen noch weiter wachsen. Ich fühlte mich, als hätte er mich bei etwas Verbotenem ertappt. »Meine Ururururenkelin ist kein Wühltisch auf dem Flohmarkt, Caspian. Reiß dich zusammen und nimm die Hände weg von ihr!« Und an mich gewandt fügte er hinzu: »Er ist viel zu alt für dich!«

Röte schoss mir in die Wangen, aber Caspian hatte nur ein Schnauben für unseren Vorgesetzten übrig und trat in die Eingangshalle. »Es gibt Dinge, die nicht einmal dich etwas angehen«, sagte er.

»Gibt es keinen Paragrafen in euren Verträgen, der das Kopulieren unter Arbeitskollegen untersagt?«, fragte Adriel.

Wir hatten nicht *kopuliert*. Vielleicht hätten wir das, wenn Adriel uns nicht gestört hätte. War das der Grund, warum Caspian ihn nicht korrigierte? Diese Gedanken befeuerten die Hitze in meinem Gesicht, bis es glühte.

Caspian nahm das mit einem kaum verhohlenen Schmunzeln wahr und zwinkerte mir zu. »Wir sind nicht hergekommen, um dich über unser Privatleben zu informieren, Adriel«, meinte er dann. »Warum versuchst du, Unawares zu kommandieren?«

Adriel stieß einen freudlosen Laut aus. »Wir brauchen alle Hilfe, die wir kriegen können. Ich will sie ja nicht unbedingt in den Kampf schicken, es würde mir schon reichen, wenn sie vor dem Haus patrouillieren. Dafür kann ich keine Agenten abstellen.«

»Was ist geschehen?«, fragte Caspian.

Adriel öffnete den Mund und schloss ihn wieder. »Womöglich ist es einfacher, es euch zu zeigen. Wenn ihr mir bitte folgen würdet.« Er legte eine Hand auf meine Schulter. Die Geste hatte etwas Besitzergreifendes und ich ahnte, dass sie einzig und allein dem Zweck diente, mich aus Caspians Reichweite zu manövrieren.

»Was ist aus deiner Berührungsangst geworden?«, fragte ich, während wir auf die breite Marmortreppe am Ende der Eingangshalle zuhielten. Das Echo unserer Schritte warf sich uns von den hohen Wänden entgegen und mischte sich mit dem meiner Worte.

Adriel warf mir einen wohlwollenden Blick zu. »Wenn Polizisten nur halb so gut ausgebildet werden würden wie meine Agenten, wäre diese Welt ein besserer Ort.« Er seufzte und tätschelte meine Schulter. »Blitzheilung, meine Liebe.« Dann ließ er mir den Vortritt und lief hinter mir die Treppe hoch. Caspian folgte uns in einigem Abstand.

»Die einzigen Spuren, die diese Anfänger zu finden geglaubt haben, waren eine angebrochene Weinflasche und der Umstand, dass ich in dieser Nacht über meinen Notizen eingenickt bin.« Wut verlieh Adriels Worten Nachdruck. »Ich gebe zu, dass ich in den letzten Tagen mehr gearbeitet habe, als es in meinem Alter als gesund zu bezeichnen wäre.«

Kurz fragte ich mich, wie alt Adriel tatsächlich war – und dann, wie alt Caspian war. Ich sah über meine Schulter und begegnete seinem Blick, der dunkel und unergründlich war, während er Adriels Erzählung lauschte.

»Es war Mitternacht, als ich das letzte Mal auf die Uhr gesehen habe. Kurz darauf muss mich die Müdigkeit wohl eingeholt haben. Ich erwachte mit schrecklichen Nackenschmerzen. Doch das war es nicht, was meinem unbequemen Schlaf ein jähes Ende bereitete.« Wir durchmaßen den Spiegelsaal und tauchten dahinter in den geheimen Gang ein, der in Adriels Arbeitszimmer führte. Am Rand meines Bewusstseins kräuselten sich unangenehme Erinnerungen, die Adriel verbannte, indem er fortfuhr: »Ich hörte Schritte, die aus dem Herrenzimmer kamen. Vor Stunden hatte ich Mortimer und die anderen in den Feierabend geschickt. Ich war vollkommen allein, und doch war ich es nicht.«

In Adriels Büro gab es ein riesiges Regal mit unzähligen Büchern. Eins davon verbarg einen in die Wand integrierten Schalter, der eine Geheimtür in einen dahinter liegenden Raum öffnete. Dies musste das Herrenzimmer sein, von dem Adriel gesprochen hatte. Die Wände waren in einem Ton gehalten, der mich an das endlose Grün dichter Nadelwälder erinnerte, doch der Geruch lehnte mehr an das Innere eines Pubs an. Kalter Pfeifenrauch hing schwer in der Luft und brannte in meiner Lunge, als ich einatmete. Automatisch hielt ich mir den Ärmel vor Mund und Nase.

Es war ein opulenter Raum mit edlen Möbeln aus einem längst vergessenen Jahrhundert und großen Gemälden an den Wänden. Mit meinem menschlichen Auge konnte ich nicht mehr als die Extravaganz des Bewohners erkennen, aber meinem magischen Auge blieben die goldenen Partikel nicht verborgen, die sich mit dem unsichtbaren Rauch mischten. Ich riss den Mund auf, als ich mich drehte und einen Schriftzug entdeckte, der sich über eine ganze Wand und sämtliche Gemälde zog.

Die Worte, die dort standen, waren mit dem schwarzen Blut eines Crae geschrieben.

»Was siehst du?«, drängte Adriel, der mich mit Entsetzen im Gesicht anstarrte.

»Aurora?« Caspian schob sich an ihm vorbei und hob mein Kinn mit einer sanften Geste. »Atme.«

Meine Unterlippe bebte, aber ich nickte. Dann suchte ich meine Stimme, die sich in ein raues Krächzen verwandelt hatte: »Ich brauche etwas zu schreiben.«

Adriel war noch bleicher als üblich und mit fahrigen Bewegungen kehrte er in sein Büro zurück, um gleich darauf mit Notizbuch und Stift bewaffnet zurückzukehren.

Es kostete mich ein paar Anläufe, die Kontrolle über meine Hand zurückzuerlangen. Seit Jahren malte ich, um meinen Händen eine Aufgabe zu geben, wenn die Ars Obscura das nicht tat. Und endlich erwies sich mein Hobby als nützlich, als ich die sonderbaren Zeichen an der Wand auf das Papier bannte. Mir gelang nicht jeder Bogen der geschwungenen Lettern. Adriel stieß einen gequälten Laut aus, als verstünde er dennoch, was ich da malte. Er fuhr sich durch das Haar. Durch diese Geste rutschte ihm der Reif vom Kopf und landete klappernd auf dem Boden. Er machte sich nicht die Mühe, ihn wieder aufzuheben. Stattdessen begann er im Raum umherzutigern. »Das darf nicht wahr sein. Das darf einfach nicht wahr sein.«

Mein Blick zuckte zu Caspian, in dessen Augen stummes Entsetzen flackerte.

»Du verstehst das auch?«, raunte ich ihm zu und betrachtete das, was für mich aussah wie Hieroglyphen.

Caspian nickte mit zusammengepressten Kiefern und finsterer Miene. Seine Dunkelheit war zurückgekehrt, hüllte ihn ein. Doch sie war nicht länger in der Lage, mich von ihm fernzuhalten. Ich trat dichter zu ihm, legte eine Hand auf seinen Arm und fragte eindringlich: »Was hat das zu bedeuten?«

Es war nicht Caspian, der antwortete. Adriel kam ihm zuvor. Abrupt blieb er stehen, musterte die Wand, als wären die fremden Buchstaben dort soeben vor ihm aufgetaucht. »Diese Zeichen bedeuten so viel wie: Verräter deines Blutes.«

26

Es schepperte, als Adriels Beine unter ihm wegknickten und er auf einen niedrigen Beistelltisch stürzte, der hinter ihm stand. Mehrere Karaffen, Flaschen und Gläser gingen splitternd zu Boden. Eine Pfütze aus Alkohol und Scherben ergoss sich vor meinen Füßen und es knirschte, als ich auf Adriel zueilte.

»Ist alles in Ordnung?«, fragte ich und zog ihn zurück auf die Füße.

Adriel schwankte und kehrte der Wand, über die sich die für ihn unsichtbaren Buchstaben zogen, den Rücken zu. Seine Schultern zitterten und über sein Gesicht huschten Schatten, die mein Unbehagen schürten.

»Er ist es.« Adriel spie die Worte zusammen mit einem Spuckeregen zwischen zusammengepressten Zähnen hervor. Er fuhr sich durch das Haar, bis es in alle Richtungen abstand. »Er ist wirklich hier. Ich hatte gehofft, mich zu irren. Das habe ich nicht. Er ist gekommen.«

Hilfe suchend wandte ich mich an Caspian, der den Raum durchmaß und ein Glas und eine Flasche mit goldenem Inhalt aus einer Vitrine nahm. Er füllte es bis zur Hälfte und reichte es Adriel, der jedoch nach der Flasche griff und sie an die Lippen setzte. Caspian und ich tauschten einen Blick, während unser Vorgesetzter den Whisky in großen Schlucken trank. Als er mich das nächste Mal ansah, lag ein glasiger Schleier über seinen Augen, doch ich wusste nicht, ob Angst oder Alkohol Ursprung dessen waren. Wahrscheinlich eine Mischung aus beidem.

»Von wem sprichst du, Adriel?«, fragte ich und dirigierte ihn durch die Scherben zu einem Sessel mit hoher Lehne und Ohren.

Adriel sank in die Polster, als hätte ihn jegliche Kraft verlassen. Seine Schultern sackten nach unten, sein Gesicht wirkte eingefallen. Eine Weile starrte er schweigend vor sich hin. Schien mit sich zu ringen und mit den Worten, die auszusprechen er sich offenbar fürchtete. Es war ein skurriler Anblick. Der Vorsitzende der Ars Obscura, der Gründer der Ars Obscura, von Angst besiegt. Schließlich nahm er einen weiteren beherzten Schluck aus der Flasche und wischte sich dann mit dem Handrücken über die Mundwinkel.

»Ich hatte gehofft, mich zu irren. Aber das ist der Beweis.« Sein Blick flackerte zu der unsichtbaren Schrift. »Ich hätte es besser wissen müssen, ich irre mich nie. Er ist es, der Dunkelwanderer.« Er schluckte schwer. »Vaughan.«

Caspian presste die Kiefer zusammen, als hätte auch er das bereits gewusst. Ich jedoch hatte diesen Namen nie zuvor gehört. *Vaughan.*

»Wer ist das?« Mit zusammengezogenen Brauen musterte ich die beiden abwechselnd.

Caspian rieb sich über die Stirn, als könnte er die dunklen Gedanken verjagen, die sich dahinter so offenkundig materialisierten. »Vaughan ist der General des Schattenkönigs.«

Ich blinzelte. Wartete. Aber das war alles, was ich als Antwort bekam.

»Er ist ein Monster!«, rief Adriel.

»Ich weiß«, rutschte es mir heraus, ehe ich mich daran erinnerte, dass ich mich in Gesellschaft zweier Crae befand und ihr Blut auch in meinen Adern floss. Ich räusperte mich. »Derjenige, der auf seiner Suche nach dir immer wieder auf mich gestoßen ist, hat also einen Namen.« Derjenige, dem ich den Zugang zu dieser Welt ermöglicht hatte. Derjenige, dem ich – wenn auch unwillentlich – geholfen hatte, die Jagd nach Adriel aufzunehmen.

»Er hat mich endlich gefunden.« Adriel stieß einen gebrochenen Laut aus. Dann kniff er die Augen zusammen und lehnte sich in dem Sessel zurück, als könnte er der Bedeutung dieses Einbruchs entfliehen, wenn er sich davor verschloss.

»Was ist damals geschehen?«, fragte Caspian. Er nickte zu der Wand, an der auch für ihn lediglich die Gemälde vor dunkler Tapete sichtbar waren. »Welche Bedeutung haben diese Worte, dass du dich in ein Wrack verwandelst?«

»Maelle war das schönste Geschöpf, das ich je gesehen hatte.« Adriels Stimme brach, aber er ließ die Augen weiterhin geschlossen.

Ich sah zu Caspian, der die Achseln zuckte, als wüsste er ebenso wenig mit dem plötzlichen Themenwechsel anzufangen wie ich.

Doch Adriel fuhr rasch fort und nahm mir die Gelegenheit, nachzufragen. »Ich konnte ihr nicht widerstehen. Also habe ich gegen crae'sches Gesetz verstoßen. Wieder und wieder und wieder. Und wenn ich damals gewusst hätte, wo es mich hinführt, hätte ich nicht anders gehandelt. Maelle war etwas Besonderes.« Sanftheit formte jede Silbe, spann sich zu einer Erzählung, die mir eine Gänsehaut bescherte. »Mein Geheimnis blieb nicht lange unentdeckt. Einer von Vaughans Männern, die mit mir an der Grenze stationiert waren, beobachtete mich, als ich heimlich meinen Posten verließ, um mich mit Maelle zu treffen. Nachdem wir uns nach einer Nacht voller Zärtlichkeiten verabschiedet hatten, überwältigte er mich und brachte mich zu Vaughan.«

»Er wusste davon?« Wut ließ Caspian die Fäuste ballen. Sein Atem ging schneller, als hätte er das Ende dieser Geschichte durchschaut, ehe ich überhaupt begriffen hatte, wer ihre Protagonisten waren. Er lief hin und her. Die Scherben knirschten unter seinen Schritten, während er sie auf den Dielen verteilte.

Adriel schien indes in der Vergangenheit gefangen zu sein. Noch immer waren seine Augen geschlossen, die Schultern angespannt. Und mit den Fingern klammerte er sich an die Lehnen des Sessels, die letzte Verbindung in diese Welt, ehe ein alter Schmerz sich seiner bemächtigen konnte. »Vaughan ließ mich für mein Vergehen festnehmen.«

»Dazu hatte er nicht das Recht. Dem Schattenkönig allein ist es vorbehalten, über das Schicksal seiner Untertanen zu richten«, knurrte Caspian.

Aber Adriel schnaubte nur. »Glaubst du, unser großer König hätte Erbarmen gezeigt? Ich kann froh sein, dass Vaughan eigenmächtig gehandelt hat, denn aus dem Obsidianpalast hätte es für mich kein Entkommen gegeben, während ich von dem Nachtturm aus direkt über die Grenze fliehen konnte.«

»Was hat Vaughan mit dir angestellt?« Die Kälte in Caspians Stimme war erschreckend. Nie zuvor hatte ich ihn auf diese Weise sprechen hören, auch wenn ich seine Ablehnung oft hatte zu spüren bekommen.

»Was glaubst du wohl?« Adriel ballte die Hände zu Fäusten. »Zum Tee hat er mich jedenfalls nicht eingeladen.«

»Adriel!« Es war ein Befehl. Scharf wie ein Messer und präzise wie der Wurf eines Kriegers.

Ein Ruck ging durch Adriels Körper. Endlich hob er die Lider, sah seinen Untergebenen müde an. Resignation lag in seinem Blick, die ich nur von Menschen kannte, die alles verloren hatten. Das Fünkchen Neugier auf die Wahrheit, die mein Vorgesetzter bisher zurückgehalten hatte, erlosch, als ich begriff, dass sie grausam anmuten würde. »Vaughan ließ sich von seinem Soldaten beschreiben, wie Maelle mich berührt hatte. Die Nacht, die ich mit meiner Liebsten geteilt hatte, verwandelte sich in eine tödliche Waffe. Denn Vaughan ließ mich die Erinnerung ihrer Zärtlichkeit auf meiner Haut vergessen, indem er jede einzelne Stelle mit einem heißen Eisen berührte und die Spuren ihrer Liebe von meinem Körper ausbrannte.«

Tränen füllten meine Augen. Ich schluckte mehrmals, kämpfte darum, sie nicht zu weinen. Es stand mir nicht zu. Dies war Adriels Geschichte. Er sollte weinen. Schreien. Toben. Stattdessen sprach er ruhig, als wäre nicht er derjenige gewesen, den man gefoltert hatte.

»Meine Haut heilte. Wieder und wieder. Und er verbrannte sie. Wieder und wieder. Das ging Tage so. Wochen. Vielleicht auch Monate. Oder nur ein paar Stunden. Die Zeit verlor an Bedeutung, Schmerz war alles, was ich empfand. Mal glühend, dann stechend, dann hell und später dumpf. Als Vaughan begriff, dass er mich nicht länger verletzen konnte, änderte er die Spielregeln.« Adriel hob das Kinn. Starrte auf einen Punkt, den ich nicht sehen konnte. Dann stand er auf. Langsam. Und hob den Saum seines Seidenhemds an, zog es sich in einer fließenden Bewegung über den Kopf.

Caspian stöhnte.

Ich hob die Hand zum Mund und erstickte einen Schrei mit meiner Faust.

»Vaughan verlangte nach einem Sternenatem.«

Aus dem Lehrbuch der Ars Obscura wusste ich, dass es sich dabei um ein Geschöpf der Stufe fünf handelte. Es produzierte ein Gift, das die Selbstheilungskräfte von Crae unterband. In Island hatten einige Professoren damit herumexperimentiert, um neue Waffen für die Agenten zu schaffen. Dass Adriel das zugelassen hatte, war mir im Angesicht der Narben auf seinem Körper unbegreiflich.

»Er hackte mir mit einem stumpfen Beil, dessen Klinge in Sternenatem-Gift getaucht war, das Geweih ab. Danach schnitt er mir in den Bauch.« Er drehte sich, sodass ich die Buchstaben erkennen konnte, die sich um seinen Nabel wanden. Sie glichen denen, die hinter mir an der Wand leuchteten.

Verräter deines Blutes.

Caspian griff die Whiskyflasche und schleuderte sie durch den Raum. Mit einem Klirren prallte sie gegen die Wand. Die Flüssigkeit lief an ihr herab, wischte einen Teil der grausamen Worte fort.

»Ich bringe ihn um.« Caspian zitterte. Lodernder Hass ging von seinem angespannten Körper aus und mischte sich mit Adriels Angst. »Ich werde Vaughan für das, was er dir angetan hat, töten!«

Tatsächlich zeichnete sich ein kleines Lächeln auf Adriels Lippen ab. »Du bist ein wahrer Freund.«

»Nein. Das bin ich nicht. Ich hätte das wissen müssen, Adriel. Ich habe deine Freundschaft nicht verdient. Ich habe dich im Stich gelassen!«

»Sentimentaler Quatsch«, mischte ich mich ein und zog damit die Blicke der beiden Crae auf mich. Ich wusste, wie es war, seelische Verletzungen vor anderen zu verbergen. Caspian hätte nichts davon durchschauen können, solange Adriel nicht bereit gewesen war, sie mit ihm zu teilen. »Jeder von uns hat Geheimnisse. Manche davon sind belanglos. Andere zu schwer, um sie zu lüften.«

Caspian nickte, doch er schien mich nicht wirklich gehört zu haben. Sein Körper war hier. Angespannt, aber anwesend. Doch in

Gedanken schien er weit fort zu sein. Suchte er etwa schon nach einer Möglichkeit, Rache an Vaughan zu nehmen?

Die eiskalte Hand der Angst legte sich in meinen Nacken. Dieser Dunkelwanderer war gefährlich, so kurz nach dem Übertritt in unsere Welt noch im Vollbesitz seiner Crae-Kräfte, während Caspian nichts weiter als der menschenähnliche Körper zur Verfügung stand.

»Warum sucht dich dieser Dunkelwanderer nach all der Zeit?«, wollte ich wissen und versuchte das schlechte Gewissen zu ignorieren, das immer hartnäckiger an meinen Eingeweiden nagte und sich mit meiner Angst verwob.

»Die Zeit vergeht in Asterin anders«, sagte Caspian leise. »Erinnerst du dich?«

Natürlich tat ich das. Trotzdem war es nicht Antwort genug. »Vaughan hat dir alles genommen. Könnte es ihm nicht gleichgültig sein, was aus dir geworden ist, nachdem du in die Menschenwelt geflohen bist?«

Etwas blitzte in Adriels Augen auf und ich glaubte, dass es ein weiteres Geheimnis war, das zu teilen er nicht bereit war. Dann blieben nichts als Sorgen, Trauer und die Dunkelheit seiner Erinnerungen zurück, die sein Gesicht in Form von Schatten und tiefen Falten zeichneten. Auf einmal schien er um Jahre gealtert zu sein. »Vaughan beendet gern, was er begonnen hat«, murmelte Adriel. »Und ich bin sicher, dass es nicht in seinem Sinne war, mir dieses Leben auf der anderen Seite zu ermöglichen. Er wollte meinen Tod. Langsam. Qualvoll.«

»Warum hat er sich mit einem Graffiti an der Wand verraten, warum dich nicht gleich getötet?«, wollte ich wissen.

»Vaughan ist ein Spieler«, murmelte Caspian leise. »Adriel einen Dolch in die Brust zu stoßen würde ihm nicht halb so viel Befriedigung verschaffen, wie diese Rache in vollen Zügen auszukosten.«

Das sollte alles sein? Ein perfides Spiel, dessen Regeln dieser Dunkelwanderer bestimmte? Ich trat zu Adriel, nahm seine Hand. Seine Finger waren eiskalt, reagierten aber mit einem Zucken auf meine Berührung. Er hatte mir die Wahrheit über meine Vergangenheit und einen Teil seiner eigenen erzählt. Ich schuldete ihm Ehrlichkeit.

»Das alles ist meine Schuld.«

Meine leisen Worte wurden mit Caspians Knurren beiseitegewischt. »Sei still, Aurora!« Er schüttelte nachdrücklich den Kopf, doch ich ließ mich nicht beirren und fuhr fort.

»Dass Vaughan in diese Welt eingedrungen ist, ist meine Schuld. Ich war es, die das Weltentor geöffnet hat. Und nun habe ich es zum zweiten Mal gemacht und ihm die Möglichkeit gegeben, seine Armee zu rufen. Ich …« Ich brach ab, suchte nach einer Entschuldigung, die meinem Vergehen gerecht wurde. Doch es gab nichts, was ich hätte sagen können.

»Seine Armee?«, wiederholte Adriel. Falten vertieften sich auf seiner Stirn.

»London wird von Crae angegriffen«, erinnerte ich ihn und kam nicht gegen das Zittern meiner Stimme an, das in der Sorge um seine geistige Gesundheit begründet war. Hatte er vergessen, was jenseits der Mauern von Black Armour geschah?

»London wird von *einem* Crae angegriffen«, korrigierte Adriel mich.

Caspian spannte sich an. »Vaughan?«

»Es sind seine Schatten, keine anderen Crae. Ich habe einige Aufzeichnungen ausgewertet, sie geben keinen Hinweis auf die Gegenwart unterschiedlicher Crae.«

Also hatte kein weiteres Monster die Menschenwelt in meiner Abwesenheit betreten? Die Erleichterung wurde von dem Wissen erstickt, dass es nichts zur Sache tat, ob London von Vaughans Schatten oder aber von einer Horde wild gewordener Crae niedergemacht wurde. Der Ausgangspunkt blieb derselbe: Es war meine Schuld.

»Ich glaubte stark genug zu sein, um dem Sog dieser anderen Welt zu widerstehen«, flüsterte ich und kämpfte gegen das plötzliche Gefühl von Übelkeit an. »Das war ich nicht. Ich habe dich und vor allem diese Stadt in große Gefahr gebracht.«

Adriel sah mich an, aber ich konnte in seinem Blick keinen Groll erkennen. Er schien nicht einmal enttäuscht. Nur müde. »Unser Handeln wird von der Summe der Begebenheiten in unserem Leben bestimmt, Aurora.« Erneut fuhr er sich durch das Haar, doch da gab es nichts mehr, was er noch unordentlicher hätte machen können.

»Wenn überhaupt, ist all das meine Schuld. Ich hätte dich nicht in Unwissenheit aufwachsen lassen dürfen.«

Meine Sicht verschwamm unter Tränen. Ich blinzelte, verlor diesmal jedoch den Kampf. Adriel und Caspian traten gleichzeitig auf mich zu, Letzterer ließ unserem Vorgesetzten jedoch den Vortritt. Ich tauchte in die Wärme seiner bernsteinfarbenen Augen und erlaubte ihm, die Feuchtigkeit von meinen Wangen zu wischen. Dann schloss er mich in die Arme und das erste Mal hatte ich das Gefühl, einen Teil meiner Familie wiedergefunden zu haben.

27

In den darauffolgenden Stunden machte Caspian aus Black Armour eine Festung. Er verbarrikadierte die Fenster und sicherte sämtliche Eingänge. In der Zwischenzeit trafen die Londoner Agenten ein, um Strategien zu besprechen. Strategien, die immer wieder ins Leere führten, denn Vaughans Angriffe schienen willkürlich und keinem Muster zu folgen. Seine Schatten hatten sich über der gesamten Stadt ausgebreitet und ein paar meiner Kollegen waren bereits in Kämpfe mit ihnen geraten. Mein Kopf fuhr jedes Mal hoch, wenn sich Schritte näherten und ich die Neuankömmlinge mit dem Blick nach Verletzungen absuchte. Das schlechte Gewissen drohte mich beinahe zu überwältigen. Mehr als einmal bat ich Adriel, eines der Teams in die Stadt begleiten zu dürfen.

»Das grenzt an Torheit, Aurora«, sagte er eindringlich. »Es wird nicht lange dauern, bis Vaughan die Verbindung zwischen uns erkennt. Und dann bist du womöglich in weitaus größerer Gefahr als ich.«

»Wohl kaum«, widersprach ich, aber meine Gegenwehr erstarb, als mein Vorgesetzter die Hand hob und dann den Kopf schüttelte.

»Mit mir will er Spaß haben. Du würdest ihm dabei nur im Weg stehen. Er würde dich töten, Aurora, und das kann ich nicht zulassen.« Dunkle, halbmondförmige Ringe lagen unter Adriels Augen, aber sein Blick war unnachgiebig.

»Die anderen brauchen mich!«, versuchte ich es erneut und trat dichter an ihn heran. »Hast du die jüngsten Aufzeichnungen gesehen?

Die Schatten sind überall und niemand kann sie sehen. Niemand außer mir.«

»Das ist ein Befehl, keine Bitte oder etwas, was sich diskutieren ließe. Du bleibst hier.« Die allgegenwärtige Sanftheit in Adriels Stimme war einer gewissen Schärfe gewichen. Und ich wusste, dass er in diesem Moment nicht als mein Verwandter, sondern als mein Vorgesetzter mit mir sprach. Trotzdem erlaubte ich es mir, ihn anzufunkeln. In mir brodelte es. Eine gefährliche Mischung aus schlechtem Gewissen und Wut. Wut auf mich. Auf Vaughan. Und jetzt auch auf Adriel, weil er mich davon abhielt, Wiedergutmachung zu leisten.

Ein Donnergrollen fegte über Black Armour hinweg und erschütterte die Mauern des Anwesens. Adriel und ich fuhren gleichzeitig herum, aber Caspian hatte die Fenster in diesem Gang bereits verschlossen.

»Was war das?«, flüsterte ich und in der Stille, die nach dem Donner gefolgt war, dröhnten meine Worte.

»Ein Zeugnis der Ernsthaftigkeit der Absichten, die Vaughan hegt, schätze ich.« Adriel seufzte tief.

Durch die Fensterverkleidung drang das Geräusch zuschlagender Autotüren, dann das Knirschen von Reifen auf dem Kies. Die nächsten Agenten brachen auf, um den Kampf gegen die Schatten aufzunehmen. Und ich blieb zurück.

»Es fühlt sich falsch an, hier untätig herumzusitzen, während die anderen ihr Leben wegen mir riskieren.«

»Die anderen«, sagte Adriel und imitierte dabei meinen nachdrücklichen Tonfall, »sind voll ausgebildete und durchaus fähige Agenten, die auf ebendiese Situation vorbereitet wurden.« Er riss sich von den verbarrikadierten Fenstern los und trat auf mich zu. Mit beiden Händen umfasste er meine Schultern und sah mich eindringlich an. Ich erkannte die Sorge in seinem Blick und musste schlucken. »Du bist nicht untätig, wenn du an meiner Seite bleibst«, sagte er und übte mit seinen Fingern einen sanften Druck aus. »Deine Aufgabe ist von einer anderen Art als die der aktiven Agenten. Doch sie ist nicht weniger wichtig. Du schützt das Haupt der Ars Obscura.«

»Das könnte ich als Ausrede gelten lassen, wenn ich nicht wüsste, dass Caspian dieser Aufgabe bereits nachkommt.«

»Ich fürchte, dass es mehr als eines Mannes bedarf, den Dunkelwanderer aufzuhalten«, seufzte Adriel.

»Ohne Waffen kann ich wohl kaum etwas gegen Vaughan ausrichten«, ging ich auf die offensichtliche Ausrede meines Vorgesetzten ein. »Ich fühle mich nutzlos.« Nutzlos und schuldig. Ich musste etwas tun. Irgendetwas. Ich krampfte meine Hände zu Fäusten und lockerte sie wieder. Als ich nach London gekommen war, hatte ich nicht vorgehabt, wieder zu kämpfen. In diesem Moment vermisste ich das vertraute Gewicht meiner Waffen schmerzlich.

»Du hast meine ausdrückliche Erlaubnis, dich in meiner Waffenkammer auszustatten«, sagte Adriel und ein Schatten huschte über sein Gesicht. »Doch ich hoffe sehr, dass du nicht dazu kommst, von ihnen Gebrauch zu machen.«

Caspian verwandelte den Spiegelsaal in das strategische Zentrum unserer Kriegsführung. Mit der Hilfe von Adriels Dienern schleppte er große Tische heran, breitete Karten und Stadtpläne darauf aus und baute an den Wänden Pritschen auf, wo wir uns um Verwundete kümmern konnten. Ich half ihm, ein paar Computer und Bildschirme anzuschließen, die verschiedene Teile der Stadt zeigten. Mein Mund wurde trocken, als dichte Rauchfahnen über den Screen flackerten. Einige Gebäude waren eingestürzt, zwischen den Trümmern eilten Menschen umher. Auf der Flucht oder auf der Suche nach jemandem.

»Ich sollte dort sein«, sagte ich. »Und helfen.«

Caspian legte mir eine Hand auf die Schulter und drückte kurz zu. »Das tust du schon.« Dann wies er auf die Karten vor uns. »Trägst du die Schattenangriffe dort ein?«

Es war ein schwacher Versuch, mich von meinen düsteren Gedanken abzulenken, doch ich kam seiner Bitte nach. Eine Weile kartografierte ich das Unglück, das ich ausgelöst hatte und das die Stadt nun nach und nach zerstörte, um Muster festzustellen. Erst gab es keine. Der Supernatural Scan schlug aus, die Schatten schienen überall aufzutauchen und willkürlich anzugreifen. Doch je mehr Punkte ich auf der Karte markierte, umso deutlicher wurde, dass sie sich um die Friedhöfe häuften.

»Caspian«, murmelte ich.

Eine schwarze Strähne fiel in sein Gesicht, als er den Kopf hob und meinen Blick ernst erwiderte. In einem anderen Moment hätte ich womöglich die Hand nach ihm ausgestreckt, um ihm die Strähne zurückzustreichen. Aber gerade lähmte mich die Erkenntnis, dass die Schatten tatsächlich nach einem Muster vorgingen.

»Sind die Friedhöfe besetzt?«

Nun fuhr Caspian sich durch das Haar und strich es sich aus der Stirn. »Teilweise. Einige der Agenten helfen dort aus, wo die Angriffe am heftigsten sind.«

»Sie müssen sich zurückziehen. Sofort.«

Mein scharfer Tonfall alarmierte meinen Partner. Er musterte mich prüfend, dann kam er näher, um sich meine Arbeit der letzten halben Stunde anzusehen. »Die Schatten kesseln die Friedhöfe ein«, murmelte er. Eine tiefe Falte erschien zwischen seinen Brauen. »Sie versuchen uns abzulenken.«

»Das fürchte ich auch«, sagte ich. »Was, wenn Vaughan beabsichtigt, andere Crae auf diese Seite zu holen?«

»Dann wird das Ungleichgewicht zwischen den Welten immer größer.« Angst huschte über Caspians Gesicht, ehe er sich von mir abwandte und sein Smartphone zückte.

Ich tat es ihm gleich, aber ich rief keinen der Agenten an. Stattdessen suchte ich in meiner Kontaktliste nach Cassandras Nummer. Dreimal klingelte es in der Leitung, ehe meine Mitbewohnerin das Gespräch annahm.

»Aurora. Wo steckst du?«

»In Sicherheit«, gab ich zurück. »Und du?«

»Ich bin zu Hause«, antwortete Cassandra.

»Verschwinde von dort.«

»Wie bitte?«

Camden lag unweit des Highgate Cemetery. Die Schattenangriffe näherten sich diesem Teil der Stadt auf beängstigende Weise. »Du bist nicht sicher in unserer Wohnung«, sagte ich eindringlich. »Wo wohnt Allie?«

»In Stratford«, antwortete Cassandra langsam. Im Hintergrund hörte ich Schritte auf knarrenden Dielen, sie hatte sich also schon in Bewegung gesetzt.

»Schaffst du es dorthin?«, fragte ich, nachdem ich die Entfernung von Allies Wohnort zu den Friedhöfen als weit genug befunden hatte.

»Denke schon.«

»Dann nimm Mr Mercury mit und ruf mich an, sobald du angekommen bist.«

»Mach ich, Mum«, scherzte Cassandra, aber die Ernsthaftigkeit ihrer Stimme strafte ihre Worte Lügen. »Und dir geht es gut?«

»Alles gut. Pass auf dich auf, Cassandra!«

»Und du auf dich!« Dann legte sie auf. Zurück blieb zwar keine Stille, denn das penetrante Piepen der elektronischen Geräte drang durch den Saal, aber ein Moment, in dem ich die Augen schloss und tief Luft holte. Als ich sie wieder öffnete, lag Caspians Blick auf mir.

»Und?«, fragte ich, obgleich ich mich vor seiner Antwort fürchtete.

»Die Wächter der Friedhöfe sind informiert, aber es könnte dauern, bis sie ihre Positionen einnehmen können. Bis dahin habe ich die Agenten losgeschickt, die den jeweiligen Friedhöfen am nächsten sind.« Er stand auf, kam um den Tisch herum auf mich zu. Vor mir blieb er stehen, umfasste mein Gesicht mit beiden Händen und sah mich an. Mein Puls beschleunigte sich, als er mit den Daumen über meine Wangen strich, dann senkte er seine Lippen auf meine. Voller Nachdruck und Zärtlichkeit. Sein Kuss war ein Versprechen. Ein Versprechen, dass alles gut werden würde.

Ich hoffte es.

Beeindruckend. Ein besseres Wort fiel mir für Adriels Waffenkammer nicht ein. Sie war nur unwesentlich kleiner als die der isländischen Basis, bot jedoch eine größere Auswahl. Mittelalterliche Streitäxte hingen neben vollautomatischen Waffen. Es gab einen Morgenstern und etliche Schwerter, aber auch Klappmesser und Elektroschocker.

Ich steckte mir zwei Obsidianklingen in den Gürtel. Auf Schusswaffen verzichtete ich im Kampf gegen Crae grundsätzlich, denn die meisten waren gegen die Kugeln immun.

Anschließend streifte ich durch die leeren Korridore, begegnete lediglich auf dem Flur des zweiten Stockes Mortimer, der mir höflich zunickte und eine Tür öffnete. Irgendwann landete ich im Erdgeschoss. Durch die verschlossenen Fenster fühlte ich mich wie eine Gefangene. Ich fragte mich, ob mir Adriels Diener erlauben würden, das Haus zu verlassen, wenn ich es darauf anlegte. Doch ich kam nicht so weit, es auszuprobieren. Denn in dem Moment erklang ein durchdringendes Scheppern, auf das Totenstille folgte.

Sofort pochte mein Herz schneller. Ich fuhr in die Richtung herum, aus der das Geräusch gekommen war. Hatten die Schatten Caspians Barrikaden überwunden? Ich griff nach einem der Dolche und schlich den Flur entlang. Meine Bewegungen waren lautlos, ich glitt durch die Schatten, wie ich es als Agentin so oft getan hatte. Mein Körper funktionierte, mein Geist rebellierte. Eine unbestimmte Angst kämpfte gegen meine Wut darüber an, dass mir seit dem Zwischenfall in Reykjavík alles entglitt. Im Haus war es still, in meinem Innern tobte das Chaos. Ich war nicht imstande, es zu bezwingen, also konzentrierte ich mich auf dieses Gefühl, versuchte es zu meiner Waffe zu machen und nicht zu meiner größten Schwäche werden zu lassen.

Erneut ertönte ein Geräusch, es polterte leise. Ich beschleunigte meine Schritte, hielt auf eine Tür zu, durch deren Spalt ein goldener Strahl über den Boden bis zu meinen Füßen fiel. Anspannung ergriff mich, als ich den Dolch hob und auf weitere Geräusche lauschte, die der Eindringling machte. Etwas, das mir verriet, wie groß er war. Aber alles blieb still.

Mit aufeinandergepressten Lippen und hämmerndem Herzen stieß ich die Tür auf. Dahinter lag eine Küche, die ebenso groß wie die eines Hotels war. Edelstahlfronten und High-End-Geräte sprangen mir förmlich ins Auge.

Und der Crae, der sich an einem der Hängeschränke zu schaffen machte.

Ich stieß einen Fluch aus und ließ den Dolch sinken. Es war Adriel, der einen seidenen Kimono trug und auf Zehenspitzen versuchte, an das oberste Fach zu gelangen. Um ihn herum lagen verschiedene Konserven und andere Vorräte verstreut. Eine Nudelpackung war aufgeplatzt und der Inhalt ergoss sich über die Fliesen, mischte sich mit Dosentomaten und Tütensuppen.

Das hatte also das Geräusch verursacht, das ich gehört hatte.

»Adriel, was machst du hier?«

Mein Vorgesetzter zuckte zusammen und fuhr zu mir herum. Ein betretener Ausdruck stahl sich auf sein Gesicht und er hielt sich mit einer Hand an der Küchentheke fest. »Mortimer hat mich aus dem Herrenzimmer ausgesperrt.«

Ich runzelte die Stirn und steckte den Dolch zurück in den Gürtel. »Das erklärt, warum du nicht dort bist. Aber nicht, was du hier machst.« Als ich näher kam, bemerkte ich den Schleier auf seinen Augen, die Wangen waren gerötet. Er war betrunken. Seine nächsten Worte bestätigten meinen Verdacht.

»Irgendwo hier habe ich noch einen kleinen Schluck versteckt ...«

Seit ich ihm das letzte Mal begegnet war, waren höchstens zwei Stunden vergangen. Während ich herumgesessen und gewartet hatte, hatte Adriel die Zeit offensichtlich sinnvoller genutzt.

Ich bückte mich und las die Packungen auf. »Du besitzt eine Küche wie ein Sternekoch, hast aber einen Schrank voller Fertiggerichte?«

Adriel blinzelte und wankte leicht. »Meine Köche machen auch mal Feierabend. Und ich selbst ...« Seine Mundwinkel zuckten. »Ich kann nicht kochen. Doreen hat mir einen Notvorrat eingerichtet, für den Fall, dass mal niemand von ihnen hier ist.«

»Und darin versteckst du Alkohol?«

»Ich verstecke gar nichts. Ich habe ihn nur weggeräumt.«

»Schon klar.« Ich schnaubte.

Als Adriel eine Konserve aufhob, taumelte er nach vorn und stieß mit dem Kopf gegen den Küchenschrank. Ich packte ihn und zog ihn zurück auf die Beine. Dabei streifte mich sein beißender Atem.

»Jetzt verstehe ich, warum Mortimer dich aus dem Herrenzimmer geworfen hat«, bemerkte ich und legte mir seinen Arm um die Schulter. »Du riechst, als hättest du in Schnaps gebadet.«

»Wäre das möglich?«

»Bestimmt, aber das probieren wir jetzt nicht aus.«

Adriel blinzelte, wirkte beinahe enttäuscht. Sein Anblick fuhr mir wie ein Messerstich durch den Körper. Auf einmal wirkte er so viel jünger. Verletzlicher. Er hing mit seinem ganzem Gewicht an meiner Schulter und es kostete mich viel Kraft, ihn aufrecht zu halten. Ich verstärkte meinen Griff, dann manövrierte ich ihn durch das Chaos am Boden auf die Tür zu.

»Wohin gehen wir?«, fragte er mit schwerer Stimme.

»Ich bringe dich ins Bett, Adriel.«

»Nein.« Sein Widerstand hatte gegen meine Entschlossenheit keine Chance. Ich zerrte ihn hinaus auf den Gang.

Adriel Ember Tenrys war das Herz der Ars Obscura. Der Mann an meiner Seite war gebrochen. Angsterfüllt. Und sein Anblick schnürte mir die Kehle zu. In meiner dunkelsten Stunde hatte er mir einen Ausweg geboten. Jetzt war es Zeit, mich zu revanchieren. Was auch immer Adriel brauchte, ich würde es ihm geben. Dafür sorgen, dass das Herz der Organisation wieder schlagen konnte.

Am Ende des Ganges stellte sich mir das nächste Hindernis in den Weg. Ich musterte die im Halbdunkel liegende Treppe und hielt inne. »Wo ist dein Schlafzimmer, Adriel?«

Draußen erklang ein ferner Donner, der möglicherweise tatsächlich nur das war: ein Donner. Oder Schlimmeres. Adriel wimmerte leise und ich gab mir alle Mühe, ihn aufrecht zu halten. Sein Körper wurde schwerer und schwerer an meiner Seite.

»Er kommt zurück. Er kommt zurück«, flüsterte der Direktor der Ars Obscura wie ein weinerliches Kind. Verdammte Scheiße, nicht die Crae waren die schrecklichsten Dämonen. Es waren unsere eigenen Ängste.

Es kam mir falsch vor, so zu tun, als würden wir uns nicht in Gefahr befinden. Also sagte ich nur: »Vielleicht. Aber Caspian hat alles getan, um dieses Haus zu schützen. Vaughan muss die Mauern erst mal überwinden. Und dann muss er an uns vorbeikommen.«

»Wirklich?«

»Das verspreche ich dir. Verrätst du mir jetzt, wo dein Schlafzimmer liegt?«

In dem Moment erklangen Schritte und aus einer Seitentür tauchte die stämmige Gestalt Mortimers auf. Er zögerte kurz, als er uns entdeckte, dann eilte er mit langen Schritten auf uns zu und legte sich Adriels anderen Arm um die Schulter.

»Master Adriel«, seufzte er und dirigierte uns zur Treppe. »Ich sagte doch, Sie sollten sich ausruhen.«

»Das habe ich gemacht«, beteuerte Adriel. »Und dann hatte ich Durst.«

»Du hast genug getrunken für heute«, brummte ich.

Wie viele Stufen konnte eine Treppe haben? Diese Frage stellte ich mir, als wir die Hälfte geschafft hatten. Schweiß klebte mir im Nacken und wenn Mortimer uns nicht geholfen hätte, wären wir vermutlich niemals oben angekommen. Adriels Kopf kullerte von einer Schulter zur anderen. Seine Lider flatterten und die Abstände, in denen er die Augen offen hatte, wurden immer kürzer. In seinem Zimmer hievten wir ihn zu zweit ins Bett, ehe Mortimer sich zurückzog, um eine Flasche Wasser für unseren Vorgesetzten zu holen. Ich breitete die Decke über Adriel aus und nahm am Fußende Platz.

Das blonde Haar. Die kantigen Züge. Jetzt, da ich es wusste, war es offensichtlich, dass uns etwas verband. In Menschenaugen hätten wir sogar Geschwister sein können. Dieser Gedanke war seltsam tröstlich, nachdem ich geglaubt hatte, alles verloren zu haben.

Er gab einen leisen Laut von sich und ich murmelte etwas Beruhigendes. Keine Ahnung, was ich hier machte, aber in den langen Nächten nach dem Zwischenfall hätte ich auch jemanden gebraucht, der auf diese Weise für mich da war.

Mortimer kehrte zurück und stellte die Wasserflasche auf Adriels Nachttisch ab.

»Brauchen Sie noch etwas, Miss?«, fragte er mich.

»Eine Zeitmaschine«, murmelte ich und rieb mir über die Stirn.

»Wie bitte?«

»Ach nichts. Gehen Sie nur, ich bleibe noch, bis er eingeschlafen ist.«

Mortimer ließ eine schwere Stille zurück, die nur durch Adriels Atemzüge durchbrochen wurde. Das Zimmer lag im Halbdunkel. Wie in jedem anderen Raum dieses Hauses hingen Gemälde an den hohen Wänden, die Decke war mit Stuck verziert. Das Mobiliar wirkte teuer und ich kam mir dazwischen so klein vor, wie Adriel in diesem Moment aussah. Jahrhunderte hatte er in Angst gelebt. Jetzt, da eingetreten war, wovor er sich fürchtete, zeichnete sich das deutlich auf seinen Zügen ab. Dieser Mann war hoch geflogen und ebenso tief gefallen. Wie ich.

Die Frage blieb, ob wir es schafften, uns wieder aufzurichten. Oder ob Vaughan uns endgültig niederzwingen würde.

Ich spürte Caspians Gegenwart, ehe ich ihn sah. Leise schloss ich Adriels Zimmertür hinter mir und wandte mich ihm zu. Die Schatten zwischen den Wandleuchten hüllten ihn ein, aber ich konnte ihn mit jeder Faser meines Körpers wahrnehmen.

»Er schläft jetzt«, sagte ich leise. »Gibt es etwas Neues von den Friedhöfen?«

»Es sieht gut aus. Sie halten sie und bisher hat kein Crae die Grenze überwunden.«

Die Erleichterung, die auf Caspians Antwort folgen sollte, blieb aus. Das Grauen der letzten Stunde hielt sich hartnäckig an mir fest. Ich rieb mir über die Unterarme und trat auf Caspian zu, der beide Hände an mein Kinn legte und es sanft anhob.

»Gibt es viele Tote?«

»Du weißt jetzt, wohin sie gehen. Nicht sie sind es, die wir beweinen sollten, sondern uns selbst, weil wir an diesem Ort feststecken. Asterin wird sie willkommen heißen.«

»Ich sorge mich nicht nur um die Toten. Für sie werden Crae auf diese Seite gelangen. Vaughan wird stärker.«

»Wir kriegen das hin.« Mit den Lippen berührte Caspian meine Stirn, meine Schläfe, dann tastete er sich meine Wange hinab, bis er meinen Mund fand und ihn sanft küsste. Die Leidenschaft, die in der vergangenen Nacht noch zwischen uns geknistert hatte, war verflogen, stattdessen hatten seine Liebkosungen etwas Tröstliches an sich. Er strich mir das Haar zurück, zeichnete sanft das feine Geflecht meiner Narbe nach, während er meinen Blick gefangen hielt. Aus beiden meiner Augen sah er menschlich aus, aber die Erinnerung an die riesigen goldenen Flügel auf seinem Rücken hing mir noch immer nach.

»Wie geht es Adriel?«, fragte Caspian nach einer Weile, ohne seine Umarmung zu lockern.

»Er hat Angst«, sagte ich leise.

»Verständlich. Ich hatte keine Ahnung, was Vaughan ... All die Jahre. Er hat nie etwas gesagt.« Caspian mochte starr an meiner Seite verharren, aber ich konnte den Sturm in seinem Innern deutlich wahrnehmen.

Ich legte eine Hand an seine Wange. »Er wird darüber hinwegkommen. Das hat er schon einmal und er wird es wieder schaffen.«

Caspian gab ein Brummen von sich, von dem ich nicht wusste, ob es ein Laut der Zustimmung war.

»Diesmal ist er nicht allein«, fügte ich noch hinzu und spürte, wie er neben mir nickte. Wenn ich mir vorstellte, dass er das, was man ihm angetan hatte, so lange für sich behalten hatte, wurde mir eiskalt.

Caspian drückte einen sanften Kuss auf meinen Nacken. Es war eine unschuldige Berührung, die sich schnell in mehr verwandelte. Ich stöhnte, ehe er das Geräusch mit seinen Lippen erstickte. Mit einer Hand in meinem Rücken dirigierte er mich zur nächsten Tür, öffnete sie und schob mich in das Zimmer dahinter. Ich sah mich nicht um, denn all meine Sinne konzentrierten sich in diesem Moment auf Caspian. Unsere Zungen umspielten einander und die Hitze seines Atems füllte meinen Mund. Seine Finger hinterließen eine brennende Spur auf meiner Haut, als er mein Oberteil anhob und über meinen Rücken strich.

Ich wusste, dass ich diese Art der Zerstreuung nicht verdient hatte, gleichzeitig wusste ich aber auch, dass ich sie dringend brauchte. Ich wollte vergessen. Musste vergessen. Und Caspians Lippen waren die einfachste Methode, alles hinter mir zu lassen. Wir verloren uns in diesem Augenblick, ignorierten die dunkle Bedrohung, die außerhalb der Mauern von Black Armour lauerte. Es gab nur uns. Ihn und mich.

Und dann ging ein Beben durch das Haus.

28

Die Wände erzitterten. Glas knirschte und schräg vor uns fiel ein Bild zu Boden. Der Rahmen splitterte, dann war alles still. Zurück blieb mein hämmernder Puls, der nichts mehr mit Caspians überwältigender Nähe zu tun hatte. Er gab einen unwilligen Laut von sich, als ich mich behutsam von ihm löste und Abstand zwischen uns schuf, den ich so dringend für einen klaren Kopf benötigte.

»Das ist nicht der richtige Zeitpunkt«, murmelte ich und fuhr mir durch das Haar, um meinen Händen etwas zu tun zu geben. Alles, nur nicht, sich in Caspians Hemd zu vergreifen.

Er holte zischend Luft, dann wich auch er ein paar Schritte vor mir zurück. Schüttelte sich, sah mich an. Die vor Lust verhangenen Augen klärten sich allmählich. Ich nickte ihm knapp zu, bevor ich auf den Flur trat. Nicht nur in dem Raum, in dem wir uns für einen kurzen Moment selbst vergessen hatten, lagen Gemälde am Boden. Scherben säumten meinen Weg in den Spiegelsaal, dessen getönte Wände bis auf einen feinen Riss noch intakt waren. Die Computer piepsten und über die Bildschirme flackerte London auf. Die Stadt schien das Erdbeben weitestgehend unbeschadet überstanden zu haben. Wenn man von den zahlreichen Zerstörungen durch Vaughans Schatten absah.

Ich presste die Lippen aufeinander. Konnte mich von dem Bild, das sich mir bot, nicht abwenden. Es war zu viel. Einfach zu viel. Und doch konnte ich die Augen nicht schließen. Nicht vergessen.

Heiße Tränen brannten in meinen Augen, stahlen sich über meine Wangen und tropften von meinem Kinn auf die Tastatur des Computers. Die Szenen der Stadt verschwammen vor mir und zurück blieb nichts als Chaos. Chaos, das ich verursacht hatte.

In den letzten Monaten hatte ich nach einem Weg gesucht, meine Gefühle zu unterdrücken. Sie von mir zu schieben. Ich war gescheitert und konnte auch jetzt nichts dagegen tun, dass sich mir die Kehle zuschnürte und meine Brust immer enger wurde.

Neben mir bewegte sich eine Gestalt. Caspian war unbemerkt neben mich getreten. Er richtete seine Kleidung und erstarrte, als er die glänzenden Tränenspuren auf meinem Gesicht entdeckte.

»Aurora.« Seine Stimme war so sanft wie seine Berührungen. Nichts war von jener Kälte übrig, mit der er noch vor ein paar Wochen zu mir gesprochen hatte. Er strich mit den Daumen über meine Wangen, wischte die Feuchtigkeit fort, wie er es schon einmal getan hatte. Zwischen uns dehnte sich die Zeit aus, wurde unendlich, bis sie wieder auf das Hier und Jetzt zusammenschrumpfte.

Ich löste mich aus seinem Griff, wich zurück, bis ich von der Tischkante gestoppt wurde. »Nein«, murmelte ich. »Nein.«

»Aurora …«

»Ich verdiene deine Zuwendung nicht«, sagte ich. Nicht nach all dem, was geschehen war. Die Ereignisse der letzten Tage türmten sich über mir auf, ihr Gewicht lastete schwer auf mir. Der Neuanfang in London. Der entflohene Dunkelwanderer. Die Wahrheit über meine Herkunft. Der Angriff der Crae. Alles brach wie ein Kartenhaus über mir zusammen, begrub mich unter sich. Ich wankte. Schüttelte den Kopf, als Caspian nach mir greifen wollte.

Nein. Ich verließ den Spiegelsaal, ignorierte Caspians Ruf. Auf dem Korridor begegnete ich Mortimer, der die Scherben mit einem Besen auffegte. Er sah mich an, mit einer schmalen Falte zwischen den Brauen, hielt mich aber nicht auf. Eine Weile streifte ich durch das fremde Haus, getrieben von Angst und Schuldgefühlen, die sich einfach nicht abschütteln lassen wollten.

Irgendwann graute der Morgen. Ich erkannte es an dem trüben Licht, das sich durch die Ritzen der Barrikaden vor den Fenstern drängte. Es tauchte Black Armour in einen silbrigen Schimmer. Silbern, nicht golden. Die Spuren von Vaughans Magie waren verblasst, die Schatten, die den Himmel am gestrigen Tag verdunkelt hatten, fort. Adriel war sicher. Wenigstens das erleichterte mich.

Aber dieses Gefühl währte nur kurz. Aus der Eingangshalle erklangen Schritte und abgehackte Gesprächsfetzen. Jemand nahm die Treppe in den oberen Stock. Ich folgte dem Bogen, den der Korridor beschrieb, in dem ich mich eben noch vor Adriel, Caspian und der schrecklichen Wirklichkeit versteckt hatte. Er öffnete sich in der großen Eingangshalle, aber die Neuankömmlinge waren bereits oben verschwunden. Ich holte tief Luft, wappnete mich, dann eilte auch ich die Stufen empor.

Seit ich ihn verlassen hatte, hatte sich der Spiegelsaal gefüllt. Zwei Agenten lagen auf Pritschen und an Caspians Seite standen Livia und Lion. Obgleich der Kampf sie eindeutig gezeichnet hatte, strahlte Livia noch immer diese nahezu perfekte Schönheit aus. Während sie mit Caspian sprach, kämmte sie sich mit gekrümmten Fingern das Haar. Sie nickte, zog die Unterlippe nachdenklich zwischen die Zähne, ehe sie ihm ein Lächeln schenkte. Staub und Schmutz hafteten an ihrem Anzug, der einiges abbekommen hatte. Doch sie schien unverletzt. Ebenso Lion, der sich durch den blonden Lockenkranz fuhr und mit ernster Miene die Stadtpläne studierte.

»Das Tor des West Norwood Cemetery ist unwiderruflich verschlossen«, sagte er gerade. »Das ganze Gebäude ist über dem Weltentor eingekracht. Da kommt niemand mehr hinein oder hinaus.«

»Wir hatten Glück, dass unser Plan so aufgegangen ist«, meinte Livia.

»Es hätte auch anders ausgehen können«, stimmte Lion ihr zu.

»Moment«, entfuhr es mir, als mir die Bedeutung ihrer Worte bewusst wurde. »Ihr habt das Tor absichtlich verschlossen?«

In Livias Blick lag keine Freundlichkeit, als sie meinem begegnete. »Da ist sie ja, Islands große Heldin. Wie ich sehe, hast du nichts von der Kraft eingebüßt, die man dir nachsagt, während unsereins nicht ohne Spuren aus den Kämpfen hervorgegangen ist.« Demonstrativ klopfte sie sich den Staub von der zerschlissenen Kleidung.

Scham und Wut verwandelten sich in meinem Bauch zu einem steinharten Klumpen. Ich ballte die Fäuste, aber bevor ich zu einer Erwiderung ansetzen konnte, richtete Lion das Wort an mich. Sein Tonfall war sehr viel freundlicher als der unserer Kollegin. »Es waren nicht nur Schatten, denen wir uns stellen mussten.« Wie zum Beweis öffnete er auf dem Bildschirm des Computers eine Karte des Supernatural Scans, die die magischen Schwingungen überall in London dokumentierte. Dort, wo die Schatten angriffen, breiteten sich orangefarbene Kreise aus. Das Gebiet um den West Norwood war hingegen rot.

»Crae?«, fragte ich. »Vaughan hat es also geschafft, sich Verstärkung zu holen?« Bei dem Gedanken kam mir Galle hoch. Ich schluckte schwer, aber die Angst breitete sich in mir aus wie ein Gift.

Lion nickte. »Manche der Crae, die für eine im Kampf verstorbene Seele auf diese Seite gelangt sind, haben sich ihm angeschlossen. Gemeinsam haben sie den Norwood angegriffen. Wir waren ihnen hoffnungslos unterlegen. Der einzige Weg, das Tor uninteressant für sie zu machen, war, es endgültig zu schließen.«

»Aber das bedeutet, dass es ein Tor weniger gibt, durch das sie zurückkehren können«, murmelte ich.

Livia lachte schneidend. »Zurückkehren? Keiner von denen wird irgendwohin zurückkehren, wenn wir mit ihnen fertig sind. Wir töten sie. Jeden Einzelnen von ihnen. Es ist längst überfällig, dass wir die Anzahl der Übergänge reduzieren. Auf Dauer ist das viel zu gefährlich. Und genau diese Fahrlässigkeit wird uns jetzt zum Verhängnis.«

Caspian winkte mich an den Tisch heran und deutete auf Abney Park und den Brompton Cemetery. »Wir könnten die Lage in den Griff kriegen, wenn wir diese Tore auch noch schließen.«

»Du meinst zerstören«, sagte ich trocken und dachte an die grausame Schönheit jenes Reiches, von dem wir uns damit unweigerlich immer weiter entfernten. Ich fragte mich, was geschehen würde, wenn wir jedes Tor versiegelten, wenn wir die Grenze unüberwindbar machten. Würden die Seelen unserer Verstorbenen trotzdem auf die andere Seite gelangen? Und würde ich Frey dann je wiedersehen?

Caspian schien mir meine Gedanken vom Gesicht abgelesen zu haben. »Wir können nicht jedes Tor schließen, denn sonst können die Seelen der Verstorbenen nicht weiterziehen. Aber wir können die Gefahr minimieren, indem wir ein paar von ihnen zerstören, ja. Und in der Zeit kümmern sich Spezialeinheiten um die verbliebenen Crae.«

»Das klingt nach einem waghalsigen Plan«, murmelte ich tonlos. Denn die Konsequenzen der Zerstörung der Tore waren nicht absehbar.

»Darum musst *du* dir keine Gedanken machen«, zischte Livia und ließ den Blick vielsagend durch den Raum gleiten. Ich würde ohnehin nicht daran teilhaben. Das war es, was sie mit Worten nicht aussprach. Doch das musste sie auch nicht. Ich verstand es so.

»Livia.« Die Kälte, die Caspian mir zuerst entgegengebracht hatte, bündelte sich in diesem einzigen Wort, das die Luft zerschnitt. Eine Drohung lag darin, die Livias Brauen in die Höhe wandern ließ.

»Sie hat dich am Wickel?« Die Agentin stieß ein kurzes, freudloses Lachen aus. »Wer hätte das gedacht?«

»Wir sollten uns neu formieren«, sagte Lion und überging damit unseren kurzen Schlagabtausch und die Spannung, die sich zwischen uns ausbreitete. »Und diese Stadt von den Dämonen befreien. *Das* hat oberste Priorität.« Eine Warnung lag in seinem Blick, die uns allen galt. Wir waren ein Team. Und als solches mussten wir agieren. Es gab keinen Platz für Streitigkeiten. Er hatte recht.

»Wie gehen wir vor?«, fragte ich, obwohl mir der Gedanke an die Zerstörung der Tore noch immer Unbehagen bereitete. Aber wer war ich schon, dass ich mir darüber ein Urteil erlauben konnte?

»*Wir*«, sagte Livia und ihr Ton hatte trotz Lions Ansage nichts an Schärfe verloren, »lassen uns draußen den Arsch aufreißen, während andere sich ihn hier breitsitzen!«

»Ein weiteres Wort und du verlässt nicht nur mein Haus, sondern auch die AO.«

Eine überwältigende Stille senkte sich auf den Spiegelsaal. Wir fuhren herum und beobachteten, wie Adriel in den Raum trat. Sein gestriger Absturz hatte kaum Spuren hinterlassen, wenn man genau hinsah, verdunkelten Schatten seine Augen. Aber sein maßgeschneiderter Anzug saß perfekt, ebenso die ordentliche Frisur. Einzig die Güte, die mir so häufig in seinem Blick begegnet war, war fort.

»Das kannst du nicht ernst meinen«, sagte Livia und hob gegenüber unserem Vorgesetzten trotzig das Kinn.

»Sehe ich aus, als würde ich mir einen Scherz erlauben?« Adriel begegnete ihr mit einer wie gemeißelten Miene. Hart und unnachgiebig. »Es steht dir nicht zu, über meine Befehle an andere Agenten und Wächter zu urteilen. Hast du verstanden?«

»Ja«, presste Livia mit zusammengebissenen Zähnen hervor. Röte färbte ihre Wangen, aber der Ausdruck ihrer Augen identifizierte sie als Zorn, nicht als Scham.

Mit einem Wink befahl Adriel uns, ihn auf den neuesten Stand zu bringen. Caspian sah mich einen Moment lang an, ehe er der Aufforderung nachkam und vor Adriel unseren Plan ausbreitete. Er nickte immer wieder, die Lippen zu einem schmalen Strich zusammengepresst. Irgendwann beugten wir uns erneut über die Karten auf dem Tisch und ich fand mich an Adriels Seite wieder. Er legte eine Hand auf meine Schulter, drückte sanft zu und lächelte.

»Geht es dir besser?«, fragte ich so leise, dass Livia mich nicht hören konnte. Sie diskutierte gerade mit Lion, welche der anderen Tore sich für eine Zerstörung eigneten. Natürlich plädierte sie für den Kensal Green.

»Es geht mir den Umständen entsprechend gut«, raunte Adriel zurück. »Mach dir keine Sorgen, Aurora.« Die Sanftheit, mit der er meinen Namen aussprach, ließ mich schlucken. »Und wie geht es dir?«

Gerade wollte ich zu einer Antwort ansetzen, als die Tür aufflog und Mortimer mit zwei Agenten hineineilte. In ihrer Mitte hing ein schlaffer Körper.

Mason.

Von der italienischen Bräune war nichts mehr übrig. Seine Haut war kreidebleich, ein Schweißfilm glänzte auf seiner Stirn.

»Bei allen Crae«, murmelte Adriel und fasste sich an die Brust. Mason zog eine Spur dunkelroten, fast schwarzen Blutes hinter sich her. Mir wurde übel. Schwarz war das Blut der Crae. Und jener Menschen, die nicht mehr zu retten waren. Auf einmal nahm ich den eisigen Atem des Todes in meinem Nacken wahr.

Caspian riss sich als Erster aus seiner Starre und eilte durch den Raum, um eine der Pritschen heranzuziehen. Die Agenten legten Mason behutsam hin und schoben ihn auf mehrere Maschinen zu, die ich aus Krankenhäusern kannte. Ihre Bewegungen waren routiniert, aber hektisch. Masons Zeit lief.

Unser aller Zeit lief.

Und da begriff ich, dass ich nicht länger untätig hier herumsitzen konnte. Ich mochte Adriel zuletzt als Wächterin gedient haben, aber er hatte mich damals zu einer Agentin ausbilden lassen. Es lag nicht in meiner Natur, am Rand zu stehen und das Geschehen zu beobachten. Ich war Teil davon.

Ich war Ursache all dieses Leids.

Ich musste Verantwortung übernehmen. Während die anderen Caspians knappen Befehlen folgten und die Hilfsmittel zusammentrugen, die sie benötigten, um Mason zusammenzuflicken, taumelte ich rückwärts aus dem Saal. Niemand nahm Notiz von mir. Niemand außer Livia, die meiner Flucht mit schmalem Blick folgte.

29

Es war lange her, dass ich Auto gefahren war. Und an Caspians Aston Martin musste ich mich erst gewöhnen. Ebenso daran, dass manche Straßen frei vor mir lagen, andere durch eingestürzte Gebäude blockiert waren. Und ich war mir sicher, dass, wenn ich nicht durch die Hand einer der Kreaturen aus Vaughans Gefolge umkommen würde, Caspian mir eigenhändig den Hals umdrehte. Denn mit dem knirschenden Geräusch, das plötzlich ertönte, als ich einer umgeknickten Straßenlaterne ausweichen wollte, verpasste ich dem Kotflügel des Wagens eine weitere Schramme, seit ich Black Armour verlassen hatte. Seine Sympathien für mich konnten nicht so tief sein, dass er mir den Diebstahl und die Verschandelung seines Autos verzeihen würde.

Ich verfolgte etwas, das man nicht unbedingt als Plan bezeichnen konnte. Vielleicht mehr als vage Idee. Oder Irrsinn? Vaughans Magie war wie ein Faden, der sich durch London spann und durch die Straßen führte. Mal waren die Goldpartikel spärlich, dann bildeten sie dichte Wirbel und bezeugten, dass ich auf der richtigen Spur war.

Mein Nicht-Plan beinhaltete, Vaughan zu finden. Was ich dann tun würde, wusste ich nicht. Allein konnte ich ihn unmöglich aufhalten. Aber ich könnte ihn hinhalten, bis Verstärkung eintraf und wir diese dunkle Episode der Londoner Geschichte ein für alle Mal beendeten.

Als ich aufgebrochen war, hatte ich mit dem Schlimmsten gerechnet. Tatsächlich beschränkte sich die Zerstörung der Stadt nur auf einzelne Zonen, und zahlreiche Menschen hatten laut Zach the Paddywhack fliehen können. Seiner Radiosendung lauschte ich die ganze Fahrt über, während ich mich mit verkrampften Fingern am Lenkrad des Aston festhielt.

Um den Hyde Park wurde der Goldstaub dichter. Er hatte sich in den Baumkronen verfangen und ließ ihre Blätter glänzen. Wenn ich nicht um die Bedeutung gewusst hätte, hätte es mir beinahe gefallen können. Ich folgte einer dem Park parallel verlaufenden Straße, bis der Nebel so dicht war, dass ich mit meinem magischen Auge kaum noch etwas sehen konnte. Schließlich blieb mir nichts anderes übrig, als das Auto zu parken. Oder vielmehr ließ ich es mitten auf der Straße stehen, da mir ein Stahlträger den Weg versperrte.

Ich befand mich unmittelbar vor der Marble Arch Station am nordöstlichen Rand des Hyde Parks. An dessen Eingang spannte sich ein Triumphbogen, an dem goldene Nebelfetzen hingen. Ich steuerte darauf zu. Mit mir bewegten sich Schatten durch die goldenen Partikel, aber keiner von ihnen griff mich an, obgleich ich die Waffen gezückt hatte.

Als ich den Triumphbogen endlich erreichte, spürte ich ein Kribbeln im Nacken. Ich wandte mich um, suchte denjenigen, der mich mit Blicken durchbohrte. Mein menschliches Auge erfasste eine große hagere Gestalt, mit meinem magischen Auge identifizierte ich ihn als Crae. Aber nicht als irgendeinen Crae.

»Vaughan«, sagte ich, als der Dunkelwanderer auf mich zukam. Diesmal lief er, anstatt zu schweben. Überhaupt wirkte er aus Sicht meines menschlichen Auges keineswegs dämonisch. Seine scharfkantigen Züge waren vielmehr maskulin, sein Blick durchdringend.

Das hier war der Dämon, der Adriel gefoltert hatte, rief ich mir ins Gedächtnis und starrte die erschreckend menschliche Kreatur an. Der Dämon, der mir zweimal aufgelauert hatte. Dreimal, denn er schien nicht überrascht, mir hier zu begegnen.

Er hielt eine Pappschachtel in der Hand und auf seinen Lippen lag ein gefährliches Grinsen. Nur durch mein magisches Auge konnte ich den Totenschädel mit der langen, schnabelartigen Nase und dem spitzen Kinn ausmachen.

»Aurora, wie schön, dich wiederzusehen.« Die Art, wie er auf mich zuschlenderte, regte in mir den furchtbaren Verdacht, dass er mich erwartet hatte.

»Kann ich umgekehrt nicht gerade behaupten.« Mit den Fingern berührte ich die Stelle an meinem Hals, wo er mich gewürgt hatte.

»Ich gebe zu, dass wir unsere Startschwierigkeiten hatten.« Das Grinsen wurde breiter. Wie ein Zähnefletschen. Alles an diesem Crae bedeutete Gefahr: die Art, wie er sich bewegte, wie er sprach, wie er mich ansah. Lauernd wie eine Raubkatze kurz vor dem Sprung.

»So könnte man es auch nennen.« Ich hob das Kinn. Und beide Obsidianklingen.

Aber Vaughan lachte nur und hielt mir die Pappschachtel hin. »Die schulde ich dir seit unserem letzten Treffen.«

Ich hob die Brauen, als mich der Geruch von *Fish and Chips* streifte. »Was willst du von mir?«, fragte ich, ohne sein Geschenk anzunehmen.

Vaughan legte den Kopf schief, einen amüsierten Zug um die Mundwinkel. »Warum so unhöflich?«

»Keine Ahnung«, zischte ich und packte meine Waffen fester. »Vielleicht, weil du mich zweimal angegriffen hast. Und Adriel töten willst.«

»Ah, die alte Mär.« Er machte eine wegwerfende Handbewegung. Mit meinem magischen Auge beobachtete ich, dass die Goldpartikel um ihn herum in sämtliche Richtungen stoben. »Meine Interessen haben sich verändert. Der Verräter, oder Adriel, wie du ihn nennst, ist mir gleich. Ich bin hier, um meine Heimat zu retten.«

Die Klingen in meinen Händen zuckten bei dem Gedanken an das, was ich mit eigenen Augen in Asterin beobachtet hatte. »Wovon redest du?«

Vaughan machte einen Schritt auf mich zu, unbeeindruckt von meinen Waffen. Dann schob er sich eine Pommes in den Mund und nickte auf den Eingang zum Hyde Park. »Lass uns eine Runde zusammen laufen. Ich hörte, dass man hier Eichhörnchen füttern kann.«

Er bot mir die Gelegenheit, ihm die Klingen in den Rücken zu stoßen, als er mich umrundete und auf den Triumphbogen zulief.

Ich hätte es beenden können. In dieser Sekunde. Doch hatte ich in der jüngsten Vergangenheit mehr als einmal bewiesen, dass ich nicht imstande war, vernünftige Entscheidungen zu treffen. Ich ließ die Gelegenheit verstreichen und folgte dem Crae in den Schutz des Bogens. Eine gespenstische Stille empfing uns auf der anderen Seite, einzig durchbrochen von dem Geräusch unserer Schritte und meinem pochenden Herzen.

»Dunkelheit bedroht meine Heimat«, sagte Vaughan und blieb im Schatten eines Baumes stehen. »Die Grenzen des Reiches lösen sich auf, Asterin schrumpft. Und die einzige Möglichkeit, diesen Verfall zu stoppen, ist in dieser Welt verborgen.«

Ich kniff die Augen zusammen, starrte ihn an. »Du hast nicht den Eindruck gemacht, als wärst du hier, um etwas zu suchen.« Oder gar zu retten.

»Ich gebe zu, dass mein Gefolge ein wenig energisch vorgegangen ist. Aber die Zeit läuft. Viel habe ich nicht mehr davon.«

»Und was ist es, das ihr ausgerechnet hier in London sucht?«

»Das, was der, den du Adriel nennst, einst aus Asterin stahl.« Seine Worte waren wie ein Zischen. Hass ließ seine Stimme vibrieren und durch mein magisches Auge sah ich die Totenmaske, der sein wahres Gesicht glich.

Ich suchte nach der Lüge in seinen Worten. Nach einer List. Er war der Teufel, ich durfte ihm nicht trauen.

Aber ich tat es. Ich hatte es selbst gesehen: Etwas bedrohte Asterin.

Dass ich die Dolche sinken ließ, nahm Vaughan mit einem wohlwollenden Nicken zur Kenntnis, ehe er mir noch einmal die Pappschachtel reichte. Ich schüttelte den Kopf, dann schob er sich eine weitere Handvoll Pommes in den Mund. »Ich liebe meine Heimat, aber ich muss die Kochkünste der Menschen neidlos anerkennen.«

Ich funkelte ihn an. Er war ein Spieler, der mich ablenken wollte. Aber das würde ich nicht zulassen. »*Fish and Chips* sind nicht der Grund für unser Treffen. Was hat die Instabilität verursacht?«, fragte ich.

Vaughan kaute eine Weile, ehe er schluckte und antwortete: »Asterins Macht beruht auf dem Zauber seiner ersten Herrscherin.

Jener Frau, die die Anderwelt erschaffen hat, um den Toten einen Platz zu geben. Den Toten und den Geschöpfen, die in Dunkelheit geboren wurden. Dieser Zauber ist an drei Insignien gebunden. Adriel stahl eines davon und nahm es mit in diese Welt.«

Vaughans Worte schwebten zwischen uns, ihre Bedeutung war so scharf wie eine Klinge, die mir ins Fleisch schnitt.

Ich blinzelte, musterte den Crae, der Adriel gefoltert hatte. Konnte auch nur ein einziges Wort von dem, was er sagte, wahr sein? Mit meinem magischen Auge sah ich, wie Schatten an dem Dunkelwanderer leckten. Sie hüllten ihn ein, verwoben sich mit seinen Haaren, die im Wind tanzten. Nur dass es windstill war.

Der Crae begegnete meinem Blick mit einer Mischung aus Ernsthaftigkeit und Ungeduld. Die Schatten wuchsen, schienen ihn in ihre Mitte zu rufen.

»Adriel ist kein Dieb«, sagte ich schließlich.

Vaughan schnaubte. »Nein, er ist ein Verräter. Aber darum geht es hier nicht. Asterin wird fallen, und wenn das geschieht, ist auch das Ende der Menschenwelt absehbar.«

Kälte kroch über meinen Nacken und zog eine Gänsehaut mit sich. Bis vor wenigen Tagen hatte ich meinen Platz im Machtgefüge zwischen Menschen und Crae gekannt. Ich hatte gegen die Dunkelheit gekämpft. Aber was, wenn die Dunkelheit nicht böse war, sondern einfach … anders? Was, wenn all das, was die Ars Obscura mich gelehrt hatte, hinfällig war? Wenn es nur darum ging, Asterin zu retten?

Ich wich einen Schritt zurück, wandte mich von Vaughan ab und versuchte meine Gedanken zu sortieren. Sie wirbelten um mich herum, schleuderten mir Erinnerungsfetzen und flüchtige Momente entgegen. Alles, was ich hatte, war Adriels Wort. Aber jede Geschichte hatte zwei Seiten. Nur weil ich eine davon nicht wahrhaben wollte, bedeutete das nicht, dass sie nicht existierte. Vaughan schien nicht sonderlich vertrauenserweckend, aber schon Caspian hatte von dem Verfall der Anderwelt gesprochen und ich hatte es selbst gesehen.

Ich massierte mir mit Daumen und Zeigefinger die Nasenwurzel, ehe ich mich Vaughan erneut stellte. »Woher weißt du, dass Adriel das Insigne mit in diese Welt genommen hat?«

Die Schatten wurden dichter, bezeugten die Wut, die von ihm ausging. »Wenn es noch in Asterin wäre, würde das Reich nicht zerfallen. Ich bin sicher, das Amulett befindet sich in dieser Welt.«

»Warum erzählst du mir das?«, flüsterte ich.

Ein gefährliches Lächeln zeichnete sich um Vaughans Lippen. Er hob die Hand. Eine gewöhnliche Geste, konzentrierte ich mich auf mein menschliches Auge. Mein magisches nahm die Schatten wahr, die wie Tinte von seinen Fingern tropften.

»Weil du die Einzige bist, die die Insignien finden kann«, raunte er mir zu und berührte die verästelte Narbe, die mein Gesicht entstellte. Ich wollte zurückzucken. Abstand zwischen diesen Crae und mich bringen. Aber ich war wie versteinert. Es war nicht die Angst, die mich zurückhielt. Es war seine Macht, alles, woran ich glaubte, mit einem Wort zu zerstören.

Die leise Stimme, die mich warnte, dass er ein Crae war, verstummte gegenüber jenen, die mir zuflüsterten, dass auch Adriel und Caspian aus Asterin stammten. Und dass ich eine Halb-Crae war. Gab es in diesem Kampf überhaupt unterschiedliche Seiten? Oder vernichteten wir uns einfach gegenseitig, obwohl wir dasselbe wollten?

»Deshalb hast du mich nicht getötet«, murmelte ich.

»Du bist der Joker in diesem Spiel.« Vaughans Mundwinkel kräuselten sich. »Dein Freund hat das ebenfalls verstanden.«

»Mein Freund? Adriel?«

Vaughan schüttelte den Kopf. »Der andere Crae.«

»Du meinst Caspian?«

»Wenn er sich hier so nennt.« Er zuckte die Achseln in einer erschreckend menschlichen Geste. »*Caspian* würde alles dafür tun, die Insignien in seinen Besitz zu bringen. Alles.«

Ein Unbehagen, das tief in mir wurzelte, regte sich und das Gefühl von Entsetzen streckte seine Klauen nach mir aus. Seinen Ursprung vermochte ich nicht auszumachen, aber Vaughans Worte hatten etwas in mir bewegt.

Noch immer spürte ich seine kalten Finger an meiner Narbe und ich widerstand dem Bedürfnis, sie selbst zu berühren.

»Was erwartest du jetzt von mir?«, fragte ich leise.

»Ich schätze, du hast ebenso wenig Lust auf den Untergang unserer beider Welten wie ich. Wir könnten zusammenarbeiten.« Er reichte mir seine Hand, um die sich Dunkelheit kräuselte, aber ich schüttelte den Kopf.

»Vielleicht haben wir dasselbe Ziel, aber wir kämpfen nicht für die gleiche Sache.«

Vaughan deutete eine spöttische Verbeugung an. »Ich dachte mir schon, dass du das so siehst. Bedauerlich, aber verständlich, nachdem Adriel all seine Energie darauf verwendet hat, dich zu indoktrinieren.«

»Das hat er nicht.« Zumindest glaubte ich das. Aber woher sollte ich wissen, was wahr war und was Manipulation? Auf einmal fühlte ich mich wie eine Spielfigur, die dem nächsten Schachzug nicht gewachsen war.

»Finde das Insigne und die Kämpfe werden enden.«

»Ich …«

Vaughans Schatten breiteten sich aus, ehe ich noch etwas erwidern konnte. Dann verschlangen sie ihn und die Pappschachtel mit *Fish and Chips* landete vor meinen Füßen. Ich starrte darauf, als könnten mir die herausgefallenen Pommes verraten, was ich jetzt tun sollte. Mein Blick wanderte über den Hyde Park, als lauerte dort die Antwort auf meine Fragen. Aber da war nichts. Nur eine beängstigende Leere und ein Gefühl von Übelkeit.

Vaughan war der Feind. Aber Vaughan wollte seine Heimat retten. Was, wenn ich in diesem Krieg an der Seite der Antagonisten kämpfte? Dieser Gedanke barg etwas Furchtbares. Etwas, das ich mit aller Macht zu verdrängen versuchte. Der Crae war gefährlich. Ich durfte ihm nicht trauen. Ihm nicht. Und Adriel und Caspian auch nicht. Zumindest, bis ich wusste, welches Spiel es war, das sie hier spielten.

Ich hätte nach Black Armour zurückkehren sollen, aber ich konnte nicht. Noch nicht. Das, was Vaughan mir gesagt und nicht gesagt hatte, ließ nicht von mir ab. Ich brauchte Zeit, um herauszufinden, was ich als Nächstes unternehmen sollte. Also nahm ich Caspians Wagen und fuhr an einen der wenigen Orte, die mir in dieser Stadt vertraut waren: der Kensal Green. Dort hoffte ich auf einen Moment für mich, um meine Gedanken zu sortieren.

Mr Chamberlaine ragte wie eine Statue neben der automatischen Schwingtür auf, vor der Brust hielt er einen Rechen, als wäre er ein Schwert. Er nickte mir knapp zu und im Vorbeigehen erwiderte ich die Geste. In der Eingangshalle fand ich Spuren eines Kampfes und aus dem Keller drangen gedämpfte Stimmen. Ein paar der Agenten hatten dort unten Stellung bezogen und sicherten das Weltentor. Dann hatte Adriel immerhin noch nicht den Befehl ausgesprochen, es zu zerstören. Das war gut.

Ich eilte die Treppe nach oben und steuerte auf mein Büro zu, wobei sich ein beinahe befremdliches Gefühl der Gewohnheit einstellte. Inzwischen war mir der Weg dorthin so vertraut wie der eigentümliche Geruch, der in diesem Gebäude hing.

Dass meine Bürotür lediglich angelehnt war, ließ mich stutzen. Ebenso, dass von der anderen Seite Geräusche in den Korridor drangen. Ich näherte mich langsam und bedacht, suchte bereits nach einer Ausrede für den Grund meines Aufenthaltes hier, obwohl ich eigentlich in Black Armour hätte sein sollen.

Aber die Worte blieben mir im Hals stecken, als ich eintrat und sah, wer hinter meinem Schreibtisch umhertigerte und sich ein Handy ans Ohr presste.

»Cassandra.«

Meine Mitbewohnerin erstarrte mitten in der Bewegung und fuhr zu mir herum. Es war sonderbar, ihre vertraute Gestalt an einem Ort zu sehen, der mir ebenfalls vertraut war, aber an den sie nicht gehörte.

Mr Mercury gewann für einen Augenblick meine Aufmerksamkeit mit einem Maunzen. Er schoss auf mich zu, strich um meine Beine. Ich war wie versteinert und konnte mich nicht bücken, um ihn zu streicheln. Stattdessen fixierte ich meine Mitbewohnerin.

Diese öffnete den Mund, schloss ihn wieder. Dann straffte sie die Schultern und sagte ins Telefon: »Sie ist hier. Alles in Ordnung.«

»Wer ist da dran?« Ich erschrak selbst darüber, wie eisig meine Stimme klang.

Stille dehnte sich zwischen uns aus und machte diesen Moment noch unangenehmer. Cassandra erweckte nicht den Eindruck, mir antworten zu wollen. Glühender Zorn peitschte mich an, als ich den Raum durchmaß und ihr das Smartphone aus der Hand riss. Ich wusste, wer dran war, noch ehe ich mich meldete. Und auf einmal ergab auch so vieles mehr Sinn: Caspian, der ständig in meiner Nähe aufgetaucht war. In der Nacht, als Vaughan in diese Welt eingedrungen war. Und auch, als ich in der Bibliothek nach Antworten gesucht hatte.

Cassandra hatte mich verraten. Ein Stich fuhr mir bei dieser Erkenntnis durchs Herz.

»Caspian«, knurrte ich.

»Aurora, verdammt! Geht es dir gut?« Ich hörte die Erleichterung in seinen Worten. In einer anderen Situation hätte ich womöglich ein schlechtes Gewissen gehabt, ihm Sorgen bereitet zu haben. Aber jetzt gerade war ich einfach nur wütend.

»Wir müssen reden.«

Schweigen. Dann: »In Ordnung.« Ich konnte seine Wachsamkeit förmlich spüren. »Ich komme zu dir.«

»Nein«, sagte ich rasch. »Nein, ich brauche noch ein bisschen Zeit.«

»Aurora, glaubst du nicht, dass …«

»Ich komme nach Black Armour, wenn ich so weit bin«, versprach ich und legte auf, bevor er noch etwas sagen konnte.

Cassandra starrte mich an wie eine Erscheinung und ich tat es ihr gleich. Sie war nicht die, für die ich sie gehalten hatte. Das wusste ich jetzt.

»Erklär es mir«, war alles, was ich sagte.

Gemessen. Gleichmütig.

Voller Unbehagen knetete meine Mitbewohnerin ihre Hände, sah mich an, heftete den Blick aber auf einen Punkt über meinen Augen, als wagte sie nicht, in meinen zu lesen. Ich wartete, gab ihr Zeit, Worte zu finden, obwohl ich am liebsten losgebrüllt hätte.

»Ich bin …« Sie stockte und allmählich fand meine Geduld ein Ende.

»Eine Crae«, mutmaßte ich und Cassandra zuckte zusammen, als hätte ich sie geschlagen.

Sie deutete ein Nicken an, ehe sie sich eine ihrer schwarz glänzenden Strähnen zurückstrich. »Ich stehe in Caspians Dienst, seit … seit ich hier bin.«

Ich presste die Kiefer aufeinander. Wie Adriel und Caspian haftete an Cassandra keinerlei Magie mehr. Sie musste schon lange Zeit unter den Menschen leben, sodass ihre Crae-Kräfte vollkommen verschwunden waren.

»Und du solltest vermutlich Babysitter spielen, wenn Caspian keine Zeit dafür hatte, nicht wahr?« Mir fiel auf, dass, seit ich in London angekommen war, immer einer von beiden in meiner Nähe gewesen war. Wie hatte ich so blind sein können? Ich, die mit einem magischen Auge gesegnet war?

»Nach deiner Reise durch Europa fürchtete Caspian um deine geistige Gesundheit«, gestand Cassandra kleinlaut.

»Meine Reise durch Europa?« Natürlich hatte sie Kenntnis davon. Ebenso wie von dem Zwischenfall in Reykjavík, den ich in ihrer Gegenwart niemals erwähnt hatte.

Weil ich mich zumindest zu Hause wie ein normaler Mensch hatte fühlen wollen.

Aber das war ich nicht.

Ein trockenes Lachen brach sich aus meiner Kehle, das keineswegs belustigt klang. Vielmehr glich es einem Laut der Verzweiflung. Mein Leben in London beruhte auf einem Konstrukt zahlreicher Lügen. War hier überhaupt irgendetwas echt gewesen?

»Es geschah zu deinem Besten, Aurora, das musst du mir glauben«, sagte Cassandra leise.

»Glauben? Weil Worte euch Crae ja so viel bedeuten!«, fauchte ich. »Ihr habt mit mir gespielt. Von Anfang an. Mich für eure Zwecke missbraucht.«

»Wir haben dich beschützt!« Erregung ließ Cassandras Stimme vibrieren. »Es ging einzig und allein darum, dich am Leben zu halten.«

»Ach ja? Vaughan hat mir in der letzten halben Stunde mehr Wahrheiten verraten, als ihr Lügen verbreiten konntet.« Mit der Faust schlug ich auf meinen Schreibtisch.

Cassandra zuckte zusammen. Ob der Geste oder meiner Worte wegen, wusste ich nicht. »Du hast mit Vaughan gesprochen?«

Ich reckte das Kinn.

»Vaughan ist ein Monster.«

»Und du bist das nicht? Oder Caspian?« Sein Name schmeckte bitter auf meiner Zunge und weckte Erinnerungen, die mir den Schmerz durch den Körper jagten. Er hatte mich verraten. Und das Schlimmste daran war, dass ich es gewusst hatte. Die Abneigung, die er mir zunächst entgegengebracht hatte, hätte mir eine Warnung sein sollen.

»Caspian hat ein gutes Herz«, sagte Cassandra leise, als könnte sie meine Gedanken lesen.

»Vaughan möglicherweise auch. Immerhin versucht er, eure Welt vor dem Untergang zu bewahren. Und trotzdem hat er schreckliche Dinge getan. Caspian auch?« Ich konnte nichts gegen die elektrisierende Anspannung unternehmen, die mit dieser Frage einherging. Das Mitgefühl, das in Cassandras Augen aufblitzte, trug nicht dazu bei, sie zu lösen. Im Gegenteil.

»Es steht mir nicht zu, auf diese Weise über Caspian zu reden. Sprich mit ihm.«

Das würde ich. Aber das Problem war, dass ich nicht wusste, ob ich ihm noch trauen konnte.

Oder irgendeinem anderen Mitglied der Ars Obscura. Ich wünschte, Frey wäre hier. In meinem ganzen Leben war er der einzige Mensch gewesen, der mich nie belogen hatte.

30

Tropfen trommelten auf die Frontscheibe des Autos, während ich mich Black Armour unaufhaltsam näherte. Mein Puls beschleunigte sich, ebenso wie der Regen, der immer dichter vom Himmel fiel.

Vaughans Schatten schienen sich tatsächlich zurückgezogen zu haben, denn über der Stadt lag eine gespenstische Stille. Durch das Rauschen des Blutes in meinen Ohren nahm ich diese jedoch kaum wahr.

Viel zu schnell erreichte ich Adriels Anwesen. Auf dem Weg hatte ich mir Worte für mein Gespräch mit Caspian zurechtlegen wollen, aber als das dunkle Gebäude vor mir aufragte, war mein Kopf leer.

Ich hatte nicht gewusst, wo wir standen, bevor ich Black Armour verlassen hatte. Jetzt wusste ich es noch viel weniger.

Mein Herz klopfte hart und unnachgiebig und ich konnte den schalen Beigeschmack seines Verrates einfach nicht loswerden. Vaughan hatte mit seinen Worten und Andeutungen dunkle Gedanken in mir geweckt. Gedanken, die an einen Ort führten, von dem ich so weit wie irgend möglich entfernt sein wollte.

Der ersterbende Motor hüllte mich in eine bleierne Stille, die schwer auf mir lastete. Mit zitternden Fingern zog ich den Schlüssel aus der Zündung und stieg aus. Ich sah seine Gestalt bereits durch den Seitenspiegel: Caspian, der in der geöffneten Haustür stand und mir mit ernster Miene entgegenblickte. Kurz erwog ich, einfach wieder in den Wagen zu springen und zu fliehen. Weit weg von einer Wahrheit, die ich nicht hören wollte, die ich aber unbedingt kennen musste.

Und so lief ich auf ihn zu. Mechanisch und mit einem Rauschen in den Ohren.

»Aurora«, flüsterte er, als ich die oberste Stufe erreicht hatte und vor ihm stehen blieb. Er legte die Hand an meine Wange und kurz gab ich mich der Wärme hin, die diese Berührung in mir auslöste. Dann zog er mich in eine Umarmung und es kostete mich all meine Willenskraft, bei Verstand zu bleiben und nicht seiner überwältigenden Nähe zu erliegen.

Erst musste ausgesprochen werden, was zwischen uns stand.

Ich räusperte mich und wich einen Schritt zurück, ehe ich die Schlüssel seines Wagens in seine Hand fallen ließ. »Eventuell hat er ein paar Schrammen abbekommen, der Verkehr war die Hölle.« Im wahrsten Sinne des Wortes.

Caspian brummte etwas Unverständliches, aber in seinen dunkelblauen Augen lag mehr Wachsamkeit als Ärger.

Ich trat noch weiter zurück, um einen Abstand zwischen uns zu schaffen, den ich für dieses Gespräch dringend benötigte. In Caspians Blick blitzte Erkenntnis auf und er wich beiseite, damit ich vorbeigehen konnte. Mit einem leisen Klicken schloss er die Haustür hinter mir und drehte sich mir erneut zu.

»Komm.« Caspian berührte meinen Arm und dirigierte mich in den erstbesten Raum des unteren Korridors. Es war ein kleiner Salon, in den Adriels Diener dessen Gäste führten, bis der Herr des Hauses bereit war. In der Mitte standen sich zwei schmale Sofas gegenüber, an den Wänden ragten Regale auf. Einige Bücher lagen am Boden, vermutlich waren sie dem Beben zuvor zum Opfer gefallen. Während Caspian sich auf einem der Sofas niederließ, las ich sie auf und stellte sie zurück. Schindete Zeit, weil ich nicht wusste, wie ich ihm begegnen sollte, sobald ich mich umdrehte.

»Aurora.« Wieder sagte er meinen Namen. Diesmal so leise, dass ich fast hätte glauben können, mir sein Flüstern eingebildet zu haben.

Langsam wandte ich mich zu ihm um, sah mich der Dunkelheit seiner Augen gegenüber, in der etwas lauerte, das mir einen Schauer über den Rücken jagte.

»Warum, Caspian?« Ich ballte meine Hände zu Fäusten, entspannte sie wieder. »Du hättest es mir sagen müssen.«

»Es gab keine Gelegenheit, Aurora.« Wieder mein Name aus seinem Mund. Wieder die Versuchung, die damit einherging.

»Gab es nicht? Was war mit dem Moment, als du mir verraten hast, dass du mir den ganzen Sommer über gefolgt bist?«

Caspian presste die Kiefer aufeinander, Schuld oder Reue konnte ich allerdings nicht in seiner Miene finden. »Cassandra diente einzig und allein deinem Schutz.«

»Sie hätte mich auch in meinem Wissen darum schützen können. Ohne diese ganzen Lügen!«, hielt ich ihm vor. Die Wut lag eiskalt und unendlich schwer in meinem Bauch. Sie mischte sich mit der Enttäuschung über eine vorgegaukelte Freundschaft.

»Du wärst niemals bei ihr eingezogen, wenn du gewusst hättest, dass sie zu mir gehört«, knurrte Caspian.

»Richtig.«

»Aber ich konnte nicht zulassen, dass …«

Ich hob die Hand und er verstummte, nicht ohne mich finster zu betrachten. Es war, als wäre ein verloren gegangenes Puzzleteil zurück an die richtige Stelle gerückt. Caspian war wieder er selbst. Von dem charmanten und gar liebevollen Mann war nichts mehr übrig. Jede seiner Poren verströmte Gefahr. Und der menschliche Teil in mir begehrte auf, wollte mich zur Flucht antreiben. Aber ich würde nicht mehr weglaufen. Das hatte ich einmal zu oft getan. Ich reckte das Kinn.

»Du hast mir etwas vorgespielt«, sagte ich leise. »Woher soll ich wissen, dass das, was du einmal zu mir gesagt hast, echt war?«

Caspian rieb sich über die Augen, schüttelte den Kopf. »Alles ist außer Kontrolle geraten. Ich hätte niemals diese Gefühle für dich entwickeln dürfen.«

Seine Worte hatten die Wirkung einer eiskalten Dusche. Ich blinzelte. »Dann war das nicht gespielt?«

Er hob den Blick, diesmal erkannte ich Verletztheit darin. »Natürlich nicht.« Mit einer fließenden Bewegung erhob er sich, kam auf mich zu und zog mich an seine Brust, ehe ich mich ihm entziehen konnte. Er küsste mich nicht, lehnte aber seine Stirn mit überwältigender Zärtlichkeit gegen meine, schloss die Augen und atmete meinen Atem, als wären wir eins.

Doch das waren wir nicht. Ich spürte es immer deutlicher.

»Ich habe falsche Entscheidungen getroffen. Viele davon. Und manche werde ich niemals wiedergutmachen können. Aber ich werde alles für deine Vergebung tun, Aurora. Alles. Weil du mir etwas bedeutest. Nach so vielen Jahrhunderten.« Seine Stimme verlor sich in einem Flüstern. »Ich hatte längst geglaubt, dazu nicht mehr fähig sein zu können. Und dann kommst ausgerechnet du. Adriels Nachfahrin, eine Halb-Crae. Das einzige Geschöpf, von dem ich mich hätte fernhalten müssen. Ich konnte nicht. Du hast es mir unmöglich gemacht. Das war keine Lüge. Das war echt.«

Seine Worte bewegten etwas in mir. Doch es war zu weit entfernt. Auch wenn ich die Hand danach ausstreckte, es entglitt mir.

»Ich habe mit Vaughan gesprochen«, sagte ich in die Stille hinein, in der Caspian auf meine Vergebung gehofft hatte. Vergebung oder Verständnis. Ich konnte ihm keines von beidem geben, denn ich wusste, dass da mehr war. Hätte er mich nicht verraten, hätte ich Vaughans Worte als grausamen Täuschungsversuch abgetan. Jetzt war mein Vertrauen gebrochen und darunter kam nach und nach die Wahrheit zum Vorschein.

Caspian erstarrte. Dann wurde sein Griff um meine Schultern fester. »Hat er dir etwas getan?«, fragte er mühsam beherrscht.

Draußen auf dem Gang wurden Stimmen laut, Schritte näherten sich und verklangen wieder. Keiner von uns beiden rührte sich, wir starrten einander an, klammerten uns an die letzten Augenblicke, ehe das, was zwischen uns gewesen war, endgültig in Stücke brach. Ich hielt Caspian nicht für *böse*. Nur für einen Crae, der seinen Überzeugungen folgte.

»Wir haben geredet.« Ich trat von ihm weg und Caspian zog die Arme zurück, bis sie nutzlos an seinem Körper herabhingen. »Er hat mir von den Insignien erzählt.«

Ich sagte es wie beiläufig, aber durch Caspians Körper fuhr ein Ruck. Die letzte Bestätigung für den schrecklichen Verdacht, der seit meiner Begegnung mit dem Dunkelwanderer in mir gekeimt war.

»Wann …« Ich brach ab, denn meine Stimme versagte mir ihren Dienst. Einatmen. Ausatmen. Ich wappnete mich, straffte die Schultern und zwang mich, Caspian anzusehen. Ohne zu blinzeln, damit mir keine seiner Reaktionen entging. »Wann sind wir beide uns zum ersten Mal begegnet, Caspian?« Mehr als ein Flüstern brachte ich nicht zustande, aber es reichte, um ihm sämtliche Farbe aus dem Gesicht zu treiben. »Wann?«

»Aurora …«

»Beantworte einfach die Frage. Zur Abwechslung mal ehrlich.«

Der Seitenhieb ließ ihn die Zähne zusammenpressen. Dann wandte er sich ab, nur um sich gleich darauf wieder zu mir herumzudrehen. Unschlüssigkeit lenkte jede seiner Bewegungen. Das und womöglich ein Hauch von Angst, den ich nie zuvor an ihm wahrgenommen hatte.

»In der Nacht, in der du dich dem Blutgeist gestellt hast.«

»Die Nacht war lang, Caspian«, wisperte ich. Tränen brannten in meinem menschlichen Auge, während der Blick des magischen fest auf ihn gerichtet war. »Wann?«

»Es war noch in der Gasse.«

»Wann genau?«

Ich spürte es. Spürte, wie das Band, das mich in den letzten Tagen auf unerklärliche Weise mit diesem Mistkerl verbunden hatte, zerriss. Und obgleich es nicht real war, hörte ich, wie die Reste davon zu Boden fielen und wir auseinanderdrifteten. Ich wusste es. Kannte die Wahrheit. Doch ich musste sie aus seinem Mund hören.

»Nachdem der Blutgeist fort war.«

»Wann, Caspian?«

»Was willst du von mir hören?« Die Dunkelheit seiner Augen breitete sich aus, ließ seine Stimme vibrieren und seinen Körper beben.

»Die Wahrheit. Sag mir einfach die Wahrheit.«

Schmerz und Schuld flackerten in seinem Blick, konnten die Mauern, die ich um mich herum errichtete, jedoch nicht überwinden. »Ich war es.« Er sah mich an, während er das sagte. Versteckte sich nicht hinter dunklen Wimpern. Und so begegnete ich der Wahrheit tief in seinem Innern. Grausam und erschreckend und absolut unverständlich. »Frey war tot und du hast halb ohnmächtig in seinem Blut gelegen. Ich war da, um …« Caspian holte tief Luft. »Ich war da, um dir dein Auge zu nehmen.«

Da war sie. Die Wahrheit, nach der ich verlangt hatte. Sie kam nicht überraschend. Etwas in mir hatte es gewusst, seit Vaughan und ich uns getrennt hatten. Ich horchte in mich hinein, suchte nach Gefühlen. Enttäuschung, Hass oder Trauer. Aber da war nur Leere.

Ich nickte, als hätte er mir gerade offenbart, dass es morgen regnete, und nicht, dass er versucht hatte, mir mein verdammtes Auge aus dem Kopf herauszuschneiden. »Warum?«

Caspian schüttelte den Kopf. »Es ging nicht um dich. Adriel stahl etwas aus der Anderwelt, das ich unbedingt zurückgewinnen musste. Aber je länger ich suchte und mich hier aufhielt, umso mehr schwanden meine Fähigkeiten, bis ich blind war. Zuerst vergingen ein paar Jahre, dann Jahrzehnte. Und schließlich Jahrhunderte. Ich saß hier fest, bis das Schicksal dir das Leben schenkte. Ich brauchte dein Auge, um …«

Ich sah den Mann an, der meine Heilung und zugleich mein Verderben bedeutete. »Der Blutgeist. Hast du ihn geschickt?«

»Was?« Caspian keuchte auf. »Nein. Nein, das habe ich nicht. Das musst du mir glauben, Aurora.«

Ich nickte, denn das tat ich wirklich. Die Wahrheit war der unschöne Kern einer fauligen Frucht. Und jetzt gab es nichts mehr, was sie verbergen konnte.

»Ich war schon ein paar Tage in Reykjavík, bevor … vor dem Tag. Ich habe auf eine Gelegenheit gewartet.«

Meine Antwort war nicht mehr als ein Schnauben. »Und die hat sich dir sehr schnell geboten. Weiß Adriel davon?«

Caspian zuckte kaum merklich zusammen. »Nein. Natürlich nicht.«

»Was für eine Ironie. Um mich vor dir zu schützen, hat Adriel mich hergeholt. An die Seite des Mannes, der mir das hier angetan hat.« Diesmal verbarg ich meine Narbe nicht vor ihm. Ich drehte den Kopf, ließ ihn die Spuren seiner Tat sehen. Wie hatte er es auch nur eine Sekunde in meiner Nähe ausgehalten, wenn ich ihn mit jedem

Blick an seine Abscheulichkeit erinnert hatte? Weil er kein Gewissen hatte. Vermutlich war es das. Caspian war ein Crae. Ein Monster aus Asterin, dem ein Menschenleben gleich war. Auch wenn es nur ein halbes war.

»Warum hast du es nicht beendet? Du hattest Dutzende Gelegenheiten, dir zu holen, wonach du verlangt hast.«

»Ich tat es nicht aus Habgier, Aurora. Du hast meine Heimat gesehen. Sie zerfällt. Und wenn sie stirbt, dann ist auch diese Welt dem Untergang geweiht.«

»Irre ich mich, oder wäre es da nicht ein kluger Schachzug gewesen, mich einfach um Hilfe zu bitten?«

»Du gehörst zu ihm!«, schleuderte Caspian mir entgegen. Dunkelheit und Wut schlugen mir ins Gesicht. »Wie hätte ich *dich* darum bitten können?«

»Ich bin nicht er, Caspian.« Die Wahrheit war, dass ich keine Ahnung hatte, wie ich reagiert hätte, wenn Caspian mir all das offenbart und mich dann um Hilfe gebeten hätte. Vielleicht hätte ich ihm kein Vertrauen geschenkt. Ihm, einem Crae. Aber es wäre der richtige Weg gewesen, anstatt mir mein verdammtes Auge aus dem Kopf schneiden zu wollen.

Caspian wandte sich ab, brach endlich unseren Blickkontakt. Seine Schultern sackten unter einer Last zusammen, die abzunehmen ich nicht gewillt war. »Ich bin in der Annahme nach Island gekommen, dass es mir gleich ist, was mit dir geschieht. Dass dein Tod unbedeutend im Vergleich zum Überleben einer ganzen Welt ist.« Er holte aus und boxte mit der Faust gegen die Wand. Etwas knackte, Blut lief über seine Knöchel, aber Caspian schien das überhaupt nicht wahrzunehmen. »Ein einziger Tod gegen das Überleben so vieler mehr. Und dann war ich über dir, das Messer in meiner Hand. Da war etwas, ein Band. Eine Verbindung zwischen uns. Ich konnte es nicht tun.«

Ich schnaubte, wich zurück, bis das Bücherregal in meinem Rücken mich stoppte.

»Eine Verbindung?«, wiederholte ich. Zorn ließ mich erbeben. »Wie kannst du es wagen, das laut auszusprechen? Ich habe sie auch gespürt. Aber du hast sie zerrissen, ehe ich die Chance hatte zu begreifen, was das alles bedeutet. Caspian, du hast mein Leben zerstört!«

Caspians Blick zuckte zu mir und ich fragte mich, wer wen verraten hatte. Denn darin stand so viel Schmerz, dass mir Tränen kamen. Heiß und verräterisch rannen sie über meine Wangen, spülten alles fort, was zwischen uns gewesen war und was hätte sein können.

»Es tut mir leid, Aurora.« Gequält verzog er die Miene, machte einen Schritt auf mich zu, während sein Blut auf den teuren Seidenteppich tropfte.

Er nahm mein Gesicht in die Hände, denn das Regal vereitelte meine Flucht. Seine Nähe war vertraut. Tröstlich und zugleich grauenerregend. Als sein Atem mein Ohr streifte, breitete sich eine Gänsehaut in meinem Körper aus, als hätte dieser noch nicht begriffen, was Caspian ihm angetan hatte. Meine Gefühle, die ich in den letzten Wochen für ihn entwickelt hatte, verschwanden nicht einfach so. Auch nicht, wenn sich der Mann, in den ich mich verliebte, in ein Monster verwandelte.

Meine Hand hob sich wie von selbst. Strich durch sein seidiges tintenschwarzes Haar und verweilte an seinem Hinterkopf.

»Wenn ich es rückgängig machen könnte, würde ich das tun«, murmelte er.

»Aber das kannst du nicht«, erwiderte ich und verstärkte meinen Griff, grub meine Nägel in seinen Schädel, als könnte ich mich an ihm festklammern. Ich wusste, wenn ich mich jetzt von ihm löste, würde es für immer sein. Es würde kein Zurück mehr geben.

Einige Herzschläge lang verharrten wir so, hielten uns aneinander fest, als könnten wir den Moment hinauszögern. Und dann tat ich es. Machte mich von ihm los und wich zurück. Ich taumelte durch den Raum, suchte an dem Regal Halt.

»Aurora«, sagte Caspian beinahe flehentlich. Aber ich wandte mich nicht noch einmal um. Mit zitternden Händen drückte ich die Klinke nach unten und wollte diesem Raum entfliehen. Da stellte sich mir eine hochgewachsene Gestalt in den Weg. Adriels Miene war wie versteinert, als er von mir zu Caspian sah. Er zog mich hinter sich, begegnete dem Entsetzen im Blick seines engsten Vertrauten, der ihn belogen und verraten hatte. So wie mich.

»Verschwinde von hier«, war alles, was Adriel sagte. Seine Stimme war so scharf wie die Klinge eines Messers, teilte die Luft und schien sich förmlich in Caspians Brust zu bohren. Dieser wich zurück. Presste die Kiefer zusammen und schüttelte den Kopf.

»Du verstehst nicht …«

»Ich verstehe alles. Endlich verstehe ich das alles.« Adriel sprach gefährlich ruhig, aber seine Schultern zitterten kaum merklich, verrieten den Sturm, der in seinem Innern tobte. »Verschwinde von hier, ehe ich dich entfernen lasse.« Dann drehte er sich zu mir um, schenkte mir ein Lächeln, das von dem Verlust seiner längsten Freundschaft getrübt wurde, und zog mich mit sich.

Caspian stolperte aus dem Raum. »Nein!« Panik ließ ihn lauter werden. »Adriel, nein!«

31

Adriel genoss nach außen hin den Ruf eines gefassten Mannes. Aber in diesem Moment schien es ihm gleich zu sein, wer von den Agenten oder Dienern ihn hörte.

»Verschwinde!«, brüllte er und schirmte mich von Caspian ab, ehe er mich in Richtung Treppe drängte.

»Hör mich an!« Caspians Stimme war nicht mehr als ein Flehen. Jahrhunderte der Freundschaft, die ihm gerade entglitt, verwandelten diesen starken Mann in einen Schatten seiner selbst. »Du brauchst mich. Diese Stadt braucht mich. Wir haben keine Zeit für diese Auseinandersetzung.«

»Du bezeichnest den Umstand, dass du meine Nachfahrin misshandelt und beinahe getötet hast, als Auseinandersetzung?« Der Zorn vibrierte in Adriels Worten.

Caspian fuhr sich durch das Haar, eine Geste, die von seiner Verzweiflung zeugte. »Aurora, es tut mir leid.« Sein Blick fiel an Adriel vorbei auf mich. Aber dieser schob sich dazwischen.

»Das sollte es auch«, zischte Adriel. »Doch das ist nicht genug.« Er riss den Saum seines Hemdes aus dem Bund der Hose und zeigte Caspian die schreckliche Narbe, die er dem Dunkelwanderer verdankte. »Das hier sollte auf deinem Körper stehen. Nicht auf meinem!«

Caspian wich zurück, als hätte Adriel ihn geschlagen. Und auch ich zuckte kaum merklich zusammen, obwohl ich mich dafür innerlich schalt. Caspian hatte mein Mitleid nicht verdient. Nicht nachdem er … Mit den Fingerkuppen berührte ich die wulstige

Narbe um mein Auge, die Unterschrift, die ein Monster auf meinem Körper hinterlassen hatte.

»Du bist in diesem Haus nicht länger willkommen«, sagte Adriel leise. »Und wenn das alles hier vorbei ist, werden meine Agenten auch die letzten Dämonen eliminieren, die noch unter uns wandeln. Sie haben meine Erlaubnis, auch dich zu töten, solltest du bis dahin nicht nach Asterin zurückgekehrt sein.«

Einen Moment lang senkte sich Stille über den Gang, über das Haus, vielleicht sogar über London. Die Welt schien den Atem anzuhalten. Dann knarrte eine Diele, als Caspian sein Gewicht verlagerte. »Das kannst du nicht machen!« Er ballte die Hände zu Fäusten. Die Verzweiflung auf seinem Gesicht verwandelte sich in eine Mischung aus Angst und Wut. »Asterin wird untergehen, wenn wir nicht zusammenarbeiten. Wir müssen die Insignien vereinen, damit …«

Adriel hob eine Hand. »Schluss jetzt. Davon will ich nichts hören. Ich verbanne dich aus der Ars Obscura, Caspian. Hast du verstanden? Hier trennen sich unsere Wege. Für immer.«

Wieder Stille. Diesmal tiefer und unheilvoller als die erste. Worte, die das Schicksal zweier Welten besiegeln konnten. Mir war eiskalt und ich stand wie gelähmt da.

»Du bist ein Narr, Adriel. Denn damit fällst du unser aller Todesurteil.« Bitterkeit löste die Emotionen auf Caspians Gesicht ab, ehe er sie hinter einer Maske der Gleichgültigkeit verbarg. Dieser Ausdruck war mir so vertraut, dass sich mir die Kehle zuschnürte. Der unnahbare übellaunige Caspian war zurück. Das Monster in ihm fuhr die Krallen aus.

Und ebendieses Monster kehrte uns nun den Rücken und verließ Black Armour. Als die Tür hinter ihm ins Schloss fiel, blieb eine gespenstische Stille zurück. Ich starrte ihm nach, als könnte ich ihn allein durch meinen Blick zurückholen. Denn dieses Haus fühlte sich ohne ihn falsch an. Alles fühlte sich falsch an. Auch seine Gegenwart. Meine Gedanken waren wirr, ein Sturm, der dem meiner Gefühle in nichts nachstand. Ich fühlte alles und nichts, Schmerz und Gleichgültigkeit. Enttäuschung und nichts.

Ich schlang die Arme um meinen Oberkörper, versuchte mir selbst Halt zu geben. Meine Knie zitterten und in meinem Bauch regte sich ein Gefühl von Übelkeit. War das alles wirklich passiert? Oder war ich noch immer in Asterin und in meinem persönlichen Albtraum gefangen? Fast wünschte ich es.

Dass ich weinte, bemerkte ich erst, als Adriel mir mit einer erschreckend sanften Geste die Tränen von den Wangen wischte. Ich begegnete Mitleid in seinen Augen, das dafür sorgte, dass ich mich noch elender fühlte.

»Scht«, murmelte Adriel und zog mich an sich, strich über mein Haar und murmelte beruhigende Worte.

Ich gab mich dem Moment der Schwäche hin. Weinte an seiner Brust, während er mir über den Rücken streichelte.

»Es gibt Augenblicke im Leben, die übersteht man nur mit heißer Schokolade«, bemerkte Adriel irgendwann. Er löste sich von mir und hob mein Kinn an, sodass ich ihn ansehen musste. »Ich wünschte, die hätte es damals schon gegeben, als ich Maelle verloren habe. Komm mit!«

Er wartete meine Antwort nicht ab, sondern schob mich sanft, aber bestimmt in die Richtung, in der die Küche lag. Der Weg verschwamm vor meinen Augen und die Erkenntnis über die Abscheulichkeit all dessen, was Caspian getan hatte, tropfte mir in Form heißer Tränen über die Wangen. Es war nicht so, dass ich ihn nicht verstand. Und vermutlich war das von allem, was geschehen war, das Schlimmste. Ich verstand ihn nämlich: Er wollte seine Heimat retten. Vielleicht verstand ich auch, warum er mir in jener Nacht mein Auge hatte nehmen wollen. Auch wenn mich mein Angreifer – Caspian – noch immer in meinen Träumen heimsuchte, waren seine Beweggründe nicht *böse* gewesen. Doch das, was mich am meisten verletzte, war, dass er zugelassen hatte, dass ich Gefühle für ihn entwickelte. Und er mich die ganze Zeit belogen hatte.

Das zwischen uns, das war nicht richtig gewesen.

Adriel war groß und von äußerst schlanker Statur, trotzdem war sein Griff fest, als er die Hände um meine Taille legte und mich auf die Kücheninsel setzte wie ein Kind. Dann klapperte er in den

Schränken herum, Geräusche, die mich an die Gegenwart banden. Ich klammerte mich daran fest, um mich nicht in meinen Gedanken an Caspian zu verlieren.

Nachdem er die Milch auf dem Gasherd erhitzt hatte, füllte Adriel sie in eine Tasse und rührte das Kakaopulver hinein. »Liebeskummer ist eine schreckliche Art, etwas zu betrauern: Man sehnt sich nach etwas, das erreichbar ist. Und gleichzeitig so weit entfernt.«

»Ich habe keinen Liebeskummer«, sagte ich, doch meine nasale Stimme entlarvte diese Lüge sofort. Mit beiden Händen hielt ich mich an der Tasse fest, die Adriel mir reichte. Dann verschränkte er die Arme vor der Brust und lehnte sich an die gegenüberliegende Theke.

»Ich war blind. Was Caspian angeht. Was euch beide angeht.«

»Du hättest es nicht verhindern können«, murmelte ich.

»Und ob. Ich hätte ihn ans andere Ende dieser Welt versetzen können.« Adriel schnaubte. »Wie lange geht das schon zwischen euch?«

Ich zuckte die Achseln. »Keine Ahnung, wann es angefangen hat. Irgendwann habe ich festgestellt, dass ich mich in seiner Nähe anders fühle. Lebendiger. Ein bisschen mehr wie früher.«

Adriel presste die Lippen zu einem schmalen Strich zusammen. Seine Gedanken verbarg er hinter einer für mich undurchdringbaren Miene, während er in mir zu lesen schien wie in einem offenen Buch. »Das Schicksal ist grausam«, seufzte er.

»Das hat damit wenig zu tun«, murmelte ich und nahm einen Schluck von dem Kakao. Eine bittere Süße breitete sich auf meiner Zunge aus und ich seufzte leise. »Caspian ist derjenige, der grausam war.«

»Das war er«, stimmte Adriel mir zu. »Und ich werde alles dafür tun, ihn von dir fernzuhalten. Zur Not schieße ich auf ihn, auch wenn ich die menschliche Faszination für Schusswaffen nicht teilen kann.«

»Seit wann bringen Kugeln etwas im Kampf gegen einen Crae?«

»Wenn schon nicht den Tod, dann zumindest einen sehr unangenehmen Bluterguss.«

»Den hat er definitiv verdient.«

Adriel lachte, ehe er mir die Tasse abnahm und selbst von dem Kakao trank. Ich war nicht die Einzige, die heute jemanden verloren hatte. Dieser Gedanke erinnerte mich an das, was sich in diesem Haus abgespielt hatte, ehe ich mit Caspians Wagen verschwunden war.

»Wie geht es Mason?«

Ein Lächeln zupfte an Adriels Mundwinkel. »Er ist wohlauf. Und auch die anderen Agenten sind zwar verwundet, aber nicht lebensbedrohlich verletzt aus den Kämpfen herausgegangen.«

»Das ist gut.« Ich schluckte. »Was bedeutet Caspians Verrat im Vergleich zu dem, was die Ars Obscura heute geleistet hat? Ich sollte meine Gedanken nicht an ihn verschwenden, während Vaughan und seine Schatten in dieser Stadt wüten.«

»Ich fürchte, dass wir alle der Willkür unserer eigenen Gedanken ausgeliefert sind, Aurora. Und du hast alles Recht der Welt, um eine zerbrochene Freundschaft zu trauern, selbst wenn diese Stadt in Trümmern liegt.«

Ich räusperte mich. »Die Schatten haben sich vorerst zurückgezogen. Ich habe mit Vaughan gesprochen.«

Adriel nahm einen weiteren Schluck von dem Kakao und verzog das Gesicht. »Für dieses Gespräch brauche ich definitiv etwas Stärkeres.«

»Ich auch«, brummte ich und kletterte von der Kücheninsel hinunter. Adriel gab mir die Tasse zurück, dann bedeutete er mir mit einem Kopfnicken, ihm zu folgen.

»Mortimer hat das Herrenzimmer wieder freigegeben. Und ich vermute, er wird uns unter den gegebenen Umständen einen Schluck erlauben.« Dann zwinkerte er mir zu und verließ die Küche.

Sosehr er sich auch um Heiterkeit bemühte, so sehr verrieten ihn die gesenkten Schultern und die schwerfälligen Bewegungen. Caspian hatte uns beiden einen Schlag versetzt, von dem wir uns erst erholen mussten.

Mortimer erlaubte uns, das Herrenzimmer zu betreten. Auch wenn sich die Falte zwischen seinen Brauen vertiefte. Ich versuchte, sie mit einem Lächeln zu glätten, scheiterte aber, denn es fühlte sich mehr nach einer Grimasse an, die mein Gesicht entstellte. Die Tür klickte leise, als er sich zurückzog und Adriel und mich uns selbst überließ.

Mit einer Geste bedeutete mir Adriel, mich zu setzen. Ich sank in einen der Sessel und nahm meine Tasse entgegen, deren Inhalt er mit einem Schuss Whisky verfeinert hatte. Er selbst klammerte sich an hochprozentigem Alkohol fest.

Es fühlte sich sonderbar an, hier mit ihm zu sitzen, während draußen die Gefahr durch die Crae lauerte. Ich fühlte mich wie die Nebenakteurin in einem Film, schöne Staffage, die nichts zur Handlung beitrug. Vielleicht bekam ich noch eine Gelegenheit, zum Geschehen beizutragen, vielleicht würde ich es auch einfach aussitzen und den anderen Agenten den Kampf überlassen. Ich war so müde.

Adriel trank sein Glas in einem Zug leer und schenkte sich sofort nach. Auf meine gehobenen Brauen hin seufzte er und sagte: »Ich verliere die Kontrolle nicht wieder. Zumindest nicht heute und nicht, ehe die Crae dorthin zurückgekehrt sind, wo sie herkamen.« Er übte sich an einem schmalen Lächeln. »Du hast also mit Vaughan gesprochen. Ich wusste nicht, dass diese Kreatur fähig ist, ein Gespräch zu führen.«

»Das hätte ich nach unseren letzten Begegnungen auch nicht erwartet«, murmelte ich und klammerte mich an meiner Tasse fest. »Stimmt es? Das, was Vaughan und … und …« Ich stockte, unfähig, seinen Namen auszusprechen. Verdammt. »Du weißt schon. Was Vaughan und *er* sagen? Dass du etwas gestohlen hast?«

»Das behaupten die beiden?« Adriel lachte auf, doch es klang freudlos und resigniert. Ein Geräusch, das mir kalte Schauer über den Rücken jagte.

»Na ja«, druckste ich herum, »Vaughan glaubt das. Was Caspian denkt … Ich weiß es nicht.« Was ihn anging, wusste ich vieles nicht mehr. Und vor allem nicht, warum es sich anfühlte, als würde ich mir die Zunge abbeißen, sobald ich seinen Namen aussprach.

»Vermutlich spielt es auch keine Rolle mehr, was er denkt. Und Vaughan ist ohnehin niemand, der seine Meinung ändert, nur weil man ihm die Wahrheit sagt.«

»Dann irrt Vaughan sich?«

Adriel zuckte die Achseln, ehe er sich durch das blonde Haar fuhr. In diesem Moment wirkte der jahrhundertealte Crae so verletzlich, dass sich mein Herz schmerzhaft zusammenzog. Er zögerte und ich überbrückte die Zeit, indem ich meine Schokolade leer trank. Ihrem bittersüßen Geschmack folgte eine prickelnde Hitze, die mir die Speiseröhre hinabrann, ehe sie sich in meinem Magen ausbreitete.

Mit der Zunge fuhr Adriel sich über die Lippen, dann sprach er, und seine Worte kamen schnell und abgehackt, als wollte er sie loswerden. »Eine Geschichte hat immer mehrere Seiten. Wie ein Buch. Auf jeder steht etwas anderes geschrieben und doch ist es ein und dasselbe.«

Diese kryptische Antwort ließ mich den Kopf schief legen. »Vielleicht erzählst du mir deine Geschichte einfach. Deine Seite der Geschichte, meine ich.«

Die Standuhr neben einem der Regale tickte laut, zählte die Sekunden, die unser Schweigen währte. »Es geht also um die Insignien.« Adriel seufzte. »Drei Insignien, die die Seele meiner Heimat bergen. Der Schattenkönig herrscht über Asterin. Zweifelsohne ist er der mächtigste Mann des ganzen Landes. Aber um seiner Macht nicht zu erliegen, muss er sie mit den anderen Insignienträgern teilen. Er selbst trägt die Schattenkrone, das erste Insigne. Der Umhang der Nacht gehört Vaughan, seinem Ersten General. Und ich … ich war Hüter über das Amulett der Dunkelheit.«

»Du hast zu den drei mächtigsten Crae in ganz Asterin gezählt?« Ich starrte Adriel an. Nicht dass ich es ihm nicht zutraute. Immerhin war er der Direktor der Ars Obscura. Doch bisher hatte ich ihn für irgendeinen Crae gehalten.

»Seltsam, oder?« Ein verklärter Ausdruck trat auf Adriels Gesicht, den er mit einem weiteren Schluck des Whiskys verschleierte. »Jeder der drei ist in der Lage, die Insignien der anderen zu führen, nicht aber, ihnen diese gewaltsam abzunehmen. Als Vaughan mich damals folterte, trug ich das Amulett. Und ich trug es auch noch, als ich aus Asterin floh. Ich habe es nicht gestohlen, weil es seit jeher mir gehört hatte.«

»Dass du es mitgenommen hast, scheint etwas in Asterin verändert zu haben«, bemerkte ich leise. »Ich war dort. Ich habe es gesehen. Zu diesem Zeitpunkt wusste ich nicht, dass es mit den Insignien zusammenhing, das habe ich erst heute erfahren. Aber jetzt ergibt das, was ich gesehen habe, Sinn.« Ich räusperte mich.

Adriel lehnte sich vor und die Kissen in seinem Rücken knisterten. »Wie meinst du das? Du warst *dort*?« Er bohrte die Finger in die Armlehnen des Sessels und fixierte mich. Unter der Strenge seines Blickes erwachte Unbehagen in mir und ich rutschte auf meinem Platz herum.

»Ich habe eine Stimme gehört und bin ihr bis nach Asterin gefolgt. Es war nicht irgendeine Stimme. Ich … hatte Gründe.« Ich senkte die Lider, weil ich den vorwurfsvollen Ausdruck auf Adriels Gesicht nicht ertragen konnte.

»Ich kann nicht glauben, dass ich nichts davon mitbekommen habe«, murmelte er.

»Es war in der Nacht, in der Vaughan hier eingebrochen ist. Adriel …« Ich zögerte. »Bist du bereit, Asterin dein Insigne zu überlassen?«

»Nein.« Die Antwort kam so schnell und hart, dass ich unwillkürlich zusammenzuckte.

»Nein?«, wiederholte ich. »Aber Adriel, wenn Asterin fällt, fällt auch diese Welt.«

Dann seufzte er und seine Schultern sackten in sich zusammen. »Mir sind die Hände gebunden, Aurora«, sagte er. »Ich kann Asterin das Insigne nicht zurückgeben, da es sich schon viele Jahrhunderte nicht mehr in meinem Besitz befindet.«

»Wie bitte?« Ich setzte mich aufrechter hin, krallte die Finger so fest um die Tasse, dass es mich nicht gewundert hätte, wenn sie in tausend Scherben zersprungen wäre.

»Es liegt nicht daran, dass ich nicht will.« Adriel hielt inne und starrte auf einen Punkt schräg hinter mir. »Ich kann nicht. Das Amulett ist schon lange fort.«

»Fort?«, wiederholte ich, während sich ein drückender Kopfschmerz einstellte, der gegen meine Schläfen pochte. »Wie meinst du das?«

»Ich überließ es meinem Enkel Gideon Denerys, hieß ihn an, dieses Artefakt zu verstecken und das Geheimnis darum mit ins Grab zu nehmen.«

»Aber …« Ich verstummte und schluckte hart. »Warum hast du es weggegeben?« Die Frage war närrisch, dessen war ich mir bewusst. Und eigentlich konnte ich sie selbst beantworten. Dennoch übernahm Adriel das für mich.

Er betrachtete den Rest der Flüssigkeit in seinem Glas. »Ich war verletzt. Und damit meine ich nicht die Wunden, die ich Vaughan verdanke. Ich fühlte mich im Stich gelassen. Und ich wollte nicht länger daran erinnert werden. Das Gewicht des Amuletts um meinen Hals wurde von Tag zu Tag schwerer, der Ruf meiner Heimat lauter. Ich habe dafür gesorgt, dass er endgültig verstummt.«

Ich nickte kaum merklich. »Wir sollten das Geheimnis um das Amulett dringend lüften, wenn wir überleben wollen.«

Adriel lächelte matt. »Vielleicht hätte ich anders entschieden, wenn ich gewusst hätte, welche Auswirkungen der Verlust des Amuletts für Asterin hat.« Er wurde ernst und sah mich mit einem Blick an, den ich nie zuvor an ihm gesehen hatte. »Wie sieht es jetzt dort aus?«

Ich hielt inne, beschwor die Bilder in mir herauf, die mich seit meinem Besuch in Asterin nicht mehr losgelassen hatten. »Das Land sieht aus wie ein Albtraum, der sich in Schatten auflöst. Es zerfällt.«

»Es tut mir leid, dass du unsere Heimat in diesem Zustand erleben musstest.« Mit Daumen und Zeigefinger massierte Adriel sich die Nasenwurzel. »Vielleicht hätten andere Entscheidungen zu einer anderen Gegenwart geführt. Und so schmerzlich meine Vergangenheit auch war, bin ich doch froh, dass sie mich zu dir geführt hat, Aurora.« Er beugte sich vor und legte eine Hand auf mein Bein. »Du bist ein Teil von mir. Von mir und von Maelle. Und du bist der Schlüssel in einem Kampf, den vermutlich keine der beiden Seiten wirklich führen will.«

»Wie meinst du das?«, fragte ich wachsam, als sich der Druck seiner Finger verstärkte.

»Mir ist es unmöglich, das Amulett zu finden. Du jedoch …« Er sah mich eindringlich an. »Du verfügst über angeborene magische Fähigkeiten.«

Und da begriff ich, dass ich weit mehr als ein Sidekick dieser Geschichte war. Es gab eine Aufgabe, die nur ich übernehmen konnte. Und diese entschied mindestens über das Schicksal zweier Welten.

Kaum Verantwortung.

Ganz toll.

»Ich erahne die Richtung, in die sich das Ganze entwickelt.« Ich seufzte und drehte die leere Tasse in meinen Händen. »Aber dafür brauche ich noch mehr Schokolade.«

»Ich rufe Mortimer.« Adriel war im Begriff, sich zu erheben, doch ich winkte ab.

»Schon gut, ich gehe selbst. Ich … möchte einen Moment für mich haben.«

Die Gedanken dröhnten laut in meinem Kopf, vibrierten bis in meine Finger- und Zehenspitzen. Ich musste sie sortieren, aber eigentlich wollte ich ihnen nur entkommen.

Mit einem gezwungenen Lächeln erhob ich mich und verließ das Herrenzimmer. Das Klicken der Tür hinter mir brachte Abstand zwischen uns. Ein Abstand, der nichts nutzte, solange die Bedeutung von Adriels Worten an mir haftete wie ein Schatten.

Ich eilte den Gang entlang. Vor mir wechselten sich Licht und Dunkelheit ab, während ich durch den Schein der Lampen und durch die dazwischenliegenden Schatten lief. Stille lag über dem Spiegelsaal, die einzig von dem gleichmäßigen Piepen der Computer unterbrochen wurde. Caspians Abwesenheit war deutlich spürbar. Und auch Mason war verschwunden. Vermutlich hatten die anderen ihn in eines der Zimmer gebracht.

Als ich jene Tür erreichte, hinter der Caspian und ich uns für einen Moment verloren hatten, schluckte ich hart. Mir entrang sich ein Laut zwischen Verzweiflung und Wut und mein Brustkorb zog sich schmerzlich zusammen.

Caspian. Er war es gewesen, dem ich mein neues ungeliebtes Leben verdankte. Er hatte mir mein altes genommen. In meinem Geist tauchte sein schönes, aber hartes Gesicht auf. Die scharfen Züge, der dunkle Blick. Mit jeder Sekunde, die ich ihm begegnete, erfüllte eine tiefere Schwärze seine Augen, bis sie sich in jene verwandelten, die mich in all meinen Albträumen seit dieser schrecklichen Nacht angeblickt hatten.

Dass ich noch immer das Gefühl seiner Lippen auf meinen erahnen konnte und mein Herz dabei einen Satz machte, trieb mir Übelkeit hoch. So durfte ich nicht an ihn denken. Er hatte mich verraten. Und verletzt. Auf mehr als eine Weise.

Mit der Hand tastete ich nach Halt suchend an der Wand entlang, taumelte den restlichen Weg in die Küche und blieb dort eine Weile auf die Theke abgestützt stehen und versuchte, meinen raschen Atem zu beruhigen.

Doch dann ertönte ein Schrei, der ihn noch viel mehr anpeitschte. Ein Rumpeln folgte und ich fand mich zurück auf dem Gang. Angst trieb mich vor sich her und die Korridore entlang, zurück in das Herrenzimmer.

Adriel.

Was war geschehen?

Mir hämmerte der Puls in den Ohren, als ich endlich durch die Tür stolperte und ein klaffendes Loch in der Außenwand vorfand. Mortimer stand mit kreidebleicher Miene in der Mitte des Raumes und sammelte am Boden liegende Bücher ein. Er richtete sich auf, klammerte sich an ihnen fest, als würde er ohne sie umkippen.

»Wo ist er?« Ich starrte durch das Loch nach draußen.

»Fort«, flüsterte Mortimer. »Er ist fort.«

Die Erkenntnis traf mich hart. Das war meine Schuld. Ich hatte zu lange gezögert, hatte Vaughan warten lassen, bis der Dunkelwanderer die Geduld verloren hatte. Er war gekommen, um Adriel zu holen.

Er würde Asterin retten. Mit meiner Hilfe. Aber auch ohne mich.

32

Das Haus war leer. Abgesehen von Mortimer, der mit zitternden Händen im Herrenzimmer aufräumte, und Mason, den ich in einem der Zimmer im ersten Stock fand. Eine Nachttischlampe tauchte den Raum in goldenes Licht, doch die Dunkelheit kroch auf Mason zu, hielt ihn gefangen. Seine Lider flatterten, er atmete schwer. Ich legte meine Hand auf seinen Arm, drückte sanft zu. Er öffnete die Augen, sah sich suchend um, bis er mich entdeckte.

»Aurora …«

Meine Lippen öffneten sich, dann presste ich sie fest aufeinander und zwang mich zu einem Lächeln, das keines wurde. Die Anspannung verwandelte es in eine Grimasse. Ich konnte Mason nicht um Hilfe bitten, konnte ihm das Wissen um Adriels Verschwinden nicht zumuten.

»Ruh dich aus, Mason«, sagte ich leise. »Ich wollte nur nach dir sehen.«

Er nickte, ehe er zurück in die Dunkelheit glitt. Jene in den Ecken des Raumes erschien mir auf einmal sehr viel finsterer. Ich zog mich zurück, schloss die Tür hinter mir und lehnte mich von außen dagegen. Die anderen Agenten waren ausgezogen, ich hatte versucht, sie zu erreichen, aber niemand hatte mir geantwortet. Vermutlich bedeutete Adriels Entführung auch, dass Vaughan den Waffenstillstand beendet hatte. Die Bildschirme im Spiegelsaal, die mir Ausschnitte aus London zeigten, bestätigten diesen Verdacht. Ich verbarg die Augen mit beiden Händen, um dieser Wahrheit zu entkommen. Doch auch hinter geschlossenen Lidern verfolgte sie mich.

Ich war die Einzige, die diesen Krieg beenden konnte. Die das Amulett finden konnte. Dessen war ich mir bewusst. Aber ich konnte mich nicht allein Vaughan entgegenstellen. Ich brauchte Hilfe. Und der Einzige, der noch dafür infrage kam, war ein hinterhältiges Arschloch, das mich beinahe getötet hatte.

Meine Hände zitterten, als ich den Kontakt in meinem Smartphone aufrief.

Es klingelte nur ein einziges Mal, ehe Caspian das Gespräch annahm, und ich hatte keine Zeit, mich davor zu wappnen.

»Aurora.« Sanftmut und Schmerz färbten seine Stimme und sorgten dafür, dass mir meine versagte. Ich klammerte mich an dem Tisch fest und kämpfte gegen die Tränen an, die in diesem Moment derart unangebracht waren. Er sollte nicht der Grund sein, aus dem ich weinte. Nicht so, wie ich es gerade tat. Vor Wut vielleicht. Aber nicht aufgrund der Last meiner Gefühle für ihn.

Ich hörte Caspians Atem, der mir schneller als gewöhnlich vorkam. Er wartete. Wartete darauf, dass ich das Wort ergriff.

»Caspian.« Zu mehr als einem Flüstern war ich nicht fähig und ich lehnte mich gegen den Tisch, weil meine eigenen Beine zu sehr zitterten.

Wieder folgte Schweigen und ich kämpfte gegen meine Gefühle an, die weitaus stärker waren als meine Vernunft. Verdammte Scheiße.

»Es gibt so vieles, was ich dir sagen möchte. Ich weiß einfach nicht, wo ich anfangen soll«, sagte Caspian.

»Deshalb rufe ich dich nicht an«, unterbrach ich ihn mit gepresster Stimme.

Caspian räusperte sich. »Natürlich. Was kann ich für dich tun?« Sein Tonfall wechselte so rasch von sanftmütig zu geschäftsmäßig, dass mir schwindelig wurde.

»Es ist Adriel.« Und dann erzählte ich ihm, was geschehen war. Er hatte mein Vertrauen nicht verdient und Adriels vermutlich auch nicht. Aber er war der Einzige, der die ganze Geschichte kannte. Der wusste, wer Adriel wirklich war, wer ich war.

»Gibt es magische Rückstände, denen wir folgen können?«, fragte Caspian schließlich.

Ich schnaubte. »Glaubst du, ich hätte dich in diesem Fall angerufen?«

»Vermutlich hätte ich dich irgendwo in der Stadt gestoppt.« Ich hörte das Lächeln in Caspians Worten und erstarrte. Wie konnte sich etwas, das so falsch war, derart richtig anfühlen?

»Es gibt nicht mehr als den üblichen feinen Goldglanz, der sich in der Luft verliert. Vaughan ist ohne Magie eingedrungen«, fuhr ich fort, mein hämmerndes Herz ignorierend, das meiner Vernunft eine Kriegserklärung machte. »Wo könnte er Adriel hingebracht haben?«

»Nach Asterin.« Caspian sagte das im Brustton der Überzeugung. »Dorthin würden ihm die wenigsten Agenten folgen und er kann Adriel in Ruhe die Wahrheit über die Insignien entlocken.«

»Dafür braucht er viel Ruhe. Adriel weiß nicht, wo das Amulett ist.«

Das Schweigen am anderen Ende dehnte sich aus, bis es mir in den Ohren dröhnte. »Nach all der Zeit hatte ich das befürchtet. Und trotzdem habe ich gehofft, mich zu irren.«

»Du musst Adriel zurückholen. Ich kümmere mich um das Amulett.«

»Aurora …«

»Wir wissen beide, dass ich die Einzige bin, die dazu in der Lage ist. Oder soll ich dir mein Auge leihen?«

Ich hörte, wie Caspians Zähne aufeinanderschlugen, sah die Dunkelheit seines Blickes beinahe vor mir.

»Ich werde niemals wiedergutmachen können, was ich dir angetan habe«, murmelte Caspian.

»Du hast recht.«

Wieder wuchs die Stille zwischen uns und mit ihr das Unbehagen. Es war alles gesagt. Dennoch brachte ich nicht die Kraft auf, das Gespräch zu beenden.

»Ich verspreche dir, dass ich Adriel finde. Aber du musst mir auch etwas versprechen.«

Ich hegte nicht das Bedürfnis, mir ausgerechnet von Caspian Versprechen abnehmen zu lassen, und biss die Zähne zusammen.

Er überging mein Schweigen und sagte: »Versprich mir, dass du auf dich aufpasst!«

Mit einem Ruck riss ich das Handy vom Ohr und beendete das Telefonat. Caspian hatte kein Recht, diese Dinge zu mir zu sagen.

Und mir sollte es nicht so verflucht schwerfallen, ihn für das zu hassen, was er mir angetan hatte.

Ein paar Atemzüge brauchte ich, um mich zu beruhigen. Dann stieß ich mich von dem Tisch ab und lief in Richtung Tür. In der Eingangshalle fand ich mich Lion gegenüber, der mit verschwitztem und in der Stirn klebendem Haar hereinkam. Seine Lederjacke hatte ein paar Risse an den Ärmeln und war blutgesprenkelt. Es war schwarz und er eindeutig unverletzt.

»Aurora«, sagte er überrascht. »Die Verbindung hierher war tot, wir haben euch nicht mehr erreicht. Ist alles in Ordnung?«

Ich schnaubte. Offenbar hatte Vaughan doch von Magie Gebrauch gemacht. Mistkerl. »Ja. Nein. Adriel ist fort. Der Dunkelwanderer hat ihn mitgenommen. Ich habe versucht, einen von euch zu kontaktieren, aber das ist mir nicht gelungen.«

Lion nickte, dann drückte er auf den Knopf in seinem Ohr und sagte zu niemand Bestimmten: »Ich bin in Black Armour, Aurora ist auch hier. Adriel scheint in Schwierigkeiten zu stecken. Ich melde mich wieder.« Dann sah er mich erneut prüfend an. »Wobei halte ich dich gerade auf? Wie kann ich dir helfen?«

»Ich …« Zögernd erwiderte ich seinen Blick. Lion war einer der Agenten. Er wusste nichts über die wahre Herkunft seines Vorgesetzten. Und nichts über mich. Andererseits wäre es nicht mehr als Torheit, sein Hilfsangebot auszuschlagen.

»Ich suche etwas«, sagte ich schließlich langsam. »Etwas, das die Dämonen wollen. Es wurde ihnen gestohlen und befindet sich auf dieser Seite der Grenze.«

Eine Falte bildete sich zwischen Lions Brauen. »Warte mal, sind die Crae aus einem bestimmten Grund hier?«

»Asterin steckt in Schwierigkeiten«, gab ich zu. »Und wenn dieses Reich fällt …«

»Ist es um die Zukunft unserer Welt auch nicht sonderlich gut bestellt.« Lion seufzte und fasste sich in den Nacken. »Na schön. Was suchen wir?«

Das *wir* schürte jene Funken von Hoffnung, die in meinen Eingeweiden gärten. Es würde alles gut werden. »Ein Amulett.«

»Schön. Fahren wir dafür nach Knightsbridge oder ist es etwas Bestimmtes?«

Ich verdrehte die Augen. »Was wir suchen, gibt es nicht bei jedem x-beliebigen Juwelier. Leider ist es einzigartig und ich habe keine Ahnung, was es ist oder wie es aussieht.« Doch ich wusste, wo ich genau das herausfinden würde.

Abrupt blieb ich stehen, als ich hinter Lion aus dem Haus in den trüben Tag trat. Denn vor dem Hof stand noch immer Caspians Auto. Er hatte es zurückgelassen, der Schlüssel steckte. Über den Grund dafür wollte ich in diesem Moment nicht nachdenken und bedeutete Lion, auf der Beifahrerseite Platz zu nehmen.

»Du wirst diesen Krieg nicht überleben, wenn du Caspians Aston killst«, bemerkte dieser und ließ sich mit einem amüsierten Schnauben nieder.

»Demnach müsste ich längst in Asterin sein, denn ich habe der Karre bereits zwei Kratzer verpasst«, entgegnete ich und täuschte Gelassenheit vor, wo keine war. Meine zitternden Hände verbarg ich einzig und allein damit, dass ich sie um das Lenkrad krallte.

»Du bist so was von erledigt!« Lion lachte. Ich ignorierte ihn und fuhr los. Nach den ersten Blocks, die wir hinter uns gebracht hatten, begann Lion, auf seinem Sitz herumzurutschen. Mit der Linken klammerte er sich am Griff der Beifahrertür fest, während er mit den Fingern der anderen Hand den kleinen Knopf an seinem Ohr betätigte.

»Ja«, sagte er. »Ja, das ist mir auch aufgefallen. Wir sind gerade auf dem Grosvenor Cres Richtung Norden, aber nichts Ungewöhnliches zu sehen.«

Ich riss das Lenkrad herum, um einem Hindernis auf der Straße auszuweichen. Lions Flüche füllten das Wageninnere. »Du fährst wie eine Anfängerin!«

»Linksverkehr ist nichts weiter als Wahnsinn«, hielt ich dagegen.

Lion murmelte etwas Unverständliches, ehe er verstummte. Ich konnte die Stimme, die aus dem Knopf drang, nicht hören, aber nach einer Weile nahm er ihn heraus und wandte sich mir zu. »Adriel ist in Asterin.« Es war keine Frage, sondern eine Feststellung, und sie löste einen eiskalten Schauer aus, der mir über den Rücken rann. Ich hatte kein Wort über Caspians Verdacht verloren, weil ich unsicher war, ob er die anderen Agenten in diese Sache mit hineinziehen wollte. Nun, offenbar hatte er genau das vor.

»Woher weißt du das?«, fragte ich trotzdem.

»Die Crae verschwinden. Es gab einige Kämpfe um die Friedhöfe herum. Nicht, weil sie uns angreifen wollten, sondern weil sie einen Rückweg gesucht haben. Das kann nur eines bedeuten: Der Dunkelwanderer hat Adriel nach Asterin verschleppt.«

Ich heftete meinen Blick stur geradeaus. Also hatten die Agenten es ohne Caspian herausgefunden. »Wir können Adriel nur helfen, indem wir das Amulett finden«, sagte ich, um Lion an unseren Plan zu erinnern. An meinen Plan.

»Ich weiß. Soll ich Verstärkung rufen?«

Einen Moment lang überlegte ich. Auf mich allein gestellt würde ich womöglich eine kleine Ewigkeit brauchen. Und auch wenn die Zeit in Asterin anders verging als hier, wollte ich meinen Teil des Plans so schnell wie möglich erfüllen, um Adriel in Sicherheit zu bringen.

»Alle, die du kriegen kannst«, antwortete ich und drückte das Gaspedal durch. Die Zeit lief gegen mich, doch so schnell würde ich mich nicht abhängen lassen.

Rauch kringelte sich über St Pancras, als wir uns der British Library näherten. Das rote Backsteingebäude der Bibliothek war von dichtem Dunst verhüllt. Der Vorplatz, der beim letzten Mal so belebt gewesen war, lag nun wie ausgestorben vor uns. Eine unheimliche Stille lag über London und wir durchbrachen sie, als wir die Türen des Wagens hinter uns zuschlugen. Wie ein Kanonenschuss hallte der Knall über uns hinweg und ich zuckte unwillkürlich zusammen, obgleich sich kein Crae auf uns stürzte. Nicht einmal Vögel schwangen sich in den Himmel. Das Geräusch verging und die Stille kehrte zurück.

Lion summte leise und lief um das Auto herum. Seine Schritte kamen mir ungewöhnlich laut vor. Ebenso meine Atmung und das Pochen meines Herzens.

»Als hätte jemand die Mute-Taste gedrückt«, brummte er und sah sich mit einem Ausdruck um, als erwartete er, dass sich uns jemand in den Weg stellte. Doch wir waren allein.

Zumindest, bis wir in die Eingangshalle der Bibliothek kamen. Ezra und Taylor erwarteten uns dort. Sie sahen mitgenommen aus. Müde. Aber unverletzt. Erst nachdem ich beide umarmt hatte, fiel mir ein, dass wir uns für diese Form der Begrüßung eigentlich nicht nah genug standen. Diesem Umstand schenkten die beiden keine Beachtung, Taylor griff immer wieder nach meinem Arm. In ihren Augen schwammen Tränen.

»Was für eine riesengroße Scheiße«, murmelte sie und stieß ein Kichern aus, das hysterisch anmutete. Ezra legte eine Hand auf ihre Schulter und sie griff danach. »Ich bin einfach keine Kriegerin. Das war ich nie.«

»Dafür hast du diesem Mondschatten aber gehörig den Hintern versohlt«, bemerkte Ezra und ich hörte eine Spur von Stolz aus seiner Stimme.

»Mir blieb keine andere Wahl«, erwiderte Taylor ernst. »Er hätte dich umgebracht. Das konnte ich nicht zulassen.«

Der Ausdruck um Ezras Augen wurde weich. Er nahm Taylors Kinn, dann zog er sie an sich und küsste sie auf eine Weise, die mich einerseits an Caspian denken und mich andererseits verlegen den Blick abwenden ließ.

Lion pfiff, seine Mundwinkel zuckten. Ihm schien die plötzliche Zuneigung seiner Kollegen nicht im Geringsten unangenehm zu sein.

Mit einem Räuspern löste Taylor sich aus Ezras Umarmung. Unter der Schicht aus Staub und Schmutz auf ihren Wangen lag ein Hauch von Röte, den Ezra mit einem breiten Grinsen zur Kenntnis nahm.

»Schön«, meinte Lion. »Wenn wir das geklärt hätten.« Mit einer Bewegung des Kinns deutete er auf den gläsernen Turm im Herzen der Bibliothek und erinnerte uns an den Grund, der uns hergeführt hatte.

Das Amulett.

Unsere Schritte beschworen einen ungleichmäßigen Takt in der Weite der Halle. Taylors und meine kurz und schnell, Ezras und Lions lang und zielgerichtet. Lion hielt die Schlüsselkarte an das Lesegerät neben der gesicherten Glastür. Sie öffnete sich mit einem leisen

Zischen und schwang zurück. Der ledrige Duft unzähliger Bücher schlug uns entgegen.

»Wonach suchen wir?«, wollte Taylor wissen, nachdem wir eingetreten waren. Die anderen drehten sich zu mir um und musterten mich neugierig.

Ich zögerte, sah meine Kollegen der Reihe nach an und fragte mich, wie viel ich ihnen verraten durfte. Was hätte Adriel an meiner Stelle getan? Vermutlich geschwiegen wie schon die letzten Jahrhunderte.

»Asterins Macht ist an drei Insignien gebunden«, sagte ich in der Sekunde, nachdem ich erkannt hatte, dass die Geheimniskrämerei die Generationen von Adriel zu mir nicht überdauert hatte. »Ohne diese Insignien droht die Anderwelt zu zerfallen. Und genau das geschieht gerade. Der Verlust von einem Insigne hat die Crae über die Grenze geführt. Sie führen keinen Krieg. Sie versuchen, ihre Welt zu retten. Und unsere. Denn wenn Asterin untergeht, sind wir ebenso verloren.«

»Puh«, stieß Taylor hervor, während sich Ezras Stirn furchte und Lion auf seiner Unterlippe kaute.

»Warum greifen sie uns an, statt zu fragen, ob wir ihnen behilflich sein können?«, wollte er wissen. »Immerhin sind wir ebenso am Arsch wie sie.«

»Sie glauben, wir hätten das Insigne gestohlen, um …« Ich zuckte hilflos die Achseln. »Keine Ahnung, das ganze Universum zum Untergang zu verdammen?«

»Und wir sind auf der Suche nach dem verlorenen Insigne«, mutmaßte Taylor und ich nickte. Sie ließ den Blick durch die King's Library schweifen. »Wie können wir es finden? Welche Anhaltspunkte haben wir?«

»Wir suchen nach einem Amulett«, sagte ich und fuhr mit den Fingern über einige Buchrücken. »Es ist seit ein paar Jahrhunderten verschollen.«

»Wie sieht es aus?«, fragte Ezra.

Ich schüttelte den Kopf.

»Das macht die Sache nicht unbedingt einfacher«, brummte er. »Weißt du, wann es verschwunden ist? Und wer es in diese Welt gebracht hat? In wessen Besitz befand es sich zuletzt?«

Die Wahrheit war nur noch hinter der fragilen Hülle einer Seifenblase verborgen. Ein falsches Wort und sie würde platzen und alles enthüllen, was Adriel so lange geheim zu halten bemüht war. Ich wägte meine Antwort genau ab. »Der Name des letzten Besitzers lautete Gideon Denerys.«

»Denerys?« Erkenntnis blitzte in Ezras Augen auf.

Zögerlich nickte ich. »Das ist kein Zufall. Aus dem Namen Denerys wurde in all der Zeit Tenrys. Bei Gideon handelt es sich um … einen Verwandten von Adriel.«

»Du meinst einen Vorfahren«, korrigierte Taylor mich, aber ich blieb ihr eine Antwort schuldig.

»Adriel kann keiner gewöhnlichen Familie entstammen«, bemerkte Lion. »Es überrascht mich nicht, dass sie seit jeher in Angelegenheiten mit Asterin verwickelt sind. Irgendwoher muss das Wissen um die andere Welt schließlich kommen.«

»Also gut«, sagte Taylor langsam. »Ich schlage vor, wir teilen uns auf. Ezra und ich suchen nach Stammbäumen und Besitzurkunden der Familie, und ihr beide sucht nach magischen Artefakten, die im Laufe der Jahrhunderte Aufsehen erregt haben.«

Ich nickte, obwohl mich die schiere Weitläufigkeit dieser Aufgabe entmutigte. Doch solange mir keine andere Idee kam, war dieser Plan alles, was ich hatte.

Lion und ich liefen gemeinsam durch die schmalen Gänge der Bibliothek. Der Stapel in den Armen meines Kollegen wuchs zu einem kleinen Turm an, ehe wir unsere Ausbeute auf einem der Tische ausbreiteten. Taylor und Ezra gingen ähnlich vor, wobei Ezra sich ebenfalls einen der Computer zunutze machte. Er gab nach kurzer Zeit auf und widmete sich den endlosen Listen, die Taylor vor ihnen ausgebreitet hatte. Namen über Namen, Urkunden und andere Quellen ergossen sich auf vergilbtem Papier.

Eine Bibliothek war ein Ort der Ruhe und der bedächtigen Bewegungen. Man schritt ohne Hektik durch die Regale, las Buchrücken oder Inhaltsverzeichnisse und verlor sich in den Worten der Seiten. Was Ezra, Taylor, Lion und ich an diesem Tag taten, hatte nichts mit der Ehrfurcht gemein, die ich der Bibliothek sonst beigemessen hatte.

Wir hetzten zwischen den Regalen umher, rissen Bücher heraus und blätterten sie so schnell durch wie möglich, ohne dabei Gefahr zu laufen, etwas zu übersehen. Mein Herzschlag verwandelte sich in das Echo einer tickenden Uhr, die mich mit jedem weiteren Takt daran erinnerte, was wir verlieren würden, wenn wir scheiterten.

»Zu viele Bücher, zu wenig Zeit«, stöhnte Taylor und rieb sich über die rot geränderten Augen.

»Es gab da mal das Projekt einer Gruppe Studierender, die den Bestand der King's Library digitalisieren wollte, um zumindest die Inhalte der Öffentlichkeit zugänglich zu machen«, erzählte Ezra und fuhr sich über das stoppelige Haar. »Adriel hat es untersagt.«

»Ich wette, jetzt wünscht er sich, er hätte das nicht getan«, brummte ich, als mein Blick auf Lion fiel, dessen Miene plötzlich angestrengt wirkte. »Hast du etwas gefunden?«, fragte ich ihn, ohne den Hauch von Hoffnung.

Aber da blinzelte Lion. »Ich denke schon.« Seine Stimme war rau, die Falte zwischen seinen Brauen tief. »Hier geht es um ein Amulett, das sich im Besitz einer Diana Tenerys befand. Das Buch stammt aus dem 18. Jahrhundert.« Ich beugte mich über ihn, sah über seine Schulter hinweg auf das vergilbte Papier, das sich an den Rändern wölbte. Das Buch vor ihm war alt. Sehr alt. Eine Handschrift ergoss sich über die Seite, an manchen Stellen bereits verblasst. Doch meine Aufmerksamkeit heftete sich auf die Abbildung in der oberen rechten Ecke. Auch ihre Farben waren verblichen, aber die gezeichneten Konturen konnte man noch immer ausmachen.

Als ich das Amulett erkannte, fühlte ich mich, als hätte Lion mir einen Eimer eiskalten Wassers übergekippt. Meine Hand tastete wie von selbst zu meinem Ausschnitt, aber das Gewicht der Kette meiner Mutter war fort. Schon eine ganze Weile.

»Aurora?«, fragte Taylor behutsam und sah mich prüfend an. »Geht es dir gut?«

Ich ignorierte ihre Frage, klammerte mich an der Tischkante fest. »Ich glaube, wir haben das verschollene Insigne soeben gefunden.«

33

Mir rannen heiße und zugleich eiskalte Schauer über den Rücken. Und ich hatte keine Ahnung gehabt, dass das überhaupt möglich war. Ich brauchte mehrere Anläufe, ehe ich meinen Schlüssel ins Schloss schieben konnte.

»Einatmen. Ausatmen.« Lion trat von hinten an mich heran und legte mir eine Hand auf die Schulter.

Ich tat, wie mir geheißen und lächelte ihm dankbar zu.

»Wenn das alles hier vorbei ist, musst du mich zum Kaffee einladen und mir die ganze Geschichte erzählen«, meinte Lion.

Nach unserem Fund in König Georges Bibliothek waren wir sofort aufgebrochen. Ich hatte den anderen gesagt, dass ich glaubte, im Besitz des Amuletts zu sein. Wie es dazu gekommen war, hatte ich jedoch nicht erklärt. Aber im Grunde wusste ich das selbst nicht. Die Kette hatte meiner Mutter gehört und ich hatte sie lange getragen. Vor einiger Zeit war der Schmerz über all die Verluste, die ich in meinem Leben erlitten hatte, zu groß geworden. Ich hatte sie abgelegt und in das Seitenfach meiner Reisetasche gestopft. Und nun betete ich, dass sie nach wie vor dort war.

Ich hatte Glück. Als ich den Reißverschluss öffnete, zitterten meine Finger in Erwartung, ins Leere zu greifen. Das taten sie nicht. Sie schlossen sich um die kühlen Glieder einer Kette. Mein Herz klopfte in einer Mischung aus Angst und Aufregung, als ich sie herauszog.

Lion schnaubte. »Du bewahrst so etwas Wertvolles in einer Reisetasche auf?« Er lehnte mit vor der breiten Brust verschränkten Armen im Türrahmen und musterte mich amüsiert.

»Ich hatte keine Ahnung, dass diese Kette derart wertvoll ist«, gab ich zu und verbarg das Schmuckstück in meiner Faust. Adriel hatte gesagt, dass ich allein imstande sei, die Kette zu finden. Doch auch mit meinem magischen Auge sah sie vollkommen gewöhnlich aus. Wie es schien, büßten nicht nur die Crae an Macht ein, sondern auch magische Artefakte.

Umsonst. Dieser Gedanke schoss mir durch den Sinn. Vaughan hatte sich geirrt und Caspian hatte mich umsonst angegriffen. Denn selbst mit meinem magischen Auge hätte er das Amulett niemals ausfindig machen können. Mir entging die Ironie dieser Situation nicht, trotzdem war mir nicht zum Lachen. Eher zum Kotzen.

Hatte Adriel *gewusst*, dass sein Enkel die Kette weitergegeben hatte? Oder bloß vermutet, dass sie sich in meinem Besitz befand?

Vielleicht. Und vermutlich spielte das keine Rolle. Alles, was zählte, war, dass ich den Schlüssel zur Rettung von Asterin und dem Reich der Sterblichen in den Händen hielt.

»Bist du fertig?«, fragte Lion. Er drängte mich nicht, aber sein Tonfall war eindringlich und erinnerte mich daran, dass wir keine Zeit hatten. Ich hängte mir die Kette um den Hals und erhob mich. Aber bevor ich sie unter dem Stoff meines Oberteils verschwinden lassen konnte, fing Lion mit einer sanften Geste meine Hände auf. Dann hob er den Anhänger an und betrachtete ihn. Tropfenförmiges Gold schloss sich wie die Stäbe eines Käfigs um einen dunkelblauen Kern, den ich stets für einen Edelstein gehalten hatte. Aber womöglich war es mehr als das. Womöglich handelte es sich dabei um fossile Magie. Ähnlich wie Bernstein.

»Sieht nicht danach aus, als wäre dieses Ding imstande, zwei Welten zu retten«, brummte er.

»Vielleicht verstehst du jetzt, warum ich sie in der Reisetasche vergessen hatte«, entgegnete ich.

Lion nickte, ehe er von dem Artefakt abließ und zurückwich. »Gib gut darauf acht.«

Ich ließ den Anhänger unter meinem Oberteil verschwinden, noch ehe wir das Haus verließen und uns erneut Ezra und Taylor anschlossen, die vor der Haustür auf uns gewartet hatten.

Der Highgate Cemetery war gefallen, die Weltentore im Kampf zerstört. Mit dieser Nachricht und einer düsteren Miene empfing Ezra uns. »Ich habe mit Livia gesprochen«, meinte er und hob demonstrativ sein Handy. »Wir sollen sie am Kensal treffen.«

Wir stiegen in Caspians Auto, dann fuhren wir los. Lion lotste mich durch die Straßen, auf denen wir liegen gebliebenen Fahrzeugen auswichen. Menschen fielen sich in die Arme und mehr als einmal drang das Geräusch haltlosen Schluchzens ins Innere des Aston. Die Stadt sah aus, als wäre die Apokalypse über sie hinweggefegt, und die Menschen schienen zu glauben, ihr noch einmal um Haaresbreite entkommen zu sein. Wenn sie wüssten, dass es noch längst nicht vorbei war …

Als wir den Friedhof erreichten, wuchsen die Schatten. Dämmerung senkte sich auf die Welt und kaschierte die Wunden, die die Stadt in den letzten Stunden davongetragen hatte. Mehrere Gestalten erwarteten uns in einem Halbkreis vor dem Eingang des Verwaltungsgebäudes und mein Herz verkrampfte sich, als ich Caspian erkannte. Was hatte er noch hier zu suchen? Er hätte Adriel nach Asterin folgen müssen.

»Gut, euch zu sehen«, sagte Lion und klopfte Caspian auf die Schulter. Dessen Blick zuckte zu mir und ich wandte mich ab. Neben ihm stand Cassandra, die mir ein Lächeln zuwarf, das ich nicht erwiderte. Um ihre Füße strich Mr Mercury. Zuerst war ich erstaunt, dann erinnerte ich mich daran, sie gebeten zu haben, auf ihn aufzupassen. Und mein Erstaunen wuchs, dass sie mir diesen Wunsch tatsächlich erfüllt hatte. Maunzend trippelte der Kater auf mich zu, rieb sich an meinen Beinen und blickte mich mit seinen grünen Augen treuherzig an. Ich tätschelte ihm zur Begrüßung sanft den Kopf.

Auch Livia hatte sich eingefunden, nachdem der Highgate gefallen war. Ihre Kleidung hatte Risse, Staub färbte ihr Haar, aber in ihren Augen blitzte Entschlossenheit auf.

»Wer ist eure Begleitung?«, fragte Taylor mit Vorsicht in der Stimme. Ich konnte es ihr nicht verdenken, denn in Jeans und T-Shirt sah Cassandra tatsächlich aus wie eine Unaware. Lange genug hatte ich sie für eine gehalten.

»Ich dachte, das wüsste ich«, sagte ich lauter als beabsichtigt und alle wandten sich mir zu. Ich straffte die Schultern. Für diese Schroffheit würde ich mich nicht entschuldigen. Cassandra hatte mich verraten. Ich war zwar nicht unbedingt nachtragend, aber noch immer verletzt. »Ich habe mich wohl geirrt.«

»Ich bin diejenige, die dir schon ein paarmal den Arsch gerettet hat«, knurrte Cassandra und funkelte mich an.

Caspian trat vor und beendete unser stummes Blickduell, ehe sich daraus ein handfester Streit entwickeln konnte. Er sah mich an, ich jedoch wandte mich ab und trat dichter an Lions Seite. Der Zorn, der als Schatten über Caspians Gesicht huschte, entging mir dabei nicht.

»Und was genau habt ihr jetzt vor?«, fragte Livia in das unangenehme Schweigen hinein.

»Wir statten den Crae einen Besuch ab«, antwortete Caspian leise.

Livia sog scharf die Luft ein, Lion fluchte und Ezra und Taylor verschränkten die Hände miteinander. Aber es war Mr Mercury, der meine Aufmerksamkeit gewann, indem er lautstark miaute, als wollte er zustimmen.

»Komischer Kater«, brummte Cassandra.

»Der kann den Spaß wohl kaum erwarten. So wie wir«, bemerkte Lion, aber von Vorfreude war in seiner Stimme nichts zu hören. Jedes seiner Worte presste er hervor und ich konnte die Angst heraushören, die auch ich empfand.

»Spaß?« Livia stieß ein freudloses Lachen aus. »Es ist verboten. Gemäß Paragraf 6, Absatz 1 ist es uns nicht erlaubt, die Grenze zu überschreiten.«

»Wir gehen nicht aus Spaß«, sagte ich. »Sie haben Adriel. Wir müssen ihn da herausholen, ehe es zu spät ist.« Jetzt hob ich doch den Blick, kniff die Augen zusammen und hoffte, dass Caspian meinen Unmut darüber, dass er es so lange hinausgezögert hatte, spürte.

»Ich wurde aufgehalten«, sagte er und umfasste den Knauf seiner Obsidianklinge. »Als ich Asterin betreten wollte, bin ich ein paar Crae begegnet, die sich auf dem Rückweg befanden. Ungünstigerweise hielten sie nicht viel von der Idee, dass ich mich ihnen anschloss.«

Natürlich hatte er Adriels Zeit nicht absichtlich verplempert. Er mochte uns beide verraten haben, doch ich zweifelte nicht an der Freundschaft, die die beiden miteinander verband. Ich nickte Caspian kaum merklich zu, fixierte dabei aber einen Punkt zwischen seinen Brauen. Was in seinen Augen lag, wollte ich nicht herausfinden, denn ich fürchtete, dass es mich mit sich reißen würde.

»Na schön«, sagte Livia nun und fuhr sich durch das lange Haar. »Wie lautet der Plan?« Sie gab sich selbstbewusst, doch der verkniffene Ausdruck um ihren Mund und ihre Hände, die abwechselnd mit ihrer Frisur oder einer Waffe spielten, verrieten ihre Unruhe. Keiner der Agenten war jemals in Asterin gewesen. Für sie war die Anderwelt der Ort, an dem unsere Toten ruhten. Himmel. Hölle. Das Danach.

»Ich werde niemanden von euch zwingen, mich auf die andere Seite zu begleiten«, erhob Caspian erneut das Wort und blickte sich in der Runde um. »Es ist gefährlich. Vermutlich gefährlicher als alles, was wir in dieser Welt bereits erlebt haben. Aber ich kann Adriel nicht im Stich lassen. Und ich bin dankbar für jeden Krieger an meiner Seite.«

»Ich bin dabei!«, sagte Lion sofort.

»Ich auch.«

»Und ich.«

Nacheinander erklärten wir unsere Bereitschaft, die Grenze zu überschreiten. Caspian straffte die Schultern, als hätte ihn dieses Wissen von einer unsichtbaren Last befreit. »Ich danke euch«, murmelte er leise. »Die Crae sind uns in Asterin überlegen. Nichts, was wir je erlebt haben, hat uns auch nur ansatzweise auf die Gefahren vorbereitet, die jenseits der Grenze lauern. Wir müssen zusammenhalten, sobald wir dieser Welt den Rücken kehren.« Er sah jeden Einzelnen von uns an, aber auf mir ruhte sein Blick am längsten. Ich ballte die Hände zu Fäusten, wusste jedoch, dass er recht hatte. Meine Begegnung mit Sinistra war mir noch gut im Gedächtnis geblieben.

»Wir können nicht alle gehen«, sagte Caspian. »Es ist wichtig, dass ein oder zwei von uns das Weltentor in der Zeit bewachen, in der die anderen drüben sind. Wir müssen wissen, welche Kreaturen in unserer Abwesenheit in London eindringen.« Er zögerte. »Diese Aufgabe ist nicht weniger gefährlich als das, was uns andere in Asterin erwartet.«

Betretenes Schweigen erhob sich zwischen uns. Ich umfasste meinen Oberkörper mit beiden Armen und starrte stumpf geradeaus.

»Das machen Ezra und ich«, meldete sich Taylor zögerlich und sah ihren Partner fragend an.

Ezra nickte, machte sich von ihr los und zückte seine Obsidianklinge. »In Ordnung. Ihr könnt euch auf uns verlassen. Was auch immer für euch hier rübergeschickt wird, wenn es Ärger macht, machen wir Ärger.«

»Sind alle einverstanden?«, wollte Caspian wissen.

Allgemeine Zustimmung.

»Na schön, dann lasst uns gehen.«

Während wir gemeinsam die Stufen in den Keller nahmen, fragte ich mich, wie Caspian es unseren Kollegen erklären wollte, wenn ihm auf der anderen Seite plötzlich goldene Schwingen wuchsen. Sie hatten keine Ahnung, was er war, aber ein Schritt über die Grenze in Gegenwart der anderen würde seine und Cassandras Tarnung auffliegen lassen. Wie würden Livia und Lion reagieren, wenn sie die Wahrheit erkannten? Würden sie sich gegen uns stellen?

Caspian schien es darauf ankommen lassen zu wollen, denn er machte keine Anstalten, sie auf das, was sie gleich erleben würden, vorzubereiten. Stattdessen öffnete er die schwere Tür zum Atrium. Sobald der Schlitz breit genug war, schlüpfte Mr Mercury hindurch und ich erinnerte mich an meine ersten Tage in Kensal Green, als Caspian und ich das Tier aus dem Keller gerettet hatten.

Die goldenen Partikel waberten in der Luft, als würde ein leichter Wind sie tanzen lassen. Livia stieß ein leises Keuchen aus und musterte das Tor, hinter dem eine ganz andere Welt lag. Ich konnte es ihr nicht verdenken, erinnerte mich an den Sog, den es auf mich ausgeübt hatte, als ich Asterin zum ersten Mal betreten hatte.

»Und ihr seid sicher, dass ihr das tun wollt?«, fragte Ezra mit ruhiger Stimme. Ein dünner Schweißfilm auf seiner Stirn verriet seine Sorge. Er wischte ihn flüchtig mit dem Handrücken weg und setzte ein Lächeln auf, das unbekümmert wirken sollte. Doch es erreichte seine Augen nicht.

»Haben wir eine andere Wahl?«, entgegnete Lion und klopfte ihm auf die Schulter. »Wir schicken euch eine Karte.«

Taylor schnaubte, aber das Geräusch war schrill und zeugte von ihrer Angst.

»Wir mischen die Crae ordentlich auf«, versprach Lion ihr und zwickte ihr in die Wange.

Taylor zog eine finstere Miene und schlug seine Hand weg. »Lass das, Blödmann!«

Die goldenen Partikel waberten um uns herum, verdichteten sich vor dem Tor. Sie sanken auf uns herab. In Caspians schwarzem Haar sahen sie aus wie Sterne am Nachthimmel.

»Schließt die Tür hinter uns!«, befahl er an Ezra und Taylor gewandt. »Und passt auf euch auf. Für jede menschliche Seele, die das Tor lebend übertritt, wird ein Crae auf dieser Seite landen.«

»Wir kommen zurecht«, versicherte Ezra ihm, obwohl Erschöpfung seine Züge dominierte. Doch sein Ton zeugte von seiner Verbissenheit. »Stimmt's, Ty?«

Taylor brummte etwas Unverständliches, aber sie zückte ihre Waffe. Mit meinem magischen Auge sah ich, wie sich der Goldstaub in der dunklen Klinge spiegelte.

»Lasst euch nicht umbringen!«, sagte Taylor, ehe sie zurücktrat.

Ezra hob die Hand zum Abschied. Dann stemmte er sich gegen die schwere Tür, die das Atrium sicherte. Mit einem Klicken schloss sie sich hinter uns. Nun gab es keinen Weg zurück. Wir würden uns den Crae stellen.

Und Vaughan.

Die Goldpartikel stoben auseinander, als wir uns dem Tor näherten. Caspian ging voran, schirmte die anderen mit seinem breiten Rücken von dem Durchgang ab. Ich hielt mich im Hintergrund. Obwohl ich den Sog der anderen Welt spürte, lehnte ich mich dagegen, um ihm nicht wie beim letzten Mal zu verfallen.

»Ich habe kein gutes Gefühl bei dieser Sache«, murmelte Livia. »Sicher, dass es einen Rückweg gibt?«

»Wenn die Crae uns vorher nicht umbringen«, entgegnete Cassandra. Ihre lässige Art bekam Risse, als ich die Sehnsucht in ihrem Gesicht entdeckte. Wie lange hatte sie ihre Heimat gemieden? Und würde sie tatsächlich an der Seite von Menschen kämpfen, um Adriel, den Verräter, für den ihr Volk ihn hielt, zu retten?

»Auf der anderen Seite befindet sich ebenfalls ein Tor«, sagte Caspian und blieb unmittelbar vor der spiegelglatten Oberfläche stehen. »Es wird dich zurück ins Reich der Sterblichen bringen.«

»Woher weißt du das, Caspian?« Livia verschränkte die Arme vor der Brust. »Und woher weißt du, dass es für uns einen Weg zurück gibt?«

»Weil ich ihn bereits gegangen bin«, antwortete Caspian. Endlich kehrte er dem Tor den Rücken zu, sah uns alle ein letztes Mal an. Seine Lippen formten ein Wort, und ohne dass er es laut ausgesprochen hatte, wusste ich, dass es mein Name gewesen war. Aurora. Unsere Blicke begegneten sich und die Distanz zwischen uns schien zu schmelzen. Sie wich einer Mischung aus Hoffnung, Verlangen und Verlust. Erst als er rückwärts durch das Tor trat, erloschen all die Gefühle, die in seinen Augen aufgeblitzt waren. Die wasserähnliche Oberfläche teilte sich für Caspians breite Gestalt, hieß ihn willkommen und verschluckte ihn in einem Wirbel aus Dunkelheit und Sternen.

Livia stieß ein Keuchen aus und Lion murmelte: »Fuck!«

Cassandra, die unweit von mir entfernt gestanden und alles beobachtet hatte, schob sich nun an den beiden vorbei, trat die Stufen empor und folgte Caspian. Ihre Schritte waren entschlossen, ihre Miene angespannt. Die Finsternis kam über sie, verschlang sie.

»Fuck!«, wiederholte Lion und fuhr sich durch das Haar. »Fuck!« Sein gehetzter Blick traf mich. »Die sind vollkommen irre.« Er lachte schrill und trat von einem Fuß auf den anderen. »Ich dachte, ich würde die Reise nach Asterin antreten, nachdem ich meinen neunzigsten Geburtstag gefeiert habe. Mindestens. So schnell war das nicht geplant. Fuck.« Und mit diesen Worten lief er Caspian und Cassandra nach, tauchte in die Dunkelheit des Tores und ließ Livia und mich zurück.

Ihr Kopf zuckte zu mir, Unsicherheit huschte über ihre Miene. »Wir könnten abhauen. So tun, als wäre nie etwas von all dem hier geschehen«, schlug sie vor und stieß ein freudloses Lachen aus.

»Das könnten wir«, erwiderte ich und streckte meine Hand nach ihr aus.

Livia zögerte, ehe sie sie ergriff. Ihre Finger schlossen sich fest um meine. Sie nickte kaum merklich. Und dann gingen wir los. Nicht zurück. Nur nach vorn. Gemeinsam tauchten wir in das satte Nichts des Weltentores ein und ließen London und die Welt der Sterblichen hinter uns.

Vor uns breitete sich Ungewissheit aus, der wir mit pochenden Herzen, einem lähmenden Gefühl von Angst und einem maunzenden Kater folgten.

AUSZUG AUS DEN AKTEN DER ARS OBSCURA

§6 VERHALTENSREGELN IM ATRIUM

(1) Agenten und Mitgliedern der Ars Obscura, die sich im passiven Dienst befinden, ist es nicht gestattet, sich einem Weltentor ohne triftigen Grund zu nähern, geschweige denn hindurchzutreten.

(2) Wächter tragen Sorge dafür, dass, abgesehen von dem natürlichen Wechsel von sterblicher Seele und Crae, kein überirdisches Wesen Asterin verlässt und kein Sterblicher es in umgekehrte Richtung betritt.

(3) Der dem Wächter zugeteilte Agent unterstützt diesen mit Kampfkraft.

(4) Bei Verstoß droht der sofortige Ausschluss aus der Ars Obscura.

34

Livias Händedruck verstärkte sich, als wir durch das Tor auf die Brücke traten, die sich über die Grenze aus Nichts zwischen den Welten spannte. Sie war mir furchtlos und unnahbar vorgekommen, aber jetzt spürte ich dieselbe Anspannung an ihr, die auch mich beim ersten Mal gefesselt hatte.

Mehr als einmal drehte Livia den Kopf und sah zu dem immer kleiner werdenden Tor zurück, das in Dunkelheit und Sternenstaub verschwand. Das Atrium, das dahinter lag, war nicht mehr als ein goldener Schemen, eine Erinnerung, die sich auflöste mit jedem Schritt, den wir taten.

»Wenn mir jemand gesagt hätte, dass ich vor meiner Zeit nach Asterin reisen würde, hätte ich denjenigen ausgelacht«, murmelte Livia und streckte die Hand nach der seidenglatten Oberfläche jenes Tores aus, hinter dem sich die Anderwelt erstreckte.

»Du reist vor deiner Zeit nach Asterin.« Die Stimme war mir fremd und zugleich erschreckend vertraut. Suchend sah ich mich nach ihrem Ursprung um und fiel in Livias erschrockenen Aufschrei ein, als mein Blick Mr Mercury traf.

»Was glotzt ihr so?«, fragte *mein Kater*. »Habt ihr mich etwa für einen gewöhnlichen Stubenkater gehalten?«

»Das ist unmöglich«, quietschte Livia und wich ein paar Schritte zurück.

»Unmöglich ist deine Unfreundlichkeit«, fauchte Mr Mercury. »Ich schrei dich schließlich auch nicht an.«

»Du bist ein Crae«, war das Erste, was mir in den Sinn kam, nachdem mein Gehirn wieder den Betrieb aufgenommen hatte.

Der Kater gähnte demonstrativ. »Kann man so sagen. Überrascht dich das? Hast du vergessen, wo du mich gefunden hast?«

Ich atmete aus und stellte erst da fest, dass ich die Luft angehalten hatte. »Wusste Caspian es?«

»Der Typ tut vielleicht überlegen, ist er aber nicht«, meinte Mr Mercury und eroberte mit dieser pragmatischen Bemerkung mein Herz.

»Du hast mit einem sprechenden Kater zusammengelebt, ohne zu wissen, dass er sprechen kann?« Livia betrachtete Mr Mercury mit gehobenen Brauen.

»Meine Magie wirkt nur in Asterin, und da Auroras Talente sich auf sichtbare Zeugnisse beschränken, konnte es ihr schlecht auffallen.« Er zwinkerte mir zu. »Überraschung!«

»Ja, die ist dir gelungen«, knurrte ich.

»Toll, das geht ja schon gut los«, seufzte Livia und wagte einen weiteren Schritt auf das Tor zu, auf dessen anderer Seite Asterin lag. Wir blieben stehen, starrten hinein wie in einen Teich, in dem wir nach Fischen suchten. Doch die Schatten, die sich auf der anderen Seite bewegten, gehörten nicht zu Fischen, sondern zu Caspian, Cassandra und Lion. Ich erkannte die riesigen Schwingen, die Caspian in dieser Welt trug. Wie Sonnenlicht schienen sie um ihn herum zu leuchten.

»Ich schätze, es geht weiter mit den Überraschungen«, meinte Mr Mercury und sprang durch das Tor.

Livia stieß ein leises Keuchen aus. Sie blinzelte. Ich erinnerte mich an die Blicke, die sie Caspian an jenem Abend unseres Kennenlernens in Black Armour zugeworfen hatte. »Was zum …« Sie stockte, sah mich an und suchte in meiner Miene nach derselben Verwirrung, die sie empfand. Als sie nichts dergleichen fand, ließ sie mich los und lief auf das Tor zu. Ich folgte ihr mit hämmerndem Herzen und einer dunklen Vorahnung.

Graue, von violetten Blitzen durchzogene Nebelschleier hießen uns willkommen und hingen tief über dem, was ich als Wiese in Erinnerung hatte. Doch das Gras war vertrocknet, die Erde darunter rissig. Ein schmerzhafter Stich fuhr mir durchs Herz und erschütterte meinen Körper. Asterin lag im Sterben, dessen war ich mir sicher.

»Was geht hier vor?« Panik schrillte in Livias Stimme und ich wirbelte herum, um deren Ursache zu finden. Vor uns standen Caspian, Cassandra und Lion. Über Caspian ragten seine mir bereits vertrauten Flügel auf, sie blähten sich im Wind, der über die Ebene streifte. Seine Züge waren wie gemeißelt. Er war schön, so unfassbar schön, dass mir übel wurde.

Cassandra ragte neben ihm auf. Sie war größer als in der Menschenwelt. Blätter und Zweige in ihrem gelockten Haar umspielten ihr kantiges Gesicht und die grünen Augen waren von einer Tiefe, wie sie mir in London verborgen geblieben war. Sie trug ein Gewand aus Moos, Rinde und grobem Stoff, das ihr bis zu den Knien reichte. Ihre Beine waren nackt. Wenn man von geschwungenen Tätowierungen absah, die sich wie Äste auf ihrer Haut wanden. Ein Duft nach Holz und Wald ging von ihr aus.

Während ich Caspian noch immer keiner Art zuordnen konnte, war Cassandra zweifelsohne ein Waldgeist, ein Crae der Stufe drei, obgleich diese ihrer Macht nicht gerecht wurde. Die Erde unterlag dem Befehl von Geschöpfen wie Cassandra. Sie waren unvergleichlich stark, aber ungefährlich. Der Ruf ihresgleichen hielt Cassandra jedoch nicht davon ab, ein gebogenes Messer auf Lion zu richten, der ebenfalls seine Waffe gezückt hatte. Fassungslosigkeit und Furcht zeichneten seine Miene, während er von Cassandra zu Caspian und zurück sah. Mit dem Eintritt in die Anderwelt war er der Einzige von ihnen, der sich nicht verwandelt hatte. Sein Blick schnellte zu mir, er musterte mich, als suchte er nach einem Hinweis auf mein wahres Wesen. Doch Adriels Erbe war durch Generationen hinweg zu schwach, um mich auf der anderen Seite mit einem Geweih, Flügeln oder Ähnlichem auszustatten.

»Ihr seid Crae!« Livia zog halbherzig eine Waffe. »Scheiße! Ein sprechender Kater und jetzt das?«

»Was ist wohl schlimmer?«, fragte Mr Mercury und zog weite Kreise um uns herum. Während Livia und ich uns von dem ersten Schock erholt hatten, fuhren die anderen nun zu ihm herum.

»Eine Tierzunge.« Caspian warf dem Kater einen finsteren Blick zu. »Das hätte ich mir denken können.«

»Nein, hättest du nicht«, gab Mr Mercury trocken zurück. »Denn besonders viel los ist in deinem Oberstübchen nicht.«

Ein Lachen stieg in meiner Brust auf, aber ich war die Einzige, die das witzig fand. Alle anderen standen im Bann knisternder Anspannung.

»Aurora!«, knurrte Lion und schob sich auf mich zu. »Weg von ihnen!«

Ich öffnete den Mund, um etwas zu sagen, aber da packte Lion mich und fuchtelte mit seiner Waffe in Caspians Richtung.

»Du machst einen Fehler«, sagte dieser ruhig, beide Hände erhoben. »Wir stehen auf derselben Seite.«

»Ich glaube dir kein Wort, Crae!«, fauchte Lion. Seine Faust, mit der er die Obsidianklinge umschloss, zitterte.

»Er sagt die Wahrheit.« Ich stellte mich zwischen Lions Waffe und Caspian.

»Du wusstest es?« Lion spuckte die Frage aus und funkelte mich an.

»Es geht um mehr als Dämonen, die für Unruhe in der Menschenwelt sorgen. Unser aller Leben steht auf dem Spiel«, sagte ich so ruhig wie möglich.

»Nicht alle Crae hegen die Ambitionen, für Chaos und Zerstörung zu sorgen«, bemerkte Cassandra. »Manche möchten auch einfach nur *leben.*«

»Und netflixen«, raunte eine Stimme in meiner Nähe. Mr Mercury verzog das Gesicht zu einem katzenhaften Grinsen.

Livia stieß einen gepressten Laut aus, starrte Caspians Schwingen an. »Scheiße, Caspian. Ich hätte das schon gern gewusst!« Dann ließ sie die Hand zögerlich sinken, als wägte sie das Risiko ab. »Aber du hast mir nie einen Grund gegeben, dir zu misstrauen.«

Ihre Worte lösten einen scharfen Schmerz in meinem Innern aus und ich drehte mich so, dass Caspian nicht in meinem Gesicht lesen konnte. Es tat zu weh. Mir hatte er zahlreiche Gründe geliefert.

Lions Kiefer schlugen aufeinander. Ein Moment verging, in dem wir alle den Atem anhielten. Ein Moment, in dem Caspian zweifelsohne den Angriff seines Kollegen erwartete. Er hatte keine Waffe gezogen, doch ich ahnte, dass er sie in dieser Gestalt auch nicht brauchte.

»Na schön«, presste Lion hervor und ließ die Obsidianklinge sinken. »Holen wir Adriel hier heraus. Soll er darüber entscheiden, was mit dir geschieht.«

Caspian neigte zustimmend den Kopf, während Cassandra lachte. »Du hast mir erzählt, wie stark eure Agenten sind, nicht aber, dass sie dumm sind«, bemerkte sie.

»Was soll das heißen?«, zischte Lion und erneut verstärkte sich der Griff um seine Waffe.

Das Licht auf der Ebene veränderte sich, das Lila im Nebel verwandelte sich in ein funkelndes Blau. Hitze flutete meinen Körper, deren Ursprung ich nicht auszumachen vermochte, bis sich die Blicke der anderen auf mich hefteten.

»Nicht du auch noch«, stöhnte Livia und wich vor mir zurück.

Das blaue Licht ging von mir aus.

Nein, nicht von mir.

Mit einer zitternden Hand griff ich in meinen Ausschnitt und zog das Amulett hervor. Der verhärtete Kern war geschmolzen, wirbelte im Innern seines goldenen Gefängnisses und sandte gebündelte Lichtstrahlen hinaus in die Welt.

»Das Insigne«, sagte Lion tonlos. Wir starrten es an.

»Ich schätze, es hat erkannt, dass wir in seine Heimat zurückgekehrt sind.«

»Es wird uns zu den anderen Insignien führen.« Etwas flackerte über Caspians Gesicht, was ich nicht genauer zu benennen wagte. War es Gier? Wie von selbst hob sich meine Hand und schloss sich um den Anhänger, um ihn vor ihm zu verbergen. Caspians Züge glätteten sich wie die Oberfläche eines Sees und das Gold in seinen Augen verbarg dessen Grund wie Sonnenreflexe.

»Wir müssen Adriel finden«, erinnerte ich ihn und Caspian nickte.

»Ich schätze, wir finden ihn, indem wir dem Amulett folgen.«

Und tatsächlich nahm ich einen Sog wahr, der von dem magischen Artefakt ausging. Ich verstärkte den Griff um das Insigne.

»Ist das euer Plan?« Livia warf den Kopf in den Nacken und sandte einen verzweifelten Laut gen Himmel. »Wir sind am Arsch.«

»Geh, wenn du willst.« Caspian wies mit dem Rucken seines Kinns auf das Tor, durch das wir zuvor alle getreten waren.

»Nein danke«, zischte Livia. »Ich wäre die Ausbildung nicht wert, die ich genossen habe, wenn ich mich jetzt verstecken würde.« Sie stieß Lion den Ellbogen in die Seite und bedeutete ihm, die Obsidianklinge zu senken. Er tat, wie ihm geheißen, dann richtete sich die Aufmerksamkeit der kleinen Gruppe auf mich.

Das Amulett zog an meinem Hals und ich gab dem sonderbaren Gefühl nach, das es in mir auslöste. Die trockenen Gräser wogten wie Wellen im Wind, während wir durch sie hindurchwateten und die Ebene querten. Eine Weile begleitete uns angespanntes Schweigen. Caspian und Cassandra flankierten mich, Livia und Lion liefen hinter uns. Mr Mercury zog mal größere, mal kleinere Kreise und jagte Ascheflocken und Schatten über die Ebene.

Ich spürte Caspians Blick auf mir. Ich hätte wissen müssen, dass seine Nähe es mir unmöglich machen würde, meine Mauern aufrechtzuerhalten. Dabei brauchte ich sie in seiner Gegenwart umso mehr.

»Wie geht es dir, Aurora?«, fragte Caspian und trat dicht an mich heran, ohne mich zu berühren.

»Blendend«, schnappte ich und beschleunigte meine Schritte, um ein Mindestmaß an Distanz zwischen uns zu schaffen. Es nutzte nichts. Mit jeder Faser meines Körpers nahm ich Caspians Nähe wahr, aber vor allem mit meinem Herzen. Wie auch immer dieser Krieg enden würde, ich war verloren.

»Ich kann nicht rückgängig machen, was geschehen ist«, sagte Caspian. Trauer und Wehmut verliehen seiner Stimme einen dunklen Klang. »Aber wenn ich die Macht dazu hätte, würde ich es tun.«

Er schluckte. Und ich auch. »Das würdest du nicht, Caspian.« In einer hilflosen Geste breitete ich die Arme über die einst satte Wiese aus. »Du hattest Gründe. Und auch wenn sie mich verletzt haben, solltest du alles für deine Heimat tun.«

»Was macht das mit uns?«

»Es gibt kein uns.«

Caspians Miene veränderte sich von Sehnsucht zu Resignation. Seine Mundwinkel neigten sich nach unten und in seinem Blick breitete sich jene Dunkelheit aus, die mich seit unserer ersten verhängnisvollen Nacht verfolgte. Er nickte knapp und verwandelte sich zurück in den unnahbaren Mann, als den ich ihn kennengelernt hatte. Hätte er doch niemals seine Mauern fallen lassen, dann würde mein Herz jetzt nicht so verdammt wehtun.

Als Caspian sich vom Boden abstieß und wie ein Pfeil in den Himmel schoss, keuchte Livia hinter mir erschrocken auf. Sie legte den Kopf in den Nacken und folgte ihm mit Blicken, während ich bemüht war, meinen auf den Weg vor uns zu heften.

Das Gelände fiel merklich ab und die Wellen trockenen Grases brachen sich an knorrigen Bäumen, deren Kronen trotz der lauen Temperaturen keine Blätter mehr trugen. Caspian hing als dunkler Fleck in den Wolken. Doch der Abstand zwischen uns beruhigte meine umherwirbelnden Gefühle nicht. Im Gegenteil.

Ich bemühte mich, mich auf das Amulett zu konzentrieren, behielt dabei aber auch die Umgebung im Auge. Ich dachte an Sinistra, die wandelnden Bäume und die Wölfe, vor denen Caspian mich gerettet hatte. Die Erinnerung an das Grauen jenes Tages schnürte mir die Kehle zu, obwohl ich diesmal nicht allein war. In der Ferne erhoben sich zerklüftete Gebirge, der Wind trug das Geräusch von ins Tal stürzenden Wassermassen an unsere Ohren. Wir erreichten einen seltsam schillernden Fluss, auf dessen Oberfläche Gischt tanzte. Türkise wuchsen an seinem Ufer, ragten wie Stalagmiten in die Höhe. Je weiter wir liefen, umso aufrechter standen die Bäume. Pulsierende Adern durchzogen die mächtigen Stämme und ließen sie blau und violett leuchten.

»Dieser Ort könnte der Feder eines Hollywood-Drehbuchautors auf Ecstasy entstammen«, bemerkte Lion und schob mit der Obsidianklinge eine Schlingpflanze beiseite, in deren fleischigen Blättern Edelsteine funkelten.

»Glaub ich dir sofort«, murmelte Mr Mercury und grinste listig. »Immerhin siehst du aus wie jemand, der sich gut mit Ecstasy auskennt.«

Lion blitzte ihn an. »Und woher will das ausgerechnet eine *Katze* wissen?«

»Ich verdanke Aurora und ihrem Netflix-Account eine sehr intensive Bildung«, meinte Mr Mercury. »Würde dir vermutlich auch nicht schaden, denn dann wüsstest du den Unterschied zwischen Katze und Kater. Ich bin Letzteres.«

Ich machte eine Bewegung, die den Kater verstummen ließ. Trotzdem zwinkerte er mir zu und zeigte mir seine scharfen Zähne.

Cassandra, die den kurzen Wortwechsel mit stummer Belustigung beobachtet hatte, nahm das Gespräch wieder auf. »Woher, glaubst du, haben Menschen ihre Fantasie?« Sie strich mit der Hand über die Rinde eines Baumes. Dort, wo sie ihn berührte, erschienen pinkfarbene Punkte, als reagierte er auf ihre Geste. Mr Mercury schlug mit der Pfote danach. »Sie findet in Asterin ihren Ursprung. Die Seelen der Menschen werden im Tal des unendlichen Lebens geformt und jedem von ihnen wird ein Splitter von Fantasie eingepflanzt.«

Lion griff sich an den Kopf und entlockte Cassandra damit ein Lachen.

»So ähnlich«, meinte sie und fuhr fort: »Wenn die Menschen sterben, kehrt Asterins Erbe hierher zurück. Ein ewiger Kreislauf, der mitunter Tücken birgt. Manche Splitter sind größer als andere, ihr Ruf ist stärker. Es gibt Menschen, die sich an Asterin erinnern, obwohl sie es in ihrer irdischen Form nie zuvor betreten haben. Einer der größten Vorfälle ereignete sich im 13. Jahrhundert, als Dante Alighieri Asterin beinahe offenbarte.«

Mr Mercury gähnte demonstrativ, aber Livia spannte sich an. »Warte mal.« Sie blieb unvermittelt stehen. Ich kannte die Geschichte bereits von Caspian. Statt Überraschung weckte sie Wehmut in mir, da ich mich an jenen Moment erinnerte, als er mir davon erzählt hatte. Wir waren uns so nah gewesen.

»Du willst damit sagen, dass die Hölle, die Dante in der *Göttlichen Komödie* beschreibt … dass das Asterin ist?«, fragte Livia.

Cassandra zuckte die Achseln. »Sämtliche Vorstellungen von Himmel und Hölle finden auf irgendeine Art und Weise hier ihren Ursprung. Doch die meisten kommen der Wirklichkeit nicht einmal annähernd nahe. Anders als Dante, der die neun Kreise der Hölle erschreckend genau skizzierte.«

Vor uns tat sich ein Abgrund auf, als hätte ein Riese ein Stück Erde aus dem Boden herausgerissen. Zerklüftete Gesteinsformationen führten hinab in die nächste Ebene, auf der wie eine Decke nächtliche Dunkelheit lag. Ein schwarzer See breitete sich vor uns aus und die Sonne, die hoch über dem ersten Kreis hing, spiegelte sich darin als blasse Mondsichel. Wir folgten einem gewundenen Pfad hinab, und als wir die Grenze von Tag und Nacht überschritten, hieß uns Kälte willkommen. Lion blieb in der Dunkelheit stehen, streckte eine Hand nach dem Tageslicht auf der anderen Seite aus.

»Abgefahren«, murmelte er und hob den Blick. Ich folgte ihm. Die Sonne über uns hatte sich in das Spiegelbild des Mondes verwandelt, der nun weit entfernt am Himmel hing und von einem silbrigen Schleier eingefasst wurde.

»Das bedeutet, wir durchlaufen jetzt die neun Kreise der Hölle?« Livia wandte sich um, als suchte sie in der Ferne nach dem Tor, durch das wir hergekommen waren. Es war längst hinter Felsen und Hügeln verschwunden.

»Es ist nicht so, wie Dante es beschreibt. Er war ein menschlicher Dichter, der Asterin als Vorlage für seine persönliche Hölle genutzt hat. Stell es dir vor wie verschiedene Ebenen, aus denen diese Welt besteht«, sagte Cassandra und schob sich an einem Gebüsch vorbei. Die Zweige wichen ihrer Berührung aus, während sie uns gegen die Beine peitschten, bis Cassandra sie mit einem Schnippen ihrer Finger bändigte.

»Echt wie in Hollywood«, murmelte Lion so laut, dass er dem Waldgeist ein Lächeln entlockte.

»Und was erwartet uns auf den einzelnen Ebenen?« Livia gab auf, sich nach dem Weg zurück umzusehen, und wich den Ästen aus.

»Sünder aller Art, die hier festgehalten und für ihre Taten bestraft werden«, schlug Lion vor und ich erinnerte mich an den Lateinunterricht, den ich während meiner Ausbildung zur Agentin genossen hatte. Vermutlich dachte mein Kollege an dasselbe, denn die *Göttliche Komödie* war ein fester Bestandteil unserer Übersetzungen gewesen.

Cassandra strafte ihn mit Missachtung und fuhr fort, uns die Beschaffenheit ihrer Heimat zu erklären. Eine Zärtlichkeit war zwischen ihren Worten verwoben, die ich zuvor nie an ihr wahrgenommen hatte. »In den oberen Ebenen begegnen wir den Ruhelosen. Das sind Seelen, die eines Tages von den Schicksalsweberinnen in die Welt hinausgeschickt werden, oder von ihnen zurückgerufen wurden.« So, wie Cassandra sprach, klang das ungefährlich, aber meine Gedanken wanderten zu Sinistra, die sich mein Schicksal nur allzu gern zu eigen gemacht hätte. »Weiter unten folgen die Ebenen, in denen die Crae leben. Im neunten Kreis befindet sich der Obsidianpalast, die Residenz des Schattenkönigs. Er wacht über Asterin und die Crae.«

»Ich hatte keine Ahnung, obwohl ich jahrelang studiert habe.« Livia seufzte.

»Offensichtlich hättest du die Zeit auch sinnvoller nutzen können.« Mr Mercurys gelbgrüne Augen glänzten, der Ausdruck auf seinem Gesicht wurde schelmisch. Livia antwortete nicht, warf ihm stattdessen einen finsteren Blick zu, der besagte: »Mit sprechenden Tieren rede ich nicht.«

»Die Aufgabe der Ars Obscura ist es, die Menschen vor der Wahrheit zu schützen, Livia. Es gibt einen Grund, warum du nichts über Asterin erfahren solltest.« Ein paar Steine lockerten sich unter Cassandras Sohlen, aber ihre Schritte blieben zielgerichtet.

»Agenten und Wächter riskieren ihr Leben für ein Geheimnis, dessen man sie nicht für würdig erachtet«, knurrte Lion und hieb mit der Obsidianklinge nach einer Wurzel, die sich vor ihm aus dem Boden bohrte und nach ihm griff. »Wenn das alles vorbei ist, reiche ich meine Kündigung ein.«

Ich verstand ihn. Und gleichzeitig wusste ich auch, dass ich an Adriels Stelle ebenso gehandelt hätte. Das Wissen um Asterin in den Händen der Menschen barg eine neue Dimension Gefahren, die mir weitaus erschreckender schienen als ein Dunkelwanderer und seine Schatten, die über London herfielen.

»In welchem Verhältnis stehst du eigentlich zur AO?«, wollte Livia an Cassandra gewandt wissen. »Du weißt vieles, aber ich habe dich nie zuvor gesehen.«

»Ich habe Caspian auf der anderen Seite unterstützt«, antwortete Cassandra vage.

Wie eine Klinge schossen mir ihre Worte durch den Körper.

Unterstützt. Ja, so konnte man das auch sagen.

Cassandra räusperte sich, warf mir einen Blick zu, der Bedauern barg. »Die Ars Obscura hatte keine Kenntnis von meinem Aufenthalt im Reich der Sterblichen, aber zu Caspian hatte ich regelmäßigen Kontakt.«

Livia schnalzte mit der Zunge. »Das erklärt einiges. Er war immer ein Außenseiter, hat uns andere auf Distanz gehalten. Jetzt weiß ich auch warum.«

Wir erreichten eine Felsenwüste, die der Mond in silbernes Licht tauchte. In der Ferne erklang ein Heulen, das mir eine Gänsehaut heraufbeschwor. Ich ignorierte sie, folgte weiter einem unsichtbaren Band, das sich zwischen dem Ort, an dem ich Adriel zu finden hoffte, und dem Amulett um meinen Hals spannte. Es war unsichtbar, und obgleich ich es weder mit meinem magischen noch mit meinem menschlichen Auge sehen konnte, wusste ich, dass es da war. Ebenso wie Caspian, der über uns mit dem Nachthimmel verschmolz. Ab und an hörte ich das Rascheln seiner Flügel.

Das Licht des Mondes offenbarte die Wunden, die Asterin auch in dieser Ebene durch den Verlust des Amuletts erlitten hatte. Um die Felsen wucherten abgestorbene Pflanzen, der Boden erinnerte an Eisschollen, dazwischen zogen sich tiefe Risse. In manchen von ihnen sammelten sich Pfützen, die nicht nur so aussahen, sondern auch so rochen, als handelte es sich dabei um Blut. Mein Magen zog sich zusammen und ich presste mir einen Ärmel vor Mund und Nase.

»Bei den Crae!«, stieß Cassandra hervor. Das Beben ihrer Stimme bewegte mich dazu anzuhalten. Langsam wandte ich mich ihr zu und erkannte den Schmerz in ihrem Gesicht, als sie das tote Land vor uns betrachtete. »Hier lebten einst die Felskäfer, winzige Kreaturen, die Asterin aus den Schatten der Felsen geschaffen hatte.«

»Ich erinnere mich an ein Kapitel in den Akten der AO über diese Crae«, meinte Livia. Wir beobachteten Mr Mercury, der zwischen den sonderbaren Steinhaufen umherhüpfte, wohl darauf bedacht, keinen davon zu berühren.

»Crae der Stufe eins«, fügte Lion hinzu und auch ich hatte das Bild der Seite vor Augen, auf der die kleinen Wesen skizziert und mit wenigen Attributen umschrieben worden waren. »In den Sechzigern haben ein paar von ihnen ihr Unwesen in den Tunneln der London Underground getrieben und für mehrere Einstürze gesorgt.«

»Sie sind harmlos.« Cassandra biss sich auf die Unterlippe. »Sie *waren* harmlos.« Sie bückte sich und legte die Hand auf einen Haufen Steine, als würde sie die Leiche eines geliebten Menschen berühren. Und womöglich tat sie das. Überall in der Ebene häuften sich flache weiße Steine zu winzigen Türmchen. Es sah aus wie ein Friedhof.

Ein sanftes Beben brachte einige der Steine zum Wackeln. Cassandra erhob sich, Wachsamkeit blitzte in ihren Augen auf, als sie diese zusammenkniff und die Ebene absuchte.

»Wir sind nicht länger allein«, murmelte sie.

Staub wirbelte auf, als Caspian eine Sekunde später in unserer Mitte landete. Er tauschte einen alarmierten Blick mit Cassandra, der mir alles sagte, was ich wissen musste: Uns näherte sich eine Gefahr. Etwas, das so groß war, dass es selbst die beiden Crae beunruhigte.

»Ein Wellenspalter nähert sich uns aus östlicher Richtung«, sagte Caspian und wandte sich an Lion: »Das ist der perfekte Zeitpunkt, um deine Waffe zu ziehen.«

»Ein Wellenspalter?«, wiederholte Cassandra. Verwirrung schwang in ihren Worten mit und ich fragte mich, was es daran nicht zu verstehen gab. Wellenspalter zählten zur Stufe zwei, weil sie tief am Grund von Gewässern lebten. Doch wenn sich etwas ihrem Territorium näherte, waren sie tödlich. Und so wie Caspian klang, hatten wir ebendies gerade getan.

»Seit wann verlassen Wellenspalter die Flussnähe?«, wollte Cassandra wissen. Caspians Antwort war nicht mehr als ein düsterer Blick und sie selbst sprach aus, was sie darin zu lesen glaubte: »Seit der Fluss trocken ist.«

Caspian nickte. »Uns läuft die Zeit davon.«

»Würde ich auch sagen«, meinte der schwarze Kater und funkelte uns an. »Das Vieh kommt näher. Schnell. Wollt ihr hier herumstehen und darauf warten, dass ihr als Craefutter endet?«

35

Der Wellenspalter war ein riesiges schlangenähnliches Geschöpf mit Fangzähnen und Nackenschild. Sein Schuppenkleid veränderte die Farbe, passte sich der Umgebung an, sodass er in seinem natürlichen Habitat beinahe unsichtbar war. Jetzt spiegelten sich die Sterne auf seinem langen Körper und es sah aus, als hätte er ein Stück Nacht verschlungen.

Scharfkantige Steinformationen trennten uns von dem Wesen, doch es näherte sich beharrlich. Staub stob auf und ließ mich husten.

»Tja, ich würde sagen, der Zug ist ohne uns abgefahren«, brummte Mr Mercury.

»Ich bringe euch hier weg«, sagte Caspian und griff nach mir.

Ich wich aus, schüttelte den Kopf. »Livia und Lion zuerst!«

Caspians Miene verfinsterte sich. Er öffnete den Mund, um zu protestieren. Das konnte ich ihm ansehen. Aber ich zog die Brauen zusammen.

»Na schön.« Er packte die beiden, und kurz bevor er sich in die Luft abstoßen konnte, sprang Mr Mercury an Lion hoch und grub die Krallen in sein Fleisch, um sich festzuhalten. Sein erstickter Fluch wurde vom Wind davongetragen, als sie immer höher flogen und schließlich verschwanden.

»Ich weiß genau, warum ich keine Haustiere wollte«, meinte Cassandra. Doch das Knacken und die Geräusche eines sich nähernden riesigen Leibes unterbrach sie. Cassandra rückte dichter an mich heran. »Mit Stufe zwei könnten wir fertigwerden«, murmelte sie.

Aber ich schnaubte. »Stufe zwei, wenn er friedlich ist. In dem Zustand ist er mindestens eine Fünf. Er wird uns zerfleischen.«

»Das wäre der passende Moment gewesen, um etwas Hoffnungsvolles von sich zu geben!«, fauchte sie, dann wich sie zurück. »Wenn wir ihn nicht besiegen können, schlage ich vor, wir rennen. Jetzt!«

Als der Wellenspalter gegen die Steine prallte, lösten sich Gesteinsbrocken und donnerten wie Geschosse auf uns nieder. Ich riss die Arme hoch, schützte meinen Kopf und taumelte zwischen ihnen hindurch. Vor uns ragten massive Felsplatten empor, die spitz zusammenliefen. Dazwischen befand sich ein schmaler Spalt, eine Zuflucht. Cassandra hatte sie auch gesehen, hastete bereits darauf zu. Ich folgte ihr, doch dann traf mich etwas an der Schulter. Ein dumpfer Schmerz zerbarst in meinem Körper, breitete sich wellenartig in mir aus und spülte mich weitere Schritte vorwärts. Sterne tanzten vor meinen Augen und sie lösten sich auf, als ich hindurchtaumelte.

»Aurora!«, brüllte Cassandra. Sie hatte den Schutz des Felsens bereits erreicht, während der Wellenspalter hinter mir endlich die Steinformation überwand. Mit einem Donnern landete sein Körper und ließ den Boden vibrieren. Ich verlor den Halt, kippte. Wieder gellte ein Schrei durch die Nacht, dann schlossen sich warme Hände um meine Oberarme und rissen mich hoch. Einen närrischen Augenblick lang hoffte ich, dass es Caspian war, der zurückgekehrt war, um Cassandra und mich zu holen. Doch es war meine Mitbewohnerin, die nun einen Arm um mich schlang und mich mit sich in den Schutz der Felsspalte zerrte. Wir drängten uns dicht aneinander, unser keuchender Atem füllte die Stille des Gesteins.

»Es geht nichts über eine Begegnung mit einem aggressiven Wellenspalter«, stöhnte Cassandra und legte den Kopf an meine Schulter.

Ich tätschelte sie unbeholfen, während ich beobachtete, wie das Geschöpf an uns vorbeischoss. Seine wütenden Schreie verklangen in der Nacht. »Warum werde ich jedes Mal von einem Crae angegriffen, wenn ich mit dir unterwegs bin?«

Cassandras Lachen spürte ich in meinem eigenen Körper, so nah war sie mir. Ihr Duft nach Wald hüllte mich ein, aber sie roch auch nach etwas anderem. Nach London. Nach unserer kleinen Wohnung. Nach Vertrautheit.

Ich schluckte und es fühlte sich so an, als würde ich meine gesamte Enttäuschung über ihren Verrat hinunterwürgen. Cassandra mochte sich mir aus fragwürdigen Motiven angenähert haben, aber unsere Freundschaft hatte eine ganz eigene Dynamik entwickelt. Unabhängig von Caspian.

»Danke«, sagte ich mit kratziger Stimme und räusperte mich, um den peinlichen Moment zu überspielen.

Cassandra pikste mich in die Seite. »Ich hätte meine Lieblingsmitbewohnerin doch nicht sterben lassen können.«

»Das merke ich mir.«

Ein dumpfes Geräusch erklang außerhalb der Felsnische. Staub wirbelte auf und als er sich legte, materialisierte sich Caspians Gestalt. Er trat dicht an den Spalt heran, legte den Kopf schief und musterte uns mit einem amüsierten Grinsen, wie wir so aneinandergepresst dastanden.

»Wie mir scheint, habt ihr eure Meinungsverschiedenheit beigelegt.«

»Das war keine Meinungsverschiedenheit«, knurrte ich und machte mich von Cassandra los. »Du hast sie bezahlt, um auf mich aufzupassen. Das war echt scheiße!«

Caspians Grinsen erstarb, die Grübchen auf seinen Wangen verloren sich in der Dunkelheit. »Entschuldige, Aurora.«

Er würde dieses Wort noch hundertmal aussprechen können, doch es hatte schon beim ersten Mal keine Bedeutung gehabt. Denn sobald ich erwog, ihm zu verzeihen, blitzte die Erinnerung an die Klinge auf, mit der er mir beinahe das Auge herausgeschnitten hatte. Die Klinge und die Schwärze seines Blicks. Die Entschlossenheit. Die Kälte.

Caspian mochte mehr als eine Seite haben. Aber die Dunkelheit haftete an ihm wie ein Schatten. Ich konnte ihm nicht vergeben, selbst wenn ich gewollt hätte. Die Angst, die mich seit jener Nacht verfolgte, hinderte mich daran.

»Wir sollten von hier verschwinden, ehe der Wellenspalter zurückkehrt«, meinte Caspian schließlich und streckte die Hand nach mir aus. Ich ignorierte ihn und zwängte mich an Cassandra vorbei ins Freie.

Er stieß einen frustrierten Laut aus, fuhr sich durchs Haar, ehe sich seine Miene wieder glättete. »Ich werde dich anfassen müssen, wenn ich dich hier wegbringen soll.« Er bemühte sich, Gleichgültigkeit vorzutäuschen, sah mich nicht an, während er mit mir sprach.

»Das ist mir bewusst«, entgegnete ich und unterdrückte ein Seufzen.

Caspian trat langsam auf mich zu, als wäre ich ein wildes Tier. Er mied meinen direkten Blick und zog Cassandra zu sich heran. Dann legte er die Arme um uns, ehe er in die Höhe schoss. Dieser Flug war anders als beim letzten Mal. Hatte ich mich beim ersten Mal an ihm festgeklammert, wollte ich ihn dieses Mal so wenig wie möglich berühren. Das schien seine Anstrengungen, mich zu umfassen, nur zu verstärken, denn sein Arm war wie ein Schraubstock um meine Taille und presste mir die Luft aus der Lunge.

Oder es lag an seiner überwältigenden Nähe, die mich vergessen lassen wollte, was zwischen uns geschehen war.

Purpurnes Licht flutete den Wald, in dem Caspian mich absetzte. Schlanke Baumstämme schraubten sich in luftige Höhen und ihr weit entferntes Blätterdach verschmolz mit dem darüber befindlichen Himmel. Er war hell. In diesem Kreis herrschte der Tag und ich blinzelte über eine Frage, die urplötzlich in mir auftauchte.

»Verändern sich die Zeiten in den einzelnen Ebenen Asterins?«, wollte ich wissen und wandte mich direkt an Caspian.

Er blinzelte ebenfalls, womöglich überrascht darüber, dass ich ihn freiwillig ansprach.

»Asterin ist nicht an Tag oder Nacht gebunden, falls du das meinst«, sagte er. »Die Sonnen gehen auf, dann gehen sie unter. Aber nicht in einem bestimmten Rhythmus, sondern wann immer es ihnen beliebt.«

»Das klingt, als hätten die Himmelskörper über Asterin einen eigenen Willen«, bemerkte ich.

»Das haben sie. Es sind Crae.«

»Davon steht nichts in den Akten der AO«, meinte Lion. Er saß auf einem umgestürzten Baumstumpf, die Ellbogen auf den Oberschenkeln abgestützt. Dort, wo Mr Mercury die Krallen in ihn geschlagen hatte, hatte seine Kleidung winzige Löcher. Sein Haar war nach dem Flug mit Caspian noch immer zerzaust und erinnerte mich an mein eigenes. Mit gekrümmten Fingern kämmte ich meine verknoteten Strähnen.

Schweigend folgte Caspian meinen Bewegungen. Irgendwann wandte er sich ab und nickte Lion zu. »Asterin hegt mehr Geheimnisse, als ein Buch sie je lüften könnte.« Er streckte die Hand nach einem der Baumstämme aus. Wo er ihn berührte, leuchtete dieser golden. »Die Ars Obscura verwahrt lediglich Wissen, das ihnen im Kampf gegen Crae nutzt, die die Regeln brechen.«

Ich entfernte mich von den anderen und ließ den Blick durch den Wald schweifen. Er schien endlos, schon von oben hatte ich keinen Anfang und kein Ende entdecken können. Doch ich wusste, dass irgendwo zwischen dem Grün der Übergang zum nächsten Kreis wartete. Dicke Moospolster bedeckten das Wurzelwerk der Bäume, darüber ragten Pilze auf, von denen schillernde Luftblasen ausgingen. Sie stiegen gemächlich in die Höhe, bis sie an Ästen hängen blieben und zerplatzten. Mr Mercury saß mit sich windendem Schwanz und aufgestellten Ohren am Boden und beobachtete sie, als wollte er sich auf sie stürzen.

»Der Wald der Träume«, sagte Cassandra und verschränkte neben mir die Arme vor der Brust. Ein fremdes Lächeln umspielte ihre Lippen. Traurig und irgendwie sehnsüchtig. »Die Blasen sind wie ein Echo von Träumen, die die Menschen auf der anderen Seite haben. Sobald sie platzen, wissen wir, dass sie erwachen. Auch wenn Asterin und die Menschenwelt durch eine Grenze aus Nichts voneinander getrennt sind, sind sie unwiderruflich miteinander verbunden.«

»Du meinst … wow.« Eine Weile betrachtete ich das Schauspiel und fragte mich, welche Träume die Blasen wohl beherbergten.

Cassandra tat es mir gleich, der Ausdruck auf ihrem Gesicht vertiefte sich. »Ich stamme aus einem kleinen Dorf, das hoch in den

Wipfeln dieses Waldes liegt«, erzählte sie leise. »Es ist so lange her und gleichzeitig auch nicht. Ich frage mich, ob es noch existiert.«

»Du könntest es herausfinden«, sagte ich. »Wenn wir Adriel gerettet haben.«

»Ich weiß nicht, ob das eine gute Idee ist«, murmelte Cassandra.

»Warum nicht? Du bist arbeitslos. Deine Tarnung ist aufgeflogen und ich habe kein Interesse an dir als meine Aufpasserin.«

Ein Schatten verdunkelte ihr Gesicht wie eine Wolke, die sich vor die Sonne schob. Ich stupste sie sanft mit dem Ellbogen an. »Ich will dich viel lieber als Freundin.«

Cassandras Lächeln veränderte sich. Es zeichnete zarte Falten um ihre Augenwinkel. »Falls wir das hier lebend überstehen, wirst du die bekommen.«

»Ich glaub, ich muss brechen«, hörte ich eine Stimme schräg neben uns. Mr Mercurys Aufmerksamkeit galt nicht länger den Luftblasen, sondern uns. Er schüttelte sich. »Das ist mir viel zu emotional.« Er war wie ein Schatten, den man nicht bemerkte, der dennoch da war. Und das ließ mich an all die Gespräche zurückdenken, die ich vor seinem vermeintlichen Kater-Ich geführt, und an all die Dinge, die ich vor ihm getan hatte. Wenn wir nach London zurückkehrten, würde ich ihn aus meinem Zimmer ausquartieren, definitiv.

»Und ich hatte geglaubt, Asterin wäre wie die Hölle«, sagte Livia und trat zwischen uns. »Aber das hier …« Sie schüttelte den Kopf und streckte eine Hand nach einer der Blasen aus. »Das ist wunderschön. Und so friedlich.«

»Erinnert eher an eine Kulisse aus *Rayman*«, erwiderte ich.

»*Rayman*?«, wiederholte Livia.

»Eine Computerspielreihe«, sagte ich und konnte den Hauch von Röte nicht unterdrücken, als meine Kollegin mich daraufhin mit gehobenen Brauen ansah.

»Ernsthaft, Livia?« Cassandra schnaubte. »Die kenne sogar ich!«

»Ich wusste nicht, dass Crae gern Computer spielen.« Livias forschender Blick glitt über Cassandras ungewöhnliche Gestalt und blieb an ihrem Gewand und den Mustern auf ihrer Haut hängen.

»Es gibt einiges, was du nicht weißt«, entgegnete Cassandra kühl. Als sie in die Hände klatschte, platzten ein paar Blasen über uns und ich stellte mir vor, wie die Menschen irgendwo aus dem Schlaf schreckten. »Wir sollten von hier verschwinden, ehe auch wir zu Träumen werden.«

»Kann das passieren?« Lion streckte die Hand nach einer der Blasen aus, aber Caspian drückte seinen Arm nach unten und antwortete: »Das und noch sehr viel mehr.« Er deutete auf die Tentakel, die aus den Pilzschwämmen wuchsen und sich uns zuwandten. »Wir könnten als Traum enden und Adriel wird sterben, ohne zu wissen, dass wir nach ihm gesucht haben.«

Ich umfasste das Amulett, das warm in meiner Hand pulsierte. Dann ließ ich es los und folgte seinem Sog.

Vaughan hatte Adriel nicht in den nächsten Kreis verschleppt und auch nicht in den übernächsten. Doch als wir in eine trostlose Einöde gelangten, wusste ich, dass wir ihm immer näher kamen.

Cassandras entsetztes Keuchen und Caspians hart aufeinandergepresste Lippen verrieten mir, dass dieser Ort anders aussah, als sie ihn in Erinnerung hatten. Ein beißender Wind trug Ascheflocken über eine Ebene, in der sich vereinzelt verkohlte Bäume wie gefallene Krieger erhoben. Sie waren entwaffnet, blickten dem Gnadenstoß ihres Gegners entgegen. Ein Gegner, der unbesiegbar schien.

»Kommt das an die Hölle ran, wie du sie dir vorgestellt hast?«, fauchte Mr Mercury und wich einem Loch im Boden aus, aus dem dichter schwarzer Dampf trat. Dabei schlug sein Schwanz gegen Livias Beine und sie machte ein Geräusch, das ihn vertreiben sollte. Aber der Kater lachte nur müde.

»Müsste sich Asterin nicht erholen, jetzt, da ich diese Welt mit dem Amulett betreten habe?«, fragte ich und wischte mir Asche von den Wangen.

»Die drei Insignien müssen sich vereinen, ehe wir den Zerfall aufhalten können«, sagte Caspian. »Sie waren zu lange voneinander getrennt.«

Das Amulett führte uns an den Fuß eines riesigen Gebirges, dessen Gipfel mit Asterins oberen Kreisen verschmolzen. Die Landschaft war rau und unwirklich und erinnerte mich an die Vorstellung, die ich einst von diesem Ort gehabt hatte. Vor uns tat sich ein Höhleneingang auf und die Kraft des Amuletts wuchs mit jedem Schritt, den wir darauf zugingen.

Eine Hand legte sich auf meine Schulter. Der sanfte Druck ließ mich erstarren und ich musste mich nicht umdrehen, um zu wissen, dass ich mich dem intensiven Blick goldener Augen gegenübersehen würde.

»Er ist dort drin«, sagte ich mit einer Überzeugung, die von dem magischen Artefakt auszugehen schien.

Caspian nickte. »Das sind die Klauenhöhlen.« Sein Kehlkopf hüpfte, als er schluckte. Ein Ausdruck huschte über seine Miene, der mir an ihm unbekannt war. Angst. Auch wenn er im nächsten Moment grimmiger Entschlossenheit wich, so hatte ich ihn bemerkt. Und jetzt konnte ich ihn nicht vergessen.

»Das klingt nach einem Ort, an den meinen Katerarsch keine zehn Mäuse kriegen«, brummte Mr Mercury. »Ich warte hier draußen.«

»Klar«, erwiderte Caspian und sah auf ihn hinab. »Wenn du das Risiko eingehen möchtest, von einem Wellenspalter gefressen zu werden.«

»Ist das meine Alternative?« Mr Mercurys Augen verengten sich. »Schön, ich bin dabei. Aber ich warne euch. Wenn ich da drin sterbe, finde ich einen Weg, euch als Poltergeist heimzusuchen.«

Ein kleines Lächeln umspielte Caspians Mund, aber so schnell es aufgetaucht war, so schnell war es wieder verblasst.

»Was erwartet uns dort drin?«, wollte ich wissen. Es schmerzte, doch erlaubte ich mir nicht, mich von Caspian abzuwenden. Was er mit Worten nicht aussprechen wollte, hoffte ich, in seinem Gesicht lesen zu können.

»Die wenigsten Crae haben diesen Ort je betreten«, sagte er und rieb sich fahrig über das Kinn. »Manche von ihnen sind nie zurückgekehrt.«

»Warum nicht?«, fragte Livia und umfasste den Schaft ihrer Obsidianklinge fester.

»Die Erinnerung an das, was uns am meisten schmerzt, kann überwältigend sein«, sagte Caspian langsam. Seine Flügel blähten sich, als ein Wind aufzog und sie umspielte. Er legte sie dicht an den Körper und wirkte vollkommen anders als der Mann, mit dem ich in London zusammen gewesen war, und doch war er ihm so ähnlich. Wie sein Spiegelbild.

»Mich hat mal ein Silberkopf gebissen. Das war verdammt schmerzhaft«, brummte Lion und rieb sich eine Stelle am Bauch, als pochte dort ein längst verklungener Schmerz auf.

»Ein Silberkopf?« Livia stieß ihm den Ellbogen gegen den Oberarm. »Das ist eine Taube!«

»Die können mit ihren Schnäbeln fest kneifen!«, verteidigte Lion sich.

Caspian ignorierte das Geplänkel und schüttelte den Kopf. »Es geht nicht um etwas Körperliches, sondern um eine Dunkelheit, die deine Seele zerschmettern könnte.«

Lion wurde blass. »Finden in Asterin nicht sämtliche Seelen ihre Ruhe?«

»Ja, und doch gibt es hier Orte, die ebendies wieder zerstören.« Cassandra legte ihm eine Hand auf die Schulter. »Wenn wir die Höhle betreten, werden uns jene Dinge begegnen, vor denen wir uns verschließen. Wir müssen uns daran erinnern, dass sie nicht echt sind.«

»Das ist der Plan?« Lion schnitt eine Grimasse.

»Das ist kein Plan, sondern alles, was uns von Adriel trennt«, murmelte ich. »Warum sollte Vaughan ihn ausgerechnet an diesen Ort bringen? Setzt er sich nicht selbst der Gefahr aus, seinen eigenen Schmerzen zu erliegen?«

»Vielleicht ist die Dunkelheit in ihm zu groß, um ihn noch etwas anderes empfinden zu lassen.« Steine knirschten unter Caspians Sohlen, als er sich mir näherte. Durch den Stoff meiner Kleidung konnte ich seine Wärme spüren. Seine Sehnsucht. Sein Bedauern. »Ich weiß, was mir in den Höhlen begegnen wird, und ich bin bereit, mich dem zu stellen. Aber du …«

»Glaubst du, ich wäre nicht stark genug?« Ich wich nicht zurück, obwohl ich ebendies gern getan hätte. Aber dann hätte ich Caspian recht gegeben. Wenn auch nicht mit Worten.

»Du bist die stärkste Frau, der ich je begegnet bin, Aurora«, erwiderte Caspian leise. »Schmerz pflastert deinen Lebensweg seit deiner Kindheit bis zu diesem Moment. Was, wenn er zu groß ist?«

Ich reckte das Kinn. »Der Schmerz mag ein Teil von mir sein, aber ich lasse mich nicht von ihm beherrschen.«

Caspian nickte, hob die Hand, als wollte er mich berühren. Dann ließ er sie sinken und ich war dankbar, dass er es sich anders überlegte. Ich wusste nicht, wie ich reagiert hätte, ob ich mich in seine Berührung geschmiegt oder sie abgewiesen hätte.

»Ihr solltet euch wappnen vor dem, was uns in den Höhlen erwartet«, sagte Cassandra. »Und wenn ihr euch dem nicht gewachsen fühlt, solltet ihr umkehren.«

»Es gibt kein Zurück.« Entschlossenheit machte Livias Stimme stark. Sie hob das Kinn und funkelte den Höhleneingang wütend an, als hätte er sie persönlich beleidigt. Dann marschierte sie los und das Knirschen ihrer Schritte bestimmte den nervösen Takt meines Herzens.

Der Weg bis zu diesem Punkt war steinig und schwierig gewesen, doch ich hatte ihn bewältigt. Was auch immer mich im Herzen der Höhlen erwartete, ich würde damit fertigwerden. Oder nicht?

36

Ich empfand nichts. Und dass es den anderen ebenso erging, erkannte ich an dem erleichterten Aufseufzen, das als Echo von den Wänden hallte. Es mischte sich mit Mr Mercurys Fauchen. Er krümmte den Rücken zu einem Buckel, als sich vor ihm eine Pfütze ausbreitete.

»Angsthase«, murmelte ich und hob das Tier über das Wasser hinweg, achtete selbst jedoch auch darauf, nicht hindurchzulaufen.

»Kater, wenn ich bitten darf«, knurrte Mr Mercury, klang dabei allerdings wie ein wütender Terrier. Ich schluckte den Kommentar, der mir bereits auf der Zunge lag, hinunter.

Im Innern der Höhle hatte ich meine persönlichen Dämonen erwartet. Keine Crae, sondern Freys Verlust und Caspians Verrat. Doch als die diffuse Dunkelheit jenem Licht wich, das von golden aufleuchtenden Adern im Gestein ausging, lag dort nichts weiter vor uns als ein langer Gang mit feuchten Wänden, der tiefer in die Höhle führte. Das Licht begleitete uns, als wäre der feste Stein nichts weiter als Papier, hinter dem eine Lampe brannte. Es schien auf unsere Bewegungen zu reagieren und folgte uns.

»Womöglich habt ihr euch im Höhleneingang geirrt«, brummte Lion. »Und das hier sind gar nicht die Klauenhöhlen. Vielleicht irren wir gerade durch die Höhle komischer Lichter oder durch die unerfüllter Erwartungen.«

»Bist du enttäuscht, nicht mit deinem tiefsten Schmerz konfrontiert worden zu sein?«, knurrte Cassandra.

»Ich könnte nachhelfen«, meinte Mr Mercury und strich um Lions Beine herum. Dabei fuhr er die Krallen aus, die im diffusen Licht seltsam glänzten.

»Probier's und ich verpasse dir einen Tritt!« Lion machte einen großen Schritt über den Kater hinweg auf eine Wand zu. Das Licht dahinter glomm auf und sorgte dafür, dass ich stehen blieb und mich dem Schauspiel zuwandte. Lion streckte die Hand aus, näherte sich dem rauen Stein, durch den sich tiefe Furchen zogen. Wasser glitzerte darin und tropfte gemächlich zu Boden.

»Nicht.« Ein einziges Wort, und Caspian sprach es mit einer Autorität, dass wir alle zusammenzuckten und Lion die Hand zurückzog. Er drehte sich zu dem riesigen Schatten gebündelter Dunkelheit, der Caspian war. Seine Stimme grollte über uns hinweg. »Du solltest diese Höhle nicht herausfordern.«

»Fasst nichts an«, beschwor Cassandra uns. Als sie an mir vorbei an die Spitze unserer kleinen Gruppe lief, streifte mich ihr waldiger Duft, der sich mit dem kalten Wassers und vergessenem Stein mischte. »Wir wissen nicht, was es auslöst. Aber ich verspreche euch, dass wir uns nicht in der Höhle geirrt haben.«

Anspannung knisterte zwischen uns. Sie wuchs mit jedem weiteren Schritt und der Erwartung dessen, was uns am meisten schmerzte. Ich las es in Livias weit aufgerissenen Augen, Lions misstrauischem Blick, Cassandras wachsamem Ausdruck und Caspians verrutschter Maske, hinter der unzählige Gefühle hervorblitzten, die ich nicht zu benennen vermochte. Gefühle, die auch in mir brannten und die ich ebenso wenig deuten konnte. Doch sie hatten keine Chance gegen die Angst und Enttäuschung, die er in mir hervorgerufen hatte.

Die Gänge der Höhle waren wie ein gigantisches Spinnennetz, das sich unterirdisch ausbreitete. Ich wusste, wohin wir gehen mussten, denn das Drängen des Amuletts wurde immer stärker. Es vibrierte und schickte heiße Impulse durch meinen Körper. Nach einer Weile öffnete sich das Gestein zu einer Halle. Breite, unebene Stufen führten in eine Tiefe, deren Grund von Dunkelheit verschluckt wurde. Ein Geräusch erklang, das sich, je lauter es wurde, als Rauschen von Wasser herausstellte. Feuchtigkeit sammelte sich in Rissen, die sich über die Treppe nach unten zogen. Als die Stufen in einen glitschigen Boden übergingen, breiteten sich Pfützen vor uns aus.

»Sind wir noch in Asterin oder schon in der Hölle?«, fragte Lion in das angespannte Schweigen.

»Ein bisschen zu feucht für die Hölle, wie ich sie mir immer vorgestellt habe«, murmelte Livia. »Zu feucht und zu kalt.«

Mr Mercury maunzte zustimmend und wich mit aufgestelltem Schwanz der Nässe zu unseren Füßen aus. Wasser spritzte, als ich die Größe einer Pfütze falsch einschätzte und in ein Loch im Untergrund trat. Eiskalte Tropfen sprenkelten meine Hose, trafen meine Hände. Und in dem Moment durchzuckte mich ein schrecklicher Schmerz, der mir den Boden unter den Füßen nahm. Ich kippte, landete in dem Wasser, das auf einmal rot leuchtete und unheimliche Schatten an die Höhlenwand warf.

Vor mir blitzte die Erinnerung an Freys leblosen Körper in Reykjavíks Straßen auf, an meine eigene Unfähigkeit, ihn vor dem Tod zu retten. Ich schrie, als mich der Schmerz überwältigte, schrie das schreckliche Gefühl heraus, das von mir Besitz zu nehmen drohte. Doch es war hartnäckig, schlug seine unsichtbaren Klauen in mein Fleisch. Schatten erhoben sich vor meinen Augen und aus ihnen formte sich eine mir vertraute Gestalt. Sie legte eine Hand um meine Kehle, drückte zu. Tod lag in ihrem Blick und ich wusste, diesmal würde sie sich holen, weshalb sie gekommen war. Sie würde sich mein magisches Auge nehmen. Das und mein Leben.

Caspian.

Das Monster verwandelte sich in den Mann. Er legte beide Hände sanft um mein Gesicht, zwang mich, ihn anzusehen.

»Was auch immer du siehst, es ist nicht echt. Erinnere dich, wo du bist.« Seine Worte drangen gedämpft wie durch Wasser an mein Ohr. Er lag falsch. Es war echt. Alles war echt. Und das Gefühl in meiner Brust verwandelte sich in ein Brennen. Es war echt. Frey war tot und Caspian ein Monster. Heiße Tränen strömten über meine Wangen, tropften von meinem Kinn und mischten sich mit dem Wasser der Pfütze, in der ich kniete.

»Hör auf meine Stimme«, murmelte Caspian und wob mit seinen Worten ein Tau, das er mir zuwarf. »Hör auf meine Stimme und komm zurück. In die Gegenwart. Der Schmerz ist nicht echt.«

Nicht echt? Verdammte Scheiße, es fühlte sich so an, als würde mir jemand einen Pfahl aus meinen schmerzlichsten Erinnerungen tief in den Brustkorb rammen. Ich spürte den Schmerz bis in den hintersten Winkel meines Körpers. Aber ich nahm auch die Wärme wahr, die von Caspians Händen an meinen Wangen ausging, als er mir langsam die Tränen wegwischte. Doch auch das löste einen dumpfen Schmerz in mir aus. Ich zuckte unter seiner Berührung zusammen. Die Wärme löste sich auf, wurde zu einer anderen. Und dann, dann blickte ich in das Karamell vertrauter Augen.

»Frey.« Ich krächzte heiser und der Name meines Freundes hallte seltsam verzerrt von den Wänden wider.

»Rory.« Die Sanftheit, mit der er diesen Spitznamen aussprach, traf mich unvermittelt und riss mich an die Oberfläche hartnäckiger Qualen. Es war lange her, dass sich Frey in meinem Kopf so real angehört hatte. Seine Stimme, sein Geruch, sein Gesicht. Sie waren mit den Wochen, die ich durch Europa gereist war, mehr und mehr verblasst, bis alles, was von ihm übrig war, zu wie festgefrorenen Erinnerungen geworden war.

Caspian wich zurück, seine geflügelte Gestalt machte der sehr viel schmächtigeren, wenn auch athletischen Statur meines besten Freundes Platz, der mich in eine Umarmung zog, wie sie mir vertrauter nicht hätte sein können.

»Ich bin hier«, murmelte Frey in mein Haar. »Beruhige dich, Rory, ich bin hier!«

Ich zuckte zusammen, als wäre er just in diesem Moment um die Ecke spaziert. Die Fesseln des Schmerzes fielen von mir ab. Übrig blieben feste Arme und eine starke Brust, gegen die ich mich lehnte.

»Frey«, wiederholte ich, unfähig zu begreifen, was geschehen war, was er hier tat.

Ich blinzelte, erkannte im Halbdunkel, dass auch Lion am Boden kauerte. Cassandra und Livia beugten sich über ihn, während

Caspian Frey und mich aus wenigen Schritten Entfernung beobachtete. Als er meinen Blick spürte, trat er kaum merklich näher. Frey blieb.

»Was ist geschehen?«, flüsterte ich und grub die Nägel in Freys Unterarm.

»Dein Schmerz wurzelt in jener Nacht, in der du deinen Freund verloren hast«, sagte Caspian. Er klang beherrscht, auf eine Art fremd. »Als Frey aufgetaucht ist, ist der Grund deines Schmerzes verschwunden.«

Ein Lächeln umspielte Freys Mundwinkel. Er drückte mir einen sanften Kuss auf die Stelle zwischen meinen Brauen, ehe er mich hochzog. Auf wackligen Beinen blieb ich stehen und starrte Frey an wie einen Geist. Doch er war echt. Oder nicht?

Ich erinnerte mich daran, wo wir waren. Asterin. Der Ort, an dem verstorbene Seelen die Ewigkeit fristeten. Frey war hier. Natürlich war er das. Und er sah aus wie immer: eine vertraute Röte auf den Wangen, einen schelmischen Ausdruck in den hellbraunen Augen. Zeit seines Lebens hatte er seinen Haaren keine Frisur gegönnt, und so standen sie auch jetzt in alle Richtungen ab und rahmten sein kantiges Gesicht. Er trug seinen grauen Lieblingshoodie mit Marvel-Schriftzug, dunkle Jeans und rote Chucks, ein Outfit, das er ständig in unserer wenigen Freizeit getragen hatte. Er wirkte so lebendig. Und doch war er tot. Der Schmerz, den dieser Gedanke für gewöhnlich mit sich brachte, war weit entfernt. Denn in Asterin lebte mein Freund weiter.

Ein gebrochener Laut entrang sich meiner Brust. Ich schlang die Arme um Freys Hals und presste mich an ihn. Sein leises Lachen vibrierte in meinem Körper und er erwiderte meine stürmische Umarmung, wirbelte mich herum. Das Wasser, das dabei aufspritzte, ließ Caspian einen Satz nach hinten machen. Irgendwo neben mir hörte ich das empörte Fauchen meines tierischen Begleiters.

»Vorsicht«, warnte er uns. »Ich fürchte, es ist das Wasser, dessen Berührung unseren größten Schmerz heraufbeschwört.« Mit dem Kinn deutete er auf Lion, der das Gesicht in beiden Händen vergraben hatte und schnell und hart atmete. »Er hat auch etwas abbekommen, als du in die Pfütze getreten bist.«

Lion brauchte mehr Zeit als ich, um sich zu beruhigen, denn die Ursache seines Schmerzes materialisierte sich nicht unmittelbar vor ihm. Er war tief in ihm verborgen und er musste sich ihm stellen.

»Frey«, murmelte ich und zeichnete die Konturen seines Gesichts nach. Er tat es mir gleich und verharrte über den Linien meiner Narbe, Bedauern im Blick. Ich ignorierte es, denn ich konnte ihm unmöglich erklären, was geschehen war. Vor allem nicht, wenn Caspian direkt neben mir stand. Leise räusperte ich mich, um meine Stimme wiederzufinden und ihn abzulenken. »Ich war schon einmal in Asterin und hoffte, dir zu begegnen. Warum jetzt? Wie kommst du hierher?«

»Ich habe deine Gegenwart wahrgenommen«, sagte Frey. »Schon beim letzten Mal, aber ich kam zu spät, du warst bereits fort. Seitdem habe ich auf deine Rückkehr gewartet. Und es hat sich gelohnt.« Er lächelte sanft. »Ich bin deiner Spur gefolgt und wohl keine Minute zu früh gekommen.«

»Nein, wirklich nicht.« Ich lachte, doch die Ausgelassenheit perlte von meinen Lippen und zurück blieb ein klammes Gefühl in meinem Magen. »Ich habe dich vermisst«, flüsterte ich dicht an Freys Ohr. Die Ohrmuschel, gerahmt von sich kringelnden Haarsträhnen, war mir so vertraut wie seine markante Nase und das herzliche Lächeln.

»Und ich dich erst«, erwiderte er und nahm meine Hand. Als er meinen Ring berührte, stockte er. »Du trägst ihn.«

»Er war alles, was mir von dir geblieben ist.« Der fein ziselierte Silberring war eigentlich zu groß und schwer für meine Hand, aber er war meine einzige greifbare Erinnerung an meine Zeit mit Frey. Ich hatte ihn nach seinem Tod an mich genommen und seitdem kein einziges Mal mehr abgelegt.

»Das wäre niedlich, wenn es nicht so verdammt traurig wäre«, brummte Frey kopfschüttelnd.

»Ich konnte dich nicht loslassen«, gab ich zu. Zwischen Frey und mir lagen die Dinge anders, als es mir mit anderen Menschen vertraut war. Wir waren uns als Freunde und Kampfpartner nah, vertrauten uns vollkommen. Er war ein Teil von mir und deshalb war in jener Nacht mehr in mir kaputt gegangen als nur mein Gesicht. »Warum bist du nicht mit den anderen Crae nach London gekommen? Wir hätten wieder zusammen sein können. Wie früher.«

Frey wischte mir eine einsame Träne aus dem Augenwinkel, aber es war Caspian, der an seiner statt antwortete. »Das Tor steht nur den Lebenden offen, Aurora. Es würde Freys Seele zerreißen, würde er den Weg zurück antreten. Sein Platz ist hier, nicht in der irdischen Welt.«

Ich erlaubte mir nicht das Gefühl von Enttäuschung, das sich bei der Erkenntnis, ihn nicht mit nach Hause nehmen zu können, in meinem Bauch verstärkte. Alles, was zählte, war, dass er hier war. Nicht für immer fort.

»Hast du Theo wiedergesehen?«, wollte ich wissen. »Oder einen der anderen?«

Frey nickte. »Sie sind alle hier. In einem der Kreise weiter oben.«

»Es tut gut, dich zu sehen. Und es tut gut zu wissen, dass der Tod nicht das Ende ist.« Sanft stieß ich ihm den Ellbogen in die Rippen.

»Das sollte er sein«, murmelte Frey. »Zumindest für die Hinterbliebenen, denn für sie geht das Leben noch eine Weile weiter.«

Ich wusste, dass er recht hatte. Doch in dieser Höhle und in seinen Armen wollte ich der Wahrheit den Rücken kehren. Frey war hier. Bei mir.

Eine Bewegung, die ich aus dem Augenwinkel wahrnahm, lenkte meine Aufmerksamkeit auf Lion, der mithilfe von Cassandra und Livia auf die Beine kam.

»Wenn diese ganze Scheiße vorbei ist, verlange ich eine Abfindung«, murrte er. Er schwankte, als er sich an ein paar Schritten versuchte. Seine Augen waren rot gerändert und ich fragte mich, was ihm den schlimmsten Schmerz zufügte. »Pass das nächste Mal auf, wo du hintrittst«, knurrte er mich an und schüttelte den Kopf, als wollte er den letzten Rest hartnäckiger Schreckensvisionen loswerden.

Cassandra klopfte ihm mit einem amüsierten Grinsen auf die Schulter. »Ist ja nicht so, als hätten wir euch vorgewarnt. Aurora – alles in Ordnung?«

Ich lächelte, denn es war mehr als das. »Frey, das ist … Cassie.« Es war das erste Mal, dass ich sie so nannte, und der warme Ausdruck auf ihrem Gesicht verriet mir, dass es ihr auch auffiel. »Meine Mitbewohnerin. Und Freundin.«

Cassandra trat vor. Als Waldgeist war sie eine beeindruckende Gestalt. Sie überragte Frey um mindestens einen Kopf.

»Dann bist du also der Grund für die Mauern, die Aurora um sich herum errichtet hat.« Sie schüttelte Freys Hand. Neben ihr wirkte er zierlich. Doch er erwiderte die Geste mit breitem Grinsen.

»Du kannst mich Frey nennen.« Er zwinkerte ihr zu. »Ich freue mich, dass ihr mich alle mal hier auf der anderen Seite besucht. Wenn ihr euch angekündigt hättet, hätte ich ein bisschen sauber gemacht.« Frey breitete die Arme aus und wies auf die feucht glänzenden Steinwände.

Ich verdrehte die Augen. Eine nicht unübliche Reaktion auf den schlechten Humor meines besten Freundes. Früher hatte ich nahezu jede seiner Aussagen mit dieser Geste kommentiert.

»Bedauerlicherweise bist nicht du der Grund für unseren Besuch.« Der Ausdruck auf Caspians Gesicht war glatt, zu glatt. Und sein Blick ruhte auf mir. »Wir suchen nach unserem Freund Adriel. Aurora?« Sein scharfer Ton versetzte meiner Wiedersehensfreude einen herben Dämpfer und beschwor mein schlechtes Gewissen. Frey hatte meine Aufmerksamkeit vollends auf sich gezogen – an Adriel hatte ich für einen kurzen Moment nicht mehr gedacht.

Meine Hand zitterte, als ich nach dem Amulett tastete und es umfasste. Es sandte mir heiße Impulse durch den Arm, die sich in meinem Körper ausbreiteten.

»Ich dachte mir schon, dass dieses Begrüßungskomitee nicht mir gebührt.« Frey senkte die Stimme. »Dann feiern wir unsere Wiedervereinigung ein anderes Mal. Allein.«

Ich glaubte ein Knurren zu hören, aber vielleicht war es auch das entfernte Rauschen des Wassers, das mit meinen Sinnen spielte. Caspian musterte mich abwartend, hob eine Braue.

Ich räusperte mich. »Frey, wir hatten auf der anderen Seite ein paar Probleme, die uns hergeführt haben …«

»Was du nicht sagst«, bemerkte Frey mit Blick auf die anderen, die inzwischen näher gekommen waren und ihn neugierig ansahen.

»Das sind Livia und Lion, Kollegen aus dem Londoner Institut. Leute, das ist Frey.«

Er hob halbherzig die Hand, stockte dann, als Mr Mercury sich um seine Beine wand.

»Und das ist mein Kater«, fügte ich hinzu. »Aber beachte ihn gar nicht.«

»He!«, protestierte Mr Mercury und fauchte.

Der Anhänger um meinen Hals wurde schwerer und ich umschloss ihn mit der Faust. »Er ist nicht mehr weit entfernt.«

Frey und ich hatten Zeit zum Reden, sobald wir Adriel gerettet hatten. Ich straffte meine Schultern, dann lief ich los. Von Frey ablassen konnte ich jedoch nicht. Wir verschränkten unsere Finger miteinander und bahnten uns in Begleitung pulsierender Lichter und der Agenten von Ars Obscura einen Weg durch das Höhlenlabyrinth. Dabei spürte ich, wie Caspians Blick auf Freys und meinen Händen ruhte. Es kostete mich meine gesamte Willenskraft, mich nicht zu ihm umzudrehen.

Wir liefen so lange, bis dichtes Moos über die nackten Felsen kroch und sich das Gestein allmählich in Wurzeln verwandelte, die einen runden Gang um uns formten. Wasser tropfte über die Wände und funkelte in dem spärlichen Licht. Es war wunderschön und die Erinnerung an das, was es in mir ausgelöst hatte, machte es beängstigend. Der Weg führte uns tief in das Herz von Asterin, sofern dieses Reich überhaupt eines besaß. In der Luft hingen verschiedene Gerüche, denen sich der nach Verbranntem beimischte. Mr Mercury reckte den Kopf und schnupperte. Und schon bald passierten wir schwarz verkohlte Wurzeln und auf den Pfützen am Boden schwammen Ascheflocken. Ich roch den beißenden Atem des Todes, der sich über Asterin ausgebreitet zu haben schien.

Ein Ruck fuhr durch das Amulett um meinen Hals und es begann im Takt meines Herzschlags zu pulsieren. Die Magie in seinem Innern löste sich und strahlte auf, bis die Gesichter meiner Begleiter erhellt wurden. Ich blickte hoch zu Frey, der mir knapp zunickte. Dann bogen wir um eine Ecke und standen unter einem Baldachin abgestorbener Baumwurzeln. Wie leblose Schlangen baumelten sie von der Decke oder kringelten sich über den Boden. In den Lücken der Bäume standen stumme Wächter. Aus Schatten gesponnene Wesen, die Diener des Dunkelwanderers.

Dieser saß auf einem Thron aus geflochtenen Wurzeln, die Beine elegant überkreuzt, die Ellbogen auf den Armlehnen abgestützt.

»Und so sind wir endlich wieder vereint.«

37

Fern der Menschenwelt verzichtete Vaughan auf jegliche Tarnung. Der weiße Knochen seines Schädels war der einzige helle Punkt in der Dunkelheit. Seine Miene blieb ausdruckslos, während er uns nacheinander musterte. »Mit dir hatte ich gerechnet.« Er deutete auf mich. »Und natürlich mit dir.« Er neigte den Kopf vor Caspian. »Was die anderen angeht … Kennen wir uns?«

»Ich habe schon viel von dir gehört«, hob Cassandra die Stimme. »Allerdings nicht viel Gutes.«

»Ich kann von dir nicht unbedingt dasselbe behaupten.« Vaughan strich sich über das Kinn. »Von dir hat mir nämlich niemand berichtet. Eigentlich schade.« Sein Blick glitt über Cassandras Körper und verharrte an ihren nackten, von Mustern verzierten Beinen. Auf ihren Lippen erschien ein süffisantes Grinsen, das der Dunkelwanderer erwiderte.

»Wo ist Adriel?«, fragte ich und die Schärfe meiner Worte vertrieb den Ausdruck auf Cassandras Gesicht. Sie straffte ihre Schultern.

»Ich bin hier, Aurora.«

Tränen der Erleichterung stiegen in mir auf, als ich Adriel in Vaughans Nähe entdeckte. Er wirkte müde, aber unverletzt. Zwei Schatten flankierten ihn, gefesselt war er nicht. Er saß auf einer herausragenden Wurzel und hatte die Beine ausgestreckt, als hätten wir ihn bei einer Plauderei mit Vaughan unterbrochen. Doch als sein Blick auf Caspian fiel, ging ein Ruck durch seinen Körper, ehe er sich versteifte. Seine Lippen formten ein perfektes O und ein Ausdruck der Überraschung huschte über sein Gesicht. Überraschung. Erkenntnis. Schock.

Ich hatte keine Zeit, mich zu fragen, was diese sonderbare Reaktion zu bedeuten hatte. Denn Vaughan richtete das Wort an mich.

»Hast du mir gebracht, worum ich dich gebeten habe?«, fragte der Dunkelwanderer und musterte mich.

Ich schnaubte und zückte meine Waffe. »Du meinst die hier?« Die Obsidianklinge reflektierte das spärliche Licht. An Freys Seite war ich die unerschrockene Aurora und ich merkte, dass der Verlust meines besten Freundes mich stärker geprägt hatte als das, was Caspian mir angetan hatte. Jetzt, da er zurück war, fühlte ich mich wieder mehr wie ich selbst.

Mit gerecktem Kinn trat ich Vaughan entgegen. Caspian zischte etwas, aber ich ignorierte ihn. Meine Konzentration galt dem Dunkelwanderer, dessen Mundwinkel sich nun kräuselten. Er stand auf, ehe er sich auf der anderen Seite des Wurzelthrons niederließ, sodass dieser nun von ihm und Adriel gerahmt wurde.

»Wir können so tun, als stünden wir auf unterschiedlichen Seiten«, sagte er. »Vielleicht kämpfen wir auch.« Vaughans Lachen machte deutlich, dass er das nicht erwartete. »Aber am Ende werden wir zusammenarbeiten, denn nur auf diese Weise werden wir diese und die andere Welt retten können. Ich schlage also vor, dass wir jenen Teil, der uns unnötig Zeit kosten wird, überspringen und gleich zum Punkt kommen, an dem wir alte Freundschaften aufleben lassen. Und am besten auch Asterin. Aurora, gib meinem alten Freund Adriel das Amulett.«

Er wollte … was?

Etwas ging hier vor, das ich nicht begriff. Ich fühlte mich wie hinter einem Vorhang. Stimmen drangen durch den Stoff, doch ich konnte nicht dahinterblicken.

»Du hast mich das Amulett suchen lassen, damit ich es Adriel bringe?«, fragte ich. »Willst du … es nicht für dich?«

Vaughan schnaubte. »Ich diene meinem Land. Ich habe einen Eid geschworen, es bis zum Tod und darüber hinaus zu schützen. Ich will es nicht an mich reißen.« Empörung und Ungeduld mischten sich zwischen seine Worte. Die Rollen schienen in diesem Abenteuer falsch verteilt. Ich hatte Vaughan für einen Bösewicht gehalten, der nach Macht gierte. Der dafür schreckliche Dinge tat. Er hatte Adriel gefoltert, hatte Angst und Tod über London gebracht. Er hatte behauptet, Asterin retten zu wollen. Aber ich hatte ihm nicht geglaubt. Nicht wirklich. Weil ich hinter seinen Motiven mehr als bloßen Patriotismus vermutet hatte.

Hilfe suchend sah ich mich nach meinen Begleitern um. Caspians Miene war hart, als er nickte. Freys dagegen war weich. Er lächelte.

Ich kleisterte mir ein breites Grinsen auf das Gesicht, dann stolzierte ich erhobenen Dolches und Vaughan anblitzend auf Adriel zu. Mit der freien Hand griff ich nach der Kette um meinen Hals. Es fühlte sich sonderbar an, mich von einem Schmuckstück zu trennen, das ich für den Besitz meiner Mutter gehalten hatte. Ich ließ das Amulett in Adriels ausgestreckte Hand fallen, suchte in seinem Blick nach einem Hilferuf. Da war nichts.

»Geht es dir gut?«, wagte ich ihn zu fragen.

Wärme breitete sich in seinem Gesicht aus und um seine Augen bildeten sich feine Fältchen. »Jetzt schon.«

Ich betrachtete ihn und musste feststellen, dass Vaughan ihm nichts angetan hatte. Seine Haltung war beinahe entspannt. Beinahe, denn die Knöchel der Hand, mit der er das Amulett umschloss, färbten sich weiß und er hielt sich unnatürlich aufrecht.

»Wunderbar.« Vaughan klatschte in die Hände. »*Caspian.*« Er ließ sich seinen Namen auf der Zunge zergehen. »Möchtest du nicht auch Platz nehmen?« Mit einer ausladenden Geste wies er auf den Wurzelthron.

»Ist das wirklich nötig?«, knurrte dieser.

Vaughan bleckte die Zähne und auf seinen Wink hin formten sich die Schatten hinter Adriel zu scharfen Klingen.

»Treib es nicht zu weit, Dunkelwanderer!« Kälte machte Caspians Stimme spitz. Sie drang durch die angespannte Stille, doch sie prallte von Vaughan ab wie ein irregeleiteter Pfeil.

»Du verschwendest unsere Zeit«, sagte dieser. »Setz dich oder unser Freund erfährt die Konsequenzen.« Vaughan beschrieb eine winzige Bewegung in der Luft und eine Schattenklinge drängte sich an Adriels Kehle. Das Keuchen, das dieser daraufhin ausstieß, wirkte wie ein Schubs auf Caspian. Mit mörderischem Ausdruck ging er auf den Thron aus Wurzeln zu. Sämtliche Instinkte warnten mich, die Flucht zu ergreifen, obwohl nicht ich es war, die er auf diese Art und Weise ansah. Vaughan hingegen antwortete mit einem schmalen Lächeln, ehe er sich mit einer theatralischen Geste vor Caspian verbeugte und dabei mit der Nasenspitze beinahe den Boden berührte. Ich begriff nicht, was sich da vor mir abspielte, als Adriel es dem Dunkelwanderer gleichtat und sich ebenfalls verneigte. Er verharrte in der Pose, bis Caspian ihm ein Zeichen gab, sich aufzurichten. Ich war wie erstarrt, beobachtete die Männer. Adriel hatte Caspian rausgeworfen. Und so sah seine Miene auch aus: Blanke Wut blitzte in seinen Augen, der Caspian scheinbar gelassen begegnete. Dennoch hatte er ihm gerade Respekt gezollt. Aber wofür?

»All die Jahre«, flüsterte Adriel und schüttelte den Kopf. »Was habt Ihr für ein Spiel gespielt?«

Ich stutzte und Caspian zuckte kaum merklich zusammen. Eine Regung zeichnete sein Gesicht, senkte seine Mundwinkel. »Eines, das ich niemals gewinnen konnte«, seufzte er leise. »Ich hätte mich an einer anderen Strategie versuchen sollen.«

»Wohl wahr, *Eure Hoheit.*« Adriel spuckte diesen Titel beinahe aus und sein Klang verursachte mir eine Gänsehaut. Caspian suchte meinen Blick. In seinem lag nichts als Resignation.

Und mit einer schicksalsergebenen Endgültigkeit sank er auf den Wurzelthron. Ich hielt den Atem an. Wartete darauf, dass etwas geschah.

Nichts.

Nichts außer Vaughan, der in die Hände klatschte. »Das war spannend, nicht wahr? Eure Hoheit, wollt Ihr noch weiter an Eurer irdischen Gestalt festhalten?«

Caspians Kiefer mahlten, seine Nasenflügel blähten sich. Eiskalter und glühend heißer Zorn gingen in Wellen von ihm aus, aber sie brachen sich an Vaughan, ohne ihn zu beeindrucken.

Erneut sah Caspian mich an. »Es tut mir leid.« Die Worte galten mir, obgleich er sie flüsterte. Im nächsten Moment brach eine Dunkelheit aus rabenschwarzer Tinte über ihn herein. Sie umhüllte ihn, verschmolz mit ihm. Wurde zu ihm.

Der Mann, den ich als Caspian kennengelernt hatte, war fort. An seiner statt saß ein Crae auf dem Thron mit gemeißelten Wangenknochen und rasiermesserscharfen Zügen. Sein Haar bestand aus einem Stück der Nacht, Sterne funkelten darin. Die Augen hatten alles Menschliche verloren und waren mit flüssigem Gold gefüllt. Seine Haut erinnerte mich an weißen Marmor. Hart und kalt. Um seine Stirn lag ein goldener Reif, in der Mitte ein eingefasster Onyx. Licht und Dunkelheit in einer einzigen Gestalt.

»Bei den Zitzen der Katzengöttin«, zischte Mr Mercury und seine gelbgrünen Augen leuchteten im Halbdunkel unter dem Baldachin. »Das kam … unerwartet.« Er kauerte sich hinter mir zusammen und starrte Caspian an, ohne zu blinzeln.

»Caspian«, keuchte ich und sein Name schmeckte seltsam fremd auf meiner Zunge.

Ego sum princeps mortis.

Ich bin der Herrscher über den Tod.

Die Worte, die ich in einem Buch in der British Library gelesen hatte, schossen mir in den Sinn. Und auch wenn die Abbildung der Realität kaum entsprach, wusste ich, wen ich vor mir hatte.

»Nicht Caspian«, sagte er mit einer Stimme voll Dunkelheit. »Schattenkönig.«

Hinter mir stöhnten Livia und Lion auf. Cassandra reckte jedoch das Kinn. Natürlich, sie hatte es gewusst. All die Jahre hatte sie gewusst, *wem* sie ihre Treue geschworen hatte.

Ich konnte mich nicht regen. Die Wahrheit war unbegreiflich. Steckte ich noch immer in den Klauenhöhlen fest? War das hier nichts weiter als die Summe dessen, was mir am meisten wehtun würde?

Ich wankte. Spürte eine warme Hand. Nahm Freys Duft wahr. Frey war tot. Und Caspian war nicht der verdammte König der Anderwelt. Auf dem Weg hierher war ich irgendwo falsch abgebogen.

Ich drehte mich um und lief zurück. An Livia und Lion vorbei. Auf die Höhlen zu.

Etwas raschelte, dann verdichtete sich die Luft und Caspian materialisierte sich vor mir wie aus dem Nichts. Er war mir vollkommen fremd. Aber irgendwie auch nicht. Ich kannte die Dunkelheit hinter dem Gold seiner Augen, dieser harte Ausdruck war mir bestens vertraut.

»Es tut mir leid.« Seine weichen Worte standen im Kontrast zu der Schärfe seiner Konturen. Gefahr ging von ihm aus. Eine Gefahr, die ich vom ersten Moment an wahrgenommen, der ich mich aber immer wieder mit Freuden gestellt hatte. Dunkle Wimpern senkten sich auf seine blassen Wangen, als er blinzelte. Erneut hob er den Blick und die Schwärze schwand aus seinen Augen. Sie glänzten vor Betroffenheit.

»Welche Art Crae bist du?«, wiederholte ich flüsternd meine Frage an ihn. Ich erinnerte mich noch genau, wie ich sie ihm gestellt hatte. Er hatte gelogen. Oder die Wahrheit verschwiegen. Aber war das nicht dasselbe? Er trieb die Klinge des Verrats noch tiefer in meine Brust, bis mein Herzschlag sich verlangsamte. Womöglich würde es unter der erdrückenden Last dieser neuen Wahrheit endgültig aufhören zu schlagen.

»Ich konnte mich dir nicht offenbaren, Aurora«, sagte Caspian sanft. Bedauernd.

»Du hast mir nicht vertraut«, flüsterte ich. Es war totenstill unter dem Baldachin aus vertrockneten Wurzeln. Wie leise ich sprach, spielte keine Rolle. Sie konnten mich alle verstehen.

»Das habe ich nicht«, stimmte Caspian mir zu. »Ich fürchtete um mein Reich.«

»Es ging nur um Asterin«, murmelte ich. »Die ganze Zeit über.« Ein Schmerz, der nichts mit dem Verlust von Frey oder Caspians Verrat zu tun hatte, flammte in meiner Brust auf. Und er war irrational. Die Beweggründe dieses Crae sollten mich nicht interessieren – und schon gar nicht sollten sie mich verletzen.

»Nein, das darfst du nicht denken.« Caspian umfasste mit beiden Händen mein Gesicht. Seines war mir so nah, dass wir uns hätten küssen können. Ich spürte seinen Atem auf meiner Haut wie eine zärtliche Liebkosung. »Jeder Moment zwischen uns war echt. Ich konnte dir die Wahrheit nicht sagen, weil ich sie Adriel nicht sagen konnte. Nicht nach so langer Zeit.« Jetzt hob er den Blick über mich hinweg, und auch wenn ich ihm nicht folgte, so wusste ich, dass er Adriel ansah. »Ich musste das Amulett finden, um beide Welten zu retten.« Caspians Schultern sackten nach unten und die Gestalt des Schattenkönigs verlor an Erhabenheit. »Ich habe viele falsche Entscheidungen auf dem Weg hierher getroffen und bin gescheitert.«

»Das kann man wohl sagen, Eure Hoheit«, knurrte Adriel. »Du hast dich hinter einer anderen Gestalt versteckt, hast mir vorgegaukelt, mein Freund zu sein.«

»Ich war dein Freund, Adriel«, beteuerte Caspian. »Und bin es noch.«

»Nein, du bist mein verdammter König!«, schleuderte Adriel ihm entgegen. Seine Wut peitschte die Energie des Amuletts hoch und blaues Licht schoss wie eine Flutwelle unter dem Baldachin hindurch.

Caspian hob die Hand, machte eine wegwerfende Geste und das Licht erstarb. So plötzlich, wie sich die Dunkelheit über uns senkte, erschien sie mir satter als zuvor. Sie war übermächtig, erschütterte mich bis ins Mark. Ich sah nichts mehr. Nichts außer Caspian, der über mir aufragte.

Eine Stimme erklang in der Finsternis. Sie war messerscharf. »Es ist mir gleich, wer wem Freundschaft vorgetäuscht hat. Es ist mir gleich, wer auf dem Thron sitzt. All das ist mir gleich. Ich bin hier, um meine gottverdammte Heimat zu retten, und ihr verplempert meine Zeit.« Die Wolke aus undurchdringlicher Schwärze lichtete sich für einen Moment und ich beobachtete, dass Vaughan sich darin bewegte wie einer seiner Schatten. Er schlich auf Adriel zu. »Ich brauche die Insignien dafür, euch nicht.«

Die Dunkelheit zog sich zurück und legte sich wie ein Mantel um Vaughans Schultern. Wie *der* Mantel. Silberne Fäden durchzogen ihn, ließen ihn schimmern. Er hatte sich erhoben, stand nun hinter Adriel und drückte ihm ein Messer aus Schatten an die Kehle. »Die Welt ist kein besserer oder schlechterer Ort ohne ihn, aber wir kämen möglicherweise schneller voran, wenn ich die Insignienträger einfach durch andere ersetze.«

Adriel gab einen Würgelaut von sich, der alle unter dem Baldachin innehalten ließ.

»Tu das nicht, Vaughan«, sagte ich, den Blick auf die tödliche Klinge geheftet. Die Crae waren unsterblich, solange ihre Hülle unversehrt blieb. Ein präzise platzierter Stich würde Adriels Leben beenden. Und ich hatte keine Ahnung, wohin die Seelen verstorbener Unsterblicher gingen.

Der Dunkelwanderer beachtete mich nicht. Sein Blick galt Caspian. »Setz dich hin, Hoheit«, knurrte er und gebrauchte den Titel mehr als Beleidigung. »Oder ist er dir nicht Freund genug, um sein armseliges Leben zu retten?«

»Ich bin dein König!« Wut vibrierte in Caspians Worten. »Ich befehle dir …«

»Du hast Asterin verlassen. Per Gesetz magst du noch immer die Krone tragen, doch du bist ihrer nicht würdig. Ich diene keinem Verräter!« Vaughan verstärkte den Druck und Adriel presste ein Geräusch hervor, das mir eine Gänsehaut verursachte. Seine Augen rollten in den Höhlen und Panik flackerte darin auf. »Wir alle wollen dasselbe. Aber ich scheine der Einzige zu sein, der bereit ist, alles für den Erhalt dieser Welt zu tun.« Mit Blick auf Lion und Livia fügte er hinzu: »Für beide Welten.« Eine Kälte ging von Vaughan aus, die sich wie der Baldachin aus Wurzeln über uns senkte. Ich hörte, wie Lion fluchte. Die anderen hatten die Waffen gezückt, richteten sie auf Vaughan, der ihnen keine Beachtung schenkte.

Blut lief über Adriels Hals. Wie eine Träne rann es über seine Haut, hinterließ eine dunkle Spur und verlor sich dann im Kragen seines Hemdes. Caspian knurrte wie einer jener Wölfe, die mich bei meinem ersten Besuch in Asterin angegriffen hatten. Die Zeit dehnte sich aus, alles verlangsamte sich. Mein Herzschlag. Jede Bewegung der anderen. Es war, als beschränkte sich meine gesamte Existenz auf diesen einen Moment. Ich zog meine Waffe und es schien, als hingen die anderen ebenso wie ich an unsichtbaren Fäden, die uns lenkten. Obsidianklingen fingen das spärliche Licht auf.

Und dann ging alles ganz schnell.

Wir waren kampferprobt. Livia, Lion und ich waren auf Kämpfe wie diese fast unser ganzes Leben lang vorbereitet worden. Meine Waffe, so fremd sie mir in den letzten Wochen und Monaten erschienen war, kam mir nun wie die natürliche Verlängerung meines Arms vor. Jetzt, da Frey zurückgekehrt war.

Er war hier. Bei mir. Und auch er stürzte sich vor. Ich schrie ihm etwas zu und beinahe fühlte es sich an wie früher, als ich aus meinem Gürtel eine weitere Waffe zog und sie ihm zuwarf. Er fing sie. Natürlich tat er das. Er war der geborene Krieger.

Vaughans Schatten wuchsen zu nebligen Riesen empor. Sie waren nicht echt, fühlten sich aber so an. Der erste Angriff war hart. Schnell. Unnachgiebig. Obsidianklingen trafen auf Schattenschwingen, Wirbel aus Dunkelheit stoben um uns herum, tanzten an meinem Körper, als wollten sie ihn herausfordern. Und das taten sie, verdammt. Sie lockten jeden Hieb meiner Klinge, umspielten den scharfen Stahl der Schneide.

Die Schatten lösten sich auf, wenn ich sie hineintrieb, verdichteten sich jedoch, wenn sie mich angriffen. Einer von ihnen traf mich wie ein Fausthieb in den Magen. Presste mir die Luft aus dem Brustkorb. Beschwor Sterne vor meinen weit aufgerissenen Lidern.

»Rory!« Freys Ruf löste die tanzenden Lichtpunkte auf. Ich umfasste den Schaft meiner Klinge fester, riss sie hoch und verwandelte einen der Schatten in schwarze Tinte, die über uns hinwegspritzte.

»Fast wie früher!«, rief ich Frey zurück und hörte über das Keuchen und Fluchen der anderen den vertrauten Laut seines Lachens.

In der Nähe rangen die anderen mit den Schatten. Selbst Mr Mercury attackierte sie mit ausgestreckten Krallen und wütendem Fauchen.

Unsere Gegner schwanden allerdings nicht. Vaughan ließ sie immer wieder neu erstehen. Er ragte über Adriel auf wie ein Fels, an dem sich eine stürmische See aus Dunkelheit brach. Seine Augen blitzten und in ihnen spiegelte sich der Kampf zu seinen Füßen. Mit einer schlichten Geste ließ er neue Schatten erstehen, die sich wie Fesseln um Adriels Oberkörper wanden.

»Du wirst diese Welt nicht retten, indem du mich vernichtest«, keuchte dieser und kämpfte gegen den Druck der Schlingen an.

»Das nicht, aber ich werde mich sehr viel besser fühlen, nicht mehr dieselbe Luft wie ein elendiger Verräter atmen zu müssen.« Vaughans Antwort war messerscharf und hallte über uns hinweg. Seine Schatten zogen sich zusammen, wurden undurchdringlich. Meine Klinge prallte an einem von ihnen ab und ich musste meinen Griff verstärken, um sie nicht zu verlieren.

Hinter mir bauschten sich goldene Schwingen auf. Caspian stürzte sich auf Vaughan und ich ergriff die Gelegenheit, robbte unter den Schatten hindurch auf Adriel zu.

Eine Ader trat auf seiner Stirn deutlich hervor, sein Gesicht war rot angelaufen, glänzte vor Schweiß. »Aurora …«

»Ich bin hier.« Flach schob ich meine Klinge unter die Schatten, versuchte sie zu zerschneiden. »Verdammt!«

Hinter mir erhob sich ein Donnern, die Wurzeln, die den Baldachin über uns bildeten, erbebten. Erde regnete auf uns nieder und einen Augenblick lang fürchtete ich, dass Asterin uns verschlingen würde. Doch es waren Caspian und Vaughan gewesen, die gegeneinandergeschlagen waren. Dunkelheit gegen Dunkelheit. Ich vermochte nicht zu sagen, welche davon ich mehr fürchtete.

»Wir müssen ihn befreien.« Livia ging neben mir in die Knie. Ihre Kleidung war schlammbespritzt, die Wangen gerötet und die Spitzen ihres Haars feucht von Schweiß. Gemeinsam machten wir uns an den Schattenschlingen zu schaffen. Adriel gab gepresste Laute von sich, der Blick seiner Augen war angsterfüllt.

Ein neuerliches Beben ließ mich innehalten. Ich drehte mich um und sah noch, wie eine Welle aus Dunkelheit auf Adriel, Livia und mich zurollte. Jemand rief meinen Namen. Ich glaubte, dass es Frey war, aber dann verschwand die Welt um mich herum, löste sich auf in einem Nebel aus Nichts. Bodenlose Schwärze umfing mich, löschte alles andere aus. Jemand atmete neben mir, ein Luftzug streifte mich.

»Caspian?«, flüsterte ich in die Stille.

Ein Lachen. Eines, das mir fremd war. Sämtliche Nackenhärchen richteten sich auf und ich kämpfte gegen die Kälte an, die sich unweigerlich in mir ausbreitete. Und dann spürte ich den Druck einer Klinge an meiner Kehle.

»Wir hätten zusammenarbeiten können«, flüsterte Vaughan.

»Nicht, wenn du meine Freunde bedrohst«, gab ich keuchend zurück. Während ich sprach, drückte sich die scharfe Seite seiner Waffe tiefer gegen meine Haut.

»Adriel hat Asterin verraten. Und nicht nur das. Wegen ihm stirbt meine Heimat. Und deine Welt. Er hat uns alle verdammt.«

»Er hat einen Fehler gemacht«, sagte ich. »Aber wir können ihn jetzt korrigieren.«

»Adriel wird sterben«, seufzte Vaughan. »Das ist der Preis.«

Ich schüttelte den Kopf, obwohl ich die Hitze von Blut auf meiner Haut spürte. Der Schmerz blieb aus, doch meine Angst wuchs. Ich fürchtete mich nicht um meinetwillen vor dem Dunkelwanderer. Es war Adriel, den ich nicht verlieren wollte.

Verluste pflasterten den Weg meines Lebens. Meine Eltern. Frey. Und nun Adriel? Der Letzte, der von meiner Familie übrig war?

Die Dunkelheit lichtete sich auf Vaughans Befehl hin. Sie sank zu Boden und kroch wie Schlangen in die Schatten zwischen den Wurzeln. Adriel kauerte vor dem Thron, nun war auch Livia gefesselt. Sie bäumte sich dagegen auf, aber die Dunkelheit schnürte sich immer fester um sie. Auch Cassandra und Lion waren von Vaughans Magie überwältigt worden. Einzig Caspian und Frey standen noch aufrecht unter dem Baldachin und funkelten den Dunkelwanderer an, der mein Leben in den Händen hielt.

»Ich fürchte«, säuselte Vaughan an meinem Ohr, »dass ich dich auch nicht länger gebrauchen kann.« In meinem Geist tauchte der von Schwärze gefüllte Blick auf, der mich in den letzten Monaten verfolgt hatte. Als ich damals in diese Augen gesehen hatte, war ich dem Tod darin begegnet. Doch dieser hatte mich verschont. Nun war meine Zeit gekommen. Vaughans Worte waren endgültig, seine Gesten unnachgiebig. Die zarte Haut über meiner Kehle gab dem Drängen seiner Schattenklinge nach, mehr und mehr Blut rann über meinen Hals. Caspian und Frey starrten mich entsetzt an. Machtlosigkeit zeichnete ihre Züge hart.

»Lass sie gehen!« Caspians Stimme war scharf, drang durch Vaughans Dunkelheit, aber dieser schüttelte sie ab. Er würde mich töten. Und ich fragte mich, was das bedeutete. Wenn ich als Halb-Crae in Asterin starb, würde ich die Ewigkeit womöglich nicht an diesem Ort verbringen. Ich würde Frey verlieren. Erneut.

Vaughans angespannter Körper bewegte sich in meinem Rücken. Er verstärkte den Druck um meine Kehle und die Gesichter der beiden Männer, die ich in meinem Leben geliebt hatte, verschwammen zu weißen Flecken, die sich in der Dunkelheit auflösten. Ich öffnete meinen Mund, um etwas zu sagen, das mir nicht mehr über die Lippen kam.

Die Klinge verschwand an meinem Hals. Kurz schoss mir brennender Schmerz durch die Glieder, doch auch er verging. Ich kippte. Alles um mich herum verlor sich. Und ich mich ebenso.

Schwärze kam über mich, aber ich fürchtete sie nicht länger. Ich hieß sie willkommen.

38

Ein Blitz zuckte über mich hinweg. Der Tod fühlte sich sonderbar an. Nicht so bequem, wie ich es erwartet hatte. Etwas bohrte sich in meinen Rücken. Ich lag auf dem Boden und erkannte, dass sich über mir der Baldachin spannte. Es war nicht der Tod, der mich fortgerissen hatte, sondern Caspian und Frey, die Vaughan gemeinsam angegriffen hatten.

Aus dem Augenwinkel beobachtete ich ihre Schatten. Sie wirbelten umeinander herum, als tanzten sie zusammen. Schwer zu sagen, wer die Oberhand hatte.

Ich richtete mich auf. Ein dumpfer Schmerz fuhr durch mich hindurch, als wollte mein Körper mich für diese Bewegung strafen. Doch ich konnte nichts von dem Kampf verpassen, der sich vor meinen Augen abspielte. Er war schnell und unnachgiebig. Schemen, die sich umeinander drehten. Schreie von meinen gefesselten Begleitern, die Caspian und Frey anfeuerten. Ich blinzelte. Einmal. Zweimal. Suchte Anfang und Ende in dieser Komposition aus raschen Stichen und hektischen Atemzügen. Vaughans Umhang bauschte sich um ihn herum auf, fast wirkte er, als trüge auch er Flügel. Aber nur fast. Denn während er mit beiden Beinen auf dem Boden stand, glitt Caspian durch die Luft, wich Vaughans Angriffen aus, indem er nach oben schoss.

Ich glaubte Caspian und Frey Vaughan überlegen, aber dann saugte der Dunkelwanderer die Schatten unter dem Baldachin auf, formte sie zu einer Kugel, die vor seiner Brust schwebte. Sie sah aus, als hätte er sie dem Nachthimmel entrissen. In ihrem Innern blitzten Punkte wie Sterne auf.

»In Deckung!«, brüllte Caspian. Anstatt sich auf Vaughan zu stürzen, warf er sich auf Frey und riss meinen besten Freund zu Boden. Mein Schrei blieb mir in der Kehle stecken. Oder vielleicht entglitt er mir auch und ich hörte ihn nicht. In diesem Moment detonierte die Dunkelheit, die Blitze und Funkenregen beschwor. Hitze versengte mir die Haut und ich verbarg mein Gesicht in der Armbeuge. Etwas streifte meinen Kopf, aber ich erlaubte mir erst, ihn zu heben, als mich ein kühler Luftzug streifte.

Caspian hatte die Flügel über Frey und auch über Lion und Livia ausgebreitet, die in unmittelbarer Nähe am Boden kauerten. Er fluchte und stieß Zischlaute aus, als er sie am Rücken zusammenfaltete und mit schmerzverzerrtem Gesicht seine Waffe hob. Schwarzes Blut rann über die zarte Haut seiner Flügel, in denen Löcher klafften. Übelkeit stieg in mir auf und ich musste sie mit aller Macht niederringen, denn Caspian musste unendliche Schmerzen haben und stand trotzdem aufrecht. Sein eisiger Blick traf Vaughan, und auch wenn sich Schweißperlen auf seiner Stirn bildeten, war er zum Fürchten.

Neben ihm kämpfte sich auch Frey auf die Beine. Der Marvel-Schriftzug auf seinem Hoodie war blutbespritzt, aber es war schwarz und gehörte zweifelsohne Caspian, der die Zähne zusammenbiss und Vaughan ein weiteres Mal angriff.

»Er ist zu stark«, hörte ich Adriels bebende Stimme neben mir.

Ich fuhr herum. Sein Gesicht war rot, Schweiß glänzte auf seiner Stirn. Die Schattenfesseln schnürten ihm den Brustkorb zu und er rang um Atem.

»Das ist er nicht!«, fauchte ich, konnte die Verunsicherung jedoch nicht verbergen. Vaughan war stark, daran ließen seine konsequenten Bewegungen keinen Zweifel.

»Sie können es nicht beenden«, murmelte Adriel. »Ich muss es tun.«

Seine Erkenntnis ließ mich erstarren. »Wie meinst du das?« Eine Antwort blieb er mir schuldig. Adriel schloss die Augen und ich erinnerte mich an ein Gespräch mit Caspian, der seinen Freund als

Magieflüsterer beschrieben hatte. Fasziniert beobachtete ich, wie sich Adriels Lippen bewegten und stumme Worte formten.

Die Dunkelheit kroch über uns hinweg auf Vaughan zu, drängte sich gegen ihn, bis sie in ihm verschwand. Der Dunkelwanderer machte eine Bewegung mit dem Handgelenk, als wollte er eine Fliege vertreiben. Seine Augen füllten sich mit Schwärze, auch der weiße Knochen seines Schädels färbte sich.

Adriel stöhnte, er zitterte immer heftiger, als raubte ihm das, was er tat, sämtliche Kraft.

Caspian drehte sich zu uns um, fing den Blick seines Freundes auf und begriff. Mehr als ich. Dann stürzte er sich auf Vaughan. Diesmal erkannte ich an jeder seiner Bewegungen, dass er es beenden würde. Entschlossenheit und Zorn führten an seiner Stelle die Obsidianklinge und ließen Vaughans Überlegenheit schrumpfen.

Gemeinsam mit Frey schlug er Vaughan zurück. Und als Caspian dem Crae mit einer einzigen Geste die Dunkelheit entriss, taumelte dieser. Es war ein beiläufiger Moment und ich hätte ihm keine Beachtung geschenkt. Erst als neben mir jemand zischend Luft holte, dämmerte mir, was geschah. Es war Adriel, dessen Fesseln sich auflösten. Wie die der anderen. Vaughan fiel und riss seine Magie mit sich.

Adriel und Caspian hatten es geschafft. Gemeinsam.

Rette diese Welt.

Es war Vaughans Stimme, die ich im Kopf hörte. Und ehe er auf dem Boden aufschlug, zerschellte sein Körper in Dunkelheit. Zurück blieb eine unheimliche Stille, der magische Umhang und die Frage, ob es tatsächlich vorbei war.

Mein Herz hämmerte gegen meinen Brustkorb. Ich starrte auf die Stelle, an der Vaughan verschwunden war. Wartete darauf, dass er zurückkehrte, um zu beenden, was er begonnen hatte. In dem spärlichen Licht schimmerten die Silberfäden, die den magischen Umhang durchzogen. Doch nichts geschah.

Mr Mercury machte einen Satz auf mich zu, drängte sich gegen mich. Sein Brustkorb vibrierte unter dem sehnsüchtigen Schnurren. »Holy Macaroni, das hätte auch anders ausgehen können!«

Ich schnaubte. »Hast du in meiner Abwesenheit heimlich die Simpsons geguckt?«

»Irgendwie musste ich mir ja die Zeit vertreiben.«

Hände schlossen sich um meinen Oberkörper und als ich aufsah, blickte ich in Caspians goldene Augen. Er stellte mich auf die Füße, musterte mich prüfend, ehe er von mir abließ und Abstand zwischen uns schuf.

»Geht es dir gut?« Seine Stimme war so sanft, dass sich alles in mir zusammenzog. Die Erinnerung an seine Lippen auf meiner Haut war so präsent, ebenso wie das Gefühl, das seine Nähe in mir ausgelöst hatte. Am liebsten hätte ich mich in seine Arme geworfen. Doch da war diese unüberwindbare Mauer aus Angst und Schuld zwischen uns. Ich wich vor ihr zurück, fand mich an Freys Seite wieder. Die beiden nickten einander zu.

»Du hast gut gekämpft«, bemerkte Caspian und taxierte meinen Freund, als wüsste er nicht recht, was er mit ihm anfangen sollte.

»Nach dem letzten Mal musste ich meine Quote aufbessern«, entgegnete Frey achselzuckend.

»Die hast du für immer vergeigt«, meinte ich, entschärfte meine Worte jedoch mit einem liebevollen Blick.

Caspian räusperte sich, sah mich an, als wollte er noch etwas sagen. Dann drehte er sich um und wandte sich an Adriel, zu dem er sich auf den Boden hockte.

»Ich glaubte, ich würde dich verlieren«, murmelte Frey und starrte mich an wie eine Erscheinung.

Mir entrang sich ein verzweifelter Laut. »Dann hättest du gewusst, wie sich das anfühlt.«

»Glaub mir, das weiß ich auch so.« Frey fuhr sich durch das helle Haar, verschiedene Gefühle spiegelten sich in seiner Miene und ich konnte keines davon greifen, weil sie so schnell wechselten. »Als ich nach meinem Tod hierherkam, dachte ich, ich würde dich nie wiedersehen.« Er zog mich in eine Umarmung, die den letzten Rest Dunkelheit aus meinem Bewusstsein bannte. Wir waren beide hier.

Nicht lebendig, aber hier.

Freys vertrauter Duft überwältigte mich. Als ich vor einigen Monaten einen seiner Pullover in meinem Koffer entdeckt und daran einen Rest seines typischen Geruchs wahrgenommen hatte, hatte ich diesen weggeworfen. Meine Sinne hatten Erinnerungen heraufbeschworen, denen ich nicht gewachsen gewesen war.

Jetzt rückte ich dichter an Frey heran und vergrub das Gesicht an seiner Halsbeuge, atmete den Duft meines besten Freundes ein. Ich erlaubte mir ein paar Tränen, die sich im Stoff seines Pullovers verloren. Dann trat ich zurück, nicht ohne ihm ein Lächeln zu schenken.

»Ich weiß nicht, wie viel du mitbekommen hast, seit du … gestorben bist …« Ich verstummte und betrachtete Adriel, der am Boden saß. Die Knie hatte er angezogen, den Kopf vornübergebeugt. Caspian hatte sich mit ausgestreckten Beinen neben ihm niedergelassen. Er sagte nichts, aber Adriel schickte ihn auch nicht weg.

»Es ist vermutlich viel passiert«, meinte Frey.

Ich nickte. »Adriel ist … meine Familie. Und ich bin … eine Halb-Crae.«

Ein zufriedener Ausdruck stahl sich auf Freys Gesicht. »Ich habe immer schon geahnt, dass du etwas Besonderes bist.«

»Ich … was?«

Statt einer Antwort umarmte Frey mich erneut. Ich stand auf Zehenspitzen und beobachtete die anderen über seine Schulter hinweg. Wir alle hatten den Kampf gegen Vaughan und die Schatten mehr oder minder unbeschadet überstanden. Cassandra wickelte sich einen Streifen Stoff, den sie von ihrem Ärmel abgetrennt hatte, um die rechte Hand und versorgte einen Schnitt. Lion hatte den Blick zum Wurzelbaldachin gehoben. Er wirkte erschöpft, aber unverletzt. Ebenso wie Livia, die sich jene Stellen rieb, an denen die Fesseln in ihre Haut geschnitten hatten. Vielleicht würden sich die Rötungen in Blutergüsse verwandeln, aber vor Schlimmerem war sie verschont geblieben. Auch wenn wir nicht den besten Start gehabt hatten, war ich erleichtert, dass sie wohlauf war.

Um uns herum lauerten Schatten. Es waren jene Schatten, die durch das Naturgesetz an ihre Träger gebunden waren. Vaughans Schatten waren fort, unsere Gegner gefallen.

Mr Mercury saß in einiger Entfernung. Sein Schwanz wand sich und er beobachtete uns aus Augen, die mir jetzt, da mein Kater sprechen konnte, wesentlich menschlicher vorkamen als noch vor ein paar Tagen.

»Danke.«

Ich fuhr herum, als Adriels müde Stimme die Stille zerbrach.

Er hob den Kopf, sein Blick geisterte zwischen uns umher, als wäre er hier und gleichzeitig weit fort. Eine Ruhelosigkeit lag darin, deren Ursprung ich in den Schrecken der letzten Stunden glaubte, die er hatte durchmachen müssen. Was geschehen war, hatte Spuren auf seiner Seele hinterlassen, das erkannte ich an der Leere seiner Miene. Doch da war auch Wärme. Wärme und Dankbarkeit.

Zuletzt wandte er sich Caspian zu. »Ihr habt mich gerettet, Hoheit.«

»Lass den Blödsinn, Adriel«, sagte dieser, ohne den Blick zu erwidern. »Wir haben die letzten Jahrhunderte Seite an Seite verbracht. Wir sind Freunde.«

»Sind wir das?«

Ich sah, wie Caspians Kehlkopf hüpfte, als er schluckte. Die Maske, die er trug, fiel in tausend Scherben von seinem Gesicht. Darunter offenbarte sich eine Verletzlichkeit, die er stets mit seinen Mauern zu verbergen gesucht hatte.

»Wir waren Freunde, lange bevor wir Asterin den Rücken gekehrt haben«, sagte Caspian leise. »Ich bin dir in das Reich der Menschen gefolgt, um das Amulett zurückzuholen. Aber das war nicht der einzige Grund. Ich habe unsere Heimat um deinetwillen verlassen, Adriel. Und als ich dich fand, warst du nicht mehr der Mann, den ich einst gekannt hatte. Ich wusste nicht, was Vaughan dir angetan hatte. Aber ich ahnte, dass etwas passiert war. Also blieb ich und die Jahre zogen ins Land, ohne dass ich das Amulett je gefunden hätte.« Caspians Blick zuckte zu mir und ich fing ihn auf, ertrug das Bedauern darin.

»Warum hast du dich mir nie offenbart?«

»Ich fand Gefallen an meinem neuen Leben.« Und nun huschte eine Röte über Caspians Wangen. »Wir beide haben Asterin verraten.«

»Vielleicht ist es jetzt an der Zeit, Wiedergutmachung zu leisten.« Adriel hob das Amulett hoch. »Ich habe nicht geahnt, dass meine Flucht Asterin in Gefahr bringt.«

Caspian nickte, dann drückte er Adriels Schulter und stand auf. Niemand sagte etwas, als er den magischen Umhang, den Vaughan getragen hatte, aufhob und den Stoff durch seine Finger gleiten ließ. Er querte den Platz und blieb vor Cassandra stehen, auf deren Zügen sich Verwirrung zeigte.

»Caspian«, murmelte sie, aber er schüttelte den Kopf.

»Du hast mir in den letzten Jahrhunderten treu gedient, Cassie«, sagte er leise. Dennoch verstand ich jedes Wort. Sie gruben sich wie spitze Stacheln in meinen Körper und ich hielt den Atem an.

»Caspian«, wiederholte sie seinen Namen.

Mit einer knappen Geste brachte er sie zum Schweigen. »Du hast Asterin einen großen Dienst erwiesen. Jetzt wird es Zeit, dass du in deine Heimat zurückkehrst.« Er breitete den Umgang über ihren Schultern aus. »Als Trägerin einer der drei Insignien.«

Cassandra holte zischend Luft. Tränen schimmerten in ihren Augen und sie hob die Hand an die Lippen, um ein Schluchzen zu unterdrücken. Mir erging es ähnlich und ich versuchte, meine sich aufbäumenden Gefühle hinunterzuschlucken.

»Nimmst du dich dieser ehrenvollen Aufgabe an?«

»Ja.« Cassandras Antwort war nicht mehr als ein Flüstern. »Ja, das tue ich.«

Caspian nickte, nahm ihre Hand und führte sie zu Adriel.

Ich schlang beide Arme um den Oberkörper, während das Herz wild in meiner Brust schlug und ich die Insignienträger beobachtete. Adriel erhob sich schwankend, das Amulett noch immer mit der Faust umschlossen. »Wir brauchen die Krone«, sagte er.

Caspian schloss die Augen, dann breitete er die Arme aus, murmelte etwas, das ich nicht verstand. Die Luft vor ihm begann zu flimmern. Eine winzige Tür erschien, die sich öffnete, als Caspian die Klinke drückte. Dahinter befand sich ein mit Samt ausgestattetes Fach und auf einem Polster thronte eine Krone. Während Adriel das Insigne mitgenommen hatte, hatte Caspian es offensichtlich in Asterin zurückgelassen. Schwarzblaue Flammen leckten an den Zacken der Krone. Er hob sie behutsam heraus und sobald sich die Tür schloss, verschwand sie. Sekunden verstrichen, in denen wir alle gebannt auf das dritte Insigne starrten.

Dann setzte Caspian die Krone über den schmalen goldenen Reif auf seinen Kopf. Bläuliche Schatten färbten sein Gesicht und ließen ihn wie ein fremdartiges Wesen erscheinen. Und das war er ja auch. Caspian war der Schattenkönig.

Meine Gänsehaut, die mir dieser Gedanke verursachte, nahm auch nicht ab, nachdem ich mich immer wieder daran erinnerte.

Cassandra verschloss den magischen Umhang mit einer Schnalle. Die allgemeine Aufmerksamkeit richtete sich auf Adriel. Er seufzte, ehe er sich das Amulett über den Kopf zog.

»Lasst uns Asterin retten.« Caspian hielt Adriel und Cassandra die Hände hin, die sie zögerlich ergriffen. Eine Explosion blauen Lichts erhellte den Wurzelbaldachin und fegte wie ein Sturm über uns hinweg. Ich duckte mich instinktiv, aber die Macht, die die drei entfesselten, war wie eine sanfte Berührung auf meiner Haut. Sie drang in das Erdreich ein, beschwor Farben und Licht, die die schwarzen Wurzeln zum Leben erweckten. Sie strahlten auf, ehe sie zuckten und unter der Macht der Insignien pulsierten. Vertrocknetes Gras richtete sich auf, wurde wieder grün. Dazwischen leuchteten Farbklekse auf: Blumen, die in die Höhe schossen und der unterirdischen Welt Leben einhauchten.

Asterins Wunden heilten.

39

Fluoreszierendes Licht tränkte Asterin und verwandelte es in einen fremdartigen Ort von atemberaubender Schönheit. Sobald ich die Augen schloss, tanzten die Farben hinter meinen Lidern. Ich konnte mich nicht gegen Asterins Sog wehren. Er vereinnahmte mich vollkommen.

Eine Ranke aus dunkelblauen Rosen wand sich um das Tor, das zurück in die Menschenwelt führte. Das Gras wogte sacht wie Wellen, hatte eine ähnliche Farbe und spiegelte den Himmel wider. Caspian, Adriel und Cassandra hatten den Zerfall der Anderwelt aufgehalten und damit auch die Menschen gerettet. Ich hätte glücklich sein müssen, aber mein Herz wurde mit jedem weiteren Schritt auf das Tor zu schwerer, während Lion das Tempo anzog. Nach allem, was geschehen war, sehnte er sich zurück in sein unaufgeregtes Leben, gelegentlichen Dämonenkämpfen und ausschweifenden Partyabenden, wie er mehrfach betont hatte. Zusammen mit Livia führte er unsere kleine Gruppe an.

Mir hingegen wurde bei dem Gedanken an den Abschied, der mir bevorstand, schlecht.

Ich würde Frey wieder verlieren.

Es war albern, denn ich musste nur in den Keller des Kensal Green hinabsteigen, um ihn zu sehen. Doch noch immer trennten uns Leben und Tod. Umso verhängnisvoller kam mir nun das rundbogige Tor vor, hinter dem meine Zukunft und Freys Vergangenheit lag.

Ich hielt Freys Hand, an meiner linken lief Adriel, der einen Arm um meine Taille geschlungen hatte. Mr Mercury flitzte um uns herum, jagte Schmetterlinge oder seinen Schatten, den die Sonne auf das Gras zeichnete – und nicht irgendeine dunkle Crae-Macht.

Adriel räusperte sich, dann entzog er sich meinem Griff und blieb vor Cassandra und Caspian stehen, die das Schlusslicht bildeten. Er streifte das Amulett über den Kopf und reichte es meiner Mitbewohnerin. Meiner ehemaligen Mitbewohnerin, denn ich würde allein nach London zurückkehren.

»Ihr solltet jemanden finden, der seiner würdig ist.« Als Cassandra protestierend zurückweichen wollte, schloss Adriel ihre Finger um das Amulett. »Ich bin es nicht.«

»Niemand sonst ist …«, begann Caspian, aber Adriel brachte ihn mit einer Geste zum Schweigen. Dann kratzte er sich beinahe verlegen am Hinterkopf, als wäre ihm wieder eingefallen, wer vor ihm stand.

»Ich werde nicht bleiben«, verkündete er und straffte die Schultern, um dem Sturm, den er zweifelsohne erwartete, trotzen zu können.

»Vaughan ist fort«, sagte Caspian leise. »Es gibt keinen Grund für dich, deiner Heimat den Rücken zu kehren.«

Der Wind umtanzte uns, spielte mit Adriels Haar und bauschte Caspians Flügel auf. Die Risse, die er aus dem Kampf davongetragen hatte, verheilten bereits und zeichneten die ledrige Haut wie dünne weiße Adern.

»Asterin ist nicht länger mein Zuhause. Ich bin Teil einer anderen Welt.« Ein Lächeln zupfte an Adriels Mundwinkeln. Es vertrieb die Müdigkeit, die sich hinter jedem Blinzeln verbarg. »Und irgendjemand muss dem armen Mortimer beim Aufräumen helfen. Black Armour sieht aus, als hätte die finale Schlacht im Innern des Hauses stattgefunden.«

Caspian schloss für einen Moment die Augen, dann nickte er. »Du bist sicher?«

»Ganz sicher.«

»Dann solltest du wissen, dass du hier jederzeit willkommen bist.« Caspians Bewegungen wurden fahrig, seine Hände zitterten kaum merklich, als er Adriel an sich zog. Dieser erwiderte die Umarmung, als wäre es ein Abschied.

»Du begleitest uns nicht zurück?«, fragte ich und lenkte damit Caspians Aufmerksamkeit auf mich. Unsere Blicke verhakten sich, und während sich die Zeit verlangsamte, beschleunigte sich mein Puls. Ich sollte dankbar sein um jede Grenze, die sich zwischen uns auftat. Und doch blutete mein Herz bei dem Gedanken, dass wir fortan in verschiedenen Welten leben würden.

»Mein Platz ist hier«, sagte Caspian. Der Wind umspielte seine Schwingen, als wollte er die Worte des Königs bekräftigen. »Ich habe meine Verpflichtungen lange genug vernachlässigt.«

Das Bedürfnis, ihm zu widersprechen, überkam mich mit einem Mal so heftig, dass ich die Zähne zusammenbeißen musste. Caspian hatte recht. Ein Geschöpf wie er gehörte nicht in die Welt der Menschen, in der er seiner Fähigkeiten und Flügel beraubt wurde.

Caspian machte einen Schritt auf mich zu. Langsam hob er die Hand, malte mit dem Daumen die Linie meines Kiefers nach und verweilte an meinem Kinn. »Pass auf dich auf, Aurora.«

Dieser Moment zwischen uns währte nur wenige Sekunden. Tief in mir hielt ich ihn fest, um ihn zu einem späteren Zeitpunkt als schöne, wenngleich schmerzhafte Erinnerung hervorzuholen. Ich prägte mir sein Gesicht ein, die scharfen Züge, den harten Ausdruck um seinen Mund und das goldene Licht, das in seinen Augen hervorblitzte.

Eine Sekunde, zwei. Dann wandte ich mich ohne eine Antwort von ihm ab, vergrub die Tränen in Freys Shirt, als ich vorgab, mich von meinem Freund zu verabschieden. Er schlang die Arme um meinen Rücken, zog mich in eine vertraute Umarmung und flüsterte in mein Haar: »Du kannst jederzeit zurückkommen, Rory, weißt du?«

Ich nickte und gleichzeitig schüttelte ich den Kopf. Sobald ich durch das Tor trat, wäre alles anders. Ich war eine andere. Ich hatte Verluste erlitten, war verraten worden. Ich hatte meine Verluste überwunden und Vergebung gefunden. Für mich. Vielleicht auch für Caspian? Ich wusste es nicht, denn allein der Gedanke an ihn fühlte sich an, als würde ich mir ein Messer in die Brust rammen und es wieder und wieder umdrehen. Lag es daran, dass ich mir nicht vorstellen konnte, ohne ihn weiterzumachen? Oder daran, dass ich es in seiner Nähe nicht aushielt?

Die Antwort auf diese Frage würde ich wohl nur finden, wenn ich ging.

Und das tat ich.

Frey mühte sich, meine Tränen zu trocknen. Aber sie waren unaufhaltsam, überwältigend, bis sie auch ihn ansteckten und er immer wieder blinzelte, um den Abschiedsschmerz zu vertreiben. »Wir sehen uns wieder«, beschwor er mich und küsste mich auf die Stirn, ehe er mich freigab.

Zuletzt drückte ich Cassandra an mich, atmete ihren holzigen Duft ein. »Sag Allie, dass ich sie liebe. Sag ihr, dass es mir leidtut, dass …« Sie unterbrach sich. Ein Zucken ging durch ihren Körper und sie schüttelte den Kopf. »Oder sag ihr nichts. Sie wird es nicht verstehen, ganz gleich, was du sagst.«

»Du könntest mitkommen und dich persönlich verabschieden«, schlug ich leise vor.

»Ich könnte nicht gehen, wenn ich sie noch einmal sehe«, murmelte Cassandra in mein Haar und schluckte die Trauer über den Preis ihrer Heimkehr lautstark hinunter. »Gieß die Pflanzen für mich.« Dann klopfte sie mir unbeholfen auf den Rücken.

»Wir haben keine Pflanzen«, entgegnete ich und entlockte ihr damit ein Lachen.

»Dann vergiss nicht, den Flohsack zu füttern«, meinte sie.

Mr Mercury fauchte. »Ich pisse in deiner Abwesenheit in dein Bett!«

»Vergiss nicht, dass Katzen nur sieben Leben haben. Wir werden uns wiedersehen!«

»Ist das eine Drohung oder ein Versprechen?« Die Schnurrhaare des Katers zuckten.

»Beides.« Cassandra ließ von mir ab, dann bückte sie sich, um das Tier zu streicheln.

Während Livia und Lion sich von den anderen verabschiedeten, blieb ich am Rand stehen und beobachtete Caspian. Nein, nicht Caspian.

Den Schattenkönig.

Der einzige Schatten, der in diesem Moment an ihm haftete, war jener, den die Sonne zu seinen Füßen ins Gras malte. Seine Augen waren hell im Tageslicht. Die Wahrheit, die er tief in sich verborgen hatte, hatte ihn in Dunkelheit gehüllt, die sich nun wie eine Wolke am Himmel aufgelöst hatte.

Als er meinen Blick auf sich spürte, sah er mich an und die Leichtigkeit wich zugunsten von Sehnsucht. Eine Sehnsucht, die auch in mir erwachte. Tränen ließen erneut meine Sicht verschwimmen. Ich wandte mich ab und lief auf das Tor zu. Einen Moment später verwandelte sich der helle Tag des ersten Kreises in Asterin in jene verschlingende Finsternis, die jenseits des Weltentores lauerte. Ich umfasste das Geländer und wankte über die Brücke, ließ Caspian, Cassandra und Frey hinter mir.

»Heulst du schon wieder?«, fragte Mr Mercury mich, als er zu mir aufschloss.

»Wirst du deine letzten Worte mit Herablassungen verschwenden?«, konterte ich.

Die Antwort des Katers ging in einem Maunzen unter, als wir das Atrium in London erreichten und in ein Leben zurückkehrten, das sich wie eine eingelaufene Jeans anfühlte. Eng und unpassend.

Die Tage vergingen. London leckte die Wunden, die die Schattenangriffe verursacht hatten. Ezra und Taylor hießen uns tränenreich willkommen. Nachdem Vaughan auf der anderen Seite verschwunden war, hatten sich seine Schatten aufgelöst. Die Agenten der AO hatten die letzten Crae vernichtet, manche von ihnen hatten sich zurück nach Asterin gestohlen. Die Dämonen, die als natürliches Gegengewicht für unsere Reise in die Anderwelt ins Menschenreich eingedrungen waren, hatten Ezra und Taylor mithilfe von Finley und Willow und anderen Agenten bezwungen, nachdem sich das gesamte Team in Kensal Green versammelt hatte. Dort hatten sie gemeinsam unsere Rückkehr erwartet.

Ich kehrte mit Mr Mercury in die kleine Wohnung in Camden zurück. Die Stille dort erstickte mich. Das Schnurren des Katers und meine eigenen Schritte waren das Einzige, was ich lange Zeit über hörte.

Mein Handy hatte ich lautlos gestellt. Ab und an nahm ich das Blinken eines Anrufes in Abwesenheit wahr. Es war jedes Mal Adriel. Ich ignorierte ihn nicht absichtlich, aber ich fand auch nicht die Kraft, um mich seinen sorgenvollen Fragen zu stellen.

Irgendwann riss mich das schrille Klingeln an der Wohnungstür aus meiner andauernden Lethargie. Damit hätte ich rechnen müssen. Adriel war niemand, den man mit Missachtung strafte. Auch wenn man das nicht unbedingt beabsichtigte.

Doch es war nicht Adriel, es war Allie, Cassandras Freundin. Rote Flecken krochen über ihre Wangen, ihre Augen zeugten von zahllosen Weinkrämpfen.

»Scheiße«, murmelte ich und Allie schniefte.

»Ist sie hier?«, wollte sie wissen.

»Ähm«, machte ich und trat einen Schritt beiseite, um sie hereinzulassen.

Allie wartete meine Antwort nicht ab, sondern marschierte geradewegs zu Cassandras Zimmer. Sie blieb im Türrahmen stehen, als ihr die unverbrauchte Luft entgegenschlug. Dann wandte sie sich mir zu.

»Ist ihr etwas zugestoßen?« Die Angst um ihre Freundin stauchte ihre Stimme zu einem Flüstern zusammen.

Verdammt. Was sollte ich sagen? Allie war ein Unaware. Und den Agenten der Ars Obscura war es verboten, einen Unaware über die andere Welt aufzuklären.

Andererseits … Was hatte ich zu verlieren? Mir war nicht danach, in meine alte Position als Wächterin zurückzukehren, ein Job als Agentin reizte mich ebenso wenig.

Ich blies die Backen auf, dann winkte ich Allie in die Küche und bot ihr einen Stuhl an.

»In letzter Zeit lief es nicht so gut zwischen uns.« Sie seufzte. »Wir haben uns kaum gesehen, weil unsere Jobs uns derart eingespannt haben.«

Ja, das konnte ich mir denken. Seit ich hier aufgetaucht war. Ich suchte in den Schränken nach Alkohol, meiner einzigen Unterstützung bei diesem Gespräch. Dann füllte ich zwei Schnapsgläser und schob Allie eines davon über den Tisch zu. Sie hob die Brauen.

»Das ist nötig«, beantwortete ich ihren fragenden Blick.

»Danke«, murmelte sie, ehe sie das Glas an die Lippen legte und den Inhalt mit einem Zug leerte. Ich schenkte ihr nach. »Du machst mir Angst!«

»Cassandra geht es gut«, sagte ich schließlich.

»Wo ist sie?«, wollte Allie sofort wissen.

Ich zögerte. »Nicht hier.«

»Was soll das heißen? Nicht hier? Dass sie sich nicht in der Wohnung aufhält, ist mir aufgefallen. Es sei denn, du versteckst sie unter deinem Bett. Hat sie dich etwa vorgeschickt, um mit mir Schluss zu machen?«

»Nein. Nein, natürlich nicht.« Ich kaute auf meiner Unterlippe. »Sie ist nicht in London. Und auch nicht in England.«

Eine Falte bildete sich zwischen Allies Brauen. »Ist sie bei ihrer Familie in Paris?«

Ich schüttelte den Kopf. »Sie ist ... in Asterin.«

Allie starrte mich auf eine Weise an, die mir bestätigte, dass sie nie zuvor von Asterin gehört hatte. »Okay. Wo liegt das?«

Mit einem Räuspern versuchte ich Zeit zu schinden. Es gelang mir nicht. Allie durchbohrte mich mit drängenden Blicken. »Na ja ... Hast du dich schon einmal gefragt, was mit den Menschen geschieht, wenn sie gestorben sind?«

»Cassie ist tot?« Allies Stimme schrillte durch die Küche und entlockte Mr Mercury ein empörtes Fauchen. Sofort schwammen Tränen in ihren Augen.

»Nein. Nein, das ist sie nicht. Scheiße, Allie, es tut mir leid! Das hatte ich nicht damit sagen wollen.« Ich raufte mir die Haare, berührte mit den Fingerkuppen die Verästelungen meiner Narbe, als ich mir über das Gesicht strich.

»Sag mir, was los ist. Ist Cassie irgendeiner Sekte beigetreten?«

Ich lachte, weil Allies hilfloser Scherz der Wahrheit auf ironische Weise nahe kam. »So kann man das auch sagen. Allie, Asterin ist der Ort, an dem verstorbene Seelen die Ewigkeit fristen. Der Ort, der

Ursprung jener dunklen Magie ist, die London in den letzten Tagen heimgesucht hat.«

»Wie viel hattest du schon hiervon?« Allie deutete mit dem Rucken ihres Kinns auf mein Glas.

»Ich meine das ernst.«

»Ich auch. Es gibt keine Magie, Aurora. Das, was die letzten Tage hier geschehen ist, hat seismografischen Ursprung.«

»Nein«, sagte ich bestimmt. »Ein Dämon ist in diese Welt eingedrungen. Er war es, der Cassandra und mich vor einigen Tagen angegriffen hat. Er ist der Grund, warum Cassandra jetzt nach Asterin zurückgekehrt ist.«

Der Grund, warum auch Caspian dort geblieben war.

Ich hatte mir geschworen, nicht mehr an ihn zu denken. Doch mein Gehirn hielt sich nicht an die Regeln und spuckte seinen Namen in regelmäßigen Abständen in meinen Gedanken aus.

Allies Blick flackerte, ich sah ihr an, dass sie mir kein Wort glaubte. Und dann erzählte ich ihr meine Geschichte. Alles. Bis sie mich mit offenem Mund anstarrte und langsam den Kopf schüttelte.

»Das ist unglaublich. Einfach unglaublich. Ich würde Cassie gern dafür umbringen, dass sie mir nie etwas gesagt hat. Aber solange sie sich im Reich der Toten aufhält, ergibt es wenig Sinn.« Allie rieb sich über die Stirn. »Bedeutet das, ich sehe sie erst wieder, wenn ich tot bin?«

»Nicht zwangsläufig«, antwortete ich. »Asterin und die Menschenwelt sind durch mehrere Tore miteinander verbunden.«

Allie nickte, als hätte ich ihr soeben den Namen eines Flughafens mitgeteilt. »Und warum sitzt du noch hier herum? Du liebst ihn doch.«

Ich presste die Zähne so hart aufeinander, dass ein scharfer Schmerz durch meinen Kiefer schoss, aber Allie winkte ab. »Du brauchst mir nichts vormachen, man sieht es dir an.«

»Ihm habe ich das hier zu verdanken.« Ich deutete auf meine Narbe, um Allie an den hässlichen Teil meiner Geschichte zu erinnern.

»Manchmal kostet Vergebung unendlich viel Kraft. Und manchmal braucht sie Zeit. Aber am Ende heilt sie nicht nur denjenigen, der sie erbittet, sondern vor allem dich selbst.« Allie beugte sich vor und tätschelte meine Hand. »Solange du vor ihm davonläufst, verwehrst du dir deinen eigenen Seelenfrieden.«

»Der ist mir abhandengekommen, seit ich weiß, dass diese Welt von Monstern heimgesucht wird.«

Allie lachte. »Ich bin ein riesiger Fan von Zombiefilmen, mich kann gar nichts mehr schocken. Und ehrlich, niemand hat so viel Fantasie, dass er sich all die Serien-Highlights auf Netflix ausdenken kann. Ich wusste schon immer, dass ein Körnchen Wahrheit hinter diesen abgefahrenen Drehbüchern steckt.«

Jetzt fiel ich in ihr Lachen ein, doch es blätterte von meinen Lippen ab, als Allie ernst wurde. »Ehrlich, Aurora, du siehst nicht viel besser aus als ich. Und es gibt eine einfache Lösung für unser Problem. Zwei, um genau zu sein.«

»Ach ja?«

Allie grinste verschlagen. »Entweder machen wir es auf natürlichem Wege und nehmen das One-Way-Ticket, indem wir uns umbringen, oder wir packen unsere Sachen und statten Asterin einen Besuch ab. Durch eines der Tore. Mit Option auf Rückkehr. Falls unsere Herzensmenschen uns in der Zwischenzeit vergessen haben.«

»Jeder Aufenthalt in Asterin schwächt den menschlichen Körper. Deinen noch viel mehr als meinen, immerhin habe ich Crae-Blut in mir. Nach meiner Rückkehr habe ich die erste Zeit nur geschlafen. Lion und Livia sind auch heute noch nicht über unseren Ausflug hinweg.«

»Aurora. Es geht um Cassie.«

40

Für Reue blieb mir keine Zeit, denn Allie trieb mich zur Eile an. Jetzt, da sie wusste, wo Cassandra steckte, wollte sie am liebsten sofort eines der Tore nach Asterin nehmen. Doch ich konnte sie bremsen. Immerhin für ein paar Tage, um mich um meine Angelegenheiten zu kümmern.

Genauer: eine Angelegenheit.

Ich stand mit zitternden Beinen vor Adriels Haus und klingelte. Es dauerte einen kurzen Augenblick, ehe Mortimer mir mit einem sanften Lächeln öffnete.

»Miss Ambrose«, begrüßte er mich. »Ich bin erfreut, Sie zu sehen.«

»Gleichfalls«, erwiderte ich. Mehr Euphorie war mir aufgrund meiner Aufregung nicht möglich. »Ist Adriel hier?«

»In seinem Zimmer.« Mortimer trat beiseite und ich eilte an ihm vorbei in die große Eingangshalle. Der Geruch hier war mir inzwischen vertraut, ebenso wie der Weg zu Adriels Büro. Ich klopfte, hielt mich allerdings nicht lange mit dem Warten auf eine Antwort auf, sondern schlüpfte durch die Tür hinein.

Adriel saß hinter seinem Schreibtisch. Er hatte sich über einen Stapel Dokumente gebeugt und wirkte blass und zerbrechlich. Doch als er den Kopf hob, blitzte etwas in seinen Augen auf. »Aurora.« Seine Erleichterung regte mein schlechtes Gewissen. Immerhin hatte er mehrere Male versucht, mich zu erreichen.

Mit schnellen Schritten, ehe ich es mir anders überlegen konnte, näherte ich mich dem Schreibtisch und legte den Umschlag, den ich die ganze Zeit über gegen meine Brust gedrückt hatte, auf den Papierstapel vor Adriel.

Furchen bildeten sich auf seiner Stirn. »Was ist das?«

»Meine Kündigung.«

»Deine … was?« Voller Entgeisterung starrte er mich an. »Aber Aurora …«

»Ich bin fertig mit der Ars Obscura«, sagte ich. »Endgültig.«

Adriels Mund öffnete sich, dann schloss er ihn wieder und schüttelte den Kopf. »Ich wünschte, ich könnte behaupten, dich nicht verstehen zu können. Aber natürlich tue ich das.« Er massierte sich die Schläfen, ehe er sich erhob und mich zu den Sesseln in der Mitte des Raumes führte. »Nimm Platz.«

Wortlos gehorchte ich ihm und überschlug die Beine, während ich darauf wartete, dass er etwas sagte.

»Ich möchte dir danken. Dafür, dass du das Amulett zurückgebracht hast. Dafür, dass du mir beigestanden hast. Für alles.«

»Adriel.« Ich seufzte. »Du hättest dasselbe für mich getan.« Und irgendwie hatte er das auch. All die Jahre hatte er eine schützende, wenn auch unsichtbare Hand über mich gehalten.

»Was hast du jetzt vor?«, fragte Adriel nach einer Weile.

Ich biss mir auf die Lippen. Schweigen dehnte sich zwischen uns aus, während ich nach einer Antwort suchte, die nicht vollkommen töricht klang. »Mir fehlt etwas«, begann ich und berührte die Stelle über meinem Herz. »Seit meine Eltern starben, fehlt mir etwas, was ich nie wiedergefunden habe. Ich wage einen letzten Versuch.«

Adriel nickte. »Du kehrst zurück nach Asterin?«

»Ja«, flüsterte ich. »Ich muss herausfinden, wer ich bin. Aber das kann ich nur, wenn ich mich dem anderen Teil in mir stelle. Dem Teil, der nicht hierhergehört.«

Adriel atmete lautstark ein. »Ich verstehe dich. Auch wenn ich mir wünschte, du würdest es nicht tun wollen.« Ein trauriges Lächeln zeichnete sich auf seinem Gesicht ab. »Ich fürchte, auf der anderen Seite wartet mehr auf dich, als ich dir je bieten könnte.«

Ich runzelte die Stirn.

»Frey. Cassandra. *Caspian.*«

Röte kroch mir über die Wangen und ich senkte den Kopf. »Es geht nicht um ihn. Nicht nur. Es geht vor allem um mich selbst.«

»Was Caspian getan hat, ist schrecklich«, sagte Adriel. »Ich will nicht gutheißen, was geschehen ist. Aber ich selbst durfte die Erfahrung machen, dass Vergebung ein wirksames Heilmittel gegen den eigenen Kummer ist.« Seine Worte erinnerten mich an den Rat, den Allie mir gegeben hatte.

»Du hast Vaughan vergeben?«, fragte ich und mein Blick zuckte unwillkürlich zu der Stelle unter Adriels Hemd, wo grausame Worte tiefe Narben auf seiner Haut hinterlassen hatten.

»Das musste ich, um meinen Frieden zu machen. Ich will Caspian und Vaughan nicht miteinander vergleichen. Der eine war getrieben von seinem Pflichtgefühl, der andere von blindem Eifer. Sie haben uns Schreckliches angetan, doch sie beide wollten unsere Welten retten.«

»Wir waren Bauernopfer in einem Spiel, dessen Regeln uns niemand erklärt hat«, sagte ich mit rauer Stimme und nickte. »Ich möchte ihm vergeben. Doch ich weiß nicht, ob ich stark genug bin.«

»Vielleicht findest du diese Stärke in Asterin.«

»Und du möchtest mich nicht begleiten?«

»Es rührt mich, dass du fragst. Aber nein. Mein Platz ist hier in London. Einer muss die Menschen vor wild gewordenen Crae schützen. Und vor jenen, die für dich auf die andere Seite kommen.« Er zwinkerte mir zu. Lachfalten bildeten sich um seine Augen, doch in ihrem Blick blitzte hartnäckige Trauer auf. Adriel war der große Verlierer in diesem Spiel, auch wenn er sein Leben zurückgewonnen hatte. Caspian und mich hatte er verloren. Und womöglich würden meinem Beispiel ein paar Agenten der Ars Obscura folgen, nach dem, was geschehen war.

Vielleicht, ja, vielleicht waren die Dienste der AO an der Menschheit gar nicht mehr nötig, jetzt, da der Schattenkönig heimgekehrt war und den Bestand unserer Welten gesichert hatte.

Allie trug einen Rucksack und einen entschlossenen Gesichtsausdruck. Ich hatte meine irdischen Besitztümer zurückgelassen und hielt lediglich den maunzenden Mr Mercury im Arm. Ich wertete die Geräusche, die er von sich gab, als Zustimmung und war gespannt, was er mir zu sagen hatte, sobald wir in Asterin angekommen waren.

Ich ging zurück. Zurück zu Frey. Cassandra.

Caspian.

Sein Name war wie ein leiser Gedanke in meinem Kopf, der bisweilen aufblitzte, wenn ich nicht mit ihm rechnete. Mein verräterisches Herz tat jedes Mal einen Satz.

»Ich werde Cassie dafür in den Arsch treten, dass sie nicht einmal zurückkam, um sich von mir zu verabschieden«, verkündete Allie, während wir die Stufen in den Keller des Kensal Green hinabstiegen.

Mehrmals hatte ich ihr erklärt, dass Cassandra als Trägerin eines Insigne die Grenze nicht mehr hatte überschreiten können. Aber Allie wollte davon nichts wissen. Ihre Wut spendete ihr Kraft und so ließ ich sie ihr.

Asterin sah anders aus, als ich es je zuvor gesehen hatte. Schillernde Blasen wogten über den tänzelnden Gräsern, die den Himmel wie eine Wasseroberfläche spiegelten.

»Dein Minimalismus in allen Ehren«, knurrte Mr Mercury und strampelte sich aus meiner Umklammerung. »Aber an Deo hättest du denken können.« Er zog die Nase kraus, um seinen Worten Bedeutung zu verleihen, und ich streckte ihm die Zunge heraus.

Nur um kurz darauf an meinen Achseln zu schnuppern. Dieser verdammte Kater. Ich hätte ihn in London zurücklassen sollen!

Die Dunkelheit hatte von Asterin abgelassen. Einzig dort, wo die Sonne schräg stand, existierten Schatten. Und in den Kreisen, in denen die Nacht vorherrschte. Aber die Dunkelheit hatte ihre beängstigende Seite verloren. Auch wenn Crae aller Art in dieser Welt lebten, fürchtete ich sie nicht länger.

»Wo steckt Cassie nun?«, wollte Allie wissen, nachdem wir eine Weile in Richtung des Abstiegs gelaufen waren.

»Ich habe keine Ahnung«, gestand ich. »Wenn ich einen Tipp abgeben müsste, dann würde ich sie im Herzen dieser Welt vermuten.«

»Und das schlägt wo?«

Vor uns tat sich der Abgrund auf, die neun Kreise, aus denen die Ewigkeit bestand. Ich blickte hinab, sah mich Farben und Licht gegenüber.

»Im Schloss des Schattenkönigs.«

Die Zeit verging in Asterin anders als in der Welt der Menschen. Allie, Mr Mercury und ich waren bereits eine Weile unterwegs, doch in Stunden oder gar Tagen vermochte ich diese Spanne nicht auszudrücken. Wir liefen. Liefen. Liefen. Überwanden einen Kreis nach dem anderen. Begegneten wilden Crae. Und der unvollkommenen Schönheit eines Landes, das sich von den Schatten erholte. Manchmal rief ich nach Frey. Er antwortete nicht. Aber diesmal wusste ich, dass er hier war. Hier. Irgendwo. Ich würde ihn finden.

Wir verloren Allies Rucksack, nicht aber unsere Hoffnung. Die trieb mich zu jedem weiteren Schritt an. Und nachdem wir den Tränensee und die Schwarze Wüste hinter uns gebracht hatten, tauchte vom Absatz des letzten Kreises am tiefsten Punkt Asterins der Obsidianpalast auf.

Ich wusste nicht, was ich erwartet hatte. Schwarze Fassaden und unüberwindbare Mauern. Tatsächlich lag der Obsidianpalast in einer Talsenke, umgeben von verästelten Flüssen. Die Mauern bestanden aus einem polierten dunkelblauen Stein, der wie der Nachthimmel glitzerte, wenn die Sonne ihn berührte. Mehrere Zinnen wuchsen in die Höhe, Brücken spannten sich von einem Turm zum nächsten. Ringsum ragte Asterin auf. Das Schloss befand sich im Zentrum eines umgekehrten Kegels und weit über uns zog sich ein blauer, von weißen Wolken überzogener Himmel. Wenn ich an Dantes *Göttliche Komödie* dachte, sah ich Lavaströme und giftige Gasblasen vor mir, die des Teufels Palast einrahmten.

»Tja«, meinte Allie und legte den Kopf schief. »Die Hütte ist definitiv eine Verbesserung im Vergleich zu eurer Bude in Camden.«

Ich lachte schnaubend, ehe wir den Abstieg begannen. Vögel zwitscherten und in einem der Flüsse suhlte sich ein Wellenspalter. Er wirkte nicht so beängstigend wie jenes Geschöpf, das uns bei unserem letzten Besuch gejagt hatte, sondern wie ein Welpe, der seine Begeisterung fürs Wasser entdeckt hatte.

»Wehe, dieses Ungeheuer spritzt mich nass.« Mr Mercury trippelte in einem weiten Bogen um uns herum und brachte den größtmöglichen Abstand zwischen den Wellenspalter und sich selbst. Doch das Monster schenkte uns keine Beachtung. Es planschte munter weiter.

Je tiefer wir kamen, umso höher wuchs das Schloss. Und ich fragte mich, was wir tun sollten, wenn wir es erreichten. An die Tür klopfen? Dieser Gedanke erschien mir lächerlich.

Doch er erübrigte sich wenig später, als sich von einer der Zinnen ein Schatten mit weiten Schwingen in die Tiefe stürzte. Allie kreischte auf und duckte sich. Ich blieb stehen und beobachtete mit hart pochendem Herzen, wie Caspian sich uns näherte.

Er landete nahezu lautlos und nur wenige Schritte von mir entfernt im Gras. Ein überraschter Ausdruck lag auf seinem gemeißelten Gesicht.

»Da ist ja der geflügelte Schürzenjäger«, brummte Mr Mercury und buckelte an dem Mann vorbei, der mir so viel genommen hatte. Genommen und gegeben. Jetzt, da ich ihm in die Augen sah, hatte ich noch immer keine Ahnung, was ich für ihn empfand. Liebe und Hass waren zwei Seiten derselben Klinge. Und sie durchbohrte mein Herz.

»Aurora.« Ein einziges Wort. Darin lagen mehr Gefühle, als Caspian mir je offenbart hatte. Seine Miene wurde weich, ein kleines Lächeln zeichnete sich um seine Lippen ab. »Was machst du hier?«

Ich straffte die Schultern und erwiderte seinen Blick in dem hoffnungslosen Versuch, mir meine Aufregung nicht anmerken zu lassen. »Auswandern?« Ich hatte selbstbewusst klingen wollen, hörte jedoch die Frage in meiner Stimme.

Caspian schloss die Augen. Als er sie wieder öffnete, schien eine Last von ihm abgefallen zu sein. Er holte tief Luft, nickte dann Allie zu.

»Gibst du auch Sterblichen ein Visum für dein Reich?«, fragte diese, nachdem sie sich von ihrem ersten Schock erholt hatte.

Caspian schnaubte. »Ich schätze, Cassie würde mich umbringen, wenn ich das nicht täte.« Dann zwinkerte er uns zu und bedeutete uns mit einer Geste, ihm zu folgen.

Winzige Blumen mit Kristallen statt Blütenblättern säumten unseren Weg zum Schloss. Ein fruchtig-herber Geruch hing in der Luft, der von einigen Obstbäumen ausging. Insekten summten munter vor sich hin, ließen sich nicht von dem Schattenkönig und seinem sonderbaren Gefolge ablenken.

Wir hatten die Mitte einer Brücke erreicht, als ein Schrei die friedliche Stille zerriss. Allie stieß ein Keuchen aus, dann drängte sie sich an Caspian und mir vorbei und rannte auf Cassandra zu, die die Treppen des Portals hinabeilte. Hinter ihr zeichnete sich eine dritte Gestalt ab. Nach Monaten der Trauer war ich seinen Anblick noch nicht wieder gewohnt und so fuhr mir ein schmerzhafter Stich durchs Herz. Doch gleich darauf raste endlose Euphorie durch meine Adern. Ich folgte Allie, kämpfte auf dem Weg in Freys Arme gegen die Tränen an und verlor, als ich in seinen ausgestreckten Armen landete. Sein Lachen vibrierte in meinem Körper und er wirbelte mich um sich herum, ehe er mich fest an sich drückte.

»Was tust du hier?«, fragte ich und hob den Blick.

»Dasselbe sollte ich dich fragen«, neckte er mich und strich mir eine Strähne aus dem Gesicht. »Ich hatte dich erst als alte, vom Leben gebeugte Frau zurückerwartet.«

»Dafür konnte ich keine Geduld aufbringen«, erwiderte ich. »Hast du dich Caspian und Cassandra angeschlossen?«

Freys Ausdruck war unleserlich, aber in seinen Augen blitzte etwas auf, was ich als Belustigung wiedererkannte. Mit zuckenden Mundwinkeln griff er in den Ausschnitt seines Hemdes und zog eine Kette hervor.

Ich erstarrte, als ich das Amulett erkannte. Dann wandte ich mich um. Caspian stand hinter mir, seine Schwingen hüllten mich in Schatten. »Du hast ihn zum Insignienträger gemacht.«

»Es kam nur jemand infrage, dem ich mein Vertrauen schenken kann«, sagte Caspian. »Und da Frey dein Freund ist, hielt ich ihn für die perfekte Wahl.«

Wärme breitete sich in meiner Brust aus und ich sah von Caspian zu Frey. Dieser zwinkerte mir zu, ehe er sich umdrehte und zu Mr Mercury aufschloss. Der Kater tapste in Richtung Schlosseingang.

»Ob es hier wohl auch Heringe gibt?«, fragte er, als er Frey neben sich bemerkte. »Aurora wollte die Vergangenheit hinter sich lassen und nichts mitnehmen. Aber wenn sich herausstellt, dass es hier nichts für mich zu essen gibt, werde ich sie an die Vergangenheit erinnern. Mit meinen Krallen auf ihrer Haut. Tag für Tag ...« Die Stimme des Katers verlor sich. Und auch Allie und Cassandra waren verschwunden.

Caspian und ich waren allein. Ich sah zu ihm hoch, begegnete einem Stück des Nachthimmels in seinem Blick. Seine Flügel ragten über uns auf, aber die Härte, die das Gesicht des Schattenkönigs definierte, war verschwunden. Mit diesem Ausdruck wirkte er wie der Caspian, den er mich in London hatte kennenlernen lassen. Das Monster war fort.

»Aurora.« Mein Name kam in Form eines erstickten Lauts über seine Lippen. Erneut schossen mir Tränen in die Augen. Erneut verlor ich den Kampf gegen sie. Diesmal war es Caspian, der sie wegwischte. Er legte beide Hände um mein Gesicht und strich mit den Daumen über meine Wangen. Unsere Blicke verschmolzen miteinander und ich tauchte ein in dieses tiefe Gold, in dem zwischen Bedauern und Sehnsucht ein Hauch von Hoffnung lag. Diese Erkenntnis jagte mir einen Schauer durch den Körper und ich erlaubte mir, einem unbestimmten Drängen nachzugeben und einen Schritt auf ihn zuzugehen. Fast hätte ich mich gegen ihn lehnen können. Das Gefühl seiner Arme um mich war mir noch immer präsent, eine Erinnerung, die sich in Verlangen verwandelte.

»Es gibt so vieles, was ich dir sagen möchte. Aber nichts davon erscheint mir ausreichend für das, was ich dir angetan habe. Ich kann es nicht rückgängig machen.« Ein sanfter Wind zog auf und blies ihm dunkle Strähnen ins Gesicht.

»Das will ich auch gar nicht«, murmelte ich und erkannte, dass es die Wahrheit war. Ich war nicht mehr dieselbe Aurora wie damals in Reykjavík. Aber ich bedauerte diese Veränderung nicht länger, trauerte meinem alten Ich nicht mehr nach. Die Vergangenheit war ein Teil von mir und hatte mich auf eine Weise gestärkt, die ich nicht für möglich gehalten hätte.

»Ich habe uns zerstört, noch bevor ich wusste, wer du bist.« Seine Augen schimmerten. »Ein Teil meiner eigenen Seele.«

Mein Herz schlug wild in meiner Brust und jagte Gefühle durch mich hindurch, die meinen Körper kribbeln ließen. »Caspian«, flüsterte ich und streckte die Hand aus, um ihm die verirrten Strähnen zurückzustreichen. Er schmiegte sich in meine Berührung und verschränkte meine Finger mit seinen. Die Luft zwischen uns knisterte und füllte sich mit einer erwartungsvollen Spannung. »Wir sind verloren, wenn wir keine Hoffnung mehr haben«, sagte ich leise. »Also muss es einen Weg für uns geben.«

ENDE

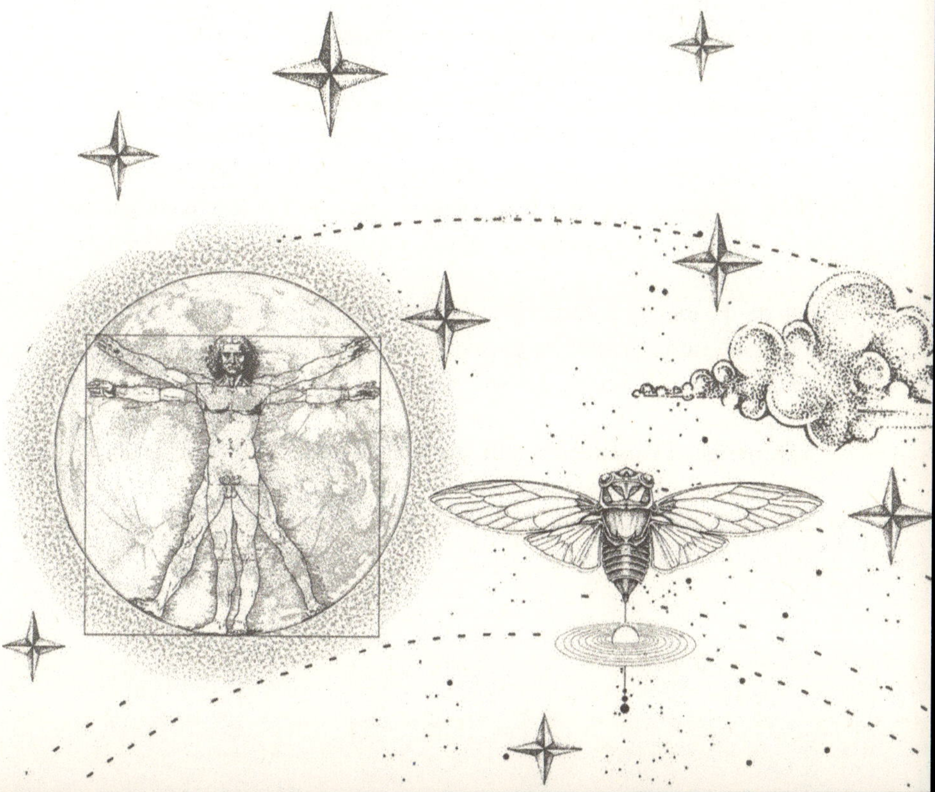

DANK

Manche Dinge sind längst vergangen und haben trotzdem noch Auswirkungen auf die Gegenwart. Deshalb möchte ich den ersten Dank an zwei wundervolle Menschen richten, die mir vor Jahren begegnet sind, mir ein Zuhause in der Fremde gaben und mich ermunterten, nicht aufzugeben. Eva und Paul, Ihr wart in einer der bedeutendsten Phasen meines Lebens an meiner Seite. Das vergesse ich euch nie, ebenso wenig Pauls London-Weisheiten, die in dieses Buch eingeflossen sind, oder den süßen kleinen Pimms.

Außerdem möchte ich Alex für dieses wunderschöne Cover danken. Von Buch zu Buch wird es immer schwerer, neue Worte zu finden. Aber der Moment, den ich an diesem ganzen Prozess am meisten liebe, ist, wenn Alex mir eine Nachricht mit der Frage schickt, wie mir sein erster Entwurf gefällt. Unglaublich gut. Jedes Mal. Danke dafür!

Ich danke meiner wunderbaren Verlegerin Astrid für die Begeisterung, Hingabe und Kreativität, die sie für die Drachenmond-Bücher hegt. Danke, dass ich Teil davon sein darf!

Ein riesiges Dankeschön geht raus an Stephan, den coolsten Lektor on earth, dank dem meine Watchlist stetig steigt. Ach ja, und natürlich dank dem meine Geschichten den nötigen Feinschliff erhalten. Ich danke Dir!

Danke auch an meine liebe Korrektorin Michaela für so viel Geduld und Liebe zum Detail. Und für sämtliche Erklärungen und Hilfestellungen. Dankeschön!

Darüber hinaus drücke ich das ganze Drachenmond-Team (und bedanke mich) für die unermüdliche Arbeit und Liebe, die hinter den Kulissen in jedes Buch gesteckt wird: Corinna, Tina, Moni, Michelle und Lexy.

Ich drücke meine liebe Lisa für all ihren buchigen Support und ihre Begeisterung für meine Geschichten. Danke, dass Du mich bei jeder einzelnen unterstützt!

Ich danke meiner Familie für ihre Unterstützung, allen voran Mami und Astrid für all das Herzblut, das ihr in meine Bücher steckt. Und natürlich meinem Mann, dessen Sprüche ich jedes Mal klaue und in meinen Büchern verarbeite. Ich liebe dich.

Und ich danke meinen Leser*innen, die mich seit Jahren begleiten oder auch neu entdeckt haben und Freude an meinen Geschichten finden. Sie teilen zu dürfen, bedeutet mir mehr, als ich je in Worte fassen könnte. Dabei kann ich mich doch eigentlich recht gut ausdrücken …

Helena Gäßler

Die Seele eines Spukhauses

ISBN: 978-3-95991-773-5, Klappenbroschur, EUR 14,90

Der Schlüssel zu einem Spukhaus ist zu begreifen, dass es eine Seele besitzt. Und lange genug zu überleben, um sie zu heilen.

In einer Welt voller Luftschiffe und Dampfmaschinen wirken Geister wie ein lästiges Überbleibsel der Vergangenheit. Als Exorzistin liegt es an Magnolia Feyler, Gebäude von ihrem Spuk zu befreien. Sie versteht die Häuser wie keine andere, erkundet ihre Geschichte und heilt ihre Wunden. Doch alles ändert sich, als sie den größten Auftrag ihrer Karriere annimmt: Shaw Manor, ein Schloss, in dem es seit Jahrzehnten spukt.

Magnolia steigt tief hinab in die verwinkelten Gemäuer und die Vergangenheit des Anwesens. Hinab in ein Netz aus Familiengeheimnissen, vergessenem Leid und Maschinen, die ein bedrohliches Eigenleben entwickelt haben. Wird sie den Spuk lüften oder am Ende selbst von den Mauern verschlungen werden?